雨果小说全集

# 悲惨世界

## II

【法】维克多·雨果 著

郑克鲁 译

复旦大学出版社

# 第七章
# 题外话

## 一、从抽象观念看修道院

本书是部惨剧，主角是无限。

人是配角。

既然如此，如果我们在路上遇到一座修道院，我们就应进去。为什么？因为修道院东西方都有，古今都有，异教、佛教、伊斯兰教和基督教都有，是人类观测无限的一件光学仪器。

这里决不是无限制地发挥某些观念的地方；但我们一面绝对有所保留、有所节制，甚至有所愤慨，一面不得不说，每当我们在人的身上遇到无限，不管理解不理解，我们都感到尊敬油然而生。在犹太教的圣殿、清真寺、佛塔、印第安人的茅屋中，都有我们憎恶的丑恶一面，也有我们崇拜的崇高一面。对精神而言，是何等的瞻仰，又是无尽的沉思！这是天主投在人墙上的反光！

## 二、从历史事实看修道院

从历史、理性和真理的角度看，修道生活应被禁止。

一个国家，如果修道院过于繁盛，就会成为交通的妨碍，占地过多的设施，在需要工作中心的地方却出现懒惰的中心。修道团体之于巨大的社会共同体，等于橡树上的寄生物，人体上的肿瘤。它们的繁荣和臃肿造成国家的贫困。修道制在文明开始时是好的，通过精神去抑制暴力是有用的，而在民族到了成熟期就变得有害。再说，当它衰退，进入紊乱时期，由于它继续起表率作用，在纯洁时期有益于人的种种理由反倒使它变得有害了。

入院修道已经过时。修道院对现代文明的初期教育是有用的，却妨碍它的生长，有害于它的发展。修道院作为培养人的学校和方式，在十世纪时是好的，在十五世纪时受到争议，在十九世纪就受到憎恶了。修道的麻风病将两个杰出的国家意大利和西班牙，几乎蚕食得只剩下骨骼了，而多少世纪以来，其中一个国家是欧洲的智慧，另一个是欧洲的光辉，在现时代，这两个卓越的民族由于一七八九年有力的保健治疗，开始痊愈。

修道院，特别是古代的女修道院，像本世纪初在意大利、奥地利、西班牙继续出现的那样，是中世纪一种最可悲的产物。修道院，上述那种修道院，集各种恐怖之大成。地道的天主教修道院，充满了死亡的黑光。

西班牙修道院尤其阴森可怖。巨大的神坛像主教座堂一样，高耸在黑暗中，在烟雾弥漫的拱顶和暗影朦胧的穹顶下；巨大的白色耶稣受难十字架，用铁链吊在黑暗中；巨大的象牙基督，赤裸地陈列在乌木上；不仅血迹斑斑，还鲜血淋漓；既丑陋又崇高，手肘露出骨头，髌骨露出皮肉，伤口血肉模糊，戴着银荆冠，钉着黄金钉子，额角上淌下红宝石的血滴，眼睛里噙着钻石眼泪。钻石和红宝石好像湿漉漉的，引来戴面纱的妇女在底下的阴暗处哭泣，她们身上被苦衣和铁刺鞭折磨得伤痕累累，乳房被柳条兜压瘪；膝盖被祈祷磨破；这些女人自以为嫁给了天主；幽灵似的人自以为是天使。这些女人有思想吗？没有。她们有愿望吗？没有。她们有爱吗？没有。她们活着吗？没有。她们的神经变成了骨头；她们的骨头变成了石头。她们的面纱是夜幕做的。她们在面纱下的呼吸，好像死亡难以形容的悲惨气息。修道院长像一个鬼魂，既使她们神圣化，又使她们恐惧。洁白无邪又咄咄逼人。西班牙的旧修道院就是这样。这是可怕虔诚的巢穴，处女的洞穴，凶残的所在。

西班牙信奉天主教，更甚于罗马。西班牙修道院是最好的天主教修道院，有东方气息。大主教作为天国的总管，监视并锁上供天主享用的灵魂后宫。修女是姬妾，教士是阉奴。狂热的修女在梦中被选中，附在基督身上。晚上，俊美的赤身裸体的年轻男子走下十字架，成为销魂的对象。修女妃子以受难的耶稣为苏丹，由高墙隔断一切生活的欢乐。往外瞥一眼就是不忠。地牢代替了皮袋。在东方是投进海里，在西方是投入地下。两边的女人都在挣扎；有人被投入波涛，还有的被投入墓穴；这边是淹死，那边是埋葬。可怕的并行不悖。

今日，那些厚古的人不能否认这些事实，便一笑置之。流行一种简单而古怪的方法，就是取消历史的披露，贬低哲学的评论，省略一切令人困惑的事实和含混的问题。灵巧的人说："可以夸大其词的材料。"愚笨的人重复说："夸大其词。"让-雅克·卢梭夸大其词；狄德罗夸大其词；伏尔泰对卡拉斯、拉巴尔和西尔旺[1]是夸大其词。不知道是谁最近发现塔西陀[2]夸大其词，尼禄是受害者，肯定要同情"可怜的霍洛菲尔纳[3]"。

然而，事实不易颠倒，而且颠扑不破。本书作者在离布鲁塞尔八法里的地方，亲眼见过那种遗忘洞：这是中世纪的遗物，如今大家手边都有这种材料，那是在维莱尔修道院旧院子的草坪中央，还有在迪尔河边，有四个石头黑牢，半在地下，半在水中。这是"地牢"。每个地牢都有铁门的残片，一个粪坑，一扇装铁栅的通气窗，这扇窗在外边离河水有两尺高，里面离地面六尺高。四尺深的河水沿着墙流淌。地面总是潮湿的。关在地牢里的人以这片湿地为床。在其中一个地牢里，墙上还固定着一段枷锁；在另一个地牢里，可以见到一个方匣，由四片花岗岩做成，因过短而不能躺下，过低而不能坐起来。里面放人，再盖上石板。事实如此，看得见，摸得着。这些地牢，这些黑牢，这些铁挂钩，这些枷锁，这扇在河水上的高通气窗，这个像棺材一样盖着花岗岩的石匣，所不同的是，死者却是个活人，地面是烂泥，还有粪坑和渗水的墙壁。多么夸大其词啊！

---

[1] 拉巴尔（1747～1766），法国贵族，被诬折断耶稣受难十字架而被处死，1793年被恢复名誉；西尔旺（1709～1777），法国新教徒，他的一个女儿自杀，他被控杀死了她，被判死刑，在伏尔泰的干预下恢复名誉（1771）。
[2] 塔西陀（约55～约120），拉丁语历史家。
[3] 霍洛菲尔纳，按《圣经》，是《犹滴传》的人物，将军，围困贝图利城，被犹滴诱杀。

## 三、什么情况下可以尊重往昔

　　修道生活像西班牙和西藏存在的那样，对文明而言是一种肺病。它将生命戛然而止。很简单，它使人口减少。进入修道院，等于阉割。它在欧洲成为祸害。此外还要加上对良心司空见惯的戕害，强迫许愿修行，依附于修道院的封建制，将家庭过剩的成员投入修道生活的长子制，上文所说的凶残行为，地牢、禁口缄言，头脑封死，多少不幸的智慧因终身许愿而被打入地牢，穿上道袍，心灵被活生生埋葬。个人的折磨还要加上民族的衰落，不管你是谁，面对道袍和面纱这两样人为的尸衣，你会感到发抖。

　　但在十九世纪中期，在某些方面，某些地方，修行的思想竟不顾哲学和进步继续盛行。还在招募苦修者的怪现象，此刻使文明世界惊讶。陈旧的机构顽固地延续下去，就像有哈喇味的香水还要往头发上抹，臭鱼还要让人吃，童装还要硬穿在成年人身上，尸体还要温柔地拥抱活人。

　　"忘恩负义！"衣服说，"天气恶劣时我保护过你。为什么你不想再要我？""我来自大海，"鱼说。"我曾是玫瑰，"香水说。"我爱过你，"尸体说。"我教养过你，"修道院说。

　　对此只有一个回答：那是往事。

　　幻想已逝的事物万古长存，将人的尸体涂上香料保存下来，恢复摇摇欲坠的教条，给圣徒遗骸盒涂上金漆，将修道院粉刷一新，将圣骨盒重新圣化，重新粉饰迷信，给宗教狂热加油，给圣水刷和军刀换上新柄，重新确立修道生活和黩武主义，相信通过增加懒汉能拯救社会,把往昔强加给当今,这看来是怪事。但这种论调却存在理论家。这些理论家却是才子,他们的方法很简单,将所谓社会秩序、神权、道德、家庭、敬祖宗、古代权威、神圣传统、合法性、宗教这层涂料抹在往昔之上;他们一面走一面叫:"瞧啊!拿去吧,正直的人。"这种逻辑古人已经熟知。古罗马肠卜僧运用过。他们给一头牛犊涂上石灰,说道:"它是白色的。'Bos cretatus.'[1]"

至于我们,我们处处尊重而且宽容过去,只要它承认寿终正寝。倘若它想活下去,我们就攻击它,竭力消灭它。

迷信、虔诚、伪善、偏见,这些幽灵,尽管成了幽灵,却坚持活着,虽化为青烟,却张牙舞爪;必须紧抱住它们,向它们开战,决不停息,因为注定要永远同幽灵搏斗,这是人类的一种命运。但很难扼住鬼魂的咽喉,把它打败。

十九世纪中期,法国的一座修道院,就是对抗阳光的一大群猫头鹰。在一七八九年、一八三〇年和一八四八年的革命圣地,修道院抓住苦修不放,罗马在巴黎得到发展,这是时代错误。一般年代里为了消除时代错误,只要确定年份就行了。但我们不是在一般年代。

让我们战斗吧。

让我们战斗,但要区别对待。真理的本质,就是永远不要过度。真理有什么必要夸张呢?有的东西必须摧毁,有的东西只消辨明和正视。善意而严肃的审查,具有何等的力量啊!足够亮的地方,不

---

[1] 拉丁文:用石灰刷白的牛。肠卜僧以动物内脏来占卜。

必送去火焰。

因此，既然已是十九世纪，各国人民，在亚洲和欧洲，在印度和土耳其，一般说来，我们都反对出家苦修。说起修道院，就等于说沼泽。沼泽中易于腐烂是显而易见的，停滞不动有碍健康，物质发酵传染热病，使人羸弱；修行的人递增，给埃及造成创伤。这些国家的苦行僧、和尚、隐修士、隐修女、僧人、苦修士，大量繁殖，如蚁如蛆，想起来就令人胆寒。

话虽如此，宗教问题依然存在。这个问题有一些神秘的、近乎可怕的方面，请允许我们注视一下。

## 四、从本质看修道院

一些人聚集起来，住在一起。凭什么权利呢？凭结社的权利。

他们闭门幽居。凭什么权利呢？凭一切人都有开门和关门的权利。

他们闭门不出。凭什么权利呢？凭自由来去的权利，连带待在家里的权利。

他们待在家里做什么呢？

他们低声说话；他们低垂眼睛；他们干活。他们弃绝人世、城市、肉欲、欢乐、虚荣、骄傲、利益。他们穿粗呢或粗布衣。他们都不拥有任何财产。入院的人由富变穷。他把所有的东西都给了大家。所谓贵族、绅士和老爷的人，和农民一律平等。人人的修行室都是一样的。人人都要削发，穿同样的道袍，吃同样的黑面包，睡同样的草垫，死在同样的灰堆上。背着同样的袋，腰扎同样的绳。如果规定赤脚走路，人人便都跣足走路。里面可能有个亲王，亲王也和别人有同样的影子。再没有称衔。连家族称号也消失了。他们只用名字。洗礼的名字一律平等，人人都得对之屈膝。他们消除了骨肉之亲，在修道院里建立起精神之亲。所有的人都是他们的亲人。他们救助穷人，护理病人。他们选出共同服从的人。他们以兄弟相称。

您止住我，大声说："这正是理想的修道院！"

只要有那样的修道院，就应该引起我的重视。

因此，在上一卷中，我尊敬地谈论一座修道院。除开中世纪，除开亚洲，暂且不谈历史和政治问题，从纯粹哲理的观点看，撇开剑拔弩张的论战手段，只要修道院绝对坚持自愿，只关着同意入院的人，我就始终以严肃认真的态度，有时还以尊敬的态度看待修会。凡是有团体的地方，就有村镇；凡是有村镇的地方，就有权利。修道院是平等、博爱观念的产物。噢！自由多么伟大！转换多么壮丽！自由足以把修道院改变成共和国。

继续谈下去。

但是这些男人，或者这些女人，待在这四堵墙里面，穿着棕色粗呢袍子，他们是平等的，互称兄弟；这很好；可是他们还做别的事吗？

是的。

做什么？

他们注视幽冥，双膝跪下，双手合掌。

这意味着什么?

## 五、祈　祷

他们祈祷。

祈祷谁?

天主。

祈祷天主，这是什么意思?

我们之外有无限吗?这无限是一体、内在的、永恒的吗?既然是无限，就必然是物质的吗?如果物质缺乏了，无限就终止吗?既然是无限，就必然有智慧吗?如果智慧缺乏了，无限就结束吗?既然我们只能赋予自身以存在的观念，这无限能在我们身上唤起本质的观念吗?换句话说，无限是绝对，而我们是相对吗?

我们之外有无限，与此同时，我们身内就没有无限吗?这两个无限（多么可怕的复数啊!）不是重叠吗?是否可以说，第二个无限是在第一个无限的下面吗?它不是另一个无限的镜子、反映、回声，共有一个中心的深渊吗?这第二个无限也有智慧吗?它有思想吗?它会爱吗?它有愿望?如果两个无限都有智慧，它们每一个都有意愿的本原吗?在上面的无限中有一个自我，正如下面的无限有一个自我吗?下面的自我是灵魂；上面的自我是天主。

通过思想，将下面的无限和上面的无限接触，这就叫做祈祷。

决不要抽走人类精神的任何东西；取消是坏事。必须改革和改变。人的某些能力趋向未知，如思想、沉思、祈祷。未知是个海洋。

良心是什么?这是未知的罗盘。思想、沉思、祈祷,这是巨大而神秘的光芒。让我们尊重它们。心灵发出的这些辉煌的照射投向哪里?投向黑暗,也就是投向光明。

民主的伟大,是什么也不否认,对人类的一切都不否认。在人权旁边,至少在人权之外,还有心灵的权利。

摧毁狂热,尊重无限,这是法则。我们不要限于匍匐在造物之树下面,瞻仰挂满繁星的巨大树枝。我们有一个责任:为人类灵魂而努力,捍卫神秘,反对奇迹,崇拜不可知而抛弃荒诞,在不可解释的事实方面,只接受必然,净化信仰,排除宗教上面的迷信;清除天主周围的败类。

## 六、祈祷的绝对善

至于祈祷方式,只要真诚,都是好的。把你的书翻过来,那就处在无限中。

我们知道,有一种哲学否认无限。也有一种哲学否认太阳;按病理学分类,这种哲学叫失明。

创造出一种我们的真理之源中所没有的感觉,这是盲人的一种出色把握。

奇怪的是,这种摸索哲学,面对注视天主的哲学,采取的是高傲、超然和怜悯的神态。似乎听到了一只鼹鼠在叫:"他们用太阳来炫耀,真叫我可怜!"

我们知道,有一些著名的、能干的无神论者。说实话,他们被自身的能力拉回到真实中来，并不肯定是无神论者，对他们来说，这只是一个定义问题，无论如何，即令他们不信天主，作为有才智的人，他们证实了天主的存在。

我们把他们作为哲学家来致敬，同时无情对待他们的哲学。

继续议论下去。

也有值得赞叹的，就是空话连篇，易如反掌。北方有一个思辨学派，笼罩在雾蒙蒙中，以为用意志一词取代力量一词，在人的悟性上进行了一场革命。

说"植物愿意"，而不说"植物生长"；如果加上一句"宇宙愿意"，那就确实丰富了。为什么？因为从中可以得出：植物愿意，它就有一个自我；宇宙愿意，它就有一个天主。

至于我们，我们和这个学派相反，决不排除先天的知识，这个学派接受的植物中有意志，在我们看来，较之它所否认的宇宙中有意志，更难令人接受。

否认无限的意志，也就是天主，亦即等于否认无限。我们已经阐明过了。

否认无限直接导致虚无主义。一切变成了"一个精神概念"。

同虚无主义就没有什么可讨论的了。因为虚无主义必然怀疑对话者存在，连自身存在也不能肯定。

从它的观点看，可能它自身也是一种"精神要领"。

不过，它没有看到，只要说出这个词："精神"，就一股脑儿接受它否认的一切。

总之，一种将一切归结为单音字"无"的哲学，在思想上是无路可走的。

对于"无",只有一个回答:"有。"

虚无主义是没有意义的。

没有什么虚无。零并不存在。一切就是某样东西。无,即什么也不是。

人的生存有赖于肯定,超过有赖于面包。

观察和指出,这还不够。哲学应该是一种力量;它应以改善人为努力方向和结果。苏格拉底应当进入亚当体内,生育出马尔库斯-欧雷利乌斯[1];换句话说,就是把享乐的人变成明智的人,把伊甸园变成书院。科学应该是一种补药。享受是多么可悲的目的,多么微不足道的志向!粗鲁的人要享受。思想,这是心灵的真正胜利。让思想给人解渴,将天主的概念当作琼浆玉液提供给大家,让良心和科学结成兄弟,通过这种神秘的对照,使他们成为正义的人,这就是真正哲学的职能。道德是真理的充分发展。瞻仰导致行动。绝对应该是可行的。理想对人的精神必须是可以呼吸的,可饮可食的。理想有权利说:"拿去吧,这是我的肉,这是我的血。"智慧是一种圣餐。正是在这种条件下,智慧才不再是对科学无结果的爱,变成人类惟一和至上的联结方式,并从哲学升华为宗教。

哲学不应是建筑在神秘之上的普通的突出部分,以便自由自在地观察神秘,除了满足好奇,没有别的结果。

以后有机会再来发挥我们的思想,我们只限于说,如果没有信

---

[1] 马尔库斯-欧雷利乌斯(121~180),罗马皇帝,哲学家,研究修辞学和禁欲主义,著有《思想录》。

仰和爱这两种动力，这两种力量，我们就不能理解人作为出发点，进步作为目的。

进步是目的；理想是典范。

理想、绝对、完美、无限，这些是同义词。

## 七、责备要谨慎

历史和哲学有永恒的责任，同时这又是普通的责任；抨击大祭司该亚法[1]、法官德拉孔[2]、立法官特里马西翁[3]、皇帝提拜尔[4]；这是清楚、直接、明晰的，没有任何晦涩之处。但是，离群索居的权利，即使有不利和弊端，也要得到确认和宽待。聚居苦修是人类的一个问题。

提起修道院，这既谬误又无邪，既迷误又有善意，既无知又忠诚，既受折磨，又殉难得道的地方，几乎总要又说是，又说不。

一个修道院，这是一个矛盾体。目的是得救；方法是牺牲。修道院，这是以最高的献身为结果的最高的自私。

弃位是为了统治，好像是修道制的格言。

在修道院，受苦是为了享乐。从死神那里换取一张期票。以尘世的黑夜贴现上天的光明。在修道院，因生前赠与进入天堂，才接受地狱生活。

---

[1] 该亚法，判处耶稣死刑的大祭司。
[2] 德拉孔（约公元前 7 世纪末），雅典立法官，他取消了私人复仇。
[3] 特里马西翁，公元 1 世纪拉丁语作家特罗尼乌斯的作品《萨特里孔》中的人物。
[4] 提拜尔（约公元前 42～37），罗马皇帝。

戴上面纱,穿上道袍,是以永生来支付的自杀。

对这样一个话题,我们觉得嘲笑不合时宜。不管好坏,其中一切都是严肃的。

正义的人皱起了眉头,但决不会苦笑。我们懂得愤怒,可是不懂得邪恶。

## 八、信仰,法则

再说几句。

当教会充满阴谋诡计时,我们谴责它,我们蔑视觊觎俗权的教权;但是,我们处处敬仰思索的人。

我们向跪着的人致敬。

有一种信仰,这对人类是必要的。毫无信仰的人是不幸的!

这不是无所事事,是全神贯注。有可见的劳动,也有不可见的劳动。

瞻仰是劳动,思索是行动。抱起手臂是干活,合掌是做事。仰望天空是一种事业。

泰勒斯[1]静坐四年。他创建了哲学。

对我们来说,聚居苦修的人不是懒人,隐修者不是好逸恶劳。

沉思冥想是一件严肃的事。

我们认为永远回忆坟墓对活人是合适的,这丝毫没有贬低我们

---

[1] 泰勒斯(约公元前 625～约前 547),希腊数学家,哲学家。

说过的话。在这一点上,教士和哲学家是一致的。"总有一死。"拉特拉普修道院院长这样反驳贺拉斯。

生活中插入一点坟墓的存在,这是智者的法则;这是苦行僧的法则。从这方面看来,苦行僧和智者是汇合的。

物质增加,我们需要。精神崇高,我们坚持。

性急的、不假思索的人说:

"这些木然不动的偶像神秘得很,有什么必要呢?它们有什么用呢?它们在干什么?"

唉!面对我们周围和等待着我们的黑暗,不知道这无边的扩散拿我们怎么办,我们回答:这些人的所作所为,也许是更崇高的事业。我们还要说:也许没有更为有用的工作了。

确实需要有人为从不祈祷的人祈祷。

对我们来说,全部问题就在于祈祷里思考多不多。

莱布尼兹[1]在祈祷,这是伟大的;伏尔泰在崇拜,这很美好。"Deo erexit Voltaire."[2]

我们赞成宗教,但反对宗教不止一种。

我们认为祷文贫乏,而祈祷是崇高的。

再说,我们所经过的时刻,幸亏不会在十九世纪留下痕迹,这一时刻有多少人低眉颔首,意志消沉,周围那么多人追求享乐,耽于短暂而丑恶的物质生活,谁退隐修道,我们看来都是可敬的。修

---

[1] 莱布尼兹(1646~1716),德国哲学家、学者。年轻时就懂希腊文和拉丁文,研究神学、逻辑学和经院哲学,后来有多方面的建树。
[2] 拉丁文:这是伏尔泰为天主建造的。这句话刻在伏尔泰出资建造的菲尔奈教堂的门楣上。

道院就是弃绝尘世。站不住脚的牺牲还是牺牲。将严重的谬误当作责任,自有崇高之处。

就事论事,而且理想的是,围绕真理旋转,直至不偏不倚地穷尽所有的方面,修道院,尤其是修女院,无可辩驳地有崇高之处,因为在我们的社会里,妇女受苦最深,避居修道院,其中有着抗议。

修道生活如此清苦,如此阴郁,上文已经大致谈过,这不是生活,因为这不是自由;这不是坟墓,因为这不是寿终正寝;这是古怪的地方,就像从高山之脊,我们一边看到我们如今所在的深渊,另一边看到我们以后所在的深渊;这是一个狭窄的、雾蒙蒙的边界,划分了两个世界,两边既明亮又黑暗,生活微弱的光线与死亡昏暗的光线相混;这是坟墓的昏暗。

我们不相信这些妇女所相信的东西,但我们像她们一样生活在信仰中,不带一种宗教的柔和的恐惧,不带一种充满渴望的怜悯,我们决不会注视这些忠诚的、颤栗的、信赖人的女人,这些谦卑而端庄的心灵,她们敢于在神秘边缘生活,在封闭的尘世和尚未开放的天堂之间等待,转向别人看不到的光芒,其幸福在于一心向往她们所知的光芒所在之处,渴望着深渊和未知数,目光盯住不变的黑暗,跪在那里,茫然无措,惊得发呆,瑟瑟发抖,有时被冥冥处深沉的气息吹得半抬起身子。

# 第八章
# 墓地来者不拒

## 一、如何进入修道院

　　正如割风所说的,让·瓦尔让进入这座修院,是"从天而降"。

　　他从波龙索街拐角翻墙进入园子。他在黑夜里听到天使合唱的圣歌,是修女在唱晨经;他在黑暗中看到的那个大厅,就是教堂;他看到的那个趴在地上的幽灵,是在行赎罪礼的修女;使他十分诧异的铃声,是系在割风老爹膝盖上的铃铛。

　　柯赛特睡好以后,让·瓦尔让和割风像读者所看到的那样,在烧得很旺的木柴前喝酒,吃一块奶酪;破屋里唯一的一张床由柯赛特占了,他们就分头倒在一捆麦秸上。合上眼之前,让·瓦尔让说:"今后我只得呆在这里。"这句话在割风的脑袋里萦绕了一夜。

　　说实在的,他们俩都没有睡着。

　　让·瓦尔让感到自己暴露了,沙威在追捕他,他明白,如果他和柯赛特回到巴黎市区,他们就完了。既然一股风把他吹到这座修道院里，让·瓦尔让只有一个想法，就是留下来。然而，一个不幸的人处在他的地位，这座修道院既极危险又极安全；危险是因为没有人能进来，要是有人发现他，就是现行犯罪，让·瓦尔让从修道院到监狱只一步之遥；安全是因为一旦能被接纳和待下去，谁会来这里寻找呢？住在一个不可能留下来的地方，这就得救了。

割风那边却伤透了脑筋。他先是感到一点也弄不明白。马德兰先生怎么会来到这里，有墙相隔呀？修道院的墙跨不进来。他带着一个孩子怎样进来的？不可能抱着一个孩子爬越一堵陡峭的墙呀。这个孩子是什么人？他们俩从哪里来的？自从割风来到修道院，他就再没有听说过滨海蒙特勒伊，根本不知道出了什么事。马德兰老爹这副神态使他不敢提问题；再说，割风心里想，不能盘问一个圣人。马德兰先生对他保持全部威信，不过，从让·瓦尔让透露出来的几句话中，园丁以为可以下结论，由于时运不济，马德兰先生可能破产了，受到债主的追逐；或者他在政治事件中受到牵连，要躲起来；割风对这并没有什么不高兴，他像许多北方农民一样，有波拿巴分子的老根底。马德兰先生躲起来，把修道院作为栖身地，很简单，他想待在这里。但割风百思不得其解的是，马德兰先生来到这里，还带了这个小姑娘。割风看得到他们，摸得到他们，同他们说话，却难以相信是事实。不可理解的事刚闯进了割风的破屋。割风瞎猜了半天，摸不着头绪，除了这一点："马德兰先生救过我的命。"仅仅这点确信就够了，他下定了决心。他寻思：这次轮到我了。他在心里补充说：马德兰先生钻到大车下把我拖出来时，并没有考虑那么多。他决定要救马德兰先生。

但他还是想了很多问题，自己做了回答："他救过我，如果他是小偷，我要救他吗？还要救。如果他是杀人犯，我要救他吗？还要救。既然他是个圣人，我要救他吗？还要救。"

可是把他留在修道院里，这是多大的难题啊！面对这几乎异想天开的打算，割风毫不退缩；这个可怜的皮卡第农民，只有他的忠心、善良的愿望，还有这次用来侠义相助的乡下老农的精细，此外别无梯子，却要努力攀越修道院难以逾越的障碍和圣伯努瓦教规的悬崖陡壁。割风老爹是一生自私的老头，到了晚年，瘸腿成了残废，在世上无所牵挂，对感恩图报觉得不错，看到有好事要做，便要扑过去，犹如垂死的人手里碰到一杯好酒，从来没有尝过，便贪婪地一饮而尽。还可以说，好几年以来他在修道院里呼吸到的空气，把他身上的个性都泯灭了，最后使他感到做随便哪一件好事都是必要的。

因此，他下定了决心：对马德兰先生忠心耿耿。

我们刚才称他为"可怜的皮卡第农民"。这个称谓是正确的，但不完全。从我们叙述的这个故事来看，有必要了解一点割风老爹的品貌。他是农民，但他做过办公证事务的人员，这就在他的精细之外加上能言善辩，在他的天真之外加上洞察力。出于各种原因，他做生意失败了，从办公证事务掉到做赶大车的，干粗活。但是，尽管他认为对马要又骂又鞭打，他内心还是个办公证事务的人。他有一些天赋的才干；他不说不符合动词变位的句子；他会闲谈，这在村里是罕见的；别的老乡这样说他：他说话几乎像戴礼帽的先生。割风确实属于这种人：上世纪的揶揄话称为"半城里人半乡下人"；

从城堡下降到茅屋所用的隐喻,在平民的语汇中贴上这样的标签:"有点乡巴气,有点市井气;胡椒加盐。"割风尽管命途多舛,衣衫破烂,一把老骨头,但却是直肠子,十分戆直;这种宝贵的品质,不会让人变坏。他的缺点和恶习,也是有的,但都在表面;总之,他的品貌能给观察他的人以好感。这副老脸的额头上,没有一条令人不快的皱纹,意味着凶狠或愚蠢。

割风老爹一夜想了很多,天亮时,他睁开眼睛,看到马德兰先生坐在麦秸上,望着柯赛特沉睡。割风坐了起来,说道:

"既然您在这里,您怎么才能再进来呢?"

这句话概括了当时的处境,把让·瓦尔让从沉思中唤醒过来。

两个老头商量起来。

"首先,"割风说,"您不能走出这个房间。包括小姑娘和您。一踏入园子,我们就完蛋了。"

"不错。"

"马德兰先生,"割风又说,"您来得时机很好,我想说很坏,有一个嬷嬷病得很重。这样,别人不太顾到我们这边。看来她快死了。要做四十小时的祈祷。整个修院乱成一团,在忙这件事。要走的人是个圣女。其实,这里的人都是圣人。她们和我之间所不同的是,她们说:我们的修行室,而我说:我的窝。要为垂死的人念祷文,还要为死者祈祷。今天,我们在这里会很安静;但我不能保证明天。"

"可是,"让·瓦尔让指出,"这间破屋缩在墙角里,藏在废墟中,还有树,修道院里的人看不到。"

"我还要说,修女从来不走近这里。"

"不就得了?"让·瓦尔让说。

问号强调这个:不就得了,意味着:我觉得可以躲藏在这里。割风回答这个问号说:

"还有小的。"

"什么小的?"让·瓦尔让问。

正当割风张口要解释刚才说的那句话时,钟敲响了一下。

他向让·瓦尔让示意倾听。

"修女死了,"他说,"这是丧钟。"

钟敲响了第二下。

"这是丧钟,马德兰先生。在二十四小时内每隔一分钟敲一次,直到遗体运出教堂。啊,又在敲钟。课间休息的时候,只要有一只球滚动,她们就不顾禁令,跑过来寻找和乱翻。这些小天使都是鬼丫头。"

"什么人?"让·瓦尔让问。

"小姑娘。您很快就会被发现的。她们会叫:瞧,一个男人!不过今天没有危险。没有课间休息。白天都要祈祷。您听到钟声了。我对您说过,每分钟敲一下。这是丧钟。"

"我明白了,割风老爹。有寄宿女生。"

让·瓦尔让暗忖:

"柯赛特的教育是现成的。"

割风感叹道:

"当真!有小姑娘!她们围住您乱嚷嚷!一哄而散!这里,男人是瘟疫。您看，他们把一只铃铛系在我的脚上，就像系在猛兽身上。"

让·瓦尔让越来越陷入沉思。"这个修道院救了我们，"他喃喃地说。然后他提高了声音：

"不错，留下来是难题。"

"不，"割风说，"出去才难呢。"

让·瓦尔让感到血涌向心脏。

"出去！"

"是的，马德兰先生，要回来，必须先出去。"

又敲了一下丧钟，割风接着说：

"不能就这样让人找到您在这里。您从哪里来？对我来说，您从天而降，因为我认识您；但对修女呢，从大门才能进来。"

突然，传来另一只钟敲出的相当复杂的钟声。

"啊！"割风说，"敲钟召集有选举权的嬷嬷。她们要开教务会。有人死了总要开教务会。她在天亮时死的。一般是在天亮时死人。您从哪里进来的，为什么不能从原地出去呢？嘿，并不是要问您这个问题，您从哪里进来的？"

让·瓦尔让变得脸色苍白。一想到要返回那条可怕的街，就让他不寒而栗。试想，逃出一座虎豹成群的森林，一到外边，有个朋友却劝您回去，这是什么滋味。让·瓦尔让想象所有的警察还在街区里搜索，到处是监视的警察和岗哨，可怕的手伸向他的衣领，也许沙威就待在十字路口的拐角上。

"不行！"他说，"割风老爹，就算我是从天而降好了。"

"我是相信的,我是相信的,"割风又说,"您不需要对我这样说。善良的天主可能把您抓在手里,仔细瞧了瞧,再把您放了。不过,他本来想把您放在一个修士院里;他搞错了。咳,又敲了一下钟声,这是通知看门人去通报市政府,让它派来验尸医生。这些都是死了人的仪式。这些善良的嬷嬷,她们不喜欢这种拜访。医生什么也不相信。他揭开面纱。他有时甚至揭开别的东西。这回她们倒很快派人去叫医生!究竟发生了什么事?您的小姑娘始终睡着。她叫什么名字?"

"柯赛特。"

"这是您的女儿?看来您是她的爷爷吧?"

"是的。"

"对她来说,离开这里很容易。我的便门通院子。我一敲门,看门人就开门。我背上背篓,小姑娘呆在里面。我出门去。割风老爹背着背篓出去,这很平常。您吩咐小姑娘别作声。她头上盖上一块防雨布,一会儿我就来到绿径街,把她放到一个好朋友家里,她是开水果店的老女人,耳朵聋了,家里有张小床。我在水果店老板娘的耳朵里喊,这是我的一个侄女,要她照顾到明天。

然后,小姑娘同您一起回来。因为我会让您回来。需要这样做。可是您呢,您怎样才能出去?"

让·瓦尔让摇了摇头。

"不能让人看到我。关键就在这里,割风老爹。您要找到一个办法,让我出去,就像把柯赛特藏在背篓里,再盖上一块防雨布。"

割风用左手中指搔了搔耳根,表明束手无策。

第三下钟声转移了他们的注意力。

"验尸医生走了,"割风说,"他看过了,说道:她死了,没错。医生签发了上天国的通行证,丧仪馆就送一口棺材来。如果死的是嬷嬷,就由嬷嬷们来埋葬;如果死的是修女,就由修女来埋葬。然后,我敲钉子。这属于我园丁的分内事。园丁也算是掘墓工。尸体放在与街相通的教堂低矮大厅里,除了法医,别的男人不能进去。我不把装殓工和我算在男人之内。我就在这个大厅里给棺材敲钉子。装殓工把尸体抬走,车夫,上路吧!就这样上天堂了。运来时是只空盒子,装上东西再运走。这就是所谓埋葬。唱哀悼经。"

一柱平射进来的阳光掠过柯赛特的脸,睡熟的她微微张开嘴,神态像浴满阳光的天使。让·瓦尔让开始凝视她。他不再听割风讲话。

没有人听,这不是不说话的理由。正直的老园丁平静地继续啰嗦下去:

"在沃吉拉尔墓地挖个坑。据说要取消沃吉拉尔墓地了。这是个老墓园,不合规格,外表难看,快要退休了。很遗憾,因为这块墓园很方便。我在那里有一个朋友,梅斯蒂埃纳老爹,是个掘墓工。这里的修女有个特权,就是在天黑运到这个墓园。这是警察厅专为她们做出的一项决定。可是,从昨天以来发生了多少事啊!受难嬷嬷死了,马德兰老爹又……"

"埋葬了,"让·瓦尔让苦笑着说。

割风顺势说:

"当然!如果您长期呆下去,那真要埋葬了。"

响起第四下钟声。割风赶紧从钉子上取下系着铃铛的皮带,系在膝盖上。

"这回该我了。院长嬷嬷在叫我。好啊,皮带扣针扎了我一下。马德兰先生,别动,等着我。有别的事。如果您饿了,那边有酒、面包和奶酪。"

他走出破屋,一面说:"来啦!来啦!"

让·瓦尔让看到他匆匆穿过园子,瘸腿走得也就只能这样快了,一面看看旁边的瓜田。

割风老爹一路上吓得修女四散逃走,不到十分钟,他轻轻敲了一下门,一个柔和的声音回答:"永远是这样。永远是这样。"意思是说:"请进。"

这扇门是接待室的门,专为园丁来干活的。接待室通会议室。女院长坐在接待室唯一的一张椅子上,等待着割风。

## 二、割风面对困难

某些性格和某些职业的人,尤其是教士和修女,遇到危急情况,神情激动和严肃,这是很特别的。正当割风进来时,这种双重的专注神态就刻印在院长的脸上。她是才貌双全的德·布勒默小姐,纯洁嬷嬷,平时是很快乐的。

园丁胆怯地致意,站在门口。院长在数念珠,抬起眼睛说:

"啊!是您,风老爹。"

这种简称在修道院通用惯了。

割风再施礼。

"风老爹,我把您叫来了。"

"我在这里,尊敬的嬷嬷。"

"我有话对您说。"

"而我呢,我这方面,"割风大胆地说,而内心对此却害怕,"我有事要禀告尊敬的嬷嬷。"

院长望着他。

"啊!您有情况要告诉我。"

"一个请求。"

"那么,说吧。"

割风老头做过公证事务员,属于沉得住气的乡下人。有点无知,却很灵巧,这是一种力量。不加怀疑,就会上当。两年多来,住在修道院里,割风待人处事是成功的。他总是独处,忙于园务,无事可做时便很好奇,由于他隔开一段距离看到这些戴着面纱的女人来来去去,面前只有一些幽灵在活动。他很专注,又很敏锐,终于给这些幽灵赋予血肉,对他来说,这些死人是活着的。他像一个聋子一样,目力看得更远,又像瞎子一样,听力尤其灵敏。他致力于辨清不同钟声的含义,他做到了,以至于谜一样的沉默的修道院对他一无秘密;这个斯芬克司在他耳畔诉说各种秘密。割风知道一切,隐藏一切。这是他的机灵之处。整个修道院都认为他愚蠢。在宗教上这是个重大优点。有选举权的嬷嬷看重割风。这是个好奇的聋子。他得到信赖。再说,他守规矩,出门只是为了果园和菜园非办不可的事。他行动谨慎也得到公认。但他仍然能让两个人套出话来:修道院里的看门人，他知道接待室的特殊情况；墓地里的掘墓工，他知道墓园里的怪事；这样，他在修女生活的地方，有双重的光芒，一个投向生活，另一个投向死亡。可是他决不滥用。修会很看重他。他年迈、跛脚、目力不济，或许有点聋，有那么多优点！很难找到代替他的人。

　　老头带着受人尊重的信心，对尊敬的院长讲了一大通话，像乡下人那样既含混又深刻的话。他久久地谈到自己的年龄、残废、岁月今后加倍地压在他身上，活计不断增加，园子很大，要熬夜，比如上一夜，他趁有月亮要给瓜田盖草席，最后他谈到他有一个兄弟——（院长动了一下）——一个不年轻的兄弟，——（院长动了第二下，不过这是放心的动作）——如果院里愿意的话，他的兄弟可以和他住在一起，给他帮忙，他是个出色的园丁，修会得益不浅，他兄弟的活计干得比他好；——另外，要是不接受他兄弟的话，他这个哥哥感到体衰力弱，顶不下去，非常遗憾，他不得不离开了；——他的兄弟有一个小女儿，带在身边，想在修院里培养她信仰天主，谁知道呢，也许有朝一日她会成为修女。

　　他说完以后，院长停止数念珠，对他说：

　　"今天晚上之前，您能搞到一根粗铁棍吗？"

　　"干什么呢？"

　　"做杠杆。"

　　"找得到，尊敬的嬷嬷。"割风回答。

　　院长不多说一句话，站了起来，走进隔壁房间，那是会议室，有选举权的嬷嬷可能聚集在那里。割风是独自一人。

### 三、纯洁嬷嬷

大约过去了一刻钟。院长回来了,在椅子上坐下。

两个对话人好像都有心思。我们尽可能把对话速记下来。

"风老爹?"

"尊敬的嬷嬷?"

"您熟悉小教堂吗?"

"我有一个小间,可以听弥撒和日课。"

"您进过合唱室干活吗?"

"进过两三次。"

"这件事要撬起一块石头。"

"石头很重吗?"

"在祭坛旁那块石板。"

"封闭地下室的石块吗?"

"是的。"

"这种情况,最好有两个人。"

"升天嬷嬷像男人一样强壮,可以帮你。"

"一个女人总不如一个男人。"

"我们只有一个女人帮您。每个人尽力而为。马比荣[1]发表了圣贝尔纳的四百十七封信,梅尔洛努斯·霍尔蒂乌斯只发表了三百六十七封信,而我决不因此藐视梅尔洛努斯·霍尔蒂乌斯。"

"我也一样。"

---

1 马比荣(1632~1707),法国本笃会修士,发表圣贝尔纳的著作和圣伯努瓦的修会的年鉴。

"可贵的是尽力而为。一个修道院不是工地。"

"而一个女人总不如一个男人。我的兄弟很强壮!"

"再说您有一根杠杆。"

"一把钥匙开一扇门。"

"有一个铁环。"

"我把杠杆穿过去。"

"石板可以转动。"

"很好,尊敬的嬷嬷。我会打开地下室。"

"有四个唱诗嬷嬷帮助您。"

"地下室打开以后呢?"

"还要再盖上。"

"就这些?"

"不。"

"请您给我吩咐,尊敬的嬷嬷。"

"风老爹,我们信赖您。"

"我在这里什么事都可以做。"

"要守口如瓶。"

"好的,尊敬的嬷嬷。"

"地下室打开以后……"

"我再把它封上。"

"不过,在这之前……"

"怎么样,尊敬的嬷嬷?"

"要放下去一点东西。"

出现了沉默。院长撅了一撅下嘴唇,好似犹豫不决,打破了沉默。

"风老爹?"

"尊敬的嬷嬷?"

"您知道,今天早上有一个嬷嬷去世了。"

"不知道。"

"您没有听到钟声吗?"

"在园子尽头什么也听不见。"

"当真?"

"我几乎听不清叫我的钟声。"

"天亮时她过世了。"

"再说,今天早上,风不往我这边吹。"

"这是受难嬷嬷。有福的人。"

院长沉默不语了,翕动着嘴唇,仿佛在默念祷文,然后又说:

"三年前,仅仅是为了看受难嬷嬷祈祷,有一个让森派教徒德·贝图纳夫人,皈依了正统派。"

"啊,是的,我现在听到了丧钟,尊敬的嬷嬷。"

"嬷嬷们把她搬到了通教堂的太平间。"

"我知道。"

"除了您,任何别的男人都不能,也不应该进入这个房间。您要看管好,要是有个男人进入太平间,那就好看了!"

"决不行!"

"什么?"

"决不行!"

"您说什么？"

"我说决不行。"

"决不行什么？"

"尊敬的嬷嬷，我没说决不行什么，我说决不行。"

"我不明白。为什么您说决不行？"

"是按您的说法，尊敬的嬷嬷。"

"可是我没有说决不行。"

"您没有说过，但我是按您的说法。"

这当儿，敲响了九点钟。

"早上九点钟和每一点钟，圣坛上的圣体都要受到赞美和崇拜，"院长说。

"阿门，"割风说。

报时间的钟声敲得恰是时候，打断"决不行"的谈话。没有钟声，恐怕院长和割风决不会摆脱这团乱麻。

割风擦擦脑门。

院长又默祷了一会儿，大概是祈祷，然后提高了声音。

"受难嬷嬷生前感化了不少人；她去世后会显灵的。"

"她会显灵的！"割风亦步亦趋地回答，尽力不再出错。

"风老爹，修会通过受难嬷嬷得到祝圣。无疑，决不是人人都像贝吕尔红衣主教那样做圣弥撒时灵魂升天，当时他说：'Hanc igitur oblationem.'[1] 虽然受难嬷嬷没有达到那样的幸福，她的去世也是很宝贵的。她直到临终时神志仍然清醒。她对我们说话，然后她对天使

---

1 拉丁文：以此祭献。

说话。她有遗言给我们。如果您有点信仰，如果您曾在她的修行室里，她触到您的腿，就会治愈您。她微笑着。大家感到她在天主身上复活了。她撒手人寰，有着上天堂的迹象。"

割风以为悼词结束了。

"阿门，"他说。

"风老爹，应该实现死者的遗愿。"

院长拨了几颗念珠。割风沉默不语。她又说起来。

"关于这个问题，我问过好几位神职人员，他们为我主效力，撰写教士生平，成果斐然。"

"尊敬的嬷嬷，在这里比在园子里丧钟听得清。"

"再说，她不是一个普通的死者，她是一个圣女。"

"像您一样，尊敬的嬷嬷。"

"她在自己的棺材里睡了二十年，得到教皇庇护七世的特许。"

"就是他给皇……波拿巴加冕。"

对割风这样一个灵活的人来说，他的回忆不合时宜。幸亏院长全神贯注，没有听到他的话。她继续说：

"风老爹？"

"尊敬的嬷嬷？"

"卡帕多基亚[1]的大主教圣迪奥多尔希望在他的墓碑上写一个字：'Acarus'，[2] 意为蚯蚓；别人照办了。这是真的吗？"

---

1 卡帕多基亚，土耳其地区，6世纪末成为基督教中心。
2 拉丁文：螨虫—类寄生物。

"是真的，尊敬的嬷嬷。"

"阿奎拉修道院院长，那个幸运的梅佐卡纳，要求葬在绞架下；别人照办了。"

"这是真的。"

"台伯河入海口的波尔主教圣泰伦斯，要求在他的墓碑上刻上弑君者坟上的标志，希望行人在他的坟上啐唾沫。别人照办了。必须顺从死者遗愿。"

"但愿如此。"

"出生在法国蜂岩附近的贝尔纳·吉多尼的遗体，不顾卡斯蒂叶国王的反对，按他的吩咐抬到里摩日的多明我会的教堂，尽管他是西班牙图伊的主教。能说这不对吗？"

"当然不能，尊敬的嬷嬷。"

"这件事得到普朗塔维·德·拉福斯的证实。"

院长默默地拨了几颗念珠，又说：

"风老爹，受难嬷嬷要葬在她睡了二十年的棺材里。"

"不错。"

"这是继续长眠。"

"我要把她钉在这副棺材里吗？"

"是的。"

"我们把殡仪馆的棺材撇在一边吗？"

"正是。"

"我听从尊敬的修会的吩咐。"

"四个唱诗嬷嬷会帮助您。"

"帮助我钉棺材？我不需要她们。"

"不是。帮助您把棺材放下去。"

"放到哪里？"

"放到地下室。"

"什么地下室？"

"在祭坛下。"

割风吓了一跳。

"祭坛下的地下室！"

"是在祭坛下。"

"可是……"

"要顺从死者的遗愿。葬在小教堂祭坛下的地下室，决不到俗人的墓地去，死在她生前祈祷的地方；这是受难嬷嬷的最高遗愿。她要求，也就是吩咐我们这样做。"

"但这是禁止的。"

"是人禁止，而天主却这样下令。"

"要是让人知道呢？"

"我们信赖您。"

"噢，我呀，我是您的墙上的一块石头。"

"教务会开过了会。我刚才征询过有选举权的嬷嬷，她们经过商议，决定按照受难嬷嬷的遗愿，把她的棺材葬在祭坛下。风老爹，请想想，这里会显灵的！对修会来说，多么为天主增光啊！从坟墓中出现奇迹。"

"可是，尊敬的嬷嬷，如果卫生委员会的人员……"

"圣伯努瓦第二在墓地上顶住了君士坦丁·波戈纳特[1]。"

"但是警察分局局长……"

"肖诺德梅尔,君士坦丁帝国时期进入高卢的德意志七王之一,特谕承认修士可以埋葬在修道院,也就是在祭坛下。"

"但是警察厅的警探……"

"在十字架面前,尘世毫不足道。查尔特勒修会第十一任会长马丁,为他的修会选定这句箴言:'Stat crux dum volvitur orbis.'[2]"

"阿门,"割风说。每当他听到拉丁文,就坚定不移地用这种办法应付。

沉默过久的人,随便什么人都可以当听众。古代雄辩术大师吉姆纳托拉出狱那天,脑袋里积满了二难推理和三段论法,遇到第一棵树便停下来,滔滔不绝地说起来,千方百计要说服大树。院长平日受到沉默这堤坝的阻挡,她的水库装得太满了,她站了起来,像开了闸门似的滔滔不绝地大声说起来:

"我右边有伯努瓦,左边有贝尔纳。贝尔纳是什么人?他是克莱尔沃的第一任修道院院长。布戈涅的封塔纳是个受到祝福的地方,因为他出生在那里。他的父亲叫泰塞兰,他的母亲叫阿莱特。他在西托创业,在克莱尔沃达到顶点;他由萨奥纳河畔的沙隆主教吉约姆·德·尚波任命为修道院长;他有七百个初学修士,创建了一百六十座修道院;一一四〇年,他在桑斯主教会议上驳倒了阿贝

---

1 君士坦丁·波戈纳特(654~685),拜占庭皇帝。
2 拉丁文:天翻地覆,十字架却耸立。

拉尔[1]，还驳倒了皮埃尔·德·布吕伊和他的学生亨利，还有所谓使徒派的另一伙旁门邪道；他驳得阿尔诺·德·布雷斯哑口无言，痛斥屠杀犹太人的僧侣拉乌尔，控制了一一四八年的兰斯主教会议，提议惩罚了普瓦蒂埃的主教吉尔贝·德·拉波雷和埃昂·德·莱图瓦尔，调解了王公之间的争端，开导了青年路易国王[2]，给教皇欧仁三世出谋划策，处理过圣殿骑士团，宣扬过十字军东征，一生中有二百五十次显灵，有过一天显灵三十九次。伯努瓦是什么人？他是卡散山的主教；他是修道神圣的第二位建立者，西方的巴齐勒[3]。他的教派产生过四十位教皇、两百位红衣主教、五十位族长、一千六百位大主教、四千六百位主教、四个皇帝、十二个皇后、四十六个国王、四十一个王后、三千六百个敕封的圣徒，延续了一千四百年。[4]一方面是圣贝尔纳；另一方面是卫生委员会的人员！一方面是圣伯努瓦；另一方面则是路政局视察员！国家、路政、殡仪馆、规章、行政机构，我们难道不了解？任何行人看到粗暴对待我们都会愤慨。我们甚至没有权利化作尘埃献给耶稣基督！您的卫生局是大革命的创造，天主要从属于警察分局长；这就是我们的世纪。保持沉默，割风！"

割风像淋了一身，很不自在。院长继续说：

"修道院的丧葬权不容他人置疑。否认的只有狂热的人和骑墙

---

1 阿贝拉尔（1079～1142），法国哲学家、神学家，引诱学生爱洛依丝，与之秘密结婚，后被阉割。他的学说受到索瓦松主教会议的谴责，在1140年的桑斯主教会议上，他又受到圣贝尔纳的谴责。
2 指路易十二（1120～1180），法国国王。
3 巴齐勒（330～379），神学家，做过希腊塞萨雷的主教。
4 上述数字并无历史依据。

派。我们生活在极端混乱的时代。该知不知,不该知却知。卑劣无耻,亵渎宗教。在这个时代,有的人分不清圣贝尔纳的伟大和穷苦天主教的贝尔纳,后者是生活在十三世纪的善良教士。还有的人亵渎宗教,竟至于将路易十六的断头台和耶稣基督的十字架相提并论。路易十六只是一个国王!我们不可亵渎天主啊!正确与否都没有了。人们知道伏尔泰的名字,却不知道赛查·德·布斯[1]的名字。但赛查·德·布斯获得真福,而伏尔泰是个不幸的人。前任大主教、佩里戈红衣主教,甚至不知道沙尔·德·贡德朗接替了贝吕尔,弗朗索瓦·布尔古安接替了贡德朗,让·弗朗索瓦·塞诺接替了布尔古安,圣马尔特的父亲接替了让·弗朗索瓦·塞诺[2]。人们知道柯通神父的名字,并非因为他是奥拉托利会的三个倡导者之一,而是因为他成了胡格诺国王亨利四世的骂人材料。[3]使让·弗朗索瓦·塞诺在世人眼中获得青睐的,是他在赌博中作弊。另外,有人攻击宗教。为什么?因为有坏教士,因为加普的主教萨吉泰尔,是昂布伦主教萨洛纳的兄弟,而这两个人都跟随摩莫尔。结果怎样?结果妨碍图尔的马丁成为圣徒了吗?妨碍他把半件披风给了一个穷人吗?有人迫害圣徒。有人闭目不看真理。黑暗是习惯。最凶恶的野兽是瞎眼的野兽。没有人好好想想地狱。噢!可恶的民众啊!以国王的名义今日意味着以革命的名义。大家不再知道该对活人怎样,该对死人怎样。禁止神圣地死去。丧葬成了一件俗事。令人毛骨悚然啊。圣

---

[1] 赛查·德·布斯(1544~1607),法国传教士,将天主教兄弟会引入法国。
[2] 上述数人是奥拉托利会的历届会长。
[3] 亨利四世骂人时常说"我否认天主",后来接受忏悔师柯通的建议,改成"我否认柯通"。柯通由此出名。

列昂二世写过两封快信，一封是给皮埃尔·诺泰尔的，另一封写给维西戈特人国王，就牵涉死人的问题，驳斥和拒绝总督的权威和皇帝的至高无上。沙隆的主教戈迪叶在这方面抵制布戈涅公爵奥通。以前的司法机构是同意这样做的。从前，我们在教务会甚至对世俗事务也有发言权。西托的修道院长、本修会会长，是布戈涅法院的当然顾问。我们可以随意处置我们的死者。圣伯努瓦虽然在五四三年三月二十一日、星期六，在意大利去世，他的遗体不是运回法国的弗勒里修道院，即卢瓦尔河畔的圣伯努瓦吗？这一切是无可否认的。我憎恶装腔作势唱圣诗的人，我憎恨修士院院长，我痛恨异教徒，但我格外厌恶同我唱反调的人。只消看看阿尔诺·维翁、加布里埃尔·布塞兰、特里泰姆、莫罗利库斯和堂吕克·德·阿什里[1]的著作就可以了。"

院长喘了口气，然后转向割风：

"风老爹，说定了吧？"

"说定了，尊敬的嬷嬷。"

"可以指望您吗？"

"我听从吩咐。"

"很好。"

"我对修道院忠心耿耿。"

"就说定了。您封上棺材。修女们把棺材抬到小教堂里。大家做追思弥撒。然后回到修道院。在十一点和午夜之间，您带上铁棍过

---

[1] 上述数人均为本笃会教徒。

来。要进行得极其秘密。在小教堂里只有四个唱诗嬷嬷、升天嬷嬷和您。"

"还有行伏罪礼的修女。"

"她不会回过头来。"

"但她听得到。"

"她不会听。再说，修道院知道的事，外界不知道。"

停了半晌。院长继续说：

"您摘掉铃铛。没有必要让行伏罪礼的修女发觉您在场。"

"尊敬的嬷嬷？"

"什么，风老爹？"

"验尸医生来过了吗？"

"他就要来，今天四点钟。已经敲过钟，去叫验尸医生。您没有听到任何钟声吗？"

"我只注意叫我的钟声。"

"这很好，风老爹。"

"尊敬的嬷嬷，需要至少六尺长的杠杆。"

"您哪里能弄到？"

"不缺铁栅的地方，就不缺铁棍。我的园子尽头有一大堆废铁。"

"午夜前三刻钟左右，别忘了。"

"尊敬的嬷嬷？"

"什么事？"

"要是您有这类其他的活儿，可以找我的兄弟，他很强壮。像个土耳其人！"

"您要做得尽量快。"

"我快不了。我是残废;因此我需要有个帮手。我瘸腿。"

"瘸腿不是过失,可能还是福气。皇帝亨利二世打倒伪教皇格列高里,重立伯努瓦八世,他有两个绰号:圣徒和瘸子。"

"有两件外套真不错。"割风喃喃地说,他确实有点耳背。

"风老爹,我在想件事,我们要用整整一小时。并不算多。您带着铁棍十一点到主祭坛旁边。弥撒在午夜开始。必须提前一刻钟都结束。"

"我会竭尽全力向修会表明忠诚。就这样说定了。我去钉棺材。十一点整我来到小教堂。唱诗嬷嬷们在那里,升天嬷嬷在那里。有两个男人就好多了。没有关系!我有杠杆。我们打开地下室,把棺材放下去,再关上地下室。然后,一点痕迹也没有。政府不会怀疑。尊敬的嬷嬷,一切就这样安排啦?"

"不。"

"还有什么?"

"还有空棺材呢?"

停了半晌。割风在沉思。院长在沉思。

"风老爹,棺材怎么办呢?"

"埋在地里嘛。"

"埋空棺材?"

又是沉默。割风用左手做了一个手势,仿佛赶走一个令人不安的问题。

"尊敬的嬷嬷,是我在教堂的低矮大厅里钉棺材板,除了我,没有人可以进去,我会用尸布把棺材盖上。"

"好的,可是,抬棺材的人把棺材抬上柩车,再放到墓穴里去,会感到里面空空如也。"

"啊!见……!"割风叫道。

院长划了一个十字,注视着园丁。"鬼"字留在他的喉咙里。

他急忙扯开话题,让人忘掉诅咒的话。

"尊敬的嬷嬷,我会把土放在棺材里。造成有人的效果。"

"您说得对。泥土跟人是一码事。这样,您可以处理掉空棺材了?"

"我会把事情办好的。"

院长的脸始终是不安和阴沉的,如今平静下来。她对他做了个上级叫下级退下的手势。割风朝门口走去。他正要出去时,院长略微提高了声音说:

"风老爹,我对您很满意;明天,下葬以后,您把您的兄弟给我带来,并告诉他,把他的女儿也带来。"

## 四、让·瓦尔让好像看过奥斯丹·卡斯蒂勒约的著作

跛脚走路如同独眼注视,两者都不能很快达到目标。再说,割风忐忑不安。他花了将近一刻钟才回到园子的破屋里。柯赛特已经醒了。让·瓦尔让让她坐在炉边。割风进来时,让·瓦尔让向她指了指园丁挂在墙上的背篓,说道:

"好好听我说,我的小柯赛特。我们必须离开这座房子,不过我们还要回来,以后就安全了。这里的老头会把你放在背篓里带出去。

你在一位太太家里等我。我再去接你,如果你不愿意泰纳迪埃的女人把你抓回去,就要听话,什么也别说!"

柯赛特严肃地点了点头。

听到割风推门的声音,让·瓦尔让回过身来。

"怎么样?"

"一切都安排好了,又一点没有着落,"割风说。"我获准让您进来;但在让您进来之前,必须让您出去。困难就在这里。至于小姑娘,倒是好办。"

"您把她背出去吗?"

"她不出声吗?"

"我能担保。"

"而您呢,马德兰老爹?"

沉默了一会,处在焦虑不安中,割风大声说:

"您从什么地方进来,就从什么地方出去,行吗?"

让·瓦尔让像头一次那样,只回答了一句:"不行。"

割风好像在自言自语,而不像对让·瓦尔让说话,咕哝道:

"还有一件事叫我不安。我说过里面放土。因为我想,里面放土,而不是放人,这并不像,行不通,土要移动,晃来晃去。抬的人会感觉出来。您明白,马德兰老爹,政府会发现的。"

让·瓦尔让定睛凝视他,以为他在说胡话。

割风又说:

"真见……鬼,您怎么出去呢?因为明天一切都要办妥!明天我要带您进来。院长等着您。"

于是他向让·瓦尔让解释，他，割风，为修会效劳，这是回报。参加埋葬是他分内的事，他要钉棺材板，在墓地还要协助掘墓工。早上去世的修女要求躺在她用作床的棺材里，并埋葬在小教堂祭坛下的地下室里。这是警察局的规定禁止的，可是，这个死者别人无法拒绝她的要求。院长和有选举权的嬷嬷想执行死者的遗愿。政府，管它呢。他，割风要在修行室钉棺材板，撬起小教堂的石板，把死者放进地下室。为了感谢他，院长答应把他的兄弟当作园丁，并把他的侄女当作寄宿生接纳进来。他的兄弟就是马德兰先生，他的侄女就是柯赛特。院长告诉他，假埋葬以后，明晚把他的兄弟带进来。但是，如果马德兰先生不在外面，他无法将马德兰先生从外面带进来。这是第一个难题。还有另一个难题：空棺材。

"空棺材是什么？"让·瓦尔让问。

割风回答：

"就是当局的棺材。"

"什么棺材？什么当局？"

"一个修女死了。市政府的医生来过以后说：有一个修女死了。政府便送来一口棺材。第二天，再派来一辆柩车和几个装殓工，把棺材运走，送到墓地。装殓工会来抬走棺材；里面却空无一物。"

"放点东西进去好了。"

"放一个死人？我可没有。"

"不是。"

"放什么呢？"

"放一个活人。"

"哪个活人。"

"我，"让·瓦尔让说。

割风原来坐着，这时站了起来，仿佛一个爆竹从他的椅子下蹦了出来。

"您!"

"为什么不呢?"

让·瓦尔让脸上露出难得的笑容，如同冬天空中的一柱阳光。

"您知道，割风，您说过，受难嬷嬷去世了，我要加上一句：马德兰老爹埋葬了。就这么办。"

"啊，好的，您开玩笑。您不是认真说的。"

"很认真。必须从这里出去吗?"

"当然。"

"我对您说过，也给我找一个背篓和一块苦布。"

"干什么?"

"背篓是枞木的，苦布是黑色的。"

"首先，那是块白布。埋葬修女用白色殓布。"

"白布也行。"

"您跟别人不一样，马德兰老爹。"

这种怪想只不过是苦役监中粗野而大胆的设想，而割风生活在宁静的事物当中，如今他看到这种怪想从宁静事物中产生，而且参与到他所说的"修道院的常规事务"中，他感受到的惊诧宛如一个行人看到一只海鸥来到圣德尼街的阳沟中捕鱼。

让·瓦尔让继续说：

"问题在于从这里出去而不被人看见。这是一个方法。但首先您要将情况告诉我。事情怎样进行?这口棺材放在哪里?"

"那口空棺材吗?"

"是的。"

"在楼下,在所谓的太平间。放在两条搁凳上,盖上一块尸布。"

"棺材有多长?"

"六尺。"

"太平间是怎么回事?"

"这是底楼的一个房间,有一扇铁栅窗,面向园子,窗子从外面用护窗板关上,有两扇门:一扇通向修道院,另一扇通向教堂。"

"什么教堂?"

"街上的教堂,大家都能进去的教堂。"

"您有这两扇门的钥匙吗?"

"没有。我有通修道院那扇门的钥匙;看门人有通教堂的钥匙。"

"看门人什么时候打开这扇门?"

"只让装殓工进来,他们来抬棺材。棺材一抬出去,门就关上。"

"谁钉棺材板?"

"是我。"

"谁盖殓尸布?"

"是我。"

"就您一人吗?"

"除了警察局的医生,没有别的男人,能够进入太平间。这甚至写在墙上。"

"今夜，修道院里人人都睡下后，您能让我藏在太平间吗？"

"不能。但我能将您藏在一间破旧的小黑屋里，小屋通太平间，我把埋葬的工具放在那里，我看守这间屋，也有钥匙。"

"明天什么时候柩车来运走棺材？"

"大约下午三点钟。入夜之前埋在沃吉拉尔公墓。这不在附近。"

"我整夜和整个上午藏在您的小黑屋里。吃饭呢？我会饿的。"

"我会给您送吃的来。"

"您可以在两点钟来，把我钉在棺材里。"

割风退后一步，把手指关节弄得卡卡响。

"这可不行！"

"嗨！拿把榔头，在木板上敲几颗钉子嘛！"

我们再说一遍，让·瓦尔让觉得很普通的事，割风感到闻所未闻。让·瓦尔让经历过千难万险。当过囚犯的人，都知道一套诀窍，按照越狱途径的尺寸，缩小自己的身体。囚犯要逃跑，就像病人面临病情发作，要么得救，要么完蛋。越狱，就是病愈。要治愈，有什么药方不能接受呢？让人钉在一只箱子里像包裹一样运走，长时间活在箱子里，在没有空气的地方找到空气，连续几小时节省呼吸，善于屏气而不至于死去，这是让·瓦尔让的一种歪才。

况且，棺材里藏一个活人，这种苦役犯的方法，帝王也用过。要是相信奥斯丹·卡斯蒂勒约修士的记载，查理五世[1]用过这个方法；他逊位后想最后见普隆布姑娘一面，便这样把她弄进圣茹斯特

---

[1] 查理五世（1500～1558），德意志皇帝，西班牙国王。

修道院，然后再把她运出去。

割风缓过来后大声说：

"可是，您怎么呼吸呢？"

"我能呼吸。"

"在这个箱子里！我呀，只要想一想，就憋气了。"

"您有螺旋钻吧，您在我的嘴巴周围钻上几个小孔，您钉棺材板时不要钉得太紧。"

"好的！要是您咳嗽或者打喷嚏呢？"

"逃跑的人不会咳嗽，也不会打喷嚏。"

让·瓦尔让又说：

"割风老爹，必须下定决心：要么在这里被抓住，要么同意让枢车运出去。"

大家都注意到猫喜欢在虚掩的双扇门之间停留和徘徊。谁会对猫说：进来啊！有的人面对刚开始的事变，也是倾向于左右为难，生怕让命运突然封闭冒险机会，终至粉身碎骨。过于谨慎的人像猫一样，而且正因为是猫，有时比胆大的人更敢冒险。割风就属于这种迟疑不决的人。让·瓦尔让的镇定使他不由自主地慑服了。他嘟囔着说：

"其实，也没有别的办法。"

让·瓦尔让又说：

"唯一令我不安的是，在墓地里不知会发生什么事。"

"恰恰这一点不叫我为难，"割风大声说。"如果您有把握钻出棺材，我呢，我有把握让您钻出墓穴。掘墓工是个酒鬼，我的一个朋友。他叫梅斯蒂埃纳老爹。老家伙嗜酒如命。掘墓工把死人放进墓穴里，我呢，我把掘墓工放进我的口袋里。我来告诉您事情会怎样进行。在天黑之前到达，离墓地关门约三四小时。柩车一直来到墓穴。我跟随在后；这是我的工作。我兜里装着一把榔头、一把凿子和钳子。柩车停下，埋葬工绕棺材系上一条绳子，把您放下去。教士念祈祷，画十字，洒圣水，然后走掉了。我单独和梅斯蒂埃纳留下来。我对您说过，他是我的朋友。两者必居其一，要么他喝醉了，要么他没醉。如果他没醉，我便对他说：趁'甜木瓜酒店'没关门，去喝一盅吧。我把他带走，灌醉他，梅斯蒂埃纳老爹很快就会醉倒，他总是要喝醉，我把他放倒在桌子下，拿走他的工作卡，回到墓地，我撇下他回去。您就只同我打交道了。如果他喝醉了，我便对他说：你走开，我来替你干活。他走了，我把您从墓穴拉出来。"

让·瓦尔让向他伸出手去，割风带着农民感人的冲动扑过去，握住了。

"说定了，割风老爹。一切会顺利的。"

"但愿别发生意外，"割风思忖。"否则就大事不好了！"

## 五、酒鬼不会长生不老

第二天，太阳下山时，梅纳大街的来往行人非常稀少，看到一辆旧式柩车经过，都脱帽致意；柩车上装饰着骷髅头、胫骨和眼泪。这辆柩车里有一副棺材，盖着一块白布，白布上面放着一个巨大的黑色十字架，酷似一个高大的死人，她的手臂垂下来。一辆带篷的四轮马车跟随在后，只见里面坐着一个穿白色道袍的教士和一个戴红色小帽的唱诗班小孩。两个穿黑色镶边灰制服的装殓工，一左一右走在柩车旁边。后面跟着一个穿工人服装的瘸腿老头。这支送葬队伍朝沃吉拉尔公墓走去。

老头的口袋里露出一把榔头柄、一把冷凿的刀刃和一把铁钳的两只把手。

沃吉拉尔公墓在巴黎的墓地中别具一格。它有特殊的习惯，正如这个街区的老人执拗地用老字眼，把大门和边门称作车马大门和人行门一样。上文说过，小皮克普斯的圣贝尔纳-本笃会修女得到许可，埋葬在单独的一角，而且在傍晚下葬，这块地从前属于她们的修会。因此，在夏天黄昏和冬天夜里，装殓工在墓地干活时，必须遵守一条特殊的纪律。巴黎墓地的大门在日落时关门，这是市政府的一项规定，沃吉拉尔公墓像其他墓地一样都得遵守。车马大门和人行门是毗邻的两扇铁栅门，旁边有一座亭子，是建筑师佩罗奈建造的，墓地的看门人住在那里。太阳消失在残老军人院的圆顶后面时，两道铁栅门就毫不留情地转动铰链关起来。如果这时有个掘墓工滞留在墓地里，他只有一个方法出去，就是用殡仪馆发放的掘墓工卡。在看门人的护窗板内装有一只信箱那样的箱子。掘墓工把工卡投进箱里，看门人听到工卡掉下来的声音，就拉动绳子，人行门打开。如果掘墓工没带工卡，他便通名报姓，看门人有时躺下和睡着了，便起来认出是掘墓工，用钥匙开门；掘墓工出去时要付十五法郎的罚金。

这个墓地不顾规定独行其是，妨碍了管理的一致。一八三〇年后不久便被取消了。蒙帕纳斯公墓,也即东部墓地取代了它,而且继承了沃吉拉尔公墓阴阳两界之间的著名酒馆;酒馆正门的一块木板上画着一只木瓜,一边对着酒客的桌子,另一边对着墓地,招牌写着:"甜木瓜"。

沃吉拉尔公墓可以称为一块凋敝的墓园。它已废弃不用了。霉烂占有了它,鲜花离开了它。市民很少考虑埋葬在沃吉拉尔公墓;这里散发出贫穷气息。拉雪兹神父公墓就好多了!埋葬在拉雪兹神父公墓,就像拥有桃花心木家具。那里公认气派华贵。沃吉拉尔公墓是一块古老的园地,按法国旧式花园栽种。笔直的小径,黄杨木,侧柏,冬青,老紫杉下的旧坟,野草葳蕤。傍晚阴森森的。景物的线条十分凄凉。

当盖着白尸布和黑色十字架的柩车进入沃吉拉尔公墓的林荫路时,太阳还没有西沉。跟随在后的瘸腿就是割风。

将受难嬷嬷葬在祭坛下的地下室里,柯赛特离开修道院,让·瓦尔让跫进太平间,一切都顺利地执行了,没有遇到什么麻烦。

顺便说说,将受难嬷嬷埋葬在修道院的祭坛下,在我们看来是完全可以宽恕的。这种过错就像一个责任。修女们这样做不仅毫无不安,而且得到良心的赞同。在修道院,所谓政府,只是对权力的一种干预,总是值得讨论的一种干预。首先是规定;至于法规,那要看情况。人只要愿意,就可以制定法律,不过,还是为自己留下这些法律吧。给恺撒的通行税,只是给天主的通行税的余额。面对一条原则,一位王公毫不足道。

割风十分高兴地跟在柩车后面一瘸一拐。他的两个秘密,他的一对阴谋,一个同修女合谋,另一个同马德兰先生合谋,一个帮助修道院，另一个违背修道院，相辅相成。让·瓦尔让的平静十分强有力，能够传递给别人。割风不再怀疑取得成功。剩下来要做的事易如反掌。两年以来，他不下十次灌醉掘墓工，那个正直的梅斯蒂埃纳老爹，一个肥胖的老头。他能摆弄梅斯蒂埃纳老爹。他爱怎么做都可以。他按自己的意愿，随心所欲地给梅斯蒂埃纳戴帽子。梅斯蒂埃纳的脑袋与割风的帽子相一致。割风万无一失。

正当柩车进入通向墓地的林荫路时，割风喜孜孜地望着柩车，搓着粗大的双手，小声说：

"真是一场恶作剧！"

柩车突然停下，来到了铁栅前。要出示埋葬许可证。殡仪馆的人同看门人交涉。交涉总要停留一两分钟，这时，有一个陌生人走到柩车后面割风的旁边。他像个工人，穿一件大口袋的外衣，腋下夹一把镐头。

割风望着这个陌生人。

"您是谁？"他问。

这个人回答：

"掘墓工。"

当胸挨了一发炮弹还幸存下来的人，就像割风这副脸面。

"掘墓工！"

"是的。"

"是您！"

"是我。"

"掘墓工是梅斯蒂埃纳老爹。"

"以前是。"

"怎么！以前是？"

"他死了。"

割风预料到一切，除了这个，一个掘墓工是会死的。这是事实。掘墓工也会死掉。由于挖别人的墓穴，也就挖开了自己的墓穴。

割风目瞪口呆。他几乎无力结结巴巴地说：

"但这不可能！"

"这是事实。"

"可是，"他有气无力地说，"掘墓工是梅斯蒂埃纳老爹。"

"在拿破仑之后，是路易十八。在梅斯蒂埃纳之后，是格里比埃。乡下人，我叫格里比埃。"

割风脸色煞白，注视着这个格里比埃。

这是个瘦长个子，脸色苍白，十足丧门神的模样。他看来像没做成医生，转行当了掘墓工。

割风哈哈大笑。

"啊！真是怪事成串！梅斯蒂埃纳老爹死了。梅斯蒂埃纳小老爹死了，勒努瓦小老爹万岁！您知道勒努瓦小老爹是什么人吗？那是六法郎一小罐的红酒，苏雷斯纳的罐装酒！真正的巴黎苏雷斯纳酒！啊！梅斯蒂埃纳老头死了！我很遗憾；他活着的时候多么善良。您呢，您也是善良的。不对吗，伙计？待会儿我们一起去喝上一杯。"

那个人回答："我念过书。我念到四年级。我从来不喝酒。"

柩车又走起来，行驶在墓园的大道上。

割风放慢了步子。他一瘸一拐，更多是出于焦虑，而不是残疾。

掘墓工走在他前面。

割风再一次观察这个意料不到的格里比埃。

这种类型的人虽然年轻，已有老态，虽然瘦削，却很有力气。

"伙计！"割风喊道。

那个人回过身来。

"我是修道院的掘墓工。"

"我的同行，"那个人说。

割风不识字，却很精明，明白他在同一个可怕的家伙，一个能说会道的人打交道。

他咕噜说：

"这么说，梅斯蒂埃纳老爹死了。"

那个人回答：

"千真万确。善良的天主查了他的生死簿。这回轮到梅斯蒂埃纳老爹。梅斯蒂埃纳老爹死了。"

割风老爹机械地重复：

"善良的天主……"

"善良的天主，"那个人威严地说。"对哲学家来说，是永恒的天父；对雅各宾派来说，是最高存在。"

"我们不认识一下吗？"割风嗫嚅地说。

"已经认识了。您是乡下人，我是巴黎人。"

"没有一起喝过酒，就不算认识。干了杯，才肝胆相照。您同我一起去喝酒吧。这不能拒绝。"

"先要干活。"

割风想：我完蛋了。

车轮在小径上再转上几圈，就到达修女墓地了。

掘墓工又说：

"乡下人，我有七个小家伙要养活。既然他们要吃饭，我就不能喝酒。"

他以一个严肃的人满意的口吻，又加上一句：

"他们的饥饿是我嗜酒的敌人。"

柩车绕过一丛柏树，离开了大道，走上一条小径，进入泥地，深入矮树丛。这表明马上接近墓地了。割风放慢了步子，但不能让柩车放慢速度。幸亏泥地被冬雨淋湿，松软，粘住车轮，减慢了速度。

他走近掘墓工。

"阿尔让特伊葡萄酒，味道真好，"割风小声说。

"乡下人，"那个人说，"本来我不该当掘墓工。我的父亲是陆军子弟学校的看门人。他让我从事文学。但他遇到不幸。他在交易所损失惨重。我不得不放弃作家职业。但我还是个代笔人。"

"您不是掘墓工吗？"割风问道，抓住了这根很细弱的树枝。

"这个不妨碍那个。我兼职。"

割风不明白最后这个词。

"咱们去喝酒吧，"他说。

这里有必要指出一点。割风尽管焦急不安，提出喝酒，却没有说明一点：谁会钞？平时，割风邀请，梅斯蒂埃纳会钞。请人喝酒，显然是新掘墓工产生的新局面造成的，必须邀请，但老园丁还是有意地把拉伯雷传为美谈的一刻撇开。[1] 至于割风，不管多么气急败坏，却根本不想破钞。

掘墓工带着高傲的微笑，继续说：

"要糊口啊。我同意接替梅斯蒂埃纳老爹。一个人差不多完成学业，就有哲学头脑了。我用手干活，又用臂膀干活。我在塞弗尔街的市场上有个代笔摊位。您知道吗？那是伞市。所有红十字会的厨娘都来找我。我替她们乱写给大兵的情书。上午我写情书，傍晚我挖墓穴。这就是生活，乡下人。"

柩车往前走。割风心急如焚，环顾四周。大滴汗珠从额角上淌下来。

"可是，"掘墓工继续说，"不能同时侍候两个女主人。我得选择拿笔还是拿镐。镐会磨坏我的手。"

柩车停了下来。

唱诗班孩子和神父先后从柩车上下来。

柩车的一只小前轮稍微压在一堆土上，再往前是张开的墓穴。

"真是一场闹剧！"割风惊愕地重复说。

## 六、在棺材里

谁在棺材里？读者知道是让·瓦尔让。

让·瓦尔让安排好能在里面活下去，他几乎能呼吸。

内心的安全感保证了其余的安全，这确是一件怪事。让·瓦尔

---

[1] 指摆脱困境。传说拉伯雷在里昂一文不名，给国王、王后和太子开了三剂毒药，置于一旁，但被密探发现，把拉伯雷押到巴黎。国王却把他释放了。

让谋划的一切进行着,从昨天以来进展顺利。他像割风一样,指望着梅斯蒂埃纳老爹。他不怀疑结果。局势从来没有这样严峻过,心情也从来没有这样平静过。

棺材的四块木板释放出一种可怕的宁静。仿佛死人的长眠渗入了让·瓦尔让的平静。

他从棺材里能跟随,并且继续跟随他和死神一起演出的可怕惨剧的每一阶段。

割风钉好棺材板不久,让·瓦尔让便感到被抬走,然后被运走。后来不颠簸了,他感到从石子路来到行人多的路,就是说离开了小道,来到了大街。从声音变得低沉,他猜测出已经穿过奥斯特利兹桥。第一次停下时,他明白已经进入墓园;第二次停下时,他思忖已经到了墓穴。

突然,他感到有手抓住棺材,然后是棺材板上的喑哑的摩擦声;他意识到这是一根绳子绕棺材一周系牢,要放下去埋葬。

然后他一阵昏眩。

可能是埋葬工和掘墓工晃动了棺材,头朝下放下去。当他感到放平了,一动不动时,又完全恢复过来。他刚触到底部。

他感到有点冷。

他上面升起一个声音,冷冰冰而又庄重。他听到掠过一些拉丁文,说得非常慢,他一个个都能抓住,却听不明白。

"Qui dormiunt in terræ pulvere, evigilabunt; alii in vitam œternam, et alii in opprobrium, ut videant semper......" [1]

---

[1] 拉丁文:睡在尘土中的人将醒来;有的人获得永生,还有的人忍受耻辱,让他们永远看见……

一个孩子的声音说：

"De profundis……"[1]

庄重的声音接着说：

"Requiem œternam dona ei, Domine."[2]

孩子的声音回答：

"Et lux perpetua luceat ei."[3]

他听到有东西落在盖住他的板上，好像是几滴雨点轻轻的叩击声。也许是洒圣水。

他心想："快结束了。再耐心等一下。教士快要走掉。割风会带梅斯蒂埃纳去喝酒。把我留下来。然后割风独自回来，让我出来。要足足等一小时。"

庄重的声音又说：

"Requiescat in pace."[4]

孩子的声音说：

"阿门。"

让·瓦尔让竖起耳朵，听出好像是脚步声远去了。

"他们走了，"他想。"剩下我一个人。"

突然，他听到头顶上仿佛雷击一样的响声。

这是一铲土落在棺材上。

第二铲土落下来。

---

1 从深渊永远看见……
2 拉丁文：主啊，让她永远长眠吧。
3 拉丁文：让永恒的光照耀她。
4 拉丁文：但愿她安息。

他从中呼吸的一个小孔刚刚被堵住了。

第三铲土落下来。

然后是第四铲土。

有些事连最坚强的人也受不了。让·瓦尔让失去了知觉。

## 七、"别遗失工卡"这句话的出典

让·瓦尔让躺着的棺材上方,发生了这样的事。

当柩车远去,教士和孩子上车走掉以后,割风的目光不离开掘墓工,看到他弯下腰来,捏住铁铲,铲子笔直插在土堆中。

于是割风下了最大的决心。

他站在墓穴和掘墓工之间,交叉起手臂,说道:

"我来付钱!"

掘墓工惊讶地望着他,回答道:

"什么,乡下人?"

割风再说一遍:

"我来付钱!"

"什么?"

"酒钱。"

"什么酒钱?"

"阿尔让特伊葡萄酒。"

"阿尔让特伊葡萄酒在哪儿?"

"在'甜木瓜酒店'。"

"你见鬼去吧!"掘墓工说。

他把一铲土扔在棺材上。

棺材发出沉闷的响声。割风感到摇摇晃晃,眼看要倒在墓穴里。他喊了起来,声音有点哽塞:

"伙计,趁'甜木瓜酒店'没关门!"

掘墓工又铲起了土。割风继续说:

"我付钱!"

他抓住了掘墓工的手臂。

"听我说,伙计。我是修道院的掘墓工。我来帮助您。这活计晚上也可以干。我们先去喝一盅吧。"

他一面说话,绝望地坚持,抓紧不放,一面悲哀地考虑:"即使他去喝酒,他会喝醉吗?"

"外省人,"掘墓工说,"如果您非请不可,我就接受。等干完了活,早了不去。"

他又挥动铲子。割风拉住了他。

"这是六法郎一小罐的阿尔让特伊酒!"

"啊,"掘墓工说,"您是个敲钟的,叮当,叮当,您只会说这个。您想让人撵走啊。"

他扬起第二铲土。割风这时不知道说什么好了。

"倒是去喝酒啊,"他叫道,"由我来付钱!"

"先让孩子睡下吧,"掘墓工说。

他扔了第三铲土。

然后他把铁铲插到土里,添上说:

"您看,今晚会很冷,如果我们不给盖上被,这个女鬼会在我们身后叫喊的。"

这时,掘墓工弯下腰,装满一铲土,他外衣的口袋张开了。

割风迷茫的目光机械地落在这只口袋上,盯住不动。

太阳还没有落到地平线下面;天相当亮,可以看得见这只张开的口袋里有样白东西。

割风的眸子掠过皮卡第农民的炯炯闪光。他刚有了一个想法。

他趁掘墓工专心铲土,没有发觉,将手从背后伸到口袋里,掏出衣袋里的白东西。

掘墓工把第四铲土扔进墓穴里。

他回过身来铲第五铲土时,割风安之若素地注视着他说:

"对了,新来的,您有工卡吗?"

掘墓工住了手。

"什么工卡?"

"夕阳快西下了。"

"很好,它要戴上睡帽了。"

"墓地铁门就要关闭。"

"关闭又怎么样?"

"您有工卡吗?"

"啊,我的工卡!"掘墓工说。

他搜索自己的衣袋。

搜索了一个衣袋,又搜索另一个。他伸手到背心的小口袋,掏了第一个,又把第二个翻过来。

"没有,"他说,"我没带工卡。忘带了。"

"罚款十五法郎,"割风说。

掘墓工脸变得铁青。铁青等于脸色苍白的人的刷白。

"啊,耶稣——我的天——弯腿——打倒——月亮!"他嚷道。

"罚款十五法郎!"

"三枚一百苏的银币,"割风说。

掘墓工松开铁铲。

割风的机会来了。

"喂,"割风说,"新来的,别泄气。用不着寻短见,就利用这墓穴。十五法郎,就是十五法郎,再说您可以不用付。我是老手,您是新手。我知道窍门、兑子、怎样走棋。我给您一个朋友的建议。有一件事明白不过,就是夕阳西下了,快触到残老军人院的圆顶,再过五分钟,墓地就要关门。"

"不错,"掘墓工回答。

"五分钟之内您来不及填满墓穴,这墓穴空荡荡得见鬼,在墓园关门之前,您要来不及出去了。"

"不错。"

"这样的话,罚款十五法郎。"

"是十五法郎。"

"但您来得及……您住在哪里?"

"离城门不远。离这里一刻钟。沃吉拉尔街87号。"

"您拔腿快跑,还来得及出去。"

"不错。"

"一出铁门,您就跑回家里,拿上工卡再回来,墓园的看门人会给您开门。有了工卡,用不着付钱。您再埋死人好了。我呢,这段时间我给您守着,不让死人逃走。"

"您救了我的命,乡下人。"

"快给我跑吧,"割风说。

掘墓工感激涕零,摇着他的手,一溜烟跑走了。

当掘墓工消失在矮树丛后,割风还一直听到脚步声远去,然后他弯下腰来,低声说:

"马德兰老爹!"

没有回答。

割风不寒而栗。他与其说下到墓穴,还不如说滚了下去,扑到棺材前头,叫道:

"您在里面吗?"

棺材里静默无声。

割风由于发抖,透不过气来,他拿着冷凿和榔头,撬开了棺材板。让·瓦尔让的脸显露在暮色中,双眼紧闭,脸色死白。

割风头发倒竖,他站起身来,又背靠墓壁,颓然倒下,几乎瘫在棺材上。他注视着让·瓦尔让。

让·瓦尔让躺在那里,脸色煞白,纹丝不动。

割风低声喃喃地说,仿佛叹息一样:

"他死了!"

他挺起身来,猛然交叉起手臂,两只捏紧的拳头敲在双肩上,他喊道:

"我呀,我就是这样救他的啊!"

可怜的老头啜泣起来。他在自言自语,认为自言自语不合乎天性,那就错了。强烈的激动往往会大声说出来。

"这是梅斯蒂埃纳老爹的错儿。为什么他死了,这个蠢货?有什么必要在意料不到的时候咽气呢?是他要了马德兰先生的命。马德兰老爹!他躺在棺材里。一切都跟着去了。完了。——这种事,也有理可讲吗?啊!我的天!他死了!他的小姑娘呢,我拿她怎么办?水果店老板娘会说什么话?这样一个人,就这样死了,天主才会这样安排!我总要想起他钻到我的大车底下!马德兰老爹!马德兰老爹啊!是的,他憋死了,我已经说过。他不想听我的。可闹出个多大的笑话啊!他死了,这个好人,天底下最好的人!他那个小姑娘啊!我先不回去。我要留在这里。出了这样的事!两个老头成了两个老糊涂,还费了那么大的事!但他先头怎样进入修道院的呢?这已经开了个头。不应该做这样的事。马德兰老爹!马德兰老爹!马德兰老爹啊!马德兰!马德兰先生!市长先生!他听不到我说话。现在您离开这里呀!"

他扯起自己的头发。

远处的树丛里传来尖厉的嘎吱声。这是墓地的铁栅门关闭了。

割风俯向让·瓦尔让,又突然蹦了起来,往后直退,直到墓壁,让·瓦尔让睁开了眼睛,望着他。

注视一个死人是可怕的,看到一个死人复活几乎同样可怕。割风呆若木鸡,苍白,惊恐,激动得过了头而脸色大变,不知道是同一个活人还是一个死人打交道,他和让·瓦尔让面面相觑。

"我睡着了，"让·瓦尔让说。

他坐了起来。

割风跪下。

"公正而仁慈的圣母！您把我吓坏啦！"

然后他站起来，大声说：

"谢谢，马德兰老爹！"

让·瓦尔让只是昏过去。新鲜空气让他醒了过来。

恐惧退下去会转成快乐。割风几乎要像让·瓦尔让那样费同样的劲，才能恢复理智。

"您没有死！噢！您呀，您真会开玩笑！我拼命叫您，您才醒过来。我看到您双眼紧闭，我说：好！他憋死了。我真会发疯，变成要穿紧身衣的真疯子。会把我关在比塞特尔疯人院。如果您死了，叫我怎么办？您的小姑娘呢！水果店老板娘会莫名其妙！把孩子塞在她的怀里，祖父死了！事情多麻烦啊！天堂里善良的圣徒啊，事情多麻烦啊！啊！您活着，多妙啊。"

"我冷，"让·瓦尔让说。

这句话把割风完全拉回到现实中来，事情很紧迫。这两个人即使恢复了理智，却没有意识到，头脑混乱，身上有点古怪的情绪，是这种地方引起的恍惚。

"我们赶快离开这里，"割风大声说。

他在衣袋里摸索，取出一只自备的葫芦。

"先喝一点！"他说。

葫芦完成了新鲜空气所起的作用。让·瓦尔让喝了一口烧酒，恢复了自制力。

他爬出棺材,帮助割风把盖子重新钉上。

三分钟后,他们爬出了墓穴。

再说,割风十分平静。他从容不迫。墓园关闭了。不用担心掘墓工突然来到。这个"新手"在自己家里,忙于找自己的工卡,但无法在家里找到,因为它在割风的衣袋里。没有工卡,他不能回到墓园里来。

割风拿起铲子,让·瓦尔让拿起镐头,两人把空棺材埋起来。

墓穴填满以后,割风对让·瓦尔让说:

"咱们走吧。我拿着铲子,您拿走镐头。"

夜幕降临。

让·瓦尔让活动和走路有点费劲。他在棺材里发僵了,变得有点像尸体那样。在四块棺材板中间,死亡的关节僵硬,袭上身来。可以说,他必须摆脱坟墓状态。

"您冻僵了,"割风说。"可惜我是个瘸子,要不咱们可以跑一段。"

"没事!"让·瓦尔让回答,"走几步路我的腿脚就迈得开了。"

他们从柩车经过的小径出去。来到关闭的铁栅门和看门人的亭子前,割风手里拿着掘墓工的工卡,便投到箱里去,看门人拉动绳子,门打开了,他们走了出去。

"一切顺利!"割风说,"您的主意多好,马德兰老爹!"

他们不费事就过了沃吉拉尔城门。在墓园附近,一把铲子和一把镐头就是两张通行证。

沃吉拉尔街空荡荡的。

"马德兰老爹,"割风说,一面走一面看两边的房屋,"您的眼睛比我好。告诉我 87 号在哪儿。"

"就在这里,"让·瓦尔让说。

"街上没有人,"割风又说。"把镐头给我,等我两分钟。"

割风走进 87 号,在本能的引导下,上楼来到阁楼的穷人家,在黑暗中敲门。有个声音回答:

"请进。"

这是格里比埃的声音。

割风推开门。掘墓工的家像所有不幸的人的住处,是一间陋室,没有家具,却挤满了东西。一只包装箱,——也许是口棺材,——当作五斗柜,一只黄油罐用来盛水,一张草垫当作床,地砖就是桌椅。角落里一块破旧地毯上,有一个瘦女人和几个孩子,挤作一堆。这个穷人的内室有翻得乱七八糟的痕迹。仿佛发生过一场"一户"地震。盖子乱放,破衣烂衫扔了一地,陶罐打碎了,母亲哭过,孩子们可能挨过打。乱找乱翻了一通,显然,掘墓工发狂地找工卡,认为是丢在家里,从陶罐到妻子全都怪罪。他看来绝望了。

割风急于结束这场冒险,无心注意他的成功产生了可悲的一面。

他进来便说:

"我把您的铲子和镐头捎来了。"

格里比埃吃惊地望着他。

"是您,乡下人?"

"明天早上,您到墓园看门人那里领回您的工卡。"

他把铲子和镐头放在地砖上。

"这是什么意思?"格里比埃问。

"这是说,您的工卡从衣袋里掉下来,您走后我在地上捡到了,我埋掉了死人,填满了墓穴,干了您的活儿,看门人会把工卡还给您,您用不着付十五法郎。就是这样,新手。"

"谢谢,乡下人!"格里比埃眉开眼笑地说。"下次,我来请您喝酒。"

## 八、回答成功

一小时后,两个男人和一个孩子趁着漆黑的夜,来到皮克普斯小巷62号。年纪最大的男人拉起门锤敲门。

这是割风、让·瓦尔让和柯赛特。

两个老头到绿径街水果店老板娘家里去找柯赛特,割风前一天把她寄放在那里。柯赛特过了二十四小时,一无所知,默默地发抖。她颤抖得厉害,哭不出来。她既不吃饭,也不睡觉。正直的水果店老板娘向她提了上百个问题,得到的回答是阴郁的目光,始终不变。这两天的所见所闻,柯赛特一点没有透露。她捉摸出正在渡过一个难关。她深深地感到必须"听话"。一个抖抖瑟瑟的孩子听到以特殊声调说出这几个字:"什么也别说!"便感到威力无穷,谁说不是呢?恐惧就无言。再说,谁也不如孩子能保密。

不过,熬过这难受的二十四小时以后,她又看到了让·瓦尔让,发出欢乐的叫声,有头脑的人听到了,会捉摸出这叫声表明脱离了深渊。

割风是修道院里的人,知道口令。一道道门都打开了。

一出一进,这双重的难题迎刃而解。

看门人得到指示,打开了通往园里大院的办事小门,二十年前,还能从街上看到这扇门,开在院子尽里面的墙上,面对车马大门。看门人让他们三个从这扇门进去,他们再来到内部接待室,割风昨天在这里接受院长的指令。

院长手里拿着念珠,等待着他们。一个有选举权的嬷嬷,拉下面纱,站在她旁边。一支蜡烛微微照亮,几乎可以说只照亮接待室。

院长审视让·瓦尔让。低垂的目光比什么都观察得细致。

然后她问他:

"兄弟就是您?"

"是的,尊敬的嬷嬷,"割风回答。

"您叫什么名字?"

割风回答:

"于尔蒂姆·割风。"

他确实有一个兄弟叫于尔蒂姆,已经死了。

"您是什么地方人?"

割风回答:

"皮基尼人,在亚眠附近。"

"您多大岁数?"

割风回答:

"五十岁。"

"您干什么职业?"

割风回答:

"园丁。"

"您是虔诚的基督徒吗?"

割风回答:

"全家人都是。"

"这个小姑娘是您的孩子吗?"

割风回答:

"是的,尊敬的嬷嬷。"

"您是她的父亲吗?"

割风回答:

"是她的祖父。"

有选举权的嬷嬷小声对院长说:

"他回答得很好。"

让·瓦尔让一声没吭。

院长仔细打量柯赛特,小声对有选举权的嬷嬷说:

"她将来长得丑。"

两个嬷嬷在接待室的角落里低声谈了几分钟,然后院长回过身来说:

"风老爹,您再搞一副带铃铛的膝盖带子。现在需要两副了。"

第二天,确实听到园子里有两只铃铛响,修女们禁不住掀起面纱的一角。可以看到尽里面的树下,有两个人并排翻地,风老爹和另一个人。这是件大事。沉默被打破了,互相转告:这是园丁助手。

有选举权的嬷嬷补充说:"这是风老爹的兄弟。"

让·瓦尔让确实正式安顿下来;他有皮膝带和铃铛;从此他成为正式人员。他叫作于尔蒂姆·割风。

接受入院最重要的决定性原因,是院长对柯赛特的评语:"她将来长得丑。"

院长说出这句预测,马上善待柯赛特,让她作为免费生入寄宿学校。

这样做非常合乎逻辑。修道院里没有镜子也是徒然,女人都意识到自己的面孔;觉得自己漂亮的姑娘,不情愿做修女;这种志愿同美貌很自然成反比,修道院更喜欢丑女人而不是漂亮女人。对丑姑娘有强烈兴趣由此而来。

这场冒险提高了割风老爹的地位;他一举三得;他救了让·瓦尔让,使他安置下来;掘墓工格里比埃心想,他使我免掉罚金;修道院由于他,把受难嬷嬷的棺材留在祭坛底下,回避了恺撒,满足了天主。在小皮克普斯,有一口棺材藏着尸体,在沃吉拉尔公墓,有一口棺材没有尸体;社会秩序无疑受到极大干扰,却没有发觉。至于修道院,非常感激割风。割风成了最好的仆役和最宝贵的园丁。在大主教下一次来访时,院长向阁下叙述了这件事,做了点忏悔,也在自我炫耀。大主教离开修道院后,又赞赏地悄悄告诉国王大兄弟的忏悔师德·拉蒂尔先生,后者后来成为兰斯大主教和红衣主教。对割风的赞赏不胫而走,传到罗马。我们面前有一封信,是当时的教皇列昂十二世写给他的一个亲戚、教廷驻巴黎的使臣,与他同名,也叫德拉·让加；信中写道："看来巴黎的一个修道院有一个出色的园丁，他是个圣洁的人，名叫割风。"闻名遐迩，却一点传不到割风的破屋里；他继续嫁接、薅草、盖瓜苗，却不知道自己那么出色，那么圣洁。他没有想到自己的荣耀，就像《伦敦新闻画报》发表的达勒姆或苏里的公牛没想到自身的荣耀那样；刊登的照片附有这条说明："此牛获得有角动物竞赛奖。"

## 九、隐　修

柯赛特在修道院继续沉默寡言。

柯赛特自然而然认为自己是让·瓦尔让的女儿。再说，她一无所知，说不出什么，无论如何，她不如什么也不说。上文已经指出过，不幸的遭遇最能培养孩子守口如瓶。柯赛特创深痛剧，害怕一切，甚至怕说话，怕呼吸。以前，一句话常常招来拳打脚踢！自从跟上让·瓦尔让，她才开始放心。她很快适应了修道院。不过，她很留恋卡特琳，但她不敢说出来。只有一次她对让·瓦尔让说："父亲，要是我知道了，我会把她带着。"

柯赛特做了修道院的寄宿生，要穿上修道院学生装。让·瓦尔让获准收回她脱下的衣服。就是那套她离开泰纳迪埃小旅店时让她穿上的丧服。衣服还不很旧。让·瓦尔让把这些旧衣，还有毛线袜和鞋子，放到他设法弄到的一只小手提箱里，塞进去许多修道院多的是的樟脑和各种香料。他把手提箱放在床边的一把椅子上，身上总揣着钥匙。"父亲，"有一天柯赛特问他，"这只香喷喷的箱子，装的什么呀?"

割风老爹除了不知道上文所说的荣耀以外,他的出色行动得到了报偿。首先,他心里高兴;其次,他的活儿平分,大大减少了;最后,他喜欢抽烟,马德兰先生在场,他抽烟比过去增加三倍,由于马德兰先生请客,他抽起来乐趣无穷。

修女们根本不接受于尔蒂姆这个名字;她们管让·瓦尔让叫"小风老爹"。

如果这些圣洁的修女有一点沙威的眼力,她们最终会发现,每当为管理园子要外出办事时,总是那个年纪大的、有残疾的、瘸腿的割风哥哥出门,从来不是另一个;但是,要么专注于天主的眼睛不会侦察,要么她们更喜欢关心互相窥伺,她们一点没有注意到这一点。

幸好让·瓦尔让蛰伏不动。沙威监视这个街区有一个多月。

对让·瓦尔让来说,这个修道院好像一个孤岛,四周是深渊。对他来说,这四堵墙今后就是世界。能看到天空,他足以平静,能看到柯赛特,他足以幸福。

他又开始了十分甜蜜的生活。

他同割风老头住在园子尽头的破屋里。这间屋子是用废料建造的,一八四五年还存在,众所周知,有三个房间,全都光秃秃,正是家徒四壁。让·瓦尔让白白地推拒,割风老爹把最大的房间硬给了马德兰先生。这个房间的墙壁除了有两只钉子用来挂护膝和背篓,全部装饰是一张九三年的保王党纸币,贴在壁炉上方,原样如下:

> **天主教军队**
>
> 国王圣旨
>
> 商业债券拾利弗尔
>
> 专购军用物资
>
> 和平时期兑现
>
> 　　第五套　　　10390 号
>
> 斯托弗莱（签名）

这张旺岱军用债券，是前一个园丁钉在墙上的，他是个舒昂党人，死在修道院，割风接替了他。

让·瓦尔让整个白天在园子里干活，而且十分得力。他以前是修剪树枝工人，眼下又心甘情愿当了园丁。读者记得，他知道种植方面的各种方法和窍门。他都用上了。几乎所有的果树都是野生的；他进行芽接，结出了美味的果子。

柯赛特获准每天在他身边度过一小时。由于修女是阴沉沉的，唯独他和颜悦色，孩子两相比较，更加热爱他。时候一到，她就奔向破屋。她一走进屋子，就把破屋变成天堂。让·瓦尔让笑逐颜开，由于他把幸福给了柯赛特，他感到他的幸福扩展了。我们给人产生的快乐有这种迷人之处，它不像反光一样，非但不减弱，反弹到我们身上却更加光彩夺目。在课间休息时间，让·瓦尔让从远处望着柯赛特玩耍和奔跑，他分得清她的笑声和别人的笑声。

因为现在柯赛特也笑了。

柯赛特的脸甚至有点改变。阴沉的脸色消失了。笑是太阳，它驱赶了人脸上的冬天。

柯赛特始终不漂亮,不过变得可爱。她以柔和的童声讲日常小事,合情合理。

课间休息结束,柯赛特回去了,让·瓦尔让望着她教室的窗户,晚上,他起来遥望她走廊的窗户。

天主自有指引之路;修道院和柯赛特一样,在让·瓦尔让身上保持和补全主教的事业。毫无疑问,道德也有导致骄傲的一面。魔鬼在那里建造了一座桥梁。上天把他投入小皮克普斯修道院时,让·瓦尔让也许不知不觉相当接近这方面和这座桥梁。只要他同主教对比,便感到自愧不如,十分谦卑;但曾几何时,他开始与别人比较,骄傲产生了。谁知道呢?也许最后他又慢慢回到仇恨上去。

修道院让他在这道斜坡上止住了。

这是他见到的第二个囚禁人的地方。在他的青年时代,在他的人生开端的时候,还有后来,直到最近,他见到另一个地方,可怕的地方,那里的严厉他总觉得是司法的不公和法律的罪恶。在苦役监之后,今天他看到了修道院;心想他从前是苦役犯,可以说他现在是修道院的旁观者,他惶惶不安地在脑子里比较这两个地方。

有时,他的手肘支在锄把上,慢慢地从螺旋梯走向遐想之底。

他想起以前的伙伴;他们多么悲惨;他们黎明即起,一直干到夜里;他们几乎没有睡觉的时间;他们睡在行军床上,只让他们铺两寸厚的褥子,大厅里只在一年最冷的月份才生火;他们穿着可怕的红上衣;大热天才发慈悲让他们穿粗布长裤,大冷天才让他们穿马车夫的呢罩衣;只有"干累活"时才让他们喝酒和吃肉。他们活着无名无姓，只用号码表示，有时变成数字，低垂眼睛，压低声音，剃光头发，在棍棒下忍辱负重。

随后，他的思绪又回到眼前这些人身上。

这些人也是头发剃光，眼睛低垂，压低声音，但不是忍辱负重，而是在世人的嘲笑中，不是背脊受到棍打，而是肩膀受到惩戒皮开肉绽。她们的名字也在人间消失了；她们受到严厉的吆喝。她们从来不吃肉，从来不喝酒；她们常常呆到晚上没吃没喝；她们穿的不是红外衣，而是黑呢裹尸布，夏天太厚，冬天太薄，既不能减，也不能加；不能按季节换上布衫或呢外套；她们一年有六个月穿哔叽衬衫，结果发烧。她们还住不上寒冬腊月才生火的大厅，住的是从来不生火的修行室；她们不是睡在两寸厚的褥子上，而是睡在草垫上。最后，甚至不让她们睡觉，每夜，经过一天劳动，累得要休息，刚刚睡着，暖和过来，就被叫醒起来，到冷冰冰的幽暗的小教堂去祈祷，双膝跪在石板上。

有的日子，每个人要轮流十五小时连续跪在石板上，或者面孔伏在地上，张开双臂形成十字架。

前面那些是男人，后面那些是女人。

这些男人干过什么？他们偷窃过、奸淫过、抢劫过、杀过人、谋财害命。这是些盗贼、骗子、下毒犯、纵火犯、杀人犯、弑亲犯。这些女人干过什么？她们什么也没有干过。

一边是抢劫、欺诈、偷窃、暴力、奸淫、杀人、形形色色的渎圣、各种各样的谋杀；另一边只有一样东西，就是无辜。

完全清白无邪，几乎转成一种神秘的圣母升天，因美德而滞留尘世，因圣洁已属于上天。

一边是低声诉罪；另一边是高声忏悔。这是什么样的罪恶！这是什么样的过错！

一边是臭气熏天，另一边是难以形容的芬芳。一边是精神的瘟疫，要严密监视，在枪口下关押，仍然慢慢地吞噬染上瘟疫的人；另一边是将所有的灵魂熔于一炉的圣洁的熔炼。那边是黑暗；这边是阴暗；但这是充满光明的阴暗，光明又光芒四射。

两个奴役人的地方；但是第一个还可能解脱，有一个法定的期限，始终在盼望；再说还有越狱。第二个遥遥无期；全部希望是在遥远的未来终了，这是自由之光，人们称之为死亡。

第一种被锁链锁住；另一种被信仰锁住。

第一种散发出什么？发出无穷的诅咒，咬牙切齿。满怀仇恨，穷凶极恶，对人类社会发出怒吼，对上天发出嘲弄。

从第二种散发出什么？发出祝圣和热爱。

在这两个既非常相似又极其不同的地方，这两种迥然不同的人完成同一件事：赎罪。

让·瓦尔让非常了解第一种人的赎罪；这是他本人的赎罪，为自身赎罪。但他不了解另一种人的赎罪，那些无可指责、没有污点的人的赎罪。他颤抖着寻思：为什么赎罪？赎什么罪？

他的良心里有一个声音回答：人类最神圣的慷慨，就是为别人赎罪。

这里，我们只作为叙述者，将个人的见解放在一边；我们从让·瓦尔让的观点去表述他的印象。

他看到自我牺牲的最高境界，美德所能达到的顶峰；看到清白无邪怎样原谅人们的过错，为他们赎罪；看到没有犯罪的心灵甘为堕落的心灵受奴役，受折磨，受刑罚；对人类的爱沉浸到对天主的爱中，但又彼此分明，都在祈求；温柔软弱的人忍受被惩罚的人的苦难，怀着受奖赏者的微笑。

他想起，他曾经竟敢抱怨！

他常常在黑夜里起来，谛听这些无辜的、备受严厉教规折磨的修女的感恩歌声，想到那些受惩罚的人提高声音，只是要亵渎上天，而他本来也是无耻之徒，对天主挥过拳头，他血管里便感到冰冷。

奇怪的是，而且使他深深遐想，就像上天低声对他提出警告：越狱、翻过围墙、冒死脱险、地位上升但艰苦卓绝，竭尽全力脱离另一个赎罪之地，他这样做是为了来到这里。这是他的命运的象征吗？

这座修道院也是一所监狱，阴惨惨的很像他逃脱的另一个地方，但他从来也没有想到过这种经历。

他又见到铁栅、门闩、铁窗栅，为了关谁呢？关天使？

这些高墙，他以前见过圈住老虎，现在他看到圈住绵羊。

这是一个赎罪的而不是惩罚的地方；可是比另一个地方更严厉，更阴森，更无情。这些处女比苦役犯更加艰苦地弯腰曲背。一股强劲的冷风，从前使他的青春冷冰冰的，又吹过铁栅围住、上了锁的埋葬秃鹫的墓穴；现在一股更寒冷刺骨的北风，在鸽子笼里吹拂。

为什么？

他一想到这种事，身上的一切便在这崇高的秘密前消溶了。

在这样的沉思默想中,骄傲消失了。他又七弯八绕地回到自己身上;他感到自己微不足道,流过多少次泪。六个月来,进入他生活中的一切,把他拉回到主教的神圣指令上来,柯赛特是以爱,修道院是以人道。

有时,晚上,黄昏,园子里空无一人的时候,有人看到他跪在小教堂旁边的小径上,面对他来到那天晚上望过的窗户,朝向那个地方,他知道修女匍匐在地,正祈祷服罪。

他就这样朝着这个修女,跪着祈祷。

他好像不敢直接跪在天主面前。

他周围的一切,这宁静的园子,这些芬芳的鲜花,这些发出欢乐叫声的孩子,这些庄重和朴实的女人,这安静的修道院,慢慢地潜入他的体内,他的心灵逐渐变化,如同这座修道院由寂静构成,如同这些鲜花由香味构成,如同这座园子由平静构成,如同这些女人由朴实构成,如同这些孩子由欢乐构成。然后他想到,正是天主的两个家,在他生平的关键时刻,相继收留了他,第一次是家家的大门都关闭了,人类社会推拒他,第二次是人类社会又追逐他,苦役监又向他打开;没有第一次他就会重新陷入罪恶,没有第二次,他就会陷入酷刑之中。

他的心全部消溶在感恩中,他越来越懂得爱了。

这样过去了好几年;柯赛特长大了。

第三部

# 马里于斯

# 第一章
# 从巴黎的原子研究巴黎

## 一、小家伙

巴黎有个孩子,而森林有只小鸟;鸟儿叫麻雀,孩子叫流浪儿。

这两个概念,一个包含整个大火炉,另一个包含整个黎明;这两种概念结合起来,相撞产生火花,就是巴黎和童年;从中迸发出一个小人儿。普劳图斯[1]说成是"小家伙"。

这个小家伙十分快乐。他不是天天都吃得上饭,只要他愿意,他每天晚上都去看戏。他身上没有衬衫,脚上没有鞋,头上没有屋顶。他像空中的苍蝇,一样东西都没有。他在七至十三岁之间,结伙为生,逛街头,睡露天,穿一条他父亲的旧长裤,垂到比他鞋跟还低,一顶旧帽子,也不知是另外哪个父亲的,盖到耳朵下面,只有一条黄色布背带。他跑跑颠颠,到处窥探,寻找,消磨时间,烟

---

[1] 普劳图斯(约公元前254~前184),古罗马喜剧家。

斗抽得积满烟炱，满口脏话，出入酒馆，结识盗贼，对妓女用亲昵称呼，讲切口，唱淫秽曲子，心里没有一点坏主意。他在心灵里有一颗珍珠，天真无邪，而珍珠不会在烂泥里融化。只要是孩子，天主就希望他是天真无邪的。

如果有人问这个大都市："这是什么？"它会回答："这是我的孩子。"

## 二、他的一些特点

巴黎的流浪儿，是女巨人生的小矮子。

根本不用夸张，这个阳沟边的可爱小孩，有时有一件衬衫，但他只有一件；他有时有鞋，但决没有鞋底；他有时有住所，他喜欢这个地方，因为在那里能找到他的母亲；但他更喜欢街头，因为在那里找到自由。他有自己的游戏，自己的诡计，对有产者的仇恨是诡计的基础；他有自己的隐喻；死叫做"吃蒲公英的根"；他有自己的职业，给马车引路，放下车踏板，在大雨中收过街费，他称为"过艺术桥费"，宣读当局对法国人民有利的讲话，抠铺路石之间的缝隙；他有自己的货币，是大街上捡来的各种各样小铜片。这种古怪的货币，取名"破布片"，在这群流浪儿中流通，有不变的面值。

最后，他有自己的动物，在各个角落用心观察；圣体虫、骷髅头蚜虫、盲蛛、"鬼虫"，这是扭动有角双尾来吓人的黑色昆虫。他有自己的神奇怪物，这种怪物肚下有鳞片，不是蜥蜴，背上长癞，又不是癞蛤蟆，栖在旧石灰窟和干涸的排污水渗井的洞穴里，黑色，毛茸茸的，粘乎乎的，爬行，时而很慢，时而很快，不会叫，但瞧着人，非常可怕，令人不敢细看；他管这种怪物叫"聋子"。在石头缝里找聋子，这是一种可怕的乐趣。另一种乐趣是突然掀起一块铺路石，寻找鼠妇。巴黎的每个地区，都能找到有趣的东西，以此闻名。于苏林工地有球蝮，先贤祠有蜈蚣，练兵场的壕沟有蝌蚪。

至于词汇，这个孩子比得上塔莱朗。他同样厚颜无耻，不过更为正直。他具有出人意料的快活性情；他用狂笑让店铺老板惊愕。他能从喜剧愉快地转到闹剧。

一队送葬行列经过。送葬的人中有一个医生。"啊，"一个流浪儿叫道，"从什么时候开始，医生亲自送走自己的大作？"

在人群中有另一个人。一个庄重的人，戴着眼镜和小饰物，愤怒地回过身来："流氓，你摸了我妻子的'腰'。"

"我吗，先生，搜我身吧。"

## 三、他讨人喜欢

晚上，这个小家伙由于总有办法弄到几个苏，便走进戏院。穿过这道神奇的门坎，他便摇身一变；他本是流浪儿，却变成了顽童。剧院是一种底朝天翻过来的船。顽童就挤在舱底。顽童之于流浪儿，就等于飞蛾之于蛹，同样是飞翔的动物。他待在那里，高兴得光彩焕发，充满热烈和欢快的劲头，像鼓翅一样拍着巴掌，以致这个狭窄、臭烘烘、幽暗、肮脏、不卫生、丑陋、令人生厌的底舱，称得上天堂。

把无用的东西送给一个人,再去掉必需的东西,就能得到一个流浪儿。

流浪儿不是没有一点文学感觉。我们十分遗憾地指出,他倾向于对古典毫无兴趣,他的本性很少有学院趣味。举例来说,马尔斯小姐在这群吵吵闹闹的小观众中的名声,受到了辛辣的讽刺。流浪儿管她叫"缪什"小姐。

这孩子闹闹嚷嚷,嘲笑,戏弄,打架,衣服皱巴巴的像个孩子,不修边幅像个哲学家,在阴沟里钓鱼,在脏地方打猎,在垃圾中找到乐趣,兴致勃勃地在十字街头搜索,冷嘲热讽,吹哨唱歌,喝彩谩骂,用下流小曲来冲淡宗教颂歌,从哀悼经到脏里巴儿,各种节奏都能唱,不用寻找就能找到,知道他不知道的东西,刚毅到扒窃,狂热到明智,满怀热情到追逐脏话,蹲在奥林匹斯山上,在粪堆里打滚,出门时满身星星。巴黎的流浪儿,这是小拉伯雷。

他不满意自己的裤子,除非有个表袋。

他很少惊讶,更少害怕,哼小曲嘲笑迷信,戳穿夸大,嘲弄神秘,对幽灵伸舌头,贬低高跷,挖苦惊人的夸大。并非他缺乏诗意,远非如此;而是他以滑稽的幻景代替庄严的景象。如果阿达马斯托出现在他面前,流浪儿会说:"瞧!吓唬孩子的妖怪!"

## 四、他可能有用

巴黎以闲逛的人开始,以流浪儿结束,这两种人任何别的城市都不可能拥有;前者是满足于观看的被动接受,后者是无穷的主动性；一种是普吕多姆，另一种是福伊乌。[1] 惟有巴黎在自然发展史中有这种人物。整个君主制包容在闲逛的人中。整个无政府主义包容在流浪儿中。

巴黎郊区这种脸色苍白的孩子，在苦难中生活、发展、结果并"完结"，面对社会现实和人间事物，这是个会思索的目睹者。他以为自己无忧无虑；其实不是。他观看，准备嘲弄；对别的事也这样。不管你是谁，叫偏见也好，恶习也好，无耻也好，压迫也好，不公也好，专制也好，不义也好，暴虐也好，小心愣头愣脑的流浪儿。

这小家伙会长大的。

他是什么材料做成的？随便什么烂泥。一把烂泥，吹一口气，这就是亚当。只要有神衹经过。神衹总要掠过流浪儿身上。命运青睐这个小家伙。命运这个词意思有点指幸运。这个用普通泥土捏出来的小人儿，无知无识，好惊奇，平凡，低微，是个聪明人还是个傻瓜呢？等等看，"currit rota"[2]，巴黎精神，这个以偶然创造孩子，以命运创造成人的魔鬼，与拉丁的陶工不同，能把瓦罐变成双耳尖底瓮。

## 五、他的边界

流浪儿喜欢城市，也喜欢偏僻，身上有智者成分。像伏斯库斯一样，是"Urbis amator"[3]；也像弗拉库斯一样，是"ruris amator"[4]。

---

1 普吕多姆，法国作家亨利·莫尼埃（1799～1877）笔下的喜剧人物，庄重，满足于浪漫主义时代；福伊乌是法国文学中流浪儿的形象。
2 拉丁文：制陶器在旋转。
3 拉丁文：城市的情人。语出贺拉斯的《书简集》。
4 拉丁文：乡下的情人。语出贺拉斯的《书简集》。

边走边思索，也就是闲庭信步，对哲学家是消磨时间的好办法；特别是在某些大城市，尤其巴黎周围的郊野，由两种景物构成，有点混杂，相当丑陋，但很古怪。观察郊区，就是观察两栖类。树木终止，屋顶开始，草地结束，石子路开始，田垄结束，店铺开始，车辙结束，激情开始，天籁结束，人声开始；异乎寻常的兴趣由此而来。

因此，在这种索然寡味，行人永远冠以"忧郁"这个形容词的地方，思索者表面上漫无目的地溜达。

笔者曾经在巴黎的城门口长时间漫步，对他来说，这是他深入思索的源泉。这平坦的草地，这铺石子的小径，这白垩土，这泥灰石，这石膏，这荒地和休耕地的单调和高低不平，突然看到尽头菜农种植的时鲜蔬菜，这种荒野和市井的混合，这大片的荒僻之地，军营的鼓声阵阵，演习打仗，白天是荒僻的隐居地，夜晚是杀人越货的地方，在风中旋转的笨拙的磨坊风车，采石场的开采轮子，坟场角上的农舍，幽暗的高墙方方正正地切断浴满阳光、蝴蝶纷飞的无边空地，具有神秘的魅力。这一切都吸引着笔者。

世上几乎没有人了解这奇特的地方：冰库、小排水沟城门、格雷奈尔弹痕累累的墙壁、帕纳斯山、狼沟、马尔纳河畔的奥比埃、蒙苏里、伊索瓦坟场、沙蒂荣平台，那里有一个采光的旧采石场，如今用来种植蘑菇，齐地面有一块朽木板翻门封住口子。罗马的郊野是一种构思，巴黎的郊区是另一种构思；在平野上只看到田地、房子或树木，那只是停留在表面；事物的各种面貌都体现了天主的思想。平原和城市接壤的地方，总是沾染上无以名之的沁人心脾的忧愁。大自然和人类同时对你说话。地方特色呈现出来。

我们的郊野，可以称之为巴黎的苦难边缘；谁像我们一样，在那里的荒僻地漫步，就会在最荒芜的地方，最意想不到的时刻，在一道稀疏的篱笆后面，或者在一个阴森的墙角，看到一群吵吵闹闹的孩子，面色苍白，满身泥土，蓬头垢面，衣衫褴褛，头发蓬乱，头戴矢车菊花冠，玩着赌博游戏。这是些从穷人家跑出来的孩子。大街是他们自由呼吸的地方；郊区属于他们。他们在那里永远逃学。他们天真地唱着下流的歌曲。他们待在那里，或者不如说他们生活在那里，远离一切目光，在五月或六月的和煦阳光下，跪在一个小坑周围打弹子球，赌几文钱的输赢，无忧无虑，无拘无束，非常快活；他们一看见您，便想起他们的一种行当，他们要谋生，向您兜售一只装满金龟子的旧羊毛袜或者一束丁香。在巴黎郊区，遇到这些孩子，是一件快事，同时也是一件令人悲哀的事。

有时候，在这些孩子中，有一些小姑娘，——是他们的姐妹吗？——几乎是些少女，瘦削，兴奋，两手晒黑，满脸雀斑，头上插着黑麦穗和虞美人，快乐，粗野，赤脚。有的在麦地里吃樱桃。晚上传来她们的笑声。这些孩子，中午的大太阳晒得他们热烘烘的，或者在暮色中隐约可见，他们长久地吸引着沉思者，这些景象汇入他的遐想。

巴黎，市中心，郊区，周围地区；对这些孩子来说，就是整个大地。他们从来不会冒险出去。他们不能走出巴黎的氛围，就像鱼儿不能离开水一样。对他们而言，离城门两法里的地方，便什么也没有。伊弗里，让蒂，阿格伊，贝尔维尔，奥贝维利埃，梅尼尔蒙唐，舒瓦-勒-罗瓦，比央库，默东，伊西，旺弗，塞弗尔，普托，纳伊、热纳维利埃、柯隆布、罗曼维尔、沙通、阿斯尼埃尔、布吉瓦尔、南泰尔、昂吉安、努瓦齐-勒-塞克、诺让、古尔奈、德朗西、戈奈斯，世界到此为止。

## 六、一点历史

　　本书故事发生的时期，几乎是现代了，不像今天这样，每个街口都有一个警察（这是善举，还不到讨论的时候）；游荡的孩子充斥巴黎。统计表明，警察巡逻队在没有围墙的空地，在建造中的房子里和桥拱下，平均每年要收容无家可归的二百六十个孩子。他们的一个巢穴，至今还很有名，产生过"阿科尔桥的燕子"。这是最严重的社会灾难的征兆。人的一切罪恶是从孩子的流浪开始的。

　　不过，巴黎另当别论。尽管上文所述，在一定程度上，认为例外是对的。而在其他大城市里，一个流浪儿童是一个毁了的人，而几乎到处放任自流的孩子，可以说投身于和自暴自弃于不可避免的社会恶习中，这些恶习吞没了他们身上的正直和良心。需要强调的是，巴黎的流浪儿表面上不管多么粗野，多么学坏，内心却几乎原封不动。看来真是神奇，在历次人民革命显示的光明磊落中放射出光彩，巴黎空气就像海水中的盐，能产生某种拒腐蚀性。呼吸巴黎的空气，能保持心灵纯洁。

　　我们这样说，决不表明每当我们遇到这样一个孩子而不感到揪心；在他们周围，似乎飘荡着家庭四分五裂的断线。现代文明还很不完善，一些家庭家破人亡，不知道子女变成怎样，让亲骨肉流落在大街上。由此他们命途多舛。这类可悲的事有种说法，叫做"扔在巴黎的马路上"。

顺便说说，抛弃儿女在旧王朝并不被禁止。下层地区有些吉卜赛人和波希米亚人的风习，适合上层和有权有势的人。仇视下层人民的孩子教育，是一种信条。何必"半受教育"呢？口号如此。然而，流浪儿童是无知识儿童的必然结果。

再说，王朝有时需要儿童，于是到街上去搜罗。

不必追溯得太远，在路易十四治下，国王有理由想建立一支舰队。想法是好的。但要看方法。帆船是风的玩偶，必要时还得牵引，如果没有桨或蒸气为动力，随意航行，那就用不着舰队；以往双桅战船之于海军，等于今日轮船的作用。因此，必须造双桅战船，但是双桅战船要靠桨手划船，所以必须用苦役犯。柯尔贝让各省总督和法院判决尽可能多的苦役犯。司法官员大献殷勤。一个人面对宗教仪式行列还戴着帽子，就是胡格诺教徒的态度；要把他送去划船。要是在街上遇到一个孩子，只要他是十五岁，没有住宿的地方，就要送他去划船。盛世要严治啊。

在路易十五治下，巴黎街头看不到孩子了；警察拉走他们，不知用什么神秘的方法。大家惊恐地窃窃私语，关于国王洗红水浴有骇人听闻的推测。巴尔比埃[1]如实地谈到这些事。有时，缺少孩子，军警就抓有父亲的孩子。悲痛欲绝的父亲冲向军警。这种情况下，法院加以干预，判处绞刑。判处谁？军警吗？不。是父亲。

---

[1] 巴尔比埃（1805～1882），法国讽刺诗人。他的《日记》（1847～1856）对此有所记载。

### 七、在印度的等级中,也许有流浪儿的一席之地

巴黎的流浪儿几乎构成一个阶层。可以说,哪个阶层也不要。

流浪儿这个词,直到一八三四年才第一次印成文字,从民间语言进入文学语言。在一本题为《克洛德·格》[1]的小册子中,这个词出现了。引起了轰动。这个词得到认可。

流浪儿之间获得声望的因素是多种多样的。我们认识并有过交往的流浪儿中,有一个极受尊敬和赞赏,因为他见到一个人从圣母院的塔楼顶上摔下来;另一个是因为成功地钻进残老军人院的后院,那里暂时存放圆顶下的塑像,他从塑像身上"抠"下一点铅;第三个是因为见到一辆驿车翻车,另外还有一个是因为"认识"一个士兵,他差一点打瞎一个市民的眼睛。

这就是为什么巴黎的流浪儿爱感叹,而庸夫俗子并不理解,却讥笑这种深沉的叹声:"老天啊!我真倒霉!真想不到,我还没有见过有人从六楼摔下来!"("我真"说成"我怎";"六楼"说成"六头"。)

当然,乡下人也用语巧妙:"老爹,您的老婆生病死了;干吗您没有派人请医生呢?""有什么办法呢,先生,我们这些穷人,我们会自动死去。"如果说乡下人无可奈何的揶揄体现在这句话里,郊区孩子自由思想的无政府观念就表现在另一句话里。一个死囚在囚车上听忏悔师说教,巴黎的孩子嚷了起来:"他在对臭教士讲话。噢!胆小鬼!"

在宗教方面胆大妄为,能提高流浪儿的地位。不信神非常重要。

去看处决犯人是一种职责。大家指点着断头台,笑声四起。他

---

[1] 《克洛德·格》是雨果的一部短篇小说。雨果言过其实,流浪儿这个词早就见诸文字。

们给断头台起了各种各样的绰号：汤见底，犟脾气，蓝天妈妈（在天上），最后一口，等等。为了不漏看一点，他们爬到墙上，攀上阳台，爬到树上，攀住铁栅，抱住烟囱。流浪儿生来是盖瓦匠，就像生来是水手一样。屋顶同桅杆一样，不会使他害怕。什么节日也比不上格雷夫广场。桑松和蒙泰斯神父是真正尽人皆知的名字。他们向犯人发出嘘声，以示鼓励。他们有时欣赏犯人。流浪儿拉塞奈尔[1]看到可怕的多顿勇敢地死去，说过一句预示未来的话："我非常嫉妒。"流浪儿不知道伏尔泰，但是知道帕帕瓦纳[2]。他们把"政客"和杀人犯混为一谈。他们对死囚临刑的衣服口口相传。他们知道，托勒龙戴一顶司炉帽，阿弗里尔戴一顶水獭鸭舌帽，卢威尔戴一顶圆帽，德拉波特老头是个秃顶，不戴帽子，卡斯坦面色红润，非常漂亮，博里留着浪漫的山羊胡子，让-马丁保留了他的裤子吊带，勒库菲和他的母亲吵架。"你们别互相埋怨了，"一个流浪儿对他们说。另外一个流浪儿要看德巴克经过，他在人群中太小，看到码头上的路灯，便爬了上去。一个站岗的警察皱起了眉头。"让我爬上去，警察先生，"流浪儿说。为了感动执法官，他加了一句："我不会摔下来。""我才不管你摔下来呢，"警察回答。

　　流浪儿中间，一个难忘的事件受到异常的重视。谁割了个深口子，"伤到骨头"，就达到被尊敬的顶点。

　　拳头并非微不足道的令人尊敬的因素。流浪儿的一句口头禅是："我可够厉害的，嘿！"左撇子特别令人羡慕。斜白眼是受人尊敬的事。

---

[1] 拉塞奈尔（1800～1835），法国诗人，是个窃贼和凶手。
[2] 帕帕瓦纳（1794～1825），杀害两名儿童的凶手。

## 八、末代国王的隽语

夏天,流浪儿变成了青蛙;晚上,夜幕降临,在奥斯特利兹桥和耶拿桥前,从煤车和洗衣女工的船上,头朝下跳到塞纳河里,不顾廉耻和违反治安法。但警察监视着,于是出现高度戏剧性的场面,有一次引起友好的令人难忘的呼喊;这喊声在一八三〇年十分有名,是流浪儿之间带战略性的警告;像荷马的诗句一样很有节奏,像雅典娜节日埃勒齐斯人的朗诵一样几乎难以描述下来,又像古代女祭司对酒神的欢呼。喊声是这样的:"噢唉,蒂蒂,噢唉!有麻烦啦,有警察啊,小心,快走,从阴沟溜掉!"

有时,这个小鬼——流浪儿这样自称——识字;有时他会写字,他总能乱涂一气。不知通过什么秘密的互教互学,他们很快就掌握各种各样有利于公众的本领:从一八一五年到一八三〇年,流浪儿模仿火鸡的叫声;从一八三〇年到一八四八年,流浪儿在墙上画梨。[1]夏天的一个傍晚,路易-菲利普步行回宫,看到一个小不点的流浪儿,汗流满面,踮起脚来用木炭在纳伊铁栅的一根柱子上画一只巨大的梨;国王继承了亨利四世的好脾气,帮助流浪儿,画完了梨,还给了孩子一枚路易,对他说:"梨也在上面。"流浪儿爱吵闹,喜欢剧烈状态。流浪儿憎恨"本堂神父"。一天,在大学街,有一个小淘气鬼,对着69号的大门,用拇指顶着鼻尖,其余四指摆动,表示轻蔑。"你干吗对这扇门做这个动作?"一个行人问他。孩子回答:"里面有一个本堂神父。"这里确实住着教廷大使。然而,不管流浪

---

1 火鸡是对波旁王朝的讽刺,梨是七月王朝国王路易-菲利普的形体漫画像。

儿信奉什么样的伏尔泰主义，如果有机会当唱诗班的孩子，他会接受，而且正儿八经地做弥撒。有两件事可望而不可及，虽渴望不已却等待不到：推翻政府和补好自己的长裤。

流浪儿熟谙所有的巴黎警察，要是遇到了，能说出每张面孔的名字。他能掰着指头数出来。他研究警察的生活习惯，对每个人有特殊的评语。他看警察的心灵，像翻开书来看一样。他会流畅地、不打格楞地告诉您："这个阴险，这个凶狠，这个高大，这个可笑，"（所有这些词，阴险、凶狠、高大、可笑，在他的嘴里有特殊意义）"这个以为新桥是他的，不许别人在栏杆外面的边沿上散步；那个有个怪癖，爱揪人家的耳朵；等等。"

## 九、高卢古风

菜市场之子波克兰[1]的作品中，有这类孩子；博马舍[2]的戏剧中也有这类孩子。调皮有着高卢精神的色彩。调皮搀进理智，有时增加力量，如同酒精搀入酒中一样。有时这是缺点。荷马反复地讲，不错；可以说伏尔泰很调皮。卡米尔·德穆兰[3]是郊区人。尚皮奥奈[4]对显灵不屑一顾，他来自巴黎街头，小时候走遍了博维的圣约翰和圣艾蒂安-杜蒙的柱廊；他对圣女热纳维埃芙的圣体盒相当不敬，对圣

---

[1] 波克兰是法国喜剧家莫里哀原来的姓氏。
[2] 博马舍（1732～1799），法国喜剧家，作品有《塞维勒的理发师》《费加罗的婚礼》。他塑造的薛吕班是个风流少年，有点调皮。
[3] 德穆兰（1760～1794），法国政治家，属于温和派，后被处以绞刑。
[4] 尚皮奥奈（1762～1800），法国大革命时期的将领。

让维埃¹的圣瓶发号施令。

巴黎流浪儿尊重人，又爱捉弄人，傲慢无礼。牙齿难看，因为营养不良，胃有病，眼睛美丽，因为有智慧。耶和华在场的话，他单脚跳上通天堂的台阶。他擅长拳术。各种情况下都能成长。他在阳沟中嬉戏，在骚乱中挺身而出，面对枪林弹雨仍然目中无人；既是顽童，又是英雄；像底比斯城的孩子，敢于揪住狮子的皮摇晃；鼓手巴拉²是一个巴黎的流浪儿，他喊道："前进！"恰如《圣经》中的马说："哇！"一转眼间他从小孩子变成了巨人。

这个出自污泥的孩子也是理想的孩子。请衡量一下从莫里哀到巴拉的智力范围吧。

总之，一言以蔽之，流浪儿因为不幸，就要寻开心。

## 十、ECCE PARIS，ECCE HOMO³

再概括而言，今日的巴黎流浪儿，就像从前罗马的希腊小瘪三，这是额角有旧世界皱纹的平民孩子。

流浪儿是民族的一种雅致，同时是一种病症。必须治疗这种病症。怎么医治？通过智慧。

智慧使人健康。

智慧能照亮人心。

---

1 圣女热纳维埃芙是巴黎的保护神，圣让维埃是那不勒斯的保护神。
2 巴拉（1779～1793），十四岁就参加共和军，中埋伏被俘，英勇就义。
3 拉丁文："看看巴黎，看看人"。

一切社会恩泽都来自科学、文学、艺术和教育。要培养人，要培养人。您启发他们，让他们给您温暖。义务教育这光芒四射的问题，迟早要以绝对真理不可抗拒的威力提出来；于是，在法兰西思维监督下统治国家的人，就要做出这个选择：要法国的儿女，还是要巴黎的流浪儿；要光明中的火焰，还是要黑暗中的鬼火。

流浪儿表现巴黎，巴黎表现世界。

因为巴黎是一个总和。巴黎是人类的天花板。这整座奇异的城市，是逝去的风俗和现存风俗的缩影。谁见过巴黎，谁就以为见到了全部历史的底蕴，以及天宇和其间的星辰的底蕴。巴黎有座卡皮托利山[1]，就是市政厅，有座帕特农神庙，就是圣母院，有座阿文蒂诺山，就是圣安东尼郊区，有座阿西纳里恩[2]，就是索尔本学院，有座万神庙，就是先贤祠，有条神圣大路，就是意大利人大街，有座风塔，就是舆论；巴黎以取笑代替了罪犯尸体示众场。它的"majo"[3]名叫自命不凡的人，它的河对岸人叫郊区人，它的阿拉伯搬运工叫菜市场壮工，它的那不勒斯乞丐叫盗贼，它的伦敦时髦青年叫可笑的花花公子。别处的一切全集中在巴黎。杜马赛的卖鱼妇可以回答欧里庇得斯的卖草妇，铁饼运动员弗雅努斯在走钢丝的福里奥左身上再现，[4] 士兵特拉蓬蒂戈努斯挽着投弹手瓦德蓬克尔[5]的胳膊，旧货商达马齐普[6]会很高兴待在巴黎的旧货店，万桑会抓住苏

---

1 卡皮托利山，罗马周围的小山，古代文化的中心之一。
2 阿西纳里恩，罗马南面的小山。
3 西班牙文：以穿着讲究而自傲的人。
4 弗雅努斯是贺拉斯书信中提到的人物，福里奥左是巴黎著名的杂技演员。
5 士兵特拉蓬蒂戈努斯是普劳图斯的剧中人物，瓦德蓬克尔是18世纪士兵的化身。
6 达马齐普是贺拉斯讽刺诗中的对话者。

格拉底，就像阿戈拉把狄德罗关进监牢，格里莫·德·拉雷尼埃尔发现了羊脂牛排，就像库尔提卢斯发明了烤刺猬[1]，我们看到在星形广场凯旋门的气球下出现了普劳图斯笔下的空中杂技，阿普列乌斯在波西尔遇到的吞剑人[2]，是新桥上的吞刀人，拉摩的侄儿和寄生虫库尔库利翁[3]成双作对，埃尔加西莱斯由埃格尔弗伊介绍，会到康巴塞雷斯家作客；罗马四大公子，阿尔塞西马叙斯、弗德罗穆斯、迪亚博卢斯和阿尔吉里普斯[4]，乘坐拉巴图的驿车库尔蒂尔驶过来；奥吕-热尔在孔格里奥前面，不会超过沙尔·诺迪埃在波利希奈尔[5]前面停留的时间；马尔通不是母老虎，帕尔达利斯卡[6]决不是一条龙；逗乐的庞托拉布斯，在英国咖啡店嘲弄会享乐的诺芒塔努斯[7]，赫尔莫热纳[8]是香榭丽舍的男高音歌唱家，在他周围，乞丐特拉西乌斯装扮成博贝什行乞[9]；您在杜依勒里宫被一个讨厌的人揪住衣扣，停下脚步，使您重复两千年前泰斯普里翁的责备："quis properantem me prehendit pallio？"[10] 苏雷斯纳酒模仿阿尔布酒，德左吉埃的红滚边与巴拉特龙[11]的大礼服相配；拉雪兹神父公墓在夜雨中散发出

---

1 雨果记忆有误，库尔提卢斯发明的是烤小熊。
2 阿普列乌斯（约125～170后），古罗马作家，他的小说《金驴记》写到吞剑人。
3 拉摩的侄儿是狄德罗同名小说的主人公，库尔库利翁是普劳图斯笔下的主人公。
4 这四人均是普劳图斯笔下的人物。
5 孔格里奥是普劳图斯笔下的厨师，奥吕-热尔在《雅典之夜》中谈过；诺迪埃是19世纪法国作家；波利希奈尔是文学作品中的滑稽人物。
6 普劳图斯的作品《卡西纳》中的奴隶。
7 两人均是贺拉斯《讽喻诗》中嘲笑的人物。
8 贺拉斯在《讽喻诗》中提到的歌手。
9 博贝什是巴黎神庙街的名小丑，至于特拉西乌斯，雨果的记忆有误。
10 拉丁文：我有急事，谁拉住我的衣襟？出自普劳图斯《埃皮狄克》第一句。
11 德左吉埃（1772～1827），滑稽歌舞剧作家；巴拉特龙是吹牛家的代名词，最早见于贺拉斯的《讽喻诗》。

埃斯吉利公墓那种磷光，五年限期的穷人墓穴与奴隶租用的棺材相抵。

找一下巴黎没有的东西吧。特罗福尼乌斯桶里的东西，没有什么不装在梅斯麦¹的小木桶里；埃尔加菲拉斯在卡格利奥斯特罗身上复活；婆罗门瓦萨方塔转世为德·圣日耳曼伯爵；圣梅达尔公墓同大马士革乌姆米埃清真寺一样显灵。

巴黎也有个伊索，名叫马约²，有一个卡妮迪，名叫勒诺尔芒小姐³。巴黎和德尔弗⁴一样，在幻景的闪光现实面前惊慌失措；它转动桌子，就像多多纳转动三脚架一样⁵。它让轻佻女工坐上宝座，就像罗马让妓女坐上宝座；总之。如果路易十五比克劳狄⁶更坏，杜巴丽夫人就比梅萨琳好些。巴黎将希腊的裸体、希伯来的脓疮和加斯孔的嘲笑合为一个闻所未闻的典型，这典型生活过，同我们擦肩而过。它把第欧根尼、约伯和帕雅斯⁷糅合起来，用《立宪报》的旧报纸做衣服，穿在一个幽灵身上，形成了肖德鲁克·杜克洛⁸。

虽然普鲁塔克说："暴君不易老，"但是罗马在苏拉统治下，以及在多米迪安统治下，忍气吞声，在酒里掺水。台伯河是一条忘河，如果相信瓦鲁斯·维比斯库斯有点空泛的赞扬的话："Contra

---

1 特罗福尼乌斯，希腊俄提亚人信奉的神，住在地下，预言人间事；梅斯麦（1734～1815），德国医生，自称发现动物磁性，包治百病。
2 马约，漫画家特拉维埃创造的人物，同希腊寓言家伊索一样是驼子。
3 勒诺尔芒小姐（1772～1843），算卦女人。
4 德尔弗，古希腊城市。
5 多多纳，古希腊伊庇鲁斯的宙斯神殿，但以橡树、鸟和喷泉显灵。
6 克劳狄（公元前10～54），罗马皇帝，梅萨琳死于公元48年，是克劳狄的皇后，生活淫荡，甚至当过妓女。
7 第欧根尼，公元前3世纪的希腊作家；帕雅斯，闹剧中的丑角，愚蠢可笑的形象。
8 肖德鲁克·杜克洛，复辟王朝时期的一个怪人，穿着奇装异服在王宫露面。

gracchos Tiberim habemus. Bibere Tiberim, id est seditionem oblivisci."[1] 巴黎每天喝下一百万公升水,但这并不能阻止时机一到,就要敲响紧急集合鼓,敲响警钟。

除此以外,巴黎是老好人。它毫不在乎地接受一切;在维纳斯美不美方面,并不挑剔;她的臀部美属于霍屯督人[2]一类;只要它笑,它就宽容;丑怪令它高兴,畸形使它开怀,恶习给它消遣;显得滑稽吧,您会成为一个怪人;甚至虚伪,这极端的无耻,并不使它反感;它很有文学感,在霸西勒面前不会捂住鼻子,对达尔杜弗的祈祷并不气愤,[3]就像贺拉斯对普里亚普的"打嗝"并无不快。普天下的面影,在巴黎的侧影中并不缺少。马比尔舞会跳的不是雅尼库卢姆山上的波吕姆尼亚舞,[4]但卖化妆品的女贩,盯住漂亮而轻佻的年轻女人,正像媒婆斯塔菲拉窥视着处女普拉内修姆[5]。战斗城门不是罗马竞技场,但那里的人很凶狠,仿佛恺撒在观看。叙利亚老板娘比萨盖大妈更有风韵,而要是维吉尔常去罗马的小酒店,那么,大卫、巴尔扎克和沙尔莱[6]就会成为巴黎小旅店的座上客。巴黎在统治。天才人物在那里大放光彩,红辫尾小丑兴旺发达。阿多纳伊[7]乘

---

1 拉丁文:我们有台伯河对付格拉克库斯。喝了台伯河水,就会忘记反叛。格拉克库斯是罗马一个平民家族,这里泛指老百姓。
2 霍屯督人,非洲西部部族。
3 霸西勒,《塞维勒的理发师》中的人物;达尔杜弗,《伪君子》的主人公,伪善的典型。
4 马比尔舞会是香榭丽舍的舞场;雅尼库卢姆是罗马周围的小山之一;波吕姆尼亚是缪斯之一,主管颂歌、抒情诗等。
5 取自普劳图斯作品的情节。
6 沙尔莱(1792~1845),法国画家,崇拜拿破仑,擅长历史题材,在群众中有广泛影响。
7 阿多纳伊,希伯来语为"天父"。

坐十二只车轮的电闪雷鸣战车经过巴黎；西勒诺斯[1]骑着母驴进城。西勒诺斯，请读作朗波诺[2]。

巴黎是宇宙的同义词。巴黎是雅典、罗马、西巴里斯、耶路撒冷、庞丹。[3]所有文明浓缩于此，所有野蛮也浓缩于此。没有断头台，巴黎会很遗憾。

有一点格雷夫广场就是好事。没有这种调料，永恒的节日会成什么模样呢？我们的法律明智地给足配备，而且多亏了法律，断头斧才在狂欢节的最后一天滴血。

## 十一、嘲笑，统治

巴黎的边界，根本没有。任何城市都不像巴黎那样，既统治，又有时嘲弄所屈服的人。"让你们高兴，雅典人啊！"亚历山大叫道。巴黎不止制订法律，它制造时尚；巴黎不止制造时尚，它制造陈规。只要巴黎愿意，它可以变得愚蠢；有时它要奢侈一下；于是世界同它一样变得愚蠢；随后巴黎醒悟过来，揉一下双眼，说道："我多么愚蠢啊！"它对着人类的面孔发出哈哈大笑。这样一个城市多么奇妙啊！奇怪的是，这种伟大和这种滑稽成双配对，这种滑稽模仿并不妨碍这种庄严，同一张嘴今天吹末日审判的号角，明天吹葱管笛子！巴黎有一种至上的快活。它的快活是雷霆，它的作弄是权杖。

---

[1] 西勒诺斯，酒神的扶养者和伙伴。
[2] 朗波诺，巴黎著名酒馆老板。
[3] 西巴里斯，意大利古地名；庞丹，巴黎街区。

它的风暴有时来自一个鬼脸。它的爆发,它的节日,它的杰作,它的奇迹,它的史诗,达到天涯海角,它的东拉西扯也是这样。它的笑是一个火山口,岩浆溅满全球。它的插科打诨是火花。它把讽刺和理想都强加于各民族;人类文明最高的纪念碑接受它的嘲讽,让它戏弄自己的永恒。它是壮丽的;它有一个神奇的七月十四日,解放了全球;它让各民族做出网球场的宣誓[1];八月四日夜晚在三小时内就废除了三千年的封建制;它将自己的逻辑变成万众一心的力量;它变为各种各样的崇高形式;它以自己的光芒普照华盛顿、柯斯丘斯科、玻利瓦尔、博察里斯、里埃戈、贝姆、马南、洛佩兹、约翰·布朗、加里波第;[2]凡是未来闪亮的地方都有它,一七七九年在波士顿,一八二〇年在列昂岛,一八四八年在佩斯,一八六〇年在巴勒莫;它在聚集于哈佩渡口渡船上的美国废奴运动者的耳朵里,在聚集于海边戈兹旅店前阿尔希阴影中的安科纳爱国者的耳朵里,说出这强有力的口号:自由;它创造出卡纳里斯[3];它创造出基罗加[4];它创造出皮萨卡纳[5];它把伟大光辉照射到全球;正是在它的鼓动下,

---

1 1789年6月20日,第三等级代表在巴黎网球场宣誓,不制订出宪法不解散,成为大革命的序幕。
2 柯斯丘斯科(1746~1817),波兰军官,反抗俄国和奥地利占领军;玻利瓦尔(1783~1830),南美将军、政治家,反对西班牙殖民者;博察里斯(1788~1823),希腊独立战争中的英雄;里埃戈(1785~1823),西班牙将军、政治家,反对拿破仑和波旁王朝的入侵;贝姆(1795~1850),匈牙利将军,一八四九年起义,反抗奥地利压迫;马南(1804~1857),意大利政治家,反对奥地利的占领;洛佩兹(1827~1870),巴拉圭总统,反对阿根廷和巴西的干涉;约翰·布朗(1800~1859),美国农民起义领袖。
3 卡纳里斯(1790~1877),希腊独立战争的领袖。
4 基罗加(1784~1841),1820年西班牙自由运动的首领之一。
5 皮萨卡纳(1818~1857),意大利革命者。

拜伦殁于米索龙吉，马泽殁于巴塞罗那；[1] 它在米拉波脚下是讲坛，在罗伯斯庇尔脚下是火山口；它的书籍、它的戏剧、它的艺术、它的科学、它的文学、它的哲学，是人类的教科书；它有帕斯卡尔、雷尼埃、高乃依、笛卡儿、让-雅克·卢梭、伏尔泰，这是一些须臾不可少的人物，而莫里哀是每个世纪不可少的人物；它让全世界都讲它的语言，这种语言变成了圣言；它在人人的思想里树立起进步的观念；它铸造的解放信条，是一代代人的枕边剑，一七八九年以来各国人民的一切英雄，都是在它的思想家和诗人的心灵熏陶出来的；这不足以阻止它调皮；所谓巴黎这巨大天才，在用它的光明改变世界时，还去忒修斯神庙，涂黑布吉尼埃的鼻子，在金字塔上写上："克雷德维尔贼子"。

巴黎总是露出牙齿；它不咆哮时，它就笑。

巴黎就是这样。它的屋顶上的烟是宇宙的思维。只要愿意，可说是一堆烂泥和石头，但主要有一种精神。它不止伟大，它是无限。为什么？因为它敢作敢为。

敢作敢为，进步以此为代价。

一切崇高的业绩，或多或少都取决于胆识。为了进行革命，孟德斯鸠提出它，狄德罗宣扬它，博马舍预示它，孔多塞[2] 测算出它，阿鲁埃[3] 准备了它，卢梭预先策划它，这都不够；必须有丹东敢作敢为。

---

[1] 拜伦参加希腊的独立战争，于1824年病逝；马泽（1793～1821），法国医生，1821年到西班牙研究鼠疫，染病而逝。
[2] 孔多塞（1743～1794），法国哲学家、数学家、政治家。
[3] 即伏尔泰。

"要有胆量!"这一喊声意思就是"Fiat Lux"[1]。人类要前进,就必须高屋建瓴,长期进行关于勇气的坚实教育。无畏彪炳青史,是人类的一种强有力的光芒。黎明升起时,敢于冲破黑暗。尝试,冒险,坚忍不拔,锲而不舍,矢志不移,同命运拼搏,处变不惊,压倒灾难,时而面对不义的强权,时而指斥沉醉于胜利,站得稳,顶得住;这就是人民所需要的榜样,激励他们的光明。这种了不起的闪光,从普罗米修斯的火炬,直到康伯伦的烟斗。

## 十二、人民潜在的未来

至于巴黎人民,尽管已经成年,还始终是顽童;描绘这个孩子,就是描绘城市;正因如此,我们通过这只无拘无束的麻雀,研究了这只鹰。

需要强调的是,巴黎人种尤其出现在郊区;纯血统在那里;真正的相貌在那里;人民在那里干活和受苦,而受苦和干活是人的两副面孔。那时麇集着大批默默无闻的人,无奇不有,从拉佩的卸货工到蒙福孔的屠夫。"Fex urbis,"[2] 西塞罗大声说;"mob,"[3] 柏克愤怒地补充;群氓,乌合之众,贱民。这些词脱口而出。不错。那又有什么关系?他们赤脚走路与我何干?他们不识字;算了吧。就这样抛弃他们?光明照不到这些人身上?让我们再高呼:光明!让我

---

[1] 拉丁文:要有光。
[2] 拉丁文:城市的渣滓。
[3] 拉丁文:贱民。

们坚持光明！光明！光明！——谁敢说这种昏暗不会变得透明呢？革命难道不是改变面貌吗？喂，哲学家们，教育吧，开导吧，启迪吧，自言自语吧，大声说出来，快乐地跑到大太阳下，熟悉公共广场，宣布好消息，大量用识字课本，宣扬权利，唱《马赛曲》，散播热情，砍下橡树的绿枝。要把思想变成旋风。这些人就可以变得崇高。我们要善于利用原则和美德的大火，到了一定时候，它噼啪作响，爆发和抖动起来。这些赤脚，这些光臂，这些破衣烂衫，这种种愚昧无知，卑贱下流，重重黑暗，都可以用来实现理想。在人民中观察，就会看到真理。这毫无价值的砂子，您踩在脚下，投进炉里，就会熔化，沸腾，变成光闪闪的水晶，由于它，伽利略和牛顿才发现了星球。

## 十三、小加弗罗什

这个故事第二部叙述的事件过了约八九年，在神庙大街和水宫地区可以注意到一个十一二岁的小男孩，相当准确地实现上文勾画的流浪儿典型，他嘴上挂着这种年龄的微笑，心灵却并不绝对阴暗和空虚。这个孩子穿着一条大人的长裤，但不是他父亲的；他穿着一件女人的上衣，但不是他母亲的。有的人出于善心，给他穿这些破衣烂衫。但他有一个父亲和一个母亲。不过他父亲不想他，他母亲根本不爱他。有父母而成为孤儿，这种孩子值得同情。

这个孩子向来感到街上最舒服。铺路石不如他母亲的心冷酷。他的双亲一脚把他踢到生活中。

他干脆腾飞而起。

这个男孩子吵吵闹闹、脸色苍白、敏捷、机警、爱嘲弄人，神态活泼，带有病态。他来来去去，唱歌，赌小钱，掘水沟，偷点东西，但像猫和麻雀一样只为好玩，别人叫他淘气鬼，他就笑，别人叫他小流氓，他就生气。他没有家，没有面包，没有炉火，没有爱；但他快乐，因为他自由。

这些可怜的人长大成人后，社会秩序的磨盘几乎总会遇上他们，把他们碾碎，但只要他们还是孩子，因为小倒能逃脱。一个小洞便能救下他们。

这个孩子不管如何被弃之不顾，有时，每隔两三个月，他会说："嗨，我要去看看妈妈！"于是他离开了大街、马戏场、圣马丁门，来到河滨大道，穿过几座桥，来到郊区，到达老年妇救院，到哪里去呢？正好是这50～52号，读者知道是戈尔博破屋。

当时，50～52号破屋平时没有人，永远挂着这块招牌："房间出租"，难得有几个房客，就像巴黎通常的情况那样，他们彼此之间没有任何关系。他们都属于穷苦阶层，先从拮据的底层小市民开始，在社会底层的穷困中混日子，直至达到文明的物质底部的两类人，即清淤泥的阴沟工和拾荒者。

让·瓦尔让居住时的"二房东"已经死了，由一个一模一样的人接替。不知哪个哲学家说过："老女人从不缺乏。"

这个新来的老女人名叫布贡，她的生平没有值得一提的事，只有那三只鹦鹉的王朝，曾相继统治过她的心灵。

住在破屋中最悲惨的人，是一个四口之家，父亲、母亲和两个已经相当大的女儿,四人挤在一间破屋里,上文已经提过这种单人房间。

这个家庭乍一看没有什么特别的,就是一贫如洗;父亲租下房间时自称叫荣德雷特。他的搬家借用二房东的一句令人难忘的话,就是出奇地像"什么也没有搬进来";搬家不久,这个荣德雷特对那个像前任一样,既是看门人又打扫楼梯的女人说:"大妈,要是有人说不定来找一个波兰人或者意大利人,也许西班牙人,那就是我。"

这就是那个赤贫的快活小孩的家。他到了家里,看到贫穷、困苦,还有最令人苦恼的是,没有任何笑容;炉膛是冷的,人心是冷的。他进门时,人家问他:"你从哪里来?"他回答:"从街上来。"他走时人家问他:"你去哪里?"他回答:"到街上去。"他母亲对他说:"你来这里干什么?"

这个孩子生活在缺乏亲情之中,如同地窖里长出的苍白小草。他以为这样并不痛苦,也不怨恨任何人。他不太清楚父母亲该是怎样的。

再说他母亲爱的是他的两个姐姐。

我们忘了说,在神庙大街,大家管这个孩子叫小加弗罗什。为什么他叫加弗罗什?或许他的父亲叫荣德雷特吧。

割断关系好像是某些贫穷家庭的本能。

荣德雷特一家在戈尔博破屋中居住的房间,是在走廊尽头最后一间。旁边的一间住着一个十分贫穷的年轻人,名叫马里于斯先生。

下面就来谈谈马里于斯先生是何许人。

# 第二章
# 大有产者

### 一、九十岁和三十二颗牙齿

　　布什拉街,诺曼底街和圣通日街,如今还有几个老住户,他们记得一个叫吉尔诺曼的老头,而且提起他来都很得意。他们年轻时这个老头已经年迈了。所谓往昔,是一堆渺茫的黑影,对不堪回首的人来说,那老人的身影,还没有完全消失在神庙一带迷宫似的街道里。在路易十四时代,那些街道用法国所有外省的名称来命名,正如今日蒂沃利新区的街道用了欧洲各国首都的名字一样;顺便说说,这种变化,其中的进步是显而易见的。

　　吉尔诺曼先生在一八三一年还老当益壮,这类人仅仅由于长寿而引人注目,又因为从前像所有人,如今与任何人迥异而显得奇特。这是一个很特别的老人,确实是另一个时代的人,十八世纪完美而有点高傲的真正有产者,保持老有产者的神态,正像侯爵保持爵位的神态一样。他年逾九旬,走路腰板挺直,说话高声大气,眼清目明，能喝善饮，能吃能睡能打鼾。他有三十二颗牙齿。他只有看书时才戴眼镜。他喜欢谈情说爱，但是他说，十几年来他毅然决然摆脱了女人。他说他已不再能讨女人欢心了；他又说到："我太穷了，"而不是："我太老了。"他说："要是我没有破产……哼！"他确实只有大约一万五千利弗尔的收入。他的梦想是继承一笔遗产，有十万法郎的年金收入，能找到情妇。他决不像平日所见的老态龙钟的八旬老人，例如伏尔泰先生，一生半死不活的；这不是像破罐那样的长寿；这个健硕的老人身体始终硬朗。他看问题肤浅，行动快捷，容易发火。他动辄大发雷霆，往往与实情相悖。有人反驳他的话，他就举起拐杖；他爱打人，像生活在伟大的世纪[1]。他有个女儿，过了五十岁，没有结婚，当他生气时就狠狠打她，而且还想用鞭子抽。她给他的印象好似只有八岁。他猛掴仆人的耳光，说道："啊！骚货！"他的一句骂人话是："十足的蠢货！"有时他沉静得出奇；每天他让一个理发师刮脸，这个理发师发过疯，憎恨他，由于理发店老板娘又漂亮又风骚而嫉妒吉尔诺曼先生。吉尔诺曼先生欣赏自己对一切事物的分辨力，自称明察秋毫；这是他的一句话："说实话，我有点洞察力；要是有只跳蚤咬我，我能说出是从哪个女人身上跳过来的。"他最常说的词是："敏感的人"和"天性"。后面这个词，他不采用我们时代赋予的重要涵义，而是按他的方式放进在炉边所说的俏皮话里。"天性，"他说，"就是让文明无孔不入，直至进入有趣的野蛮样本中。欧洲有亚洲和非洲的小型样品。猫是客厅的老虎，

---

[1] 指17世纪。

蜥蜴是袖珍鳄鱼。歌剧院的舞女是玫瑰色的蛮族女人。她们不吃男人，她们骗取男人。或者她们是巫婆！她们把男人变成牡蛎，再吞下去。加勒比的蛮族女人留下的只是骨头和贝壳。这就是我们的风俗。我们不吞吃，我们细嚼；我们不消灭，我们用手抓。"

## 二、什么主人什么屋子

他住在玛雷区髑髅地修女街6号。这幢房子是他的，后来拆毁又重建，由于巴黎街道的变革，门牌号可能已经改变了。他占据二楼一套老式的宽敞房间，位于街道和花园之间，画着牧羊图案的戈布兰和博维的大幅壁毯，装饰到天花板；天花板和护墙板的图案，缩小再现在扶手椅上。一扇很大的柯罗曼德尔[1]九折漆器屏风围住了床。挡光的长窗帘垂挂而下，宽大的皱褶十分悦目。紧贴窗下的花园，由一道十二至十五级的楼梯与转角的一扇落地窗相连，老人上下楼梯非常轻捷。除了与卧室毗邻的藏书室，他有一个他很看重的小客厅，这个雅致的地方蒙上麦秸色、有百合和其他花卉图案的华美壁布，按路易十四的帆桨战船制作，是由德·维沃纳先生为他的情妇向苦役犯人定制的。吉尔诺曼先生从一个百岁逝世，不合群的姨婆那里继承而来。他有过两个妻子。他的举止介于两种人之间，一种是他从未做过的廷臣，一种是他本来可以成为的法官。只要他愿意，他可以快乐、温柔。青年时代，他曾经总是被妻子欺骗，却

---

[1] 柯罗曼德尔，印度东南地区。

从来不被情妇欺骗，因为他这类人既是最讨厌的丈夫，又是最可爱的情人。他对绘画很内行。他的卧室里有一幅不知是谁的出色肖像，是约尔丹斯[1]的作品，用笔精到，细部无数，处理细致，却看似随意。吉尔诺曼先生的衣着不是路易十五式的，甚至也不是路易十六式的；这是督政府时期新潮青年的服装。那时他还自以为十分年轻，要赶时髦。他的衣服是薄呢的，有宽大的翻领，长长的燕尾，大粒的钢扣。此外，穿短裤和带扣的鞋。他的手总插在背心口袋里。他斩钉截铁地说："法国革命是一堆无赖。"

## 三、明一慧

十六岁时，一天晚上，在歌剧院，他有幸受到两个成年美人用观剧镜注视，当时她们闻名遐迩，被伏尔泰歌颂过，名叫卡玛尔戈和萨莱。[2]他受到两面火力的夹击，以退为进，追求一个跳舞小姑娘，名叫纳昂莉，她像他一样十六岁，像只猫一样默默无闻，他爱上了她。回忆纷至沓来。他喊道："她多么美丽啊，这个吉玛尔[3]-吉玛尔蒂妮-吉玛尔蒂奈特，上次我在隆尚跑马场看到她，令人一往情深的鬈发，绿松宝石首饰引人注目，新贵色彩的裙子，隐藏激情的手笼！"青年时期他穿过一件"伦敦侏儒"料的上衣，后来他热情洋溢地谈起。"我穿得像一个东方的土耳其人，"他说。他二十岁时，

---

[1] 约尔丹斯（1593～1678），佛兰德尔画家，曾与鲁本斯合作，有巴洛克风格。
[2] 卡玛尔戈（1710～1770），萨莱（1743～1816），均为巴黎歌剧院的舞蹈演员。
[3] 吉玛尔（1743～1816），巴黎歌剧院舞蹈演员。

德·布弗莱夫人偶然看到他,把他称为"发狂的美男子"。他看到政界和当权人物的所有名字,感到愤愤不平,认为他们又卑贱又市民气。他看报纸,像他所说的《新闻报》《消息报》,一面忍住哈哈大笑。"噢!"他说,"什么样的人啊!柯比埃尔!于曼!卡西米尔·佩里埃![1] 这也算是大臣。我这样设想报纸上刊登:'吉尔诺曼先生,大臣!'这会是恶作剧。哼!他们蠢得可以了!"任何东西,不管说法干净不干净,他都轻飘飘地说出来,在女人面前也毫不顾忌。他说粗话、淫秽话和脏话,说不出的泰然自若,而且不以为怪,以显示风雅。这是他那个世纪的随便态度。需要指出,诗歌迂回表达的时代,散文则粗俗下流。他的教父曾预言他是个天才,给他用两个意味深长的字起名:明-慧。

### 四、渴望做百岁老人

他生在穆兰,小时在穆兰中学得过几项奖,由他称作德·纳维公爵的德·尼维尔奈公爵亲自授予他。无论国民公会、路易十六之死、拿破仑,还是波旁王朝的返回,什么都不能抹去对授奖的回忆。对他来说,"德·纳维公爵"是世纪伟人。"这是多么可爱的大老爷啊,"他常说,"佩带蓝绶带神态多么随和啊!"在吉尔诺曼先生眼里,卡特琳二世以三千卢布向贝斯图切夫买下金药酒的秘密,已经弥补了瓜分波兰的罪恶。对此,他激动起来,大声说:"金药酒是贝

---

[1] 柯比埃尔,王政复辟时期的内政大臣;于曼,七月王朝时期的财政大臣;佩里埃,七月王朝初期的议长。

斯图切夫的黄酊,拉莫特将军的滴剂,在十八世纪,半盎司一瓶卖一个路易,是医治失恋的灵丹妙药,对付维纳斯的万灵药方。路易十五给教皇送去两百瓶。"倘若有人对他说,金药酒不过是过氧化铁,一定会激怒他,使他暴跳如雷。吉尔诺曼先生崇拜波旁王室,憎恨一七八九年;他不断地叙述,他如何在恐怖时期免遭一死,他怎样乐观和机智才不致被砍头。如果有个年轻人敢在他面前颂扬共和国,他就会变得脸色发青,气得要昏过去。有时,他以自己的九十岁作影射,说道:"我很希望能两次看到九三年。"有时他对人表示自己想活到一百岁。

## 五、巴斯克和尼科莱特

他有一套套理论。其中一种是:"一个男人迷恋女色,他有妻子却并不放在心上,她长得丑,脾气不好,但有合法地位,充分享受权利,躺在法典上,必要时争风吃醋,他就只有一个摆脱办法,获得平静,这就是把财权交给他妻子。这样拱手相让,他便获得自由。于是妻子有事做了,热衷于摆弄钱,手指都染上铜绿,一心培养佃户,训练农民,召见诉讼代理人,支使公证人,训斥公证事务人员,拜访法官,关注诉讼案件,起草合同,口授契约,感到自己主宰一切,卖出买进,解决问题,发号施令,许诺又反悔,联合又分手,出让,转让,安排好又打乱,聚敛财富,挥霍浪费;她做蠢事,却不可一世,沾沾自喜,聊以自慰。她的丈夫瞧不起她,她因毁掉丈夫而心满意足。"这套理论,吉尔诺曼先生付诸实行,而且变成了他的经历。他的第二个妻子以这种办法管理他的财产，以致有一天他成了鳏夫时，吉尔诺曼先生剩下的只够糊口了，他几乎把一切都变成终身年金，得到一万五千多法郎的年金，其中四分之三随着他离世而注销。他没有犹豫，并不关心要留下一笔遗产。再说，他见过遗产会有变故，比如，变成"国家财产"；他见过出现有保证的第三者的灾难，他不太相信国家债权人名册。"这一切全是甘康普瓦街那套把戏！"[1]他说。上文说过，他在髑髅地修女街的房子，是属于他的。他有两个仆人，"一男一女"。仆人来到他家，吉尔诺曼先生要重新给他命名。他给男仆人以省份起名：尼姆、孔泰、普瓦图、皮卡第。他最后一个仆人是个五十五岁的大胖子，精力不济，气喘吁吁，跑不上二十步，由于他生在巴约纳，吉尔诺曼管他叫巴斯克。至于女仆，在他家里统统叫做尼科莱特（甚至后文要提及的玛侬）。一天，来了一个很自负的厨娘，是个高明的女厨师，在女门房中是出类拔萃的。"您想每月挣多少工钱？"吉尔诺曼先生问她。"三十法郎。""您叫什么名字？""奥林比亚。""你可以挣到五十法郎，不过要叫尼科莱特。"

## 六、玛侬和她的两个孩子一瞥

在吉尔诺曼先生身上，痛苦要表现成恼怒；他失望时狂怒不已。他有各种偏见，而且好色放荡。构成他外在特色和内心满足的一点，

---

[1] 17世纪初，英国人约翰·劳到法国创建东印度公司和银行，滥发债券，于1720年宣告破产。

正如上文所指出的，破产。让，租的，就是永葆青春，风流倜傥，而且他有力地被证明是这样。他称之为"赫赫盛名"。赫赫盛名有时给他引来意想不到的怪事。一天，有人给他送来一只装牡蛎的篮子，里面放着一个大胖婴儿，哭得鬼叫狼嚎，襁褓包得严严实实，一个六个月前被赶走的女仆说是他的。吉尔诺曼那时已足足八十四岁。四邻都很愤慨，骂声不绝。这个无耻的坏女人，想让谁来相信这种事呢？真是胆大妄为！多么可恶的诬陷！吉尔诺曼先生却一点不气愤。他笑眯眯地看着襁褓，就像自信受诬蔑的老好人一样，他对周围的人说："喂，干什么？怎么啦？这有什么？有什么了不得的？你们这样大惊小怪，说实话，真是无知。德·昂古莱姆公爵先生，查理九世陛下的私生子，八十五岁时同一个十五岁的傻大姐结婚；[1] 维吉纳尔先生，即德·阿吕伊侯爵、德·苏尔迪斯红衣主教、波尔多大主教，八十三岁时跟雅甘庭长夫人的侍女有了一个儿子，这是真正的爱情结晶，这个孩子后来成了马耳他骑士和御前军事顾问；本世纪一个伟大人物，塔巴罗神父，是八十七岁老人所生之子。这种事再普通不过了。《圣经》就提得多了！对此，我声明这个男孩不是我的。大家可要照顾他。这不是他的错。"这种方式很宽厚。那个女人叫玛侬，一年后又给他送来第二个。还是一个男孩。这一下，吉尔诺曼先生屈服了。他把两个孩子交还母亲，答应每月付八十法郎的扶养费，条件是让那个母亲不要故技重演。他还说："我希望做母亲的好好待他们。我会时常去看望。"他是这样做的。他有一个兄弟

---

[1] 昂古莱姆公爵是查理九世和玛丽·图什的私生子，他于1644年71岁时，同23岁的弗朗索瓦丝·德·纳尔戈纳结婚。

当教士，三十三岁时是普瓦蒂埃大学校长，七十九岁时去世。"他年纪轻轻我就失去了他，"他说。他对这个兄弟留下的回忆不多，这是一个平和的吝啬鬼，身为教士，自认为要向遇到的穷人布施，可是他只给小钱，或贬值的铜板，他这样找到了通过天堂之路下地狱的方法。至于当哥哥的吉尔诺曼先生，他施舍并不斤斤计较，出手痛快而大方。他心肠好，很仁慈，却性情粗暴，如果他富有，他的倾向会是慷慨大方。他希望凡是涉及他的事，哪怕欺诈，都要做得有气派。一天，有一件继承财产的事，他让一个经纪人明显而狠狠地敲诈了一笔，他发出庄重的感叹："呸！干得真卑鄙！这样揩油，真让我感到羞耻。这个世纪样样蜕化变质，连坏蛋也一样。见鬼！不该如此窃取像我这样的人。我像在树林里给人抢了，但手段恶劣。'Sylvœ sint consul dignœ！'[1]"上文说过，他有过两个妻子；第一个妻子生了个女儿，没有出嫁；第二个妻子也生了个女儿，在三十岁左右死了，出于爱情还是偶然或者别的原因，嫁给一个走运的军人，他在共和国和帝国的军队中效力，在奥斯特利兹战役得过十字勋章，滑铁卢战役时是上校。"这是我家的耻辱，"年迈的有产者常说。他烟瘾很大，用手背拂拭花边胸饰，动作特别优雅。他很少信天主。

### 七、规矩：晚上才会客

这就是明-慧·吉尔诺曼先生，他一点没有脱发，与其说头发是

---

1 拉丁文：树林要无愧于执政官！

白的，还不如说花白，总是梳成狗耳朵式发型。总之，尽管如此，他受到尊敬。

他属于十八世纪：轻浮而高贵。

在复辟王朝初年，吉尔诺曼先生还很年轻，——一八一四年他只有七十四岁——住在圣日耳曼区塞尔旺多尼街，圣苏尔皮斯教堂附近。他直到过了八十岁，离开社交界，才蛰居到玛雷区。

离开社交界时，他仍然禁锢在老习惯中。主要一条始终不变，就是白天绝对闭门谢客，只在晚上会客，不管什么事，都要等到晚上。他在五点钟吃晚饭，然后把门打开。这是他那个世纪的风尚，他决不肯放弃。"阳光是坏蛋，只配让护窗板关上。有教养的人要等苍穹点亮星星，才点燃自己的思路。"他对一切人闭门谢客，哪怕是国王。这是他那个时代的古老风雅。

## 八、两个不成双

至于吉尔诺曼的两个女儿，上文已经提过了。她们相差十岁。年轻时她们长得很不相像，无论性格还是面孔，都很难说是两姐妹。妹妹心灵可爱，喜爱一切发光的东西，关心鲜花、诗歌和音乐，遨游在辉煌、热情、纯洁的空间，从童年起理想中就要嫁给一个朦胧的英雄人物。姐姐也有她的幻想：她在蓝天中看到一个商人，是个又和蔼又有钱的大胖子，是个再好没有的傻乎乎的丈夫，一百万的化身，或者是个省长；省府开招待会，一个前厅的执达吏脖子上挂着链子，官方的舞会，市政府里的讲话，当上"省长夫人"，这一切在她的想象里萦绕。两姐妹在年轻时每人做着自己的梦,这样失去了理智。她们俩都有翅膀,一个像天使,另一个像只鹅。

任何奢望都不会充分实现,至少在人间是这样。在我们所处的时代,任何天堂都不会落在人间。妹妹嫁给了她梦想中的人,但是她死了。姐姐没有结婚。

正当她进入我们叙述的故事时,她是一个贞洁的老处女,一个热情不起来的假正经女人,鼻子再尖也没有,头脑迟钝得少见。一个很有特点的细节:在范围很小的家庭之外,从来没有人知道她的小名。家里人称她为吉尔诺曼大小姐。

在假正经方面,吉尔诺曼大小姐倒不如一个英国小姐。这是个陷于悲观的假正经女人。她一生中有件骇人的往事:一天,有个男人看到了她的吊袜带。

这种毫不宽容的假正经,随着年龄不断增长。她总嫌短袖胸衣有点透明,开领不够高。谁也想不到去看的地方,她增加了搭扣和别针。假正经的本质,就等于堡垒越不受威胁,越增加岗哨。

但这种贞洁的陈旧秘密,谁能解释得清楚呢,她让侄孙,名叫泰奥杜尔的枪骑兵军官拥抱,不无快意。

尽管有这个得宠的枪骑兵,我们给她贴上"假正经"的标签,对她绝对合适。吉尔诺曼小姐心灵阴暗。假正经是半贞洁半邪恶。

她在假正经之外加上虔诚,互为表里。她是圣母会的信女,在某些节日戴上白面纱,念特别的经文,尊崇"圣血"和"圣心",待在不对一般信徒开放的小教堂里,面对罗可可-耶稣会祭坛静思几小时,让灵魂在一小片大理石和一大片金色木板中翱翔。

她有一个小教堂的女友，像她一样是老处女，名叫沃布瓦小姐，绝对迟钝，在她身边，吉尔诺曼小姐有像鹰那样的快感。除了念天主羔羊经和圣母经，沃布瓦小姐的智慧就是只会做几种不同的果酱。沃布瓦小姐在这方面十全十美，她的愚蠢像白鼬皮，没有一丁点儿亮点。

应该说，吉尔诺曼小姐年纪大了，得大于失。天性消极的人就会这样。她从来不凶，相对善良；再说，岁月磨掉了棱角，久而久之，温顺随之而来。她是阴沉的忧郁，连她自己也不知道奥秘何在。她整个人有一种对生活还没有开始就已结束感到的惊愕。

她管理父亲的家。吉尔诺曼先生身边有女儿，正像福来大人身边有妹妹一样。由一个老头子和一个老姑娘组成的家庭，并不罕见，两个年老体弱的人相依为命，那情景总是动人的。

家里除了这个老姑娘和老头子以外，还有一个孩子，一个在吉尔诺曼先生面前老是发抖和沉默的小男孩。吉尔诺曼先生对这个孩子说话，总是声音严厉，有时还举起手杖："这里！先生！——粗人，淘气鬼，走过来！——回答，小坏蛋！——让我瞧瞧你，无赖！"等等。他其实很爱这孩子。

这是他的外孙。下文我们还会见到这个孩子。

# 第三章
# 外祖父和外孙

## 一、古老沙龙

　　吉尔诺曼先生住在塞尔旺多尼街时，经常造访几个十分出色、十分典雅的沙龙。吉尔诺曼先生尽管是平民，仍受到接纳。由于他有双倍的才智，先是他本来有的，然后是别人以为他有的，有人甚至邀请他，款待他。他只去他能主宰的地方。有的人不惜一切代价要获得影响，让别人关注；凡是他们不能成为权威人物的地方，他们就去逗乐。吉尔诺曼先生不属于这种人；他在常去的保王党沙龙中的主宰地位，丝毫不损害他个人的尊严。到处他都是权威。有时他要同德·博纳尔先生，甚至同邦吉-普伊-瓦莱先生相颉颃。

　　将近一八一七年，他一成不变地每周有两个下午，在邻近的费卢街德·T男爵夫人府上度过，这是个高尚可敬的女人，她的丈夫在路易十六时期是法国驻柏林的大使。德·T男爵生前沉迷于实验磁性的出神和幻觉，在流亡期间破产而死，全部财产是十卷红色摩洛哥皮、切口涂金的精装手稿,那是关于梅斯麦及其小木桶极其有趣的回忆。德·T夫人出于尊严,没有发表回忆录,只靠一笔不知怎么残存的年金支撑。德·T夫人远离宫廷,她说那是"非常混杂的场所",生活在孤独中,却保持高贵、倨傲和贫穷。有几个朋友每周两次聚会在寡妇的炉火边,这构成了一个纯粹保王党的沙龙。大家在那里喝茶,随着吟诵的是哀歌或是颂歌,发出呻吟或对这个世纪、宪章、波拿巴主义者、给平民授勋的叛卖行为、路易十八的雅各宾主义发出愤怒的喊声,低声地谈论后来成为查理十世的王弟带来的希望。

他们热情地欢迎把拿破仑称为尼古拉的粗俗歌曲。有些公爵夫人,世上最文雅最可爱的女子,也沉醉于一些歌曲,例如这一首是针对"联盟军"的:

> 衬衫衣襟往下垂,
> 赶快塞进长裤里。
> 别让人说爱国者
> 已经举起了白旗!

他们玩弄自以为可怕的双关语,设想恶毒却看来无邪的文字游戏,四行诗,甚至二行诗;例如对德索尔内阁,这是德卡兹和德泽尔两位先生所任职的温和内阁:[1]

---

[1] 德索尔于1818年12月至1819年11月出任内阁总理大臣;德卡兹任内政大臣;德泽尔任司法大臣。

> 要巩固根基已经动摇的王座,
> 须更换土壤,温室、屋子也换过。[1]

或者他们觉得贵族院"有可厌的雅各宾味",重拟了一份名单,将名字连在一起,例如组成这样的句子:达玛,萨布朗,古维荣·圣西尔[2]。整个过程很有乐趣。

这个圈子里的人戏仿革命。不知出于什么意图,朝相反方向激发同样的愤怒。他们唱着自己的小调《一切都会好》:

> 一切都会好!一切都会好!
> 把波拿巴分子往路灯上吊![3]

歌曲如同断头台,变着法子断头,今天断这个头,明天断那个头。这只不过是一种变文。

福阿代斯案件[4]发生在一八一六年,就在这个时期,他们站在巴斯蒂德和若西翁一边,因为福阿代斯是"波拿巴分子"。他们把自由派称作"兄弟和朋友";这是最恶毒的辱骂了。

---

1 "须更换土壤,温室、屋子也换过"玩弄谐音,意为"须更换德索尔,德泽尔、德卡兹也换过"。
2 这三人都是贵族院议员,他们的名字连成句子,意为"达玛杀死古维荣·圣西尔"。
3 《一切都会好》是法国大革命时期的革命歌曲,这里将"达官贵人"改成"波拿巴分子"。
4 福阿代斯是帝国时期的司法官,因债务被巴斯蒂德和若西翁杀害,这一案件引起很大反响。

像有些教堂的钟楼那样,德·T男爵夫人的沙龙有两只公鸡。一只是吉尔诺曼先生,另一只是德·拉莫特-瓦鲁亚伯爵;他们怀着一种敬意在耳畔议论伯爵:"您知道吗?这是项链事件[1]那个拉莫特。"同党之间总有这种特别的宽容。

补充一点:在资产阶级圈子,来往过于轻率,声誉便会降低;必须留意结交对象;与感到冷的人为邻要损失热量,同样,接近低贱的人要减少声誉。上层的世家却超越这条规律和其他规律。蓬巴杜夫人的兄弟马里尼能出入德·苏比兹亲王府。不管规律?不是,是有原因。沃贝尼埃夫人的教父杜巴里,在德·黎世留元帅府上很受欢迎。[2] 这个圈子是奥林匹亚山。默居尔和德·盖梅内亲王在那里就像在家中。只要是个神,窃贼也能接纳。

德·拉莫特伯爵在一八一五年是一个七十五岁的老人,引人注目的是他沉默寡言和好教训人的神态,骨棱棱和冷漠的脸,彬彬有礼的举止,扣到领结的衣服,总是跷二郎腿的长脚,西埃纳焦土色的松弛长裤。他的脸是长裤的颜色。

这个德·拉莫特先生由于"赫赫有名",算在这个沙龙里,说来奇怪,但又确实,由于他姓瓦鲁亚。[3]

至于吉尔诺曼先生,他受到尊敬,绝对物有所值。他有威望,因为他就是有威望。不管他多么轻佻,他还是有一种派头,威严、

---

[1] 项链事件,路易十六时期,罗昂红衣主教想讨好王后,在拉莫特-瓦鲁亚伯爵夫人的怂恿下买了一副钻石项链,弄巧成拙,伯爵夫人被判杖刑和打烙印,关进监狱。
[2] 沃贝尼埃夫人即杜巴里夫人。她的教父让·杜巴里是她的大伯父,他和黎世留元帅共同斡旋,使她成为国王的情妇。
[3] 瓦鲁亚是法国卡佩王室的一支(从1328年至1589年)。

高尚、耿直、平民式的高傲，但这并不损害他的快活；另外要加上他的高龄。人活一个世纪不会毫无瑕疵。岁月最终要在头颅的四周弄成可敬的秃顶。

另外，他有时说的话完全是金玉良言。例如，普鲁士国王在帮助路易十八复辟之后，又以德·吕潘伯爵之名来拜访他，路易十四的后裔接待他，有点像对待勃兰登堡侯爵，而且略带傲慢。吉尔诺曼先生十分赞同。"只要不是法兰西国王，"他说，"就只是外省的王。"一天，有人在他面前一问一答："《法国邮报》那名编辑是怎么判决的？""暂停职务。""前缀是多余的，[1]"吉尔诺曼先生指出。这类谈话能奠定地位。

在庆祝波旁王室返回的周年感恩仪式上，他看到德·塔莱朗先生走过，说道："这是罪恶阁下。"

吉尔诺曼先生往常由他的女儿陪同前来，这个瘦长的小姐当时超过了四十岁，看来像五十岁，陪同他的还有一个漂亮的七岁小男孩，皮肤白皙，脸色粉红、娇嫩、目光喜悦、自信，他出现在沙龙里时，总听到周围的窃窃私语："他多漂亮！真遗憾！可怜的孩子！"这个孩子上文已经提到过了。大家叫他可怜的孩子！因为他的父亲是"卢瓦尔河的一个强盗"。

这个卢瓦尔河的强盗是吉尔诺曼先生的女婿，上文提过，吉尔诺曼先生称为"家丑"。

---

1 去掉前缀，意为上绞刑。

## 二、当年的一个红色幽灵

当时,有人经过维尔农小城,漫步在美丽壮观的桥上(但愿不久就会被骇人的铁索桥代替),凭桥栏俯瞰,会注意到一个五十来岁的人,戴一顶皮鸭舌帽,穿一条长裤和灰色粗呢外衣,外衣上面缝着原是红绶带的黄条子,脚穿木鞋,被太阳晒黑了,脸几乎是黧黑的,头发则几乎全白,额上一道宽伤疤延伸到面颊,弯腰曲背,未老先衰,手上拿着一把铲或一把剪枝刀,差不多整天在小庭园里走动。这类用围墙圈住的庭园,靠近塞纳河左岸桥头,平台像一串锁链,栽满鲜花,令人赏心悦目;这些庭园大大扩展,可以说是花园,如果缩小一点,就是花坛。所有这些庭园,一端通到河边,另一端通向一座房子。上述那个穿外衣和木鞋的人,大约一八一七年住在最狭窄的一个庭园和最寒伧的一座房子里。他孑然一身,孤苦伶仃,默默地、贫穷地生活,有一个不年轻不年老,不美不丑,不是农妇不是市民的女人侍候他。他把这块地称为花园,因他种植的花卉好看而在城里闻名。他专注的事就是养花。

他不惜劳力,持之以恒,细心过人,勤于浇灌,终于在造物主之后创造了几种郁金香和大丽花,它们好像被大自然遗忘了。他心灵手巧,在苏朗日·博丹[1]之前,培育出小堆的灌木叶腐蚀土,用来种植美洲和中国的稀珍小灌木。夏天,从黎明起,他就来到小径,插苗、修枝、薅草、浇水,在花丛中走动,神态和蔼、忧郁、温柔,

---

[1] 苏朗日·博丹(1774～1846),法国一个园艺学派的创始人。

有时好几小时一动不动地沉思,倾听一只鸟儿在树上啁啾,一个孩子在一间屋子里牙牙学语,或者目光凝视草茎尖端的一滴露珠在阳光下变为宝石。他粗茶淡饭,多喝奶少喝酒。一个孩子能使他让步,他的女仆斥责他。他很胆怯,怕与人交往,很少出门,只见敲他玻璃窗的穷人和本堂神父马伯夫,一个仁慈的老人。但是,如果城里人或外地人,不管是谁,想看看他的郁金香和玫瑰,来敲他的小屋的门,他会笑眯眯地开门。他是那个卢瓦尔河的强盗。

同一时期,如果有人看过军事回忆录、传记、《通报》和大军战报,可能被一个经常出现的名字所吸引,就是乔治·蓬梅西。这个乔治·蓬梅西年纪轻轻就入伍,编在圣通日团。大革命爆发了。圣通日团属于莱茵军团。因为王朝的旧团队保留了外省的名字,甚至在王朝覆没以后,直到一七九四年整编为旅。蓬梅西在斯皮尔、沃尔姆斯、纳斯塔特、蒂克海姆、阿尔泽、美因兹作过战;在美因兹战役,他属于乌沙尔后卫队的二百名战士之中。他们十二个人在安德纳赫古城墙后面,狙击赫塞亲王的整支大军,直到敌人的大炮从护墙边饰到斜面打开缺口,才撤退回主力部队。他在克莱伯麾下到过马希埃纳,在帕利塞尔山战斗中,他被火铳打断一条胳臂。然后他到过意大利前线,他和茹贝尔一起,属于保卫堂德山口的三十名精锐部队士兵。茹贝尔被任命为准将。蓬梅西被任命为少尉。在洛迪激战那天,他在贝尔蒂埃旁边,冒着枪林弹雨;这一战役令波拿巴说:"贝尔蒂埃既是炮兵,又是骑兵和投弹手。"他看到自己以前的将军茹贝尔在诺维倒下,那时,他举着战刀,高喊:"冲啊!"为了战役需要,他同连队乘一条驳船,从热那亚到一个小港口,遇到七八艘英国帆船。热那亚人船长想把大炮扔到海里,把士兵藏在中舱,像一条商船混过去。蓬梅西却将三色旗高高地升到桅杆上,在英国舰队的炮火下傲然地驶过去。行驶了二十海里,他越来越大胆,以驳船攻击和俘获一只英国大型运输船,这艘船把部队运到西西里,载满人和马,直到舱口围板。一八〇五年,他属于马勒师,这个师从斐迪南手中夺取了根兹堡。在韦廷根,在弹雨下,他抱着第九龙骑兵头部受了致命伤的莫普蒂上校。在奥斯特利兹战役中,他参加冒着敌人炮火英勇前进的梯队,战功显赫。当俄国近卫军的骑兵践踏第四步兵团的一个营时,蓬梅西进行了反击,重创了这支近卫军。皇帝授予他十字勋章。蓬梅西相继看到在芒托瓦俘虏沃尔姆塞,在亚历山大俘虏梅拉斯,在于尔姆俘虏马克。他参加了莫尔蒂埃指挥的大军第八军团,攻占了汉堡。然后他转到第五十五步兵团,以前是佛兰德尔团。在埃伊洛,他在墓地作战,当时,本书作者的叔父、勇敢的路易·雨果上尉,率领连队的八十三人,死守两小时,孤军抗击敌军的猛攻。在活着离开墓地的三人中,蓬梅西是其中之一。他参加弗里兰战役。然后他相继到了莫斯科、别列津纳、吕特真、博特真、德累斯顿、瓦豪、莱比锡和盖尔恩豪森隘道;继而是蒙米拉伊、沙托-蒂埃里、克拉翁、马尔纳河畔、埃纳河畔和可怕的拉翁阵地。在阿尔奈-勒杜克,他是上尉,砍杀了十个哥萨克,救的不是他的将军,而是他的下士。当时他遍体鳞伤,仅仅左臂就取出了二十七块碎骨。巴黎投降的前一周,他刚同一个伙伴对调,进了骑兵队。他像旧制度下所说的"有两手",就是说作为士兵他既能使刀又会打枪,作为军官他既能指挥一个骑兵队,又能指挥一个骑兵营。某些特殊的兵种，例如龙骑兵，经过军事训练的提高，具有这种才能，既是骑兵，又是步兵。他陪伴拿破仑到厄尔巴岛。在滑铁卢，他是杜布瓦旅的铁甲骑兵队长。正是他夺取了吕纳堡营的军旗。他把军旗掷在皇帝脚下。他浑身是血。他夺取军旗时，脸上挨了一刀。皇帝很高兴，对他喊道："你是上校，你是男爵，你是荣誉团军官！"蓬梅西回答："陛下，我为我的孀妇感谢您。"一小时后，他倒在奥安的洼地里。眼下这个乔治·蓬梅西是何许人呢？还是那个卢瓦尔河的强盗。

读者已经看到过他的一段历史了。在滑铁卢战役以后，读者记得，蓬梅西被人从奥安的洼路中拉了出来，终于回到了军队，辗转于野战医院，直到卢瓦尔河营地。

复辟王朝把他列入领半军饷的人员中，后来打发他到维尔农居住，就是说把他监视起来。路易十八国王认为百日期间所做的一切均属无效，既不承认他荣誉团军官的地位，也不承认他的上校军衔和男爵称号。而他则不放过任何机会署上"上校蓬梅西男爵"。他只有一件蓝色旧军服，出门从不忘记别上荣誉团军官的玫瑰花形勋章。检察官派人告诉他，法院要追究他"非法佩戴这枚勋章"。当非正式的中间人给他传达这个忠告时，蓬梅西苦笑着回答："我不知道是我听不懂法语呢，还是您不会说法语，事实是我不明白。"然后他连续一周佩戴玫瑰花形勋章出门。人家根本不敢麻烦他。有两三次，陆军大臣和管辖本省的将军这样写信给他："蓬梅西少校先生收。"他原封不动地退回去。同一时期，拿破仑在圣赫勒拿岛，以同样方式对待赫德逊·劳[1]爵士写给"波拿巴将军"的信件。是否可以说,蓬梅西最终同皇帝一样,嘴里也有同样的唾沫。

从前在罗马,那些迦太基士兵当了俘虏,不肯向弗拉米尼努斯[2]敬礼,还记住一点儿汉尼拔。

一天上午,他在维尔农街上遇到检察官,走过去说:"检察官先生,允许我戴伤疤吗?"

他只有靠骑兵队长非常微薄的半饷来生活。他在维尔农租了所能找到的最小的房子。他一个人过,读者刚看到过的是什么日子。在帝国时期,在两次战争之间,他抓住时间娶了吉尔诺曼小姐。那个老有产者心底里很愤怒,叹着气同意了,说道:"世家望族也不得不如此。"蓬梅西太太是个各方面都很出色的妻子,有教养,很难得,与丈夫般配,一八一五年她却死了,留下一个孩子。这个孩子是上校孤独时的快乐;但老外公硬要他的小外孙,扬言要是不给他,他就剥夺孩子的继承权。做父亲的为了孩子的利益,只得让步,既然不能把孩子留在身边,他便爱起花来。

再说,他已放弃了一切,既不想活动,也不想密谋。他把一半心思花在眼前所做的无邪的事,另一半心思花在从前所做的伟大的事上。他在希望有一朵石竹花,或回忆奥斯特利兹战役中消磨时间。

吉尔诺曼先生与他的女婿没有任何来往。上校对他来说是一个"强盗",而他对上校来说是一个"老傻瓜"。吉尔诺曼先生从来不提

---

1 赫德逊·劳(1769〜1844),英国将军,负责看守拿破仑。
2 弗拉米尼努斯,古罗马将军,卒于公元前175年。公元前197年任执政官,最后打败汉尼拔。

上校,除了有时嘲弄地影射"他的男爵爵位"。双方明确规定,蓬梅西决不能试图看他的儿子,也不能同他说话,否则就要把孩子赶回父亲家,剥夺继承权。对吉尔诺曼父女来说,蓬梅西是个患瘟疫的人。他们要按自己的方式培养孩子。上校接受这些条件也许是做错了,但他还是逆来顺受,认为做得对,只牺牲他自己。吉尔诺曼老爹的遗产微不足道,但吉尔诺曼小姐的遗产却很可观。这个姨妈是个处女,非常富有,是从母家继承来的,她妹妹的儿子是她的自然继承人。

孩子名叫马里于斯,知道自己有父亲,但仅此而已。没有人对他开口提及。但在外祖父带他去的那个圈子里,窃窃私语、一言半语、眨眨眼睛,久而久之,在孩子的头脑里便清晰起来,他终于明白了一些事;他潜移默化地自然而然接受了那些思想和见解,可以说,这是他的呼吸环境,他渐渐地一想到父亲便感到羞耻和揪紧了心。

他就这样长大了,每隔两三个月,上校溜出来,偷偷来到巴黎,仿佛违反规定的累犯,在吉尔诺曼姨妈领着马里于斯望弥撒时,守候在圣苏尔皮斯教堂。他担心那个姨妈回过身来,躲在一根柱子后面,一动不动,不敢呼吸,望着他的孩子。这个脸上有刀疤的人,怕这个老姑娘。

正因如此,他和维尔农的本堂神父马伯夫先生有了来往。

这个高尚的教士是圣苏尔皮斯教堂的财产管理委员的兄弟,后者已经好几次注意到这个人在凝望孩子,注意到他脸上的伤疤和眼眶里大颗的热泪。这个人外表是个堂堂男子汉,哭起来却像个妇人,这就打动了堂区财产管理委员。这副脸留在他的脑海里。一天,他到维尔农去看望他的兄弟,在桥上遇到了蓬梅西上校,认出了在圣苏尔皮斯教堂看见的那个人。堂区财产管理委员对本堂神父谈起了他,他们俩找了个借口,拜访了一次上校。随后拜访多了起来。先是深居简出的上校最后打开了门,本堂神父和堂区财产管理委员终于知道了全部故事,蓬梅西怎样为了孩子的将来,牺牲了自己的幸福。这使本堂神父敬重他,对他亲热,上校那方面也喜欢本堂神父。再说,刚巧他们俩真诚善良,没有什么比一个老教士和一个老军人更容易沟通和契合了。本质上这是同一类人。一个献身于尘世的祖国,另一个献身于上天的祖国;没有什么不同。

一年两次,元旦和圣乔治节[1],马里于斯出于义务给父亲写信,由他的姨妈口授,可以说是从尺牍里抄来的;吉尔诺曼先生只容许这样做;父亲回信非常温馨,老外公看也不看,塞到衣袋里。

## 三、REQUIESCANT[2]

德·T夫人的沙龙,就是马里于斯·蓬梅西对世界的全部认识了。这是他能观察人生的唯一窗口。这个窗口很幽暗,从这扇天窗进来的,寒冷多于温暖,黑夜多于阳光。这个孩子进入这个奇异的世界时,是欢乐和阳光,不久就变得忧愁和严肃,这尤其与他的年龄不相称。他周围是一些庄重古怪的人,他怀着惊讶莫名环顾四

---

1 圣乔治节在4月23日,是蓬梅西的本名节。
2 拉丁文:"愿他们安息"。

周。全部集中起来,就更增加他内心的惊愕。在德·T夫人的沙龙里,有几位十分可敬的老贵妇,她们是马唐、挪亚、念成利未的利未斯,念成康比兹的康比斯。这些古老的面孔,这些《圣经》中的名字,在孩子的头脑里同他熟记的《旧约》混在一起。当她们全在那里,围着快灭的火坐成一圈,只有一盏绿罩的灯微微照亮,侧影严肃,花白或全白的头发,旧日穿的长袍只能分辨出惨淡的颜色,难得说出既庄重又愤世的话,小马里于斯带着惶恐的目光注视她们,以为看到的不是女人,而是《圣经》中的族长、博士,不是真实的人,而是幽灵。

这些幽灵中掺杂了几个教士,他们习惯这个古老的沙龙,还有几个贵族:德·贝里夫人的戒律秘书德·萨塞奈侯爵;用笔名沙尔-安东尼发表单韵颂歌的德·瓦洛里子爵;相当年轻而发头花白的德·博弗尔蒙亲王,他有一个漂亮而有才智的妻子,她的鲜红色天鹅绒带金色流苏的服装,异常敞胸露肩,令那些黑影惊慌失措;在法国最了解"礼节分寸"的德·柯里奥利·德斯皮努兹侯爵;下巴显得和蔼的老人德·阿芒德尔伯爵;还有所谓御书房,即卢浮宫图书馆的台柱子德·波尔-德吉骑士。德·波尔-德吉先生秃顶,显得苍老,他叙述在一七九三年他十六岁时,他被作为逃避兵役的人关进苦役监,同八十岁的米尔普瓦主教关在一起,主教是作为拒绝宣誓的教士被关押起来。[1]这是在土伦。他们的职责是在夜里到断头台去捡白天行刑的头颅和躯体;他们背上那些血淋淋的躯体,他们

---

1 法国大革命时期,神职人员必须宣誓遵守新宪法。

的苦役犯红帽在颈后凝成血块，早晨干了，晚上又湿了。在德·T夫人的沙龙里充溢着这些悲惨的故事；由于咒骂马拉，就赞许特雷斯塔荣[1]。有几个难以觅到的议员，在那里打惠斯特牌，他们是蒂博尔·杜沙拉尔先生、勒马尔尚·德·戈米库尔和著名的右翼讽刺家柯尔奈-丹库尔先生。德·费雷特大法官穿着短裤，露出瘦腿，在到德·塔莱朗先生家里去的途中，有时也到这个沙龙里来。他是德·阿尔图瓦伯爵先生寻欢作乐的朋友。他不像亚里士多德对康帕丝普卑躬屈膝，而是像吉玛尔在地上爬，从而向历史表明，一个大法官为一个哲学家报了仇。

至于教士，他们是阿尔玛神父，《雷霆》的合作者拉罗兹先生对他说："哼！谁没有五十岁？也许是几个毛头小伙子！"国王讲道师勒图纳尔神父；弗雷西努神父，他既不是伯爵、主教、大臣，又不是贵族院议员，穿一件缺纽扣的旧教士袍；还有圣日耳曼-草场的克拉弗南神父；还有教皇大使，当时是马齐大人、尼齐比斯大主教，后来是红衣主教，以沉思的长鼻子引人注目，另一个大人是帕尔米里修道院长，教廷高级教士，教廷七名法庭总书记之一，利比里亚大教堂司铎，"postulatore di santi"[2]，这和参与列圣品有关，几乎意味着天堂部的审查官；最后是两个红衣主教德·拉吕泽尔纳先生和德·克莱尔蒙-托奈尔先生。德·拉吕泽尔纳红衣主教是一个作家，几年后有幸在《保守派》上与夏多布里昂并列发表文章；德·克莱尔蒙-托奈尔先生是图鲁兹大主教，常到巴黎他的侄子德·托奈尔

---

[1] 特雷斯塔荣，雅克·杜蓬的绰号，在尼姆实行白色恐怖的主谋之一。
[2] 拉丁文：圣徒的辩护士。

侯爵家度假，侯爵曾是海军和陆军大臣。德·克莱尔蒙-托奈尔红衣主教是个快乐的小老头，撩起教袍时露出红袜子；他的特长是憎恨百科全书和发狂地玩弹子。当时的行人在夏夜经过克莱尔蒙-托奈尔府所在的夫人街，会停下来听弹子撞击声和红衣主教对教皇选举者的随员柯特雷大人、卡里斯特的"in partibus"[1]主教发出尖利的喊叫声："记分，神父，我连撞两球。"德·克莱尔蒙-托奈尔红衣主教由他最亲密的朋友，以前的桑利斯主教，四十位学士院院士之一的德·罗克洛尔先生，引进德·T夫人家。德·罗克洛尔先生以身材高大，勤于到学士院而引人注目；透过法兰西学士院当时开会的、图书室旁边大厅的玻璃门，好奇的人每星期四可以瞻仰桑利斯以前的主教，通常他站着，头发刚扑了粉，穿紫色袜子，背对着门，看来是为了让人更仔细地看他的小打褶颈圈。所有这些教士，尽管大多数既是朝臣又是神职人员，却增加了德·T夫人的沙龙的庄重，其中有五个法国贵族院议员，即德·维布雷侯爵、德·塔拉吕侯爵、德·埃布维尔侯爵、当布雷子爵和德·瓦朗蒂努瓦公爵，他们加强了贵族的气派。这个德·瓦朗蒂努瓦公爵，虽然是摩纳哥王子，就是说他是外国君主，却非常看重法国和贵族院，通过这两者去观察一切。正是他说："红衣主教是罗马的法国贵族院议员；勋爵是英国的法国贵族院议员。"另外，因为本世纪到处闹革命，这个封建沙龙像上文所说的那样，由一个有产者控制，吉尔诺曼先生起主宰作用。

---

[1] 拉丁文：名义。

这就是巴黎白色社会精华荟萃之地。名流，即令是保王党，在那里仍要受到孤立。名流中总是有无政府观点。夏多布里昂进入那里，会给人"木头疙瘩"大爷的印象。不过有几个归顺王朝的人受到宽容，进入了这个正统派圈子。伯尼奥伯爵[1]改过后被接纳了。

今日的"贵族"沙龙不再像这类沙龙。如今的圣日耳曼区有邪教嫌疑。今天的保王党人，说得好听些，是煽动家。

在德·T夫人家，圈子高贵，趣味高雅，极端彬彬有礼。其中的习惯，包含各种各样不自觉的过分考究，体现了旧制度本身，旧制度虽然已被埋葬，但还是活生生的。有几种习惯，尤其是语言，显得古怪。肤浅的行家把破烂货看成外省风俗。女人称之为"将军夫人"，"上校夫人"没有绝对弃之不用。可爱的德·莱翁夫人无疑想起了德·龙格维尔和德·舍弗勒兹两位公爵夫人，[2]喜欢这种称呼，而不是她的王妃头衔。德·克雷吉侯爵夫人也自称为"上校夫人"。

正是这个上流社会小圈子，给杜依勒里宫创造了考究的字眼，私下同国王谈话时，用第三人称称呼国王，而不说"陛下"，说是"陛下"的称谓已经"被篡位者[3]玷污了"。

他们品评时事和人物，嘲笑这个时代，这就用不着去理解时代。他们竞相大惊小怪。他们交流大量得到的启示。马图扎莱姆向埃皮梅尼得斯[4]提供情况。聋子向瞎子做介绍。他们声称科布伦茨之后的

---

[1] 伯尼奥（1761～1835），在帝国时期是高级官员，归顺复辟王朝。
[2] 德·龙格维尔公爵夫人（1619～1679），德·舍弗勒兹夫人（1600～1679），参加投石党人运动，反对首相。
[3] 篡位者，指拿破仑。
[4] 马图扎莱姆，意为老寿星，据《旧约》，他活了969岁；埃皮梅尼得斯，公元前希腊哲学家，据传他在山洞里睡了五十七年。

时间是无效的。路易十八得到天助，就位二十五年，同样，流亡者也名正言顺，正值二十五岁的青春年华。

一切十分和谐；没有什么显得多余；说话几乎像吹一口气；报纸同沙龙协调一致，仿佛是一种莎草纸文稿。有几个年轻人，但他们有点死气沉沉。前厅的仆人制服十分陈旧。这些人物完全过时，由同样的仆人伺候。一切都像早已故世，又死赖着不肯进坟墓。保存、保守、守旧者，差不多就是他们的整部词典。问题是"要有香味"。在这群可敬的人的见解中，的确有香科，他们的思想有香根草气味。这是一个木乃伊世界。主人用防腐香料保存，仆人制成了标本。

一个可敬的老侯爵夫人流亡和破产了，只有一个女仆，但她不断说："我的那些仆人。"

在德·T夫人的沙龙里，他们干什么呢？他们是极端保王派。

成为极端保王派；这个词尽管含义也许没有消失，但今日已没有什么意义了。让我们来解释一下。

成为极端保王派，就是行动过激。这是以王座的名义攻击王权，以祭坛的名义攻击教权；这是拖着东西又不肯卖力；驾着辕又尥蹶子；就烧死异教徒的火候挑剔柴堆；责备偶像缺少崇拜；过于敬重反而辱骂；觉得教皇讲教皇主义不够；国王讲王权不够；认为黑夜太亮；以洁白的名义不满于白玉、白雪、天鹅和百合花；过分拥护反成仇敌；过分赞成转成反对。

极端思想特别标志了复辟王朝初期的特点。

历史上没有什么更像这一时刻，它在一八一四年开始，约在一八二〇年右翼执行人德·维莱尔先生上台结束。这六年是一个异乎寻常的时期，既喧嚷又沉闷，既欢笑又阴郁，像晨光熹微一样明亮，同时又覆盖着大灾大难的黑暗，这黑暗还充塞着天际，慢慢地消失在往昔中。在这光与影中，有一小批人，有新有旧，有滑稽有忧愁，有青春活力又衰老，揉着眼睛；没有什么像回归故园一样如梦初醒；有一群人愤怒地看着法国，而法国怀着嘲讽的态度望着他们；街上都是有趣的老猫头鹰侯爵，返回的贵族和幽灵，对什么都大惊小怪的"前贵族"，正直而高贵的、在法国既微笑又哭泣的贵族，重见祖国而高兴，却再也见不到王朝而绝望；十字军时代的贵族对帝国的贵族，也就是佩剑贵族喝倒彩；历史悠久的世族丧失了历史感；查理大帝战友的子孙蔑视拿破仑的战友。正如上文所说，双方唇枪舌剑，互相辱骂；封特努瓦的剑显得可笑，锈迹斑斑；马伦哥战役的剑显得可恶，不过是把军刀。往昔不承认昨天。大家不再有什么是伟大的观念，也没有什么是可笑的观念。有一个人把波拿巴称作司卡班[1]。这个世界不存在了。再说一遍，如今什么也没有留下。我们偶尔选出一个人物，在头脑里使之复活，我们会觉得很奇怪，这像是大洪水之前的世界。这个人物确实是被洪水吞没了，在两次革命中消失。思潮是多么巨大的洪流啊！洪流多么迅速就淹没了应该摧毁和吞没的一切啊！多么迅捷地冲出可怕的深渊啊！

在遥远的单纯的时代，沙龙的面貌就是如此；那时，马坦维尔[2]先生比伏尔泰更有才智。

---

[1] 司卡班，莫里哀的喜剧《司卡班的诡计》的主人公，是个爱捉弄主人的仆人。
[2] 马坦维尔（1776～1830），极端保王派，《白旗报》创办者。

这些沙龙有自己的文学和政治。那里的人相信菲叶维[1]。阿吉埃[2]先生在那里一言九鼎。大家评论马拉盖河滨大街的旧书商兼政论家柯尔奈[3]先生。拿破仑完全被看作科西嘉岛的吃人妖魔。后来,将德·波拿巴写进历史,称为王国的少将,那是向时代精神做出的让步。

这些沙龙的纯洁并没有保持多久。从一八一八年起,有几个空论家开始出现,这是令人不安的变化。这些人的思想方式是保王派的,却又为此辩白。凡是极端保王派洋洋自得的地方,空论家就有点自惭形秽。他们有才智;他们保持沉默;他们的政治信条适当地带上了自负的意味;他们应该成功。再说,他们的领带过分白,衣服的纽扣安得过分高,倒是很有用。空论派的过错和不幸就在于创造老青年。他们摆出贤人的姿态。他们幻想将温和的政治嫁接到绝对的过激的原则上。他们以保守的自由主义对抗破坏性的自由主义,而且间或少见地聪明。可以听到他们说:"对保王主义行行好吧!它有不止一个功劳。它带回了传统、崇拜、宗教、尊敬。它是忠实的、勇敢的、有骑士精神的、执着的、忠诚的。尽管很勉强,它还是把君主制古老的威严掺入民族的新威严中。它错在不理解大革命、帝国、光荣、自由、新思想、年轻一代、本世纪。但它对我们所犯的错,我们不是有时也这样对待它吗?我们是革命的继承者,革命应该理解一切。攻击保王主义,这是违背自由主义。多大的错误啊!

---

1 菲叶维,极端保王派,平庸的小说家。
2 阿吉埃,起先是保王派,从一八二四年起,在议会中成为中间派首领。
3 柯尔奈,《法兰西报》的主编。

多么盲目啊！革命的法国对历史的法国，就是说对它的母亲，就是说对自身缺乏尊敬。九月五日以后，人们对待君主制下的贵族，就像七月八日以后，人们对待帝国的贵族那样。[1] 他们对待鹰是错的，我们对待百合花是错的。人们总是要废除点什么！去掉路易十四王冠上的金子，刮掉亨利四世的徽号，是否很有必要呢？我们嘲笑德·沃布朗先生刮掉耶拿桥上的N！他要干什么？这正是我们所做的事。布维纳战役[2]就像马伦哥战役一样，都是属于我们的。百合花和字母N一样，都是属于我们的。这是我们的遗产。何必缩小遗产呢？祖国的过去和现在都不应否认。为什么不要全部历史呢？为什么不爱整个法国呢？"

空论家就是这样批评和保护保王主义，而保王主义不满于批评，又愤怒于受到保护。

极端派标志着保王主义的第一阶段；圣会[3]标志着第二阶段。灵活代替了狂热。这里只限于对此作一概述。

本书作者在故事的进展中，遇到现代史这一奇特的时期；他不得不顺便投以一瞥，勾画出今人不甚了了的这个社会的特殊轮廓。不过他要一掠而过，毫无挖苦和嘲笑之意。这些回忆是亲切的，而且怀着敬意，因为涉及他的母亲，把她与往昔联系起来。况且，应该说，这个小圈子有它的崇高之处。一笑置之未尝不可，但既不能

---

1　1815年7月8日，路易十八第二次返回巴黎，无双议院迫害拿破仑部下；1816年9月5日，解散无双议院。
2　布维纳战役，1214年7月27日，法国国王奥古斯特在北部的布维纳，打败日耳曼皇帝奥托四世。
3　圣会，建立于1801年，1809年取消，1814年重建，被看成是政府的秘密组织，1830年解散。

加以蔑视，也不能加以仇恨。这是从前的法国。

马里于斯·蓬梅西像所有的孩子一样，学了点东西。他在吉尔诺曼一手栽培之后，被他的外祖父交给一个纯洁无疵、一板一眼的可敬教师。这个刚开窍的少年从一个虔婆转到一个学究手里。马里于斯上过中学，然后进了法律学校。他是保王派，狂热而严峻。他不太喜欢外祖父，老人的快乐和厚颜无耻伤害了他，想到父亲他很惆怅。

再说，这是一个既热情，又冷峻、高尚、慷慨、倨傲、虔诚、容易激动的孩子；严肃到僵硬，纯洁到未开化似的。

## 四、强盗的结局

马里于斯念完古典课程，恰好吉尔诺曼先生退出社交界。老人告别了圣日耳曼区和德·T夫人的沙龙，住在玛雷区髑髅地修女街。他的仆人除了看门人，还有那个女仆尼科莱特，她接替了玛侬，还有上文提到的那个气喘吁吁的巴斯克。

一八二七年，马里于斯刚满十七岁。一天晚上他回家时，他看到外祖父手里拿着一封信。

"马里于斯，"吉尔诺曼先生说，"你明天到维尔农去。"

"干什么？"

"去看你的父亲。"

马里于斯哆嗦了一下。他什么都想到过，除了这个，有一天他要去看他的父亲。对他来说，没有什么更意外，更惊人，应该说更令他不快的了。这不是一件苦恼的事,不,这是一件苦差事。

马里于斯除了政治对立的原因以外,深信他的父亲,正像吉尔诺曼先生在平心静气时所称呼的那样,是个勇猛的军人,并不喜欢他;这是很显然的,因为他的父亲就这样抛弃了他,丢给别人管。既然感到不被人爱,他也就不爱别人。他心想,这再简单不过了。

他是这样惊讶,以至于没问吉尔诺曼先生。外祖父又说:

"看来他病了。他想见你。"

半晌,他又说:

"明天早上动身。我想,喷泉大院有一辆车,六点出发,晚上到达。就坐这辆车。他说很急。"

然后他把信揉成一团,塞进衣袋里。马里于斯本来可以当天晚上就动身,第二天早上便可以待在父亲身边。当时,布洛瓦街的驿车晚上开往鲁昂,途经维尔农。吉尔诺曼先生和马里于斯都没有想过打听情况。

第二天,马里于斯在傍晚到达维尔农。华灯初上。他向遇到的第一个人打听:"蓬梅西先生的家在哪里?"因为他的思想与复辟王朝的观点一致,他也不承认父亲是男爵和上校。

人家给他指点住所;一个女人给他开门,她手里拿着一盏小灯。

"蓬梅西先生呢?"

女人一动不动。

"是这里吗?"马里于斯问。

女人点了点头。

"我能跟他说话吗?"

女人摇了摇头。

"但我是他的儿子，"马里于斯又说。"他在等我。"

"他等不了您了，"女人说。

这时他发觉她在哭泣。

她用手指了指楼下客厅的门。他走了进去。

一支放在壁炉上的羊脂蜡烛照亮了这间客厅，里面有三个人，一个站着，一个跪着，一个身穿衬衣，直挺挺躺在方砖地上。躺在地上的是上校。

另外两个人是医生和教士，教士在祈祷。

三天以来上校得了大脑炎。生病之初，他预感不妙，便写信给吉尔诺曼先生，要见儿子。病情恶化了。马里于斯到达维尔农那天晚上，上校说起胡话；他不顾女仆阻拦，从床上起来，喊道："我的儿子没有来！我去迎接他！"然后他走出房间，摔倒在前厅的方砖地上。他刚断了气。

已经叫来了医生和本堂神父。医生来得太晚，本堂神父来得太晚。儿子也来得太晚。

在蜡烛的微光下，可以看到躺着的上校苍白的面颊上，有一颗豆大的泪珠，从死人的眼睛里淌下来。目光暗淡了，但眼泪还没有干。这颗眼泪，是因为儿子晚到。

马里于斯注视着这个他第一次，也是最后一次看到的人，这张可敬的男子汉面孔，这不在注视的睁大的眼睛，这头白发，这结实的躯体，到处可以看到表示刀伤的褐色线条和像红星似的弹孔。他凝视这偌大的伤疤，英雄气概刻印在这张脸上，而天主则将善良刻印在上面。他寻思,这个人就是他的父亲,这个人死了,而他却很冷漠。

他感到的忧伤,同他面对别的躺着的死人所感到的一样。

在这个房间里有着哀伤,催人泪下的哀伤。女仆在一个角落里悲泣,本堂神父在祈祷,传来呜咽声,医生在抹眼泪;尸体也在流泪。

这个医生,这个教士和这个女人,在悲哀中望着马里于斯,一言不发;只有他是外人。马里于斯并不激动,对自己的态度感到羞耻和难堪;他手里拿着帽子,让帽子掉在地下,为了让人相信,痛苦使他失去了握住的力气。

与此同时他似乎感到内疚,悔恨自己这样行动。但他错在哪里?什么,他不爱父亲!

上校什么也没有留下。卖掉家具只够付埋葬费。女仆找到一张破纸,交给了马里于斯。上校亲笔在上面写着:

"我儿亲阅:皇上在滑铁卢战场上封我为男爵。既然复辟王朝否认我这个以鲜血获得的称号,我儿则可承袭。无疑他会当之无愧。"

上校在背后附上:

"就在滑铁卢战场上,有一个中士救了我的命。这个人叫泰纳迪埃。最近,我得知他在巴黎附近的一个村子里,是舍尔或蒙费梅,开了一间小旅店。倘若我儿遇到他,要尽其所能报答他。"

马里于斯接过字条,握在手里,并非出于敬重父亲,而是出于对死亡的隐约尊重,这种尊重总是在人的心里不可排除。

上校的东西一点不剩。吉尔诺曼先生把他的剑和军服卖给旧货商。邻居把他的庭园搜刮一空，抢走了奇花异卉。其他植物变成了荆棘和灌木，或者枯死了。

马里于斯只在维尔农待了四十八小时。下葬以后，他回到巴黎，重新念他的法律，不再想他的父亲，好像这个人从来不存在似的。上校在两天内被埋葬了，在三天内被遗忘了。

马里于斯帽子上戴了块黑纱，如此而已。

## 五、去望弥撒有助于成为革命者

马里于斯保留了童年时的宗教习惯。一个星期日，他去圣苏尔皮斯教堂望弥撒，儿时他的姨妈就带他到这个圣母堂；这一天他比平时要分心，若有所思，他在一根柱子后跪下，没有注意到一张铺着乌得勒支丝绒的椅子背上写着这个名字："教区财产管理委员马伯夫先生。"弥撒刚开始，有个老人出现了，对马里于斯说：

"先生，这是我的位置。"

马里于斯赶紧让开，老人在他的椅子上坐下。

弥撒结束，马里于斯在离开几步路的地方想心事，老人走近他说：

"先生，我请您原谅刚才打扰了您，现在再叨扰您一下；您大概以为我生气了，我该向您解释一下。"

"先生，"马里于斯说，"用不着。"

"用得着！"老人又说，"我不愿您对我留下坏想法。您看，我看重这个位置。我觉得在这个位置做弥撒最好。为什么？我来告诉您。

正是在这个地方,多年来我看到一个可怜的正直的父亲,每隔两三个月来一次,他没有别的机会和别的办法看他的孩子,因为经过家族的安排,不让他这样做。他知道他的儿子来望弥撒的时间,到时等候着。小家伙没想到父亲在那里。他甚至可能不知道有一个父亲,这个无辜的孩子!做父亲的待在这根柱子后面,别人看不到他。他望着他的孩子,哭泣着。他爱这个小家伙,这个可怜的人!我见到这个情景。对我来说,这个地方变得神圣了,我习惯在这里听弥撒。我是教区财产管理委员,有权坐功德凳,但我更喜欢这个位置。我甚至有点认识这位不幸的先生。他有一个岳父,一个有钱的大姨子,一些亲戚,情况我不太清楚,他们威胁说,如果父亲看到孩子,就要剥夺孩子的继承权。他做出自我牺牲,让他的儿子有朝一日富有和幸福。他们是因为政治见解拆散这对父子的。诚然,我赞成看政治见解,但有的人不懂得适可而止。我的天!因为一个人在滑铁卢打过仗,并不是魔鬼;不能因此而拆散父子。这是一个波拿巴的上校。我想他死了。他待在维尔农,我有一个当本堂神父的兄弟在那里。他叫蓬马里或蒙佩西……不错,他脸上有一大块刀疤。"

"蓬梅西?"马里于斯脸色刷白地问。

"正是,蓬梅西。您认识他吗?"

"先生,"马里于斯说,"他是我的父亲。"

老教区财产管理委员合十双手,叫道:

"啊!您是那个孩子!是的,不错,眼下他是个大人了。咦!可怜的孩子,您可以说,您有一个非常爱您的父亲!"

马里于斯让老人挽起手臂,把他带到家里。第二天,他对吉尔诺曼说：

"我们和几个朋友安排好一次打猎。您肯让我外出三天吗？"

"四天吧！"外祖父回答。"去玩吧。"

他眨了眨眼睛，低声对女儿说：

"谈情说爱啦！"

## 六、遇到教区财产管理委员的结果

马里于斯到哪里去，读者下文就会看到。

马里于斯走掉三天，然后他回到巴黎，径直到法律学校的图书馆，要查阅《通报》。

他看《通报》、共和国的和帝国的全部历史、《圣赫勒拿岛回忆录》，以及各种回忆录、报纸、战报、公告；他无所不看。他第一次遇到父亲的名字是在大军的战报里，他对战报兴奋了整整一个星期。他去走访领导过乔治·蓬梅西的几位将军，其中有 H 伯爵。他再去拜访教区财产管理委员马伯夫，马伯夫给他讲了上校退休后在维尔农的生活，种植花卉和孤独。马里于斯终于充分了解这个罕见、崇高和温柔的人，这种狮羊合一的个性，就是他父亲的个性。

但是，他忙于研究，这占据了他所有的时间和脑子，他几乎不同吉尔诺曼父女见面。在吃饭时，他出现了；饭后寻找他，他已经不在家。姨妈低声抱怨。吉尔诺曼老人微笑着。"得！得！这是谈情说爱的时候嘛！"有时老人加一句说："见鬼！我原以为是风流一下呢，看来是一种激情。"

这确实是一种激情。

马里于斯崇拜他的父亲。

与此同时，他的思想产生了异乎寻常的变化。变化经历了许多阶段，相继发生。由于这是我们时代很多人的思想历程，我们认为有必要一步步追寻这些阶段，逐一说明。

这段历史，他刚看到，就十分惊讶。

第一个印象是眼花缭乱。

共和国、帝国，至今对他来说，是非常可怕的字眼。共和国是暮色中的一架断头台；帝国是黑夜中的一把军刀。他向里张望，期待只看到一片混沌黑暗，而他惊诧莫名，又怕又喜地看到群星璀璨，米拉波、维尔尼奥、圣鞠斯特、罗伯斯庇尔、卡米尔·德穆兰、丹东，还有升起的一颗太阳，就是拿破仑。他不知道自己身在何处。他目眩神迷，连连后退。逐渐地惊奇过去了，他习惯了这些光华，注视着行动，不再昏眩，观察着人物，不再惊恐；大革命和帝国在他似有幻觉的眼前，呈现出光辉灿烂的远景；他看到这两组事件和人物分别归纳为两大事件；共和国体现在民权的至高无上归还给民众，帝国体现在法国思想的至高无上强加给欧洲；他看到从大革命中出现人民和帝国的伟大形象，从帝国中出现法国的伟大形象。他在内心承认，这一切是好的。

这种初步评价过于笼统，他目眩神迷，忽略了不少东西，这里没有必要指出来。我们看到的是一个人思想前进的状态。进步不能一蹴而就。这话对上文和下文发生的事都能包括，然后我们继续说下去。

于是他发觉,至今他并不了解他的国家,就像不了解他的父亲一样。他两者都不认识,他像有意让一层夜幕蒙住自己的眼睛。如今他看清楚了;对祖国他赞美,对父亲他崇拜。

他充满了悔恨和内疚,他绝望地想,他心灵里的一切,现在只能向坟墓诉说了。噢!如果他父亲还健在,如果他还有父亲,如果天主出于同情和仁慈,允许他父亲还活着,他会跑过去,他会冲过去,他会对父亲喊道:"父亲!我在这里!是我!我的心同你一样!我是你的儿子!"他会抱着父亲白发苍苍的头,泪水洒满这头发,欣赏伤疤,捏住父亲的手,赞美父亲的军服,吻父亲的脚!噢!为什么父亲死得这样早,没有上年纪,没有得到公正对待,没有得到儿子的爱!马里于斯心里不断哭泣,时刻在唉声叹气!与此同时他变得真的更加严肃、庄重,对自己的信念和思想更有把握。真相之光时刻补充他的理智。他内心仿佛成长起来。他感到一种自然而然的成长,对他而言这是两种新东西,他的父亲和他的祖国给他带来的。

仿佛他有了一把万能钥匙,一切都能打开;他给自己解释以前所仇恨的东西,他洞察了以前所憎恶的东西;今后,他清晰地看到以前别人教会他憎恨的伟大事物和别人教会他诅咒的伟大人物所体现的天意、神意和人意。他早先的见解只是昨天的事,而他觉得如此遥远,他一想起来就感到恼怒,又哑然失笑。

他从重新尊重父亲,自然而然转到重新尊重拿破仑。

应该说,后一点并不是轻而易举就能做到的。

从童年起,别人就把一八一四年保王党对波拿巴的评价灌输给他。复辟王朝的一切偏见、一切利益和一切本能,都趋向于歪曲拿破仑。它憎恨他超过憎恨罗伯斯庇尔。它相当巧妙地利用了民族的疲惫和母亲们的怨恨。波拿巴变成了一种近乎神话中的魔鬼,上文指出过,人民的想象类似孩子的想象;一八一四年的保王党按此描绘波拿巴,接连显现各种骇人的面具,从可怕而不失伟岸到可怕而变得可笑,从提拜尔到妖怪。因此,谈到波拿巴,只要泄愤,既可以抽泣,又可以忍俊不禁。马里于斯对受到蔑称的这个人,脑子里从来没有过别的想法。这些想法同他固有的执拗结合起来。他身上有一个顽固的小人憎恨着拿破仑。

阅读历史,尤其通过文献和材料研究历史时,在马里于斯眼中覆盖住拿破仑的幕布逐渐撕开了。他看到了巍然壮观的东西,发觉至今他对拿破仑和其他一切都搞错了;他一天天看得更清楚;他慢慢地,一步步地,开始近乎不情愿,然后入迷了,宛若受到不可抗拒的迷惑,先是攀登幽暗的台阶,继而是隐约照亮的台阶,最后是那热情奔放的光辉灿烂的台阶。

有一夜,他独自待在屋顶下的小房间里。他点燃了蜡烛;他在打开的窗旁,手肘支在桌子上看书。各种各样的幻想从天而降,融入他的头脑。黑夜有奇妙的景色啊!传来低沉的响声,却不知来自哪里,只见比地球大一千二百倍的木星,像火炭一样灼灼闪光,苍穹是漆黑的,繁星闪烁,妙不可言。

他看大军的战报,这是在战场上写就的荷马般的诗篇;他不时看到父亲的名字,到处是皇帝的名字;整个伟大的帝国在他眼前出现了;他感到胸中像海潮澎湃,涌起;他时时觉得父亲似气息,就在他身边，在他耳畔说话；他越来越感觉古怪；他似乎听到战鼓声、大炮声、喇叭声、营队有节奏的脚步声、骑兵遥远的沉闷的奔驰声；他不时朝天空抬起眼睛，朝无尽的深处眺望闪光的巨大的星系，然后目光又回到书上，在书中看到别的庞然大物隐约在蠕动。他的心揪紧了。他冲动起来，颤抖着，喘息着；突然，他不明白身上发生了什么，顺从什么，站了起来，向窗外伸出双臂，凝视黑暗、寂静、昏黑的无限、永恒的无边无际，喊道："皇帝万岁！"

从这时起，不言自明了。科西嘉的妖怪、篡位者、暴君、成了妹妹情人的魔鬼、跟塔尔马学演戏的蹩脚演员、雅法城的下毒犯、老虎、波拿巴，这一切都烟消云散了，在他脑子里让位于一片隐约的闪光，恺撒的大理石像苍白的幽灵，在高不可及的地方辉映。对他父亲而言，皇帝只是一个受人赞美、被甘愿肝脑涂地地敬爱的统帅，对马里于斯来说，他更进一层。他是法国人继罗马人之后统治世界的命定设计师。他是旧世界崩溃的惊人策划者，查理大帝、路易十一、亨利四世、黎世留、路易十四、公安委员会的后继者，他无疑有缺点、错误甚至罪恶，就是说他也是人；不过，有错误仍然令人敬畏，有缺点仍然光芒四射，有罪恶仍然坚强有力。他是负有天命的人，迫使所有的民族说："伟大的民族。"他更进一步；他是法兰西的化身，用手里的剑征服欧洲，以投射的光芒照亮世界。马里于斯在波拿巴身上看到耀眼的幽灵始终挺立在边境上，保卫着未来。他是专制者，但这是古罗马的独裁官，是共和国产生的专制者，概括了一场革命。对他来说，拿破仑变成了"人—人民"，就像恺撒是"人—天主"一样。

他看待拿破仑，如同一切新入教的人那样，他的转变使他入迷，他冲了进去，走得太远。他的天性如此；一旦来到斜坡，他就几乎不可能刹车。他染上了征战的狂热，在他的脑子里把对观念的热情复杂化了。他毫不发觉，他崇拜天才，也夹杂着崇拜武力，就是说，他在自己偶像崇拜的两个格子里，一个放进了神圣的东西，另一个放进了暴烈的东西。在有些方面，他出了别的错。他接受一切。在走向真理的途中有可能遇到谬误。他有一种来势汹汹的真诚，全盘接受一切。在他踏入的新路上，一面评判旧制度的错误，一面衡量拿破仑的光荣，他忽略了可减轻罪行的情节。

无论如何，他迈出了惊人的一步。他看到从前君主制垮台的地方，如今看到法兰西崛起了。他的方向改变了。日落变成了日出。他转过了身。

他身上完成了所有这些变革，而他的家庭却没有觉察。

在这隐秘的活动中，他剥掉了贵族、雅各宾派和保王派的外衣，就完全抛掉了波旁派和极端派的旧皮，成了充分的革命者，彻底的民主派，接近共和派；他到金银匠河滨路的雕刻店，订了一百张名片，名字是："马里于斯·蓬梅西男爵"。

在他身上发生的变化，都围绕着他的父亲进行，这是非常符合逻辑的结果。只不过，由于他不认识任何人，又不能把名片散发给任何一个门房，便把名片都揣在兜里。

另外一种自然而然的后果是，随着他接近父亲及其身后名，接近上校为之战斗了二十五年的事物，他便远离他的外祖父。上文说过，吉尔诺曼的脾气早就一点不讨他喜欢。他们之间存在年轻人和轻浮的老人的种种不协调。吉龙特的快乐与维特的忧郁发生冲突，使之激化。只要政治见解和思想是一致的，就仿佛在一座桥上马里于斯和吉尔诺曼相遇。当这座桥倒坍时，就出现深渊。尤其是，马里于斯想到正是吉尔诺曼出于愚蠢的原因，无情地把他从上校身边夺走，就这样让父亲失去孩子，孩子失去父亲，便感到难以形容的反抗冲动。

由于对父亲的敬爱，马里于斯几乎发展到怨恨老外公。

上文说过，这一点丝毫没有流露出来。只不过他越来越冷淡，吃饭时寡言少语，在家里时间极少。当他的姨妈为此责备他时，他很温顺，借口要学习、上课、考试、听讲座，等等。外祖父没有摆脱他不变的判断："谈情说爱嘛！我了解。"

马里于斯不时要外出。

他旅行时间总是非常短，有一次他到蒙费梅，听从他父亲的遗言，寻找从前滑铁卢战场那个中士，旅店老板泰纳迪埃。泰纳迪埃破产了，旅店关了门，不知道他的下落。马里于斯寻访了四天。

"他肯定把手边的事都撂下了，"外祖父说。

有人似乎注意到，他胸前的衬衫下有样东西，用黑丝带挂在脖子上。

## 七、追逐裙钗

我们提过一个枪骑兵。

他是吉尔诺曼的曾侄孙，离家在外，而且远离所有的家庭，过着驻防生活。泰奥杜尔·吉尔诺曼中尉具备英俊军官的所有条件。他有"小姐的身段",有一种佩带军刀的威武姿势,髭须向上翘。他很少到巴黎,次数少得马里于斯从来没见过他。两个堂叔侄只知道名字。想必上文已经说过,泰奥杜尔是吉尔诺曼姨妈的宠儿,她喜欢他是因为看不到他。看不到,会令人设想得尽善尽美。

一天早上,吉尔诺曼大小姐回到家里时,平日是平静的,现在却非常激动。马里于斯又刚刚向外祖父提出,要外出一下,还说,他打算当天晚上就动身。"去吧!"外祖父回答,吉尔诺曼先生耸了耸眉毛,独自儿说:"在外留宿,一犯再犯。"吉尔诺曼小姐非常困惑地上楼回到自己房里,在楼梯上发出一句感叹:"太过分了!"还有这句疑问:"可是,他究竟到哪里去呢?"她隐约看到多少属于不正当的偷情,有个女人躲在半明半暗中,一次约会,一个秘密,她不会反对戴上眼镜瞧个仔细。品味一下秘密,就像看到一场吵架那样新鲜;圣洁的心灵对此决不会厌恶。虔诚的密室里,对丑闻有好奇心。

因此,她朦胧地渴望了解这件事。

这种好奇引起的激动,有点打乱了她的习惯,为了分心,她就往自己的才能中逃避,她开始把帝国和复辟时期的一种车轮图案,从布上剪下来再绣上去。讨厌的活计,脾气不好的女绣工。当门打开时,她在椅子上已经坐了好几小时。吉尔诺曼小姐抬起头来;泰奥杜尔中尉站在她面前,向她行了个军礼。她发出快乐的叫声。人老了,一本正经,十分虔诚,又是姑婆;但看到一个枪骑兵走进房间,总是令人高兴的事。

"你来了，泰奥杜尔！"她叫道。

"顺路，姑婆！"

"拥抱我呀。"

"好呀！"

他拥抱了她。吉尔诺曼姑婆走到写字台前，打开抽屉。

"你至少待一星期吧？"

"姑婆，今天晚上我就得走。"

"不可能吧！"

"肯定得走。"

"留下吧，我的小泰奥杜尔，我求你啦。"

"心里想留，但军令不同意。事情很简单。要我们换防；我们一直在默伦，要把我们转移到加荣。从旧驻防地到新地方，要经过巴黎。我说过，我要去看我的姑婆。"

"这是你的辛苦费。"

她把十路易放到他手里。

"您是说让我快活一下吧，亲爱的姑婆。"

泰奥杜尔第二次拥抱她，她的脖子让他军服的饰带擦了一下，十分快意。

"你是骑马跟团队一起移防吗？"她问他。

"不，姑婆。我是要来看您。我特别准了假。我的勤务兵牵着我的马；我坐驿车来。对了，我要求您一件事。"

"什么事？"

"我的表叔马里于斯·蓬梅西也外出了吗？"

"你怎么知道的?"姑婆说,突然被搔到好奇心的痒处。

"到这里来的时候,我到驿站订了一个下层车厢座位。"

"怎么样呢?"

"有个旅行者已经来订过上层车厢的一个位子。我在本子上看到他的名字。"

"什么名字?"

"马里于斯·蓬梅西。"

"坏东西!"姑婆叫道。"啊!你的表叔不像你是个规规矩矩的小伙子。真想不到他要在驿车上过夜!"

"像我一样。"

"但你是出于责任;他呢,是出于放荡。"

"天哪!"泰奥杜尔说。

对吉尔诺曼大小姐来说,这是出了件大事;她有了一个主意。倘若她是个男人,她会拍拍脑门。她责备泰奥杜尔:

"你知道你的表叔不认识你吗?"

"不知道。我呀,我见过他;但他不屑注意我。"

"你们就这样一起旅行吗?"

"他坐在顶层,而我坐在下层。"

"这辆驿车开到哪里?"

"开到昂德利。"

"马里于斯要到那里?"

"除非像我一样,半路下车。我呢,我在维尔农下车,换车到加荣。我不知道马里于斯的去向。"

"马里于斯！多么难听的名字！怎么想得出叫他马里于斯！而你呢，至少，你叫泰奥杜尔！"

"我更喜欢叫阿尔弗莱德，"军官说。

"听着，泰奥杜尔。"

"我听着，姑婆。"

"注意。"

"我在注意呢。"

"准备好了吗？"

"是的。"

"咦，马里于斯多次外出。"

"嘻，嘻！"

"他旅行。"

"啊，啊！"

"他在外面过夜。"

"噢，噢！"

"我们想知道里面有什么名堂。"

泰奥杜尔怀着铁石心肠的平静回答：

"追逐裙钗嘛。"

他是皮笑肉不笑，显得自信，又添上一句：

"一个小姑娘吧。"

"这是显而易见的，"姑婆叫道，她以为听到吉尔诺曼先生说话。曾叔祖和曾侄孙几乎用同样方式说出"小姑娘"这个词，她感到不可抑制地有了信心。她又说：

"请你帮我们一个忙。跟踪一下马里于斯。他不认识你,你就好办了。既然有个小姑娘,想法看看这个小姑娘。你写信来告诉我们详情。这会让曾祖父高兴。"

泰奥杜尔对这种盯梢的事根本没有浓厚兴趣;但他对赠送十个路易非常感动,他以为路易会源源不断而来。他接受了任务,说道:"听您吩咐,姑婆。"他心里加了一句:"我成了监督的女傅了。"

吉尔诺曼小姐拥抱了他。

"你呀,泰奥杜尔,不会干这种荒唐事。你遵守纪律,你对军禁俯首听命,你是一个审慎的尽责的人,你不会离家去看一个轻佻的女人。"

枪骑兵做了个满意的鬼脸,就像卡尔图什[1]听到称赞他奉公守法一样。

这场谈话结束的当天晚上,马里于斯坐上这辆驿车,没有料到有一个监视他的人。至于监视者,他做的第一件事就是睡觉。他扎扎实实地酣然大睡。阿耳戈斯[2]整夜打呼噜。

拂晓时,车夫叫道:"维尔农!维尔农站到了!到维尔农的旅客下车!"泰奥杜尔中尉醒了过来。

"好,"他咕哝道,还半睡半醒,"我在这儿下车。"

随后,他完全醒了,记忆逐渐清醒过来,他想起姑婆和十个路易,他要汇报马里于斯的所作所为。这使他笑了起来。

---

1 卡尔图什(1693~1721),法国匪首。
2 阿耳戈斯,希腊神话中的百眼巨人,奉天后之命看守被变成小母牛的伊娥。他睡觉时闭五十只眼睛,睁五十只眼睛。

他也许已不在车里了，他想，一面重新扣好军服上衣。他可能已在普瓦西下车；他可能已在特里埃尔下车；如果他没在默朗下车，他可能已在芒特下车，除非他在罗尔布瓦兹下车，或者一直到帕西，换车往左到埃弗雷，或者往右到拉罗什-居伊荣。你紧追不舍吧，姑婆。见鬼，我给这个老太婆写什么呢？

这当儿，一条黑长裤从上层车厢下来，出现在下层车厢的窗口。

"会是马里于斯吗？"中尉说。

正是马里于斯。

车下有一个农村小姑娘混在马和车夫中间，向旅客兜售花卉。"买束鲜花送给您的太太吧，"她叫道。

马里于斯走近她，买下她篮子里最好看的鲜花。

"这一下，"泰奥杜尔跳下车来说，"可挑起了我的劲头。见鬼，他把这束鲜花献给谁呢？这束花那么好看，可要送给一个艳若桃李的女子呢。我想看看她。"

现在他不是出于委托，而是出于个人的好奇，就像群犬为自身捕猎一样，他开始跟踪马里于斯。

马里于斯根本没有注意泰奥杜尔。一些风雅的女人从驿车上下来；他不看她们。他好像不看周围。

"他真是痴情！"泰奥杜尔心想。

马里于斯走向教堂。

"妙极了！"泰奥杜尔寻思。"教堂！不错。约会加点弥撒做调料，是最好不过了。越过仁慈的天主送去秋波，没有什么比这更美妙了。"

马里于斯来到教堂，没有进去，而是绕到大殿的后面。他消失在半圆形后殿的墙垛角后。

"约会地点在外面,"泰奥杜尔说,"让我们看看那个小姑娘。"

他踮起靴尖,朝马里于斯拐过去的墙角走去。

到了那里,他吃惊地站住了。

马里于斯双手捧住额头,跪在一个墓穴的草丛中。他剥下一片片花瓣。墓穴一端突出的地方表明是坟头,有一根黑色的木十字架,白色的字写着这个名字:"上校蓬梅西男爵"。传来马里于斯的呜咽声。

小姑娘是一座坟。

## 八、大理石对花岗岩

马里于斯第一次离开巴黎,就是来这里。每次吉尔诺曼先生说:"他在外面过夜。"他是回到这里。

泰奥杜尔意外撞上一座坟,绝对困惑不解;他感到一种古怪的不快,无法分析,怎么把敬重一座坟同敬重一个上校结合起来。他退走了,让马里于斯独自待在墓园中,退走是遵守纪律。死者戴着大肩章出现在他眼前,他几乎要行个军礼。他不知道如何给姑婆写信,便打定主意索性不写;如果不是出于常见的鬼使神差,维尔农的这一场面几乎立即会在巴黎引起反响,泰奥杜尔发现了马里于斯的敬爱行为,大概也不会产生什么后果。

马里于斯第三天一大早从维尔农回到外祖父家,因在驿车上度过两夜而疲惫了,感到需要去学一小时游泳来弥补睡眠,便迅速上楼到他的房间，只来得及脱下旅行的礼服和挂在脖子上的黑带子，好赶往浴场。

吉尔诺曼先生像所有身体硬朗的老人，很早起床，听到了马里于斯回家，匆匆上楼，尽他的老腿最快的速度，爬上通到马里于斯所住阁楼的楼梯，想拥抱他一下，拥抱时问问他，想知道他到哪里去。

但年轻人下楼的时间比八旬老人上楼的时间少，当吉尔诺曼老爹走进阁楼时，马里于斯已经不在了。

床没有翻乱，床上随便摊着礼服和黑带子。

"我有这些更好，"吉尔诺曼先生说。

过了一会儿，他走进客厅，吉尔诺曼大小姐已经坐在那里，绣着车轮图案。

他得意洋洋地进来。

吉尔诺曼先生一手拿着礼服，另一只手拿着黑带子，叫道：

"胜利啦！我们就要摸到秘密！就要知道底细！摸到这个滑头小子的风流韵事！掌握浪漫故事。我拿到了肖像！"

确实，一只黑色驴皮盒很像一枚勋章，挂在带子上面。

老人拿着这只盒子，注视了一会儿，没有打开，神态像一个可怜的饿鬼，看着一顿可能是为他准备的丰盛晚餐，从他鼻子底下端走，于是混杂了高兴、快乐和愤怒。

"里面显然是一幅肖像。我在行。贴胸带着。他们多蠢呀！多可恶的放荡女人，真要叫人发抖！今日的年轻人趣味这样恶劣！"

"看一看吧，父亲，"老姑娘说。

一按弹簧，盒子打开了。他们只找到一张仔细折叠好的纸。

"老一套，"吉尔诺曼先生哈哈大笑说。"我知道这是什么。一封情书！"

"啊！我们来看看！"姨妈说。

她戴上眼镜。他们打开纸，看到：

"我儿亲阅：皇上在滑铁卢战场上封我为男爵。既然复辟王朝否认我这个以鲜血获得的称号，我儿则可承袭。无疑他会当之无愧。"

父女二人的感觉难以言传。他们觉得冰凉，仿佛被死人的头吹了一口气似的。他们没有交换过一句话。只是吉尔诺曼低声地仿佛自言自语地说：

"这是那个操刀手的笔迹。"

姨妈审视这张纸，翻过来覆过去看，然后放回盒子里。

这时，一个长方形的蓝纸小包，从礼服的一只口袋里掉下来。这是马里于斯的一百张名片。她递给了吉尔诺曼先生，他看到："马里于斯·蓬梅西男爵"。

老人打铃。尼科莱特来了。吉尔诺曼拿起带子、盒子和礼服，统统扔到客厅当中的地上，说道：

"把这些破烂拿走。"

一小时在死寂中过去了。老人和老姑娘背对背坐着，各怀心思，也许想的是同一件事。过了一小时，吉尔诺曼姨妈说：

"真够瞧的！"

不久，马里于斯出现了。他回来了。甚至还没有越过客厅的门，他就看到外祖父手里拿着他的一张名片，外祖父一看到他，便带着有产者嘲弄人、压倒人的高傲神态叫道：

"嘿！嘿！嘿！嘿！嘿！现在你是男爵了。我祝贺你。这是什么意思？"

马里于斯微微红了脸，回答道：

"意思是说，我是我父亲的儿子。"

吉尔诺曼先生不笑了，严厉地说：

"你的父亲是我。"

"我的父亲，"马里于斯低垂眼睛，神态严峻，"这是一个平凡而勇敢的人，为共和国和法国辉煌地效过力，他在人类经历过的最伟大的时期表现出色，他在军营中生活了四分之一世纪，白天在枪林弹雨下，黑夜在雪地里、烂泥里、雨水中，他夺过两面军旗，受过二十次伤，死后被人遗忘、抛弃，他只有一个错，就是太爱两个忘恩负义的人，他的国家和我！"

这超过了吉尔诺曼先生能容忍听到的限度。听到"共和国"这个词，他站了起来，或者说得准确点，直挺挺地站着。马里于斯刚才说的每一个字，都在老保王派的脸上产生风箱在热炭上吹气的效果。他的脸从阴沉变成通红，从紫红变成火烧火燎似的。

"马里于斯！"他嚷道。"可恶的孩子！我不知道你的父亲是什么东西！我不想知道！我压根不知道，我不知道有他！但我所知的是，那些人全是无耻之徒！都是无赖、杀人犯、戴红帽子、盗贼！我说都是！我说都是！我都不认识！我说都是！你听见吗，马里于斯！你看清了，你是什么男爵，就像我的拖鞋一样！这都是给罗伯斯庇尔效过力的强盗！都是给波—拿—巴效过力的强盗！都是出卖、出卖、出卖了他们合法的国王的逆种！都是在滑铁卢战场上，面对普鲁士人和英国人逃命的懦夫！这就是我所知道的。如果令尊大人也在里面，我就不知道了，我很遗憾，活该，恕敝人直言！"

现在轮到马里于斯成了炭火，而吉尔诺曼先生是风箱。马里于斯浑身发抖，不知所措，头脑火热。他是看着人把自己的圣饼乱扔的教士，看着行人往自己的偶像吐痰的苦行僧。他不能容忍在他面前说出这种话而不受惩罚。但怎么办呢？他的父亲刚被踩在脚下，而且当着他的面被践踏，被谁？被他的外祖父。怎样才能为这个报仇而不冒犯另一个呢？他不能侮辱他的外祖父，他同样不能不为父亲报仇。一方面是神圣的坟墓，另一方面是苍苍白发。这一切在他脑袋里翻腾，他一时像喝醉了一样跟跟跄跄；他抬起头来，凝视着老外公，用雷鸣般的声音喊道：

"打倒波旁王室，还有路易十八这头肥猪！"

路易十八死了四年，但这对他来说是一样的。

老人的脸本来是通红的，猛然间变得比他的头发还白。他转向放在壁炉上的德·贝里公爵的胸像，庄重得出奇地深深鞠了一躬。然后，他慢慢地，一言不发地，两次从壁炉走到窗口，又从窗口走到壁炉，穿过整个大厅，就像一尊石像走路，踩得地板嘎吱响。到第二次时，他俯身对着面对冲突像老绵羊一样惊呆的女儿，带着近乎平静的微笑对她说：

"一位像先生那样的男爵和一个像我那样的市民，不能待在同一个屋顶下。"

突然，他挺起身来，苍白，颤抖，可怕，由于愤怒的骇人辐射，

额角胀大了,他向马里于斯伸出手臂,喊道:

"滚出去。"

马里于斯离开了家。

翌日,吉尔诺曼先生对女儿说:

"您每隔半年给这个吸血鬼寄去六十皮斯托尔[1],再也不要对我提起他。"

他还有无穷的怒火无处发泄,也不知怎么办,在三个多月里继续称女儿为您。

马里于斯也愤怒地走了。应该指出,有一个情况更加激怒了他。总是有这种小小的不幸使家庭风波变得更加复杂。虽然说到底错误没有增加,怨恨却增加了。尼科莱特按照外祖父的吩咐,匆匆地把马里于斯的"破烂"拿回他的房间,却没有发觉,可能把放着上校遗书的黑驴皮盒掉在阁楼幽暗的楼梯上。这张纸和圆盒都找不到了。马里于斯确信,他从那天起所称的那位"吉尔诺曼先生",把"他父亲的遗嘱"扔到火里了。他背得出上校所写的几行字,因此,什么也没有丢掉。纸、字迹,这神圣的遗物,一切都藏在他心里。别人奈何得了吗?

马里于斯走了,没说他去哪里,也不知他去哪里,带着三十法郎,他的怀表,旅行包里放着几件衣服。他登上一辆出租马车,按时计费,随意朝拉丁区驶去。

马里于斯后来怎样呢?

---

[1] 皮斯托尔,法国古币,皮斯托尔相当于10利弗尔。

# 第四章
# ABC之友社

## 一、几乎青史留名的团体

那个时期表面上风平浪静,却隐约掠过革命的颤栗。空中吹拂着来自八九年和九二年深处的气息。青年一代,请允许我们用这个字眼,正在变化。人们几乎毫不觉察,就在时代本身的推动下改变了。在钟表面上行走的针,也在人心中行走。每个人都迈出需要迈出的前进步伐。保王派变成了自由派,自由派变成了民主派。

这就像一股涨潮,其中千回百转;回潮的本质,就是融合;由此,非常古怪的思想结合在一起;人们同时崇拜拿破仑和自由。我们这里是叙述历史。这是当时的幻景。各种观点经过各种阶段。伏尔泰的保王主义,这一古怪的变种,有过同样古怪的对称物,就是波拿巴的自由主义。

其他思想团体较为严肃。有的探讨原理,有的看重权利。有的热衷绝对,有的隐约看到无穷无尽的成就;"绝对"以自身的严格,把精神推向天穹,使之在无限中飘浮。什么也不如信条使人产生梦想。什么也不如梦想能产生未来。今日的乌托邦，明天就骨肉成形。

过激的观点有双重背景。秘密教义的开端威胁着"既存秩序"，显得可疑而诡秘。这是最为革命的标志。当权者的内心想法，同人民的秘密想法在坑道里相逢。起义的酝酿与政变的预谋相配合。

当时，法国还没有德国道德团[1]和意大利烧炭党那样庞大的地下组织；但暗中的挖掘到处在蔓延。库古德社[2]在埃克斯酝酿起来；在巴黎的这类团体中，有一个ABC之友社。

ABC之友是什么组织？这个团体表面的宗旨是教育孩子，实际上要改变人。

他们自称ABC之友。"Abaissé"[3]就是人民。他们想复兴人民。对这种双关语，要是嘲笑就错了。双关语有时在政治上是严肃的；证明是，"Castratus ad castra"[4]，这就使纳尔雷斯当上将军；证明是，"Barbari et Barberini"[5]；证明是，"Fueros y fuegos"[6]；证明是，"Tu es Petrus et super hanc petram"[7]，等等。

ABC之友人数不多。这是一个萌芽状态的秘密会社；我们几乎可以说是一个小集团，如果小集团出英雄的话。他们在巴黎聚集在两个地方，其一靠近菜市场，在一个名叫柯兰特的小酒馆里，后文

---

[1] 道德团，1808年德国爱国青年组成的团体。
[2] 库古德社是一个小型的共和派秘密组织。
[3] 法文ABC的读音与法语名词"abaissé"（身份低下）谐音。
[4] 拉丁文：阉人上战场。拜占庭皇帝查士丁尼一世曾派宦官纳尔雷斯出征。
[5] 意大利文：野蛮人不做，巴尔贝里尼却要做。17世纪，巴尔贝里尼家族在罗马拆毁古建筑，建造府邸。巴尔贝里尼与野蛮人读音相近，在谐音上做文章。
[6] 西班牙文：自由和家。这是西班牙自由派联合的口号。
[7] 拉丁文：你是石头，在这石头上我要建造……这是耶稣对彼得说的话，彼得意为"石头"，耶稣是说在石头上建教堂。

还会提及，其二靠近先贤祠，在圣米歇尔广场一个名叫穆赞的小咖啡馆里，这个咖啡馆今日已经拆毁；第一个聚会地与工人接近，第二个与大学生接近。

ABC之友习惯在穆赞咖啡馆的后厅秘密聚会。这个厅离店堂很远，两边有一条长走廊相通，有两扇窗和一个出口，一条暗梯通到格雷小巷。大家在那里抽烟、喝酒、打牌、说笑。大声谈论一切，小声议论别的事。墙上挂着一幅共和国时期的法国旧地图，这足以引起警察的警觉。

大半的ABC之友是大学生，他们和某些工人意气相投。这是几个主要人物的名字。他们在一定程度上是历史人物：昂若拉、孔布费尔、让·普鲁维尔、弗伊、库费拉克、巴奥雷尔、莱格尔、若利、格朗泰尔。

这些年轻人之间由于亲如手足，像组成一个大家庭。莱格尔除外，所有的人都是南方人。

这个团体引人瞩目。它已经消失在我们身后的无底深渊中。故事叙述至此，在读者看到一场壮举之前，也许有必要把亮光投射到这些年轻人身上。

昂若拉，上文第一个提到的名字，后文读者就会知道原因了，是个富有的独生子。

昂若拉是一个可爱的年轻人，也能发出狮吼。他像天使一样俊美。这是粗野的安蒂诺乌斯[1]。看到他沉思眼神的反光，可以说他前

---

1 安蒂诺乌斯，古希腊美少年，溺死在尼罗河后被封为神。

世就经历过革命的可怕变故。他像一个见证人，继承了革命传统。他知道大事件的所有小细节。他有教皇和武士的天性，在一个青年人身上，这是很古怪的。他是主祭兼斗士；从当前来看，他是民主的战士；从超越现代运动的观点来看，他是宣扬理想的教士。他目光深邃，眼皮有点红，下嘴唇很厚，动辄做出蔑视的表情，仰视阔步。天庭饱满，仿佛天宇寥廓。就像本世纪初和上世纪末有些年轻人很早出名一样，他的青春如同少女那样，异常鲜艳夺目，虽然也有苍白的时候。他已经成年，却仿佛还是孩子。二十二岁显得只有十七岁。他很庄重，好像不知道世上有所谓的女人。他只有一种激情，就是争取权利，只有一种思想，就是推翻障碍。在阿文蒂诺山上会是格拉库斯，[1]在国民公会里会是圣鞠斯特。他几乎看不到玫瑰，他不知道春天，他不听鸟儿唱歌；爱瓦德奈[2]袒露的酥胸，也不会令他比阿里斯托吉通更激动；对他来说，就像哈尔莫狄乌斯，[3]鲜花最好用来掩藏利剑。快乐时他仍然是严肃的。对凡是不属于共和国的东西，他都圣洁地垂下眼睛。他钟情于自由女神的大理石像。他的语言慷慨激昂，像圣歌一样令人颤动。他会意想不到地张开翅膀。哪个多情女子去纠缠他，那就倒霉了！如果康布雷广场或圣让-德-博韦街有哪个女工，看到这张逃学的中学生面孔，这副少年侍从的模样，这金黄色的长睫毛，这对蓝眼睛，这风中的满头乱发，这红艳艳的脸颊，这鲜艳的嘴唇，这美丽的牙齿，垂涎这片朝霞，想在

---

[1] 阿文蒂诺山是罗马城外的山冈；格拉库斯兄弟二人，先后是护民官。
[2] 爱瓦德奈，古代传说中的钟情女子，看到她丈夫的尸体被焚烧，便跳进火堆中。
[3] 阿里斯托吉通和哈尔莫狄乌斯都是公元前六世纪的雅典人，他们合力杀死暴君希帕尔克，然后将凶器藏在爱神木枝叶下面。

昂若拉身边卖弄姿色，他惊人而可怕的一瞥就会猝然向她露出深渊，教会她不要把博马舍笔下风流的薛吕班同埃泽希尔[1]可怕的薛吕班混为一谈。

昂若拉代表革命的逻辑，在他旁边，孔布费尔代表哲学。在革命的逻辑和革命的哲学之间，不同在于，逻辑能做出战争的结论，而哲学只能导致和平。孔布费尔补充并修正昂若拉。他没有那么高，却更宽。他希望把总体思想的广泛原则灌输到人们的头脑中；他常说：革命，但要文明；在陡峭的高山周围，他展开广阔的蓝色地平线。因此，在孔布费尔的所有观点中，有可以理解和切实可行的东西。孔布费尔的革命，比昂若拉的好理解。昂若拉表达了革命的神圣权利，而孔布费尔表达的是自然的权利。前者与罗伯斯庇尔相联系；后者接近孔多塞。孔布费尔对大众的生活，比昂若拉体验要多。这两个年轻人若能青史留名，一个会是义人，另一个会是贤人。昂若拉更有男子气概，孔布费尔更有人情味。"Homo et Vir"[2]，他们的细微差别确实就在这里。孔布费尔由于天性纯洁而温和，正像昂若拉严厉。他喜欢"公民"这个词，但他更喜欢"人"这个词。他喜欢像西班牙人那样说："Hombre"[3]。他什么都看，上剧院，听公共课，从阿拉戈[4]那里知道光的极化，热衷于若弗罗瓦·圣伊莱尔[5]的课，听他解释外颈动脉和内颈动脉的两种功能，一管面部，一管脑子；他

---

[1] 埃泽希尔，《圣经》中四大先知的第三位。
[2] 拉丁文：人和成年人。
[3] 即人。
[4] 阿拉戈（1786～1853），天文学家，政治家，曾任天文台长及陆军和海军大臣。
[5] 若弗罗瓦·圣伊莱尔（1772～1844），法国博物学家，对鸟类、胚胎学等尤有研究。

了解并注视科学的一步步发展，对比圣西门和傅立叶，解读象形文字，砸碎找到的石子，推测地质，凭记忆绘出蚕蛾，指出学士院词典中的法文错误，研究普伊泽居尔和德勒兹[1]，决不断言，甚至不肯定显灵，什么也不否认，包括鬼魂，翻阅《通报》合订本，爱思索。他宣称，未来掌握在教师手中，而且他专注于教育问题。他希望社会不懈地致力于知识和道德水平的提高、科学的兑现、思想的传播、青年智慧的增长，他担心当前教学方法的贫乏，文学观点囿于所谓古典的两三个世纪而显得单薄，官方学究的专断教条，经院的偏见和陈规，这一切最终把我们的学校变成牡蛎的人工培殖场。他学识渊博，讲究语言纯粹，精确，懂得多种科技，刻苦钻研，同时善于思索，像他的朋友所说的"到了异想天开的程度"。他相信所有这些梦想：铁路、无痛手术、暗室定影、电报、控制气球方向。另外，他并不畏惧迷信、专制和偏见在到处建造的反对人类的堡垒。有的人认为，科学最终要扭转局面，他属于这种人。昂若拉是个领袖，孔布费尔是个向导。大家愿意跟随前者战斗，而与后者一起前进。并非孔布费尔不能战斗，他并不拒绝同障碍肉搏，用武力进攻和爆破夺取；不过要通过教育原理和颁布积极的法规，逐渐使人类与命运相协调，他更喜欢这样；在两种光明中，他更倾向阳光普照，而不是点火。火灾无疑能照亮一片，但是为什么不等到日出呢？火山能照亮，可是黎明照得更亮。孔布费尔也许更喜欢美的洁白，而不是崇高的光芒。被烟挡住的光亮，以暴力换取的进步，只能满足一半这个温和而严肃的人。一个民族坠入真理中，像九三年那样，使

---

[1] 普伊泽居尔和德勒兹，均为帝国军官，磁学专家。

他害怕；但停滞不前更令他讨厌，他感到那里有恶臭和死亡；总之，他更爱浪花而不是瘴气，他更爱急流而不是污水坑，更爱尼亚加拉瀑布而不是鹰山湖。概言之，他既不想休息，也不想匆促。正当他的闹闹嚷嚷的朋友们很有骑士风度地爱上"绝对"，崇尚并呼唤辉煌的革命冒险时，孔布费尔却倾向于让进步来行动，这是温和的进步，或许冷漠，但是纯洁；按部就班，可是无可指摘；不愠不火，可是不可动摇。孔布费尔宁肯跪下并合十双手，为了让未来纯洁无疵地到来，决不搅乱各民族向善的无限进展。"必须让善清白无瑕，"他不断地重复说。确实，如果说革命的伟大，就是凝视光辉夺目的理想，越过雷电飞往那里，爪中抓住血与火，那么，进步的美就是白玉无瑕；华盛顿代表这一个，丹东体现另一个，两者的不同就在于，一个是长着天鹅翅膀的天使，另一个是长着鹰翅膀的天使。

普鲁维尔与孔布费尔的差异更要温和些。他出于暂时的小小任性，自称若望；这种任性融合了一场强大而深刻的运动，对中世纪非常必要的研究由此而来。普鲁维尔多情，种了一盆花，吹笛子，做诗，热爱百姓，同情妇女，为儿童洒泪，把相信未来和天主混在一起，谴责革命让一颗最美的头，即安德烈·谢尼埃[1]的头落地。他的声音平时很柔和，会突然变得雄壮有力。他是文人，非常博学，几乎是东方学家。尤其是他善良；他做诗喜欢恢宏，对于了解善良与伟大相通的人来说，这是再普通不过的事。他懂意大利文、拉丁文、希腊文和希伯来文；他这些学识只用来读四个诗人的作品：但

---

[1] 谢尼埃（1762～1794），法国诗人，浪漫派先驱，反对恐怖政策，上了断头台。

丁、尤维纳利斯、埃斯库罗斯和以赛亚。在法文方面,他喜欢高乃依超过拉辛,喜欢多比涅超过高乃依。他喜欢漫步在野燕麦和矢车菊的田野里,几乎同样关心云彩和事件。他的精神有两种态度,一种对人,另一种对天主;他研究或者静观。整个白天他钻研社会问题:工资、资本、信贷、婚姻、宗教、思想自由、爱好自由、教育、刑罚、贫困、结社、所有制、生产和分配、以黑暗覆盖住芸芸众生的底层之谜;晚上,他观察星球这些巨大的天体。他像昂若拉一样,是富有的独生子。他说话柔声细气,低垂着头,耷拉眼睛,局促不安地微笑,很不自在,样子笨拙,动辄脸红,非常腼腆。他却英勇无畏。

弗伊是个扇子工人,无父无母,艰难地一天只挣三法郎,他只有一个想法,就是解放世界。他还关心一件事,就是自我受教育;他也称作自我解放。他通过自学,学会读书写字;他所知道的,全是独自学到的。弗伊心地豪爽,胸襟宽广。这个孤儿却收养了各民族。他没有母亲,就思念祖国。他不希望世上有人没有祖国。他带着对民众深深的崇敬,在自己心中孕育了我们今日所谓的"民族意识"。他学习历史是专门为了表示愤怒,首先要了解情况。这个乌托邦青年社团尤其关注法国,他却代表关注国外。他的特长是了解希腊、波兰、匈牙利、罗马尼亚、意大利。他以理所当然的执着,不断地说出这些名字,不管场合是否合适。土耳其对克里特岛和特萨利亚的侵犯,俄国对华沙的侵犯,奥地利对威尼斯的侵犯,使他气愤填膺。其中,一七七二年的大暴行,[1]令他激愤不已。愤怒中的真

---

1 列强开始瓜分波兰的一年。

情实感，是最有威力的雄辩，他的雄辩就属于这一类。他滔滔不绝地谈论一七七二年这个卑劣的年头，被出卖的高尚而勇敢的人民，三国共同犯下的罪行，卑鄙的阴谋诡计，这已成为可怕地消灭别国的范例和模式，此后，落到了好几个高尚民族的头上，可以说，勾销了它们的出生证。现代社会的一切谋害罪，都是从瓜分波兰派生出来的。瓜分波兰已成为定理，当今一切政治丑行都是它的推论。一个世纪以来，没有一个独裁者、不讲信义的人，"ne varietur"[1]，不瞄准、认可、签字画押，要瓜分波兰。当查阅现代关于出卖的档案时，首先出现的是这一件。维也纳会议[2]先参阅了这一罪行，才完成自己的罪行。一七七二年吹响围住猎物的号角，一八一五年则是分赃。这就是弗伊习惯述说的内容。这个可怜的工人成为正义的保护者，正义作为回报，使他变得伟大。这是因为正义中确实有永恒。华沙已不可能是鞑靼人的城市，正如威尼斯不可能是条顿人的城市。那些国王只能劳而无功，丧失名誉。沉没的祖国迟早会浮出表面，重新出现。希腊重新变成希腊；意大利重新变成意大利。伸张正义，反对暴行，会永远坚持下去。掠夺一国人民，不会随着时间推移而一笔勾销。这种倒行逆施，决没有前途。不能像去掉一条手帕的商标一样，抹掉一个国家的名称。

库费拉克有个父亲，人称德·库费拉克先生。复辟时期的资产阶级对待贵族的一个错误观念，就是相信表示贵族的"德"字。众所周知，这个"德"字毫无意义。但《密涅瓦》刊行时代的资产者，

---

[1] 拉丁文：无一例外。
[2] 1814年至1815年，英俄普奥在维也纳商议如何制裁法国。

过分重视这个可怜的"德"字,认为必须取消。德·肖弗兰先生改称为肖弗兰先生,德·柯马丹先生改称为柯马丹先生,德·贡斯当·德·勒贝克先生改称为本雅曼·贡斯当先生,德·拉法耶特先生改称为拉法耶特先生。库费拉克不愿落后,干脆自称为库费拉克。

关于库费拉克,几乎可以强调这点,另外只消说:欲知库费拉克,请看上文的托洛米耶斯。

库费拉克确实有一种青春活力,可以称为机灵鬼的美。稍后,就会像小猫的可爱一样消失,如果是两只脚的,这种优雅通往布尔乔亚,如果是四只脚的,就通往雄猫。

这种机灵,一代代入过学,相继征召入伍的青年,互相传递,"quasi cursores"[1],几乎不变;就像上文所指出的,一八二八年不管谁听过库费拉克讲话,都会以为听到托洛米耶斯在一八一七年讲话。只不过库费拉克是个耿直的小伙子。表面看两个人都同样机灵,但差异很大。他们身上潜在的人性截然不同。托洛米耶斯身上是个检察官,而库费拉克身上是个勇士。

昂若拉是首领,孔布费尔是向导,库费拉克是中心。其他人发出更多的光,而他发出更多的热量;事实是,他具有一个中心的所有品质,即圆形和辐射。

巴奥雷尔在一八三二年六月,年轻的拉勒芒出殡时,发生的流血骚乱中出现过。

巴奥雷尔脾气好,教养差,正直,挥霍无度,倒也慷慨大方,

---

[1] 拉丁文:像接力赛一样。

喜欢乱说，倒也滔滔不绝，大胆无畏，倒也厚皮涎脸；当魔鬼最好不过；背心式样大胆，观点是红色的；爱大吵大闹，就是说只喜欢争吵，如果还不是起义的话，只喜欢起义，如果还不是革命的话；随时准备打碎一块玻璃，然后起出一条街道的石块，然后捣毁政府，看看效果如何；他是第十一年的大学生。他嗅一嗅法律，但又不学法律。他以"永远不做律师"作为座右铭，以一只床头柜做他的纹章，里面能看到方形便帽。每次他经过法律学校，次数虽很少，他便扣好礼服，当时还没有发明短大衣，他采取的是卫生措施。他谈起学校大门时说：多么漂亮的老头啊！谈起德尔万库先生时说：多么像样的纪念性建筑啊！他从课本里看到作曲题材，从教授身上看到嘲弄机会。他什么事也不干，吃着一大笔生活费，约有三千法郎。他的双亲是农民，他懂得向他们反复表示做儿子的尊敬。

他这样说到他们：这是农民，而不是资产者；正因如此，他们很聪明。

巴奥雷尔是个任性的人，在好几家咖啡馆走动；别人有习惯，而他没有。他逛来逛去。漂泊是人的特点，闲逛是巴黎人的特点。其实，他比表面更有洞察力，更有思想。

他在ABC之友和其他还未成形的团体中起纽结作用，这些团体稍后还要描绘。

在这个年轻人的聚会场所中，有一个秃顶成员。

德·阿瓦雷侯爵在路易十八出逃流亡那天，帮国王登上一辆出租马车，路易十八便封他为公爵。侯爵叙述，当一八一四年国王返回法国，在加来登陆时，有一个人递给国王一份陈情表。"您有什么要求?"国王问。"陛下,要一个驿站。""您叫什么名字?""鹰。"

国王皱起了眉头,看着陈情表的签名,看到名字写成:莱格尔[1]。这种回避波拿巴主义的拼写感动了国王,他微笑起来。"陛下,"递陈情表的人又说,"我的先辈是养狗的仆从,绰号叫莱格尔[2]。这个绰号成了我的名字。我叫做莱格尔(Lesgueules),缩写成莱格尔(Lesgle),以讹传讹写成莱格尔(L'Aigle)。"说到这里,国王不笑了。后来,不知故意还是失误,他把莫城驿站的位置给了那个人。

团体里的秃顶成员是莱格尔之子,署名为莱格尔·德·莫。朋友们简称为博须埃[3]。

博须埃是个快乐的小伙子,常有不幸。他的特长是一事无成。相反,他却嘲笑一切。二十五岁他就谢了顶。他的父亲终于有了一幢房子和一块地;但作为儿子的他,一次投机失败,迅速不过地失去了这块地和这幢房子。他什么也没有剩下。他有学问,又有才智,但一再失败。他缺少一切,处处上当;他搭起来的架子,倒坍在自己身上。如果他劈木柴,他会劈掉一只手指。如果他有一个情妇,不久他会发现他多了一个男友。不幸随时落到他身上;他的快活由此而来。他常说:"我住的房子瓦片要往下掉。"他并不奇怪,因为对他来说,事故已在意料之中,他泰然自若地对待倒霉,对命运的捉弄一笑置之,仿佛善待玩笑的人那样。他很贫穷,但他好脾气的口袋却取之不竭。他经常很快用到只剩最后一文钱,却从来不是最

---

[1] 莱格尔(Lesgle)与鹰(L'Aigle)的发音相同,但写法不一样。鹰是拿破仑的徽号。
[2] 这个绰号的拼写(Lesgueules)含有"狗嘴"之意。
[3] 博须埃(1627~1704),法国散文家,善写诔词,曾任莫城主教。

后一次哈哈大笑。要是厄运来到他的家,他会对旧相识热情致意;他拍拍灾难的肚皮;他和命运十分熟稔,甚至用小名称呼它,说道:"你好,倒霉鬼。"

命运的迫害给了他创造力。他有的是办法。他一文不名,但只要他愿意,他会有办法"挥霍无度"。一天夜里,他和一个傻大姐一顿晚餐竟然吃掉"一百法郎",这使他在吃饭时说出一句令人难忘的话:"五路易¹姑娘,脱掉我的靴子。"

博须埃慢慢走向律师的职业;他以巴奥雷尔的方式学法律。博须埃很少有住处,有时根本住无居所。他时而住在这一家,时而住在那一家,往往住在若利家。若利攻读医科。他比博须埃小两岁。

若利是个年轻的没病找病者。他学医所得到的,是当病人胜过从医。二十三岁上,他自认为体弱多病,整天对着镜子看舌头。他断言,人像针一样能磁化,在他的房间里,他把床头朝南,脚朝北,让血液循环在夜里不致受到地球巨大磁流的阻碍。风雨交加时他搭脉搏。不过,他是所有人中最快活的。年轻、有怪癖、虚弱、快乐,所有这些不相干的品性,却集于一身,结果他成了一个有怪癖又快活的人,他的朋友滥用轻快的辅音,把他说成若利—利。"你可以用这几个辅音飞起来了,"让·普鲁维尔说。

若利习惯用手杖柄触鼻子,这是有洞察力的标志。

所有这些年轻人五花八门,总的说来只能以严肃态度谈论他们;他们有共同的信念:进步。

---

1 5路易等于100法郎,又是"圣路易"的谐音,传说圣路易国王为穷人洗脚。

他们都直接是法国大革命之子。提起八九年，最轻率的人也会变得庄重。他们的生身之父是，或者曾经是斐扬派[1]、保王派、空论派；这并不重要；他们很年轻，以前的混乱与他们无关；他们的血管流着各种原则的纯血。他们没有中间色彩，都依附于不可腐蚀的权利和绝对的职责。

他们加入了秘密团体，暗地里勾画理想。

在这些热情澎湃、信念坚定的人中，有一个怀疑论者。他怎么加入的呢？一起加入。这个怀疑论者名叫格朗泰尔，通常用这个字谜式的 R 签名。格朗泰尔小心谨慎，决不轻信。再说，在巴黎求学的大学生中，他是学得最多的之一；他知道最好的咖啡馆是朗布兰咖啡馆；最好的台球设施在伏尔泰咖啡馆，知道在梅纳大街的隐士居有好吃的烘饼和美妙的姑娘，萨盖大妈的店里有烤仔鸡，居奈特城门有上好的水手鱼，战斗城门有一种小瓶白葡萄酒。什么东西他都知道好地方在哪里；另外，他会法国式踢打术、几种舞蹈，精通棍术。尤其有海量。他是个丑八怪，当时最漂亮的制高帮鞋女工伊尔玛·布瓦西，被他的丑相激怒了，说出这个警句："格朗泰尔难以忍受"；但格朗泰尔堂而皇之地自负。他情意绵绵地凝视所有的女人，神态在评论每一个："我愿意就行！"而且竭力让朋友们相信，到处有女人要他。

所有这些字眼：民权、人权、社会契约、法国大革命、共和国、民主、人道、文明、宗教、进步，对格朗泰尔来说，近乎毫无意义。

---

[1] 斐扬派，法国大革命时期的君主立宪派。

他一笑置之。怀疑主义，这种智力的干性骨疡，在他的头脑里留不下一个完整的思想。他玩世不恭。这是他的格言：只有一种信念，就是斟满我的酒杯。他讽刺一切党派的一切忠诚，包括兄弟父亲，年轻的罗伯斯庇尔和洛瓦兹罗尔。"他们非常激进，可是死了，"他大声说。他这样说耶稣受难十字架："这是一副成功的绞刑架。"他好色，爱赌博，放荡，经常喝醉，他不停地哼小曲，惹那些爱思考的年轻人讨厌："我爱姑娘爱美酒。"这是《亨利四世万岁》的曲子。

这个怀疑派却有一种狂热。这种狂热既不是一种思想、一种信条、一种艺术，也不是一种科学；这是一个人：昂若拉。格朗泰尔赞赏、热爱和尊敬昂若拉。这个无政府主义的怀疑派，在这个绝对精神的法朗吉中，归顺谁呢？归顺最绝对的人。昂若拉以什么方式使他顺从呢？通过思想吗？不是。通过性格。这种现象经常能看到。一个怀疑论者归顺一个有信仰的人，这很简单，就像颜色相补的规律一样。我们缺乏的，吸引我们。没有人比盲人更爱日光。女侏儒崇拜军乐队队长。癞蛤蟆总是眼睛朝天；为什么？为了看鸟儿飞翔。格朗泰尔被怀疑缠身，喜欢看到信念在昂若拉身上翱翔。他需要昂若拉。他没有明确意识到，也不想解释明白，这种圣洁、健全、坚定、正直、刚强、纯朴的性格迷住了他。他本能地赞赏与他相反的东西。他软弱的、容易改变的、分散的、病态的、畸形的思想，依附昂若拉，如同依附于脊椎。他的精神脊柱以这种坚定为支撑。格朗泰尔在昂若拉身边，重新变成一个人。况且他本身由两种表面互不相容的成分构成。他爱讽刺，又很热情。他的冷漠无情却有热爱的东西。他的精神缺乏信仰，而他的心不能缺乏友谊。这是深刻的矛盾；因为一种爱是一种信念。他的天性就是这样。有的人好像生来当背面、反面、衬托。他们是波吕克斯、帕特罗克莱斯、尼素斯、厄达米达斯、埃菲斯蒂翁、佩什梅雅。[1]他们只有依靠另外一个人才能生存；他们的名字是后续部分，前面有一个连接词"和"；他们的存在不是属于自己的，待在不属于自己的另一个命运旁边。格朗泰尔属于这类人。他是昂若拉的反面。

几乎可以说，这种亲缘关系是字母开始的。在字母序列中，O和P不可分。您可以随意说O和P，或者俄瑞斯特和皮拉德。[2]

格朗泰尔是昂若拉真正的卫星，待在这伙年轻人的圈子里；他在其中生活；他只乐意这样；他到处跟随着他们。他的快乐就是看到这些身影在酒气氤氲中来来去去。大家都因他的好脾气而容忍他。

昂若拉有信仰，看不起这个怀疑论者，他生活简朴，也看不起这个酒鬼，给予他一点居高临下的怜悯。格朗泰尔是一个未被接受的皮拉德。他总是被昂若拉呼来唤去，粗暴地赶开，被抛弃，又回来；他这样说昂若拉："多美的大理石塑像啊！"

## 二、博须埃悼念布隆多的诔辞

一天下午，发生了上文叙述的巧合事件，莱格尔·德·莫色迷

---

[1] 在希腊神话中，波吕克斯和卡斯托耳是异父兄弟，合称狄俄斯库里；帕特罗克莱斯是阿喀琉斯的好友，为赫克托耳所杀，阿喀琉斯替他报了仇；尼素斯是厄里亚勒的朋友（见维吉尔《伊尼德》）；厄达米达斯是阿雷特和沙里克纳斯的朋友；埃菲斯蒂翁是亚历山大的朋友；佩什梅雅是医生杜布勒伊的朋友。
[2] 皮拉德是俄瑞斯特的好友，帮助他报了杀父之仇。

迷地倚在穆赞咖啡馆的门框上。他的神态好似女像石柱，十分清闲；他陷入遐思，望着圣米歇尔广场。背倚是一种站着睡觉的方式，沉思者并不令人讨厌。莱格尔·德·莫想着前天在法学院发生的一件小小的倒霉事，并不悲哀；这件事改变了他个人的未来计划，不过计划并不明晰。

沉思并不妨碍一辆带篷双轮轻便马车经过时，被他注意到了。莱格尔·德·莫的目光在散乱地扫来扫去，像梦游患者一般，他瞥见一辆双轮马车在广场缓慢行驶，仿佛游移不决。这辆车跟谁过不去呢？为什么走得慢吞吞的？莱格尔定睛细看。车上有一个人坐在车夫旁边，年轻人面前放着一个相当大的旅行包。这个包缝着一张卡片，卡片向行人显示出用黑体大字写的名字：马里于斯·蓬梅西。

这个名字改变了莱格尔的态度。他挺起身来，向马车上的年轻人喊道：

"马里于斯·蓬梅西先生！"

听到喊声，马车停住了。

年轻人也好像陷入了沉思，他抬起眼睛，说道：

"什么事？"

"您是马里于斯·蓬梅西先生吗？"

"当然是。"

"我一直在找您，"莱格尔·德·莫又说。

"怎么回事？"马里于斯问；因为他确实离开了外祖父家，面前这张脸他是第一次看到。"我不认识您。"

"我也不认识您，"莱格尔回答。

马里于斯以为遇到一个爱开玩笑的人,在大街上要捉弄人。这会儿他没有好脾气。他皱起眉头。莱格尔·德·莫沉着冷静地继续说:

"前天您不在学校里吗?"

"可能不在。"

"准定不在。"

"您是大学生吗?"马里于斯问。

"是的,先生。像您一样。前天,我偶然走进学校。您知道,有时会有这种念头。教授正在点名。您不是不知道,这时候他们很可笑。三次点名不到,就要除名,六十法郎泡汤了。"

马里于斯开始听他讲。莱格尔继续说:

"是布隆多在点名。您认识布隆多,他的鼻子很尖,很灵,他喜孜孜地嗅得出缺席的人。他狡黠地从 P 开始。由于这个决不会连累我,我没有听。点名进行顺利。没有人除名。普天下的人都来了。布隆多不开心。我暗想:布隆多,我的心上人,今天你别想处罚人了。突然,布隆多点到马里于斯·蓬梅西。没人回应。布隆多满怀希望,重复得更响:马里于斯·蓬梅西。他拿起了笔,先生,我心肠好。我马上想:一个好小伙子要被勾掉了。小心。他可是真正活着,不过不准时。这不是一个好学生。不是一个坐得住的人,不是一个爱学习的大学生,不是精通科学、文学、神学和智慧书的小学究,不是被四根别针钉住的傻瓜蛋;一个系是一根别针。这是一个可敬的懒虫,喜欢逛来逛去,到外地度假,栽培女工,追逐漂亮姑娘,这会儿也许在情妇那里。咱们救救他吧。处死布隆多!这时,布隆多把沾满除名墨迹的笔蘸上墨水,恶狠狠的目光扫视着课堂,第三次重复喊道：'马里于斯·蓬梅西！'我回答：'到！'结果您没有被划掉。"

"先生！……"马里于斯说。

"而我却被除名了，"莱格尔·德·莫又说。

"我不明白您这句话，"马里于斯说。

莱格尔又说；

"再简单不过。我坐在讲台旁边回答，离门很近，准备逃走。教授定睛凝视我。这个布隆多大概像布瓦洛所说的鼻子灵得很，他突然跳到字母 L。L 是我的名字的开首字母。我是莫城人，我叫莱格尔。"

"鹰！"马里于斯打断说，"多美的名字啊！"

"先生，这个布隆多念到了这个美丽的名字，喊道：'莱格尔！'我回答：'到！'这时布隆多带着老虎的温柔望着我，笑嘻嘻的，对我说：'如果您是蓬梅西，您就不是莱格尔。'这句话看来令您不快，但对我却就惨了。说完，他划掉我的名字。"

马里于斯感叹说：

"先生，我十分愧疚……"

"首先，"莱格尔打断说，"我要用几句明显的赞词把布隆多裹成木乃伊。我设想他已经死了。他这样干瘦，这样苍白，这样冷漠，这样死板，这样发臭，差别不是很大。我说："Erudimini qui judicatis terram."[1] 布隆多长眠在此，尖鼻子布隆多，长鼻猴布隆多，守纪律的

---

[1] 拉丁文：要调查清楚，人间的法官。

牛,"bos disciplinœ,"[1] 禁令守门狗、点名天使、死板、干脆、准确、严厉、正直和可憎。天主把他除名,就像他把我除名一样。"

马里于斯又说:

"我很抱歉……"

"年轻人,"莱格尔说,"这是给您的教训。以后要准时。"

"真是万分抱歉。"

"以后不要再让别人除名了。"

"我很遗憾……"

莱格尔哈哈大笑。

"而我却正中下怀。我正滑下去要当律师。除名救了我。我放弃了当律师的荣耀。我用不着去捍卫寡妇,也用不着去攻击孤儿。不用穿法袍,不再有实习。我获得除名啦。我倒要感谢您,蓬梅西先生。我打算郑重拜访您一次,表示感谢。您住在哪里?"

"在这辆马车里,"马里于斯说。

"好阔气,"莱格尔平静地说。"我祝贺您。您每年的租金是九千法郎。"

这时,库费拉克从咖啡馆里出来。

马里于斯苦笑说:

"我租住才两小时,渴望出来;说来话长,我不知到哪儿去。"

"先生,"库费拉克说,"到我家里来吧。"

"我本来有优先权,"莱格尔指出,"可是我没有家。"

---

[1] 拉丁文:守纪律的牛。

"别说了,博须埃,"库费拉克又说。

"博须埃,"马里于斯说,"我觉得您刚才叫莱格尔。"

"德·莫,"莱格尔回答,"化名博须埃。"

库费拉克登上了马车。

"车夫,"他说,"去圣雅克门旅馆。"

当晚,马里于斯安顿在圣雅克门旅馆的一个房间里,与库费拉克为邻。

### 三、马里于斯的惊讶

在几天内,马里于斯是库费拉克的朋友。青春是创伤愈合迅速的季节。马里于斯在库费拉克身边自由呼吸,对他来说是新鲜事。库费拉克不问他情况。他甚至没有想过这样做。在这种年龄,脸上会把什么事都马上表现出来。说话是多余的。有这样的年轻人,可以说他的脸在喋喋不休。彼此一见面,就互相了解了。

但一天早上,库费拉克突然问他这句话:

"对了,您有政治见解吗?"

"啊!"马里于斯说,几乎感到被这个问题得罪了。

"您是哪一派的?"

"波拿巴民主派。"

"老鼠放心的灰色调,"库费拉克说。

第二天,库费拉克把马里于斯拉到穆赞咖啡馆去。然后他带着微笑对他耳语说:"我应该让您走进革命。"他把马里于斯带到ABC

之友社的大厅里，介绍给其他朋友，小声说了一句简单而马里于斯听不懂的话："一个学生。"

马里于斯落入有才情的人的马蜂窝里。再说，尽管沉默寡言和庄重，但他既不缺少翅膀，也不缺少螫针。

马里于斯出于习惯和趣味，至今一直孤独，喜欢自言自语和个别交谈，对周围这群年轻人感到有点惊奇。各种各样的首创精神同时吸引他，又争夺他。所有这些无拘无束、变化不定的思想乱窜乱动，使他的思想旋转起来。有时，在混乱中，他的思绪走得这样远，很难再找回来。他听人谈论哲学、文学、艺术、历史、宗教，方式出人意料。他隐约看到奇特的方面，由于没有放在远景上去看，就未免看到一片混乱。他离开外祖父的观点，转到父亲的观点上来，自以为确立了观念；如今他不安地，却又不敢承认，怀疑自己没有确立观念。他观察一切事物的角度，开始重新变动。游移不定使他脑中的全部视野晃动起来。内心骚乱是很奇特的。他几乎感到痛苦。

对这些年轻人来说，好像没有"约定俗成的东西"。各种话题马里于斯都听到古怪的语言，他还很胆怯的思想感觉不舒服。

贴着一张剧院海报，这是一出老剧目，拥有所谓古典主义悲剧的标题。"打倒资产者喜欢的悲剧！"巴奥雷尔叫道。马里于斯听到孔布费尔反驳：

"你错了，巴奥雷尔。资产阶级喜欢悲剧，在这一点上必须让资产阶级安静。戴假发的悲剧有它存在的理由，我不属于这些人之列：以埃斯库罗斯的名义否认它存在的理由。自然界中存在雏形；创作中有现成的戏仿；鸟嘴不是鸟嘴，翅膀不是翅膀，鳍不是鳍，爪子不是爪子，痛苦的叫声令人好笑，这就是鸭子。然而，既然家禽与鸟类共存，我看不出为什么古典主义悲剧不能与古代悲剧共存。"

有一次，马里于斯走在昂若拉和库费拉克中间，偶然经过让-雅克·卢梭街。

库费拉克拉住他的手臂。

"注意。这是石膏窑街，今日叫做让-雅克·卢梭街，因为六十年前一对古怪的夫妇住在这里。这就是让-雅克和苔蕾丝。他们在这里不时生孩子。苔蕾丝生出来，让-雅克把孩子送到孤儿院。"

而昂若拉指责库费拉克。

"在让-雅克面前住嘴吧！这个人，我很赞赏。他否认了自己的孩子，不错；但是他过继了人民。"

这些年轻人都不说"皇帝"这个词。只有让·普鲁维尔有时说"拿破仑"；其他人说"波拿巴"。昂若拉称为"布奥拿巴"。

马里于斯暗暗奇怪。"Initium sapientiœ."[1]

## 四、穆赞咖啡馆的后厅

马里于斯参加这些年轻人的谈话，有时插入进来；有一次谈话真正震撼了他的思想。

事情发生在穆赞咖啡馆后厅。这一晚，几乎所有的 ABC 之友都来聚会了。油灯大放光彩。大家平静地却吵吵嚷嚷地谈人论事。除

---

[1] 拉丁文：智慧的初萌。引自《圣经》的《箴言》。

了昂若拉和马里于斯沉默不语外，人人都随意说一两句。朋友之间的谈话，有时就是这样既平静又吵嚷。这是一种游戏，乱糟糟的，又是一场谈话。大家你一言我一语，接上话头。四个角落都有人在谈话。

后厅里不接受任何女人，除了咖啡馆的洗杯盘女工路易宗，她不时穿过后厅，从洗碗间到"策划室"。

格朗泰尔已经酩酊大醉，在他占据的角落里大吼大叫。他声嘶力竭地争辩，乱说一通，叫道：

"我渴了。世人啊，我做了一个梦：海德堡的酒桶中了风，要放上十二条蚂蟥吮吸，我是其中一条。我想喝酒。我想忘却人生。生活不知是谁的可恶发明。持续时间很短，毫无价值。为了生活都要累得半死不活。生活是一幅布景，上面很少活动门窗。幸福是一个旧窗框，只油漆一面。《传道书》说：一切都是虚荣；我跟这个也许从来不存在的老家伙想法一样。零，不愿意赤条条地出去，穿上了虚荣。噢，虚荣！用夸大的字眼给一切重新穿上衣服！一个厨房是一个实验室，一个跳舞演员是一个教师，一个卖艺小丑是一个体操家，一个拳击师是一个运动员，一个药剂师是一个化学家，一个假发师是一个艺术家，一个拌和工是一个建筑师，一个赛马手是一个运动员，一只鼠妇是一只甲壳虫。虚荣有正反面；正面是蠢，是挂满彩色玻璃珠子的黑人；反面是傻，是一身破衣烂衫的哲学家。我哭泣一个，讥笑另一个。所谓荣誉和尊严，甚至荣誉和尊严，一般来说是金色青铜。国王以人的尊严当玩物。卡利古拉[1]把一匹马封

---

1  卡利古拉（12～41），罗马帝国皇帝。

为执政官；查理二世把一块牛腰肉封为骑士。现在你们在愤怒执政官和牛排小男爵之间自我卖弄吧。至于人的内在价值，也不见得受到多大尊重。听听街坊对街坊的赞扬吧。白对白是无情的；如果百合会说话，它会把鸽子打扮成什么样子！一个笃信的女人对另一个说长道短，比眼镜蛇更毒。可惜我是个无知的人，因为我会给你们举出一大堆事来；但我一无所知。比如，我一直很幽默；我在格罗[1]那里当学生时，不去乱涂乱画，以偷吃苹果消磨时间；画家和赃物只是阴阳性之差。这是对我而言；至于你们这些人，你们与我相当。我不在乎你们的完美、卓越和优点。凡是优点都会陷入缺点；节俭接近吝啬，慷慨接近挥霍，勇敢接近假充好汉；谁说虔诚，谁就有点伪善；德行中的恶习，同第欧根尼[2]大衣上的窟窿一样多。你们赞赏谁，是被杀的还是杀人的，是恺撒还是布鲁图斯？一般说，人们站在杀人者一边。布鲁图斯万岁！他杀了人。这就是美德。美德？是的，但也是疯狂。这些伟大的人有古怪的污点。杀死恺撒的布鲁图斯爱上了一个小伙子塑像。这个塑像是希腊雕刻家斯特隆吉利翁[3]的作品，他还雕塑了一个骑马女子的塑像，名叫厄克纳莫斯，即'美腿'，尼禄带着它一起旅行。这个斯特隆吉利翁只留下两尊塑像，使布鲁图斯和尼禄爱好一致；布鲁图斯爱上一个，尼禄爱上另一个。全部历史就是一长篇啰唆话。一个世纪抄袭另一个世纪。马伦哥战役模仿皮德纳

---

[1] 格罗（1771～1835），法国画家，大卫的学生。
[2] 第欧根尼（公元前413～前327），古希腊哲学家，传说蔑视荣誉、财富、舒适。
[3] 斯特隆吉利翁，公元前5世纪末希腊雕塑家。

战役¹；克洛维斯的托尔比亚克战役²和拿破仑的奥斯特利兹战役似两滴血一样相像。我不看重胜利。没有什么比战胜更愚蠢了；真正的光荣是说服。要尽力证明点什么！你们只满足于成功，多么平庸啊！还满足于征服，多么可怜啊！唉！到处是虚荣和怯懦。一切服从于成功，连语法也是这样。贺拉斯说：'Si volet usus.'³因此，我蔑视人类。我们要从总体降到局部吗？要我开始赞赏各民族吗？请问，哪国人民？希腊吗？雅典人，这些从前的巴黎人，杀了福西翁，就像柯利尼的传说，还奉承暴君，以致阿那塞福尔说：皮西斯特拉特的尿吸引蜜蜂。⁴五十年间，希腊最了不起的人物曾是这个语法学家菲尔塔斯，他是这样矮小瘦弱，不得不在鞋上坠了铅，不被风吹走。在科林斯最大的广场上，有一尊西拉尼翁雕刻的塑像，由普林纳编入目录；⁵这座塑像雕的是埃皮斯塔特。埃皮斯塔特干过什么？他发明了一种绊马索。这就概括了希腊和光荣。再谈谈别的民族。我赞赏英国吗？我赞赏法国吗？法国？为什么？由于巴黎？我刚才对你们说过我对雅典的见解。英国吗？为什么？由于伦敦？我憎恨迦太基。再说，伦敦作为穷奢极欲的大都会，是贫困的首府。仅在查林-克罗斯教区，每年都有一百个人饿死。这就是阿尔比翁⁶。我要补全说，我见过一个英国女人戴着玫瑰花冠和蓝眼镜跳舞。因此，去它

---

1 皮德纳战役，公元前168年，罗马执政官保罗·埃米尔率军在皮德纳战胜马其顿。
2 克洛维斯（约466～511），法兰克人国王，保护基督教。
3 拉丁文：出于约定俗成。
4 福西翁（约公元前402～前318），雅典将军、政治家，因主张和平被处死刑；柯利尼（1519～1572），海军元帅，因信奉新教而被害；皮西斯特拉特（公元前600～前527），雅典暴君。
5 西拉尼翁，公元前4世纪希腊雕刻家；普林纳（23～79），罗马博物学家。
6 阿尔比翁，英格兰的古称。

的英国吧！即使我不赞赏约翰牛，难道就赞赏约拿单[1]吗？我不欣赏这个使用奴隶的兄弟。去掉'time is money'[2]，英国还剩下什么？去掉'cotton is king'[3]，美国还剩下什么？德国是淋巴液；意大利是胆汁。我们对俄罗斯迷醉吗？伏尔泰欣赏俄国。他也欣赏中国。我承认，俄国有它的美，其中一点是非常专制；但我怜悯专制君主。他们身体羸弱。一个阿列克赛掉了脑袋，一个彼得被刺杀，一个保罗被扼死，另一个保罗被靴子踩扁，好几个伊凡被掐死，好几个尼古拉和瓦西里被毒死，这一切表明，俄国皇宫处于明显不正常的状态中。所有的文明民族都让思想家赞赏战争这种玩意儿；然而，战争，文明化的战争，竭尽和用全了一切形式的强盗行径，从雅克萨山口走私者的敲诈勒索，到柯曼什印第安人在'险道'的劫掠。哦！你们会对我说，欧洲总比亚洲好吧？我承认，亚洲很滑稽；但是你们这些西方人，你们的时装和艳服混杂了各种污秽和威严，从伊莎贝尔王后的脏衬衫到太子的便桶椅，我看不出你们有什么理由嘲笑大喇嘛。称作人的先生们，我对你们说完蛋啦！布鲁塞尔人消费啤酒最多，斯德哥尔摩人消费烧酒最多，马德里人消费的巧克力最多，阿姆斯特丹人消费刺柏子酒最多，伦敦人消费葡萄酒最多，君士坦丁堡人消费咖啡最多，巴黎人消费苦艾酒最多；这就是所有有用的概念。总的说来，巴黎占先。在巴黎，连卖破烂的都奢侈享乐：第欧根尼在培雷厄斯当哲学家，同样喜欢在莫贝尔广场卖破烂。还要

---

[1] 约拿单，美国人的蔑称。
[2] 英文：时间就是金钱。
[3] 英文：棉花就是王。

学会这一点：卖破烂的光顾的小酒店叫做劣质啤酒店；最著名的是'平底锅酒店'和'屠宰场酒店'。噢，城郊小咖啡馆、宴会馆、小酒店、下等小酒馆、低级咖啡馆、小酒馆、低级舞场、卖破烂光顾的小酒店、哈里发商队客店，我向你们引证这些，我是一个爱享乐的人，在理查饭店吃每份四十苏的客饭，我需要一条波斯地毯，裹上裸体的克莱奥帕特拉！克莱奥帕特拉在哪儿？啊！这是你，路易宗。你好。"

格朗泰尔醉醺醺的，在穆赞咖啡馆的后厅角落里，就这样口若悬河，缠住路过的洗碗女工。

博须埃朝他伸出手，企图让他住声，格朗泰尔变本加厉地又说起来：

"莫城的鹰，放下你的爪子。你用希波克拉特拒绝阿尔塔克塞尔克塞斯的陈词滥调的手势，对我不起任何作用。你不必让我安静下来。再说，我很悲哀。您要我对您说什么呢？人很坏，人是畸形的；蝴蝶是成功的，人是失败的。天主创造这种动物没有成功。人群里丑陋的有的是。随便哪一个都是无耻之徒。女人与无耻相配。是的，我有忧郁症，外加忧愁、思乡、神经衰弱，感到烦躁，动辄易怒，打呵欠，我烦闷，我厌倦，我苦恼！让天主见鬼去吧！"

"住口，大写的R！"博须埃又说，他在同一群人讨论一个法律问题，一句法学行话讲了大半，结尾是：

"……至于我，尽管我几乎称不上法学家，至多是业余检察官，我还是支持这一点：根据诺曼底的习惯，每年到圣米歇尔节，无论业主还是遗产被扣押者，除了其他权利，所有人和每个人，都要向领主缴纳一笔等值税，这适用于长期租赁契约、租约、自由地、教产契约和公产契约、抵押契约……"

"回声，伤心饮泣的山林水泽仙女，"格朗泰尔哼唱着。

在格朗泰尔旁边，一张桌子周围的人几乎默默无声，桌上的两只杯子之间有一张纸、一只墨水瓶和一支笔，表明在草拟一出歌舞剧。两只在创作的脑袋凑在一起，低声商量这件大事：

"先确定角色的名字。有了名字，就找到主题。"

"不错。说吧。我写。"

"多里蒙先生？"

"食利者？"

"当然。"

"他的女儿叫克莱丝汀。"

"……汀。还有呢？"

"圣瓦尔上校。"

"圣瓦尔用滥了。我说不如叫瓦尔散。"

在这两个想当歌舞剧作家的人旁边，另有一群人，也趁吵闹在低声谈话，议论一场决斗。一个三十岁的老手，在给一个十八岁的新手出主意，向他解释同什么对手打交道。

"见鬼！要小心。这是一个出色的剑手。剑法干净利落，善于攻击，佯攻从不落空，手腕灵活，集束进攻，快如闪电，招架准确，反击精确，天哪！而且他是左撇子。"

在与格朗泰尔相反的角落，若利和巴奥雷尔在玩多米诺骨牌，谈论爱情。

"你呀,你很幸福,"若利说。"你有一个爱笑的情妇。"

"这是她的一个缺点,"巴奥雷尔回答。"当人情妇,笑就错了。这会鼓励人欺骗她。看到她快乐,就会去掉您的内疚;要是看到她忧愁,就会良心不安。"

"忘恩负义!一个笑嘻嘻的女人多好啊!你们从来不吵架!"

"这是由于我们有约定。我们在缔结小神圣同盟时,就确定了每个人的边界,决不能超越。北边属于沃德,南边属于热克斯。[1]于是相安无事。"

"相安无事,幸福慢慢消受。"

"而你呢,若利-利,你和那位小姐不和,到了什么程度啦?你知道我要说谁。"

"她跟我赌气,有股牛劲。"

"你可是个多情的人,为伊消得人憔悴。"

"唉!"

"换了我,就会把她抛掉。"

"说说容易。"

"做也容易。她不是叫穆齐什塔吗?"

"是的。啊!可怜的巴奥雷尔,这是个绝色女郎,很有文学修养,小巧的脚,娇小的手,穿戴入时,白皙,胖乎乎的,眼睛像用纸牌算命的女人。我为她发狂了。"

"亲爱的,那么就要得到她的欢心,要潇洒,显得十分疲惫。给

---

[1] 影射法国和瑞士因 1815 年巴黎第二协定的条款产生的边界争端:热克斯属于法国,又位于法国海关之外。

我到斯托的店里买一条上好的皮裤。也有出租的。"

"多少钱?"格朗泰尔叫道。

第三个角落正在讨论诗歌。异教神话和基督教神话发生冲突。让·普鲁维尔出于浪漫主义,拥戴奥林匹斯。他只有在休息时才是胆怯的。一激动起来,他就光彩焕发,快乐越发增加激动,他是笑嘻嘻的,又很抒情:

"不要侮辱天神,"他说。"天神也许并没有走掉。朱庇特丝毫没有给我死人的印象。你们说,天神是梦幻。即使在自然界,在这些梦幻消逝以后今天的自然界,还能重新找到所有伟大而古老的异教神话。有的山轮廓像城堡,比如维尼马尔山,我看是库柏勒[1]的帽子;我没有得到证明,潘神夜里不来柳树的空心树干里吹气,一面用手指轮流按树洞;我始终相信,伊娥[2]同'牛撒尿'瀑布有联系。"

在最后一个角落里,大家在谈论政治。大家批评御赐的宪章。孔布费尔无力地给予支持,库费拉克则有力地给以摧毁性打击。有一份倒霉的图盖宪章[3]放在桌上。库费拉克抓起了这有名的宪章,摇晃着,一面陈述观点,一面抖动这张纸。

"首先,我不要国王。哪怕只从经济角度看,我也不要国王;国王是寄生虫。没有不花钱的国王。请听这一点:国王昂贵。在弗朗索亚一世去世时,法国的公债是年息三万利弗尔;路易十四去世时,公债是二十六亿,按二十八法郎的债权比例清偿,据德马雷说,在

---

[1] 库柏勒,如同希腊神话中天上万神和地上万物之母盖亚。
[2] 伊娥,宙斯在阿耳戈斯的女祭司,为宙斯所爱,赫拉嫉妒,把她变为母牛,并放出凶狠的牛虻叮她,不让她接近宙斯。
[3] 图盖将宪章刻印在鼻烟纸上。

一七六〇年,这相当于四十五亿,今日合一百二十亿。其次,请孔布费尔别见怪,一部御赐的宪章是文明糟糕的权宜之计。说什么挽救了过渡,缓和了过程,减轻了动荡,通过实施宪章虚幻的条款,让国家从君主制不知不觉地过渡到民主制,这些都是拙劣的理由!不!不!决不要以微光照亮人民。在你们立宪的地窖里,原则要枯萎发白。不要变种。不要折中。不要国王恩赐给人民。在所有的恩赐条款中,有一个第十四条。[1] 在给予的手旁边,有一只攫取的爪子。我坚决拒绝你们的宪章。一部宪章是一副面具;底下藏着谎言。人民接受宪章就是让权。法律只有完整才成其为法律。不!不要宪章!"

时值冬天;壁炉里有两根木柴在噼啪作响,很有诱惑力,库费拉克抵挡不住。他把可怜的图盖宪章揉成一团,扔进火里。纸燃烧起来。孔布费尔冷静地望着路易十八的杰作燃烧,仅仅说:

"宪章幻化成火焰。"

讽刺、俏皮话、双关语,这类东西在法国称为活跃,在英国称为幽默,不管趣味好坏,理由好坏,谈话就像冲天的烟火,一齐升起,在大厅的各个角落交织,在人的头顶上快乐地炸开。

## 五、扩大视野

这些年轻人思想之间的撞击,有美妙之处,人们永远无法预测它的火花,猜出它的闪光。等一下会迸发出什么呢?一无所知。笑

---

[1] 宪章第十四条给国王保留为国家安全颁布法令的权力。

声从感动中爆发出来。严肃在滑稽的时候进入。冲动取决于随便一个字。每个人的激情都至高无上。插科打诨就足以打开意想不到的天地。这种交谈峰回路转，远景骤然改变。偶然是这种谈话的创造者。

格朗泰尔、巴奥雷尔、普鲁维尔、博须埃、孔布费尔和库费拉克正在唇枪舌剑，混战一场，突然，一个严肃的思想，古怪地出自一句铿锵而空洞的话，掠过这场争论。

对话中怎么猝然出现一句话？怎样会突然得到强调，引起听到者的注意呢？上文说过，无从知晓。正当乱糟糟一片时，博须埃忽然以这个日期结束一顿指责：

"一八一五年六月十八日：滑铁卢。"

听到滑铁卢这个词，马里于斯正把手肘支在桌子上的一只水杯的旁边，于是将手从下巴放下，开始盯住在座的人。

"没错，"库费拉克大声说（"当然啰"这个词当时已经过时），"十八这个数字很古怪，给我强烈印象。这是波拿巴的忌数。将路易放在这个数字前面，将雾月放在其后，[1] 您就看到这个人的整个命运，特点意味深长：开始紧跟着结束。"

昂若拉一直一声不响，这时打破了沉默，对库费拉克说了这句话：

"您想说罪行后面紧跟着赎罪吧。"

"罪行"这个词超过了马里于斯能够接受的限度，突然提到滑铁

---

1 前指路易十八，后指雾月18日（按法语，雾月放在18日后面），即拿破仑发动政变上台之日。

卢已经使他很激动了。

他站了起来,慢慢地走向挂在墙上的法国地图,地图下面可以看到一个岛,列在分开的一部分,他将手指着这一块,说道:

"科西嘉岛。一个使法国变得非常伟大的小岛。"

恰如一股冷风吹拂。大家都止住了话头,感到要发生什么事了。

巴奥雷尔正在昂首挺胸,反驳博须埃,他也放弃了,要听下文。

昂若拉的蓝眼睛不看任何人,似乎凝视虚无,没有看马里于斯,回答道:

"法国不需要什么科西嘉岛,也能伟大。法国伟大只因为她是法国。'Quia nominor leo.'[1]"

马里于斯毫无退却的想法;他转向昂若拉,他的声音颤抖着,像来自肺腑的颤抖:

"我绝不想贬低法国!但把拿破仑和它结合起来,一点没有贬低它。啊,我们就来谈谈。我刚来到你们这里,但我不瞒你们说,你们令我惊讶。我们处在什么状态?我们是什么人?你们是谁?我是谁?我们来解释一下皇帝。我听到你们像保王派一样强调'于'这个音,说成布奥拿巴。我告诉你们,我的外祖父更进一步,他说成布奥拿巴泰。我原来以为你们是年轻人。你们把自己的热情究竟放到哪里去呢?你们拿来做什么呢?你们不敬佩皇帝,敬佩谁呢?你们还有更多的要求?如果你们不要这个伟人,你们要什么样的伟人呢?他拥有一切。他是完美的。在他的脑子里装着满满的人类才干。

---

[1] 拉丁文:因为我叫狮子。

他像查士丁尼一样制订法典，他像恺撒一样统治，他的谈话将帕斯卡尔的闪光和塔西陀的雷电混合在一起，他创造历史，他写下历史，他的战报是《伊利亚特》，他把牛顿的数字和穆罕默德的暗喻融合起来，他将金字塔般的话语留在身后的东方；在蒂尔西特，他教导帝王们如何保持威严，在科学院，他反驳了拉普拉斯[1]，在国务会议上，他和梅尔兰[2]相颉颃，他给有些人的几何学和另一些人的诉讼注入灵魂，他跟检察官在一起是法学家，跟天文学家在一起是星相家；他像克伦威尔一样吹灭两根蜡烛中的一根，到神庙街对窗帘的一个流苏讨价还价；他看到一切，知晓一切；这并不妨碍他在孩子的摇篮旁发出朴实的笑声；突然，惊惶的欧洲倾听起来，大军在前进，炮队在滚动，浮桥伸展在河面上，浩浩荡荡的骑兵像风暴一样奔驰，呐喊声、喇叭声，到处王座颤动，王国的边界在地图上移动，只听到一把超人的宝剑嚓地拔出剑鞘，只见他站在天际，手中发出火光，目光如炬，在雷电中展开双翅，即大军和老近卫军，这是战争的大天使！"

大家保持沉默，昂若拉低垂着头。沉默历来有点表示同意，或者手足无措。马里于斯几乎没有喘气，越发激动地继续说：

"朋友们，我们要主持公道！有这样一个皇帝的帝国，人民的命运多么光辉灿烂，尤其这是法国人民，把自身的天才加入这个人的天才中！大显身手，治理国家，向前挺进，旗开得胜，各国首都当宿营地，让手下的精兵当国王，宣布王朝的覆灭，以冲锋的步伐改

---

[1] 拉普拉斯（1749～1827），法国天文学家、数学家和物理学家。
[2] 梅尔兰（1754～1838），法国政治家，当过律师、议员、司法部长。

变欧洲的面貌,您一威胁,就让人感到您手握天主的宝剑柄,跟随着汉尼拔、恺撒和查理大帝的三位一体,做这样一个人的百姓:响亮的报捷声与您每天的清晨一起到来,残老军人院的炮声是闹钟,让这些神奇的字眼光芒万丈,彪炳千秋:马伦哥、阿科尔、奥斯特利兹、耶拿、瓦格拉姆!随时让胜利的群星在历代的天宇闪现,让法兰西帝国和罗马帝国旗鼓相当,成为伟大的民族,产生伟大的军队,派出军团驰骋整个大地,仿佛一座大山派出雄鹰飞往四面八方,获胜,统治,摧毁,在欧洲成为闪射荣耀金光的人民,奏出震响历史的巨人军乐,凭武功和赞赏双倍征服世界,真是壮哉伟哉;还有更伟大的吗?"

"获得自由,"孔布费尔说。

轮到马里于斯低下头颅。这个普通、冷静的句子,像钢刃一样穿过他的激昂陈词,他感到激情在心中烟消云散了。当他抬起眼睛时,孔布费尔已经不在那里了。或许他对自己反驳这种神化感到满意,刚刚离开,除了昂若拉,大家也跟着他走了。大厅里人走空了,昂若拉独自同马里于斯留下,庄重地望着他。但马里于斯在整理思路,不肯认输;内心激动的余波大概还要表露出来,要和昂若拉论战一番,突然,楼梯上传来一个人边走边唱的歌声。这是孔布费尔,他唱的是:

> 如果恺撒给了我
>     战争和光彩,
> 如他还要我摆脱

> 我母亲的爱，
> 对伟大恺撒我回答：
> 权杖、战车收回吧，
> 我更爱母亲，啊哟！
> 母亲我更爱。

孔布费尔的歌声温柔又粗犷，给予这节歌词一种古怪的雄浑。马里于斯若有所思，目光望着天花板，几乎机械地重复：我的母亲？……

这时，他感到昂若拉的手落在他的肩膀上。

"公民，"昂若拉对他说，"我的母亲就是共和国。"

## 六、RES ANGUSTA[1]

这次晚会给了马里于斯深深的震动，在心灵中留下惆怅的阴影。他的感受，也许如同大地被铁犁划开，播下麦种那样；大地只感到伤痛；萌芽的颤动和结实的喜悦，只不过是以后的事。

马里于斯心情郁闷。他刚刚有了一种信念，现如今必须把它抛弃吗？他对自己断定说不行。他自我表明他不愿意怀疑，而他不由自主开始怀疑了。处于两种宗教之中，一种尚未出来，另一种还没有进去，这种情况是难以忍受的；这种黄昏状态只令蝙蝠的心灵喜

---

1 拉丁文："困境"。

爱。马里于斯的瞳孔直统统的，需要真正的光。怀疑的半明半暗令他难受。他要留在原地坚守的愿望不管多么强烈，他也不可遏制地不得不继续下去，往前走，观察，思考，走得更远。这要把他引导到哪里？他走了那么多路，接近了父亲以后，如今他害怕要远离他父亲。各种各样的思索纷至沓来，他越发苦恼不安。他周围出现悬崖峭壁。他既不赞同外祖父，也不赞同他的朋友们；他在前者眼中太大胆，在后者眼中又太落后；他自认为双倍的孤立，一方来自老年人，另一方来自年轻人。他不再到穆赞咖啡馆去。

他的内心骚乱不安，就不太考虑生活的艰难。生活现实是不容忽视的，如今冷不防捅他一肘子。

一天早上，旅馆老板走进马里于斯的房间，对他说：

"库费拉克先生为您作过担保。"

"是的。"

"但是我要收房钱了。"

"请库费拉克先生来跟我说话。"

库费拉克来了，老板离开他们。马里于斯把还没有想到相告的情况告诉了他，他没有双亲，在世上孑然一身。

"您打算怎么办？"库费拉克问。

"我一筹莫展，"马里于斯回答。

"您打算做什么？"

"毫无打算。"

"您有钱吗？"

"十五法郎。"

"要我借给您钱吗?"

"不用了。"

"您有衣服吗?"

"就这些。"

"您有首饰吗?"

"有一只表。"

"银的?"

"金的。这就是。"

"我认识一个收购衣服的商人,他会买下您的礼服和长裤。"

"很好。"

"您以后只有一条长裤、一件背心、一顶帽子和一件外衣了。"

"还有一双靴子。"

"什么!您不会光脚走路吗?多阔气啊!"

"这样就够了。"

"我认识一个钟表商,他会买下您的表。"

"很好。"

"不,不好。以后您干什么?"

"干要干的事。至少光明磊落。"

"您懂英文吗?"

"不懂。"

"您懂德文吗?"

"不懂。"

"算了。"

"为什么?"

"因为我的一个朋友是书商,他在编一部百科全书,您可以翻译德文或英文的词条。报酬很低,但够生活的。"

"我可以学英文和德文。"

"在这以前呢?"

"在这以前我靠变卖衣服和表为生。"

买衣服的商人叫来了。他以二十法郎买下旧衣。又去钟表商那里。他以四十五法郎买下了表。

"不坏,"回到旅馆里,马里于斯对库费拉克说,"加上我的十五法郎,一共是八十法郎。"

"旅馆的账单呢?"库费拉克提醒说。

"啊,我忘了,"马里于斯说。

"见鬼,"库费拉克说,"您学英文要花掉五法郎,您学德文要花掉五法郎。学一种语言可得要快,吃一百苏可得要慢。"

吉尔诺曼姨妈其实在别人处于逆境时心地相当善良,她终于找到了马里于斯的住处。一天上午,马里于斯上学回来,看到姨妈的一封信和六十皮斯托尔,也就是说封在盒里的六百金法郎。

马里于斯把这三十路易退还给姨妈,还附了一封信,表示他有谋生手段,今后可以自给自足。这时他只剩下三法郎。

姨妈一点没向外祖父透露这次拒绝,生怕彻底激怒他。再说,他不是已讲过:"再也别向我提起这个吸血鬼!"

马里于斯不愿负债,离开了圣雅克门那个旅馆。

# 第五章
# 苦难的妙处

## 一、马里于斯陷于贫困

马里于斯的生活变得严峻了。变卖衣服和表,倒没有什么。他尝到了难以言表的东西,即所谓"一贫如洗的生活"。可怕的是,白天没有面包,夜里睡不安寝,晚上没有烛光,炉里不生火,整周失业,未来希望渺茫,衣服袖子穿洞,旧帽引得姑娘们耻笑,付不起房租傍晚吃闭门羹,门房和小饭店老板傲慢无礼,邻居讥笑,受人侮辱,尊严受到践踏,什么活儿都得干,厌烦,辛酸,沮丧。马里于斯学会了如何吞下这一切,如何总是要吞下同样的东西。人生到这阶段需要尊严,因为需要爱情,他感到由于衣衫蹩脚而被人嘲弄,由于贫穷而显得可笑。青春这个年龄,心里气贯长虹,他不止一次低下头来看他洞穿的靴子,他经历了因贫困而得到不公正的耻辱和令人难受的脸红。这是出色而可怕的考验,意志薄弱的人会变得卑鄙无耻,意志坚强的人会变得卓尔不凡。这是一个熔炉,每当命运需要一个坏蛋或一个英雄,就把一个人投进去。

因为在小规模的搏斗中会有许多伟大的行为。在默默无闻中一步步防卫,阻止生活需要和卑鄙行径不可避免的侵入,表现出坚韧不拔而又不为人知的勇敢。这是高尚而隐秘的胜利,没有人看见,不能扬名,也没有鼓乐相迎。生活、不幸、孤独、摈弃、贫穷,都是战场,产生英雄;默默无闻的英雄,有时却比大名鼎鼎的英雄更伟大。

坚强的罕见的品质就是这样产生的;贫困几乎总是后娘,有时却是母亲;匮乏能产生心灵和思想的力量;困苦是自尊的奶妈;不幸对高尚的人是好奶汁。

在马里于斯的生活中,有一个时期,他自己扫楼梯平台,到水果店去买一个苏的布里奶酪,等夜幕降临才踅进面包店,买一块面包,悄悄地拿到阁楼里,仿佛是偷来的。有时有人看见一个笨拙的年轻人,腋下夹着书,神态胆怯、激动,溜进街角的肉店里,挤到爱挖苦人、推搡他的厨娘中间,进门时脱下帽子,脑门有豆大的汗珠,向惊讶的老板娘深深鞠一躬,向肉店伙计鞠另一躬,要一块羊排,付六七个苏,用纸包好,夹在腋下两本书中间,然后走掉。这是马里于斯。他亲自烹调,这块排骨要吃三天。

第一天他吃肉,第二天他吃肥油,第三天他啃骨头。

吉尔诺曼姨妈尝试了好几次,给他送来六十皮斯托尔。马里于斯一再退回,说是他什么也不需要。

上文所述他身上发生转变时,他还为父亲戴孝。打那以后,他不再脱下黑衣。然而衣服却离开了他。终于有一天,他没有外衣了。

长裤还可以。怎么办？他给库费拉克帮过几次忙，得到了一件旧外衣。马里于斯花了三十苏让一个看门人翻了新。但这件衣服是绿色的。于是马里于斯只在天黑后才出去。看起来他的衣服就成了黑色的了。他总想服丧，以夜色当衣装。

经过这段生活以后，他被聘为律师。人家以为他住在库费拉克的房间里，这一间体面些，有一些法律书，再加上几本不成套的小说撑门面，算得上合乎规格的书柜了。他让人写信到库费拉克那里。

马里于斯当了律师以后，他写了一封冷淡的，但毕恭毕敬的信，通知外祖父。吉尔诺曼先生抖抖索索地拿起信来看，一撕为四，扔到字纸篓里。两三天后，吉尔诺曼小姐听到她的父亲独自在房间里，高声说话。每当他非常激动就会这样。她侧耳细听；老人说："如果你不是一个傻瓜的话，你会知道不可能既是男爵又是律师。"

## 二、马里于斯受穷

穷困同其他事物一样，有时也会轮到。它最终获得形式，并确定下来。生活拮据，就是说十分清苦，但能维持。马里于斯·蓬梅西的生活是这样来安排的：

他从最狭窄的路走出来了；他前面的路变宽阔了一点。由于工作、有勇气、坚持不舍和毅力，他终于凭工作每年挣到七百法郎左右。他学会了德文和英文；靠了库费拉克把他和书商朋友拉上关系，马里于斯在文学书店里担当所谓"有用"的一般角色。他写新书介绍，翻译报纸文章，给版本做注释，编纂传记，等等。不管丰年歉年，纯收入七百法郎。他以此为生。不错。怎么样呢？我们这就道来。

马里于斯在戈尔博破屋，以每年交三十法郎的价格，占据一间没有壁炉的陋室，算是办公室，里面只有必不可少的一点家具。这些家具是他的。每月他给二房东老太婆三法郎，让她来打扫房间，每天早上端来一点热水、一只新鲜鸡蛋和一个苏的面包。这只面包和鸡蛋是他的午餐。他的午餐根据鸡蛋的贵贱，在二到四苏之间变动。傍晚六点，他沿圣雅克街走下去，在马图兰街拐角巴赛版画店对面的卢梭饭店吃晚饭。他不喝汤。他要六苏一盆的肉，半盆三苏的蔬菜和三苏的饭后点心。花三苏，面包随便吃。他以水当酒。卢梭太太当年就是个肥婆，风韵犹存，端坐在柜台旁；马里于斯去付账时，给伙计一个苏，卢梭太太给他一个微笑。然后他走了。花十六苏，他有一顿晚餐和一个微笑。

这个卢梭饭店，空酒瓶少，空水瓶多，与其说是餐馆，不如说是放松的地方，今天已经不存在了。老板有一个漂亮的绰号；大家管他叫"多水卢梭"。

这样，午餐四苏，晚餐十六苏；他的伙食费每天二十苏；每年合三百六十五法郎。加上三十法郎房租和给老女人的三十六法郎，另外还有一点小开支；马里于斯吃、住、用，一共四百五十法郎。衣服花去一百法郎，内衣花五十法郎，洗衣五十法郎。总共不超过六百五十法郎。他剩下五十法郎。他有富余。有时他借十法郎给朋友；库费拉克有一次竟能向他借到六十法郎。至于取暖，由于没有壁炉，马里于斯就"简化"了。

马里于斯总有两套衣服；一套是旧的，"平时穿"，另一套是新的，重要场合穿。两套都是黑的。他只有三件衬衫，一件穿在身上，另一件放在五斗柜里，第三件在洗衣妇那里。衣服穿旧了，他再更新。衬衫通常是撕破的，他只得将外衣扣到下巴。

马里于斯花了好几年时间，才达到满不错的局面。这几年是艰苦的，困难的，有几年要穿越，有几年要攀登。马里于斯一天也没有泄气。由于匮乏，他什么都忍受过；他什么都干过，除了借债。他担保从来没欠过别人一个苏。对他来说，欠债就是奴役的开端。他甚至想，一个债主比一个主人更糟；因为一个主人只拥有你的人身，一个债主却拥有你的尊严，还能践踏它。与其借钱，他还不如不吃东西。他有过许多天饿肚子。他感到凡是极端都能互相接近，一不小心，财产的失落会导致灵魂的卑贱，便小心翼翼地守住自己的尊严。有的话或举动，在别的场合下，他会觉得是尊敬的表示，现在觉得是卑躬屈节，他便挺胸昂首。他不愿退却，也不愿冒险。他脸上有一种严峻的红晕。他胆小到谨小慎微。

每逢遇到考验，他都会感到身上有一股秘密的力量在鼓励自己，有时甚至支持着他。心灵帮助身体，有时把身体托起来。他是唯一能忍受笼子禁锢的鸟。

在马里于斯的心中，他父亲的名字旁边，刻着另一个名字，就是泰纳迪埃。他天性热情、庄重，他给这个人罩上了光环，在他的脑际，这个无畏的中士在滑铁卢的枪林弹雨中救出上校，是他父亲的救命恩人。他对这个人的回忆，从来不与对父亲的回忆分开，他在尊敬中把两者结合起来。这是两个等级的崇拜，大龛供上校，小龛供泰纳迪埃。使他越发感激涕零的是,他想到泰纳迪埃的不幸处境,他知道泰纳迪埃陷入其中,被吞没了。马里于斯在蒙费梅获悉不幸的旅店老板破产了。此后,他千方百计要找到线索,竭力到达淹没泰纳迪埃的苦难深渊里。马里于斯踏遍整个地区;他到过舍尔、蓬迪、古尔奈、诺让、拉尼。他全力寻访了三年,花光了他积攒的一点钱。没有人能告诉他泰纳迪埃的情况;人们以为他到外国去了。他的债主也在寻找他,但不如马里于斯那样热衷,却一样顽强,就是抓不到他。马里于斯责备自己,几乎怨恨自己找不到他。这是上校留给他的唯一债务,马里于斯乐意践约偿还。"怎么!"他想,"我的父亲奄奄一息地躺在战场上,泰纳迪埃却冒着硝烟和枪林弹雨找到了他,把他扛在肩上,却并不欠他什么,而我欠泰纳迪埃很多,我不会在他奄奄待毙的黑暗中找到他,轮到我把他从死亡中救出来吧!噢!我会找到他!"为了找到泰纳迪埃,马里于斯宁愿失去一条手臂,为了让他摆脱贫困,宁愿献出全部的血。重见泰纳迪埃,为他效点劳,对他说:"您不认识我,而我呢,我认识您!我在这里,支配我吧!"这是马里于斯最甜蜜最美妙的梦想。

## 三、马里于斯长大

当时,马里于斯二十岁。他离开外祖父已有三年。彼此还保持原来的关系,不想接近,也不想见面。况且,何必见面呢?再生冲突吗?是哪一个对呢?马里于斯是铜瓶,吉尔诺曼是铁罐。

说起来,马里于斯误解了外祖父的心。他以为吉尔诺曼先生没爱过他，这个老人急躁、粗暴、爱嘲笑人，骂人，叫喊，大发雷霆，举起拐杖，至多像喜剧中的老人对他的爱淡薄而严厉。马里于斯搞错了。不爱孩子的父亲是有的，但决没有不爱孙辈的老人。上文说过，其实吉尔诺曼先生疼爱马里于斯。他有自己的疼爱方式，伴随着敲打，甚至捆耳光；但是，这个孩子消失后，他感到心里空荡荡的一片漆黑。他要求别人不再向他提起，又暗暗抱怨对他俯首帖耳。起初，他希望这个波拿巴分子，这个雅各宾党人，这个恐怖分子，这个九月大屠杀参加者回来。可是，周复一周，月复一月，年复一年过去了；吉尔诺曼先生大失所望，吸血鬼没有再出现。"我只能把他赶走，"外祖父常思忖，并且自问："如果重新来过，我会再这样做吗？"他的自尊心马上回答会的，可是他默默地摇着的老迈的头却忧郁地回答不。他有过沮丧的时刻。他怀念马里于斯。老人像需要太阳一样需要爱。这是温暖。不管他的本性多么强硬，马里于斯不在，改变了他身上的某些东西。他决不肯朝这个"小鬼"迈出一步；但他难受。他从不打听马里于斯的情况，可是总在想他。他越来越在玛雷区深居简出。他还像从前一样快乐、激烈，而他的快乐有一种痉挛的生硬，仿佛蕴含着痛苦和愤怒，他的激烈往往以一种温和而阴沉的颓丧了结。他有时说："噢！要是他回来，我要狠狠捆他的耳光！"

至于姨妈，她想得太少，也就爱得不深；马里于斯对她来说只是一个模糊的黑影；最终她关心他还不如关心猫和鹦鹉，她可能养过这两种动物。

吉尔诺曼老人内心痛苦加剧的原因，在于他把痛苦全部埋在心里,决不让人捉摸出来。他的苦闷就像刚砌好的炉子,连烟也燃尽了。间或有一些讨厌的献殷勤的人对他提起马里于斯,问他:"您的外孙在做什么,情况怎样?"老有产者如果太忧愁,就会叹气,如果想显得快乐,就弹一下袖管:"蓬梅西男爵先生在角落里打小官司呢。"

正当老人悔恨不已时,马里于斯却高兴得很。就像一切心地善良的人,不幸消除了他的痛苦。他温柔地想起吉尔诺曼先生,但他坚持不从"对他父亲不好的人"那里接受一点东西。这是他最初的愤怒和缓的转化。再说,他很高兴经历过痛苦,现在仍然经受痛苦。这是为了他父亲而痛苦。生活的艰难使他满足和高兴。他愉快地想:"这是最少的痛苦";这是一种赎罪;否则,他要受到惩罚,但换一种方式,而且稍后一点,由于他对父亲而且是这样一个父亲大逆不道地无动于衷而受到处罚;他的父亲受过一切痛苦,而他没有,这是不公正的;再说,比起上校英雄的一生,他的辛劳和匮乏算得了什么?末了,他接近父亲,向父亲看齐的唯一方式,就是像父亲英勇对敌一样,敢于直面清贫;这正是上校所写的"他会当之无愧"的含义所在。马里于斯一直把失落的上校的遗书带在身上,不是戴在胸前,而是藏在心里。

他的外祖父把他赶走那天,他还只是个孩子,眼下他是个男子汉了。他感到这一点。需要强调的是,苦难对他有好处。青年时期贫困,却获得成功,自有美妙之处,能把意志转向努力,把心灵转向渴望。贫穷马上将物质生活剥露无遗,使它显得丑恶;由此激发出对理想生活难以表达的冲动。富有的年轻人有上百种声色犬马的娱乐：赛马、打猎、养狗、抽烟、赌博、欢宴和其他；关注灵魂的卑劣部分，损害高尚正直的部分。贫穷的年轻人要千方百计挣面包；他要吃饭；吃完以后，他只有幻想。他去看天主的免费演出，观看天空、宇宙、星辰、鲜花、孩子、他在其中受苦的芸芸众生、他在其中放射光彩的自然万物。他专注于芸芸众生，看到了灵魂；他专注于自然万物，看到了天主。他幻想，感到自身崇高；他再幻想，感到自身温柔。他从受苦者的自私，转到思索者的同情。他心中孕育着美妙的感情，遗忘自我，同情世人。想到大自然无私提供和奉献给开放的心灵，却拒绝封闭的心灵的无数享受，他作为精神的百万富翁，要可怜金钱的百万富翁。随着一片光明进入他的头脑，一切仇恨却离开了他的心。他还是不幸的人吗？不是。一个年轻人的贫穷从来不是悲惨的。小伙子不管多么贫困，他的健康、力量、健步如飞、炯炯的目光、热血流动、乌黑的头发、鲜嫩的脸颊、殷红的嘴唇、洁白的牙齿、纯净的呼吸，总是令老皇帝嫉羡。每天早上他要重新挣面包；他的双手挣到面包时，他的脊柱也自豪起来，他的脑袋获得思想。干完了活，他又回到美妙无穷的沉思、静观和喜悦中；他双脚踩在苦难中、障碍中、路上、荆棘里，有时在烂泥里，头颅沐浴在光芒里。他坚定、平静、温和、安详、专注、严肃、知足、善良；他祝福天主给了他富人缺乏的两种财富：使他自由的工作和使他高尚的思想。

这正是马里于斯身上所经历的。一言以蔽之，他静观得太多了。他一旦做到谋生差不多十拿九稳，便到此为止，感到贫穷不错，龟缩在工作中去思索。就是说，他有时一连几天思考，像一个有幻觉的人沉浸和淹没在出神和内心观照的默默享受中。他这样提出了自己的生活问题：尽量少动手干活；换句话说，有几个小时花在实际生活上，其余时间用在思索无限。他以为什么也不缺，没有发觉这样理解的沉思，最终要成为懒惰的一种形式；他满足于生活的基本需要，歇息得太早。

显然，对这强有力和豪爽的本性来说，这只能是一个过渡状态，一旦同命运不可避免的复杂性相碰撞，马里于斯便觉醒了。

在这以前，虽然他是律师，而且不管吉尔诺曼老人怎么想，他不诉讼，也不打小官司。沉思使他离开了诉讼。打搅诉讼代理人，到法院听审，寻找动机，实在烦人。为什么做这些事呢？他看不出有任何理由改变谋生方式。这个无名的书店最终给了他一份稳定的工作，工作不多，上文说过，对他足够了。

雇他的一个书商，我想是马吉梅尔先生，曾提出雇他到店里，让他住得舒适，提供一份正规的工作，一年给他一千五百法郎。住得舒适！一千五百法郎！毫无疑问。但放弃他的自由！做一个临时雇员！当雇佣文人！在马里于斯的思想里，接受下来，他的境况既更好又更糟，他获得了舒适，却失去了尊严；这是完整而美好的不幸变成了丑恶而可笑的窘境；宛如瞎子变成了瘸子。他拒绝了。

马里于斯孤单单地生活。他喜欢置身于一切之外，也因为上次太受惊吓，便坚决不进入昂若拉领导的团体。大家还是好朋友，必要时能尽力互相帮助，但仅此而已。马里于斯有两个朋友，年轻的是库费拉克，年老的是马伯夫先生。他更喜欢年老的。首先，他身上的转变有赖于这个人；靠了这个人，他了解和热爱他的父亲。他说:"他给我切除了白内障。"

当然,这个教区财产管理委员起了决定性的作用。

然而,并非马伯夫先生在这件事中是上天平静和无动于衷的代理人。他是偶然和不知不觉地启迪了马里于斯,就像有人端来一根蜡烛;他是蜡烛,不是那个人。

至于马里于斯内心政治观点的转变,马伯夫先生完全不可能理解,也期望不了,指导不了。

下文还会遇到马伯夫先生,因此多说几句不是无用的。

## 四、马伯夫先生

那天,马伯夫先生对马里于斯说:"我当然赞成有政治观点,"他表达了自己真正的思想状态。他对一切政治观点都无所谓,不加区别地全都赞同,只要让他平静就行,就像希腊人把复仇三女神称为"美丽的、善良的、可爱的",即所谓欧墨尼得斯。马伯夫先生的政治观点是酷爱植物,尤其是书籍。他像大家一样有一个"派",当时,没有派任何人活不下去,但他既不是保王派、波拿巴派、宪章派、奥尔良派,也不是无政府主义者;他有书癖。

既然世上有各种各样的苔藓、草本植物和灌木可以观看,有成堆的对开本和三十二开本的书可以翻阅,他不明白为什么人们要忙于为宪章、民主、正统、君主制、共和国等等空话而互相仇恨。他非常注意不要成为无用的人;有书并不妨碍他阅读,是个植物学家并不妨碍他当园丁。他认识蓬梅西时,在上校和他之间有这种好感,上校怎么培植花卉,他就怎么培育果实。马伯夫先生培育出的梨,像圣日耳曼梨一样甜美;今日著名的十月黄香李,同夏季黄香李一样香甜,好像是他杂交的一个品种。他去望弥撒,与其说出于虔诚,不如说出于乐趣,再说,他喜欢看人的脸,却憎恶他们的声音,只有在教堂里他才看到聚集的人静悄悄的。感到总要做点事,他选择了教区财产管理委员的职业。另外,他爱女人决不像爱郁金香鳞茎那样,他爱男人也决不像爱一本埃尔泽维尔的版本那样。他早就过了六十岁,一天,有人问他:"您没有结过婚吗?""我忘了,"他说。有时——谁没有过这种情况呢?——他说:"噢!我有钱就好了!"说这句话时不像吉尔诺曼老人那样盯着一个漂亮姑娘,而是在欣赏一本旧书。他独自同一个老女管家生活。他的手有点痛风,睡觉时因痛风而僵硬的老手在被子里弯曲着。他编写和发表了一本《柯特雷兹地区植物志》,有彩色插图。这部著作评价很高,他拥有铜版,并且亲自销售。每天两三次有人来到梅齐埃尔街,为买书拉他家的铃。每年他有两千法郎的收益;这几乎是他的全部财产。尽管贫穷,他却靠耐心、节俭和时间,有办法搜集到各类珍本。他出门腋下总夹着一本书,回家时往往夹着两本。他在底楼有四间房,外加一个小花园;房间的惟一装饰是装上镜框的植物标本和以往大师的版画。看到一把军刀或一把枪,会使他冰凉。他一生没有走近过一尊炮,甚至在残老军人院也没有过。他的胃还可以,他有一个本堂神父的兄弟,满头白发,无论嘴里和头脑里都没有牙齿了,浑身颤抖,皮卡第口音,笑起来像孩子,胆小怕事,神态像老绵羊。在世人中,只有一个名叫罗瓦约尔的圣雅克门老书商与他有交情,常来往。他的梦想是把靛蓝植物移植到法国。

他的女仆也是一个老天真。可怜而善良的老女人是个处女。她的雄猫叫苏丹，会在西斯廷教堂喵呜地唱阿莱格里作曲的《天主怜我》，占据了她的整个心灵，足以满足她心中的大量感情。她的梦想都与男人无关。她从不能超越她的猫。她像猫一样长胡子。她的光圈就是她的帽子，帽子始终是白的。星期天弥撒后，她点数箱子里的衣物，把买来想做裙子、却始终没拿去做的衣料摊在床上来消磨时间。她识字。马伯夫先生管她叫"普鲁塔克大妈"。

马伯夫先生喜欢马里于斯，因为马里于斯年轻、和蔼，使他的老迈温暖，又不致触动他的胆小。年轻加和蔼给老人产生阳光下无风的印象。马里于斯满脑子军人的光荣、大炮火药、进攻和反攻、他父亲挥刀杀敌也挨刀劈的各次战役，他去看望马伯夫先生，而马伯夫先生从花的角度同他论说英雄。

约莫一八三〇年，他的兄弟本堂神父去世了，几乎随即就像黑夜降临一样，对马伯夫先生来说，整个地平线变得幽暗了。公证人的破产夺走了他一万法郎的款子，这是他兄弟和他名下的全部财产。七月革命带来书店的危机。困厄时期，第一件事就是《植物志》卖不出去。《柯特雷兹地区植物志》一下子无人问津。几个星期过去，没有一个买主。有时，马伯夫先生一听到铃声便颤抖起来。"先生，"普鲁塔克大妈愁容满面地对他说，"这是送水的。"终于有一天，马伯夫先生离开了梅齐埃尔街，辞去了教区财产管理委员的职务，放弃了苏尔皮斯教堂，卖掉了一部分东西，不是他的书，而是他的版画——这是他最不看重的。住到蒙帕纳斯大街一座小房子里去，但只待了一个季度，这有两个原因：首先，底楼和花园租金三百法郎，而他不敢让租金花费超过两百法郎；其次，由于在法图射击场旁边，他整天听到手枪声，这使他不能忍受。

他带走了《植物志》、铜版、标本、活页夹和书，住到老年妇救院附近奥斯特利兹村的一间茅屋里，有三个房间和一个用篱笆圈住、带水井的园子，年租五十埃居。他趁搬家，几乎卖掉了所有的家具。搬入新居那天，他非常快活，亲自敲钉子，挂他的版画和标本，白天的其余时间，他在园子里挖土，晚上，看到普鲁塔克大妈神态阴郁，沉思凝想，他拍拍她的肩膀，笑吟吟地对她说："啊！我们有靛蓝了！"

他只允许两个来访者，圣雅克门的书商和马里于斯，到奥斯特利兹的茅屋里看望他，奥斯特利兹这个张扬的名字，说白了，对他来说是够讨厌的。

再说，上文指出过，有的头脑沉浸在一种爱好，或者一种狂热，或者像常有的那样，同时沉浸在这两者之中，它们要非常缓慢地渗透到现实事物中。它们自身的命运路程十分遥远。从这种脑力的积聚中产生一种被动性，如果它是建立在推理基础上的，就类似哲学。这种人在衰退，在走下坡路，在消逝，甚至在崩溃，却没有怎么发觉。确实，最后总要觉醒，但悔之晚矣。在这之前，这种人似乎在我们的福与祸之间的赌局中保持中立。他们自身就是赌注，却在冷眼旁观。

他周围变得每况愈下，他的一切希望正是这样在其中一个个破灭；马伯夫先生仍然保持平静，有点幼稚，但却变得非常深沉。他的思维习惯像钟摆一样来来去去。一旦装上一个幻想的发条，就会走很长时间，即使幻想消失了也罢。丢掉了钥匙，钟不会马上停止走动。

马伯夫先生有些无邪的乐趣。这些乐趣所费不多，出人意外；机会再小，也能提供。一天，普鲁塔克大妈在房间的角落里看一本小说。她高声朗读，认为这样理解得更透彻。高声朗读，就是自我确认阅读。有的人高声朗读，神态像保证读懂了似的。

普鲁塔克大妈怀着这种劲头朗读手里捧着的小说。马伯夫先生听而不闻。

普鲁塔克大妈念到了这句话，是关于一个龙骑兵军官和一个美女的：

"……美女赌气了，而龙骑兵……"

念到这里，她停下来擦拭眼镜。

"菩萨和龙骑兵，"马伯夫先生低声说。"是的，不错，从前有一条龙从它的岩洞里张开大口，喷射火焰，引起漫天大火。好几颗星星已经被这怪物燃烧起来，怪物还长着虎爪。菩萨来到龙洞，终于降伏了龙。您念的是一本好书，普鲁塔克大妈。没有比这更美的传说了。"

马伯夫先生陷入了美妙的遐想中。

## 五、贫穷是苦难的好邻居

马里于斯对这个天真的老人感兴趣；老人看到自己慢慢陷入贫困，渐渐惊奇起来，不过并没有伤心。马里于斯常遇到库费拉克，也去找马伯夫先生。但次数很少，一个月至多两三次。

马里于斯的乐趣,是独自在外环路,或在演兵场和卢森堡公园最偏僻的小径上,做长时间散步。有时,他消磨半天时间去观看菜园子、生菜畦、粪堆上的母鸡和拉水车的马。行人吃惊地注视他,有人感到他衣衫可疑,面孔阴沉。这只不过是贫穷的年轻人,漫无目的地沉思。

正是在一次散步中,他发现了戈尔博破屋,与世隔绝和便宜吸引了他,他住了进去。大家只知道他名叫马里于斯先生。

有几个他父亲以前的将军和朋友认识他以后,常邀请他去拜访。马里于斯并不拒绝。这是谈论他父亲的机会。他这样不时地来到帕若尔伯爵家、贝拉维斯纳将军家、弗里利翁将军家和残老军人院。大家奏乐,跳舞。这样的晚上马里于斯穿上新衣。但他只在寒冷彻骨的天气参加这些晚会或舞会,因为他付不起马车费,只想穿上油光锃亮的靴子赴会。

有时,他毫无苦涩地说:"人就是这样,走进客厅,可以浑身是泥,除了鞋子。欢迎您,只要求一样东西无可指摘;是良心吗?不,是靴子。"

但凡不是发自内心的各种激情,在沉思中会消散。马里于斯的政治热情就这样烟消云散。一八三〇年革命满足了他,使他平静下来,对此起了作用。除了愤怒以外,他保持原样。他的观点不变,仅仅和缓下来。说得确切点,他再没有什么观点,他只有同情。他属于哪一派?属于人类党。在人类中他选择了法国;在国家中他选择了人民;在人民中他选择了妇女。他的同情尤其在这一边。如今他偏爱思想而不是事实,偏爱诗人而不是英雄,他更赞赏像《约伯记》这样一本书，而不是马伦哥战役。经过一天的思考，傍晚他穿过大街回家，透过树枝他看到无垠的天空，无名的闪光，无限，黑暗，神秘，他觉得凡是属于人的东西都非常渺小。

他以为认识到，也许已经认识了生活和人类哲理的真谛，他终于只瞭望天空，这是真理在井底唯一能看到的东西。

这并不妨碍他增添计划、办法、构想、未来的打算。在这种沉思的状态中，能窥见马里于斯内心的目光，会对这颗心灵的纯洁感到赞赏。确实，如果我们的肉眼能看到别人的良心，我们就可以根据他的梦想，而不是他的思想，更准确地判断一个人。在思想中有意志，在梦想中没有。自发产生的梦想，即使是宏伟的和理想化的，也获得并保留我们精神的面貌：我们心灵深处直接的和真诚的流露，莫过于我们对命运光辉不假思索和无节制的渴望。在这种渴望中，而不是在综合的、理智的、协调的思想中，能找到每个人的真正品格。我们的幻想与我们最相像。人人都按照自己的本性梦想未知和不可能的东西。

大约在一八三一年年中，给马里于斯打扫房间的老女人告诉他，要把他的邻居、可怜的荣德雷特夫妇赶出门去。马里于斯几乎天天在外面度过，差不多不知道有邻居。

"为什么把他们打发走？"他问。

"因为他们没有付房租。他们欠了两个季度。"

"多少钱？"

"二十法郎，"老女人说。

马里于斯在一个抽屉里曾留下三十法郎。

"拿着，"他对老女人说，"这是二十五法郎。替这家穷人付房租吧，另外五法郎给他们，不要说是我给的。"

## 六、替　身

凑巧的是，泰奥杜尔中尉所属的团队驻防巴黎。吉尔诺曼姨妈趁机有了第二个主意。第一次，她设想让泰奥杜尔监视马里于斯；如今她设计让泰奥杜尔接替马里于斯。

要碰碰运气，而且眼下外祖父朦胧地需要家中有一张年轻面孔，这种朝霞有时对废墟来说是温暖的，权宜之计是找到另一个马里于斯。不错，她想，这是一个普通的勘误表，像我在书里所看到的；马里于斯，就读作泰奥杜尔吧。

一个曾侄孙差不多是一个外孙；少了一个律师，就抓住一个枪骑兵吧。

一天上午，吉尔诺曼先生正在看《每日新闻》一类的报纸，他的女儿进来了，柔声细气地对他说话，因为关系到她的宠儿：

"父亲，泰奥杜尔今天上午要来向您请安。"

"泰奥杜尔，是谁呀？"

"您的曾侄孙。"

"啊！"老人说。

然后他又看起来，不再想曾侄孙，泰奥杜尔算什么，而且很快他就气鼓鼓的，几乎一看报就会这样。他拿着的"报纸"，不消说是保王派的，带着敌意宣布，第二天有一件当时巴黎要发生的日常小事件：法学院和医学院的学生，中午要在先贤祠广场上集会，进行商议。关系到一个热门话题：国民自卫军的炮队和陆军大臣与"民兵"，关于在卢浮宫大院里停放大炮发生的冲突。大学生要对此进行"商议"。吉尔诺曼先生义愤填膺，不需要更多的新闻了。

他想到马里于斯，这孩子是大学生，可能也像别人一样前往，"中午在先贤祠广场进行商议"。

正当他想得心里难受时，泰奥杜尔中尉进来了，身穿平民服装，这样灵活些，他由吉尔诺曼小姐小心翼翼地带进来。枪骑兵做过盘算："德落伊教老祭司没有把一切转成养老金。这就值得不时换成平民服装。"

吉尔诺曼小姐高声对父亲说：

"泰奥杜尔，您的曾侄孙。"

又小声对中尉说：

"样样赞成。"

她抽身走了。

中尉不习惯与令人肃然起敬的长者见面，胆怯地小声说："您好，曾叔祖。"行了一个混合的礼，下意识和机械地以军礼开始，而以平民的礼结束。

"啊！是您；很好，坐下吧，"老祖宗说。

说完，他完全忘掉枪骑兵。

泰奥杜尔坐下，而吉尔诺曼站了起来。

吉尔诺曼开始来回踱步，双手插在袋里，大声说话，衰老的手指气得乱弄放在背心小口袋里的两只表。

"这帮拖鼻涕的家伙!在先贤祠广场集会!那德行像我的女朋友!一帮顽童,昨天还在吃奶呢!要是压他们的鼻子,会挤出奶来!明天中午进行商议!到哪里去?到哪里去?很清楚,要走向深渊。这些无衫党人把我们引导到哪儿去!国民炮队!商议国民炮队!针对国民自卫军的连珠屁,跑到大街上去大放厥词!他们同什么人待在一起?请看一下雅各宾主义走到哪一步吧。我什么赌都敢打,一百万也成,都是些累犯和期满释放的苦役犯。共和党人和苦役犯,只是一丘之貉。卡尔诺说过:'叛徒,你要我到哪里去?'富歇回答:'傻瓜,到你愿意去的地方!'共和党人就是这种货色。"

"说得对,"泰奥杜尔说。

吉尔诺曼先生半回过头来,看到是泰奥杜尔,继续说:

"想想看,这家伙卑劣得很,竟去当烧炭党人!为什么你离开了我的家?要去当共和党人。呸!首先人民不要你的共和国,人民不需要,人民有理智,知道以往有国王,将来也总有国王,人民很清楚,归根结底,人民只是人民,人民对你的共和国嗤之以鼻,你明白吗,傻瓜!这样任性,真够可怕的!迷上《杜舍纳老爹》[1],向断头台做媚眼,在九三年的阳台下唱情歌和弹吉他,所有这些青年多么愚蠢,真该啐他们!他们都到了这个地步。一个也不例外。只要吸一口街上的空气,就会发狂。十九世纪是毒药。随便一个淘气鬼留起山羊胡,就自以为像模像样了,把长辈扔在那里不管了。这就是共和党人,这就是浪漫派。浪漫派是什么东西,请赏脸告诉我,这

---

[1] 《杜舍纳老爹》,埃贝尔从1790年至1794年创办的报纸,宣传革命。

是什么东西？荒唐透顶。一年前，《欧那尼》上演合你们的胃口。我要问问你们，《欧那尼》，什么对比，令人讨厌的句子，简直不是用法文写出来的！然后在卢浮宫院子里放大炮。这年头的强盗行径就是这样。"

"您说得对，曾叔祖，"泰奥杜尔说。

吉尔诺曼又说：

"博物馆的院子里放大炮！干什么？大炮，你想要我干什么？你们想轰击贝尔维代尔的阿波罗塑像吗？弹药筒跟梅迪奇的维纳斯像打什么交道？噢！现在这些年轻人，全都是无赖！他们的本雅曼·贡斯当有什么了不得！他们不是坏蛋，就是笨蛋！他们什么丑事都干得出来，衣着蹩脚，害怕女人，他们追逐裙钗，模样像乞讨，让那些傻丫头哈哈大笑；老实说，简直是对爱情羞羞答答的可怜虫。他们是丑八怪，再加上愚蠢透顶；他们重复蒂埃塞兰和波蒂埃的双关语，他们穿着口袋似的衣服，马夫的背心，粗布衬衫，粗呢裤子，粗革靴子，衣料的图案像羽毛。他们的切口可以加厚他们的鞋子。这群愚蠢的孩子要对您讲什么政治见解。本应严厉禁止有政治见解。他们炮制体系，改造社会，摧毁君主制，将所有的法律都打倒在地，将顶楼放在地窖的位置，将门房放在国王的地位，把欧洲搅得天翻地覆，重建世界，他们把偷看洗衣女工上车时露出的大腿当作艳福！啊！马里于斯！啊！无赖！到广场上大喊大叫！讨论，争辩，采取措施！他们把这个叫作措施，公正的神灵啊！胡作非为浓缩了，变得丑恶透顶。我见过天下大乱，现在我见到的是乱作一团。学生讨论国民自卫军，这在奥吉布瓦人和卡多达什人那里也见不到！野蛮人赤条条地走路，头发梳成羽毛球状，拿着木棒的野人，也不如这些学生粗野！一群低级的毛头小伙子！自以为能干，在发号施令！要辩论和强词夺理！世界末日到了。显然是可怜的地球末日到了。要最后打个嗝，由法兰西打出来。商议，真是怪人！只要他们到奥台翁剧院的拱廊下看报，这种事就会发生。他们只要花一个苏，也要赔上他们的理智、悟性、心、灵魂和头脑。看完报就抛弃家庭。所有的报纸都是瘟疫；所有的，甚至《白旗报》！说到底，马尔坦维尔是个雅各宾党人。啊！公正的上天！你可以炫耀让外公绝望啦！"

"这是显而易见的，"泰奥杜尔说。

趁吉尔诺曼先生喘口气的时候，枪骑兵庄严地补上一句：

"除了《通报》，不该有别的报纸，除了《军事年鉴》，不该有别的书。"

吉尔诺曼先生继续说：

"例如他们的西埃耶斯[1]！一个弑君者成为参议员！因为他们最后总要通到那里。他们以公民相称，互相伤害脸面，最后让人称呼伯爵先生。一再让人奉承为伯爵先生，九月事件的屠夫！哲学家西埃耶斯！我承认，所有这些哲学家的哲学，我看得并不比蒂沃利的伪善者的眼镜更重要！有一天，我看见参议员从马拉盖河滨路走过，穿着绣上蜜蜂的紫色丝绒披风，头戴亨利四世式帽子。他们很丑陋，仿佛是老虎朝廷上的猴子。公民们，我向你们宣称，你们的进步是一种疯狂，你们的人道是一种梦想，你们的革命是一种罪行，你们

---

[1] 西埃耶斯（1748～1836），法国政治家，著有《论特权》《什么是第三等级》，在法国大革命中起过重要作用。

的共和国是一个怪物，你们年轻的法兰西是从妓院出来的婊子，我向你们所有人坚持这个观点，不管你们是谁，是政论家、经济学家还是法学家，也不管你们比断头台的铡刀更了解自由、平等和博爱！我向你们指出这一点，我的娃娃们！"

"当然，"中尉叫道，"千真万确。"

吉尔诺曼先生止住了一个刚开始的手势，回过身来，盯住枪骑兵泰奥杜尔，对他说：

"您是个傻瓜。"

# 第六章
# 双星会

## 一、绰号：姓氏形成方式

当时，马里于斯是个中等身材的俊美青年，浓密的黑发，天庭饱满、聪颖、鼻孔张开、富有激情、神态真诚、平静，整张脸难以形容的倨傲、若有所思和天真无邪。他的侧面轮廓成圆形而又坚毅，具有阿尔萨斯人和洛林人渗入法国人相貌中的日耳曼人的柔和，这种完全缺乏棱角使西康布尔人[1]在罗曼人中易于辨认，并使狮族人区别于鹰族人。他处在人生这一阶段：人的思索头脑形成了，深沉和天真几乎等分。遇到严峻局面，他会愚不可及；钥匙再转一圈，他又会变得卓尔不凡。他的举止矜持、冷淡、彬彬有礼，并不热情开放。他的嘴巴可爱，嘴唇艳红不过，牙齿也雪白不过，笑容改变了他的严峻脸色。有时候，这圣洁的额角和肉感的微笑形成奇特的对

---

1　西康布尔人，属日耳曼族，公元前 12 世纪归属罗曼人，迁至比利时的高卢地区，公元 3 世纪与法兰克人杂居。

比。他的眼睛小，却炯炯有神。

他在赤贫时期，注意到姑娘们在他走过时回过头来，他躲开了或者躲藏起来，心如死灰。他想，她们是因为他的旧衣服而瞧他，她们在讥笑；事实是，她们因他仪表优雅而瞧他，并且梦寐相求。

他对路上漂亮的姑娘默默无言的误会，使他变得孤僻。他一个也不挑选，理由无非是见到她们统统避而远之。库费拉克说他这样是无限期愚蠢地活着。

库费拉克还对他说："不要追求正襟危坐。（他们以你相称；转向以你相称是青年人友谊的走向。）亲爱的，给你一个建议。不要钻在书里，多瞧一眼轻浮的姑娘。荡妇有好的方面，马里于斯！老是逃走和脸红，你就会迟钝了。"

还有几次，库费拉克遇到他时，对他说：

"你好，神父先生。"

每当库费拉克对他说这种话，马里于斯便在一个星期内越加躲避女人，不管年轻年老，他尤其躲避库费拉克。

可是在浩如烟海的人群中，马里于斯有两个女人不回避，也毫不留意。说实话，倘若有人对他说，这是女人，他会非常惊愕。一个是给他打扫房间、长胡子的老女人，她令库费拉克说："看见女仆留胡子，马里于斯就根本不留了。"另一个女人是一个少女，他常常见到，却从不正眼看一看。

一年多以来，马里于斯在卢森堡公园的一条僻静小径，就是沿着苗圃栏杆那条小径上，注意到一个男人和一个很年轻的姑娘，他们总是并排坐在西街那边小径最冷落的尽头的同一张长凳上。潜心静思地散步的人总有巧遇；每当马里于斯偶然走到这条小径时，几乎每天他都要遇到这两个人。男的可能有六十开外；他显得忧郁而严肃；全身显出退役军人强壮而疲惫的体格。如果他佩戴勋章，马里于斯会说："这是一个旧军官。"他神态和善，但不让人接近，他的目光从不对视别人的目光。他穿着一条蓝长裤、一件蓝礼服，戴一顶宽边帽，衣着总是崭新的，打一条黑领带，穿一件教友派的衬衫，就是说衬衫白得耀眼，不过是粗布的。一个轻佻的女工一天从他身边走过，说道："这是一个非常干净的鳏夫。"他白发苍苍。

少女当初陪伴他来坐下时，他们仿佛就选定了这张长凳，这个姑娘十三四岁，瘦削得几乎丑陋，笨拙，毫无可取之处，眼睛有可能以后会长得很美。不过，眼睛抬起时总是带着一种令人不快的自信。她的穿着像修道院的寄宿生，既老气又幼稚；一条黑色粗呢连衣裙剪裁甃脚。他们看起来像父女。

马里于斯有两三天观察这个还不算年迈的老人和还未成年的少女，然后就不再注意他们了。他们那方面，则好像看也不看他。他们平静地聊天，不关心周围。姑娘唠叨个没完，而且很快活。老人寡言少语，他不时用充满难以描绘的父爱目光注视她。

马里于斯下意识地习惯了在这条小径上散步。他一成不变地遇到他们。

事情是这样经过的：

马里于斯往往从与长凳相反的小径尽头过来。他走完整条小径，从他们面前经过，然后又回到来时那一端，周而复始。他散步来来去去有五六次，每星期散步也有五六次，他们之间却始终没有打过招呼。这个人和这个少女尽管显得、也许他们就是要显得回避目光，可是自然而然有点引起五六个大学生的注意，他们也不时沿着苗圃散步，勤奋的大学生是在课后，其他大学生是在打完弹子以后。库费拉克属于后者，观察过这对父女，不过觉得姑娘很丑，很快就小心避开他们。他像帕尔特人[1]一样逃走时向他们射去一个绰号。他只对小姑娘的连衣裙和老人的头发有印象，把女儿称作"黑衣小姐"，把父亲称作"白发先生"，以致没有人知道他们的名字，不认识他们，绰号就通用了。大学生们说："啊！白发先生坐在长凳上！"马里于斯也像别人那样，感到称这位不认识的先生为白发先生是合适的。

我们像他们一样，为叙述方便起见，也称他为白发先生。

马里于斯在第一年中，几乎天天在同一时刻看到他们。他觉得男的挺顺眼，而姑娘长得相当难看。

## 二、LUX FACTA EST[2]

第二年，就在读者看到的这个故事的发展阶段，马里于斯也不太清楚为什么，到卢森堡公园散步的习惯终于中止，他有半年左右没有踏上这条小径。后来有一天，他旧地重游。这是一个宁静的夏日上午，马里于斯兴致很高，在晴朗的日子里，人总是这样。他觉

---

1 帕尔特人，伊朗的半游牧民族，约公元前250年建立了独立王朝，曾进入叙利亚和巴勒斯坦，公元224年被波斯王朝的创建者击溃。
2 拉丁文："光合作用"。

得心里百鸟啼啭,像平时听到的那样,而且有片片蓝天,像透过叶缝看到的那样。

他径直走向"他的小径",走到尽头时,他看到那两个熟悉的人仍然坐在同一条长凳上。只不过,他走近时,男人是老样子;但他觉得不再是那个姑娘。眼下他看到的少女高大、漂亮,正处于女人具有最迷人的一切形态,又还融合孩子最天真的各种魅力;这一纯粹的时刻转瞬即逝,只有三个词能表达出来:十五岁。美妙的栗色头发间有金丝,脑门像是大理石的,脸颊仿佛一瓣玫瑰,红里透白,白里显红,嘴巴有模有样,笑声像闪光一样、话语像音乐一样从中逸出,拉斐尔会把这颗脑袋画在圣母马利亚的像上,让·古荣[1]会把她的脖子塑在维纳斯的雕像上。那张光彩照人的脸什么也不缺,唯独鼻子不够美,仅仅好看而已;不直也不弯,不是意大利式,也不是希腊式;这是巴黎人的鼻子;就是说有点风趣、秀气、不规则、纯洁,令画家失望,而令诗人着迷。

马里于斯走过她身边时,看不到她始终低垂的眼睛。他只看到栗色的长睫毛投下暗影,充满羞涩。

这并不妨碍美丽的孩子一面倾听白发人对他说话,一面微笑,这笑盈盈加上耷拉着眼睛,再美妙不过了。

起初,马里于斯暗忖,这是同一个男人的另一个女儿,无疑是第一个的姐姐。但是,当他不变的散步习惯第二次把他引回到长凳旁边时,他仔细地观察她,发觉是同一个姑娘。半年内小姑娘变成

---

[1] 古荣(1510~1566),法国雕塑家、画家、建筑家,法国文艺复兴时期的代表之一。

了少女；如此而已。这种现象最常见不过了。姑娘们会在一瞬间开放，骤然变成玫瑰。昨天还是孩子，被扔在一边，今天却发现她们能摄人心魄。

这一个不单长大了，她出落得极其俏丽。正如四月里三天就能让有些树繁花满枝，半年就足以让她披上艳丽的容貌。她的四月来临了。

有时能看到一些人，又穷又平庸，似乎醒了过来，突然从贫困变得豪富，挥霍无度，光彩奕奕，纸醉金迷，慷慨大方。这是因为有年金进账；昨天到期了。少女领到了她半年一付的利息。

再说，这不再是戴着长毛绒帽子，穿着粗呢连衣裙、学生鞋，双手红通通的寄宿生了；趣味随着美丽而至；她穿着朴素、华贵而高雅，毫不矫揉造作。她穿一件黑色锦缎连衣裙，同样料子的披肩，白绉呢帽子。她的白手套展现出手的纤细，手在把玩一把中国象牙阳伞的柄，她的缎子轻便靴勾勒出她小巧的脚。从她身边经过时，她的衣衫散发出沁人心脾的嫩香。

至于男人，他始终是老样子。

马里于斯第二次来到她身边时，少女抬起眼皮。她的眼睛是深沉的蔚蓝色，但在这迷蒙的蓝色中，还只是一个孩子的目光。她无动于衷地望着马里于斯，仿佛看着在槭树下奔跑的小男孩，或者在长凳投下阴影的大理石花瓶；马里于斯则继续散步，考虑别的事。

他在长凳边又经过了四五次，少女坐在那里，他甚至没有把目光投向她。

随后几天，他像往日那样回到卢森堡公园；像往日一样，他看到了"父女二人",但不再加以注意。她以前长得丑,他没有想她,如今她长得漂亮,他也没有想她。他总是挨近长凳经过,她坐在那里,因为这是她的习惯。

### 三、春天的效果

一天,风和日丽,卢森堡公园充满阳光和树影,天空明澈,仿佛早上天使洗过天空一样,雀儿在栗树深处发出啁啾,马里于斯向大自然敞开心扉,他一无所思,生活和呼吸着,经过长凳,少女向他抬起眼睛,两对目光相遇。

这回,少女的目光中有些什么?马里于斯说不出。什么也没有,却什么都有。这是奇异的闪光。

她垂下眼睛,他继续踱步。

他刚看到的,不是一个孩子天真而朴实的目光,这是半张开的神秘的深渊,然后又突然闭上了。凡是少女,都有这样看人的一天。那个人就要倒霉了!

一颗还没有自知之明的心灵投出的第一瞥,有如天空中的晨曦。这是闪光的未知物的苏醒。这种出人意料的光突然朦胧地照亮了值得崇拜的黑暗,由当今的全部纯真和未来的全部激情组成,什么也不能表达其危险的魅力。这是一种不确定的温情,虽随意显露出来,却有所期待。这是一个陷阱,天真无邪在不知不觉地张开,无意中不知不觉捕捉住人心。这是一个像妇人那样在观察的处女。

罕见的是,深沉的遐想从这目光落下处产生。这束决定命运的卓绝的光芒，超过风骚女人最巧妙的媚眼，具有魔力，能使所谓爱情这朵充满芬芳和毒药的可悲之花，在一颗心灵深处突然绽开；而形形色色的纯粹和热情都集中在这束光里。

晚上，马里于斯回到他的陋室里，看看自己的衣服，头一次发觉到卢森堡公园散步，穿上这身"日常"衣服，就是说戴一顶绦子旁已经破损的帽子，穿一双车夫的笨重靴子，穿一条膝盖处发白的黑长裤和一件肘子发白的黑外衣，显得不干净，不合适，天知道有多么蠢。

## 四、大病之初

第二天，在惯常的时间，马里于斯从衣柜里拿出新外套，新长裤，新帽子和新靴子；他穿上这全副甲胄，戴上手套这惊人的奢侈品，前往卢森堡公园。

一路上，他遇到库费拉克，佯装没有看见他。库费拉克回家后对朋友们说："我刚碰上马里于斯的新帽子、新外套和包在里面的马里于斯。他大概去赶考。神态呆头呆脑。"

来到卢森堡公园，马里于斯绕水池一圈，注视天鹅，然后待在一座塑像前长久瞻仰；塑像的头因霉斑全变黑了，而且缺掉一根胯骨。水池旁边有一个四十来岁、大腹便便的有产者，手里牵着一个五岁的小男孩，对他说："要避免极端。我的孩子，要对专制主义和无政府主义保持等距离。"马里于斯听到这个有产者讲话。然后他再一次绕池子一圈。最后他朝"他的小径"走去，慢吞吞地，似乎不情愿地走过去。仿佛他是被迫的,又有人阻拦他。他丝毫没有意识到这一切,以为像天天所做的那样。

来到小径,他看到另一端白发先生和少女坐在"他们的长凳上"。他把外套纽扣一直扣到上端,挺起身躯,免得有皱褶,有点得意地察看自己长裤的闪光,再向长凳挺进。这样挺进有进攻意味,不消说,有一点征服的意图。因此我说:向长凳挺进,等于说:汉尼拔向罗马挺进。

再说,他的动作是下意识的,他丝毫没有中断脑子对工作的习惯思索。这时他想,《中学毕业会考手册》是一本愚蠢的书,准定是由罕见的傻瓜编写的,竟至于把拉辛的三部悲剧和仅仅一部莫里哀的喜剧,作为人类精神的杰作加以分析。他耳朵里有尖锐的嗡哨声。走近长凳时,他拉平衣服的皱褶,目光盯住少女。他觉得她以朦胧的蓝光充满了小径的另一端。

随着他走近,他的脚步越来越放慢。走到离长凳还有一段距离的地方,虽然还远未到小径尽头,他便站住了,不知怎么回事又往回走。他心里甚至没想不要走到尽头。少女从远处几乎看不到他,看不到他穿上新衣服仪表堂堂。然后他身子挺得笔直,显得精神抖擞,以防有人在他背后望着他。

他走到相反的一端,然后返回来,这次,他更接近一点长凳。他甚至到达离开三棵树的地方,但他不知怎么回事,感到不可能走得更远了,迟疑不决。他以为看到少女的面孔俯向他。但他拿出男子汉的坚强毅力,克服犹豫,继续往前走。几秒钟以后,他从长凳面前经过,笔直,坚定,脸红到耳根,不敢向左或向右望一眼,像一个政治家,手插在衣服里。正当他走过时——是在广场的炮口下,他感到一阵可怕的心跳。她像昨天一样穿着锦缎连衣裙,戴着绉呢帽子。他听到难以形容的嗓音,那该是"她的嗓音"。她平静地说着话。她非常漂亮。他感觉到了,虽然他想竭力不看她。他想:"如果她知道我是论述马科斯·奥布尔贡·德·拉龙达这篇文章的真正作者,她会禁不住尊敬我和看重我;弗朗索亚·德·纳夫沙托先生将这篇文章据为己有,放在《吉尔·布拉斯》的卷首!"

他走过了长凳,一直走到不远的小径尽头,然后返回来,再经过漂亮的姑娘面前。这次他脸色变得苍白。而且他有非常不快的感觉。他离开了长凳和少女,背对着她,他想象出她在望他,这使他踉踉跄跄。

他不想再接近长凳,走到小径的一半便止步了,他一反常态坐了下来,把目光投向旁边,他在脑子最朦胧的深处想道,无论如何,那两个人,一个他欣赏白帽子,另一个他欣赏黑裙子,而他们对他闪光的长裤和新外套也绝不会毫无感觉。

一刻钟之后,他站了起来,仿佛重新走向那张被光环笼罩的长凳。但他伫立着,一动不动。十五个月来,他第一次寻思,天天同他的女儿坐在那里的先生,无疑也注意到他,可能感到他的持之以恒匪夷所思。

他也第一次感到,用白发先生这个绰号去称呼这个不相识的人,即使在思想深处,也是不礼貌的。

他这样耷拉着头,待了好几分钟,用手里的拐杖在沙土上乱画。然后他突然朝着与长凳、白发先生和他的女儿相反的方向转过身去,回到家里。

这一天,他忘了去吃晚饭。晚上八点钟他才发觉,要走到圣雅克街太晚了,"怪事!"他说,于是他吃了一块面包。

他仔细刷过外套,然后折好,这才睡觉。

## 五、布贡大妈连遭雷击

第二天,布贡大妈——库费拉克这样称呼戈尔博破屋老看门女人、二房东兼女佣,其实她叫布尔贡太太,我们已经指出过,但库费拉克这个闯祸的家伙什么也不尊重——吃了一惊,注意到马里于斯先生还是穿上新外套出门。

他回到卢森堡公园,但是没有走过处在小径当中的那张长凳。他像昨天那样坐了下来,从老远张望,清晰地看到白帽子、黑裙子,尤其是蓝光。他没有动窝,直到卢森堡公园关门才回到家里。他没有看到白发先生和他的女儿离去。他得出结论,他们是从西街那道铁栅门走出公园的。后来,过了几个星期,他回想起来时,怎么也想不起那天傍晚是否吃过晚饭。

第二天,也就是第三天,布贡大妈又如雷轰顶。马里于斯穿上新外套出门。

"接连三天!"她大声说。

她想尾随他,但马里于斯步履轻捷,跨度很大;这是一头河马要追赶一头岩羚羊。两分钟内,她看不见他了,气喘吁吁地返回,由于哮喘几乎喘不过气来,恼怒得很。她低声抱怨说:"天天穿上漂亮衣服，让人家追赶不上，真有理智啊！"

马里于斯到卢森堡公园去。

少女和白发先生坐在那里。马里于斯尽可能走近，假装在看一本书，但他还待在很远的地方，然后回来坐在长凳上，消磨了四个钟头，看着无拘无束的麻雀在小径上跳跃，它们好像在嘲笑他。

两个星期就这样过去了。马里于斯到卢森堡公园去不是为了散步，而是为了坐在同一个位置上，也不知道什么缘故。到达以后，他不再动弹。每天上午他穿上新衣服，不是为了炫耀自己，但第二天又重新开始。

她确实长得美若天仙。唯一能指出的一点，也算是批评吧，就是她忧郁的目光和快乐的微笑之间的矛盾，使她的脸有点迷蒙的东西，以致有时这温柔的脸变得古怪，但不失可爱。

## 六、被　俘

第二个星期末的一天，马里于斯像平时一样坐在他那张长凳上，手里摊开一本书，两小时以来没有翻过一页。突然他颤抖起来。在小径的一端发生了一件事。白发先生和他的女儿刚刚离开他们的长凳，女儿挽着父亲的手臂，两个人慢慢地朝马里于斯待着的小径中央走去。马里于斯合上他的书，然后又翻开，继而竭力看书。他不寒而栗。光轮径直向他走来。"啊！我的天！"他想道，"我来不及摆好姿势。"白发人和少女往前走。他觉得像延续了一个世纪，其实只有一秒钟。"他们走这边干什么？"他纳闷。"怎么！她快要经过了！

她的脚踩在这条小径沙土上,离我两步路!"他心潮翻滚,希望自己非常漂亮,戴着十字勋章。他听到他们的脚步轻轻而有节奏的声音。他想象白发先生向他投来愤怒的目光。"这位先生要对我说什么呢?"他想。他低下头来;再抬起头时,他们已近在眼前。少女走过去,经过时她望着他。她凝视他,那种沉思的柔和神态使马里于斯从头抖到脚。他觉得她在责备他这么长时间不走到她身旁,她在对他说:"是我来了。"马里于斯面对这双光闪闪和深邃的眼睛,感到头昏目眩。

他觉得脑袋里有一盆火炭。她向他走来了,天大的喜事啊!再说,她是那样看他!他觉得她比先前更美丽了。这种美是女人的,像天仙一般,十全十美,令彼特拉克歌颂,令但丁下跪。他觉得他在蓝天遨游。与此同时他懊丧得要命,因为他的靴子上有灰尘。

他断定她也注视他的靴子。

他目送她,直到她消失不见。然后他发狂似地在卢森堡公园走起来。很可能他不时独自笑起来,高声说话。他在带孩子的女仆旁边沉思遐想,以致每一个女仆都以为他爱上了自己。

他从卢森堡公园出来,希望在一条街上再找到她。他在奥台翁剧院的拱廊下和库费拉克相遇,说道:"跟我一起吃晚饭吧。"他们到卢梭饭馆,花掉了六法郎。马里于斯像一个吃人妖怪那样大快朵颐。他给了伙计六苏。吃饭后点心时,他对库费拉克说:"你看过报纸吗?奥德里·德·普伊拉沃[1]的讲话多精彩!"

---

[1] 普伊拉沃,复辟王朝和七月王朝时期的左派议员。

他爱得神魂颠倒。

晚饭以后,他对库费拉克说:"我请你去看戏。"他们来到圣马丁门,看弗雷德烈克主演的《阿德雷旅店》。马里于斯看得非常开心。

同时他愈加孤僻。走出剧院,他拒绝看一个制帽女工跨过一条水沟时露出的吊袜带,库费拉克则说:"我愿意把这个女人纳入我的收藏中。"他几乎感到恶心。

库费拉克邀请他次日到伏尔泰咖啡馆吃中饭。马里于斯去了,比昨天吃得还多。他若有所思,非常快活。仿佛他抓住每个机会哈哈大笑。他温柔地拥抱给他介绍的每一个外省人。一群大学生围桌而坐,谈论国家花钱请傻瓜在索尔本大学的讲坛上信口开河,继而谈话转到词典和吉什拉韵律学的缺点、纰漏。马里于斯打断讨论,高声说:"获得十字勋章真是大快事!"

"是个怪人!"库费拉克低声对让·普鲁维尔说。

"不,"让·普鲁维尔回答,"他是认真的。"

他确实是认真的。马里于斯正处在初恋来势汹汹和迷醉的时刻。看一眼就产生这一切。

一旦火药装好,引火线准备好,事情再简单不过了。看一眼就是一个火星。

大事不好了。马里于斯爱上了一个女人。他的命运进入未知领域。

女人的目光酷似某些表面平静其实可怕的乌云。人们天天安之若素地从旁边经过,没有出事,毫无觉察。甚至忘了旁边还有东西。

来来去去,沉思,说话,嬉笑。突然,你感到被抓住了。完了。齿轮钩住了你,目光抓住了你。它抓住了你,不管在什么地方,也不知怎么回事,抓住了你凝思的一部分,抓住了你心不在焉。你完蛋了。你整个儿要卷进去。一种神秘力量把你锁住。你挣扎也是徒劳。再没有人能救你。你要从一个齿轮卷进另一个齿轮,从烦恼卷进烦恼,从折磨卷进折磨,你,你的精神,你的财产,你的未来,你的灵魂;要看落入泼妇还是心灵高尚的女人手中,你从这可怕的机器中脱身而出,要么因羞耻而改容,要么因激情而精神焕发。

## 七、猜测字母 U

孤独,超脱一切,倨傲,独立,喜爱大自然,缺少日常的物质活动,禁锢于内心生活,保持圣洁的隐秘搏斗,面对天地万物宽容的沉醉,这一切都为马里于斯准备了被所谓的爱情来主宰。他对父亲的崇拜逐渐变成一种宗教,而且像一切宗教那样,退隐到灵魂深处。但前景要有点东西。爱情来了。

整整一个月过去,马里于斯天天到卢森堡公园。时间一到,什么也留不住他。"他上班去了,"库费拉克说。马里于斯生活在陶醉中。少女肯定在注视他。

他终于变得大胆起来,走近长凳。但他不从前面过去,服从胆怯的本能和情人谨慎的本能。他认为有必要不吸引"父亲的注意"。他深思熟虑,在树后和塑像基座后面安排了几个停留的地方,尽可能让少女看得见,又让老先生看不见。有时,他站在莱奥尼达斯塑像或斯巴达克斯塑像的阴影里，整整有半小时，手里拿着一本书，眼睛越过书，略微抬起，寻找漂亮的姑娘，而她也似笑非笑地朝他侧过迷人的脸。她一面极其自然和极其平静地同白发人谈话，一面又将贞洁而热烈的目光包含的全部梦想寄托在马里于斯身上。夏娃从世界诞生之日起，凡是女人从出生之日起，都知道这自古以来的伎俩！她的嘴在应付这一个，而她的目光在回答另一个。

不过应当相信，白发先生终于有所觉察，因为每当马里于斯到来，他便站起来踱步。他离开了他们习惯待着的位置，去坐在小径另一头角斗士塑像旁边的长凳上，想看看马里于斯是不是跟随他们。马里于斯一点儿不明白，犯了错误。"父亲"开始变得不准时了，不再天天带"女儿"来。有时候他一个人来。于是马里于斯走了。这下他又犯了一个错误。

马里于斯根本不留意这些迹象。他已从胆怯阶段过渡到盲目阶段，这是自然的、不可避免的进步。他的爱情与日俱增。他天天夜里做美梦。再说，他遇到意外的幸福，火上加油，使他的盲目倍增。一天，夜幕降临时，他发现"白发先生和他的女儿"刚刚离开的长凳上有一块手帕。一块非常普通、没有刺绣的手帕，但洁白，精细，他觉得它散发出难以形容的香味。他激动地攫为己有。这块手帕有U.F.两个字母；马里于斯对这个漂亮的女孩一无所知，不知道她的家庭，她的名字，她的住所；这两个字母是他弄到的她的第一件东西，他在这两个可敬可爱的起首字母上，马上开始做出种种构想。U显然是名字。"于絮尔，"他想，"多么美妙的名字！"他拿着手帕又吻又闻，放在心窝上，白天贴肉，晚上放在嘴边睡觉。

"我感到上面有她整个心灵!"他叫道。

这块手帕是老先生的,他不经意地从口袋里掉了下来。

捡到手帕以后的几天,他出现在卢森堡公园时一味吻手帕,还把手帕放在心窝上。漂亮的女孩莫名其妙,向他送去难以觉察的表示。

"这么害羞啊!"马里于斯说。

## 八、残废军人也能快乐

既然我们说出"害羞"这个词,既然我们什么也不隐瞒,那就应该说,有一次,他正在迷醉中,"他的于絮尔"给了他十分严肃的责备。那一天,正是白发先生决定离开长凳,在小径上踱步。牧月[1]的一阵和风吹动了悬铃木的树梢。父亲和女儿手挽着手,刚经过马里于斯那张长凳。马里于斯站了起来,目光紧随着他们,他处在失魂落魄的状态中,自然会这样。

和风骤起,比以前更加活跃,也许负有春情的使命,越过苗圃,落在小径上,裹住姑娘,她愉快地颤抖起来,就像维吉尔笔下的山林仙女和泰奥克里托斯[2]笔下的农牧神,风掀起了她的裙子,比伊西斯[3]的衣裙更神圣的裙子,几乎翻到吊袜带的高度。露出了一条线条优美的大腿。马里于斯看到了。他激怒了,火冒三丈。

少女慌里慌张,圣洁地赶快翻下裙子,可是他仍然很气愤。——

---

1 牧月,法国大革命时期采用的历法,列为9月,即公历5月20日至6月20日。
2 泰奥克里托斯(前315或310~前250),古希腊诗人,善写田园牧歌。
3 伊西斯,古埃及司婚姻和农业的女神。

小径上确实只有他一个人。但可能另外有人。如果有人怎么办！这种事怎能让人理解！她刚才做的事太可恶了！——唉！可怜的孩子什么事也没做；有罪的只不过是风。可是，马里于斯这个薛吕班身上附有的霸尔多洛[1]在微微颤动，肯定很不满意，连自己的影子也要嫉妒。对肉体这种强烈而古怪的嫉妒，确实这样在人的心中苏醒，强加于人，哪怕没有权利。再说，除却嫉妒，看到这条迷人的大腿对他也丝毫没有什么不快；任何女人的白袜子都会使他更感快意。

当"他的于絮尔"走到小径尽头，同白发先生再返回，经过马里于斯重新坐下那条长凳时，马里于斯向她投去恼怒而凶狠的目光。少女向后微微挺了挺身子，眼皮往上一耸，意思在说："喂，究竟怎么啦？"

这是他们的"第一次争吵"。

马里于斯刚狠狠瞪了她一眼，有一个人穿过了小径。这是一个伛偻得厉害的残废军人，满脸皱纹，满头白发，身穿路易十五式军装，胸前挂着一小块椭圆形红呢牌子，上面的图案是交叉的剑，这是颁发给士兵的圣路易十字勋章。另外，一只衣袖里没有胳臂，下巴是银的，有一条木腿。马里于斯认为看出这个人的神态极其满意。他甚至觉得，这个无耻的老家伙瘸着腿从他旁边经过，十分友好和快乐地朝他挤挤眼睛，仿佛他们偶然沆瀣一气，共同品尝了意外的美餐。这个战神造成的残废，他干吗这样高兴？这条木腿和那条腿之间究竟出了什么事？马里于斯嫉妒到极点。"他也许在那里！"他心想；"他也许看见了！"他真想消灭这个残废军人。

---

[1] 霸尔多洛，博马舍笔下的人物，爱嫉妒。

时间起作用,什么尖东西都会变钝。马里于斯对"于絮尔"的气恼,不管多么正确和合理,终于过去了。他最后表示原谅;但花了很大努力;他对她赌了三天的气。

通过这件事,而且由于这件事,他的爱情与日俱增,变得狂热。

## 九、失　踪

读者刚看到马里于斯发现了,或者以为发现了她叫于絮尔。

因为恋爱了,就越想了解情况。知道她叫于絮尔,已经知之甚多;其实很少。马里于斯在三四星期内吞下了这幸福。他想得到另外的幸福,要知道她住在哪里。

他犯了第一个错误:在角斗士塑像旁边的长凳那里中了埋伏。他犯了第二个错误:白发先生独自前来,他便不在卢森堡公园待下去。他犯了第三个错误。极大的错误。他尾随"于絮尔"。

她住在西街,那里行人最少,是一幢外表平常的四层新楼。

从这时起,马里于斯在卢森堡公园看到她的幸福之外,要加上尾随到她家的幸福。

他的胃口越来越大。他知道她叫什么,至少是她的小名,可爱的名字,一个女人真正的名字;他知道她住在哪里;他想知道她是什么人。

一天傍晚,他尾随他们到了家,又看到他们消失在大门下,也跟着他们进去,大胆地问门房:

"刚进门那位是住在二楼的先生吗?"

"不是,"门房回答。"这是住在四楼的先生。"

又向事实跨进一步。成功使马里于斯变得更大胆。

"是住在前楼吗?"

"当然!"门房说,"房子临街建造的。"

"这位先生是什么职业?"马里于斯又问。

"是拿年金的,先生。一个非常和善的人,虽然不富,却对穷人做善事。"

"他叫什么名字?"

门房抬起头来说:

"先生是密探吗?"

马里于斯相当尴尬地走了,但非常高兴。他有了进展。

"好,"他想。"我知道她叫于絮尔,父亲是个拿年金的,住在西街,在四楼上。"

第二天,白发先生和他的女儿在卢森堡公园只短暂露了一下面;天还很亮他们就走了。马里于斯尾随他们到西街,仿佛他已养成了习惯。来到大门时,白发先生让女儿走在前面,在越过门口时站住了,回过身来盯住马里于斯。

下一天,他们没来卢森堡公园。马里于斯白白地等了一整天。

夜幕降临,他走到西街,看到四楼的窗子有灯光。他在窗下散步,直到灯光熄灭。

下一天,他们没来卢森堡公园。马里于斯等了一整天,然后到窗下"值夜班",一直待到晚上十点钟。他的晚饭胡乱对付过去。寒热使病人不吃也饱,爱情使恋人不吃也饱。

他这样过了一星期。白发先生和他的女儿不再出现在卢森堡公园。马里于斯做出不妙的猜测；白天他不敢窥视大门。他仅仅晚上才去仰望玻璃上的红光。他不时看到有影子掠过，心房怦然乱跳。

第八天，他来到窗下时，看不到灯光了。"啊！"他说，"还没有点灯。天可是黑了。他们出门了吗？"他等待着。直到十点钟。直到午夜。直到凌晨一点钟。四楼的窗口没有亮起灯光，没有人回家。他非常沮丧地走掉。

第二天——因为现在他只是第二天接第二天地活着，可以说，对他不再有今天——他在卢森堡公园找不到他们，就等在那里；黄昏时，他又去那幢楼。窗户没有灯光；百叶窗紧闭；四楼一片漆黑。

马里于斯敲大门，进门后对门房说：

"四楼那位先生呢？"

"搬走了，"门房回答。

马里于斯摇摇晃晃，有气无力地说：

"什么时候搬走的？"

"昨天。"

"眼下他住在哪里？"

"不知道。"

"他没有留下新地址吗？"

"没有。"

门房抬起头来认出了马里于斯。

"啊！是您！"他说，"您准定是个密探啦？"

# 第七章
# 褐铁矿老板

## 一、矿场和矿工

人类社会具有戏剧中所谓的"第三底层"。社会的土壤到处开采过，有时为了善，有时为了恶。这些工程层层叠叠。有的矿在上面，有的矿在下面。这黑暗的地下有高低之分；有时在文明的重压下，地下层崩坍了，我们无动于衷，无忧无虑地践踏在上面。上世纪的百科全书几乎是个露天矿场。黑暗作为原始基督教的幽暗孵化器，只等待时机，在帝王的宝座下爆发，给人类沐浴光芒。因为在神圣的黑暗中有潜在的光。火山充满能发光的黑暗。熔岩开始是漆黑一片。宣讲最初弥撒的地下墓穴，不仅是罗马的地下洞窟，还是世界的地下室。

社会建筑这种奇迹，也像破屋一样复杂，下面有各种各样的洞穴。有宗教矿床、哲学矿床、政治矿床、经济矿床、革命矿床。有用思想挖掘的镐，有用数字挖掘的镐，有用愤怒挖掘的镐。从一个地下墓室至另一个地下墓室，互相叫喊和呼应。各种乌托邦在这些地道里前进，伸向四面八方，有时相遇，亲如手足。让-雅克把镐借给第欧根尼，第欧根尼把提灯借给他。有时他们互相搏斗。加尔文揪住索齐尼[1]的头发。但什么也阻止和中断不了所有这些力量向目标扩展，同时进行的大规模活动在这黑暗中来来去去，上升，下降，再上升，慢慢地由下面改变上面，从里面改变外面；这是不为人知的无边的人头攒动。社会几乎没有怀疑到这种挖掘，它保留表面，却改变了内脏。有多少层地下，就有多少不同的工程，就有各种不同的挖掘。各种各样的深挖结果如何呢？挖出未来。

越往前，挖掘者就越神秘。直到社会哲学家能承认的程度，工程就是好的；超过这个程度，工程就值得怀疑，好坏参半；更低一些，工程变得可怕。在一定深度，挖掘不再能渗透到文明精神中，超越了人的呼吸限度；可能出现妖怪。

下去的梯子很奇特；第一梯级与一层相通，哲学在这一层扎根，能遇到有时神圣，有时畸形的一个工人。在扬·胡斯[2]下面是路德；在路德下面是笛卡尔；在笛卡尔下面是伏尔泰；在伏尔泰下面是孔多塞；在孔多塞下面是罗伯斯庇尔；在罗伯斯庇尔下面是马拉；在马拉下面是巴贝夫[3]。还要继续下去。再往下，到了模糊不清和看不见的分界线，隐隐约约可以瞥见其他幽暗的人影，他们也许还不存

---

[1] 索齐尼（1521～1562），意大利宗教改革家，否认三位一体。
[2] 扬·胡斯（1369～1415），捷克宗教改革家，曾任布拉格大学校长，受火刑而死。
[3] 巴贝夫（1760～1797），法国革命家，力图建立平等社会，因反对督政府，被判死刑。

在。昨天的人是幽灵；明天的人是幼虫。精神之目隐约能分辨他们。未来萌芽的工作是哲学家的幻象之一。

地狱边缘处于胎儿状态的世界，轮廓闻所未闻！

圣西门、欧文、傅立叶也在旁边的坑道里。

当然，尽管有一条看不见的神圣锁链，不知不觉地锁住所有这些地下先驱，他们几乎总是自以为孤立，其实并不是，他们的工程是各种各样的，一些人的光芒与另一些人的火焰形成对照。有些人欣喜若狂，有些人十分悲惨。不管对比多么鲜明，所有这些挖掘者，从最杰出的到最鬼鬼祟祟的，从最明智的到最疯狂的，都有共同点，就是：无私。马拉像耶稣一样忘却自我。他们把自身搁在一边，不顾自己，决不考虑自己。他们看到别的事物，而不是自身。他们有一个目光，这目光在寻找绝对。第一个人眼里充满整个天空；最后一个人不管多么神秘莫测，眉毛下还有着无限的苍白光芒。不管他在做什么，谁的眸子闪烁星光，有这个特征，就应受尊敬。

阴暗的眸子是另一种特征。

恶从这种特征开始。面对没有目光的人，要深思和发抖。社会秩序有其黑色的矿工。

有一个临界点，再深入就是埋葬，那里光明熄灭了。

在上面罗列的所有矿层下面，在所有这些地道下面，在所有这些进步和乌托邦的无边地下网下面，在更深的地下，比马拉更低，比巴贝夫更低，更低，低得多，与上面的地层毫无联系，有最后一条坑道。可怕的地方。就是我们所谓的第三地层。这是黑暗的墓穴。

这是盲人的地下室。"Inferi."[1]

那里通向深渊。

## 二、底　层

在那里,无私化为乌有了。魔鬼初具雏形;人人为自己。没有眼睛的自我在吼叫、寻找、摸索、咬啮。社会的乌格利诺[2]在这深渊里。

在这深坑中徘徊的凶恶身影,近乎野兽,近乎幽灵,不关心天下的进步,不知道思想和字词,只关心个人的餍足。它们几乎没有意识,体内有一种可怕的虚空。它们有两个母亲,两个后娘,即愚昧和贫困。它们有一个向导,就是需要;贪欲是满足的种种形态。它们贪婪成性,就是说非常凶狠,不像暴君,而像猛虎。这些鬼怪从受苦走向犯罪;这是必然的演变,骇人听闻的繁殖,黑暗的逻辑。在社会第三地层爬行的,不再是绝对受压抑的请求;这是物质的抗议。人变成了龙。饥饿,干渴,这是出发点;成为撒旦,这是归宿点。拉塞奈尔从这地层中产生。

读者在第三部第四章中看到上层矿区的一个间隔区,即政治、革命和哲学的大坑道。上文说过,那里的一切是高贵的,纯粹的,高尚的,耿介的。当然,那里也会有人搞错,而且确实搞错;但是,只要错误包含英雄主义,还是可敬的。那里进行的全部工作有一个

---

[1] 拉丁文:地狱。
[2] 乌格利诺,13世纪末意大利比萨暴君,被皇帝派将他与子孙关在一起,他受不了饥饿,想吃子孙的肉。

名字：进步。

看看其他深层、丑恶的深层的时刻来到了。

我们要强调，只要一天不消除愚昧无知，社会底下就有，或者将有恶的巨大岩洞。

这个岩洞在一切岩洞之下，是一切岩洞的敌人。这是毫无例外的仇恨。这个岩洞没有哲学家；它的匕首没有削过羽毛笔。它的黑色和书写的崇高墨迹毫无关系。在这令人窒息的深层中痉挛的黑夜手指，没有翻过一本书，也没有打开过一张报纸。巴贝夫对卡尔图什来说，是个剥削者；马拉对辛德汉[1]来说，是个贵族。这个岩洞旨在使一切崩溃。

确是使一切崩溃。包括它痛恨的上层坑道。它不仅在丑恶的乱挤中逐渐破坏现存社会秩序；它还逐渐破坏哲学、科学、法律、人类思想、文明、革命、进步。它干脆叫作盗窃、卖淫、谋害和暗杀。它是黑暗，它期望混乱。它的拱顶由愚昧无知构成。

其他岩洞，即上层岩洞，只有一个目的，将它消灭。哲学和进步同时开动一切机构，既通过改善现实，又通过瞻仰绝对，趋向于这个目标。摧毁愚昧岩洞，您就消灭了罪行这头鼹鼠。

将上文用一句话来钩玄提要。社会的唯一祸害，就是黑暗。

人类是同一的。凡是人都是用同样的黏土做成的。毫无差异，至少在世上如此，命定了的。生前是一样的幽灵，在世是一样的肉身，死后是一样的灰烬。但愚昧无知掺杂到造人的泥团，就把它变

---

[1] 辛德汉，匪首，1803年被处决。

黑了。这难以改变的黑色进入人体,变成了恶。

## 三、巴贝、格勒梅、克拉克苏和蒙帕纳斯

有一个四人强盗帮,克拉克苏、格勒梅、巴贝和蒙帕纳斯,从一八三〇年至一八三五年,统治着巴黎第三地下层。

格勒梅是一个降级的大力士。他以玛丽蓉拱桥街的阴沟为巢穴。他有六尺高,胸肌似大理石,二头肌似青铜,鼻息似岩洞的轰轰声,巨人的身躯,而脑壳像只鸟。简直像看到法尔内兹雕塑的赫拉克勒斯穿上斜纹布裤和棉绒上衣。格勒梅像雕塑而成,本可以降伏妖魔;他觉得自己当个妖怪更痛快。额角很低,太阳穴很宽,不到四十岁,已有鱼尾纹,毛发又硬又短,脸上的颊髯像刷子,野猪般的胡子;由此可以想见其人。他的肌肉要求干活,而他愚蠢的头脑却不愿意。他浑身有牛劲,却懒洋洋的,就因懒散而成为杀人凶手。有人以为他是克里奥尔人[1],一八一五年他在阿维尼翁当过搬运夫,可能与布吕纳元帅有点接触。经过这段实习,他当了强盗。

巴贝的槁项黄馘与格勒梅的一身肉不啻天地。巴贝清癯、博学。他没有城府,却令人看不透。可以透过骨头看到光,但透过眸子却什么也看不到。他自称是化学家。他在博贝什戏班当过小丑,在博比诺戏班当过滑稽演员。他在圣米伊埃尔演过歌舞剧。这个人鬼主意多,能说会道,笑容含有深意,手势似是而非。他的拿手戏是在

---

[1] 克里奥尔人,安的列斯群岛等地的白种人后裔。

露天叫卖"国家首脑"的石膏胸像和肖像。另外,他给人拔牙。他在市集表演奇异现象,有一辆带喇叭的木棚车,贴上这张广告:"巴贝,牙科专家,科学院院士,做金属和非金属物理实验,拔牙,处理他的同事弃之不顾的断齿。价格:一颗牙一法郎五十生丁;两颗牙两法郎;三颗牙两法郎五十生丁。机会难得。"("机会难得"意思是:请尽量多拔牙。)他结过婚,有两个孩子。他不知道妻子和两个孩子的下落。他失去了他们,就像丢失了手帕一样。巴贝看报,这在他所处的黑帮圈子里是罕例。一天,还是他一家和他一起待在木棚车上的时期,他在《信使报》上看到一个女人刚生下一个活了下来的牛嘴婴儿,便叫道:"这可发财了!我的妻子就没想到给我生这样一个孩子!"

此后,他丢下一切,要"闯荡巴黎"。这是他的原话。

克拉克苏何等样人?这是黑夜。他要等天刷黑了才露面。晚上他从洞里出来,天亮前赶回去。这个洞在哪里?没有人知道。在伸手不见五指的地方,他也是背对着同伙说话。他叫作克拉克苏?不是。他说:"我叫作啥也不是。"如果冷不丁出现一支蜡烛,他便戴上假面具。他会腹语。巴贝说:"克拉克苏是二声部的小夜曲。"克拉克苏漂泊不定,四处流浪,十分可怕。别人拿不准他有名字,克拉克苏是个绰号[1];别人拿不准他有声音,他的肚子比他的嘴话更多;别人拿不准他有脸,只能看到他的面具。他像无影无踪地消失了;他好像从地底下钻出来的。

---

[1] 克拉克苏有"把钱挥霍光"的意思。

蒙帕纳斯是个阴森森的人。他是个孩子，不到二十岁，面孔俊秀，嘴唇像樱桃，一头可爱的黑发，眼睛里闪出春天的光芒；他有各种恶习，渴望犯各种罪行。他每况愈下，作恶的胃口越来越大。顽童转成了无赖，又从无赖变成强盗。他可爱，带点女人气，文质彬彬，十分强壮，无精打采，凶狠异常。他的左帽檐翘起，按一八二九年的样式，露出一绺头发。他以抢劫为生。他的礼服精工细做，但磨损了。蒙帕纳斯是一幅风俗版画，因贫穷而谋财害命。这个青年杀人的动机，就是想穿得好。第一个对他说"你真漂亮"的轻佻女工，在他心里投下了黑点，把这个亚伯变成了该隐。由于长得漂亮，他想风雅；而首要的风雅，就是游手好闲；一个穷人的游手好闲，就是犯罪。闲逛的人很少有像蒙帕纳斯那样可怕的。十八岁上，他身后已留下好几具尸体。不止一个行人，手臂张开，脸埋在血泊中，躺在这个恶棍的身影下。头发卷曲，上了发蜡，束紧腰身，女人的臀部，普鲁士军官的胸部，街上的姑娘在他周围啧啧称赞，领带打得有模有样，兜里装着包铅的短棒，纽孔插上一朵鲜花；这就是那个要人性命的花花公子。

## 四、团伙组成

这些强盗四个一伙，成了普罗透斯[1]式的人物，在警方之间绕来绕去，"以不同的形象、树木、火焰、喷泉来掩饰"，竭力逃脱维多

---

1 普罗透斯，海神，会多种变化。

克[1]粗疏的目光。互相借用名字和窍门，匿影藏形，互相提供秘密巢穴和栖身地，像在化装舞会上摘下假鼻子一样改头换面，有时几个人简化为一个，有时又变成许多人，以致柯柯-拉库尔把他们看成一群人。

这四个人绝不止四个；这是一种长着四颗脑袋的神秘大盗，在巴黎活动猖獗；这是栖息在社会地下室里作恶的可怕章鱼。

巴贝、格勒梅、克拉克苏和蒙帕纳斯活动纵横交错，形成地下网，一般在塞纳省埋伏行凶。他们对行人搞突然袭击。在这方面点子多的人，想在夜间图谋不轨的人，往往找他们去实施，他们向这四个坏蛋提供设想，这四个家伙付诸实行。他们按脚本行事，总是安排好，派出一个合适的人，谋财害命，再助他一臂之力，这样有利可图。一件罪案需要帮手，他们就提供帮凶。他们有一个干黑暗勾当的戏班子，能演出各种匪巢的悲剧。

他们通常在夜幕降临时汇合，他们这时在老年妇救院附近的荒原上醒来。他们在那里商议，前面有黑夜的十二个钟头；他们安排怎么使用。

"褐铁矿老板"，这是人们暗地里给四人团伙起的名字。在不断消亡的古老怪诞的民间语言中，"褐铁矿老板"意为早上，正如"狗与狼之间"意为黄昏一样。褐铁矿老板这个称谓，可能来自他们的事儿结束的时辰，清晨是幽灵消失和强盗离去的时刻。这四个人以这个名字闻名。重罪法庭庭长到监狱去看拉塞奈尔，盘问一件拉塞

---

[1] 维多克（1775～1857），原为苦役犯，多次越狱，成为匪首，后投靠警方。他是巴尔扎克笔下伏特冷的原型。

奈尔否认的罪案。"是谁干的?"庭长问。拉塞奈尔的回答对法官来说迷惑不解,但警方却明白:"也许是褐铁矿老板。"

有时,从人物表能猜想出一个剧;从强盗名单几乎也能估计出一个匪帮。下面这些名字由特别诉状保留下来,褐铁矿老板的主要同伙的名称与此呼应:

蓬肖,外号青春哥,又叫比格尔纳伊。

布吕荣。(从前有过一个布吕荣家族;有机会我们还要提到。)

布拉特吕埃尔,已经露过面的养路工。

寡妇。

菲尼斯泰。

荷马·奥古,黑人。

星期三黄昏。

电报。

方勒罗瓦,外号卖花女。

自负汉,刑满释放的苦役犯。

煞车杠,外号杜邦先生。

南广场。

普萨格里夫。

短上衣。

克吕伊德尼埃,外号比扎罗。

吃花边。

朝天脚。

半文钱,外号二十亿。

等等。

我们就列举这些,并且不是罪大恶极的。这些名字有形象,不仅指人,还指一类人。每一个名字都与文明之下一个怪菌的变种相对应。

这些人不肯露出他们的真面目,不是街上来往的行人。白天,他们因夜里行凶干累了,回去睡觉,时而睡在石膏窑里,时而睡在蒙马特尔或蒙卢日废弃的采石场里,时而睡在阴沟里。他们潜深伏隩。

这些人结果如何?他们始终存在。他们存在过。贺拉斯评论说,"Ambubaiarum collegia, pharmacopoloe, mendici, mimœ"[1];只要社会不变,他们也就不变。在他们地窟的幽暗深处,他们永远从社会的渗水中再生。这些幽灵返回时总是老样子;只不过他们不再用同样的名字,而是换了一层皮。

成员被剔除了,但这一族还存在。

他们有同样的能耐。从无赖到强盗,这一族保持纯洁。他们猜得出口袋里有钱包,他们嗅得出背心小口袋里有怀表。对他们来说,金银有气味。一些天真的有产者,可以说模样值得一偷。这些人耐心地尾随在后。一个外国人或外省人经过,他们便像蜘蛛一样颤动起来。

午夜,在空荡荡的大街上,可以遇到这些人,或者看到他们,会令人胆战心惊。他们不像人,而像雾气形成的活动形体;仿佛他

---

[1] 拉丁文:吹笛子卖艺的班子,卖药的,乞丐,演滑稽的。

们习惯同黑暗融为一体,区分不开,他们只有黑暗作为灵魂,他们离开黑夜只是暂时的,为了过几分钟可怕的生活。

怎样才能让这些鬼怪消失呢?用阳光。洒满阳光。蝙蝠抵挡不住黎明。照亮底层社会吧。

# 第八章
# 邪恶的穷人

## 一、马里于斯寻找戴帽姑娘，却遇到戴鸭舌帽的男人

夏天和秋天相继过去，冬天来临。无论白发先生还是少女都没有再踏入卢森堡公园。马里于斯只有一个想法，就是再见到这张温柔可爱的面孔。他总在寻找，到处寻找，却一无所获。马里于斯不再是热情的幻想者，行动果断、热烈而坚定的人，对命运大胆的挑战者，头脑里构筑起一幅幅未来的图景，充满了计划、设想、豪情、思想和意志的年轻人；这是一条丧家犬。他陷入凄凄惨惨的心境。完了。工作使他扫兴，散步使他疲倦，孤独使他烦闷；广阔的大自然，以前充溢着各种体态、光辉、声音、建议、远景、视野、教诲，如今在他面前涤荡一空。他觉得一切都荡然无存。

他始终在思索，因为他不能干别的事；但是他在思索中已不再陶醉。面对思索不断低声向他提出的建议，他暗暗地回答：何必呢？

他百般责备自己。为什么我要尾随她呢？只要看到她，我就够幸福的了！她注视我；难道这不是天大的好事吗？她的模样像爱我。难道这不是说明一切了吗？我想得到什么？除此以外，什么也没有了。我真愚蠢。这是我的错，等等。他丝毫没有告诉库费拉克，这是他的本性，但库费拉克猜了个八九不离十，这也是他的本性，库费拉克先是祝贺他坠入情网，却又感到诧异；随后，看到马里于斯陷入忧愁，终于对他说："我看你简直是个蠢货。喂，到茅屋酒店来吧！"

一次，马里于斯寄希望于九月的艳阳，让库费拉克、博须埃和格朗泰尔带他到苏镇舞会，期望也许在那里找到她，真是白日梦！当然，他看不到要找的人。"不过，凡是失踪的女人，都能在这里找到，"格朗泰尔在一旁咕哝说。马里于斯离开舞会上的朋友，独自步行回家，疲惫、焦躁不安，在夜色中眼睛茫然而忧伤。一辆公共马车，载满了从宴会归来，一路唱歌的人，欢快地从他身边掠过，喧嚣声和灰尘弄得他头昏目眩，他非常泄气，呼吸着路边胡桃树的刺鼻气味，清醒一下头脑。

他又重新越来越形影相吊地生活，迷惘、沮丧，完全沉浸在内心的苦恼中，在痛苦中踯躅，仿佛狼在陷阱中，怀着失恋的痛苦，到处寻找失去踪影的姑娘。

另一次，他遇到一个人，产生奇特的印象。他在残老军人院大街邻近的小巷中，与一个人交臂而过；这个人穿着像工人，戴一顶长边鸭舌帽，帽檐下露出几绺雪白的头发。马里于斯对白发的美有强烈印象，注视这个慢吞吞走路，好似陷入痛苦沉思的人。奇怪的是，他好像认出了白发先生。在鸭舌帽下，这是同样的头发，同样的侧面，同样的身姿，只不过格外忧愁。但为什么穿工人服装？这样乔装打扮意味着什么？马里于斯十分惊讶。待他镇定下来，他第一个动作是开始尾随这个人；谁知道他是不是终于寻到了要找的踪迹呢？无论如何，必须就近再看一看这个人，解开谜团。但他发觉这个想法来得太晚，那个人不见踪影了。他踏入某条侧巷，马里于斯找不到他了。这次遭遇纠缠了他好几天，然后烟消云散了。"说到底，"他想，"这可能只是相似罢了。"

## 二、新发现

马里于斯一直住在戈尔博破屋。他不注意楼里的任何人。

当时，说实在的，这幢破屋里，除了他和荣德雷特一家，没有别的房客；他为他们付清过一次房租，却从来没对这一家的父亲、母亲和两个女儿说过话。其他房客搬了家，或者死了，或者因没付房租而被赶走。

冬季的一天，下午太阳露出一点。这是二月二日，古老的圣蜡节，靠不住的太阳预报了要冷六个星期，曾启迪马蒂厄·朗斯堡[1]这堪称古典名句的两行诗：

太阳闪不闪烁，
熊都往洞里躲。

---

1 马蒂厄·朗斯堡，17世纪比利时列日的司铎。

马里于斯刚刚离开他的洞窟。黑夜降临。这是去吃晚饭的时候；因为他又得吃晚饭，唉！胸怀理想激情的人，也有这个弱点啊！

他刚越过门口，布贡大妈这时正在扫地，她说出了这令人难忘的独白：

"眼下有什么东西便宜？样样都贵。只有世上的痛苦便宜；世上的痛苦一钱不值！"

马里于斯慢慢踏上到城门去的大街，要走到圣雅克街。他若有所思地走路，低垂着头。

突然，在夜雾中，他感到被人的手肘撞了一下；他回过身来，看到两个衣衫褴褛的年轻姑娘，一个瘦长，另一个稍矮一点，匆匆而过，气喘吁吁，惊慌失措，好像在逃窜；她们迎着他过来，没有看到他，相遇时撞上了他。马里于斯在黄昏中看出她们脸色苍白，头发散乱，便帽难看，裙子破破烂烂，光着双脚。她们一面跑，一面说着话。高一点的那个悄声说：

"警察来了。他们险些把我铐上。"

另一个回答："我看到他们了。我颠了，颠了，颠了！"

通过她们的黑话，马里于斯明白，宪兵或者警察差点抓住这两个孩子，她们逃走了。

她们钻进他身后大街的树下，有一会儿在黑暗中显出朦胧的白色，然后消失。

马里于斯站住片刻。

他正要往前走，这时看到脚下有个灰不溜秋的小包。他弯下腰，捡了起来。好像一个信封，里面有些纸。

"咦，"他说，"可能是这两个不幸的女孩丢失的。"

他往回走，叫喊着，找不到她们；他想，她们走远了，便把小包放进衣袋里，去吃晚饭。

路上，在穆弗塔尔街的一条小巷里，他看到一口孩子棺材，蒙上黑布，搁在三张椅子上，有一支蜡烛照亮着。黄昏遇到的两个女孩回到他的脑子里来。

"可怜的母亲！"他想。"有一件事比看到自己的孩子死去更悲伤；这就是看到他们悲惨地生活。"

随后，这些触景伤情的阴霾离开他的脑子，他又沉浸在惯常的思虑中。他又想起在卢森堡公园苍翠的树下，那半年在露天和阳光下的爱情和幸福。

"我的生活变得多么黯淡无光啊！"他心想。"我眼前总有少女出现。只不过从前是天使，如今是女鬼。"

## 三、四面人

晚上，他脱衣就寝时，他的手在外衣口袋碰到大街上捡到的小包。他把这事忘了。他想有必要把它打开，这个小包或许放着两个姑娘的地址，如果确实是她们的，而且不管怎样，里面有必要的说明，就好归还失主。

他拆开了信封。

信封没有封上，里面有四封信，同样没有封上。

上面有地址。

四封信都散发出辛辣的烟草味。

第一封信的地址是:"国民议会对面广场……号,德·格吕什雷侯爵夫人收。"

马里于斯寻思,他在信里也许能找到线索,再说信没有封上,看一看有百利而无一弊。

信是这样写的:

侯爵夫人:

　　宽容和虔诚的品德能使社会更紧密地团结。散播您的基督徒感情,将怜悯的目光投向这个不辛(幸)的西斑(班)牙人吧,他因对神圣的正统事业忠心耿耿而受累,他付出了自己的鲜血,献出了自己的全都(部)财产,为的是捍卫这个事业,如今却陷入次(赤)贫中。他毫不怀疑,可敬可佩的夫人会给他援助,让一个满身是伤,受过教育和享有声誉的军人,维持极会(为)简(艰)难的生沽(活)。事先信赖激励着您的人道,以及侯爵夫人对如此不辛(幸)的民族的关怀。他们的祈涛(祷)不会白费力气,他们的感激会保留美好的回亿(忆)。

　　顺致敬意,夫人!

　　西斑(班)牙泡(炮)兵上尉,避居法国的保王党人,正为祖国逃荒(亡),但囊中羞石(涩),无法继续逃荒(亡)的堂阿尔瓦雷兹。

信上署了名,却没有写地址。马里于斯期待在第二封信里找到地址,上面写着:"卡塞特街九号,德·蒙维奈白(伯)爵夫人收。"

马里于斯读道:

白(伯)爵夫人:

我是一个不辛(幸)的母亲,有六个孩子,最小的才八个月。最后一次生孩子,我就病了,五个月前被我丈夫跑(抛)弃,陷入次(赤)贫,走头(投)无路。

我对白(伯)爵夫人寄予希望,夫人,顺致崇高敬意。

巴利扎尔女人

马里于斯转到第三封信,像前两封一样,是求告信;信这样写的:

镣铐街拐角,圣德尼街,选举人,针织品批发商,帕布尔若先生收。

我冒昧给您写这封信,请求您同请(情),给我宝桂(贵)的照顾,关心一个刚给法兰西剧院送去剧本的文人。写的是历史题材,故事发生在帝国时代的奥弗涅。我想,风格自然、简洁,可能有点长处。四个地方有唱词。滑稽、严肃、出人意料,外加性格各种各样,全剧点染浪漫主义色彩,剧请(情)进展神密(秘),曲析(折)动人,几次巧妙的突变,才告结束。

我的主要目的，在于满住（足）逐渐激发本世纪的人的原（愿）望，就是说，"风尚"，这种随意变换和古怪的风信标，几乎随风向而变。

尽管有这些优点，我还是有理由担心，有特权的作者的嫉妒、自私会把我的剧本排挤出剧院，因为我不是不知道，要让新来者吃尽受挫的苦头。

帕布尔若先生，您亨（享）有文人的开明保护人的声誉，这使我冒昧派我女儿前往，向您陈述我们在言（严）冬季节饥寒交迫的困竟（境）。我要说，请您接受我把剧本和以后所写的一切敬献给您，这是要向您表明，我洒（奢）望有幸得到您的庇护，以您的名字给我的作品增光。若肯赏光，给我微不足道的恩赐，我将马上照（着）手写一部诗剧，向您表示我的不胜感激。这部诗剧，我要竭力写得完美无缺，先送您一越（阅），再编入惨剧的开头，提供上演。

帕布尔若先生及夫人，顺致最崇高的敬意。

文学家让弗洛

又及：哪怕只给四十苏。

请原谅我派出女儿，没有亲自登门拜访，唉！理由可悲，我衣着寒酸，出不了门哪！……

马里于斯最后打开第四封信。地址是："举步圣雅克教堂的善行先生收。"写着这样几行字：

善人：

　　如果您肯陪我的女儿来，就会看到一盆（贫）如洗。而我会给您看我的证书。

　　一看到这几行字，您慷慨的胸怀一定会动侧（恻）隐之心，因为真正的哲学家总会产生强烈的激动。

　　善人，要承认，非得贫困到了极点，为了得到救济，要让当局验明，那是非常痛苦的事，好像穷昆（困）等救济，连受罪和饿死的自由都没有。命运对有些人非常残酷，对另外一些人又太慷慨，太爱护。

　　我等待您登门或相赠，如果您肯这样做的话，顺致崇高敬意。

　　　　　　真正宽宏大量的人，您十分卑微和十分恭顺的仆人

　　　　　　戏剧艺术家 P·法邦图

　　看完这四封信，马里于斯对情况的了解并无进展。

　　首先，署名的人都没留下地址。

　　其次，这些信好像出自四个不同的人之手，即堂阿尔瓦雷兹、巴利扎尔女人、诗人让弗洛和戏剧艺术家法邦图，可是，这些信怪在以同一笔迹写成。

　　如果不是同一个人所写，结论又是什么呢？

　　况且，还有一点更证明猜测是对的：信纸粗糙发黄，四封信都一样，烟草味也一样，尽管显然在竭力改变风格，同样的错别字写得心安理得，文学家让弗洛和西班牙上尉一样不能避免。

　　尽力猜度这个小小的谜团是白费心思。倘若不是捡到的，倒像

是故弄玄虚。马里于斯过于惆怅，无心对待偶然的玩笑，也不会参加大街似乎想同他玩的游戏。他觉得这四封信在嘲笑他，他在同它们捉迷藏。

不过，毫无迹象表明，这些信属于马里于斯在大街上遇到的两个姑娘。总之，这显然是毫无价值的废纸。

马里于斯将信放回信封，扔到一个角落里，睡下了。

将近早晨七点钟，他刚起床吃过早饭，正想工作，这时有人轻轻敲他的门。

由于他一无所有，从来不取下钥匙，只有非常少的几次，因他要赶急活。再说，即使不在家，他也把钥匙留在锁孔上。"小偷要偷您的东西，"布贡大妈常说。"偷什么？"马里于斯说。确实有一天，有人偷走一双旧靴，布贡大妈说对了。

有人敲第二下门，像第一次那样很轻。

"请进，"马里于斯说。

门打开了。

"您有什么事，布贡大妈？"马里于斯又说，眼睛没有离开放在桌上的书和手稿。

有个声音，不是布贡大妈的，回答道：

"对不起，先生……"

这是一个低沉的、微弱的、梗塞的、嘶哑的声音，喝烧酒和烈酒的老人嗓子变哑的声音。

马里于斯猛一回身，看到一个少女。

## 四、穷困中的一朵玫瑰

一个非常年轻的姑娘，站在半开的房门口。射进日光的陋室天窗，正对着门，惨淡的光照亮了这张脸。这是一个苍白的、羸弱的、瘦骨嶙峋的姑娘；只穿一件衬衫，一条裙子，光身子冻得瑟瑟发抖。腰带是一条细绳，削尖的肩膀从衬衫顶了出来，皮肤白里泛黄，显出淋巴体质，锁骨土灰色，双手通红，嘴巴半张半闭，暗淡无色，牙齿不全，目光晦暗，大胆而卑琐，一个后天不足的少女形态，一个沦落的老女人的眼神；五十岁同十五岁混在一起；这种人集衰弱和可怕于一身，令人见了不掉泪就发抖。

马里于斯站了起来，有点吃惊地注视这个形近掠过梦幻的幽灵。

尤其令人心酸的是，这个姑娘生来并不丑。孩提时，她甚至大概很漂亮。青春的魅力还在对抗因堕落和贫困而未老先衰的丑陋。美的余韵正在这张十六岁的脸上消失，犹如冬日清晨在彤云密布上消失的苍白阳光。

对马里于斯来说，这张脸绝对不陌生。他似乎想起在什么地方见过。

"您有什么事，小姐？"他问。

少女用喝醉酒的苦役犯的声音回答：

"这是给您的一封信，马里于斯先生。"

她叫出他的名字马里于斯；他无法怀疑，她在同他打交道；可是，这个姑娘是什么人？她怎么会知道他的名字？

不等他叫她上前，她已经进来了。她果断地走了进来，扫了一遍整个房间和凌乱的床，那种自信令人揪心。她光着双脚。衬裙的大窟窿让人看到她的长腿和瘦削的膝盖。她在瑟瑟发抖。

她手里确实拿着一封信，她递给了马里于斯。

马里于斯拆开这封信，注意到封信的面包糊又宽又大，还是湿的。信不可能从老远送来。他看信：

我亲爱的邻居，年轻人！

我知道了您为我做的好事，半年前您付了我的房租。我祝福您，年轻人。我的大女儿会告诉您，两天已（以）来，我们四个人没有一快（块）面包，而且我的妻子病了。我脑子里没有决（绝）望，我认为应该指望，看到这篇陈述，您慷慨的心会变得通人情，产生愿望，给我一点恩惠，这对我大为有用。

对人类的恩人致以崇高敬意。

荣德雷特

又及：我女儿等着您的吩咐，亲爱的马里于斯先生。

从昨晚起，马里于斯就陷入迷魂阵里，这封信像地窖里的一支蜡烛。一切骤然照亮了。

这封信和另外四封信是同一来源。同样的笔迹，同样的风格，同样有错别字，同样的纸，同样的烟草味。

五封信有五个故事，五个名字，五个署名，却只有一个签名的人。西班牙上尉堂阿尔瓦雷兹，不幸的母亲巴利扎尔，诗剧作者让弗洛，老演员法邦图，这四个人都叫作荣德雷特，如果荣德雷特本人真叫荣德雷特的话。

马里于斯住在破屋里已经很久了，上文说过，他连寥寥无几的邻居也难得见到。他的思绪在别的地方；思绪在哪里，眼睛就能看到那里。他在走廊或楼梯上大约不止一次见到荣德雷特一家；但这对他来说只是影子；他粗心大意，昨晚他在大街上遇到了荣德雷特的两个女儿，却没有认出来，因为这显然是她们，其中一个刚刚走进他的房间，好不容易在厌恶和怜悯中，唤醒了他模糊的回忆，记起在别的地方见过她。

现在他看清了一切。他明白了，他的邻居荣德雷特穷困潦倒，却工于心计，想利用做善事者的仁慈，搞到了一些地址，以假名写信给他认为富有和有怜悯心的人，由他的两个女儿冒险去送信，因这个父亲到了穷途末路，便以女儿去冒险；他和命运赌博，拿她们孤注一掷。马里于斯明白了，从她们昨晚的奔逃，气喘吁吁，惶恐万分，他听到的切口，这两个不幸的姑娘还干什么见不得人的营生，从这一切他得出结论，在当今的人类社会中，这两个生活悲惨的人，既不是孩子，又不是姑娘和女人，是贫困产生的邪恶又无辜的怪物。

这是无名、无年龄、无性别的可悲生物，她们无法区分善与恶，离开童年生活，她们在这个世界上已经一无所有，没有自由、美德，也没有责任。昨天含苞欲放的心灵，今日已经凋谢了，如同落在街上的鲜花，污秽使之枯萎，只等车轮辗成泥了。

马里于斯对她投以惊讶和痛惜的目光，而少女在阁楼里以幽灵般的大胆，来回走动。她走来走去，不在乎身体裸露。她破旧撕烂的衬衫不时几乎脱落到腰部。她移动椅子，翻乱放在五斗柜上的衣物,触摸马里于斯的衣服,搜索角落里的东西。

"啊!"她说,"您有一面镜子!"

她仿佛只有独自一人,哼起歌舞剧的片段,好玩的复调,她嘶哑的喉音唱得阴沉沉的。她的大胆放肆透出莫可名状的窘困、不安、屈辱。无耻是一种羞耻。

看到她戏耍,可以说在房间里飞来飞去,像受日光惊吓、折断了翅膀的鸟儿一样,真令人惨不忍睹。可以感到,假若有条件受教育,换一种命运,这个少女欢快自由的举止会有温柔迷人之处。在动物中,生而为白鸽决不会变成白尾海雕。但在人类中却会发生。

马里于斯在沉思,不去管她。

她走近桌子。

"啊!"她说,"是书!"

一道光掠过她晶莹的眸子。她振作起来,她的嗓音流露出能夸耀什么的高兴劲头,任何人对此都不会无动于衷:

"我呀,我识字。"

她一把抓起摊开在桌上的书,相当流畅地念了起来:

"……博杜安将军接到命令,派他的旅统辖的五个营队夺取滑铁卢中心的乌戈蒙古堡……"

她止住了:

"啊!滑铁卢!我知道的。这是当时的一场战役。我的父亲参加了。我的父亲服过役。我们家好样的,是波拿巴分子,嗨!滑铁卢,是同英国人打仗。"

她放下书,拿起一支笔,叫道:

"我也会写字!"

她把笔插到墨水缸里,朝马里于斯转过身:

"您想看吗?瞧,我写一个字给您看。"

他还来不及回答,她已在桌子中间的一张白纸上写下:"警察来了。"

随后,扔下了笔:

"没有拼写错误。您可以看嘛。我妹妹和我,我们受过教育。我们以前不像现在。我们生来不是……"

说到这里她停住了,无光的眸子盯住马里于斯,哈哈大笑,一面用恬不知耻地压下去的惴惴不安的声调说:

"管它呢!"

于是她哼起这段曲调欢快的歌词:

> 我饿,爸爸。
> 没肉吃哟。
> 我冷,妈妈。
> 没衣穿啰。
> 　　快哆嗦,
> 　　小洛洛,
> 　　哭没错,
> 　　小雅各!

她一唱完这段歌词,便喊道:

"您有时去看戏吗,马里于斯先生?我呀,我去看。我有一个小兄弟,他同艺术家挺热络,常常给我戏票。嗨,我不喜欢楼座的长椅。坐在那儿别扭,真不舒服。有时人很多;有的人气味难闻。"

然后她注视马里于斯,神态古怪,对他说:

"您知道吗,马里于斯先生,您是个很英俊的小伙子。"

与此同时,他们俩都有同样的想法,这使她微笑,却使他脸红。

她走近他,把手放在他的肩上。

"您没有注意我,但我认识您,马里于斯先生。我在楼梯上遇到您,后来,我几次看见您走进一个住在奥斯特利兹街那边,名叫马伯夫老爹的家里,我正好在那儿溜达。您头发乱糟糟的,对您挺合适。"

她的声音竭力显得温柔,但只能说得轻些。一部分词儿消失在从喉咙到嘴唇的半途中,仿佛在一架缺音的琴上弹琴。

马里于斯轻轻往后退让。

"小姐,"他冷淡而庄重地说,"我有一个小包,我想是您的。请允许我还给您。"

他把装着四封信的信封递给她。

她拍起巴掌,叫道:

"我们到处找呢!"

然后她赶快抓住小包,打开信封,一面说:

"天哪!我妹妹和我,我们好找啊!是您找到了!在大街上,是吗?大概是在大街上吧?要知道,我们奔跑的时候掉下来的。是我妹妹这丫头干的蠢事。回来以后,我们找不到了。我们不想挨打,打也没用,完全没用,绝对没用,所以我们回家以后说,我们把信送到了,人家对我们说:怪事!这些信在这里!您怎么看出来这些信是我的呢?啊!是的,根据笔迹!所以,昨天晚上我们回家时撞上的是您了。没有留意,什么!我对妹妹说:'是位先生吗?'我妹妹对我说:'我想是位先生!'"

但是,她拆开那封"举步的圣雅克教堂善行先生收"的求告信。

"啊!"她说,"是给那位望弥撒的老人的。正是时候。我给他送去。他也许会给我们吃的东西。"

然后她又笑起来,添上说:

"您知道如果今天我们吃过饭,算作什么吗?算作我们前天吃过午饭和晚饭,昨天吃过午饭和晚饭,今天上午吃一次,通通包括了,啊!没错!要是你们不满意,狗东西,那就饿死吧!"

这使马里于斯回想起,不幸的姑娘来他这里是图什么的。

他在背心里摸索,什么也没有找到。

少女继续讲话,仿佛她没有意识到马里于斯在面前。

"有时我晚上出去。有时我不回家。那年冬天,搬到这儿来以前,我们待在桥拱下面。大家挤在一起,免得冻坏。我的妹妹在哭。水,多惨啊!我想到投水淹死时,心里想:'不,水太冷了。'我一个人随意乱跑,有时我睡在壕沟里,要知道,夜里,我走在大街上,把树看成叉子,把黑乎乎的大房子看成圣母院的塔楼,我想象白墙是河,心里寻思:'瞧,那里有水!'星星像彩灯,好像在冒烟,风把它们吹灭了,我呆住了,仿佛马在我耳边吹气;尽管是在夜里,我听到手摇风琴和纺纱机的声音,我怎么知道是不是呢?我以为有人向我扔石块,我莫名其妙,逃跑了,一切在旋转,一切在旋转。没有吃饭,就会怪怪的。"

她迷惑地望着他。

马里于斯在口袋里左翻右挖,终于凑出五法郎十六苏。眼下这是他的全部所有。"够今天吃晚饭就行了,"他想,"明天再说吧。"他拿出十六苏,把五法郎给了姑娘。

她抓住了钱币。

"好,"她说,"出太阳啦!"

仿佛这太阳能在她的脑子里造成切口的雪崩,她继续说:

"五法郎!亮闪闪!国王头像银币!在这破窝里!够意思!您是好样儿的!我把蹦蹦跳的心挖给您看。宝贝好极了!两天不愁吃喝!还能开荤哪!能撑死呀!美美地吃呀!穷开心呀!"

她把衬衫拉上肩头,向马里于斯深深鞠了一躬,又亲热地做了个手势,朝门口走去,一面说:

"您好,先生。别见怪。我要去见老爸了。"

经过时,她看到五斗柜上有一块干面包,在灰尘里发霉了;她扑过去,咬了一口,嘟囔着说:

"好吃!真硬!把我的牙都咬碎啦!"

她随后出去了。

## 五、天赐的窥视孔

五年来,马里于斯生活在穷困中、拮据中,甚至困厄中,但他发觉，他根本不了解真正的贫困。真正的贫困，他刚才看到了。这个鬼怪刚从他眼前经过。因为只见过男人的贫困，并没有看见什么，必须看看女人的贫困；只见过女人的贫困，并没有看见什么，必须看看孩子的贫困。

男人到了穷途末路，也就束手无策了。他周遭那些毫无防卫能力的人，也就倒霉了！工作、工资、面包、炉火、勇气、良好愿望，他统统缺乏。外界明媚的阳光仿佛熄灭了，内心的精神之光熄灭了；在一片黑暗中，男人遇到的是女人和孩子的弱小，便硬逼他们去干卑鄙的勾当。

于是，各种各样的丑事都做得出来。围住绝望的是松脆的隔板，每一块都对着邪恶和罪行。

健康、青春、名声、还很鲜嫩的肉体表现的圣洁和羞涩的娇弱、心灵、贞洁、廉耻这灵魂的表皮，这一切受到这种摸索的不祥操纵：它在寻找办法，却遇到耻辱，便凑合算了。父亲、母亲、孩子、兄弟、姐妹、男人、女人、姑娘，几乎像矿物的构成一样，加入和汇聚在模糊杂乱的一堆中，不分性别、亲缘、年龄、耻辱、纯洁。他们挤作一团，蜷缩在命运的破屋里。他们悲戚地面面相觑。不幸的人们啊！他们多么苍白啊！他们感到多么冷啊！他们似乎待在比我们离太阳更远的星球上。

对马里于斯来说，这个少女是黑暗派来的使者。

她向他显示了黑夜丑恶的一面。

马里于斯几乎自责耽于幻想和爱情，妨碍他至今向邻居瞥上一眼。替他们付房租，这是下意识的举动，人人都会这样做；但是他，马里于斯，本应做得更好。什么！仅仅一堵墙就把他和这些被抛弃的人隔开，他们在黑夜中摸索着生活，被排斥在世人之外，他与他们摩肩接踵，可以说，他是他们接触到的人类的最后一个环节，他听到他们生活，或者说得确切些，听到他们在自己身边苟延残喘，他却根本没有留意到！每天，在同一时刻，透过墙壁，他听到他们走动，来来去去，说话，却没有侧耳细听！他们的话里有呻吟，他置若罔闻！他的思想在别的地方，他在梦想，想着达不到的光芒，虚无缥缈的爱情，痴心妄想；而有的人，同样信仰耶稣基督的兄弟，在人民中的兄弟，却在他身边奄奄一息！白白地死去！造成他们的苦难，甚至他也有份，而且是他加剧了。因为他们要是有别的邻居，不作非分之想、更加细小的邻居，一个普通的、有恻隐之心的人，他们的贫困显然会受到注意，他们困苦的迹象就会被人看到，也许他们早就得到接济，脱离苦境！无疑，他们显得道德败坏、堕落、可鄙，甚至可恶，但他们人数不多，倒下而没有失去尊严；况且，不幸的人和无耻之徒到了某一点就混同起来，结合成一个词，不可避免的一个词，就是卑贱的人；是谁的错误？再说，堕落越深，同情不应该越大吗？

有时，马里于斯同所有心灵真正耿直的人一样，也要自我教育，责己更严；他一面教训自己，一面注视把他和荣德雷特一家隔开的墙壁，好似能让他同情的目光穿越板壁，焐热这些不幸的人。板壁很薄，抹了一层灰泥，由木板和小梁支撑起来，下文就会看到，能让人完全听清说话声音。只有沉思默想的马里于斯才没有发觉。无论荣德雷特家那边，还是马里于斯这边的墙上，都没有贴上壁纸；看得见光秃秃的粗糙墙面。马里于斯几乎没有意识到这些，他在审察这块板壁；有时，沉思也像思想那样，在察看，观察和审视。突然，他站了起来，他刚刚注意到上方，靠近天花板，有一个三角形的窟窿，是三块木板之间留下的空隙。本该堵住这个窟窿的灰泥脱落了，只要踏上五斗柜，可以从这缺口看到荣德雷特家的陋室。怜悯也有而且应该有好奇心。这个窟窿形成一种窥视孔。允许偷看不幸，以便救助。"让我们看看这家人的情况，"马里于斯心想，"究竟到了什么地步。"

他爬上五斗柜，将眼睛凑近缺口，往里张望。

## 六、人兽之窝

城市像森林一样，也有洞窟，最凶恶和最可怕的东西藏在里面。不过，在城市里，这样躲藏的是凶狠、邪恶和卑污，也就是丑；在森林里，躲藏的东西凶恶、野蛮和巨大，也就是美。都是巢穴，野兽的巢穴胜过人的巢穴。岩洞强过陋室。

马里于斯看到的是一间陋室。

马里于斯贫穷，他的房间寒伧；但是，他的贫穷是高尚的，他的阁楼也是干净的。此刻他的目光所探视的陋室，卑污、肮脏、奇臭、幽暗、杂乱。全部家具是一张草垫椅子、一张残缺不全的桌子、几只破罐，两个角落里有两张难以描绘的破床；取光的是一扇阁楼窗子，有四块玻璃，布满了蜘蛛网。从这扇天窗正好射进来足够的亮光，一张人脸显得像一张鬼脸。墙壁像得了麻风病，布满了疤痕，就像一张被可怕的疾病扭曲了的脸。像眼屎般的潮湿渗出水来。可以分辨出用木炭粗俗地画出的淫秽图画。

马里于斯居住的房间,是破砖铺的地面;这一间既没有铺砖,也没有铺地板;人直接走在旧灰泥上,踩成了黑色。在这高低不平的地面上,灰尘像镶进去了一样,有一处扫帚不去碰它,随意乱堆旧鞋、破鞋、破衣烂衫;此外,这个房间有一个壁炉;每年的租费是四十法郎。这个壁炉里什么都有,一只炉子、一只锅、碎木板、挂在钉子上的破布、一只鸟笼、灰烬,甚至还有一点火。两块木柴可怜巴巴地冒着烟。

有样东西更增添了这间陋室的不堪入目,就是房间很大,棱棱角角,一个个黑洞,屋顶下的旮旯,还有像海湾和海岬的地方。由此构成一些深不可测的角落,拳头大小的蜘蛛似乎会蹲在里面,还有脚掌大小的鼠妇,甚至或许还有天知道的人形妖怪。

一张破床放在门边,另一张放在窗旁。两张床的一端都触到壁炉,面对马里于斯。

在马里于斯的窥视孔旁边的角落里,墙上挂着一张彩色版画,装在黑木框架中,画的下面用粗体字写着:梦。画的是一个睡着的女人和一个睡着的孩子,孩子睡在女人的膝盖上,云中的一只老鹰叼着一顶桂冠,女人将桂冠从孩子头上推开,孩子却没有醒来;背景的拿破仑罩着光轮,倚在一根蓝色的粗柱子上,黄色的柱头写着如下的题铭:

马伦哥

奥斯特利兹

耶拿

瓦格拉姆

埃洛

在画框下面，一块长方形的木牌放在地下，斜靠在墙上。好像一张翻过来的画，或许里边的画乱涂一气，或者是从墙上取下的一面镜子，遗忘在那里，等着再被挂上去。

马里于斯在桌上看到一支笔、墨水缸和纸，桌旁坐着一个人，约莫六十岁，小个子，瘦削，苍白，惶恐，神态精明、冷酷、杌陧不安；一个面目可憎的无赖。

如果拉瓦特[1]观察过这张脸，会发现秃鹫和检察官的混合；猛禽和讼棍互相作用，使之变得更丑，互为补充，讼棍使猛禽卑劣，猛禽使讼棍可憎。

这个人有一副灰色的长胡子。他穿一件女人的衬衫，露出毛茸茸的胸脯和长满灰毛的光胳臂。衬衫下面伸出沾满污泥的长裤和靴子，脚趾露了出来。

他的嘴上叼了一根烟斗，他抽着烟。陋室里没有一点面包，但还有烟草。

他在写东西，也许是几封信，就像马里于斯看过的那几封。

桌子的一角可以看到一本不成套的淡红色旧书，是阅览室那种十二开的旧版本，显示出是部小说。封面用大写字母印着标

---

[1] 拉瓦特（1741～1801），瑞士作家，神学家，用德语写作，提出面相术。

题,赫然入目:《天主,国王,荣誉和贵妇》,杜克雷-杜米尼尔著,一八一四年。

这个人一面写一面高声说话,马里于斯听到他的话:

"真想不到即使人死了还没有平等!看看拉雪兹神父公墓吧!大人物,那些富人,埋在上边的刺槐小径里,路面铺石。他们可能用车送来。小人物,那些穷人,不幸的人,什么!把他们放在下边的洞穴里,那里的烂泥没到膝盖,非常潮湿。把他们放在那里,让他们好快点烂掉!去看他们,总要陷到土里。"

说到这里,他停住了,用拳头擂着桌子,咬牙切齿地又说:

"噢!我要吃掉这世界!"

一个胖女人可能有四十岁或者一百岁,蹲坐在壁炉旁自己的光脚上。

她也只穿着一件衬衫和一条针织衬裙,裙子用几块旧布补过。一条粗布围裙遮住一半裙子。尽管这个女人弯下腰,缩成一团,还是可以看出,她身材十分高大。在她丈夫身边,这是一个女巨人。她有一头金黄中带灰棕色的可怕头发,她不时用指甲扁平、发光的大手拢一下。

在她身旁,一部同样开本的书,可能是同一部小说,翻开了放在地上。

马里于斯看到一个修长的苍白的小姑娘坐在一张破床上,她几乎赤裸裸,双脚垂着,模样既不在听,也不在看,一动不动。

无疑这是刚才到他房里的那个姑娘的妹妹。

她好像十一二岁。仔细打量她,会看出她足有十五岁。就是这个孩子昨晚在大街上说:"我颠了! 颠了! 颠了!"

她这种虚弱的体质,长期滞后发育,随后突然飞快地长起来。是赤贫造成这种令人悲哀的人类植物。这类人既没有童年,也没有青少年。十五岁上,她们只有十二岁;十六岁上,她们却好像二十岁。今天是小姑娘,明天是妇人。好像她们跨越了生活,快些结束一生。

眼下,她像个孩子。

再者,这个家没有任何干活的东西;没有纺机,没有纺车,没有工具。在一个角落里,有一些废铁,看不出是什么。这是绝望之后,临死之前的阴沉沉的怠惰。

这间阴惨惨的屋比坟墓里还要骇人,马里于斯注视了一会儿,可以感到人的灵魂在骚动,生命在颤动。

陋室、地下室、低坑,有些穷人就匍伏在这些社会建筑的最底层,但那还不是坟墓,这是墓室的前室;就像富人把他们最富丽堂皇的东西陈列在大宅的入口一样,近在身边的死神好像把最贫穷的东西放在这个前厅。

男人沉默了,女人不说话,少女好像在呼吸。只听到笔落在纸上的沙沙声。

男人没有停止写,喃喃地说:

"坏蛋! 坏蛋! 全是坏蛋!"

这个所罗门感叹的变体,[1] 使女人叹了一口气。

---

1 所罗门说:"虚荣,虚荣,全是虚荣!"

"小朋友,别气了,"她说,"别弄坏了身子,亲爱的。给这些人写信,你真是太好了,老公。"

贫穷时就像寒冷时一样,身子挤在一起,但心却拉开了。从表面看,这个女人一定热烈地爱过这个男人;但可能全家在艰难困苦的重压下,日常会互相责备,这种爱已熄灭了。她心中对丈夫只有爱的灰烬。不过,亲昵的称呼是常见的,还残存下来。她常对他说:"亲爱的,小朋友,老公,"等等,只是口头上,心已经寂然了。

男人重新写起来。

## 七、战略和战术

马里于斯胸口感到压抑,正要从临时想到的观察台下来,这时一种响声吸引了他的注意,使他留在原地上。

陋室的门刚才突然打开了。

大女儿出现在门口。

她脚上穿着男人的大鞋,沾满泥浆,泥浆一直溅到她红通通的脚踝上,她披着一件破烂的旧斗篷,一小时前马里于斯没有见到过,但她可能放在门口,以便获得更多的同情,她出门时大概又穿上了。她走进屋里,在身后掩上门,停下来喘口气,因为她气喘吁吁,然后她用胜利和快乐的声音叫道:

"他来了!"

父亲回过头来,女人别转头来,妹妹一动不动。

"谁?"

"那位先生!"

"那位慈善家吗?"

"是的。"

"从圣雅克教堂来的?"

"是的。"

"那个老头?"

"是的。"

"他要来了?"

"跟在我后面。"

"你能肯定?"

"我能肯定。"

"当真,他来了?"

"他坐出租马车来。"

"坐出租马车。是罗斯柴尔德[1]!"

父亲站了起来。

"你凭什么肯定?如果他坐出租马车来,你怎么会比他先到?你至少给了他地址吧?你告诉他是在右边走廊尽头最后一扇门吗?但愿他别搞错了!你在教堂找到他的吗?他看了我的信吗?他对你说什么来着?"

"嗒,嗒,嗒!"女儿说,"你急成什么样子,老先生!是这样的:我走进教堂,他坐在老位置上,我对他行了礼,把信交给他,

---

[1] 罗斯柴尔德,原籍德国犹太人的银行家家族,第一位是梅叶尔·昂舍尔·罗斯柴尔德(1743～1812),延续至今。

他看了，对我说：'您住在哪里，我的孩子？'我说：'先生，我带您去。'他对我说：'不，把您的住址给我，我的女儿要买些东西，我这就坐一辆车，跟您同时赶到您家。'我把地址给了他。当我说出是哪幢房子时，他显得很吃惊，他犹豫了一下，然后他说：'没关系，我会去的。'弥撒一结束，我就看到他同女儿走出教堂，我看到他们登上出租马车。我对他说了，是在右边走廊尽头最后一扇门。"

"你怎么知道他会来呢？"

"我刚看到出租马车停在小银行家街。所以我跑了回来。"

"你怎么知道就是那辆车呢？"

"因为我事先注意到车牌号！"

"多少号？"

"440号。"

"好，你是一个机灵的女孩子。"

女儿大胆地瞧着父亲，给他看脚上穿的鞋子：

"一个机灵的女孩子，可能是的。不过我说，我再也不穿这双鞋了，我再也不要穿，首先是为了身体，其次是为了干净。鞋底总渗水，一路上咯吱咯吱的，没有更叫人恼火的。我宁愿光脚走路。"

"你说得对，"父亲回答，和蔼可亲的声调和少女的粗声大气恰成对照，"可是，人家会不让你进教堂。穷人也要穿鞋。不能光脚到天主之家呀，"他又凄楚地补上一句。然后再回到他关心的事情上来："你能肯定吗，肯定他要来吗？"

"他跟着我的脚后跟，"她说。

那男人挺起胸来。他的脸放出光彩。

"老婆!"他大声说,"你听到吗?慈善家来了。把火灭掉。"

惊讶的母亲一动不动。

父亲以卖艺小丑的灵巧抓起壁炉上的一只破罐,将水泼在燃烧的木柴上。

然后他对大女儿说:

"你!把椅子的垫草扯出来!"

他的女儿一点儿不明白。

他抓起椅子,踹了一后跟,于是成了没草垫的椅子。他的腿穿了过去。

他一面拔出腿来,一面问他的女儿:

"天冷吗?"

"很冷。下雪了。"

父亲转向放在靠窗那张破床上的小女儿,用雷鸣般的声音向她喊道:

"快!下床,懒虫!你什么事也不干!去敲碎一块玻璃!"

小姑娘瑟缩地跳下床来。

"敲碎一块玻璃!"他又说。

孩子呆若木鸡。

"你听见我的话吗?"父亲又说一遍,"我对你说敲碎一块玻璃!"

孩子被慑服了,踮起脚尖,一拳打在玻璃上。玻璃打碎了,咣当地掉下来。

"很好,"父亲说。

他严肃而粗鲁。他的目光迅速扫视破屋的每个角落。

仿佛一个将军在战役即将开始时做着最后的准备。

母亲还一声没吭,站了起来,她的声音缓慢而低沉,问出来的话好像凝固了似的:

"亲爱的,你想干什么呀?"

"你上床吧,"男人回答。

声调不容争议。母亲顺从了,沉甸甸地倒在一张破床上。

但角落里传来一阵呜咽声。

"怎么回事?"父亲叫道。

小女儿没有从她蹲在那里的暗陬处走出来,只伸出血淋淋的拳头。打碎玻璃时,她受了伤;她走到她母亲的破床边,无声地啜泣着。

这回轮到母亲坐起来叫道:

"你看看清楚!你干的蠢事!打碎你的玻璃,她却割伤了!"

"好极了!"男人说,"在预料之中。"

"怎么?好极了?"女人又说。

"住口!"父亲反驳说,"我取消言论自由。"

然后,他从自己身上撕下妻子的衬衫,做成一条绷带,迅速给小女儿包扎流血的手腕。

包完以后,他的目光满意地落在撕碎的衬衣上。

"衬衫也算一样,"他说。"统统像模像样。"

一阵寒冷的北风透过玻璃窗,吹进房间。外面的雾也涌进来,仿佛被无形的手隐约地撕开,像白絮一样扩散开来。透过打碎的玻璃窗,可以看到在飘雪。昨天圣蜡节的太阳预告的寒潮果然来了。

父亲环顾四周,似乎要肯定什么也没有遗忘。他拿起一把旧铲子,把灰撒在湿焦柴上,把焦柴全部遮没。

然后他挺起身来,靠在壁炉上说:

"现在,我们可以接待慈善家了。"

## 八、阳光照进陋室

大女儿走过来,将手放在父亲的手上。

"摸一摸,我的手多冷啊,"她说。

"咦!"父亲回答,"我比你冷得多。"

母亲冲动地喊道:

"你呀,你总是超过别人!连做坏事也一样。"

"拉倒吧!"男人说。

母亲见盯她的目光不一样,缄口不语了。

陋室中有一会儿沉寂无声。大女儿悠闲地去掉斗篷下摆的泥污,她的妹妹继续呜咽;母亲把她的头捧在手里,一面吻着,一面低声对她说:

"我的宝贝,好啦,没事了,别哭,你要惹父亲生气了。"

"不!"父亲叫道,"相反!哭吧!哭吧!这样很好。"

然后,又对大女儿说:

"怎么搞的!他还不到!如果他不来,我灭掉了火,踩穿椅子,撕碎了衬衫,打碎了玻璃,却一无所获!"

"还有弄伤了小的!"母亲说。

"你们知道吗?"父亲又说,"在这间见鬼的破屋里,冻得叫人受不了啦!如果这个人不来就糟了!噢!原来如此!他让人等他!他想:嗨!他们会等我!他是有所图!噢!我恨他们,我把他们掐死才高兴呢,才快乐呢,才起劲呢,才满足呢,这些有钱人!所有这些有钱人!这些所谓善人,装作虔诚,去望弥撒,迷恋狗教士,听这些教士说教个没完,自以为高我们一等,来侮辱我们,给我们送衣服!说得好听!这些衣服值不了几个苏,还送什么面包!这不是我所要的,这帮混蛋!我要的是钱!啊!是钱!却没有!因为他们说,我们会去喝酒,我们是酒鬼和懒汉!而他们呢!他们是什么东西?他们以前是什么东西?是盗贼!不这样,他们富不起来!噢!就要抓住台布的四只角,把社会往上抛,把一切抛到空中!让一切摔碎,这是可能的,可是至少不是人人都一无所有,这一点总算有所得!我那个一副牛脸的善人先生他究竟是干什么的?他会来吗?那畜生也许忘掉了地址!让我们来打赌,这头老畜生……"

这时有人轻轻地敲了一下门;男人冲了过去,把门打开,深深鞠躬,堆起崇敬的笑容,大声说:

"请进,先生!请进,我尊贵的善人,还有您可爱的小姐。"

一个年迈的男人和一个少女出现在陋室门口。

马里于斯没有离开他的位置。此刻他所感到的,非人类语言所能形容。

这是她。

谁恋爱过都知道,"她"这个词所包含的光芒四射的意义。

这确实是她。马里于斯的眼睛顿时散布光闪闪的雾气,他透过这雾气勉强看清她。正是这失去踪影的意中人,这六个月来向他闪烁的星星,正是这眸子,这额角,这张嘴,这消逝的俏丽的脸,它离去时黑夜便来临了。幻象消失之后又重现了!

她重新出现在这昏暗中,在这陋室中,在这难看的破屋里,在这个可怕的地方!

马里于斯抖个不停。什么!是她!他的心怦然乱跳,眼睛看不清楚。他感到眼泪就要夺眶而出。什么!找了她这么久之后,终于又见到了她!他觉得以前丢了魂,刚刚又找回来了。

她还是那样,不过有点苍白;她娇嫩的脸罩在一顶紫丝绒帽中,身子裹在一件黑缎披风里。在她的长裙下,可以看到穿着高帮缎鞋包紧的纤足。

她总是由白发先生陪伴着。

她在房间里走了几步,把一只相当大的包裹放在桌上。

荣德雷特家的大女儿躲到门背后,以阴沉的目光望着这顶丝绒帽,这缎披风,这幸福的可爱的脸。

## 九、荣德雷特几乎挤出眼泪

陋室非常幽暗,刚从外边进来的人会有走进地窖的感觉。因此,两个刚来的人,有点迟疑地往前走,几乎分不清他们周围朦胧的形体,而他们却被习惯了这昏暗的陋室的居民看得清清楚楚,仔细观察过。

白发先生目光和蔼而忧郁,走过来对荣德雷特老爹说:

"先生,您在这个包里会找到新衣服、袜子和毛毯。"

"我们至尊的恩人待我们太好了,"荣德雷特说,一躬到地。然后,俯向他大女儿的耳朵,这时两个来访者在观察这悲惨的房间,他低声迅速地说:

"哼!我说什么来着?旧衣服!没有钱。他们都是一路货!对了,给这个老笨蛋的信署什么名?"

"法邦图,"女儿回答。

"戏剧艺术家,好!"

荣德雷特做得很对,因为这时白发先生向他转过身来,对他说话的神态就像要问他的名字:

"我看您的景况值得同情,……先生。"

"法邦图先生,"荣德雷特赶快回答。

"法邦图先生,是的,正是这名字,我想起来了。"

"戏剧艺术家,先生,获得过成功。"

说到这里,荣德雷特显然认为抓住"慈善家"的时机来了。他大声说起来,嗓音既像集市卖艺的大言不惭,又有大路上的乞丐的低首下心:"塔尔马的学生,先生!我是塔尔马的学生!从前运气对我笑脸相迎。唉!眼下轮到晦气了。瞧,我的恩人,没有面包,没有炉火。我可怜的两个小姑娘没有火取暖!我唯一的一张椅子草垫坐穿了!一块玻璃打碎了!在这样的天气!我的妻子病倒在床!"

"可怜的女人!"白发先生说。

"我的孩子受伤了!"荣德雷特补充说。

那个孩子由于来了人而走神,欣赏起"小姐"来,不再哭了。

"哭呀!大声哭呀!"荣德雷特悄声对她说。

同时他掐她受伤的手。这一切具有扒手的才能。

小姑娘高声号哭起来。

马里于斯在心里称之为"他的于絮尔"那个可爱少女,赶紧走上来:

"可怜的亲爱的姑娘!"她说。

"瞧,漂亮的小姐,"荣德雷特继续说,"她的手腕鲜血淋漓!为了一天挣六苏,她在机器下干活,出了事故。也许不得不截掉手臂!"

"当真?"老先生悚然而惧地说。

小姑娘对这句话信以为真,哭得更厉害了。

"唉,是的,我的恩人!"父亲回答。

荣德雷特以奇怪的方式打量"慈善家",已有一段时间。他一面说话,一面似乎仔细端详他,仿佛竭力在回忆。突然,他利用两个来访者关切地询问小姑娘受伤的手的情况时,走到妻子身边,她躺在床上,神态难受而愚蠢,他非常小声地急速对她说:

"好好瞧瞧这个人!"

然后,他向白发先生回过身来,继续诉苦:

"您瞧,先生!我呢,我的全部衣服只有一件我妻子的衬衫!而且都撕烂了!在寒冬腊月。由于没有外衣,我出不了门。如果我有衣服,我会去看玛尔斯小姐,她认识我,非常喜欢我。她不是始终住在贵妇塔街吗?您知道吗,先生?我们一起在外省演出过。我分享她的荣耀。塞莉曼娜[1]会来援助我,先生!艾耳密尔会向贝利泽

---

[1] 塞莉曼娜,莫里哀的喜剧《恨世者》的女主人公。

尔施舍的！¹可是不行，没有衣服！家里一文不名！我的妻子病了，一文不名！我的女儿严重受伤，一文不名！我的妻子常憋气。岁数大了，再说又加上神经系统有毛病。她需要急救，我女儿也需要急救！但是医生呢！但是药费呢！怎么付钱？一文不名！我会跪在十生丁面前，先生！艺术就陷入这样的境地！您知道吗，我可爱的小姐，还有您，我慷慨的保护人，您知道吗，你们显示出美德和仁慈，使这座教堂满屋生香，我可怜的女儿去祈祷时，天天看到你们……因为我以宗教信念培养我的两个女儿，先生。我不愿意她们演戏。啊！怪人！要让我看到她们失足！我呀，我不开玩笑！我向她们灌输荣誉、道德、贞操！问问她们吧。要走正路。她们有一个父亲。这不是那些不幸的女孩，先是没有了家庭，最后嫁给众人。'无人'的姑娘，变成人尽皆夫。当然啦！法邦图家没有这种事！我会教育她们保持贞洁，要做正直的人，要文雅，要信仰天主！见鬼！——咦，先生，高尚的先生，您知道明天会发生什么事吗？明天，二月四日，是忌日，我的房东给我的最后期限；如果今晚我不付房租，明天，我的大女儿，我，我发烧的妻子，我受伤的孩子，我们四个人统统要从这儿被赶出去，扔到外面，在街上，在大街上，没有躲避的地方，在雨中，在雪下。就是这样，先生。我欠四季度房租，一年房租！就是说六十法郎。"

荣德雷特在说谎。四季度房租只有四十法郎，他不可能欠四季度房租，因为马里于斯为他们付了两个季度的房租，还不到半年。

---

1 艾耳密尔，《伪君子》里的人物；贝利泽尔（500～565），东罗马帝国名将，为皇帝嫉妒，沦落为乞丐。

白发先生从兜里取出五法郎，放在桌上。

荣德雷特刚来得及在大女儿的耳边小声说：

"无赖！他让我拿这五法郎干什么？还支付不了我的椅子和玻璃钱！所以，你要把本捞回来！"

白发先生脱下套在蓝色礼服上的褐色大衣，扔在椅背上。

"法邦图先生，"他说，"我身上只有五法郎，但我先要将女儿送回家，今晚我会再来，您不是今晚要付房租吗？……"

荣德雷特的脸豁然开朗，但表情古怪。他急忙回答：

"是的，我尊贵的先生。八点钟，我应该到房东那里。"

"六点钟我会来到这里，给你送六十法郎来。"

"我的恩人！"荣德雷特失态地叫道。

他又低声说：

"仔细看看他，老婆！"

白发先生挽起漂亮少女的胳臂，转向门口：

"晚上见，朋友们，"他说。

"六点钟？"荣德雷特说。

"六点整。"

这时，搭在椅背上的大衣引起荣德雷特大女儿的注意。

"先生，"她说，"您忘了您的大衣。"

荣德雷特向女儿投以骇人的一眼，还可怕地耸耸肩。

白发先生回过身来，含笑回答：

"我没有忘，我留下的。"

"我的保护人啊，"荣德雷特说，"我的大恩人，我感激涕零！请让我送您上车。"

"如果您出门,"白发先生说,"穿上这件大衣。天确实很冷!"

荣德雷特不等人说第二遍。他赶快穿上褐色大衣。

他们三个出去了,荣德雷特走在两个客人前面。

## 十、包车每小时付费两法郎

马里于斯对这一场戏,一点没有漏掉,但实际上,他一点没有看到。他的眼睛盯住少女,可以说,从她一踏入陋室,他的心就抓住她,整个儿裹住她。她呆在那里的全部时间,他全身心陶醉了,感官知觉中止,整个心灵落在一个点上。他瞻仰的不是这个少女,而是穿缎披风戴丝绒帽的这片光芒。天狼星进入这个房间,也不会令他这样目眩神迷。

少女打开包裹,抖开衣服和毯子,和蔼地询问生病的母亲,同情地询问受伤的小姑娘,他窥视她的每个动作,尽力听清她的话。他熟悉她的眼睛,她的额头,她的美丽,她的身材,她的举止,他不熟悉她的声音。有一次在卢森堡公园,他似乎抓住了她的几句话,但他不能绝对肯定。他宁愿少活十年,以便听到她说话,在心里能带走一点这种乐声。但一切都消失在荣德雷特诉苦的陈述和喇叭般的喧闹声中。这使马里于斯又快活又火冒三丈。他死盯住她。他不能想象,在这不堪入目的陋室里,在这些邪恶的人中,他看见的确实是这个妙人儿。他觉得看到一只蜂鸟处在一群癞蛤蟆中。

她出去后,他只有一个想法,就是跟随她,追踪不放,直到知道她住在哪里才离开她，这样奇迹般又找到她，至少不能再失去她！他从五斗柜上跳下来，拿上帽子。正当他伸手拉锁舌，就要出去时，转念一想，又停了下来。走廊很长，楼梯笔直，荣德雷特喋喋不休，白发先生大概还没有上车；要是他返回走廊，或者返回楼梯，或者就在门口，便会看到他，马里于斯在这幢房子里，显然他会警觉起来，找到办法再摆脱他，那就又一次完了。怎么办？再等一下？可是这样一等，马车可能起动了。马里于斯进退维谷，最后他横下一条心，走出房间。

走廊里已没有人。他奔向楼梯。楼梯里没有人。他匆匆下楼，赶到大街上，恰好看到一辆出租马车拐过小银行家街的转角，返回巴黎。

马里于斯往这个方向冲过去。来到街角，他又看到出租马车飞快驶向穆弗塔尔街，马车已经走得很远，没有办法赶上它；怎么？追赶吗？不可能；再说，从车上肯定会注意到有人飞奔着追赶，老爹会认出他。这当儿，也真有巧事，马里于斯看到一辆空空的轻便马车从大街上经过，他只有一个办法可行，就是登上这辆马车，跟在出租马车后面。这样做稳妥、有效，又没有危险。

马里于斯招呼车夫停车，对他喊道：

"按钟点包车！"

马里于斯没有结领带，他穿了一件缺纽扣的旧工作服，他的衬衫在胸口的皱褶处撕破了。

车夫停住车，用目光打量，朝马里于斯伸出左手，食指和拇指轻轻捻着。

"什么？"

"先付钱，"车夫说。

马里于斯想起他身上只有十六苏。

"多少？"他问。

"四十苏。"

"我回来会付钱。"

车夫吹起《帕莉丝》的曲调，挥鞭赶马，作为回答。

马里于斯茫然若失地看着马车离去。只因缺了二十四苏，他失去了欢乐、幸福、爱情！他重新陷入黑夜！他重见光明，却又变成瞎子！他痛苦地想起，应该说，他非常遗憾想起当天早上给了这个贫穷的姑娘五法郎。如果他还有这五法郎，他就得救了，再生了，离开了地狱边缘和黑暗，走出孤独、忧郁和单身生活；他又把自己命运的黑线和刚刚在他眼前飘拂的、又再次断掉的美好金线联结上。他绝望地回到了破屋。

本来他会想到，白发先生答应傍晚再来，这回他只要好好抓住机会，就能跟随他；但他在观看时，几乎听不到什么。

他上楼时，看到大街那一头，沿着戈布兰城门街空荡荡的墙边，荣德雷特裹着"慈善家"的大衣，在跟一个面目不善的人说话，这类人可以称作"城关盗贼"；这类人面目可疑，滔滔不绝的话靠不住，看来思想邪恶，往往白天睡觉，这令人猜想他们在夜里活动。

这两个人在飘舞的雪中伫立着谈话，结成一伙，警察准定会注意到，但马里于斯几乎不加注意。

不管他多么黯然地另有所思，他还是禁不住想，荣德雷特与之说话的那个城关盗贼，酷似一个叫蓬肖的别号青春哥、比格尔纳伊的人，库费拉克有一次指给他看，这家伙在街区里被看作相当危险的夜行客。在上一章，读者已经见过这个人的名字。这个蓬肖，别号青春哥或比格尔纳伊，后来出现在好几个罪案中，成为有名的歹徒。当时他只是一个小有名气的歹徒。今天，他在强盗中成为传奇人物。他在起支配地位的末期，创立了新派。晚上，夜幕降临时，正当团伙聚集，互相低声说话时，在狮子沟的福斯监狱里，囚犯都在谈论他。在这个监狱里，巡逻道下面有一条排粪便阴沟，一八四三年有三十个囚犯在大白天从这里逃走；在粪坑盖板的上面，可以看到他的名字蓬肖，是他有一次越狱前大胆地刻在巡逻道的墙上的。一八三二年，警察已经监视他，但他还没有真正出道。

## 十一、穷困为痛苦效劳

马里于斯慢慢地登上破屋的楼梯；当他回到房间里时，他看到身后的走廊里，荣德雷特家大姑娘跟随着他。他觉得这个姑娘面目可憎，正是她拿走了他的五法郎，要向她讨回来已经为时过晚，马车已经不在那里了，出租马车远去了。再说，她不会还给他。至于问她刚才来访那两个人的住址，也没有用，显然她根本不知道，因为署名法邦图那封信，是写给"举步圣雅克教堂的善人先生"的。

马里于斯走进房里，推上身后的门。

门关不上；他回过身来，看到一只手挡住半开的门。

"怎么回事？"他问，"是谁？"

这是荣德雷特家的姑娘。

"是您?"马里于斯几乎粗暴地说,"总是您!您想干什么?"

她好像若有所思,没有回答。她已经没有早上那种自信。她没有进来,待在走廊的黑暗里,马里于斯从半开的门瞥见她。

"您回答呀!"马里于斯说。"您要我干什么?"

她把阴郁的目光投向他,目光中好像有一点朦胧的闪光,她对他说:

"马里于斯先生,您的神态忧郁,您怎么啦?"

"我吗!"马里于斯说。

"是的,您。"

"我没有什么。"

"有的!"

"没有。"

"我对您说有!"

"让我安静吧!"

马里于斯重新推门,她继续顶着。

"呃,"她说,"您错了。尽管您不富,今天上午您乐于助人。现在仍然要这样。您给了我吃的,现在告诉我,您怎么啦。您有忧愁,一眼就看得出来。我不愿意您有忧愁。何必这样呢?我能干点什么事吗?支使我吧。我不问您的秘密,您不需要对我说,但我毕竟会有用。我可以帮助您,因为我也能帮我父亲。要去送信,到别人家里,一家家去问,找到地址,为人效劳,我能干这个。那么,您可以告诉我,您有什么事,我去对他们说,他们就知道了,一切便安排妥当。支使我吧。"

一个想法掠过马里于斯的脑际。人感到往下掉,还要挑抓到的树枝吗?

他走近荣德雷特家的姑娘。

"你听着……"他对她说。

她眼里闪出快乐的光芒,打断了他。

"噢!是的,用你称呼我吧!我更喜欢这样。"

"那么,"他继续说,"是你把那位老先生和他的女儿带到这里来……"

"是的。"

"你知道他们的地址吗?"

"不知道。"

"替我找到地址。"

荣德雷特的姑娘目光由阴郁变得欢快,而他由欢快变得阴沉。

"您想要的就是这个吗?"她问。

"是的。"

"您认识他们吗?"

"不认识。"

"就是说,"她急冲冲地接口,"您不认识她,但您想认识她。"

多数变成阴性单数,有一种难言之苦和说不清的意味。

"你到底办得成吗?"

"您想要漂亮小姐的地址吗?"

在"漂亮小姐"这几个字中,有一种微妙的意思令马里于斯讨

厌。他又说:

"都无所谓!父亲和女儿的地址。他们的地址,怎么呢!"

她盯住他。

"您给我什么报酬?"

"你要什么都行!"

"我要什么都行?"

"是的。"

"您会知道地址的。"

她低下头来,然后猛然地拉上了门。

马里于斯又独自一人。

他跌坐在一张椅子里,头和双肘靠在床上,陷入沉思,却抓不住思路,仿佛昏昏沉沉。今天上午以来所发生的事,安琪儿的出现又消失,这个姑娘适才对他说的话,希冀之光在无边的绝望中飘荡,就是这些纷乱地拥塞在他的脑海里。

蓦地,他从沉思中猛然回过神来。

他听到荣德雷特响亮而粗暴的声音,说出一些对他充满奇趣的话来:

"我对你说,我有把握,我认出了他。"

荣德雷特在说谁?他认出了谁?白发先生吗?"他的于絮尔"的父亲?什么!荣德雷特认识他?马里于斯就这样突然和意外地知道所有的情况,否则,他一辈子都要蒙在鼓中?他终于知道他是谁?这个少女是谁呢?她的父亲是谁呢?覆盖他们的阴影是这样浓,到了云开雾散的时候吗?幕布就要撕开吗?天哪!

他跳上了,而不是爬上了五斗柜,回到隔墙小孔附近的位置。他又看到荣德雷特陋室的内部。

## 十二、白发先生那五法郎的用途

这个家的样子没有丝毫改变,除了女人和两个女儿拿光了包裹里的衣服,穿上了袜子和毛衣。两条新毯子扔在两张床上。

荣德雷特显然刚刚回来。他还气喘吁吁。他的两个女儿在壁炉边,坐在地上,姐姐包扎妹妹的手。他的妻子仿佛惊讶地瘫在壁炉边的破床上。荣德雷特在陋室中大步来回踱着。他的目光异乎寻常。

女人在丈夫面前好像很胆小和惊呆了,这时壮起胆来说:

"什么,当真?你拿得稳?"

"拿得稳!八年前!但我认得他!啊!我认得他!我马上认出他来!什么,你会看走眼?"

"没看出来。"

"但我对你说过:留意!身材一样,面孔一样,稍为老一些,有的人不会老,我不知道他们怎么搞的,嗓音一样。他穿着更好,如此而已!啊!鬼鬼祟祟的老家伙,我逮住你了,好哇!"

他止住脚步,对两个女儿说:

"你们两个,滚开!——真怪,你会看走眼。"

两个姑娘顺从地站起来。

母亲期期艾艾地说:

"她的手受伤了呢!"

"新鲜空气对她有好处，"荣德雷特说。"去吧。"

显而易见，这个人是不容别人反驳的。两个姑娘出去了。

正当她们越过门口时，父亲拉住那个大的手臂，用特别的声调说：

"五点整你们两人回到这里。我需要你们。"

马里于斯加倍注意。

单独同妻子在一起时，荣德雷特又在房里走起来，默默地走了两三圈。然后他花了几分钟把所穿的妻子衬衫的下摆掖进裤腰带里。

陡地，他转向妻子，交叉起手臂，大声说：

"你要我对你说一件事吗？那个小姐……"

"怎么呢，"女人问，"那个小姐？"

马里于斯不容怀疑，他们谈的是她。他焦急不安地谛听着。他全身精力都集中在耳朵里。

但荣德雷特俯下身来，低声对他妻子说话。然后他抬起身来，高声地结束：

"是她！"

"是这个？"女人问。

"是这个！"丈夫说。

任何说法都比不上母亲的"是这个"的含义。惊奇、热狂、仇恨和愤怒，混合凝聚在恶狠狠的声调里。她的丈夫在她的耳畔说的几个字，无疑是名字，足以使这个小憩的胖女人惊醒过来，从讨人嫌变成狰狞可怕。

"不可能！"她叫道。"我想，我的女儿赤脚走路，穿不上裙子！

怎么！一件缎子披风，一顶丝绒帽，高帮鞋，什么都有！要两百多法郎的行头！简直可以说是一个贵妇人！不，你搞错了！首先，那一个很丑，这一个长得不错！她确实长得不错！这不可能是她！"

"我对你说是她。你等着瞧吧。"

听到这样斩钉截铁的肯定，荣德雷特的女人抬起红黄相间的阔脸，带着扭曲的表情望着天花板。这时，在马里于斯看来，她比她丈夫还可怕。这是一头母猪，目光却像母老虎。

"什么！"她又说，"这个讨厌的漂亮小姐以怜悯的神情望着我的女儿，会是这个讨饭的！噢！我真想踹穿她的肚子！"

她跳下床来，站了一会儿，披头散发，鼻孔鼓胀，嘴巴半闭半合，拳头痉挛，甩到后面。然后她又跌坐在破床上。男人来回踱步，没注意他的妻子。

缄默了半晌，他走近女人，站在她面前，交抱着手臂，像刚才那样。

"你要我再告诉你一件事吗？"

"什么事？"

他用短促而低沉的声音说：

"就是我要发财了。"

荣德雷特的女人注视着他，眼神想说："对我说话的人疯了吧？"

他继续说：

"天杀的！在这个'有火要饿死，有面包要冻死的教区'里，我当教民的时间已经够长啦！我穷够了！我受罪，别人也受罪！我不再开玩笑，不再感到这样滑稽，双关语讲够了，天哪！别作弄人了，天主啊！我要吃得饱饱的，我要喝个痛快！狼吞虎咽！睡觉！什么事也不干！也该轮到我了，嗨！翘辫子之前，我要成为百万富翁！"

他在破屋里转了一圈，又说：

"像别人一样。"

"你想说什么？"女人问。

他摇头晃脑，挤挤眼睛，提高声音，像十字街头的卖艺人就要表演：

"我想说什么？听着！"

"嘘！"荣德雷特的女人小声说，"别太响！要是那种事儿，就不该让人听见。"

"嘿！谁听见？邻居？刚才我看到他出去了。再说，这个大傻瓜，他听得见？我对你说，我看见他出去了。"

但出于本能，荣德雷特放低声音，但并没有低到马里于斯听不见他的话。一个有利的时机，而且让马里于斯不漏掉一点这场谈话的内容，就是落雪消融了马车在大街上的辚辚声。

这是马里于斯所听到的：

"听好了。这个富豪被逮住了！差不离吧。已成定局。全安排妥了。我见过哥们。他今晚六点要来。送来六十法郎，混蛋！你见到了我怎样胡编的，六十法郎，我的房东，二月四日！不仅是一个季度！不是蠢吗！他六点钟要来！这时候邻居正好去吃晚饭。布贡大妈十一点以前决不会回来。两个小姑娘去放哨。你会帮助我们。他会就范的。"

"如果他不就范呢？"女人问。

荣德雷特做了一个阴险的手势,说道:

"我们会让他就范。"

他哈哈大笑。

这是头一回马里于斯看见他笑。这是冷笑,不温不火的笑,令人毛骨悚然。

荣德雷特打开壁炉旁边的一个壁橱,抽出一顶旧鸭舌帽,用袖子擦拭一下,然后戴在头上。

"现在,"他说,"我出去了。我还要去看哥们。铁哥们。你会看到事情怎样进行。我尽快回来。这一招要玩得漂亮。看好房子。"

他的双手插在裤子的两只口袋里,沉思了一会儿,然后大声说:

"你要知道,幸亏他没有认出我来!如果他也认出了我,他不会回来的。他就从我们手里溜掉!是我的胡子救了我!我的浪漫派的山羊胡!我的漂亮的浪漫派小山羊胡!"

他又笑起来。

他走到窗前。雪下个不停,抹掉了天空的灰色。

"什么鬼天气!"他说。

然后把大衣夹紧:

"大衣太肥了。——没关系,"他补上一句,"他留给我棒得见鬼,这个老混蛋!要不然我出不了门,那就全泡汤了!事情总算顺利!"

他把鸭舌帽压到眼睛上,出去了。

他刚在外面走了几步,门又打开了,凶狠而精明的侧脸又出现在门口。

"我忘了,"他说。"你准备好一炉子煤。"

他把"慈善家"留给他的五法郎扔到妻子的围裙里。

"一炉子煤?"

"是的。"

"要几斗煤?"

"两斗好煤。"

"这要花掉三十苏。其余的钱,我去买晚饭吃的东西。"

"见鬼,不行。"

"为什么?"

"不能花光这些钱。"

"为什么?"

"因为我还要买东西。"

"买什么?"

"买点东西。"

"你需要多少钱?"

"附近有五金店吗?"

"在穆弗塔尔街。"

"啊,是的,在街角我看到一家店铺。"

"告诉我,你要买东西,需要多少钱?"

"五十苏至三法郎。"

"剩下的做晚饭好不了啦。"

"今天谈不上吃饭。有更重要的事要做。"

"够了,我的宝贝。"

听到他的妻子这句话,荣德雷特又关上门,这回,马里于斯听到他的脚步在破屋的走廊上远去,迅速下了楼梯。

这时,圣梅达尔教堂敲响了一点钟。

## 十三、SOLUS CUM SOLO, IN LOCO REMOTO, NON COGITABUNTUR ORARE PATER NOSTER[1]

马里于斯虽然爱沉思默想,但上文说过,性格坚强有力。单独静思的习惯,在他身上发展了同情心和怜悯心,也许降低了愤怒的官能,但见义勇为的品性却原封不动;他有婆罗门教徒的善心,也有法官的严厉;他怜悯一只癞蛤蟆,却踩死一条毒蛇。然而,他的目光刚才探视的是一个毒蛇洞;他眼前是一窝魑魅魍魉。

"应该将脚踩在这些坏蛋身上,"他说。

他期望弄清的谜团,一个也没有水落石出;相反,也许都疑云重重;对于卢森堡公园那个漂亮女孩和他称作白发先生的那个人,他得不到更多的了解,只知道荣德雷特认识他们。通过刚才那些云里雾里的话,他只弄清一件事,就是设下了一个埋伏,一个弄不清但很可怕的埋伏;他们俩要遇到极大的危险,可能牵涉到她,牵涉到她的父亲是肯定的;必须搭救他们;必须挫败荣德雷特一家的阴谋诡计,捣毁这些蜘蛛的网。

他观察了一会儿荣德雷特的女人。她从一个角落里抽出一只旧铁炉,又在废铁里翻寻。

---

1 拉丁文:"在僻静处相会,想必他们不会念《天主经》"。

他尽量轻手轻脚从五斗柜上下来，小心不发出任何声音。

对准备策划的事，他感到骇异，对荣德雷特一家感到憎恶，想到也许能给自己所爱的人帮上大忙，又感到快乐。

但怎么办呢？通知受到威胁的人吗？到哪里去找他们？他不知道他们的地址。他们在他眼前出现了一会儿，随后又湮没在巴黎的茫茫人海中。晚上六点在门口，等候白发人，正当他来到时，告知他有埋伏？但荣德雷特和他的哥们会看到他在守候，这地方见不到人影，他们比他有力气，会找到办法，要么抓住他，要么赶走他，马里于斯想救的人就完蛋了。刚刚敲响过一点钟，埋伏要在六点钟进行。马里于斯还有五小时。

他只有一件事可做。

他穿上还过得去的外衣，颈上打上一条领巾，戴上帽子，出了门，悄无声息，仿佛光脚行走在苔藓上。

荣德雷特的女人继续在废铁中乱翻。

一离开家，马里于斯就踏上小银行家街。

他走到这条街一半的地方，旁边一堵低墙有的地方可以跨过去，这里面对一片空地，他慢慢走着，想着心事，雪消解了他的脚步声；突然，他听到附近有说话声。他回过头来，街上空荡荡的，不见人影，这是大白天，然而他清晰地听到说话声。

他想到从墙上探望过去。

那里确实有两个人背倚着墙，坐在雪地上，低声交谈。

这两张脸他不认识。一个留胡子，穿罩衫，另一个留长发，衣衫褴褛。留胡子的戴希腊圆帽，另一个光着头，雪落在头发上。

马里于斯将头探到他们上方,能听到他们的声音。

长发用手肘推推另一个,说道:

"跟褐铁矿老板一起干,不会失手。"

"你这么认为?"胡子说;长发又说:

"每人捞到五百法郎,最倒霉也不过关五年、六年,最多十年!"

另一个有点犹豫,手伸进希腊帽子搔搔头,回答道:

"这倒是实惠的事。碰到这种事不能走开。"

"我对你说了,事情不会失手,"长发又说。"那位老爹的二轮小马车要套车了。"

随后他们谈起昨天在快乐剧场看过的一出戏。

马里于斯继续向前走。

他觉得,这两个人躲在墙后,坐在雪地上实在古怪,他们隐晦的话也许跟荣德雷特阴险的计划不无关系。大概就是那桩"买卖"。

他朝圣马尔索郊区走去,在遇到的第一家店里询问,哪里有警察分局。

人家给他指点蓬托瓦兹街14号。

马里于斯赶往那里。

经过面包店时,他买了一只两苏的面包,吃掉了,预料到不会吃晚饭了。

路上,他感谢上天。他想,倘若上午没有给荣德雷特的姑娘五法郎,他就会追踪白发先生的出租马车,这样一切都不知道,无法阻止荣德雷特家的埋伏,白发先生就完蛋了,无疑他的女儿跟他一起完蛋。

### 十四、警察给律师两拳

来到蓬托瓦兹街 14 号,他登上二楼,要见警察分局长。

"警察分局长不在,"一个办事员说。"但有一个警探代替他。您想跟他说话吗?很急吗?"

"是的,"马里于斯说。

办事员把他带到分局长的办公室。有个高个子在一道铁栅后面,靠炉子站着,双手提起一件三叠领的宽大外套下摆。方脸,嘴唇薄而坚毅,浓密的花白颊髯咄咄逼人,目光能搜遍别人的衣兜。可以说那目光虽然不能洞察,但能搜索。

这个人的凶恶和可怕的神态并不比荣德雷特逊色;有时恶狗跟狼一样,令人胆寒。

"您有什么事?"他问马里于斯,不加先生两个字。

"警察分局长先生在吗?"

"他不在。我代替他。"

"是为了一件很秘密的事。"

"那么说吧。"

"而且很急。"

"那么快说吧。"

这个人平静而粗暴,既气势逼人,又令人放心。他使人产生恐惧和信赖。马里于斯向他叙述了事情经过。他说有个人,他只是一面之交,大概今晚要陷入一次圈套;他,马里于斯·蓬梅西,是个律师,住在匪巢的隔壁,透过隔墙,听到了全部阴谋;策划这个陷阱的罪犯名叫荣德雷特；他有同谋犯，可能是城关一带的盗贼，其中一个叫什么蓬肖，别号青春哥或比格尔纳伊；荣德雷特的两个女儿担任放哨；没有办法通知受威胁的人，因为甚至不知道他的名字；最后，这一切要在傍晚六点济贫院大街最偏僻的地方，即50～52号楼房进行。

听到这个门牌号，警探抬起头来，冷冷地说：

"就是走廊尽头那个房间吗？"

"正是，"马里于斯说，他又加上："您知道这幢楼房吗？"

警探沉吟了半晌，将靴跟放到炉口去取暖，然后回答：

"大概是吧。"

他继续叽叽咕咕，不像对马里于斯，倒像对他的领带说话：

"里面大概有褐铁矿老板。"

这句话引起马里于斯强烈反应。

"褐铁矿老板，"他说，"我确实听到过这个词。"

于是他把小银行家街墙后雪地里长发人和留胡子人的对话叙述给警探听。

警探咕噜着说：

"长发大概是布吕荣，胡子大概是半文钱，别号二十亿。"

他重新垂下眼皮，思索起来。

"至于那个老爹，我见过一面。哎呀，我的外套烤焦了。他们总是把该死的炉子烧得太旺。50～52号，从前是戈尔博的产业。"

然后他望着马里于斯：

"您只看到胡子和长发吗？"

"还有蓬肖。"

"您没有见到一个花花公子似的鬼家伙在那儿转悠吗?"

"没有。"

"也没有看到一个魁梧的大块头,像动物园里的大象吗?"

"没有。"

"也没有看到一个滑头货,模样像以前的假发上扎红缎带的小丑吗?"

"没有。"

"至于第四个,没有人见到过,连他的副手、伙计和爪牙都见不到。您没有见到他倒不足为怪。"

"没有见到。所有这些人,"马里于斯问道,"是干什么的?"

警探回答:

"况且这不是他们作案的时候。"

他又缄口不语,然后又说:

"50～52号。我知道这幢破屋。我们藏到里面,不可能不让那些艺术家瞧见。于是,他们便停止演出,只有这点损失。他们非常谦虚!观众妨碍他们。这样不成,这样不成。我想听他们唱歌,让他们跳舞。"

这段独白结束,他转向马里于斯,盯住他问道:

"您会害怕吗?"

"害怕什么?"

"会害怕这些人吗?"

"像不怕您一样!"马里于斯粗鲁地回答,他开始注意到,这个警探还没有称过他先生。

警探更仔细地注视马里于斯,带着训人的庄严语气说:

"您说话像个勇敢的人和正直的人。勇气不怕罪恶,正直不怕权力。"

马里于斯打断他:

"不错。但您打算怎么办?"

警探仅仅回答:

"这幢楼的房客有通用钥匙,夜里可以回家。您大概也有一把吧?"

"是的,"马里于斯说。

"您带在身上吗?"

"是的。"

"交给我吧,"警探说。

马里于斯从背心掏出钥匙,交给警探,又说:

"如果您相信我的话,你们要来一批人。"

警探向马里于斯瞥了一眼,就像伏尔泰对一个向他提出押韵建议的外省科学院院士所做的那样;他的两只大手一下子插进外套的两只极大的口袋里,掏出两支俗称"拳击"的小钢枪,递给马里于斯,用短促的音调急迫地说:

"您拿着。回家去。藏在您的房间里。让人家以为您出去了。手枪上了子弹。每支两发。您好好观察。墙上有一个小孔,您刚才对我说过。人来以后,让他们行动一会儿。您认为时机到了,该是中止的时候了,您就开一枪。不要太早。其余的事由我来管。向空中开一枪,向天花板,不管哪里。千万不要太早。要等到他们开始行动;您是律师,您明白为什么这样做。"

马里于斯接过手枪,放进外衣的兜里。

"这样鼓鼓囊囊,太显眼了,"警探说。"不如放在您的背心口袋里。"

"现在,"警探继续说,"谁都不能浪费一分钟了。现在几点钟?两点半。定在七点钟吗?"

"六点钟,"马里于斯说。

"我有时间,"警探又说,"但我刚来得及。千万别忘了我对您说的话。砰!开一枪。"

"放心吧,"马里于斯回答。

正当马里于斯将手放在门把手上要出去时,警探对他喊道:

"对了,这段时间如果您需要我,您来或者派人来,求见警探沙威就可以。"

## 十五、荣德雷特采购

过了一会儿,约莫三点钟,库费拉克在博须埃陪伴下,偶然经过穆弗塔尔街。雪下得更大了,满天飞雪。博须埃正在对库费拉克说:

"看到雪片飘舞,仿佛天上白蝴蝶成灾。"突然,博须埃瞥见马里于斯踏上通向城关的路,神态奇特。

"瞧!"博须埃叫道,"马里于斯!"

"我已经看到他了,"库费拉克说。"不要叫他。"

"为什么?"

"他有事。"

"有什么事?"

"你没看到他那副神态吗?"

"什么神态?"

"他的神态像在跟踪什么人。"

"不错,"博须埃说。

"看看他那双眼睛吧!"库费拉克又说。

"见鬼,他跟踪什么人呢?"

"跟踪宝贝-骚货-花帽吧!他坠入情网了。"

"可是,"博须埃指出,"我看不到宝贝、骚货和花帽在街上。一个女人也没有。"

库费拉克定睛细看,叫了起来:

"他跟踪一个人!"

确实有一个人戴着鸭舌帽,尽管只看到他的背,还是可以看到他的花白胡子,他走在马里于斯前面二十来步的地方。

这个人穿一件对他来说过大的崭新的大衣,一条沾满污泥、破烂不堪的长裤。

博须埃哈哈大笑。

"这是个什么人?"

"这个吗?"库费拉克又说,"是个诗人。诗人都喜欢穿兔皮商的裤子和法国贵族院议员的大衣。"

"咱们看看马里于斯到哪里去,"博须埃说,"咱们看看这个人到哪里去,跟踪他们,嗯?"

"博须埃!"库费拉克叫道,"莫城的鹰!您是一个不可思议的笨蛋。您去跟踪一个人,他在跟踪另一个人!"

他们往回走。

马里于斯刚才看到荣德雷特经过穆弗塔尔街,确实在窥伺他的动向。

荣德雷特走在前面,没有疑心有人盯梢。

他离开了穆弗塔尔街,马里于斯看到他走进格拉西厄兹街不堪入目的一间破屋,在里面待了一刻钟左右,然后返回穆弗塔尔街。他在一家五金店停留了一会儿,当年皮埃尔-龙巴尔街的拐角有这样一家店。几分钟后,马里于斯看到他从店里出来,手里拿着一把白木柄的冷錾,藏掖在他的大衣下。走到小让蒂街,他向左拐,迅速踏上小银行家街。白天过去了,歇了一会儿的雪又开始下起来,马里于斯藏在小银行家街的拐角,这条街像往常一样空无一人。他没有再跟踪荣德雷特。他做对了,因为来到矮墙附近,早先马里于斯听到长发人和留胡子人说话的地方,荣德雷特回过身来,确认没有人跟踪,看不到马里于斯,然后跨过墙,消失不见了。

这堵墙傍着的空地,与一家旧出租车行的后院相通,业主声名狼藉,破了产,车棚下还有几辆旧的单排座轿式马车。

马里于斯寻思,要利用荣德雷特不在,赶紧回家,才是明智的;况且时间不早了;每天傍晚布贡大妈都要到市区洗餐具,晚上到时习惯锁上楼门;马里于斯已把钥匙给了警探;因此,要赶快回去。

黄昏已到；夜幕几乎落下；天际和无垠的天空只有一个圆点被太阳照亮，就是月亮。

它殷红地升起在老年妇救院的低矮圆顶后面。

马里于斯大步流星地赶回50～52号。他到达时，大门还开着。他踮起脚尖上楼，沿着走廊的墙壁溜到自己房里。这条走廊，读者记得，两边的破屋当时待租，是空房间。布贡大妈通常让各扇门打开。经过一扇门的前面时，他似乎看到一间没人住的屋子里有四颗头一动不动，被天窗射入的一点余光照得白蒙蒙的。马里于斯没有竭力张望，不愿被人看到。他终于回到房间，悄无声息，也没有被人发现。正是时候。过了一会儿，他听到布贡大妈走了，大门关上。

## 十六、又听到套用一八三二年英国流行曲调的歌曲

马里于斯坐在床上。可能是五点半。离即将发生的事只有半小时。他听到自己的脉搏跳动，有如在黑暗中听到钟表的滴答声。他想到此刻在黑暗中有两方面的行进：一方是罪恶，另一方来自司法机关。他没有害怕，但想到即将发生的事，他禁不住有点哆嗦。正如遭到意外事件突然袭击的人一样，这一整天给他做梦的印象，为了确信自己不在做噩梦，他需要感到背心口袋里两支钢枪的冰冷。

不再下雪了；月亮越来越明亮，摆脱了雾气，月光加上雪的白色反光，使房间里有黄昏的印象。

荣德雷特的陋室里有灯光，马里于斯看到隔墙的小孔闪烁红光，他觉得像血一样。

这样的光确实不会是一支蜡烛产生的。再说，荣德雷特的家里没有动静，没有人走动，没有人说话，没有呼吸声，那里一片死寂、冷清，没有这灯光，会令人以为是在墓园旁边。

马里于斯轻轻脱下靴子，推到床底下。

几分钟过去了。马里于斯听到楼下的大门在铰链上转动的响声，沉重而急促的脚步在上楼，奔过走廊，陋室的门闩喀哒一声抬起；是荣德雷特回来了。

马上有好几个声音响起来。全家人都在房间里。只不过主人不在时保持沉默，就像老狼不在时，狼崽不响那样。

"是我，"他说。

"晚安，老爸！"两个女儿尖声地说。

"怎么样？"母亲说。

"爸爸一切顺利，"荣德雷特回答，"不过我的脚冻僵了。好，不错，你换装了。你必须让人产生信任感。"

"全准备好了，说走就走。"

"你没有忘记我对你说过的话吧？你都办好了吗？"

"放心吧。"

"因为……"荣德雷特说。他没有说完这句话。

马里于斯听到他把一样沉重的东西放在桌上，可能是他买来的冷錾。

"啊，"荣德雷特又说，"吃过饭了吗？"

"吃过了，"母亲说，"我有三只大土豆，加了盐。我利用炉火煮熟了。"

"好,"荣德雷特说。"明天,我带你们一起去吃馆子。要一只鸭,再加配菜。你们会像查理十世一样吃喝。一切顺利!"

然后他又放低声音说:

"捕鼠笼打开了。猫汇齐了。"

他再压低声音说:

"把这个放到火上去。"

马里于斯听到火钳或一件铁器碰到煤的喀嚓声,荣德雷特继续说:

"你给房门的铰链加了油,免得发生嘎吱声吗?"

"加了,"母亲回答。

"几点钟了?"

"快六点钟。圣梅达尔教堂刚刚敲响半点钟。"

"见鬼!"荣德雷特说。"两个小姑娘该去放哨了。你们两个过来,听着。"

一阵窃窃私语声。

荣德雷特的声音提高了:

"布贡大妈走了吗?"

"走了,"母亲回答。

"你拿得稳隔壁没有人吗?"

"白天他没有回来过,你很清楚,这是他吃晚饭的时间。"

"你拿得稳?"

"拿得稳。"

"不管怎样,"荣德雷特又说,"如果他在,去他房里看看没有坏处。女儿，端上蜡烛去看看。"

马里于斯趴到地上，悄无声息地爬到床底。

他刚趴在床下，就看到一线光从他的门缝透进来。

"爸爸，"一个声音叫道，"他出去了。"

他听出是大女儿的声音。

"他回来了吗？"父亲问。

"没有，"女儿回答，"既然他的钥匙在门上，他是出去了。"

父亲叫道：

"还是进去看看。"

门打开了，马里于斯看见荣德雷特的大女儿走了进来，手里拿着一支蜡烛。她像上午一样，不过在这种光亮中显得更加可怕。

她笔直走向床边，马里于斯一时之间难以形容地忐忑不安，但在床边的墙上挂着一面镜子，她正是走向那里。她踮起脚尖照镜子。隔壁房间传来废铁移动的响声。

她用手掌抚平头发，对镜微笑，用嘶哑而阴沉的声音哼起来：

> 我们的爱情持续了一个星期，
> 幸福的时光是多么短暂！
> 相爱仅仅八天，这可是真值！
> 爱情的时光定会持续到永远！
> 会持续到永远！会持续到永远！

马里于斯可是在颤抖着。他觉得她不可能听不到他的呼吸声。

她走向窗口，向外张望，一面大声唱着这种半狂热的曲子。

"巴黎穿上一件白衫时，是多么丑啊！"她说。

她回到镜子前，重新搔首弄姿，相继端详自己的正面和侧面。

"喂！"父亲叫道，"你在干什么？"

"我在看床底下和家具底下，"她回答，继续理头发，"没有人。"

"笨蛋！"父亲吼道。"赶快回来！别浪费时间！"

"我来了！我来了！"她说。"在破屋里也闲着没事。"

她哼起来：

> 您离开我要去建功立业，
> 我悲哀的心到处跟随您。

她最后瞥了一眼镜子，走了出去，随手关上门。

过了一会儿，马里于斯听到两个姑娘赤脚走在过道上的响声，还有荣德雷特对她们喊叫的声音：

"小心！城门那一边，还有小银行家街那一边。一分钟也不要漏看楼门，只要看到有动静，马上回来！三步并作两步！你们有回来的钥匙。"

大女儿咕哝着：

"赤脚在雪地里放哨！"

"明天你们就有金龟子颜色的缎子靴啦！"父亲说。

她们下了楼梯，过了一会儿，楼下大门重新关上的撞击声表明她们在楼外了。

楼里只有马里于斯和荣德雷特夫妇；可能还有几个神秘的人物，马里于斯在没人住的陋室里借黄昏的光瞥见的。

## 十七、马里于斯那五法郎的用场

马里于斯认为重新回到观察位置上的时刻来到了。一眨眼间，他以年轻人的灵活，站在隔墙的小孔旁边。

他往里窥视。

荣德雷特的室内景象奇特，马里于斯明白了刚才注意到的奇异的光。在灰绿色的烛台上，燃烧着一支蜡烛，但并不是蜡烛真正照亮房间。整个陋室仿佛被放在壁炉里一只很大的铁皮炉的反光照亮了，铁皮炉装满了点燃的煤；这是荣德雷特的女人早上准备好的。煤烧得炽热，炉火通红，蓝色的火焰跳荡着，显出了荣德雷特在皮埃尔-龙巴尔街上买来的冷錾的形状；冷錾埋在炭火中，红通通的。可以看到门边的一个角落里，像备用似的放着两堆东西，仿佛一堆是废铁，另一堆是绳子。这一切对于要发生的事一无所知的人来说，会在非常凶险和非常普通这两种念头之间浮动。这样照亮的陋室不如说像一间铁匠铺，胜过像地狱口，而荣德雷特在这种光的照射下，与其说像铁匠，不如说像魔鬼。

煤炭发出的热量大得使桌上的蜡烛在火炉那边融化了，成斜面削下去。一盏有遮光罩的旧铜灯，放在壁炉上，与变成卡尔图什的第欧根尼相配。

火炉放在壁炉炉膛里，旁边有几根几乎熄灭的木柴，煤烟从壁炉烟囱通出去,没有散发出气味。

月光从四块窗玻璃射进来,白光投在殷红和炉火熊熊的陋室里。马里于斯在行动时还要沉思,他富于诗意的头脑,联想到这仿佛上天也来参与人间的噩梦。

一股风从破碎的窗玻璃吹进来,更进一步消除煤味和掩饰炉火。

如果读者记得我们对戈尔博破屋的描绘,就会明白荣德雷特选择这个巢穴,用作凶残行动的舞台和遮掩罪行,是做得出色的。这是巴黎最偏僻的大街、最隔绝的房子中最僻静的房间。即令这里还没有设过圈套,也一定会制造出来。

这幢房子很宽,还有许多没人住的房间,将这间陋室和大街隔开,唯一的一扇窗面向广阔的空地,空地有围墙和栅栏圈住。

荣德雷特点燃了烟斗,坐在去掉草垫的椅子上抽烟。他的妻子低声对他说话。

如果马里于斯是库费拉克的话,也就是说在生活的各种场合都笑声朗朗的人,当他的目光落在荣德雷特的女人身上时,便会哈哈大笑。她戴一顶有羽翎的黑帽子,很像查理十世加冕时传令官的军帽,她在针织的裙子上套一条极大的格子花呢披肩,穿着她女儿上午厌弃的男人鞋子。就是这副装束博得荣德雷特的赞叹:"好!你换装了!你做得好。你要让人产生信任!"

至于荣德雷特,他没有离开过白发先生给他的过于肥大的新大衣,他的服装继续在大衣和长裤之间形成对比,在库费拉克的眼睛里,构成诗人的理想。

突然,荣德雷特提高声音说:

"对了！我想起来了。这种天气，他要坐出租马车来。点上提灯，拿到楼下去，待在大门后面。当你听到马车停下时，你马上开门，让他上楼，你给他照亮楼梯和走廊，他进入房间以后，你再赶快下楼，付钱给车夫，把出租马车打发走。"

"钱呢？"女人问。

荣德雷特在长裤里掏了一阵，交给她五法郎。

"这是怎么来的？"她大声说。

荣德雷特庄重地回答：

"这是上午邻居给的银币。"

他添上说：

"你知道吗？这里需要两把椅子。"

"干什么？"

"给人坐。"

马里于斯听到荣德雷特这样平静地回答，感到腰部掠过一阵颤栗。

"行啊！我去给你搬邻居的椅子来。"

她迅速打开陋室的门，来到走廊上。

马里于斯事实上来不及从五斗柜上下来，走到床边，躲到床下。

"拿上蜡烛，"荣德雷特叫道。

"不用，"她说，"这反而碍事，我要搬两把椅子。有月光。"

马里于斯听到荣德雷特大妈笨拙的手在黑暗中摸索钥匙。门打开了。他惊呆了，木然不动。

荣德雷特的女人进来了。

阁楼的天窗让一柱月光射进来,夹在两大片黑暗中。一片黑暗完全覆盖了马里于斯背靠的墙壁,把他淹没在里面。

荣德雷特大妈抬起眼睛,没有看到马里于斯,拿了两把椅子,马里于斯只有这两把,她走了,把门砰地一声在身后关上。

她回到陋室:

"两把椅子拿来了。"

"这是提灯,"丈夫说。"快点下去。"

她赶快服从,只留下荣德雷特一个人。

他将两把椅子放在桌子两边,在炭火里翻动冷錾,把一张旧屏风放在壁炉前,遮住火炉,然后走到放一堆绳子的角落里,俯下身来仿佛观察一样东西。马里于斯于是明白了,刚才他认作的一堆乱绳,原来是一条绳梯,结得很好,有木头踏级,还有两只搭钩。

这条绳梯和几件粗大的工具——都是真正的铁棒,和堆在门后的废铁混在一起,上午在荣德雷特的陋室中是没有的,显然是在下午马里于斯离家时弄来的。

"这是铁匠的工具,"马里于斯心想。

倘若马里于斯在这方面见识更多一点,他就会在这堆所谓的铁匠工具中认出一些能撬锁或撬门的工具,还有一些切割工具,这两类凶器,盗贼称为"小兄弟"和"扒手"。

壁炉、桌子和两把椅子恰好对着马里于斯。炉子遮住了,房间只有蜡烛照亮;桌上或壁炉上的一点破钵映出巨大的影子。一只缺口的水罐影子覆盖了半面墙。这个房间的平静有难以描述的可憎和咄咄逼人。

荣德雷特让烟斗熄灭了,这是心事重重的迹象,他回来坐下。烛光显出他的脸棱角粗野、狡黠。他皱紧眉头,右手蓦地张开,仿佛他内心恶毒地盘算,要最后拿定主意。在这些掂量中,他把桌子的抽屉猛拉过来,取出一把厨房用的长刀,用指甲试试刀刃。然后,他又把刀放回抽屉,再把抽屉推上。

马里于斯则抓住放在右边兜里的手枪,掏了出来,将子弹上膛。子弹上膛发出一下清脆的声音。

荣德雷特哆嗦一下,从椅子上欠起身:

"谁?"他叫道。

马里于斯屏息敛气,荣德雷特听了一会,然后笑了起来,说道:"我真蠢!这是隔墙的响声。"

马里于斯手里握着手枪。

## 十八、马里于斯的两把椅子面面相对

突然,远处令人惆怅的大钟的颤声震动了玻璃。圣梅达尔教堂敲响了六点钟。

荣德雷特每一下都用点头来计数。第六下敲过,他用手指掐灭了蜡烛。

然后他在房间里走起来,倾听走廊里的动静,再走,再听:"但愿他来!"他喃喃地说;随后他回到座位上。

他刚坐下,门就打开了。

荣德雷特大妈开的门,她待在走廊里,做了一个可怕的媚脸,有罩子的提灯的一个窟窿从下面照亮这副脸相。

"请进，先生，"她说。

"请进，我的恩人，"荣德雷特再说一遍，急忙起身。

白发先生出现了。

他脸容宁静，格外令人起敬。

他把四个路易放在桌上。

"法邦图先生，"他说，"这是给您付房租和眼前需要的。我们以后再说。"

"天主会给您报偿，慷慨的恩人！"荣德雷特说，迅速走近他的妻子：

"把出租马车打发走！"

她的丈夫表示感恩戴德，让白发先生就坐时，她溜走了。一忽儿她就回来了，悄声在丈夫耳畔说：

"办妥了。"

从早上起落个不停的雪积得很厚，根本听不到马车到达的响声，也听不到开走的声音。

白发先生坐下了。

荣德雷特占了白发先生对面的另一把椅子。

现在，为了让读者对即将发生的一幕有个概念，可以设想在冰冷彻骨的夜晚，老年妇救院僻静无人，盖满了雪，在月光下白得像无边的尸布，路灯星星点点，染红了阴惨惨的街道和长长的排列成行的黝黑榆树，在周围四分之一法里的地方也许没有一个行人，戈尔博破屋岑寂无声，笼罩在恐怖和黑暗中，而在这幢破屋里，在僻静和黑暗中,荣德雷特宽敞的陋室被一支蜡烛照亮,两个男人坐在桌旁,白发先生平静,荣德雷特堆着笑脸,十分骇人,荣德雷特的女人,这头母狼待在一个角落里,马里于斯站在隔墙后隐而不见,不漏过一句话,不放过一个动作,眼睛窥视着,手里握着手枪。

马里于斯只感到骇怪,但毫不畏惧。他握紧手枪柄,感到很安心。"只要我愿意,我会抓住这个坏蛋,"他想。

他感到警察埋伏在附近某个地方,等待约定的信号,准备动手。

另外,他期待荣德雷特和白发先生的激烈冲突,能澄清他关切地想了解的一切。

## 十九、关注暗处

白发先生一坐下,便扫视空落落的两张破床。

"受伤的可怜小姑娘怎么样了?"他问。

"不好,"荣德雷特又难过又感激地微笑着回答,"很不好,尊贵的先生。她的姐姐把她带到'泥塘'那边让人包扎。您就会看到她们,她们马上回来。"

"我觉得,法邦图太太身体好多了?"白发先生看了一眼荣德雷特的女人的奇特装束,她站在他和房门之间,仿佛已守好了出口,以咄咄逼人、近乎搏斗的姿态凝视他。

"她奄奄一息了,"荣德雷特说,"但有什么办法呢,先生?这个女人,勇气十足!这不是个女人,是头公牛。"

荣德雷特的女人听到恭维,十分感动,像妖怪受到抚爱一样撒娇，大声说：

"你一向对我太好了，荣德雷特先生！"

"荣德雷特，"白发先生说，"我原来以为您叫法邦图呢？"

"法邦图，别号荣德雷特！"丈夫急忙说。"艺术家的绰号！"

他向妻子耸耸肩，白发先生没有看见；他用夸张而温柔的声调说：

"啊！要知道，这个可怜的好女人和我，我们总是一家和睦！如果我们没有这种情分，我们还剩下什么！我们非常不幸，尊敬的先生！我们有手臂，却没有工作！我们有勇气，却没有事做！我不知道政府怎样安排的，但说实话，先生，我不是雅各宾党人，先生，我不是民主派，我不想攻击政府，可是，如果我是大臣，我可以发最神圣的誓，局面会不一样。比如说，我想让两个女儿学糊纸盒。您会对我说：什么！一种职业？是的！一种职业！一种普通的职业！挣面包！沦落啊，我的恩人！到了我们这一步，真是掉价啊！唉！我们繁荣的时代，什么也没有剩下！只剩下一样东西，我收藏的一幅画，但我还是要脱手，因为要生活！还是这句话，要生活！"

荣德雷特说话表面有一种混乱，这种混乱丝毫没有去掉脸容的审慎和精明。马里于斯抬起眼睛，看见房间尽里面有一个人，他刚才没有看到。这个人刚刚进来，悄无声息，没有听到门铰链的转动声。他穿一件紫色的针织背心，又破又旧，满是污点，每个皱褶都断裂，张开了口，一条宽大的绒布长裤，脚上穿着木鞋，没穿衬衫，光着脖子和手臂，手臂刺了花纹，脸抹得黑乎乎的。他默默地坐在最近一张床上，交抱着手臂，由于他待在荣德雷特的女人身后，只能朦胧地分辨出来。

那种吸引视力的磁性本能,使白发先生几乎与马里于斯同时转过头来。

他禁不住做了个惊讶的动作,没有逃过荣德雷特的眼睛。

"啊!我明白了!"荣德雷特讨好地大声说,一面扣好纽扣,"您在看我的大衣吧?很合身!说实话,很合身!"

"这个人干什么的?"白发先生问道。

"这个吗?"荣德雷特说,"是个邻居。别理他。"

邻居外表古怪。不过,在圣马尔索郊区,有不少化工厂。许多工厂工人都会面孔乌黑。白发先生整个人都给人一种老实的不屈不挠的可信任感。他又说:

"对不起,刚才您对我说什么来着,法邦图先生?"

"我对您说,先生,亲爱的保护人,"荣德雷特说,手肘支在桌上,用酷似蟒蛇的眼睛柔和地凝视白发先生,"我对您说,我有一幅油画要卖。"

房门发出轻轻的响声。第二个人刚刚进来,坐在荣德雷特的女人背后的床上。他像第一个人一样,光着手臂,用墨水或煤烟涂黑了脸。

严格地说,虽然这个人是溜进房间的,但白发先生不可能不注意到他。

"别理他,"荣德雷特说。"这是邻居。刚才我说,我还剩下一幅油画,一幅珍贵的油画……嗨,先生,您看。"

他站起来,走到墙边,底下放着上文提过的那块板,翻了过来,靠在墙上。这确实有点像一幅油画,烛光大致把它照亮了。马里于斯分辨不出是什么,因为荣德雷特站在他和油画之间;他只看到乱涂一气,一个主要人物五颜六色,像集市的画幅和屏风画,粗俗得刺眼。

"这是什么?"白发先生问道。

荣德雷特感叹道:

"一幅大师的油画,一幅昂贵的油画,我的恩人!我就像对待两个女儿一样珍视它,它勾起我的回忆!但是,我对您说过,而且我不改口,我非常穷,不得不脱手……"

要么是偶然,要么是开始有点不安,白发先生的目光一面观察画幅,一面又回到房间尽里。现在有四个人了,三个坐在床上,一个站在门框旁边,这四个人都光着手臂,一动不动,面孔涂黑。坐在床上的三个人中有一个靠在墙上,闭上眼睛,仿佛他在睡觉。这个人有年纪了,白发同黑脸一衬,非常骇人。另外两个看来年轻。一个留胡子,另一个留长发。他们都不穿鞋;不穿鞋的人就是光脚。

荣德雷特注意到,白发先生的眼睛盯住这些人。

"这是朋友。这是邻居,"他说。"脸黑是因为在煤堆里干活。他们是砌炉子的。别理他们,我的恩人,买下我的油画吧。可怜我这么穷吧。我卖给您不贵。您估个价吧?"

"可是,"白发先生盯住荣德雷特说,好像有了戒心,"这是小酒店的招牌。只值三法郎。"

荣德雷特柔声回答:

"您带着钱包吗?我只要一千埃居。"

白发先生站起来,靠在墙上,目光迅速扫视房间。荣德雷特在他左边的窗旁,荣德雷特的女人和那四个人在他右边的门旁。四个人一动不动,甚至不像在看他;荣德雷特又开始用诉苦的声调讲起来,目光蒙蒙眬眬,语调哀怨,以致白发先生以为,眼前不过是一个穷得发狂的人。

"如果您不买下我的油画,亲爱的恩人,"荣德雷特说,"我就一筹莫展了,我只有投河自尽。我想到,我曾想让我的两个女儿学会糊中等大小的纸盒,放新年礼物的盒子。那么,需要有一张桌子,顶端有一块挡板,不让杯子掉到地下,需要有一只特制的炉子,一只有三格的容器,放不同力度的浆糊,分别用来粘木料、纸料或布料,有一把刀切割纸盒,一只用来校正的模子,一把钉铁皮的榔头,还有刷子,天知道还有什么鬼玩意儿?这一切只为了一天挣四苏!却要干十四小时!每个盒子在女工的手里传递十六次!要弄湿纸!又不许弄脏!浆糊要热的!见鬼,我对您说!一天挣四苏!怎么叫人活呀?"

荣德雷特说着,不看在观察他的白发先生。白发先生的目光盯住荣德雷特,而荣德雷特的目光盯住房门。马里于斯局促不安,注意力从这一个转到另一个身上。白发先生好像纳闷,这是一个白痴吗?荣德雷特用各种拖长的、哀求的声调重复了两三次:"我只有投河自尽!那一天,我在奥斯特利兹桥那边,为了投河,走下三级台阶!"

突然,他无光的眸子闪射出凶光,这小个子站了起来,变得面目狰狞,他朝白发先生走了一步,用雷鸣般的声音喊道:

"这一切毫无关系!您认得出我吗?"

## 二十、圈　套

陋室的门刚刚陡地打开,出现三条汉子,身穿蓝色罩衫,戴着黑纸假面具。第一个瘦削,手握一根包铁长棍;第二个是一个彪形大汉,握住一把宰牛斧的斧柄中间和斧端;第三个肩膀壮实,没有第一个那么瘦,没有第二个那么虎彪彪,握紧一把巨大的钥匙,是从某个监狱的门上偷来的。

看来,荣德雷特在等待这三个人的到来。他和那个拿长棍的瘦子迅速交换了几句话。

"全准备好了吗?"荣德雷特问。

"是的,"瘦子回答。

"蒙帕纳斯在什么地方?"

"小青年停下来跟你的女儿谈话呢?"

"跟哪一个?"

"跟大的。"

"楼下有一辆出租马车吗?"

"是的。"

"二轮小马车套好了吗?"

"套好了。"

"套上那两匹好马吗?"

"是那两匹骏马。"

"马车停在我吩咐过的地方吗?"

"是的。"

"很好,"荣德雷特说。

白发先生脸色煞白。他打量陋室中周围的一切,仿佛明白自己陷入什么处境中,他的头轮流转向围住他的所有脑袋,专心、惊愕、缓慢地在脖子上扭动,但在他的神态中没有丝毫惧怕的表情。他把桌子当成临时的防御工事;这个人刚才神情只像个和蔼的老人,突然变成了铮铮铁汉,他把孔武有力的拳头放在椅背上,做了一个可怕的,令人惊奇的姿势。

这个老人面对险情这样镇定自若和勇敢,仿佛天性使然,既勇敢又善良,既轻而易举又稀松平常。我们对意中人的父亲,决不会看作一个外人。马里于斯对这个不知名的人感到自豪。

荣德雷特把那三个光臂汉子称为"砌炉工",他们已从废铁堆中操起家伙,一个手拿一把大剪刀,另一个手拿一根杠杆,第三个手拿一把锤子,一言不发地越过门口。那个老家伙待在床上,仅仅睁开眼睛。荣德雷特的女人坐在他旁边。

马里于斯心想,再过几秒钟,干预的时刻就来到了,他朝走廊方向的天花板举起右手,准备开枪。

荣德雷特跟拿长棍的人对话以后,重新转向白发先生,伴随着他特有的低沉、持续和可怕的笑声,重复他的问题:

"您究竟认得出我吗?"

白发先生正视他,回答道:

"认不出。"

于是荣德雷特走到桌旁。他在蜡烛上方倾斜身子，交抱起手臂，将凶狠的方下巴凑近白发先生平静的脸，尽可能伸向前，却吓不退白发先生，这种姿势像要咬人的猛兽，他叫道：

"我不叫法邦图，我不叫荣德雷特，我叫泰纳迪埃！我是蒙费梅的旅店老板！您听清楚了吗？泰纳迪埃！现在您认得出我吧？"

一道难以觉察的红晕掠过白发先生的脑门，他回答时声音没有颤抖，也没有提高，像往常一样平静：

"更认不出。"

马里于斯没有听到这个回答。此刻谁在这黑暗中看到他，会见到他惶恐、惊呆、被雷劈了一样。正当荣德雷特说"我叫泰纳迪埃"时，马里于斯全身发抖，靠在墙上，仿佛感到冰冷的剑刃戳进他的心。接着，他准备开枪的右臂慢慢垂了下来。正当荣德雷特重复："您听清楚了吗？泰纳迪埃！"时，马里于斯无力的手指差点让手枪掉下来。荣德雷特揭示自己的真名实姓时，并没有令白发先生激动，却使马里于斯大惊失色。泰纳迪埃这个名字，白发先生好像并不认识，而马里于斯却知道。读者记得这个名字对他意味着什么！他把这个名字揣在心窝上，这个名字写在他父亲的遗嘱中！他留在思想的深处，记忆的深处，因为它写在神圣的嘱咐中："一个名叫泰纳迪埃的人救了我的命。倘若我儿遇到他，要尽其所能报答他。"读者记得，这个名字是他心灵崇敬的对象之一；在他的敬仰中，他把它与父亲的名字合而为一。什么！就是这个泰纳迪埃，就是这个蒙费梅的旅店老板，他长时间白白地找了这么久！他终于找到了，怎么！他父亲的救命恩人是一个强盗！马里于斯急于尽忠的这个人，是一个魔鬼！蓬梅西上校的解放者正要行凶，虽然马里于斯还看不清行凶的形式，但很像谋财害命！而且是对谁而来呀！天哪！这是什么命运呀！命运多么爱捉弄人啊！他的父亲从棺材底吩咐他要尽力报答泰纳迪埃，四年来，马里于斯没有别的想法，只想还掉父亲这笔债。而正当他要出于正义，当场抓住一个强盗时，命运却对他喊道：这是泰纳迪埃！他父亲的性命，是在滑铁卢血雨腥风的战场上，被人冒着枪林弹雨救出来的，他终于要报答这个人了，却是用绞刑架来报答！他答应过，一旦找到这个泰纳迪埃，就要扑到他的脚下。他果然找到了他，却要把他出卖给刽子手！他的父亲对他说："援救泰纳迪埃！"他却以毁掉泰纳迪埃回答这受敬爱的神圣的声音！这个人冒着生命危险，把他父亲从死亡中抢救出来，他父亲把这个人托付给马里于斯，而他的儿子却让坟墓里的父亲观赏这个人在圣雅克广场行刑！这么长时间他的胸膛里揣着他父亲亲手写的遗愿，现在他却反其道而行之，真是嘲弄人啊！另一方面，看到这个圈套，却不阻止！什么！谴责受害者，却纵容凶手！对这样一个恶人，能不能坚持感激之情呢？四年来马里于斯心中的所有想法，都被这意外的打击彻底洞穿了。他颤栗不已。一切都取决于他。这些在他眼皮底下活动的人，不知不觉掌握在他手中。如果他开枪，白发先生就得救了，而泰纳迪埃要完蛋；如果他不开枪，白发先生就被牺牲，谁知道呢？泰纳迪埃会逃之夭夭。推倒这一个，或者让另一个倒下！骑虎难下。怎么办？选择什么？违背挥之不去的记忆，自我许诺的万千宏愿，最神圣的责任和最珍贵的遗书！违背他父亲的遗嘱，或者让罪恶得逞！一方面他好像听到"他的于絮尔"替她的父亲哀求他，另一方面又听到上校把泰纳迪埃托付给他。他感到都要发狂了。他的膝盖发软。他甚至来不及考虑，眼前的场面飞速发展。仿佛一阵旋风，他原以为能主宰，却将他席卷而去。他眼看昏厥过去。

泰纳迪埃，我们今后对他不再用别的称呼，在桌子前走来走去，有点迷狂，得意洋洋到疯狂的地步。

他一把拿起烛台，咣当一下放在壁炉上，震得蜡烛差点灭掉，蜡油溅到墙上。

然后他转向白发先生，一副狰狞相，狂叫：

"遭火烧！遭烟熏！遭红烧！遭火烤！"

他又走起来，大发雷霆。

"啊！"他叫道，"我终于找到您，慈善家先生！衣衫褴褛的百万富翁先生！赠送布娃娃的先生！老笨蛋！啊！您认不出我！不，八年前，一八二三年的圣诞节之夜，不就是您来到蒙费梅我的旅店里嘛！不是您从我店里带走芳汀的孩子云雀嘛！不是您穿一件黄外套嘛！不！手里还拿着一包衣服，像今天上午到我家里一样！你说呀，老婆！看来，把塞满羊毛袜的包裹往人家里送是他的怪癖！老慈善家，得了吧！您是针织品商吗，百万富翁先生？您把店里的存货送给穷人，圣人！真会耍把戏！啊！您认不出我吗？那么，我呀，我认得出您！您这副嘴脸一探到这里，我就马上认出了您。啊！最后倒要看看，这样闯进别人家里，并不漂亮，借口这是旅店，穿着破衣烂衫，像个穷人，别人会施舍他小钱，蒙骗人家，装作慷慨，夺走他们的饭碗，在树林里威胁人，没有算清账，等到人家破产了，再送来一件太肥的大衣和两条济贫院的蹩脚毯子，老无赖，拐孩子的家伙!"

他住了口,有一会儿像在自言自语。仿佛他的愤怒像罗讷河一样泻入洞窟里;然后,他大声说完刚才低声自言自语的话,他擂了一下桌子,叫道:

"模样倒老实!"

又责备白发先生:

"当然!您从前嘲弄了我。您是我的一切祸根!您花了一千五百法郎,获得我手中的一个女孩,她准定是有钱人的孩子,已经给我带来许多钱,我本来可以靠她过一辈子!这个女孩本来可以把我开店亏掉的全补偿回来,那见鬼的店,别人花钱享乐,而我却像傻瓜一样吃掉了我的全部家当!噢!但愿在我店里喝的酒,对喝下的人是毒药!毕竟没关系!您说吧!当您带着云雀一走了之,该对我开多大的玩笑啊!您在森林里拿着粗木棍!您是强者。一报还一报。现在王牌在我手里!您完了,我的老头!噢!我在笑。真的,我在笑!他受骗上当了!我对他说过,我当过演员,我名叫法邦图,我同马尔斯小姐,同穆什小姐一起演戏,我的房东要我在明天二月四日付房租,他甚至没有发现,要到二月八日,而不是二月四日算作一季!愚蠢透顶!他给我送来这微不足道的四枚金币!坏蛋!真没有心肝,连一百法郎也不肯凑足!我一阵奉承,他中计了!叫我真乐。我心里想:傻瓜!得,我逮住了你。今天上午我舔你的爪子!今天晚上我要啃你的心!"

泰纳迪埃止住了。他气喘吁吁。他狭窄的小胸脯像一只铁铺风箱那样喘气。他的目光充满那种卑劣的喜悦:像一个体弱、凶残、怯懦的人终于能打倒他惧怕过的人,能侮辱他谄媚过的人,像一个侏儒也能将后跟踩在歌利亚[1]的头上,像一头豺狼开始撕咬一头有病的公牛,这头公牛病得半死,无力抵抗,还有知觉,感到痛苦。

白发先生没有打断他,当他停下来的时候,对他说:

"我不知道您在说什么。您搞错了。我是一个很穷的人,绝不是一个百万富翁。我不认识您。您把我当作别人了。"

"哼!"泰纳迪埃声音嘶哑地说,"好漂亮的空话!您死硬要开玩笑!您陷入了困境,我的老兄!哼!您记不得啦?您看不出我是谁?"

"对不起,先生,"白发先生回答,声调彬彬有礼,在这种时候有点古怪,又很有力,"我看您是一个强盗。"

要知道,丑类会一触即怒,魔鬼也会痒痒。听到强盗这个词,泰纳迪埃的女人跳下床来,泰纳迪埃抓住他的椅子,仿佛要用手捏碎它。"你别动!"他对妻子喊道;然后朝白发先生回过身来:

"强盗!是的,我知道你们这样叫我们,有钱人先生们!啊!不错。我破产了,我躲起来了,我没有面包,我一文不名,我是一个强盗!我已经三天没吃饭了,我是一个强盗!啊!你们这些人,你们脚上很暖和,穿着萨柯斯基的薄底浅口皮鞋,你们有棉大衣,就像大主教一样,你们住在二楼,有门房守门,你们吃块菰,你们吃一月份卖四十法郎一把的芦笋、青豌豆,你们吃得饱饱的,你们想知道天气冷不冷,便看看报纸什瓦利埃工程师的寒暑表记录。我们

---

[1] 歌利亚,《圣经》中的巨人。

呢!我们就是寒暑表!我们不需要跑到沿河大街钟楼脚下去看冷到几度,我们感到血液在血管里冻住了,一直冷到心里,于是我们说:'没有天主!'你们来到我们的贼窝,是的,我们的贼窝,管我们叫强盗!但我们要吃掉你们!我们贫穷的小人物,我们要吞掉你们!百万富翁先生!要明白这一点:我曾经是一个已成家立业的人,缴纳营业税,是个选民,我呀,我是一个有产者!而您呢,您也许不是!"

说到这里,泰纳迪埃向门边的人跨了一步,带着颤抖补上一句:
"我想,他竟敢像对一个补鞋匠那样对我说话!"
随后他又狂暴起来,对白发先生说:
"还要明白这一点,慈善家先生!我呀,我不是一个可疑的人!我不是一个无名无姓,到别人家里夺走孩子的人!我以前是一个法国士兵,我本该获得勋章!我呀,我参加过滑铁卢战役!在战斗中我救过一个将军,是个伯爵,我不知他叫什么名字!他对我说了他的名字;但他鬼样的声音太轻,我听不清。我只听到'谢谢'。我宁愿听到他的名字,而不是感谢。这能帮我再找到他。您看到的这幅画,是大卫在布鲁塞尔画的,您知道画的是谁吗?他画的是我。大卫想让这一业绩永垂不朽。我背着这个将军,越过枪林弹雨。过程就是这样。这个将军,他甚至没有为我做过什么事;他不比别的将军更好!我仍然冒着生命危险,救了他的命,我的口袋里装满了证件!我是一个滑铁卢的士兵,他妈的!既然我好心对您说这些,咱们了结吧,我需要钱,我需要许多钱,我需要大笔钱,否则我就干掉您,天杀的!"

马里于斯恢复了一点对烦忧的控制，倾听着。最后一点怀疑刚刚烟消云散。这确是遗嘱所指的泰纳迪埃。马里于斯听到责备他父亲忘恩负义时不禁悚然，他就要不可避免地做辩解。他的困惑不安增加了。再说，有一种像恶一样可憎，像真实一样令人揪心的东西，体现在泰纳迪埃的话里，声调里，手势中，使每句话喷射出火焰的目光中，在剥露无余的邪恶本性的爆发中，在混杂了自吹自擂与卑劣、傲慢与卑微、狂热与愚蠢的话中，在真正的谴责和伪善的情感的大杂烩中，在一颗丑恶的灵魂无耻的暴露中，在各种痉挛和各种仇恨混合的骚动中。

他向白发先生提出购买那幅大师的油画，大卫的绘画，读者已经猜到了，不是别的，就是他的旅店招牌，读者记得，是由他自己油漆的，这是他在蒙费梅破产后保留的唯一残存物。

由于他不再挡住马里于斯的视线，现在马里于斯能够注视这样东西，在一片乱涂中，他确实分辨出一场战斗，背景是硝烟，一个人背着另一个人。这是泰纳迪埃和蓬梅西结成一对，中士救人，上校获救。马里于斯仿佛喝醉了，这幅画可以说描绘了他父亲的生前，这不再是蒙费梅小酒店的招牌，而是复活，一个坟墓半张开口，一个幽灵挺身而起。马里于斯听到脉搏在太阳穴跳动，耳鼓里响起滑铁卢的炮声，木板上模糊地画出他鲜血淋漓的父亲令他觳觫，他觉得这难看的身影在凝视他。

泰纳迪埃缓过气来，他布满血丝的眼睛盯住白发先生，用低沉而生硬的声音说：

"在把你灌醉之前，你有什么话要说？"

白发先生缄口禁语。在静默中，走廊里一个嘶哑的声音抛出这句阴沉沉的挖苦话：

"如果要劈木柴，有我在！"

是那个手握宰牛斧的汉子在开玩笑。

与此同时，一张毛发竖起，满是灰土的大脸出现在门口，发出可怕的笑声，露出的不是牙齿，而是獠牙。

这是那个手握宰牛斧的汉子的脸。

"为什么你脱下了假面具？"泰纳迪埃愤怒地朝他喊道。

"为了笑，"汉子回答。

白发先生注视和观察泰纳迪埃的一举一动好像有一会儿了，泰纳迪埃因狂怒而目眩神迷，在匪巢里来回走动，自信门口守住了，他们有家伙，对付一个手无寸铁的人，而且是九对一，假设泰纳迪埃的女人也算作一个男人。他责备手握宰牛斧的汉子时，背对着白发先生。

白发先生抓住这个时机，用脚推开椅子，用手推开桌子，泰纳迪埃还来不及回过身来，白发先生以惊人的灵活，只一纵，便来到窗前。打开窗，跨上窗台，越了过去，这只是一刹那的事。他一半在外，这时六只强有力的手抓住了他，有力地把他拉回到陋室中。这是那三个"砌炉工"扑向了他。同时，泰纳迪埃的女人揪住了他的头发。

听到脚步声，其他强盗从走廊跑过来。那个坐在床上，仿佛喝醉了酒的老家伙，从床上下来，手里拿着养路工的锤子，摇摇晃晃地走过来。

有一个"砌炉工",蜡烛照亮了他涂黑的脸,尽管这样,马里于斯还是认出了蓬肖,别号青春哥,或比格尔纳伊,他在白发先生的头上举起一根大棒,这是一根铁棍,两端是两只铅球。

马里于斯看不下去这幅景象。"父亲,"他想,"原谅我!"他的手指寻找手枪扳机。枪就要打响,这时泰纳迪埃的声音响起来:

"别伤着他!"

受害者的拼死一搏,非但没有激怒泰纳迪埃,反而使他平静下来。他身上有两种人,一种凶狠,一种灵巧。至今,面对被打倒、一动不动的猎物,他得意洋洋,凶狠的人占了上风;当受害者在挣扎,力图搏斗时,灵巧的人又出现了,占据上风。

"别伤着他!"他又说一遍。他没有料到,这句话的头一个效果,就是阻止了开枪,让马里于斯住手,他觉得危急情况消失了。面对这句话,他觉得等一等没有什么不妥。谁知道是否会出现机会,把他解脱出来,免得两者择一,要么让于絮尔的父亲丧命,要么让上校的恩人完蛋。

展开了一场大力士的搏斗。白发先生一拳打在老家伙身上,打得他滚到房间中央,接着,又反手两下,把另外两个袭击者打翻在地,两个膝盖各按住一个;两个恶棍像在花岗岩的磨盘下被压得直喘气;但另外四个人抓住令人生畏的老人的双臂和脖子,把他压趴在两个倒地的"砌炉工"身上。这样,白发先生制服了人,又为别人所制服,压住下面的人,又被上面的人压得透不过气来,摆脱不了压住他的蛮力,消失在一群可怕的强盗之下,如同一头野猪被压在一群吠叫的猎犬下面。

他们终于把他翻倒在离窗最近的床上，按住了他。泰纳迪埃的女人没有松开他的头发。

"你呀，"泰纳迪埃说，"别掺和进来。你要把披肩撕碎了。"

泰纳迪埃的女人听从了，就像母狼听从雄狼一样，一面还吼了几声。

"你们几个，"泰纳迪埃又说，"搜他的身。"

白发先生好像放弃了抵抗。他被搜了身。他身上只有一个皮革钱包，里面有六法郎，还有他的手帕。

泰纳迪埃把手帕放到自己兜里。

"什么！没有钱包？"他问。

"也没有怀表，"一个"砌炉工"回答。

"没关系，"拿着大钥匙、戴面具的汉子用腹语的声音喃喃地说，"这是一个老滑头！"

泰纳迪埃走到门角落，拿了一捆绳子，扔给他们。

"把他绑在床脚上，"他说。看到那个老家伙挨了白发先生一拳头，躺在房间中央，一动不动。

"布拉特吕埃尔死了吗？"他问。

"没有，"比格尔纳伊回答，"他喝醉了。"

"把他拖到角落里去，"泰纳迪埃说。

两个"砌炉工"用脚把醉鬼推到废铁堆旁。

"巴贝，你干吗拉那么多人来？"泰纳迪埃低声对拿棍子的汉子说，"这是多余的。"

"有什么办法呢？"拿棍子的汉子回答，"他们都想参加。季节不好。没有事儿干。"

白发先生被仰翻在那里的那张破床,像一张病床,四条粗糙的木腿勉强加工成方形。白发先生听之任之。强盗们让他起来,腿踩到地下,牢牢地绑在离窗户最远而离壁炉最近的床腿上。

待最后一个结打好,泰纳迪埃拿过一张椅子,几乎坐在白发先生的对面。泰纳迪埃脸容大变,已从狂暴转为平静、狡黠的和蔼。马里于斯从这像办公室人员彬彬有礼的微笑中,很难认出刚才那个唾沫四溅、近乎野兽的嘴脸,他吃惊地注视这奇特的、令人不安的变容,所感所觉就像一个人看到一头老虎变成了一个诉讼代理人。

"先生……"泰纳迪埃说。

他摆摆手,让依旧按住白发先生的几个强盗走开:

"你们走开一点,让我同这位先生谈话。"

众人向门口退去。他又说:

"先生,您想从窗口跳下去是做错了。您可能折断一条腿。现在,如果您允许,我们来平心静气地谈一谈。首先,我要告诉您,我注意到一点,就是您连一声也没有叫喊。"

泰纳迪埃说得对,这个细微处确实如此,尽管马里于斯在惶乱中没有发觉。白发先生仅仅说过几句话,没有提高声音,甚至在窗口同六个强盗搏斗时,他也保持缄默,极其古怪。泰纳迪埃继续说:

"我的天!您本来可以喊捉贼,我不会感到不对。抓杀人凶手啊!在这种情况下喊出来,我呢,我也绝不会认为不当。一旦同引起不信任的人待在一起,有点大叫大嚷,也极其普通。您这样做,不会有人妨碍您,甚至不会堵上您的嘴。我来告诉您原因。这是因为这个房间非常隔音。它只有这点好处，不过确实如此。这是一个地窖。在房里引爆一枚炮弹，离这儿最近的警卫队也只感到醉鬼的打呼声。大炮在这儿发出砰的一声，而打雷只发出噗哧一声。这住房令人称心。总之，您没有叫喊，这很好，我表示恭维，我来对您说出我的结论：我亲爱的先生，叫喊起来，把谁招来了？警察。警察之后呢？司法机构。那么，您没有叫喊；这是因为您像我们一样，担心看到司法机构和警察到来。这是因为——我早就疑心了——您很在意，要隐藏什么东西。至于我们呢，我们也很在意。因此，我们可以合作。"

泰纳迪埃一面这样说，一面盯住白发先生，好像要将他眼里冒出的尖刺戳进去，直抵被制服的人的内心。再说，他的语言带有温和与狡黠的无耻，是有节制的，几乎字斟句酌。这个坏蛋适才只是一个强盗，如今令人感到是个"学习过要当教士的人"。

被制服的人一直保持沉默，这种甚至忘掉生命安全的谨慎，这种与本能的第一反应，也就是发出喊叫相抵触的抵抗，这一切，应该说，一经指出，马里于斯便感到不对头，惊讶中觉得不好受。

这个庄重而奇特的人，库费拉克给了个"白发先生"的绰号，隐藏在神秘的厚壁中；泰纳迪埃言之凿凿的见解，对马里于斯来说，更加使之面目不清了。但是，不管他是什么人，现在被绳子捆绑，四周是刽子手，可以说，半截儿埋在一个墓坑里，时刻在往下沉，泰纳迪埃愤怒也罢，和蔼也罢，他都无动于衷；马里于斯禁不住欣赏，在这种情况下，这张脸愁容满布，却凛然不可侵犯。

显然，这颗心灵无所畏惧，也不知什么是狂乱。这种人能主宰意外的绝境。不管危机多么严重，灾难多么不可避免，他也不像落水的人在水中睁开惊恐的眼睛，垂死挣扎。

泰纳迪埃不再装模作样，站起身来，走向壁炉，挪开屏风，靠到旁边的破床上，于是露出装满炽热火炭的炉子，被制服的人完全看得清烧到白热化的钢錾，红色的火星四处飞溅。

然后，泰纳迪埃又回来坐在白发先生旁边。

"我继续说下去，"他说。"我们可以合作。两厢情愿，把事情安排好。刚才我冲动是不对的，我控制不住自己的头脑，走得太远了，胡言乱语。比如，因为您是百万富翁，我对您说，我需要钱，需要许多钱，需要一笔巨款。这是不合情理的。我的天，您有钱也不能这样做，您有负担，谁没有亲人呢？我不愿意让您破产，我毕竟不是一个要剥皮剔骨的人。我不属于这种人，因为占据有利地位，就加以利用，显得可笑。好吧，我加入一份，我这方面做出牺牲。我仅仅要二十万法郎。"

白发先生一声不吭。泰纳迪埃继续说：

"您看到了，我在酒里掺了不少水。我不了解您的财产状况，但我知道，您不看重钱，像您这样做善事的人，可以给一个并不幸福的家长二十万法郎。您准定也是讲理的，今天我花了很大力气，我组织今晚这件事，所有这些先生会同意，组织得不错，您总不至于认为，是为了向您讨点钱，去喝十五法郎一瓶的红酒，到德努瓦伊埃饭店吃小牛肉。二十万法郎，与我这样做相当。这一点钱一从您的口袋里掏出来，我向您保证一切都不要多说了，您一点不用担心。您会对我说：'可是我身上没带二十万法郎。'噢！我不是没有分寸的人。我并不要求这样。我只要求一件事。请费心写下我给您口授的话。"

说到这里,泰纳迪埃停住了,然后他又一字一顿地添上说,并朝炉子那边投去一个微笑:

"预先告诉您,我不许您说不会写字。"

宗教裁判所的大法官会羡慕这微笑。

泰纳迪埃把桌子推到白发先生旁边,从半拉开的抽屉里取出墨水缸、一支笔和一张纸,抽屉里那把长刀的刀刃闪闪发光。

他把纸放在白发先生面前。

"写吧,"他说。

被制服的人终于说话了。

"您要我怎么写呢?我被绑住了。"

"不错,对不起!"泰纳迪埃说,"您说得对。"

他转向比格尔纳伊:

"解开这位先生的右臂。"

蓬肖,别号青春哥,又名比格尔纳伊,执行泰纳迪埃的命令。待到被制服的人右臂自由了,泰纳迪埃把笔蘸上墨水,递给了他。

"先生,请注意,您在我们的掌握之下,由我们支配,绝对由我们支配,任何人间力量都不能从这里救走您,我们确实很遗憾,不得不令人不快地走极端。我既不知道您的名字,也不知道您的住址;但我预先告诉您,您要被绑在这里,一直到送出您写的这封信的人回来。现在请写吧。"

"写什么?"被制服的人问。

"我口授。"

白发先生拿起了笔。

泰纳迪埃开始口授:

"'我的女儿……'"

被绑住的人哆嗦起来,抬眼望着泰纳迪埃。

"写下'我的女儿',"泰纳迪埃说。

白发先生服从了。泰纳迪埃继续说:

"'你马上来……'"

他停住了:

"您用'你'称呼她,是吗?"

"谁?"白发先生问。

"当然啰,"泰纳迪埃说,"是小姑娘云雀。"

白发先生表面上一点不激动,回答道:

"我不知道您想说什么。"

"继续写下去吧,"泰纳迪埃说;他又开始口授:

"'你马上来。我绝对需要你。把这封信交给你的人,负责把你带到我身边。我等你。放心来吧。'"

白发先生统统写了下来。泰纳迪埃又说:

"啊!划掉'放心来吧';这句话会让人猜想,事情不简单,心生怀疑。"

白发先生涂掉这几个字。

"现在,"泰纳迪埃继续说,"签名吧。您叫什么名字?"

被制服的人放下了笔,问道:

"这封信是给谁的?"

"您很清楚,"泰纳迪埃回答。"是给小姑娘的。我刚对您讲过。"

显然,泰纳迪埃避免说出那个少女的名字。他说"云雀",他说"小姑娘",但他不说出名字。这是精明的人在同伙面前保守秘密的谨慎。说出名字,就会把"整个买卖"拱手相让,让他们知道不该了解的事。

他又说:

"签名吧。您叫什么名字?"

"于尔班·法布尔,"被制服的人说。

泰纳迪埃像猫一样迅速把手伸进口袋,掏出从白发先生身上搜到的手帕。他寻找记号,凑近蜡烛。

"U.F. 不错。于尔班·法布尔。那么,签上 U.F. 吧。"

被制服的人签了名。

"折信要用两只手,给我,我来折信吧。"

折好信以后,泰纳迪埃又说:

"写上地址。您家的地址,法布尔小姐收。我知道,您住在离这儿不远的地方,举步圣雅克教堂附近,因为您每天都要到那里望弥撒,但我不知道在哪条街。我看,您了解自己的处境。您没有瞎说名字,您也不会瞎说住址。您写上吧。"

被制服的人思索了一下,然后拿起了笔,写下:

"圣多米尼克-地狱街 17 号,于尔班·法布尔先生寓所,法布尔小姐收。"

泰纳迪埃以狂热得痉挛的动作抓住了信。

"老婆!"他叫道。

泰纳迪埃的女人跑过来。

"这是信。你知道你要做的事。楼下有一辆出租马车。快去快回。"

他又对拿宰牛斧的汉子说:

"你呢,既然你敢脱下面具,就陪老板娘跑一趟。你站在出租马车后面。你知道车停在哪里吗?"

"知道,"那汉子说。

他把宰牛斧放在一个角落里,跟在泰纳迪埃的女人后面。

他们出去后,泰纳迪埃把头伸出半掩的门,在走廊里喊道:

"千万别丢了信!想想你身上揣着二十万法郎呢。"

泰纳迪埃的女人那嘶哑的声音回答:

"放心吧。我把信放进了肚子呢。"

一分钟还没过去,便听到鞭子的噼啪声,响声很快便消失了。

"好!"泰纳迪埃咕哝着。"他们走得很快。照这样跑,老板娘过三刻钟就会回来。"

他把炉边的一把椅子拉过来,交抱起手臂,将粘满污泥的靴子伸向炉子。

"我脚冷,"他说。

陋室里,除了泰纳迪埃、被制服的人,只剩下五个强盗。这些人,透过他们的假面具或涂满脸的黑胶——扮成烧炭人、黑人或魔鬼,用来吓人,他们的神态麻木、阴郁,令人感到他们犯罪像干活一样,十分沉静,没有愤怒,也没有怜悯,带着一种百无聊赖的神情。他们像野人一样挤在一个角落里,保持沉默。泰纳迪埃在焐脚。被制服的人又陷入哑口无言之中。阴森森的沉寂,代替了刚才充满陋室的乱糟糟的喧嚣。

蜡烛结成一个大烛花,勉强照亮这偌大的陋室,炭火暗淡下来,怪形怪状的脑袋在墙上和天花板上形成丑陋的投影。

只听见睡着的老酒鬼平静的呼吸声。

马里于斯在越来越忐忑不安之中等待着。谜团越发捉摸不透了。被泰纳迪埃称为"云雀"的这个"小姑娘"是什么人?是他的"于絮尔"吗?被制服的人听到云雀这个词并不显得激动,再自然不过地回答:"我不知道您想说什么。"另一方面,U.F.这两个字母得到了解释,这是于尔班·法布尔,于絮尔不再叫于絮尔。这是马里于斯看得最清楚的一点。又恐怖又受迷惑,使他钉住在原地观察,俯瞰整个场面。他近乎无法思考和行动,仿佛就近看到如此可憎的东西,十分泄气一样。他等待着,希望出现一点意外事故,不管什么,他无法集中思路,不知采取什么行动。

"无论如何,"他想,"如果云雀是她,我会看到的,因为泰纳迪埃的女人会把她带到这里来。于是一切都会得到解释,如有必要,我会献出生命和鲜血,但我要解救她!什么也不能阻挡我。"

将近半个小时这样过去了。泰纳迪埃好像陷入邪恶的思索中。被制服的人一动不动。但已有一会儿,马里于斯仿佛断断续续地听到被制服的人那边传来轻微的嚓嚓声。

突然,泰纳迪埃叱责被制服的人:

"法布尔先生,哼,我马上对您实说了吧。"

这句话好像要和盘托出了。马里于斯侧耳细听。泰纳迪埃继续说:

"我的妻子就要回来了,您别不耐烦。我想,云雀确实是您的女儿,您把她留在身边,我觉得自然不过。只是您听我说两句。我的妻子带着您的信去找她。我吩咐过我的妻子,她的穿着像您看到的那样,会使您的小姐二话不说就跟她走。她们俩上了出租马车,我的伙伴待在车后。城门外有个地方,停着一辆二轮小马车,套着两匹骏马,把您的小姐拉到那里。她从出租马车上下来。我的伙伴再同她一起登上二轮小马车,我的妻子会回到这里对我们说:事成了。至于您的小姐,不会伤害她的,小马车会把她拉到一个地方,她会安心待着,您一旦把不多的二十万法郎给了我,就会把她还给您。如果您叫人抓我,我的伙伴就要染指云雀。就这样。"

被制服的人一言不发。过了一会儿,泰纳迪埃继续说:

"像您看到的那样,这很简单。如果您不想出事,就不会出事。我把底交给您。我事先告诉您,让您心中有数。"

他停住了,被制服的人没有打破沉默,泰纳迪埃又说:

"我的妻子一回来,就会对我说:云雀上路了,我们就放掉您,您可以自由自在地回家睡觉。您看,我们没有恶意。"

可怕的景象掠过马里于斯的脑际。什么!这个少女被人劫走,不是把她带到这里来!这些魔鬼当中的一个要把她劫到黑暗的角落?在哪里?……她怎么办?很清楚,这是她!马里于斯感到自己的心停止跳动。怎么办?开枪吗?把所有这些坏蛋都绳之以法?可是那个拿宰牛斧的可怕家伙带着少女逃之夭夭了。马里于斯想到泰纳迪埃这句话，他隐约感到血腥的含义："如果您让人抓我，我的伙伴就会染指云雀。"

如今，不仅是由于上校的遗嘱，而且出于自身的爱情，出于他的意中人的危险，他止住行动。

这可怕的局面已经延续了一个多小时，时刻改变着面貌。马里于斯还有毅力相继过了一遍各种各样令人胆寒的推测，寻找一线希望，却找不到。他的思绪的喧腾和匪巢的死寂恰成对照。

在这静寂中，传来了楼门打开又关上的声音。

被制服的人在捆绑中动了一下。

"是老板娘来了，"泰纳迪埃说。

他刚说完，泰纳迪埃的女人果然冲进房间，脸红耳赤，气喘吁吁，两眼冒火，两只大手同时拍着双腿，叫道：

"假地址！"

同她一起走的那个强盗，出现在她身后，又拿起宰牛斧。

"假地址？"泰纳迪埃重复说。

她又说：

"没有人！圣多米尼克街17号，没有于尔班·法布尔先生！不知道这是什么人！"

她上气不接下气地停住了，然后继续说：

"泰纳迪埃先生！这个老家伙让你白等啦！你太善良了，你看！我呀，我要是您，先把他那张嘴一切成四！要是他发火，我会把他活活煮熟！非要让他说出来，说出他女儿在什么地方，说出钱藏在什么地方！我呀，我就会这样干！怪不得有人说，男人比女人蠢！

17号！没有人！这是一扇大门！圣多米尼克街，没有法布尔先生！跑这趟快车，给车夫小费，还有这一切！我跟门房夫妇说过话，门房女人长得漂亮结实，他们不认识这个人！"

马里于斯吁了一口气。她，于絮尔，或者云雀，他不知道该叫什么的姑娘得救了。

正当他的妻子气得大声叫骂时，泰纳迪埃坐在桌子上；他半晌默不作声，摆着下垂的右腿，以凶蛮的沉思神态注视着炉子。

末了，他用缓慢而恶得出奇的声调对被制服的人说：

"假地址？你想得到什么？"

"争取时间！"被制服的人声音响亮地叫道。

这时，他抖动绳索；绳索已断；被制服的人只有一条腿绑在床上。

在七条汉子发现和扑过来之前，他已俯向壁炉把手伸向炉子，然后站起身来，现在泰纳迪埃的女人和几个强盗吓得退向陋室里边，惊愕地看着他把烧红的钢錾高举过头，钢錾发出寒光，他几乎是自由的，姿势咄咄逼人。

对戈尔博老屋设下圈套一案，随后所做的司法调查表明，警察进入现场后，在破床上找到一枚大铜钱，是切开的，经过特殊加工；这枚大铜钱是一个奇妙的工艺品，是苦役监犯人凭耐心在黑暗中的产物，也为了在黑暗中使用，只不过是越狱的工具。这种手艺高超的丑恶而精致的产品，放到首饰店里，就像切口暗语放进诗歌中。苦役监中有本维努托·塞利尼一类的人，就像文坛上有维庸一类的人。[1]不幸的囚犯渴望被解救,有时没有工具,只用一把木柄小刀,一把旧刀,设法把一枚铜钱锯成薄薄的两片,将中间挖空,而不损坏币面的图案,在钱币边上刻上螺距,再重新把两爿合在一起。这可以自由开合;这是一个小盒。盒里可以藏一根怀表发条,这发条经过巧妙加工,能切断脚环和铁条。人们以为这个不幸的苦役犯只有一个铜钱;决不,他拥有自由。就是这样一个大铜钱,后来在警察的搜查中,发现被打开了,分成两爿,扔在靠窗的破床下。还发现一把蓝色的小钢锯,能藏在这枚大铜钱里。很可能在强盗搜他身的时候,他设法将大铜钱藏在手中,然后,等到右手自由了,他便拧开钱币,用锯子割断缚住他的绳子,这就解释了马里于斯注意到的轻微响声和难以觉察的动作。

他不能弯下身,生怕失手,因此无法割断左脚的绳子。

强盗们从最初的惊慌中回过神来。

"放心吧,"比格尔纳伊对泰纳迪埃说。"他一条腿还绑着,跑不了。我打包票。是我绑住他这只蹄子的。"

但被绑住的人提高声音:

"你们都是不幸的人,而我的命也不值得千方百计保住。你们以为能逼我开口,要我写下我不愿写的东西,要我说出我不愿说的话……"

他撸起左臂袖管,添上说:

---

[1] 塞利尼(1500～1571),意大利金银首饰匠和雕塑家,当时艺术的代表之一;维庸(约1431～1463之后),法国诗人,善写谣曲,曾行窃过,多次入狱,写下《绞刑犯谣曲》自况。

"瞧。"

与此同时，他伸长手臂，将右手握住木柄的炽热的钢錾按在赤裸的肉上。

只听到烧焦的肉在吱吱响，行刑房特有的气味散布到陋室中。马里于斯吓得昏昏然，摇摇晃晃，连强盗也打寒颤，古怪的老人的面孔仅仅抽搐了一下，而烧红的铁嵌入冒烟的伤口中，他若无其事，几乎显得庄严，美丽的眼睛无怨无恨地盯住泰纳迪埃，痛苦消融在平静的威严中。

在本性伟大而崇高的人身上，遭受疼痛的肉体和感官，其反抗会使灵魂显现在脑门上，就像士兵哗变迫使统帅出现一样。

"你们这些不幸的人，"他说，"我不怕你们，你们也不用怕我。"

他从伤口中拔出钢錾，从打开的窗口扔出去，烧红的可怕工具旋转着消失在夜空，落在远处，在雪中熄灭了。

被绑住的人又说：

"怎么处置我，随你们的便。"

他手无寸铁。

"抓住他！"泰纳迪埃说。

有两个强盗把手按在他的肩上，声音像打腹语的蒙面人站在他对面，准备他一动就一钥匙敲碎他的脑壳。

与此同时，马里于斯听到身下隔墙根低声的这场对话，由于靠墙太近，他看不到说话的人：

"只有一件事可做。"

"把他一劈两！"

"不错。"

这是夫妻两人在商量。

泰纳迪埃缓步走向桌子,拉开抽屉,取出刀来。

马里于斯揉着手枪圆柄。左右为难,无以复加。一小时以来,他内心有两种声音,一种声音对他说要尊重父亲的遗嘱,另一种向他高喊援救被绑住的人。这两种声音不断地继续斗争,使他苦恼到极点。他隐约地希望此刻能找到一个办法,调和这两种责任,然而危险在加剧,等待的极限超过了,泰纳迪埃手里拿着刀,离被绑住的人只有几步路。

昏头昏脑的马里于斯环顾四周,这是绝望中下意识的最后一招。

猛然间他颤抖起来。

他脚下、桌上,满月的清辉照亮,好像向他显示一张纸。在这页纸上,他看到泰纳迪埃的长女早上用大字写的一行字:

"警察来了。"

一个想法,一道亮光掠过马里于斯的脑际;这是他寻找的方法,解决纠缠着他的可怕问题,既放过凶手,又救出受害者。他跪在五斗柜上,伸长手臂,抓住那张纸,轻轻剥掉一块隔墙的石灰,包在纸中,通过缝隙全扔到陋室中间。

正是时候。泰纳迪埃克服了最后的恐惧或最后的顾虑,朝被绑住的人走去。

"有东西掉下来!"泰纳迪埃的女人叫道。

"是什么?"丈夫说。

女人冲过去,捡起用纸包着的石灰块。

她交给了丈夫。

"从哪里扔进来的?"泰纳迪埃问。

"见鬼!"女人说,"你想能从哪儿扔进来?从窗口扔进来。"

"我看见飞过去,"比格尔纳伊说。

泰纳迪埃迅速打开纸,凑到蜡烛旁边。

"这是爱波尼娜的笔迹。见鬼!"

他对妻子做了个手势,她赶快走过来,他给她看写在纸上的那行字,然后又低声说:

"快!梯子!把肥肉留在鼠笼里,咱们快溜!"

"不割断这家伙的脖子啦?"泰纳迪埃的女人问。

"没有时间了。"

"从哪儿走?"比格尔纳伊问。

"从窗户走,"泰纳迪埃回答。"既然爱波尼娜从窗口扔石块进来,就是说房子在这边还没有被包围。"

声音像打腹语的蒙面汉把大钥匙放在地下,双臂高举空中,一声不响地双手迅速合拢三次。这仿佛向船员发出启航信号。抓住被绑者的强盗松开了他;一眨眼工夫,软梯在窗外打开,两只铁钩牢牢攀住窗沿。

被绑者没有注意到周围发生的事。他似乎在沉思或者祈祷。

软梯一挂好,泰纳迪埃叫道:

"来!老板娘!"

他向窗口冲去。

但他刚要跨过去,比格尔纳伊狠狠抓住他的衣领。

"别急,喂,老滑头!让我们先走!"

"让我们先走!"一帮强盗嚷起来。

"你们真是孩子,"泰纳迪埃说,"咱们失去时间了。警察追上咱们了。"

"那么,"一个强盗说,"咱们抓阄,看谁先下。"

泰纳迪埃叫起来:

"你们疯了!犯糊涂了!一群傻瓜!白丢时间,不是吗?抓阄,不是吗?猜湿手指!抽短麦秸!写上我们的名字!放进帽子里!……"

"你们要用我的帽子吗?"一个声音在门口叫道。

大家回过身来。这是沙威。

他手里拿着帽子,微笑着伸过来。

## 二十一、本应先抓受害人

夜幕降临时,沙威埋伏好人手,他自己躲在戈布兰城门街的树丛后,这条街朝向大街对面的戈尔博老屋。他先张开"口袋",把负责破屋周围的两个姑娘装进去。但他只"逮住"阿泽尔玛。至于爱波尼娜,她不在岗上,她消失了,抓不到她。然后沙威住了手,谛听约定的信号。出租马车的来去使他非常不安。最后他不耐烦了,"确信那儿有一个匪巢",确信能"大赚一笔",他认出有几个歹徒进去了,终于决定不等手枪信号就上楼。

读者记得,他有马里于斯那把通用钥匙。

他及时来到。

惊惶的歹徒扑向他们准备逃跑时扔在各个角落里的武器。一眨眼间，这七个人外表可怕，聚在一起，采取自卫姿态，一个拿着宰牛斧，另一个拿着大钥匙，再一个手握大棒，其他人拿着钢錾、铁钳和锤子，泰纳迪埃握着他的刀。泰纳迪埃的女人抓住一块大铺路石，本来石头放在窗口的角落里，用作她女儿的凳子。

沙威重新戴上帽，在房里走了两步，交抱手臂，拐杖夹在腋下，剑插在鞘里。

"不许动！"他说。"你们别从窗户出去，而从门口出去。这样危险小些。你们是七个人，我们是十五个人。我们别像乡里人那样动手。放聪明点。"

比格尔纳伊掏出藏在罩衫口袋里的一把手枪，交到泰纳迪埃手里，在他耳畔说：

"这是沙威。我不敢向这个人开枪。你敢吗？"

"当然敢！"泰纳迪埃回答。

"那么，开枪吧。"

泰纳迪埃接过手枪，瞄准沙威。

沙威在三步之外，盯住他，仅仅说：

"别开枪，算了！你会打歪。"

泰纳迪埃扣扳机。枪打歪了。

"我对你说什么来着！"沙威说。

比格尔纳伊将包铅棍扔在沙威脚下。

"你是魔王！我投降。"

"你们呢？"沙威问其他歹徒。

他们回答：

"我们也投降。"

沙威平静地又说：

"好呀，不错，我对你们说过，放聪明点。"

"我只要求一件事，"比格尔纳伊又说，"就是关在牢里时，要给我烟抽。"

"一言为定，"沙威说。

他回过身来，向身后叫道：

"现在进来吧！"

一队警察手里握着剑，另一队拿着包铅棒和粗短木棍，听到沙威的叫声，一拥而入，把这些强盗捆绑起来。这群人只被一支蜡烛微微照亮，使匪巢充满幢幢黑影。

"全都铐上！"沙威叫道。

"你们敢再走近一点！"一个声音叫道，这不是男人的声音，但没有人能说，这是女人的声音。

泰纳迪埃的女人固守在窗口的一个角落里，是她刚刚发出这声吼叫。

警察往后退缩。

她已扔掉披肩，还戴着帽子；她的丈夫蹲在她身后，几乎消失在她扔掉的披肩下，她用自己的身体遮住他，双手将铺路石高举过头，好似女巨人要抛出岩石一样晃动着。

"当心！"她叫道。

大家向走廊退去。陋室中间空出一大块地方。

泰纳迪埃的女人瞥了一眼束手就擒的匪徒,用沙哑的喉音喃喃地说:"胆小鬼!"

沙威微笑着,走到泰纳迪埃的女人盯住的空地。

"别走近,滚开,"她叫道,"要不我砸死你!"

"好一个投弹手!"沙威说,"大妈!你像男人一样有胡子,但我像女人一样有利爪。"

他继续往前走。

泰纳迪埃的女人头发纷乱,十分可怕,叉开双腿,往后仰起,发狂地把石头朝沙威的头上扔去。沙威弯下腰。石头掠过他的头顶,从陋室的一角飞到另一角,撞在底墙上,打掉一大块灰泥,幸亏陋室没人,落在沙威的脚下。

这时,沙威来到泰纳迪埃夫妇旁边。他的一只大手落在泰纳迪埃的女人的肩上,另一只手落在她丈夫的头上。

"铐起来!"他叫道。

警察又成群拥入,一会儿,沙威的命令被执行了。

泰纳迪埃的女人精疲力竭,看着自己的手和丈夫的手被铐上,瘫倒在地,哭喊道:

"我的女儿呢!"

"她们被抓起来了,"沙威说。

警察发现睡在门后的醉鬼,便摇晃他。他醒来时嗫嚅着说:

"完事了吗,荣德雷特?"

"是的,"沙威回答。

六个被铐上的歹徒站着;他们还带着鬼样的面容;三个涂黑了

脸，三个戴着假面具。

"留着你们的假面具，"沙威说。

他以弗烈德里克二世在波茨坦检阅的目光扫视一遍，对三个"砌炉工"说：

"你好，比格尔纳伊。你好，布吕荣。你好，二十亿。"

然后，他转向三个戴假面具的，对斧头汉说：

"你好，格勒梅。"

对铅棍汉说：

"你好，巴贝。"

对腹语汉说：

"你好，克拉克苏。"

这时，他看到歹徒俘获的人，从警察进来以后，一言不发，耷拉着头。

"给这位先生松绑！"沙威说，"任何人不得出去！"

说完，他威严地坐在桌前，桌上还放着蜡烛和写字用品，他从袋里掏出一张公文纸，开始笔录。

他写下几行字，这总是一样的格式，抬起头来说：

"把这些先生刚才捆绑的那一位带过来。"

警察环顾四周。

"喂，"沙威说，"他人呢？"

歹徒抓住的人，白发先生，于尔班·法布尔先生，于絮尔或云雀的父亲，消失不见了。

房门守住了，但窗口没有守住。他一看到松了绑，正当沙威要做笔录时，他利用混乱、嘈杂、人多、黑暗和注意不在他身上，从窗口跑掉了。

一个警察跑到窗旁张望。外面看不到人。

绳梯还在颤动。

"见鬼！"沙威咕噜着说，"大概这是最要紧的！"

## 二十二、喊叫的孩子

济贫院大街那幢楼里出事后第二天，一个孩子好像来自奥斯特利兹桥那边，通过右边的平行侧道，踏上枫丹白露城门的方向。黑夜已经降临。这个孩子苍白，瘦弱，身穿破衣烂衫，二月里还穿着一条布裤，在放声唱歌。

在小银行家街的拐角，一个弯腰的老女人借着路灯在一堆垃圾中搜索；孩子经过时撞上她，退后一步，大声说：

"嗨！我当是一只大、一只大狗呢！"

他用一种嘲弄的声调第二次说这个"大"字，要用大字才足以表达意思：一只大、一只大狗！

老女人愤怒地挺起身来。

"坏孩子！"她咕哝着说。"假如我不是弯着腰，我会找准地方扫你一脚！"

孩子已经走远了。

"哎哟哟！哎哟哟！"他说。"既然如此，也许我没有搞错。"

老女人气得憋住了，完全直起腰来，发红的路灯光迎面照亮她苍白的脸，坑坑洼洼，布满皱纹，鱼尾纹连上了嘴角。她的身躯淹没在黑暗中，只能看到她的头。仿佛是亮光在黑夜中剪下的"衰老"面具。孩子注视着她。

"夫人，"他说，"这样的美我受不了。"

他继续走路，又唱了起来：

  尥蹄子国王

  出发去打猎，

  把乌鸦打光……

唱完这三句，他住了声。他来到50～52号门牌前，看到大门紧闭，便开始用脚踢门，又猛又响，显出那是他大人的鞋，而不是他孩子的脚踢的。

但还是他在小银行街角遇到的那个老女人追赶过来，大叫大嚷，双手乱舞。

"干什么？干什么？天主啊！要把门踢穿啦！要硬闯进楼里啦！"

脚继续踢门。

老女人大喊大叫。

"眼下是这样看房子的吗？"

突然，她停止喊叫。她认出了顽童。

"什么！是这个撒旦！"

"嗨，是老太婆，"孩子说。"你好，布贡老妈妈。我来看我的老人家。"

老女人做了个混合的鬼脸回答,这是表示仇恨的出色的即兴表演,得益于衰老和丑陋,可惜淹没在黑暗中:

"没有人了,混小子。"

"啊!"孩子说,"我爸爸在哪儿?"

"在福斯监狱。"

"哦!那我母亲呢?"

"在圣拉撒路监狱。"

"那么,我的两个姐姐呢?"

"在玛德洛奈特监狱。"

孩子搔搔耳后根,望着布贡大妈,说道:

"啊!"

然后他掉转脚跟。过了一会儿,待在门口的老女人听到他年轻嘹亮的嗓子唱起来,歌声没入在寒风中瑟瑟发抖的幽暗榆树下:

> 尥蹄子国王,
> 出发去打猎,
> 把乌鸦打光,
> 迈着双长腿。
> 想从胯下过,
> 两苏不算多。

第四部

# 普吕梅街的牧歌和圣德尼街的史诗

# 第一章
# 几页历史

## 一、剪裁得当

紧接着七月革命的一八三一和一八三二这两年，在历史上是最特殊和最激动人心的时期。这两年与在这之前和在这之后的年份相比，仿佛两座大山。它们具有革命的伟大。可以看到悬崖峭壁。社会主体，文明的基础本身，层层叠叠、彼此依附、利益相关的社会集团，法兰西自古以来形成的古老面貌，每时每刻都通过各种体制、激情和理论的风云变幻，在这两年中出现了又消失。这种出现和消失被称为抗拒和运动。间或可以看到真理的闪现，真理乃是人类心灵之光。

这了不起的时代日子相当有限，开始离我们很远了，从现在起，我们能抓住它的主要脉络。

我们来尝试一下。

复辟时期是其中一个中介阶段，很难加以界定，积聚了疲倦、嘈杂声、喃喃声、睡眠、喧嚣,这只是一个伟大民族发展到一个阶段。这种时代是奇异的,常使那些想加以利用的政治家受骗。开始,民族只需要休息!人们只有一种饥渴,就是要和平;人们只有一种奢望,就是做小人物。这反映了要安定。重大事件、重大机遇、重大风险、伟大人物,感谢上天,这些看得够多了,感到厌烦。人们宁愿以普吕西亚斯[1]换掉恺撒,以伊弗托国王[2]换掉拿破仑。"这个小国王多好啊!"天一亮就赶路,长途跋涉了一整天,直到傍晚;第一站跟米拉波,第二站跟罗伯斯庇尔,第三站跟波拿巴;累得腰酸背痛。人人都要一张床。

　　献身精神已厌倦,英雄主义已衰老,野心已满足,发财致富已实现,还寻找、要求、恳求、央求什么呢?一个安乐窝。他们有了。他们拥有和平、安定、闲暇;他们心满意足了。但与此同时,出现了一些事,要获得承认,来敲他们的门。这些事是从革命和战争中产生的,它们存在着,生活着,有权安置在社会,而且安置下来了;这些事多半是中士和先行官只是为了各种原则准备住处。

　　于是,政治哲学家面前就出现这种情况:

　　在疲乏的人要求休息的同时,完成的事则要求得到担保。给事实担保,与给人休息是同一回事。

　　这正是英国在护国公[3]之后,对斯图亚特王朝提出的要求,也就

---

[1] 普吕西亚斯(约公元前237～前183),比提尼亚国王,他要把前来避难的汉尼拔献给罗马,结果汉尼拔服毒自尽。
[2] 伊弗托国王,法国诗人贝朗瑞以此影射和抨击拿破仑,写过歌谣《伊弗托国王》,流行一时。
[3] 护国公,即克伦威尔。

是法国在帝国之后，对波旁王室提出的要求。

这些担保是时代的需要。必须给予。由王公"赐予"，实际上是势所必然给予的。这是深刻的真理，知道这一点是有用的，斯图亚特王朝在一六六○年并没有想到，波旁王室在一八一四年甚至毫无觉察。

拿破仑崩溃的时候，那个注定命运的家族又返回法国；它天真得要命，以为是它给予的，它给予的就能重新拿回来；以为波旁王室拥有神圣的权利，而法国什么也不拥有；以为在路易十八的宪章中让与的政治权利，只是神圣权利的一部分，由波旁王室分割下来，无偿地赐给人民，直至国王乐意重新收回。然而，既然赠与令它不快，波旁王室本该感到，赠与不是来自于它。

它在十九世纪颐指气使。它对民族的每一个进展都呈现出一副难看的面孔。这里用一个粗俗的，也就是通俗而真实的字眼，它拉长了脸。人民看到了。

它以为自身有力量，因为帝国像舞台上的一个布景，从它面前搬走了。它没有发觉，它也曾以同样方式被搬来。它没有看到，它也掌握在搬走拿破仑的那只手里。

它以为自身有根基，因为它是往昔。它搞错了；它属于往昔，但全部往昔是法国。法国社会的根基决不在波旁王室那里，而在民族那里。这些隐秘的、生机勃勃的根基，决不构成一个家族的权利，而是构成一个民族的历史。根基到处存在，唯独不在王座下面。

对法国来说，波旁王室是它的历史中一个有名的、流血的交汇点，但不再是它的命运的主要因素和它的政治的必要基础。可以不要波旁王室；已经有二十二年不需要它；曾经中断了一个时期；他们却没有意识到。他们怎么会意识到呢？他们想的是路易十七在热月九日统治着，路易十八在马伦哥战役那一天统治着。有史以来，还没有国王这样无视事实和事实所包含和颁布的神圣权力的部分。所谓国王权力这种人世的奢望，还从来没有如此否认上天的权力。

致命的错误导致这个家族伸手取回一八一四年"赐予"的担保和它所谓的让步。这是可悲的事！它所谓的让步，是我们赢取的；它所谓我们的侵占，这是我们的权利。

复辟王朝觉得时机来临的时候，自以为战胜了波拿巴，在国内扎下了根，就是说自以为强大，自以为深入民心，便突然下定决心，孤注一掷。一天早上，它挺身而出，面对法国，它提高声音，否认集体身份和个人身份，否认人民的至高无上和公民的自由。换句话说，它否认人民之所以为人民，公民之所以为公民。

这就是七月敕令这臭名远扬的法案的实质。

复辟王朝垮台了。

它垮台是理所当然的。但是，我们要说，它不是绝对敌视一切进步形式的。重大事件发生的时候，它袖手旁观。

在复辟王朝时期，人民习惯于心平气和地讨论，这是共和国所缺乏的；它也习惯于在和平中获得强盛，这是帝国所缺乏的。自由而强大的法国，对欧洲的其他民族曾是一个令人鼓舞的景象。在罗伯斯庇尔时期，革命有了发言权；在波拿巴时期，大炮有了发言权；正是在路易十八和查理十世时期，轮到智慧有发言权。风停了，火炬重新闪烁光芒。人们看到精神的纯洁光芒在宁静的峰顶闪烁。这是壮美、有益和迷人的景象。人们看到这种对思想家来说非常陈旧，而对政治家来说却非常新颖的伟大原则，在十五年的和平环境中，在公共广场上活跃着：在法律面前人人平等，意识自由，言论自由，新闻自由，任人唯贤。这种局面一直发展到一八三〇年。波旁王室是文明的工具，在天主的手上碎裂了。

波旁王室的垮台充满了崇高，并非就他们而言，而是就人民而言。他们沉重地离开了王位，已经丧失了威望；他们沉落到黑夜中，不是那种庄严的隐退，给历史留下悲哀；这也不是查理一世幽怨的平静，不是拿破仑的鹰的长鸣。他们走了，如此而已。他们摘下了王冠，保不住光轮。他们是高尚的，但不能令人敬畏。在一定程度上，他们缺乏遭逢不幸的崇高。查理十世到瑟堡旅行时，叫人将一张圆桌锯成方桌，显得更关心岌岌可危的礼仪，而不是行将崩溃的王朝。这种委顿令自爱的忠臣悲哀，也令尊敬王族的严正的人悲哀。人民是了不起的。它在一天早上遭到王室叛乱的武装袭击，感到固若金汤，并不愤怒。它起来自卫，保持节制，使物归其位，将政府置于法律约束之下，将波旁王室放逐流亡，唉！到此为止。它把老王查理十世从荫庇过路易十四的华盖下提将出来，轻轻放在地上。它悲哀地和小心地接触王室成员。这不是一个人，不是几个人，这是法兰西，整个法兰西，胜利的、沉醉于胜利的法兰西，好像记起、并在全世界面前实施纪尧姆·德·维尔在发生巷战[1]那一天以后所说的几句庄重的话："那些习惯于获得大人物的恩宠，像鸟儿在树枝上

---

[1] 1588年5月12日，巴黎人民起义，维尔在事件后发表演说。

跳来跳去，从厄运转到青云直上，但却敢于反对身处逆境的君王的人，那是轻而易举的；可是对我来说，君王的命运，尤其受难君王的命运，总是值得尊敬的。"

波旁王室带走了尊敬，而不是惋惜。上文已经指出过，他们的不幸比他们自身更为壮伟。他们从地平线上消失了。

七月革命随即在全世界找到朋友和敌人。有的人热情和快乐地奔向它，还有的人转过身去，因人而异。欧洲的君主起初如同猫头鹰遇到黎明，被刺伤，惊呆了，闭上了眼睛，再睁开来，咄咄逼人。惊惶可以理解，愤怒可以原谅。这场奇特的革命几乎算不上一次冲击，甚至对战败的王权也没有给予把它视为敌人、使之流血的荣幸。各国专制政府总是关心让自由诋毁自身，在它们看来，七月革命不该来势汹汹接着又保持平和。再说，也没有发生企图阴谋反对它的事件。最不满、最愤怒、最惊慌的人都向它致意。不管我们有多大的私心和怨恨，在这场事变中也能感到，有一个在人力之上的人参与合作，使人产生神秘的敬意。

七月革命是民权击垮法律行为的胜利。这是光芒四射的事件。

民权击垮法律行为。由此放射出一八三〇年革命的光辉，由此也显示了它的宽容。胜利的民权决不需要激烈。

民权，这是正义和真理。

民权的本质，就是永远保持美好和纯洁。法律行为，即使是表面上最必不可少的，即使最能为当代人所接受，如果它只是作为法律行为而存在，包含的民权太少，或者根本不包含民权，那么，随着时间的推移，就必不可免变成畸形、邪恶，甚至极其可怕。要是想一下子看到法律行为会达到多么丑恶，只消隔开几个世纪，看一看马基雅维利。马基雅维利，决不是一个恶的精灵，不是一个魔鬼，也不是一个卑鄙无耻的作家；这只不过是法律行为。这不单是意大利的法律行为，也是欧洲的法律行为，十六世纪的法律行为。它看来是丑恶的，面对十九世纪的道德思想，确实如此。

这场民权与法律行为的斗争，从人类社会之初延续至今。结束决斗，使纯粹思想和人类现实相融合，和平地让民权进入法律行为，并让法律行为进入民权，这就是圣贤的工作。

## 二、缝制瘪脚

但是，圣贤的工作是一回事，机灵者的工作是另一回事。

一八三〇年革命很快就止步了。

革命一旦搁浅，机灵者就来拆沉船。

在本世纪，机灵者自封为政治家；以致"政治家"这个词最终有点成为一个行话的词。的确，不要忘记，哪里有机灵，哪里就必然有卑劣：机灵者，意思是说庸俗的人。

同样，政治家，有时等于说：不讲信义的人。

照机灵者的说法，像七月革命那样的革命，是割断动脉；必须马上结扎。过于庄严地宣布的民权动摇了。因此，民权一经确立，就必须巩固国家。自由一经确认，就必须想到政权。

这里，圣贤还没有跟机灵者分道扬镳，但他们开始互不信任了。政权，是的。但首先，政权是什么？其次，政权从何而来？

机灵者好像没有听到喃喃地说出的异议,继续他们的活动。

这些政治家擅长给有利可图的设想戴上必须如此的假面具,据他们看来,在革命之后,倘若是在君主制的大陆,人民的第一需要,就是找到一个王族。他们说,这样,革命后人民便可以获得和平,就是说有时间包扎伤口,修葺家园。王族遮住脚手架,覆盖住野战医院。

然而,找到一个王族并非易事。

必要时,任何一个才智之士,任何一个有钱人,都可以做国王。第一种情况如拿破仑,第二种情况如伊图尔维德。[1]

但是,并非任何家族都可以成为王族。必须是年代悠久的世族,几个世纪的地层褶皱不会即时产生。

如果站在"政治家"的角度来看,当然是带有条件的,在一次革命之后,从中产生的国王应具有哪些品质呢?他可以是革命的,而且这样有用,就是说亲身参加这场革命,不管是不是干预,是不是受牵连或因此扬名,是弄斧还是使剑。

一个王族要有哪些品质呢?它应该是维护本国利益,就是说对革命保持一段距离,不采取行动,但接受思想。它应该年代久远,有历史渊源,前途无量,受到欢迎。

这一切说明了为什么早期革命只满足于找到一个人物,克伦威尔或拿破仑;为什么后来的革命绝对需要找到一个家族,布伦斯维克家族或者奥尔良家族。

王族就像印度的无花果树,树枝垂到地面就能扎根,变成一棵无

---

[1] 伊图尔维德,墨西哥将军,1821年称帝,1823年下台,次年被枪决。

花果树。每一分枝都能成为一个王族。唯一的条件是下垂到人民那里。

这就是机灵者的理论。

所以,伟大的艺术就在于此:给胜利多少配上一点灾难的音响,让得益的人也感到惊悸,每走一步都加上恐惧的佐料,增加过渡的弧度,放慢进步的速度,使这种曙光苍白一些,揭露和削减热情的激烈程度,去掉棱角和利爪,给胜利穿上棉袄,给民权穿上柔软的衣服,给高大的人民穿上法兰绒服装,让它快点睡觉,迫使这个精力过剩的人节食,把大力士看作初愈病人,将大事调和成权宜之计,给那些渴望理想的人喝些掺上药茶的美酒,采取措施防止过度成功,给革命安上遮光罩。

一八三〇年实践了这个理论,这在一八六六年的英国已经实施过。

一八三〇年是一场半途而止的革命。实现一半进步;实施准民权。然而逻辑不知道"差不多"的概念;绝对像太阳无视蜡烛。

是谁阻止半途而止的革命呢?资产阶级。

为什么?

因为资产阶级已经满足了利益。昨天吊胃口,今天吃饱了,明天撑得过饱。

拿破仑之后一八一四年的现象,在查理十世之后一八三〇年重演。

企图把资产者当作一个阶级是错了。资产者只不过是人民中得到满足的那部分。资产者就是眼下有时间闲坐的人。一张椅子不是一个社会等级。

但是，想过早坐下，有可能阻挡人类的前进。这往往是资产者的错误。

它不是一个阶级，因为犯了一个错误。自私自利不是分割社会等级的一个理由。

再说，即使对自私自利，也要公正，一八三〇年的震动以后，人民中所谓资产阶级的这一部分，渴望的状态不是掺杂了冷漠和怠惰并包含了一点羞耻的迟钝，也不是进入梦乡暂时忘却现实的睡眠，而是停止前进。

停止前进这个词具有古怪的双重含义，而且几乎是矛盾的：前进中的部队，就是运动；到达一站，就是休息。

停止前进，这是力量修整；这是枕戈待旦的休息；这是大功告成又布上岗哨和保持戒备。停止前进意味着昨天的战斗和明天的战斗。

这是一八三〇年和一八四八年的间歇。

这里所谓的战斗，也可以叫做进步。

因此，资产阶级和政治家一样，需要一个人表达这个词：停止前进。一个应运而生的人。一个有双重性的人，他意味着革命，又意味着稳定，换句话说，能明显地通过过去与未来并存，确立现在的人。

这个人是"现成的"。他叫路易-菲利普·德·奥尔良。

二百二十一人使路易-菲利普登基为王。拉法耶特负责加冕大典。他称其为"最好的共和国"。巴黎市政厅代替了兰斯大教堂。[1]

---

[1] 法国国王历来在兰斯大教堂举行加冕礼。

用半个王位来代替整个王位，这是"一八三〇年的业绩"。

当机灵者大功告成，他们解决问题的极大弊端也就显露出来。这一切都是在绝对权力之外完成的。绝对权力叫道："我抗议！"然后，可怕的是，它又回到黑暗中。

## 三、路易-菲利普

革命有可怕的手臂和幸运的手；革命打得狠也选得好。革命即使不彻底，即使变质和变种，像一八三〇年革命一样降到二等革命的地位，也几乎总有足够的、来得正好的清醒，不会结局糟糕。它们的消隐不是让位。

但是，我们也不要大吹大擂；革命也有出错的时候，而且出过严重错误。

还是回到一八三〇年。一八三〇年虽有偏差，但有幸运之处。革命突然中止之后，在所谓社会秩序确立的过程中，国王比君主政体更有用。路易-菲利普是一个少有的人。

历史肯定会给他的父亲减轻罪责，他的父亲值得谴责，而他值得尊敬；他具有各种私人美德和几种公德。关心自己的身体、财产、人品、事务；了解一分钟的价值，而有时认不清一年的价值；有节制、宁静、平和、耐心；老好人，好君主；与妻子同床共寝，宫里有仆人负责让市民参观他们夫妻的床，在长房像旧日一样铺张淫靡之后，这样炫耀的夫妻生活就变得有益了；他懂得所有的欧洲语言，更为罕见的是，懂得各种利益的语言，而且会讲这些语言；他是"中等阶级"的出色代表,并超越这一阶级,无论如何比它伟大;尊重他出身的血统,又极为明智,特别倚重其固有价值,即使在血统问题上,他也表现得十分特别,自称是奥尔良族,而不是波旁族;他还仅仅是尊贵的殿下的时候,就已经是正统的首席王爷,一旦成为陛下,却是个坦率的市民;在大庭广众中说话啰嗦,而在私下里说话简洁;据说吝啬,但未经证实;说白了,他很节俭,但出于心血来潮或责任,也会挥金如土;有文学修养,但对文学不感兴趣;是贵族,但没有骑士精神;普通、平静而强有力;受到家庭和家族的爱戴;舌灿莲花;是个看穿世事的政治家,内心冷漠,受眼前利益主宰,事必躬亲,不会记仇,也不报恩,无情地以高超才智对待庸才,善于利用议会的多数,批驳在王座下低声抱怨的不可思议的一致;感情外露,有时不够谨慎,有时又极其灵活;办法多,脸变得快,假面具也多;借欧洲恐吓法国,又借法国恐吓欧洲;不可否认热爱法国,但更喜欢他的家庭;更看重统治而不是权力,更看重权力而不是尊严,这种倾向有其有害的一面:一切力求成功,容忍诡计,绝对不放弃卑劣手段;但是这种倾向也有有利的一面:避免政治发生激烈冲突,国家发生分裂,社会发生灾难;细心,准确,警惕性高,专心一致,有洞察力,不知疲倦;有时说话自相矛盾,违背前言;在安科纳大胆反对奥地利,在西班牙坚持不懈地反对英国,炮轰安特卫普,赔偿普里查德[1];满怀信心地唱《马赛曲》;从不沮丧,从不厌倦,不赞赏美好和理想,与大胆豪迈无缘,反对乌托

---

[1] 普里查德(1796~1883),英国传教士,在法国支持新教,1844年被法国政府逮捕。在英国政府抗议下,法国政府赔偿普里查德2.5万法郎。

邦、怪想、愤怒、虚荣、恐惧；具有顽强不屈的各种品质；在瓦尔米是将军，在热马普是士兵；八次遭到暗杀，始终笑容满面；像枪骑兵一样勇敢，像思想家一样勇往直前；仅仅担心欧洲可能发生动荡，不冒政治大风险；总是准备献出生命，而决不冒事业的风险；把自己的意图化为影响，以便让人听从智慧，而不是听从国王；善于观察，而不是猜测；不注意才智之士，却看人内行，就是说为了下结论需要观察；见识敏锐，洞察力强，务实慎重，能言善辩，记忆力惊人；不断地汲取这种记忆，只有这一点同恺撒、亚历山大和拿破仑相似；了解事实、细节、日期、专有名词；不识倾向、激情、民众的各种才能、内心愿望、隐藏不露的心灵激动，一句话，一切所谓看不见的意识流程；表面上接受，但很少与深层的法国相一致；能敏锐脱身；治理过多，统治不够；首相是他自己；擅长以现实的小事挡住思想的宏大；将莫可名状的诉讼和程序的精神，放进文明、循序和组织的真正创造力中；一个王朝的创建者和代理人；既有点像查理大帝，又有点像诉讼代理人。总之，形象高大而新颖，这个君主既使法国不安而能掌权，又使欧洲嫉妒而显强大。路易-菲利普将跻身本世纪杰出人物之列，以及历史上最著名的统治者之中，如果他有点爱荣誉，如果他意识到什么是伟大，就像意识到什么是有用的话。

路易-菲利普年轻时十分俊美，上了年纪仍然很优雅；总是受到世人诟病，但能得到不少人的拥护；他讨人喜欢。他具有魅力这种天赋。他缺乏威仪；他虽然是国王，却不戴王冠，尽管是老人，却没有白发。他的举止属于旧制度，而习惯属于新制度，将高贵与平民混合在一起，适合于一八三〇年；路易-菲利普代表过渡政权；他保留了旧的发音和旧的拼写方式，用来为现代舆论服务；他热爱波兰和匈牙利，但他写成"波利人"，说成"匈牙兰人"。他像查理十世一样穿国民自卫军服装，像拿破仑一样戴荣誉团勋章绶带。

他很少上教堂，从不去打猎，决不去歌剧院。不受教徒、养狗仆人和舞女的腐蚀；这使他在平民中深孚众望。他根本没有宫廷。他出门时腋下夹着雨伞，这把雨伞长期就是他的光环。他会做点泥水匠、花匠的活计，也懂点医术；他给一个从马上摔下来的车夫放血；路易-菲利普身上总带着一把手术刀，正如亨利三世总带着匕首；保王党嘲笑这个可笑的国王，说他是会放血治病的第一位国王。

历史对路易-菲利普的谴责，要扣除一部分；有的指责王权，有的指责君主统治，有的指责国王；这三笔账分别有不同的总额。民主权利被剥夺，进步退居第二位，上街抗议受到粗暴镇压，起义遭到武装弹压，暴动以武力平息，特朗斯诺南街事件[1]，军事法庭，无普选权的地区享有政治权利的人吞没了真正的人口，政府与三十万特权人物均摊盈亏，所有这些都是王权所干的事；比利时被拒之门外，征服阿尔及利亚时太强硬，就像英国人征服印度一样，更多用的是野蛮手段，而不是文明手段，对阿布德-埃尔-卡德尔失信，[2] 收买德茨，[3] 赔偿普里查德，这些都是君主统治干下的事；政治偏重于

---

1 1834年4月14日，巴黎人民在特朗斯诺南街起义，遭政府军屠杀。
2 阿布德-埃尔-卡德尔（1808～1883），阿拉伯酋长，抵抗阿尔及利亚的法国殖民军，1848年被迫投降，押往法国，1852年退隐到大马士革。
3 1832年，西蒙·德茨将贝里公爵夫人出卖给政府，获得10万法郎赏金。

家庭而不是全民族,这是国王干的事。

可见,这样一算细账,国王的责任就减轻了。

他的重大错误是:他代表法国时太谦虚了。

这个错误是怎样造成的?

我们来谈一谈。

路易-菲利普这个国王有太多父亲的成分;想把一个家庭孵化成王朝,便凡事都怕,不想受到干扰;过分胆怯由此而来,民事传统经历过七月十四日,军事传统经历过奥斯特利兹战役的人民,不免对此感到讨厌。

况且,如果撇开应该首先履行的公职不谈,路易-菲利普对家庭的深情,他的家庭是受之无愧的。这一家庭十分出色。德才兼备。路易-菲利普的女儿中,有一个叫玛丽·德·奥尔良,将族名列入艺术家之中,就像沙尔·德·奥尔良[1]将族名列入诗人中一样。她花心血雕塑了一尊大理石像,取名贞德。路易-菲利普有两个儿子获得梅特涅颇有煽动性的赞誉:"这两个年轻人是少见的,这两个亲王是见不到的。"

这就是路易-菲利普的真情实况,毫不掩饰,也毫不夸大。

做个平等君主,身上兼容复辟和革命的矛盾,具有革命者令人不安的一面,而这革命者作为统治者又令人放心,这正是路易-菲利普在一八三〇年的命运;人和事件从来没有这样完全适合;一个进入另一个,浑然一体。路易-菲利普,这是一八三〇年造就的人物。

---

[1] 沙尔·德·奥尔良(1391～1465),法国诗人,曾被囚禁在英国25年,写下一些怀念祖国的感人的诗歌。

再者，他有一个条件，王位非他莫属，就是流亡过。他曾经被放逐，流浪，贫穷。他曾自食其力。在瑞士，这个拥有法国最富庶采邑的王公，为了吃饭，卖掉了一匹老马。在赖什瑙，他给人上数学课，而他的妹妹阿黛拉依德做刺绣和缝纫。记起一位国王的这些经历，激起资产阶级的热情。他曾亲手拆掉圣米歇尔峰的最后一个铁笼，那是路易十一建造，路易十五使用过的。他是杜穆里埃的同伴，拉法耶特的朋友；他曾是雅各宾俱乐部成员；米拉波拍过他的肩膀；丹东曾对他说："年轻人！"九三年他二十四岁，叫德·沙特尔先生，坐在国民公会一个幽暗的小间里，目睹对恰当地称为"可怜的暴君"路易十六的判决。革命的远见是盲目的，在国王身上粉碎了王权，并随着王权一起粉碎了国王，却几乎没有注意在思想的摧枯拉朽中的人，审判大厅掀起一场大风暴，公众愤怒质问，卡佩不知怎么回答，在这罡风中，国王的头吓呆了，晃动着。在这场灾难中，无论判决者和被判决的人，所有人都相对而言是无辜的，他看到这种场面，观看了这些令人夺神摇的景象；他看到了历代沿袭的君主政体来到国民公会的法庭前；他在路易十六这个不幸的替罪羊身后，看到可怕的被告，即君主制站立在黑暗中；他在心灵中始终保留一种敬畏，敬畏几乎像天主的审判一样冷漠无情的人民的大审判。

大革命在他身上留下的痕迹匪夷所思。他的记忆仿佛是这些伟大的年代分分秒秒的活印记。一天，面对一对我们不可能怀疑的见证人，他凭记忆纠正了制宪议会按字母排列的名单。

路易-菲利普是一个嵚崎磊落的国王。他统治时期，新闻自由，集会自由，信仰和言论自由。九月法令[1]是宽松的。他虽然知道阳光对特权的侵蚀能力，还是将王座放在阳光下。历史将会考虑到他的光明磊落。

路易-菲利普如同所有退出舞台的历史人物，今日受到人类良心的审判。他的案子还只是初审。

历史以可敬而自由的声调说话的时刻，对他还没有到来；对这个国王最后审判的时刻还没有到来；严厉的著名历史学家路易·布朗[2]最近亲自减缓了他最初的判决；路易-菲利普是由二二一和一八三〇这两个半拉子，也就是半拉子议会和半拉子革命选出来的。无论如何，从哲学应处的高级角度来看，我们只能以绝对民主的原则做出某些保留，在这里评论他，正如上文所述；以绝对的观点看，在这两种权利——首先是人权，其次是民权——之外，一切都是僭越；做过这点保留，现在我们所能说的是，总之，无论从哪种方式看，单就本人和人类善心的角度看，用旧史籍的古老语言来说，路易-菲利普将仍然是登过基的最好君主之一。

有什么可以臧否他的呢？这个王位。从路易-菲利普身上去掉国王，他就是人。而且这个人是好的。他有时好到很出色。往往在忧思重重中，经过一天同大陆整个外交使团的斗争以后，晚上他回到自己的房间，精疲力竭，困极想睡，他做什么呢？他拿起一份卷宗，整夜复查一件罪案，认为同欧洲对抗固然重要，但从刽子手那里夺

---

[1] 九月法令，1836年9月颁布的刑事法规。
[2] 路易·布朗（1811～1882），法国政治家、历史学家，著有《劳动组织》《十年史》《法国革命史》等。

回一条人命更为重要。他常常固执己见,不同意司法大臣;他对王家检察官,即他所谓"这些法律的快嘴"寸步不让,争夺断头台的地盘。有时,一摞摞卷宗盖满了他的桌子;他全都加以审阅;抛弃这些被判决的可怜虫,他要坐卧不安。一天,他对上文提过的同一个见证人说:"昨晚,我救了七个人。"在他统治初年,死刑可以说取消了,竖起断头台是对国王犯下的暴力行为。长房统治时期,格雷夫广场的行刑随着长房统治的垮台而取消了,一个资产阶级的格雷夫广场以圣雅克城门的名字建立起来;"务实的人"感到需要有一个可以说是合法的断头台;这是代表资产阶级狭隘观点的卡西米尔·佩里埃[1]对代表自由观点的路易-菲利普的一个胜利。路易-菲利普亲手注释过贝卡里亚[2]的著作。在破获菲埃斯希[3]的爆炸装置后,他叫道:"我没有受伤是多么遗憾呀!我本来可以赦免他。"另外一次,关于一个我们时代最勇敢的政治犯,[4]他针对大臣们的抗拒态度,写道:"同意赦免,只等我去争取。"路易-菲利普像路易九世一样和蔼,像亨利四世一样善良。

但对我们来说,在历史上,善良是稀有的珍珠,善良的人几乎总要排在伟大的人前面。

路易-菲利普受到一些人的严厉评价,受到另外一些人也许粗暴

---

1 卡西米尔·佩里埃(1777～1832),法国银行家、政治家,复辟王朝时期是自由派代表,反对维莱尔、波利涅克甚力,1831年任内阁总理兼内政大臣,对内采取镇压政策。
2 贝卡里亚(1738～1794),意大利刑法学家,提出司法改革和减轻刑法。
3 菲埃斯希(1790～1836),科西嘉阴谋分子,1835年趁庆祝七月革命,国王到巴士底广场之际,企图暗杀路易-菲利普,炸死19人却未伤及国王,被判处死刑。
4 指巴贝斯(1790～1870),法国政治家,激进共和党人,1839年被判处死刑,赦免后又屡次被捕,后来流亡国外。

的批评，有一个人，今日成了幽灵，[1] 认识这位国王，来到历史面前为他作证，这是非常普通的；这个证词无论如何，显然首先是无私的；死者写下的墓志铭是真诚的；一个亡灵可以安慰另一个亡灵；同在冥府，便有权颂扬；用不着害怕有人对流亡中的两座坟墓说三道四："这一个吹嘘了那一个。"

## 四、基础下的裂缝

路易-菲利普统治初期，乌云压顶，本书叙述的故事即将进入这片云层中，因此不能模棱两可，有必要对这位国王做一番解释。

路易-菲利普登上王位，没有使用暴力，没有直接干预，而是由于革命转向，这显然与革命的真正目的迥然不同，但他，德·奥尔良公爵，他个人在这中间没有采取任何主动。他生为王公，自认为是选定的国王。他绝没有向自己委任；他绝没有攫取委任状；这是别人给他的，他接受了；他深信，诚然这种深信是错了，但他深信，这是根据权利给予的，也是根据责任接受的。因此，他真心诚意掌权。然而，我们真诚地说，路易-菲利普是真心诚意掌权，民主派是真心诚意抨击他，从社会斗争中产生的大量惊心动魄的事件，既不能由国王负责，也不能由民主派负责。原则的冲突就像元素的冲突。海洋保卫水，风暴保卫空气；国王保卫王权，民主派保卫人民；君主制作为相对，要抗拒作为共和国的绝对；社会在这种冲突下流血，

---

1 雨果当时流亡在英吉利海峡的泽西岛，设想小说出版时会同路易-菲利普一样已死在国外。

但今天所受的痛苦会是后来的救星。无论如何，这里根本没有必要谴责互相争执的人；两派中有一派显然错了；权利并不像罗得岛的巨人[1]那样横跨两岸，一脚踩在共和国上，另一脚踩在王国上；它是不可分割的，浑然一体；但是，那些犯错误的人是真诚地犯错误；一个瞎子不是罪人，正如一个旺岱人不是一个匪徒。[2] 只能把这些可怕的冲突归罪于时乖运蹇。不管这些风暴多么猛烈，人卷入其中并无责任。

让我们结束这一论述。

一八三〇年的政府，马上有一段艰难的历程。昨天它才诞生，今天就必须战斗。

它一建立，便已经感到处处有隐约的牵制，作用于七月刚安装的、很不稳固的国家机器。

抵制第二天就产生；也许在前一天已经产生。

敌视逐月增长，由暗争转为明斗。

上文说过，七月革命在国外不被各国国王接受，在国内有不同的解释。

天主将其明显的意图通过事件传达给世人，这是用神秘语言写成的天书。人们马上做出各种解释；这是匆匆的，不正确的，充满错误、缺点和误解的解释。很少有人明白天书。最聪明、最冷静、最深思熟虑的人，慢慢解读，等他们拿出诠释来，早就有了结果；

---

[1] 公元前280年，在希腊的罗得岛上树起一尊巨大的太阳神像，脚踏港湾两岸，后毁于地震。
[2] 1793年，布列塔尼半岛的旺岱地区农民在贵族煽动下，发动反对共和国的叛乱，后被镇压下去。

公共广场上已经有二十种解释。每一种解释产生一个党派，每一种误解产生一个派别；每个党都认为获得唯一真正的诠释，每个派别都认为掌握了真理。

往往政权本身就是一个派别。

在革命中有逆水游泳的人；这是旧党派。

旧党派抓住天主安排的承袭，认为既然革命是由反抗权利产生的，也就有权反抗革命。大谬不然。因为在革命中，反抗者不是人民，而是国王。革命正好是反抗的反面。凡是革命，只要正常完成，自身都包含合理性，假革命者有时糟蹋这种合理性，但这种合理性尽管受到玷污，仍然持续下去，即使鲜血淋淋，依然存在下去。革命不是从偶然事件，而是从必然性产生的。一场革命是由伪归真。因为必须有革命，才有革命。

正统派旧党因此从错误论证出发，不遗余力地攻击一八三〇年革命。错误是绝好的炮弹。凡是革命脆弱之处，缺少盔甲和逻辑的地方，他们就灵巧地加以打击；他们抓住王位问题攻击这场革命。他们叫道："革命，为什么还要这个国王？"他们虽是瞎子，却打得很准。

共和党人同样发出这样的叫声。但是，来自他们的叫声是合乎逻辑的。正统派那边的盲目，在民主派这边却是洞彻。一八三〇年使人民破产。愤怒的民主派为此加以谴责。

七月建立的政权在过去和未来的夹击下挣扎。它代表短暂的一刻，一方面要同几百年的君主制搏斗，另一方面要同永恒的权利搏斗。

另外，一八三〇年既然不再是革命，成了君主制，那么在国外就不得不同欧洲步伐一致。保持和平，就更为复杂。逆向寻求和睦，往往比打一场仗更加所费不赀。这种暗斗总是保持沉默，但又总要大发雷霆，从中产生保持警戒的和平，这种办法花费过多，文明不禁怀疑起自身。七月建立的王权套在欧洲各国内阁的车辕里，尽管受制约，还是要直立起来。梅特涅很想用皮带把它系住。这个王权在法国受到进步推动，在欧洲，它推动着君主制这慢行动物。它受牵引，又在牵引。

然而，在国内，贫困、无产者、工资、教育、刑罚、卖淫、妇女的命运、富有、苦难、生产、消费、分配、交换、货币、信贷、资本权利、工作权利，所有这些问题在社会上层出不穷；险象环生。

除了这些严格意义上的政党，还出现另一种动向。哲学的骚动和民主的骚动相呼应。精华人物像民众一样，感到骚动不安；方式不同，但一样强烈。

思想家在思索，而人民这片土地在震颤，革命潮流冲刷而过，潮流下面也发生难以描绘的隐约的乱颤。这些思想家，有些是孤立的，还有些成帮结伙，平静而深入地搅动着社会问题；冷漠的矿工在火山深处静悄悄地往前推进他们的坑道，略微受到无声的震动和隐约可见的烈焰打扰。

这种平静不失为这个动荡时代的美景。

这些人把权利问题留给政党；他们关注幸福问题。

人的幸福，这是他们想从社会提炼出来的东西。

他们把物质问题，农业、工业、商业问题，几乎提到宗教的神圣高度。文明的形成，少量归于天主，大半归于人类，种种利益根据那些经济学家即政治的地质学家耐心研究过的一条活跃法则，进行组合、聚集和混合，形成了真正坚硬的岩石。

这些人在不同的名称下结合起来，但可以总称为社会主义者；他们竭力穿透这块岩石，让人类幸福的活水喷涌而出。

他们的工作从研究断头台问题到战争问题，无所不包。对于法国大革命宣布的人权，他们增添了妇女权利和孩子权利。

人们不会惊讶，出于各种各样的理由，我们在这里不想从理论角度，彻底谈论社会主义提出的问题。我们只限于指出这些问题。

社会主义者向自身提出的所有问题，撇开宇宙起源的幻想、梦想和神秘主义，可以概括为两个主要问题。

第一个问题：

生产财富。

第二个问题：

分配财富。

第一个问题包括劳动问题。

第二个问题包括工资问题。

第一个问题涉及劳力的使用。

第二个问题涉及享受的分配。

国家力量产生于合理使用劳力。

个人幸福产生于合理分配享受。

所谓合理分配，不是指平均分配，而是指公平的分配。首要的平等，就是公平。

外有国家力量,内有个人幸福,两者的结合便产生社会繁荣。

社会繁荣,意思是说个人幸福,公民自由,民族强大。

英国解决了这两个问题中的第一个。它出色地创造了财富!它分配得很糟糕。这样只解决一个方面的问题,必然导致两个极端:贫富悬殊。某些人享受到一切,另外一些人,就是人民,样样缺乏;特权、例外、垄断、封建制,从劳动本身产生。国家力量建立在个人的贫困上,国家的强盛扎根于个人的痛苦上,这种局面徒有虚名而又危险。所有物质因素拥塞在一起,而没有任何精神因素,这样的强盛结构是糟糕的。

共产主义和土地法,旨在解决第二个问题。它们搞错了。它们的分配扼杀了生产。平均分配取消了竞争。因此也取消了劳动。这是屠夫的分配方式,宰杀了他分享的东西。因此,不能停止在这种所谓的解决方法上。消灭财富,不是分配财富。

这两个问题要一起解决才能解决得好。两种解决办法要合二为一。

只解决第一个问题,你就会成为威尼斯,成为英国。你会像威尼斯一样,只有人为的强盛,或者像英国一样,只有物质的强盛;你会是一个蹩脚的富人。你会像威尼斯一样死于非命,或者像英国要垮台一样陷于破产。世界会让你死掉和破产,因为世界会让只图私利,不能代表人类一种美德或一种思想的东西垮掉和死掉。

毋庸置疑,威尼斯、英国这些字眼,不是指人民,而是指社会结构;是指高踞于人民头上的寡头势力,而不是民族本身。民族总是得到我们的尊敬和好感。人民的威尼斯会再生;贵族的英国会垮掉；但人民的英国是不朽的。表明这一点，我们再往下说。

解决这两个问题，鼓励富人，保护穷人，消灭贫困，结束强者对弱者不合理的剥削，止住半路上的人对到达者不公正的嫉妒，以骨肉之情精确地调整劳动工资，在儿童的成长时期实施免费和义务教育，以科学知识作为成年人的基础，在注意使用手臂的同时，发展智力，既让人民强大，又让家庭人人幸福，对所有制要实行民主化，不是加以取消，而是要普遍化，使一切公民毫无例外地成为有产者。这样做比人们想象的更容易，概而言之，要懂得生产财富，又懂得分配；你们要兼有物质的强大和精神的强大，不愧称为法兰西。

在走入迷途的某些宗派之外和之上，社会主义的主张就是如此；这就是它在事实中探索，在精神中草拟的见解。

出色的努力！神圣的尝试！

面对这些学说，这些理论，这些抗拒，面对政治家意想不到地需要重视哲学家，隐约能见到朦胧的却是明显的事实，面对要制订新政策，同旧世界保持协调又不太违背革命理想，面对必须利用拉法耶特去捍卫波利涅克这样一种局势，面对预感到暴乱中、议会里和街上可见的进步，面对要平衡周围的竞争，相信革命，面对也许难以言表的尽可能忍耐，隐约接受一种最终的更高的权力，面对坚持自身血统的意志，家族观念，真诚地尊重人民，自身的耿直，面对这一切，几乎使路易-菲利普痛苦地忧心忡忡，不管他多么坚强和勇气十足，他深感做国王之难，十分苦恼。

他感到脚下在可怕地分崩离析，但又不会变为齑粉，法国比以往更是法国。

天边黑云密布。奇异的阴影逐渐逼近,一点一点伸展到人、事物、思想之上;这阴影来自愤怒和各种体系。凡是匆匆地被窒息的东西,又骚动和激昂起来。有时,诡辩与真理相混杂的空气令人非常不舒服,正直人的良心要透一下气。在社会不安中,人心颤抖,仿佛暴风雨临近时的树叶。电压极强,有时随便哪个人走来,即使是一个陌生人,也会闪闪发光。然后黄昏的黑暗重又恢复。不时传来拖长的闷雷声,能令人判断云层中有多少雷电。

七月革命以来,几乎过去了二十个月,一八三二年展示了威胁迫在眉睫的局面。人民的困恼,劳动者没有面包,最后一个孔代亲王消失在冥冥中,[1] 布鲁塞尔驱逐了纳索家族[2],就像巴黎驱逐了波旁王室,比利时要效忠于一位法国王公,最后还是奉献给一个英国王公,尼古拉的俄罗斯满怀仇恨,我们身后,南方有两个魔鬼,即西班牙的斐迪南和葡萄牙的米盖尔,意大利大地震动,梅特涅把手伸向波洛尼亚,法国在安科纳对奥地利采取强硬态度,在北方,传来将波兰重新钉入棺材的极其阴森森的锤子声,整个欧洲对法国虎视眈眈,可疑的盟友英国正准备对摇摇欲坠的大厦推一把,向即将倒下的人扑过去,元老院躲在贝卡里亚身后,拒绝向法律交出四颗人头,把百合花从御车上刮掉,将十字架从圣母院拿走,拉法耶特功成身退,拉菲特破产了,本雅曼·贡斯当死在穷困中,卡西米尔·佩里埃死

---

[1] 孔代是波旁家族的分支,1830 年,最后一个孔代亲王被吊死在郊野。
[2] 纳索家族,纳索原是德国的公爵领地,13 世纪分为两支,其中一支在荷兰和英国统治过,其后代从 1747 年起在比利时统治。

在权力衰竭中。政治病和社会病同时出现在王国的两个都城里，一个是思想之城，另一个是劳动之城；巴黎进行内战，里昂爆发奴隶之战；两座城市都冒出炉火光芒；在人民的额角上有火山喷发的红光；南方狂热，西部骚乱；贝里公爵夫人在旺岱，阴谋，密谋，起义，霍乱；这一切给思想喧嚣加上事件的喧嚣。

## 五、历史经历而又无视的事实

约莫四月末梢，整个局势变得严重了。骚动变成沸腾状态。一八三〇年以来，四处有局部小暴动，很快被镇压下去，但又死灰复燃，这是大骚乱的暗流在涌动的标志。在孕育可怕的事变。可能爆发一次革命的轮廓还不甚清晰，模糊不清，但已隐约可见。法国望着巴黎；巴黎望着圣安东尼郊区。

圣安东尼郊区烧得隆隆作响，进入沸腾状态。

沙罗纳街那些小酒店的气氛既严峻又动荡不安，尽管这两个形容语用在小酒店上，显得古怪。

政府在那儿干脆成了言论对象。大家公开讨论"战斗还是安静待着"。在小酒店后间，有人组织工人宣誓："一听到警报声，马上在街头集合，参加战斗，不管敌人有多少。"宣誓完毕，一个坐在小酒店角落里的人"发出响亮的声音"，说道："你听到啦！你发过誓啦！"有时，大家上到二楼一个密室，那里几乎出现共济会的场面。让新加入的人宣誓："要像效忠家长那样鞠躬尽瘁。"这是程式。

在楼下大厅，可以读到"颠覆性的"小册子。当时的一份秘密报告说:"他们抨击政府。"

那里可以听到这样的话:"我不知道头头的名字。我们这些人,我们只是提前两小时知道行动日期。"一个工人说:"我们有三百人,每人出十苏,这能凑一百五十法郎制造子弹和火药。"另一个工人说:"我不要求半年,也不要求两个月。再过两星期,我们就要同政府较量。有两万五千人,就可以对垒。"另一个工人说:"我不睡觉,因为夜里我制造子弹。"不时有"资产者模样和衣着漂亮"的人来,他们"装腔作势",像是在"指挥",同"最重要的人物"握手,然后走了。他们逗留从不超过十分钟。大家低声交换意味深长的话:"密谋成熟了,一触即发。"借用一个参加者的话来说:"所有在场的人七嘴八舌。"群情激奋,有一天,有个工人在小酒店里叫道:"我们没有武器!"他的一个伙伴回答:"士兵那里有武器!"毫无疑问,这是在戏仿拿破仑对意大利军团发表的讲话。"当他们有更秘密的事时,"一份报告补充说,"他们就不会在那里转告。"别人听了他们说的话,不大明白话里隐含的意思。

集会有时是定期的。有些集会人数从不超过八至十个,而且总是一样的人。另外一些集会,谁都可以进来,大厅挤得满满腾腾,人们不得不站着。有些人出于热情和狂热前来;还有些人是因为"这是上班路过"。和革命时期一样,小酒店里有些爱国妇女拥抱新来的人。

另外有些生动事例。

有个人走进一间小酒店喝酒,出来时说:"掌柜的,欠的账革命会偿还的。"

在沙罗纳街对面的一家小酒店里，大家推选革命委员。投票在鸭舌帽里进行。

有些工人在一个剑术教师家里聚会，他在科特街教击剑。厅里陈列各种武器，有木剑、棍棒和花剑。一天，他们取下了套在花剑顶端的皮头。一个工人说："我们有二十五个人，但他们不指望我，因为把我看作一台机器。"这台机器就是后来的凯尼塞。

暗中策划的事不知怎的，总会逐渐为人所知。一个女人在打扫门口，对另一个女人说："有人拼命制造子弹，已经有好长时间了。"大街上能看到对外省国民自卫军的呼吁。有一份呼吁书由"酒商布尔托"签署。

一天勒努瓦市场一家酒店门前，一个留络腮胡子的汉子登上一块墙基石，用意大利的口音高声宣读一份奇特的告示，告示似乎来自秘密的权力机构。一群群人围在他周围，向他鼓掌。最令群众激动的段落被人搜集和记录下来。"我们的学说受到阻挠，我们的呼吁书被撕掉了，我们张贴呼吁的人受到监视，投入监狱……""棉布市场刚发生的倒闭风使不少中间派转到我们这边来了。""……各民族的未来在我们默默无闻的队伍中制订。""……提出这样的话：行动还是反动，革命还是反革命。因为在我们的时代，人们不再相信毫无活力和停滞不前。赞成人民还是反对人民，问题就在这里。没有别的问题了。""到了我们不再使你们满意的那一天，就收拾我们吧，不过，在这之前，还是要帮助我们前进。"所有这些，全公之于众。

另外有些事例，还要更大胆，正由于大胆，人民心存疑虑。一八三二年四月四日，一个行人登上圣女玛格丽特街角的墙基石，叫道:"我是巴贝夫主义者!"但是,在巴贝夫的名字中,民众嗅出吉斯盖[1]的味道。

在他的讲话中,这个行人还说:

"打倒所有制!左翼反对派是怯懦的,不讲信义的。它想说得正确,就宣扬革命。它表明是民主派,为的是不挨打,说是保王派,为的是不想战斗。共和派是禽类。不要相信共和派,劳动者公民们。"

"住嘴,密探公民!"一个工人叫道。

这声叫喊结束了演讲。

发生了一些神秘的事。

日落时,一个工人在运河边遇见"一个穿着笔挺的人",他对工人说:"你到哪里去,公民?""先生,"工人回答,"我没有荣幸认识您。""我呢,我熟悉你。"这个人还说:"别害怕。我是委员会成员。有人怀疑你靠不住。你知道,如果你走漏情况,就会盯上你。"然后他同工人握了握手,走开时说:"我们不久还会见面。"

警察不仅在小酒店,而且在街头偷听,搜集到奇怪的对话:"你赶快让人吸收进去,"一个纺织工人对一个木器工人说。

"为什么?"

"要开火啦。"

两个衣衫褴褛的行人在进行充满雅克团[2]意味的精彩对话:

"谁统治我们?"

---

[1] 吉斯盖,1831年到1836年任警察局长。
[2] 雅克团,1358年的法国农民起义,后泛指农民起义。

"是菲利普先生。"

"不,是资产阶级。"

如果以为我们从贬义去理解"雅克团"这个字眼,那就搞错了。雅克,这是指穷人。然而忍饥挨饿的人是有权行动的。

另一次,有两个人走过,只听到一个对另一个说:"我们有一个出色的攻击计划。"

有四个人蹲在王位城门圆形空地的壕沟里密谈,有人只听到这句话:

"会竭尽所能,不让他再在巴黎散步。"

"他"是谁?这话咄咄逼人,晦涩难懂。

就像郊区的人所说的,"主要头头"避免露面。据说,他们常在圣厄斯塔什角附近的一家小酒店聚会商议。一个名字简化为奥格的人,是蒙德图尔街裁缝互助会的首领,被看作这些头头和圣安东尼郊区之间的主要中介人。然而,这些头头总是有许多阴影笼罩着,后来有一个被告在贵族院回答审问,没有任何确凿的事实能削弱他奇特的傲慢。

"你们的首领是谁?"

"我不认识,我也认不出来。"

这些还只不过是看来明白,其实模糊的话;有时,是空泛的话,道听途说。还有一些迹象倏然而至。

一个木匠在雷伊街建造一座楼房的工地周围钉栅栏木板时,在地上捡到一封信的碎片,上面还能看到这样几行字:

"……委员会必须采取措施,阻止在各分部为不同会社招募成员……"

还有附言:

"我们获悉,在郊区鱼市街五号乙一个武器商的院子里有枪,共计五六千支。分部根本没有武器。"

木匠再走几步,又捡到另一张撕碎的纸,更加有意思,于是他很激动,便把捡到的纸拿给邻居看。由于这些奇特的材料有历史价值,我们按原样复制出来:

| Q | C | D | E | 背出这份名单。然后,您把它撕掉。入会的人一旦接受你们传达给他们的命令,也照此办理。<br>敬礼,兄弟般的情谊。<br>L.<br>u og afe |

当时暗地里知道捡到这张纸的人,后来才知道四个大写字母的含义:五人队长,百人队长,十人队长,侦察队;最后一行字母表示日期,意思是一八三二年四月十五日。每个大写字母下面,登记了名字,名字后面有特别的说明。例如:——Q. 巴纳雷尔。八支枪。八十三发子弹。可靠的人。——C. 布比埃尔。一支手枪。四十发子弹。——D. 罗莱。一把花剑。一支手枪。一斤火药。——E. 泰西埃。一把军刀。一只子弹盒。准时。——泰雷尔。八支枪。勇敢。等等。

最后,这个木匠还是在同样的工地上捡到第三张纸,上面用铅笔十分清晰地写着这份令人捉摸不透的单子:

团结。布朗沙。枯树。六。

巴拉。苏瓦兹。伯爵厅。

柯修斯科。肉店老板奥布里?

J.J.R.

卡伊乌斯·格拉舒斯。

审核权。杜封。富尔。

吉伦特党垮台。德尔巴克。莫布埃。

华盛顿。潘松。一支手枪。八十六发子弹。

《马赛曲》。

人民主权。米歇尔。干康普瓦。军刀。

奥什。

马尔索。柏拉图。枯树。

华沙。《人民报》报贩蒂利。

掌握这张单子的正直市民,知道其中的含义。看来,这张单子是人权协会第四区各分部的全部目录,包括分部负责人姓名和住址。所有这些湮没的事实,如今已成为历史,可以公之于众。必须加上说,人权协会的建立,好像是在找到这张纸的日期之后。也许这只是一份草稿。

在这些片言只语之后,在这些文字残迹之后,有些物质方面的事实也开始显露出来。

在波潘库尔街一个旧货商家里,人们从五斗柜的抽屉里搜到七

张灰色纸,全都纵向一折为四;这些纸覆盖着二十六张同样的灰色方块纸,卷成子弹形,还有一张卡片,上面写着:

　　硝石……………………………………十二两
　　硫磺……………………………………二两
　　煤………………………………………二两半
　　水………………………………………二两

搜查笔录表明,抽屉发出一股强烈的火药味。

一名泥瓦匠下工回家,把一只小包裹遗忘在奥斯特利兹桥附近的一条长凳上。这只包裹被送到警卫队。打开以后,找到两份印好的对话,署名拉奥蒂埃尔,一首歌曲《工人们,联合起来》,还有一只装满子弹的白铁皮盒。

一个工人同一个伙伴喝酒,让人摸摸身上有多热;他的伙伴在外衣下触到一把手枪。

在拉雪兹神父公墓和王位城门之间那条大街的一条壕沟里,几个玩耍的孩子在最僻静的地方,在一堆刨花和垃圾下面,发现一只口袋,里面有一个子弹模子、一只做子弹壳的木芯棒、一只盛着猎枪火药粒子的木钵和一只小铁锅,里面有熔铅的明显残迹。

警察在清早五点出其不意地闯进一个名叫帕尔东的人家里,发现他站在床边,手里拿着正在制造的子弹;这个人后来是梅里街垒国民自卫军士兵,在一八三四年四月的起义中牺牲了。

工人快歇工时,有人看见在皮克普斯城门和沙朗通城门之间的一条巡逻小径上，有两个人在聚会，小径夹在两堵墙之间，附近一家小酒店的门前有暹罗游戏柱。一个从罩衣下掏出一把手枪，交给另一个。正当交枪时，他发觉胸口的汗气弄潮了火药。他试试手枪灵不灵，在药池里添了点火药。然后两个人分手了。

一个名叫加莱的人，后来在四月事件中被击毙在博堡街，他炫耀家中有七百发子弹和二十四粒火石。

一天，政府得到情报，郊区在分发武器和二十万发子弹。下一周又分发了三万发子弹。奇怪的是，警察连一颗子弹也搜不到。一封截获的信说："八万爱国者在四小时内武装起来的日子不远了。"

所有这些酝酿都是公开的，几乎可以说是在平静中进行的。迫在眉睫的起义，当着政府的面，在平静地准备掀起风暴。这场危机还在暗地里酝酿，但已经露出蛛丝马迹，真是无奇不有。有产者安然地告诉工人正在准备的情况。有人问："暴动进行得怎样啦？"那口气好像说："您的妻子好吗？"

莫罗街的一个家具商问："那么，你们什么时候起事？"

另一个店老板说：

"不久就要起事了。这我知道。一个月前你们有一万五千人，眼下你们有二万五千人。"他献出自己的枪，一个邻居献出自己的小手枪，他本想卖七法郎。

另外，革命热情在蔓延。巴黎和法国没有一个地方例外。革命的动脉到处跳动。正如某些炎症会产生薄膜，在人体上形成一样，秘密会社的网开始扩展到全国。从既公开又秘密的人民之友社，产生人权社，它这样决定议事日程："共和历四十年雨月"，人权社不顾重罪法庭勒令其解散，仍继续活动，并毫不犹豫地给分部起了意味深长的名称，例如：

> 长矛。
> 警钟。
> 警炮。
> 弗里吉亚帽。
> 一月二十一日。[1]
> 穷人。

> 流浪汉。
> 前进。
> 罗伯斯庇尔。
> 水平面。
> 《一切都会好》[2]。

人权社产生行动社。这是不耐烦的人脱离出来，跑到前面去。其他协会竭力在大型的母体社团中招人。这些社团里的人抱怨被拉来拉去。高卢人社和市镇组委会就是这样。争取新闻自由、个人自由、人民教育、反对间接税协会也是这样。还有平等工人社分成三部分：平等派、共产主义者、改良主义者。还有巴士底军团，这是

---

[1] 1793年1月21日，法国国王路易十六被判处死刑。
[2] 《一切都会好》是法国大革命期间流行的一首革命歌曲。

一种军事编制的队伍，下士率领四个人，中士率领十个人，少尉率领二十个人，中尉率领四十个人；互相认识的人决超不过五个。这种创编，谨慎与大胆相结合，似乎带有威尼斯天才的印记。为首的中央委员会，有两条臂膀，即行动社和巴士底军团。一个正统派协会，即忠诚骑士团，在共和派组织中活动，后来被揭穿和驱逐了。

巴黎的团体在各个主要城市里都有分支机构。里昂、南特、里尔和马赛都有人权社、烧炭党、自由人社。埃克斯有一个革命社团，名叫库古尔德社。上文已经提到过这个词。

在巴黎，圣马尔索郊区群情激奋的程度不低于圣安东尼郊区，而学校又不亚于郊区。圣雅散特街的一家咖啡店和马图林-圣雅克街的七球小咖啡店，用作大学生的聚会地点。ABC之友社和昂热的互助社、埃克斯的库古尔德社联合，上文介绍过，在穆赞咖啡馆聚会。读者知道，这些年轻人也在蒙德图街附近名叫科林斯的酒楼相会。这些聚会是秘密的。其他聚会则尽量公开。从后来一次审讯记录的片断中，也可以判断出多么大胆："这次会议在哪里进行？""在和平街。""在谁家里？""在街头。""有几个分部参加？""只有一个。""哪一个？""体力劳动者分部。""谁是头？""是我。""你太年轻，独自做不出向政府进攻的重要决定。你从哪儿接受指示？""从中央委员会。"

军队与民众同时受到瓦解，就像后来贝尔福、吕内维尔和埃皮纳尔发生的变化所证明的那样。人们指望第五十二团、第五团、第八团、第三十七团和第二十轻骑团。在勃艮第和南方城市，人们种植"自由树"，就是说在一根杆子顶上挂一顶红帽子。

局势就是这样。

前面说过,圣安东尼郊区,比其他民众团体更容易使这种局势变得敏感和紧张。疼痛就在这里。

这个旧郊区,人口密得像蚂蚁窝,又像一窝蜜蜂一样勤劳、勇敢和动辄易怒,躁动着等待和盼望一次震荡。一切激荡着,但工作并不因此而中断。难以描绘这种又活跃又阴沉沉的面貌。这个郊区的阁楼屋顶下隐藏着令人心酸的困苦;那里也有热烈而罕见的才智。困苦和才智两极相触,就尤为危险。

圣安东尼郊区还有其他骚动的原因;因为它受到商业危机、破产、罢工、失业这些政治大动荡的内在原因的影响。在革命时期,贫困既是因又是果。贫困的打击要反弹回来。这些民众充满了高尚的品德,潜伏的能量可以达到顶点,随时准备拿起武器,他们群情激愤,深沉有力,犹如火药桶,仿佛只等待火星落下,便轰然爆炸。每当火星在事件之风驱赶下,在地平线上飘荡,人们就禁不住想到圣安东尼郊区和可怕的偶然性,正是这种偶然性把充满痛苦和思想的火药库放在巴黎的大门口。

圣安东尼郊区的小酒店已在上文多次描述过,历史上闻名遐迩。在动荡年代里,人们沉醉于交谈,胜过喝酒。预见精神和未来的气息在那里流动,激励人心,使心灵高尚。圣安东尼郊区的小酒店酷似安文蒂诺山的酒店,这些酒店建造在女预言家洞穴上面,与深沉的神圣气息相通;桌子几乎都是三条腿的,人们喝着安尼乌斯[1]所说

---

[1] 安尼乌斯(公元前239~前169),拉丁语诗人,著有史诗、悲剧和喜剧。

的"女预言家酒"。

圣安东尼郊区是一个储存民众的水库。革命的震动会造成裂缝，从中流出人民的至上权力。这至上权力可能做错事，它像别的权力一样会出错；但即使走入歧途，它仍然是伟大的。可以说，它好似独眼巨人安根斯[1]。

九三年，根据当时流行的思想是好是坏，恰逢狂热还是热烈，时而从圣安东尼郊区开出野蛮军团，时而开出英雄部队。

"野蛮"一词要说明一下。在革命混乱的开天辟地的日子里，这些人头发直竖，衣衫破烂，呐喊着，十分粗野，举起棍棒和长矛，冲向乱翻天的旧巴黎，他们要干什么呢？他们要结束压迫，结束暴政，结束战争，要求男人有工作，孩子受教育，妇女得到社会的优待，要求自由、平等、博爱、人人有面包、人人有头脑、世界变成伊甸园、进步；他们被逼到绝境，怒发冲冠，身子半裸，手执木棍，大吼大叫，气势汹汹地要求这神圣、美好而甜蜜的东西，即进步。他们是野蛮人，是的；但这是文明的野蛮人。

他们愤怒地要求权利；他们要求让人类登上天堂，哪怕通过震荡和恐怖。他们俨然是野蛮人，但他们是救星。他们戴着黑夜的面具，要求光明。

这些人我们承认是粗野的，而且是可怕的，但这是为了善而粗野，而可怕；比起这些人，另有一些人，笑口盈盈，锦衣绣衫，穿金戴银，丝带飘拂，珠光宝气，脚穿丝袜，头插白羽毛，手戴黄手

---

[1] 安根斯，出自维吉尔的《伊尼德》，指波吕斐摩斯。

套,足踩漆皮鞋,肘子支在大理石壁炉角落里的丝绒罩桌子上,温文尔雅地坚持维护和保存往昔、中世纪、神圣权利、宗教狂热、愚昧、奴役、死刑、战争,小声而彬彬有礼地颂扬刀光剑影、火刑柴堆和断头台。至于我们,倘若我们要在文明的野蛮人和野蛮的文明人之间作选择,我们宁愿选择野蛮人。

但是,谢天谢地,还可以做别的选择。无论向前还是向后,垂直跌下去都是不必要的。既不要专制主义,也不要恐怖主义。我们要的是缓缓向上的进步。

天主提供了这种可能。坡度缓和,这就是天主的全部策略。

## 六、昂若拉及其副手

大约在这个时期,昂若拉为了迎接可能到来的事变,暗中着手清理队伍。

大家在穆赞咖啡馆秘密策划。

昂若拉在话里用了一些半隐晦的,但意味深长的暗喻,说道:

"有必要搞清我们的处境,以及可以依靠什么人。如果需要斗士,就必须培养。要拥有打击力量。这有百利而无一害。路过时遇到牛群总比遇不到牛群,挨牛顶的机会多得多。因此,要数一下牛群。我们有多少人?这件事不该留到明天去做。革命者总是应该有紧迫感;进步没有时间泡掉。要当心出现意外事故。不要让自己措手不及。要检查一下我们所做的针线活,看看是不是结实。这件事今天就应该摸底。库费拉克,你去看看综合工科学校的学生。现在是他们的假日。今天是星期三。弗伊，对不对？您去看看冰库那儿的人。孔布费尔答应我去皮克普斯。那里有一大群出色的力量。巴奥雷尔去看一看吊刑台。普鲁维尔，泥瓦匠情绪冷落下来了；你去格勒奈尔-圣奥诺雷街，把共济会支部的情况给我们带回来。若利到杜普伊特朗诊所去，搭一下医学院的脉搏。博须埃到法院转一圈，同实习生交谈一下。我呢，我负责了解库古尔德社的情况。"

"一切安排妥当，"库费拉克说。

"没有。"

"还有什么？"

"有一件很重要的事。"

"什么事？"孔布费尔问。

"梅纳城门，"昂若拉回答。

昂若拉停了一下，好像在思索，然后又说：

"梅纳城门那边有大理石匠、漆匠、雕塑场的粗坯工。这是一个热情的家族，但很容易热情冷却。我不知道最近他们在做什么。他们在想别的东西。他们消失了。他们玩多米诺骨牌消磨时间。去跟他们谈一谈是当务之急，而且要坚决。他们聚在里什弗烟馆里。在中午到一点钟之间，可以在那里找到他们。要在这些火灰上吹一吹气。我本来打算让马里于斯去干，他神不守舍，但总的来说是好的，可是他不来了。我需要有人去梅纳城门。我没有别的人了。"

"我呢，"格朗泰尔说，"有我在呀。"

"你吗？"

"是我呀。"

"你呀，去教训共和党人吧！你呀，以原则的名义去焐热冷却的心吧！"

"为什么不行呢？"

"你能干点事吗？"

"我多少有这种渴望呢，"格朗泰尔说。

"你什么也不相信。"

"我相信你。"

"格朗泰尔，你肯给我帮个忙吗？"

"什么事都肯。包括给你擦靴子。"

"那么，我们的事你别管。去醒醒你的苦艾酒吧。"

"你不讲情义，昂若拉。"

"你倒可以到梅纳城门去！你能胜任！"

"我能到格雷街，穿过圣米歇尔广场，从亲王殿下街斜插过去，踏上沃吉拉尔街，走过加尔默罗会修院，转到阿萨斯街，来到寻午街，把军事法庭抛在后面，大步走过旧瓦窑街，穿过大道，沿着梅纳大路走，越过城门，走进里什弗烟馆里。我能这样做。我的鞋做得到。"

"你有点熟识里什弗烟馆的那些伙伴吗？"

"不太熟识。我们只不过是一面之交。"

"你跟他们说什么呢？"

"当然，我要跟他们谈谈罗伯斯庇尔。谈谈丹东。谈谈原则。"

"你呀！"

"就是我。有人对我是不公道的。我要干起来,那是厉害的。我看过关于普吕多姆[1]的漫画,我了解《社会契约论》,我背得出共和二年的宪法。'一个公民的自由开始,便是另一个公民的自由告终。'你把我看作一个粗人吗?我的抽屉里有一张大革命时期的旧证券呢。人权,人民的至尊,见鬼!我甚至有点是埃贝尔派[2]。我手里拿着表,能天花乱坠地讲上六个小时。"

"严肃点,"昂若拉说。

"我是个粗人,"格朗泰尔回答。

昂若拉沉吟了一下,像下定决心一样做了个手势。

"格朗泰尔,"他严肃地说,"我同意试你一下。你到梅纳城门去。"

格朗泰尔住在穆赞咖啡馆附近一个带家具出租的房间。他出去了,五分钟后又回来。他到家里穿上一件罗伯斯庇尔式的背心。

"红色的,"他进来时说,一面盯住昂若拉。

然后,他用手掌有力地按在背心鲜红的两只尖角上。

他走近昂若拉,在后者的耳畔说:

"放心吧。"

他毅然地扣紧帽子,走掉了。

一刻钟后,穆赞咖啡馆的后厅里人走空了。ABC之友社的所有成员分头去干自己的事。昂若拉将库古尔德社留给自己,最后一个离开。

---

1 普吕多姆,法国漫画家亨利·莫尼埃(1799~1877)塑造的庸俗小市民典型。
2 埃贝尔派,雅各宾派的左翼。

埃克斯的库古尔德社在巴黎的成员,当时聚集在伊西平原一处废弃的采石场里,巴黎在这一带这种采石场非常多。

昂若拉一边走向这个聚会地点,一边在脑子里回顾局势。事件发展的严重性非常明显。当这些事件作为潜在的社会痼疾的先兆现象,在迟缓地演变时,并发症稍一冒头,它们就会受阻,变得紊乱。从这种现象产生崩溃和再生。昂若拉隐约看到未来的黑墙下升起一片光明。谁知道呢?时机也许来临了。人民重新获得权利,多么壮丽的景象啊!革命再度庄严地掌握法国,向世界宣告:明天看结果吧!昂若拉很高兴。炉子烧旺了。此时此刻,他的朋友犹如导火索分布在巴黎的四面八方。他的脑子里,有孔布费尔带哲理的深邃的雄辩,有弗伊四海之内皆兄弟的热情,有库费拉克的狂热,有巴奥雷尔的欢笑,有让·普鲁维尔的忧郁,有若利的博学,有博须埃的嘲讽,这些构成一种电火花,能在各处同时点燃。大家协力同心地工作。结果一定不负努力。这很好。这使他想起格朗泰尔。"唔,"他心想,"梅纳城门只需要我绕一点路。要不我一直走到里什弗烟馆去?看一看格朗泰尔在干什么,干得怎样。"

当昂若拉来到里什弗烟馆的时候,沃吉拉尔的钟楼敲响了一点的钟声。他推开门,走了进去,抱起手臂,听任门反弹到他肩上,望着挤满桌子、人和烟雾的大厅。

烟雾中响起一个人的声音,马上又被另一个声音打断。这是格朗泰尔和一个打牌对手在交谈。

格朗泰尔面对另一张脸,坐在一张圣安娜大理石桌旁,桌上撒满了面包屑和多米诺骨牌,他擂着大理石桌面,这是昂若拉所听到的：

"双六。"

"四点。"

"猪猡！我没有牌了。"

"你完蛋了。两点。"

"六点。"

"三点。"

"老幺。"

"该我出牌。"

"四点。"

"不好办。"

"你出牌。"

"我犯了个大错。"

"你过得去。"

"十五点。"

"再加七点。"

"这样我就得出二十二点了。（沉思。）二十二点！"

"你没有料到双六。要是我一开始就出这张牌，这局牌就改观了。"

"还是两点。"

"老幺。"

"老幺！那么，五点。"

"我没牌。"

"我想，是你出牌吧？"

"是的。"

"白板。"

"他运气真好！啊！你有一次机会！（长时间沉思。）两点。"

"老幺。"

"五点不行，老幺也不行。你麻烦了。"

"统吃。"

"活见鬼！"

# 第二章
# 爱波尼娜

## 一、云雀场

马里于斯目睹了这个圈套意想不到的结局,他曾向沙威报了警;沙威一离开破屋,用三辆车把囚犯带走,马里于斯也溜出了家。现在才晚上九点钟。马里于斯来到库费拉克那里。库费拉克不再是拉丁区沉着冷静的居民了;他"出于政治原因",搬到玻璃厂街;那是当时起义者愿意居住的街区。马里于斯对库费拉克说:"我来住在你家里。"库费拉克从床上的两条褥子中抽出一条,铺在地上说:"就睡在上面吧。"

第二天,早上七点钟,马里于斯返回破屋,付了一季的房租和欠布贡大妈的钱,叫人把他的书、床、桌子、五斗柜和两把椅子搬上一辆手推车,没有留下地址,一走了之。当沙威上午来,想向马里于斯打听昨天的情况时,他只见到布贡大妈,她对他说:"搬走了!"

布贡大妈深信,马里于斯跟夜里逮捕的盗贼有点牵连。"谁料得到呢?"她在街区的看门女人那里大声说,"一个年轻人,看样子还像个姑娘呢!"

马里于斯这样匆促搬家,有两个理由。第一个理由是,他现在对这幢房子十分憎恶,在那里他就近看到了也许比为富不仁更加可憎的社会丑恶,及其以最令人作呕和最凶残的方式发展的全过程;他看到了作恶的穷人。第二个理由是,他不想在任何可能紧接而来的审讯中露面,不得不作证,对泰纳迪埃不利。

沙威没有记住这个年轻人的名字,以为他害怕而逃走了,在设下圈套时甚至没有回家;不过,他曾设法要找到年轻人,但没有找到。

一个月过去了,然后又过去一个月。马里于斯始终住在库费拉克家里。他通过一个常到法院中央大厅走动的见习律师,了解到泰纳迪埃关在牢里。每星期一,马里于斯都通过福斯监狱管理处,交给泰纳迪埃五法郎。

马里于斯没有钱了,便向库费拉克借五法郎。这是他平生头一遭借钱。定期借五法郎,对拿出钱的库费拉克和收到钱的泰纳迪埃都是个谜。"这钱可能给谁呢?"库费拉克想。"这钱会是谁给我的呢?"泰纳迪埃纳闷。

再说,马里于斯很悲哀。一切重新回到一个陷阱中。他眼前什么也看不见;他的生活又陷入神秘里,他在其中摸索徘徊。他有一刻在这黑暗中就近重新见到他日思夜想的少女,这个好像她父亲的老头,这两个不知姓名的人是在这世界上他唯一关心的,唯一希望的；正当他以为抓住他们的时候，一阵风将所有的影子吹跑了。在这最可怕的撞击中，甚至没有爆发出一点确信和真相的火花。没有任何预测的可能。他甚至不再知道他以前以为知道的名字。她肯定不叫于絮尔。而"云雀"是一个绰号。对老头做何想法呢？他确实躲避警察吗？马里于斯在残老军人院附近遇到的白发工人，回到他脑子里来。现在这个工人和白发先生可能是同一个人了。他是乔装打扮啰？这个人有不畏强暴的一面，也有形迹可疑的一面。为什么他不呼救呢？为什么他逃走了呢？他是不是少女的父亲呢？他真是泰纳迪埃以为认出的那个人吗？泰纳迪埃会搞错吗？问题成堆，没有答案。说实在的，这一切丝毫没有减损卢森堡公园少女的天仙般魅力。令人愁肠百结；马里于斯心中柔情缱绻，眼前却一片黑暗。他受到推动、吸引，却又无法动弹。一切都成了泡影，唯独爱情除外。即使爱情，他也丧失了本能和突然的发光。通常这燃烧我们的火焰，也能照亮我们一点，使我们向外投射一点有用的光。爱情这种暗地里的建议，马里于斯甚至都听不到。他从来不想："我去那儿看看吧？我去试试吧？"他不能再称为于絮尔的那个姑娘，显然在某个地方；什么也不能告诉马里于斯该到哪儿去找。他的全部生命如今概括在一句话里：如坠五里雾中。再看到她；他始终渴望，但毫无希望。

更糟的是，贫困又来了。他感到这股冷气在身边，在身后。他沉浸在感情风暴中，长久以来他中止了工作，没有什么比中断工作更危险的了；习惯离开了。习惯容易离开，可不容易恢复。

有点沉思是好的，如同适量的麻醉剂。这能使抑制兴奋的神志有时过度地狂热,在头脑中产生一种柔和的新鲜的气息,纠正纯粹思想过于粗糙的轮廓,填补各处的空隙和裂缝,联结整体,磨平思想的棱角。可是,沉思太多会把人淹死。脑力劳动者让整个思想陷入沉思中,那就糟糕了!他以为会很容易浮上来,心想这毕竟是同一回事。大错特错了!

思想是智力的劳动,沉思是智力的享乐。用沉思代替思想,无异于将毒药与食物混淆。

读者记得,马里于斯由此开始。爱情倏然而至,终于把他投入没有对象的无底幻想中。现在他出门只是为了去沉思。这是怠惰的工作。这是喧嚣而停滞的深渊。随着工作减少,需要却增加了。这是一条法则。人在沉思状态中自然而然会大肆挥霍和意志薄弱;松弛的精神无法使生活保持紧凑。在这种生活方式中,好坏相间,因为萎靡不振是有害的,慷慨大度却是健康和良好的。但慷慨而高尚的穷人不工作就完蛋了。一筹莫展,而需要却层出不穷。

这是死路一条的斜坡,最正直和最坚定的人,也像最软弱和最堕落的人一样滑下去,通往两个无底洞之中的一个:自杀或犯罪。

他出门是为了去沉思,总有一天,他出门是为了去投水自尽。

想入非非,会制造出埃斯库斯和勒巴[1]这样的人。

马里于斯漫步走下这个斜坡,眼睛盯着再也看不见的人。上文所述,看似古怪,却是真实的。回忆一个见不到的人,会在心灵的黑暗中发光;见不到的人越是失踪,就越是发光;绝望而幽暗的心

---

[1] 埃斯库斯和勒巴,青年诗人。1831年,埃斯库斯18岁时,创作出两部诗剧,演出成功。1832年,两个朋友合作写出剧本《雷蒙》,演出失败后双双自杀。

灵在天边看到这光芒;这是内心黑夜之星。她,就是马里于斯的全部想法。他不再想别的事;他模糊地感到,他的旧衣没法穿了,而那件新衣变成了一件旧衣,他衬衫都破旧了,他的帽子戴旧了,他的靴子穿旧了,就是说,他的生活衰退了,他想:"我只要在死前再见到她就满足了!"

他只剩下一个甜蜜的念头,就是她爱过他,她的目光对他这样说过,她不知道他的名字,但她知道他的心,也许不管她在什么神秘的地方,她还在爱他。谁知道她是不是像他想她一样想他呢?有时,就像一切痴情的心一样,常有不可解释的时刻,本来只有痛苦的理由,却感到暗暗的喜悦颤栗,他思忖:"是她的想念传到我这里!"接着他又想:"我的想念也可能传到她那里。"

随后,他对这种幻想摇了摇头;然而,幻想终于在他的心灵中投下了光芒,这种光芒有时像希望。尤其在傍晚这种最令沉思者忧郁的时刻,他在只用来抒发心曲的簿子上,写下最纯洁、最客观、最理想的沉思,爱情使他脑子里充满这种沉思。他称之为这是"给她写信"。

不要以为他的理智混乱了。正相反。他虽然失去了工作和坚定地朝既定目标前进的能力,但他却比以往更清醒和更准确。马里于斯从平静、真实、尽管奇特的角度,观察眼前发生的事,甚至最无关紧要的事或人;他评论一切都用词准确,带着一种正直的消沉和天真的无私态度。他的判断几乎放弃了希望,高瞻远瞩。

在这种思想状态中,他什么都不放过,什么都骗不过他,每时每刻他都发现生活、人类和命运的底蕴。天主给予能爱、能受苦的高尚心灵的那个人，即使在困苦不安中，仍然是幸福的！谁没有透过这双重的光观察过世事和人心，谁就没有见到过真谛，一无所知。

正在爱和受煎熬的心灵，处于这崇高状态。

再者，日复一日，没有新情况出现。只是他觉得，他还要走过的幽暗空间，时刻在缩小。他已经似乎清晰地看到无底深渊的边缘。

"什么！"他一再说，"难道我就不能再见她一面！"

沿着圣雅克街往上走，把城门撇在一边，时而往左边走上以前的内环路，来到健康街，然后是冰库，在到达戈布兰小河之前，会遇到一片场地，在巴黎又长又单调的环城大道，这是雷斯达尔[1]唯一想坐下的地方。

魅力正是从这难以描绘的地方产生，一片绿草地上拉上了几根绳子，晾干的破衫在风中飘拂，一座菜农的旧屋建于路易十三时代，大屋顶上奇特地钻出阁楼，木栅已破烂不堪，杨树之间有些水塘，妇女，欢笑声、说话声；天际是先贤祠，聋哑院的树木，慈谷医院那黑色、矮阔、奇特、有趣、美轮美奂的建筑，背景是圣母院塔楼肃穆的方顶。

正因为这地方值得一看，反而没有人来。每隔一刻钟，有一辆大车或者运货车经过。

有一次，马里于斯孤独散步时，来到水边的这块场地。这一天，大道上有一个罕见的行人。马里于斯隐隐地被野景的魅力所吸引，问这个行人："这地方叫什么名字？"

---

1 雷斯达尔（约 1628～1682），荷兰风景画家，作品有《灌木》《风暴》《废墟景色》，善用暗色。

行人回答："这是云雀场。"

他又说："于尔巴克杀死伊弗里的牧羊女就在这里。"

可是，听到云雀这个词后，马里于斯便什么也听不到了。一句话足以使沉思状态凝固。全部思绪骤然间凝聚在一个想法周围，再也不能接受任何感觉。云雀，正是这个称谓在马里于斯忧郁的深处，代替了于絮尔。"嗨，"他说，处于这种痴迷状态，就爱说这类神秘的独白，"这是她的场地。我现在知道她住在哪里了。"

这是荒唐的，不过无法阻挡。

于是他每天到这块云雀场来。

## 二、监狱孵化的罪恶胚胎

沙威在戈尔博老屋看来大获全胜，其实并非如此。

首先，也是他的主要忧虑，沙威没有抓住那个被绑住的人。逃走的被害者比凶手更可疑；很可能这个对匪徒来说奇货可居的人，对当局也是好猎获物。

其次，沙威没有抓住蒙帕纳斯。

必须等待另一次机会抓住这个"花花公子恶魔"。蒙帕纳斯遇到在大街树下放哨的爱波尼娜，把她带走了，宁愿跟女儿谈情说爱，也不愿跟父亲沉瀣一气。他很走运，逍遥法外。至于爱波尼娜，沙威仍派人"再抓住她"。聊以自慰吧。爱波尼娜已在马德洛内特监狱跟阿泽尔玛相会。

最后，从戈尔博老屋到福斯监狱的路上，被抓住的主犯之一克拉克苏失踪了。不知怎么搞的,警察"莫名其妙",他化为了气体,从拇指铐中溜掉,从车缝间溜走,马车确有裂缝,让他逃走了;大家不知怎么解释,只知道到达监狱时,不见了克拉克苏。其中有仙人或警察帮忙。克拉克苏融化在黑暗中,就像雪片融在水中一样吗?有没有警察暗中配合呢?这个家伙是不是有双重谜团,同属于混乱与秩序呢?他集犯法和镇压于一身吗?这个斯芬克司前爪伸在罪恶中,后爪伸在当局中?沙威决不接受这种办法,面对这样的妥协怒发冲冠;但他的警队里有的警官,尽管是他的下属,却比他更清楚警察局的底细。克拉克苏是个大恶棍,他可以成为一个好警察。能同黑暗势力有密切的变换身份的关系,做强盗出类拔萃,当警察身手不凡。确有这类两面的无赖。无论如何,不见踪影的克拉克苏没有再抓住。沙威愤怒多于惊异。

至于马里于斯,"这个傻瓜律师可能害怕了",沙威忘记了他的名字,没放在心上。再说,一个律师,总会再遇到的。但这仅仅是个律师吗?

预审开始了。

预审法官希望得到一点闲谈透露的情况,认为有必要不把褐铁矿老板团伙当中的一个投入监狱。这个人就是布吕荣,小银行家街那个长发。把他放到查理曼大院后,监视者目不转睛地盯住他。

布吕荣这个名字,令人想起福斯监狱的一件事。新楼那个丑陋不堪的院子,管理部门称为圣贝尔纳院子,匪盗称为狮子沟院子,有一扇生锈的旧铁门,通向福斯公爵府的旧礼拜堂,现已改为牢房。门左边耸立一堵齐屋顶高的墙,布满片状的斑驳,千疮百孔,十二

年前墙上还能见到一个城堡图形,是用铁钉粗糙地刻在石头上的,下面有这样的签字:

   布吕荣,一八一一年。

一八一一年那个布吕荣是一八三二年这个布吕荣的父亲。

这个布吕荣,在戈尔博老屋的圈套中只露了一面,是个非常狡猾和灵活的小伙子,模样慌张,愁容满面。正是由于这惊慌的样子,预审法官释放了他,认为他在查理曼大院比在监狱里更有用。

匪徒并不会因为落入法网而停止活动。他们并不因为这么一点小事而收敛。因一次犯罪而下牢,并不妨碍开始再次犯罪。艺术家有一幅画挂在画展,仍然在画室里创作另一幅新作品。

布吕荣似乎被监狱吓呆了。有时看到他几小时待在查理曼大院里,站在食堂的窗口旁,仿佛一个白痴,望着食堂肮脏的价格牌,起首是:"大蒜,六十二生丁。"结尾是:"雪茄,五生丁。"要不然,他待在那里发抖,牙齿打战,说是在发烧,打听发烧病人病房里的二十八张床是否有空位。

约在一八三二年二月的下半月,人们突然获悉,布吕荣这个昏昏欲睡的人,通过几个杂役办了三件不同的事,不是以他的名义,而是以他的三个同伴的名义,他们花了他五十苏,这过度的花销引起了警卫队长的注意。

经过调查,并核对贴在囚犯会客室的办事费用表,终于了解到,五十苏是这样花掉的:三次跑腿,一次到先贤祠,十苏;一次到慈谷医院，十五苏；一次到格勒奈尔城门，二十五苏。最后一次也是最贵的一次。然而，到先贤祠，到慈谷医院，到格勒奈尔城门，正好是三个城关恶徒居住的地方，一个叫克吕伊德尼埃，外号怪汉，一个叫光荣汉，是期满释放的苦役犯，还有一个叫刹车杠，这件事引起警察对他们的注意。警察认为猜到这些家伙跟褐铁矿老板是一伙的，其中两个匪首巴贝和格勒梅已在押。警察设想，布吕荣的信并不按地址送，而是交给等在街上的人，信里大概有策划干坏事的主意。还有别的迹象；警察逮捕了这三个匪徒，以为挫败了布吕荣的阴谋。

采取这些措施以后大约一周，一天夜里，一个巡夜的看守察看新楼底层的牢房，正要将执勤牌投入箱里（这种方法用来验明看守是否严格执勤，看守每一小时都要往挂在牢房门上的箱子投牌子）时，这个看守通过窥视孔，看到布吕荣坐在床上，借着壁灯的光在写什么。看守走了进来，但关了布吕荣一个月的黑牢里，搜不出他写了些什么。警察没有获得更多的情况。

肯定无疑的是，第二天，"一个驿站车夫"从查理曼大院被抛到狮子坑，越过了分隔两个院子的六层楼房。

囚犯所说的"驿站车夫"，指的是一团巧妙揉成的面包；有人把面包团送到"爱尔兰"，就是说越过一个监狱的屋顶，从一个院子抛到另一个院子。按词源学解释：越过英国；从一块陆地到另一块陆地；"到爱尔兰"。这个面包团落在院子里。捡到的人打开来，看到里面有一封写给一个囚犯的短信。如果捡到的是囚犯，就会送给收信人；如果捡到的是看守，或者被秘密收买的囚犯，监狱里称为"绵羊",苦役监里称为"狐狸"的人,信就会送到管理处,转给警察。

这回,"驿站车夫"到达了目的地,尽管收信人此刻在"隔离"。收信人不是别人,正是巴贝,褐铁矿老板的四巨头之一。

"驿站车夫"里有张卷着的纸,上面只有这两行字:

"巴贝。在普吕梅街要做一笔买卖。开向花园的一道铁栅门。"

这正是布吕荣在夜里写的字条。

尽管要通过男女搜查人员的关口,巴贝还是找到办法,将字条从福斯监狱送到关在老年妇救院女监狱的一个"相好"那里。这个姑娘又把字条转交给另一个她认识的女人,后者名叫玛侬,虽受到警察的严密监视,但还没有被抓起来。这个玛侬,读者已经见过她的名字,同泰纳迪埃一家有关系,后文再加说明;她去看爱波尼娜,就能在老年妇救院女监狱和马德洛内特监狱之间起桥梁作用。

恰好在这时,由于预审泰纳迪埃时缺乏证据,他的两个女儿爱波尼娜和阿泽尔玛得到释放。

爱波尼娜出狱时,玛侬在马德洛内特监狱门口候着她,把布吕荣给巴贝的字条交到她手上,委托她去"了解"这桩买卖。

爱波尼娜来到普吕梅街,找到那扇铁栅门和花园,察看了房子,又是窥视,又是守候,几天以后,她到克洛什佩斯街,交给玛侬一块饼干,玛侬再转交给巴贝在老年妇救院女监狱的情妇。一块饼干,在监狱的黑话中,意思是:"没有什么买卖。"

这样,不到一周,巴贝和布吕荣,一个去"受审",另一个受审回来,在福斯监狱的巡逻道上相遇。布吕荣问:"普街怎么样?"巴贝回答："饼干。"

布吕荣在福斯监狱孕育的犯罪胎儿，就这样流产了。

这次流产却有后果，但与布吕荣的计划毫不相干。下文就会看到。

人常常这样，以为结好一条线，但结的却是另一条。

### 三、马伯夫老爹见到鬼

马里于斯再也不拜访任何人，只是有时遇到马伯夫老爹。

有些石阶阴惨惨的，可以称之为地窖石阶，通向不见天日的地方，只听到幸福的人在自己头上行走；正当马里于斯慢慢走下这样的石阶时，马伯夫先生也在往下走。

《柯特雷兹地区植物志》绝对卖不出去。奥斯特利兹小园子阳光不足，靛蓝的试验也没有成功。马伯夫先生只能种一些喜欢潮湿和阴凉的稀有植物。但他没有泄气。他在植物园弄到一块光照充足的土地，"自费"做他的靛蓝试验。为此，他把《植物志》的铜版送到当铺。他把午餐减少到两只鸡蛋，留一只给他的老女仆，十五个月来他已不付她的工钱。他往往只吃一顿饭。他已不再天真地笑，变得愁眉锁眼，不再接待拜访。马里于斯没有想到要来，倒是做对了。有时，在马伯夫先生去植物园时，老人和年轻人在济贫院大街相遇。他们不说话，只忧郁地点点头。穷困使人疏远，这种时刻真是令人心酸！本是两个朋友，却如同陌路人。

书商鲁亚尔去世了。马伯夫先生只能面对他的书籍、园子和靛蓝；这是体现他幸福、兴趣和希望的三种形式。对他来说这足够生活了。他常想："等我种出了蓝色染料球，我就有钱了，我要把铜版从当铺取出来，在报纸上登广告，大吹大擂，大肆推销我的《植物志》，我知道在什么地方，买到一本皮埃尔·德·梅迪纳的《航海艺术》，是一五五九年的木刻版。"在这之前，他整天在培植靛蓝的方块地里干活，晚上回家后浇灌他的园子，阅读他的书。马伯夫先生当时接近八十岁。

一天傍晚，他见到了鬼。

他回到家时，天还很亮。普鲁塔克大妈身体不适，病倒在床。他晚饭啃了根肉不多的骨头，还有一块在厨房桌子上找到的面包，然后坐在花园里被当作凳子的翻倒的界石上。

这张凳子旁按旧果园的方式，竖了一个大柜，隔板和木板残缺不全，底层是兔棚，第二层是果子架。兔棚里没有兔子，但果子架上有几只苹果。这是剩下的过冬食品。

马伯夫先生开始翻开书看起来，他戴上眼镜，在看两本使他着迷的书，甚至全神贯注，在他这种年纪这是较为严重的事，他天生的胆怯使他有点迷信。第一本书是德朗克尔会长的名著《论魔鬼的变化不定》，另一本是缪托尔·德·拉昌博迪埃尔的四开本著作《论沃维尔的魔鬼和比埃弗尔的精灵》。由于他的园子从前是精灵常常出没的地方，后一本书就更令他感兴趣。黄昏开始使上面的景物泛白，使下面的景物变黑。马伯夫老爹看书时，目光越过手里拿着的书，观察他的花草，其中有一株艳丽的杜鹃花，是他聊以自慰的；一连四天干旱和日晒风吹，没有下过一滴雨；花草的枝茎下垂，蓓蕾蔫了,叶子脱落,需要浇水;杜鹃花尤其令人目不忍睹。马伯夫老爹这种人,认为草木也有灵魂。老人整天在靛蓝地里干活,累得精疲力竭,他还是站了起来,把书放在凳上,弯腰曲背,摇摇晃晃地走到井边,但当他抓住链条时,却没有力气将链条摘下来。于是他回过身来,苦恼地看一眼布满繁星的天空。

夜晚有一种宁静,以莫可名状的永恒悲欢,压下人的痛苦。黑夜看来跟白天一样干燥。

"满天星斗!"老人心想,"万里无云!不会下一滴雨!"

他的头仰望了一会儿,又垂落胸前。

他又抬起头来,再望望天空,一面喃喃地说:

"下一滴露水吧!可怜一下吧!"

他再一次想摘下井链,但办不到。

这当儿,他听到一个声音说:

"马伯夫老爹,您肯让我来浇您的园子吗?"

与此同时,篱笆处响起野兽掠过的声音,他看到从荆棘中冒出一个高瘦的姑娘,站在他面前,大胆瞧着他。这不大像一个人的模样,倒像黄昏刚刚显形的精灵。

上文说过,马伯夫老爹很容易惊慌,胆小如鼠,他还来不及回答一个字,这个人就摘下链条,把水桶放下去又拉上来,灌满了喷壶,动作在黑暗中奇特而突兀。老人看到这个鬼赤着脚,穿一条破烂的裙子,在花坛中间奔忙,在她周围散布生命。喷壶的水洒在叶子上的声音,使马伯夫老爹的心灵充满了欢乐。他觉得,如今,杜鹃花高兴了。

第一桶水浇光，姑娘拉上第二桶，然后是第三桶。她浇灌整个园子。

看到她这样在小径中穿梭往来，身影黑黝黝的，骨棱棱的长手臂上飘动着撕成碎片的披巾，会觉得她有点像蝙蝠。

她干完后，马伯夫老爹走过来，眼噙泪水，把手放到她的额角上。

"天主保佑您，"他说，"您是一个护花天使。"

"不，"她回答，"我是魔鬼，但我不在乎。"

老人不等也不听回答，大声说：

"我这样不幸，这样穷困，我不能为您做一点事，是多么遗憾啊！"

"您能做的，"她说。

"做什么？"

"告诉我，马里于斯先生住在什么地方。"

老人压根不明白。

"哪个马里于斯先生？"

他抬起无神的眼睛，似乎在追忆消逝的往事。

"一个年轻人，常常来这里。"

马伯夫在记忆中搜索。

"啊！是的……"他叫道，"我知道您想说什么。等一等！马里于斯先生……当然，马里于斯·蓬梅西男爵！他住在……不如说他已不住在……啊，我不知道。"

他一边说话，一边弯下腰来，扶一扶杜鹃花的一条花枝，继

续说:

"唔,现在我想起来了。他时常走过大街,到冰库那边去。克鲁尔巴布街。云雀场。到那边去找,不难遇到他。"

当马伯夫先生直起腰来时,他已看不到人,姑娘无影无踪。

他确实有点害怕。

"说实话,"他想,"如果我的园子没有浇灌,我想这是个精灵。"

一小时以后,当他睡下时,脑海里又浮现出这件事,快睡着时,朦朦胧胧中好像神话中的鸟,变成了鱼,以便过海,他的思想逐渐转成了梦,以便穿越睡眠,他含含糊糊地想:

"确实,这很像拉博迪埃尔讲述的精灵。这会是一个精灵吗?"

## 四、马里于斯见到鬼

一个"鬼"拜访了马伯夫老爹之后,过了几天,一个早上——这是个星期一,马里于斯要向库费拉克借五法郎给泰纳迪埃的日子——马里于斯将这五法郎放进口袋里,在交给监狱管理处之前,先去"散一会儿步",希望回来后能有劲头工作。他总是这样想。他一起床,便坐在一本书面前,放上一张纸,准备马马虎虎地译点东西;这个时期,他的工作是将德国人的一场著名的论战,即甘斯和萨维尼[1]的争论译成法文;他拿起萨维尼,又拿起甘斯,读了四行,想写下一行,办不到,在纸和他之间看到一颗星星,他从椅子上站

---

[1] 甘斯和萨维尼,德国法学家。

起来说:"我要出去。回来就有精神了。"

他去云雀场。

他在那里不仅看不到明亮的星星,更看不到萨维尼和甘斯。

他回来后,想重新工作,却办不到;没有办法在脑子里接上一条断掉的思路;于是他说:"明天我不出去了。这妨碍我工作。"可他仍然天天出去。

他虽然住在库费拉克家里,却不如说住在云雀场。他真正的地址是:健康大街,过了克鲁尔巴布街第七棵树。

这天上午,他离开了第七棵树,坐在戈布兰河的护墙上。欢快的阳光透过刚长出的、闪闪发光的嫩叶。

他在想"她"。思念变成了责备,又落在他身上;他痛切地想到懒惰这种心灵的麻痹控制了他,想到他面前的黑夜越来越浓,以致如今他连太阳也见不到了。

他的内心活动非常微弱,他甚至没有力量感到懊恼,通过艰难发泄模糊不清的想法——这甚至不是自言自语,通过这种专注于愁绪,他对外界还是有感觉。他听到身后、身下、戈布兰河的两岸,传来洗衣妇的捣衣声,他的头上鸟儿在榆树间啁啾鸣唱。一边是自由、无忧无虑、有翼飞翔的悠闲自在;另一边是干活的声音。这使他陷入深深的遐想中,几乎在思索,这是两种快乐的声音。

突然,他在冥思苦想中,仿佛听到一个声音在说:"啊!他在那里。"

他抬起眼睛,认出那天早上到他房里来的不幸孩子,泰纳迪埃的长女爱波尼娜;现在他知道她的名字了。奇怪的是,她越穷越漂亮；同时迈出这两步，好像她不可能做到。她实现了双重的进步，迈向光明和困苦。她就像那天毅然踏入他的房里，赤着脚，衣衫破烂，只不过这身破衣多穿了两个月；窟窿更大些，破布更脏些。嗓音同样嘶哑，脑门同样被晒黑和皱起，目光同样自由不羁、迷茫和游移不定。经历了这次牢狱生活，在贫困之外又在面容中加上了难以名状的惊惶和哀怨。

她的头发上有麦秸和干草屑，并不像受到哈姆雷特的疯癫传染而发疯的奥菲莉亚，而是因为她在马厩里睡过。

尽管如此，她还是美丽的。噢，青春，你是多么明亮的星星啊！

她来到马里于斯面前站住了，苍白的脸上带着一点快乐，有点儿像在微笑。

她歇了一下，仿佛说不出话来。

"我可找到您了！"她终于说。"马伯夫老爹说得对，是在这条大街上！我找得您好苦啊！您知道就好了！您知道吗？我被关进了监牢半个月！他们放了我！因为从我身上什么也捞不到，而且我不到判断事理的年龄。还差两个月。噢！我找得您好苦！有六个星期。您不再住在那里吗？"

"不了，"马里于斯说。

"噢！我明白。由于那件事。这种寻衅闹事是够讨厌的。您搬了家。啊！您干吗戴这种旧帽子？一个像您这样的年轻人，应该有漂亮衣服。您知道吗，马里于斯先生？马伯夫老爹不知道为什么称您为马里于斯男爵。您不会真是男爵吧？男爵都是老头，要去卢森堡公园的宫殿前，那里阳光最好，他们看一个苏的《日报》。有一次我送一封信给这样一位男爵。他超过一百岁了。喂，眼下您住在什么地方？"

马里于斯没有回答。

"啊！"她继续说，"您的衬衫有一个窟窿。我该给您补一补。"

她逐渐黯然神伤，又说：

"您看到我不高兴吗？"

马里于斯沉默不语；她半晌不吭声，然后大声说：

"我要愿意的话，会逼您快乐起来！"

"什么？"马里于斯问。"您这是什么意思？"

"啊！你称我为您！"她说。

"那么，你这是什么意思？"

她咬住嘴唇；她看来犹豫不决，仿佛在作内心斗争。末了，她显出打定了主意。

"算了，无所谓。您闷闷不乐，我想让您高兴。您要答应我笑一笑。我想看您笑，看到您说：'啊！很好。'可怜的马里于斯先生！您知道！您答应过我，凡是我想要的东西都给我……"

"是的！你说吧！"

她死盯住马里于斯，对他说：

"我搞到了地址。"

马里于斯脸色变得苍白。他身上的血全都涌向心脏。

"什么地址？"

"您问我要的地址！"

她仿佛做出努力,又添上说:

"地址……您不是清楚吗?"

"是的!"马里于斯期期艾艾地说。

"那位小姐的地址!"

说出这个词,她深深吁了一口气。

马里于斯从坐在那里的护墙上跳起来,发狂地拉住她的手:

"噢!那么,带我去吧!告诉我呀!你要什么东西就说吧!在什么地方?"

"您跟我来,"她回答。"我不知道街道和门牌;完全在另一头,但我知道那幢楼,我来带您去。"

她抽回她的手,说话的声调会令一个旁观者难过,却丝毫没有触动如痴如醉、欣喜若狂的马里于斯:

"噢!您多么高兴啊!"

一片阴翳掠过马里于斯的脑门。他抓住爱波尼娜的手臂。

"向我发个誓!"

"发誓?"她说,"这是什么意思?嘿!您要我发誓?"

她笑起来。

"你的父亲!答应我,爱波尼娜!向我发誓,不要把这个地址告诉你的父亲!"

她吃惊地转向他:

"爱波尼娜!您怎么知道我叫爱波尼娜?"

"答应我对你说的话!"

但她似乎没有听到他的话。

"这样好嘛!您叫我爱波尼娜!"

马里于斯同时抓住她的两条手臂:

"看在上天的份上,您倒是回答我呀!注意我对你说的话,向我发誓,不要把你知道的地址告诉你父亲!"

"我父亲?"她说,"啊,是的,我父亲!放心吧。他在牢里。再说,我管我父亲干吗!"

"但你没有答应我!"马里于斯大声说。

"你可是放开我呀!"她说,发出哈哈大笑,"您摇得我好厉害!好吧!好吧!我答应您!我向您发誓!要我干什么?我不会把地址告诉我父亲。行了吧!就这件事?"

"谁也不告诉?"马里于斯问。

"谁也不告诉。"

"现在,"马里于斯说,"带我去吧。"

"马上?"

"马上。"

"来吧。——噢!看他多高兴!"她说。

走了几步,她站住了:

"您跟得太近了,马里于斯先生。让我在前面走,像这样跟着我,却又不像跟。不该让人看出像您这样一个年轻人同像我这样一个女人在一起。"

任何语言都表达不出这个孩子说"女人"这个词所包含的意思。

她走了十来步,又站住了;马里于斯赶上了她。她向身旁的他说话,但没有转向他:

"对了,您知道您答应过我一件事吧?"

马里于斯在口袋里摸索。他在世上只有这五法郎,是准备给泰纳迪埃老爹的。他掏出钱来,交到爱波尼娜手中。

她张开手指,让钱币落在地上,阴沉地望着他:

"我不想要您的钱。"她说。

# 第三章
# 普吕梅街的别墅

## 一、密 室

大约在上世纪中叶,巴黎最高法院一位戴法帽的庭长有一个情妇,秘而不宣,因为那时的大老爷都炫耀自己的情妇,而资产者却金屋藏娇,在圣日耳曼郊区布洛梅空寂无人的街上建造"小别墅";这条街今日被称为普吕梅街,离当时所谓的"斗兽场"不远。

这座别墅是两层楼房;底楼有两个厅,二楼有两个房间,楼下有一个厨房,楼上有一个小客厅,屋顶下有一个阁楼,楼房前面是一个花园,大铁栅门对着街道。这个花园约莫有一个阿尔邦。[1]这一切行人都能看到;但是,在楼房后面,有一个狭窄的院子,院子尽头有一幢低矮的房子,两个房间下面都有地窖,以备不时之需,隐藏一个孩子和一个奶妈。这幢房子后面有一扇暗门,秘密开向一条

---

[1] 一个阿尔邦约合 20～50 公亩。

狭窄的长走廊，铺上石子，弯弯曲曲，却是露天的，两边是高墙，隐蔽得极其巧妙，在各家花园和菜地的围墙之间七弯八拐，绕来绕去，最后到达另一扇同样的暗门，开在八分之一法里之外，几乎在另一个区，巴比伦街冷落的尽头。

庭长先生从这里进去，以致窥伺他，跟踪他，以为观察到庭长先生天天神秘地赴会的人，可能料想不到他去巴比伦街，就是去布洛梅街。工于心计的法官，通过巧妙地购买土地，让人在家里自己的土地上开出这条暗道，因此无人查问。后来，他又把过道两边的土地分批作为花园和菜地出售，这两边土地的主人眼前是一堵分界墙，不会怀疑两堵高墙间，他们的花园和菜地中，存在这条蜿蜒曲折的石子长过道。唯有鸟儿看到这一奇景。上世纪的黄莺和山雀对庭长先生大发过议论呢。

楼房是按芒萨尔[1]的风格建成的石头建筑，以华托的风格装修护壁板和家具，里面是洛可可式，外观过时，有三道花篱围住，既不引人注目，又风雅又庄严，非常适合法官的逢场作戏。

这幢别墅和这条过道今天已经荡然无存，可十五年前左右还存在。九三年，一个锅炉厂主买下来准备拆毁，但由于未能付清房价，国家宣布他破产。这样，是别墅把锅炉厂主毁了。自从别墅无人居住，便慢慢倾圮，凡是建筑没有人住总是像没有生命一样。楼里依旧布置着旧家具，准备出售或出租。每年经过普吕梅街的十个至十二个人会看到一块字迹漫漶的黄牌子，从一八一〇年以来就挂在

---

[1] 芒萨尔（1598～1666），法国建筑师，善于用砖石做对比。

花园的铁栅门上。

大约在复辟王朝末年,行人会注意到,牌子消失了,二楼的护窗板打开了。别墅果然有人居住。窗户挂着"小窗帘",这是有个女人的标志。

一八二九年十月,一个上了年纪的男子上门,租下了这座别墅,当然,包括住宅后面的建筑和通往巴比伦街的过道。他让人修复了这条通道的两扇暗门。上文说过,别墅差不多还布置着庭长的旧家具,新房客吩咐做了一些修补,将欠缺的补上,在院子里铺上石子,室内铺好方砖,楼梯修好梯级,地板镶好木条,窗户装好玻璃,终于带着一个姑娘和一个老女佣无声无息地住下,更像一个人溜进来,而不像回到自己家里。邻居没有窃窃私语,因为并没有邻居。

这个不声不响的房客是让·瓦尔让,姑娘是柯赛特,女佣是一个名叫图散的处女,让·瓦尔让从济贫院和苦难中把她救出来,她年纪大了,是外省人,说话口吃,这三个优点决定了让·瓦尔让收留了她。他以吃年息的割风先生的名字租下房子。读者在上文中大概比泰纳迪埃更早认出了让·瓦尔让。

为什么让·瓦尔让离开了小皮克普斯修道院?发生了什么事呢?

什么事也没有发生。

读者记得,让·瓦尔让在修道院很幸福,过于幸福,以致他的良心终于不安起来。他每天看到柯赛特,感到父爱越来越在他身上产生和发展,他全身心放在这个孩子身上,他心想,她是属于他的,谁也不能把她夺走,这会无限期地延续下去。她每天潜移默化,肯定会成为修女,这样,修道院今后就成了她和他的天地,他日益衰老，而她日益长大，当她日益衰老时，他会死去，总之，令人迷醉的希望是，不可能再分离。考虑到此，他陷入了困惑不安中。他在思索，在纳闷，这幸福是不是属于他的，是不是也有另一个人的幸福在内，就是他这个老头据为己有，并藏起来的孩子的幸福；这里一点没有窃取的成分吗？他寻思，这个孩子在舍弃人生之前，有权认识人生，如果以使她免遭风雨沧桑为借口，可以说不同她商量，事先就割断她和一切欢乐的联系，利用她的无知和孤苦伶仃，让她萌生出人为的志向，这是扭曲人性，欺骗天主。谁知道呢，有朝一日，柯赛特恍然大悟，后悔当了修女，怎么不会憎恨他呢？最后这个想法，几乎是自私的，不如其他想法轰轰烈烈，他却觉得不可忍受。他决定离开修道院。

他做出了决定；他伤心地承认，必须这样做。至于反对的意见，他一个也没有。在这四堵墙内住了五年，销声匿迹，必然消除或驱散恐惧的因素。他可以平静地回到常人当中。他垂垂老矣，而且一切都改变了。现在谁认得出他呢？再说，也要想到最坏处，只有他本人有危险，不能因为他进过苦役监，就有权把柯赛特关在修道院里。况且，面对责任，危险算什么？总之，什么也不能阻挡他保持谨慎，采取防范措施。

至于柯赛特的教育，差不多已经结束，也学完了。

他的决心一旦下定，他便等待机会。机会很快出现。老割风死了。

让·瓦尔让求见可尊敬的院长，对她说，由于他哥哥去世，有一小笔遗产使他今后过日子可以不必干活，他要辞掉修道院的差使，带走女儿；但是，柯赛特没有发过愿，免费教育不公道，他请求尊敬的院长同意，他将一笔五千法郎的款子献给修道院，作为柯赛特在此度过五年的赔偿。

就这样，让·瓦尔让离开了永敬修道院。

离开修道院时，他把小手提箱夹在腋下，不想交给任何搬行李工人，钥匙总揣在身上。这只手提箱透出一股香味，令柯赛特感到惊讶。

紧接着我们要说，这只手提箱今后不再离开他。他始终放在自己房间里。他搬家时，这是他带走的第一件，有时是唯一的一件东西。柯赛特拿来说笑，把这只手提箱叫做"不可分离的"，还说："真叫我嫉妒。"

另外，让·瓦尔让回到自由的空气中，却忧心忡忡。

他发现了普吕梅街这座别墅，便藏到那里。今后，他就用于尔蒂姆·割风这个名字。

同时，他在巴黎租了另外两套房间，免得总是待在同一个街区里，会引人注意，必要时一感到不安便溜之大吉，不像那天晚上那样措手不及，只是出了奇迹才逃脱了沙威。这两套房间非常简陋，外表寒伧，在两个相距很远的街区里，一个在西街，另一个在武人街。

他时而到武人街，时而到西街，同柯赛特一起度过一个到一个半月，不带图散。他由看门人侍候，被人看作郊区一个吃年息的人，在城里有落脚地。这个品德高尚的人在巴黎有三个住处，为的是逃避警察。

## 二、国民自卫军成员让·瓦尔让

确切地说,他住在普吕梅街,他这样安排自己的生活:

柯赛特和女佣住在楼里;她占据油漆护壁板的大卧室,金色圆线脚的小客厅,布置壁毯和宽大扶手椅的、庭长使用的客厅;她有花园,让·瓦尔让叫人在柯赛特的房间里放上一张床,床幔是三色的旧锦缎,还有一块古老、漂亮的波斯地毯,是从菲吉埃-圣保罗街戈歇大妈的店里买来的。为了改变这些精美古董的严肃气氛,他在这些旧货中加上了适合少女的明快而优雅的小家具,多层架子啦,书柜啦,烫金的书籍啦,文具盒啦,吸墨纸啦,镶嵌螺钿的、做女红的桌子啦,镀金的针线银盒啦,日本瓷的梳妆台啦。二楼垂挂着长窗帘,像床一样三色红底锦缎。底层是挂毯帘子。整个冬天,柯赛特的小楼从上到下,烧得暖融融的。他呢,他住在院子深处类似看门人的小屋里,帆布床上铺着一条褥子,一张白木桌,两把草垫椅,一只陶水罐,一块木板上放着几本旧书,他珍视的手提箱放在一个角落里,从来不生火。他同柯赛特一起吃晚饭,桌上放了一块为他准备的黑面包。当她进家门时,他对图散说:"小姐是家里的女主人。""而您呢,先—生?"图散惊讶地诘问。"我嘛,我胜过主人,我是父亲。"

柯赛特在修道院里训练过持家,管理非常简朴的开支。每天,让·瓦尔让挽着柯赛特的手臂,带着她散步。他带她到卢森堡公园,到人迹最少的小径,每个星期天去望弥撒,总是在举步圣雅克教堂,因为地方很远。由于这是一个穷街区,有许多人要布施,不幸的人在教堂围住他，这给他引来了泰纳迪埃的信："举步圣雅克教堂的善人先生收"。他乐意带着柯赛特去看望穷人和病人。陌生人都不能走进普吕梅街的别墅。图散采购食品，让·瓦尔让亲自到附近大街的一个水龙头去打水。木柴和酒存放在半地下室里，墙壁布置是洛可可式的，就在巴比伦街那道门的旁边，从前用作庭长先生的洞府；因为在盛行游乐园和疯人院的时代，没有洞府就谈不上爱情。

在普吕梅街的独扇大门上，有一只储钱罐式的信报箱；不过，普吕梅街这幢楼的三个居民从没收到报和信，这个箱子的全部用途，从前是艳情的媒介和一个风流法官的知己，现在只限于收税务单和警卫队的通知书。因为吃年金的割风先生属于国民自卫军；他无法逃脱一八三一年人口普查的密网。市府调查一直深入到小皮克普斯修道院，让·瓦尔让从这种穿不透的神圣云雾中出来，在区政府看来是值得尊敬的，因此，有资格值班站岗。

一年有三四次，让·瓦尔让穿上军装去站岗；再说他非常乐意；对他来说，这是一次正当的乔装打扮，使他混同于大家，又单独相处。让·瓦尔让刚满六十岁，这是法定的免役年龄；但他看去不超过五十岁；况且，他根本不想逃避那个上士，并跟德·洛博伯爵费口舌；他没有户籍；他隐瞒了自己的名字，他隐瞒了自己的身份，他隐瞒了自己的年龄，他隐瞒了一切；上文说过，他是一个真心实意的国民自卫军队员。像一个普通的纳税人，这是他的全部奢望。这个人的理想是内心像天使，外表像有产者。

不过要指出一个细节。当让·瓦尔让同柯赛特出门时，他穿得像读者刚才看到的那样，相当像一个旧军官。当他独自出门时，往往这是在晚上,他总是穿工人的短上衣和长裤,戴一顶鸭舌帽,遮住他的脸。这是小心还是自惭形秽?两者兼而有之。柯赛特习惯了自己命运的神秘莫测,不大注意父亲的古怪。至于图散,她尊敬让·瓦尔让,凡是他做的事,她都觉得很好。一天,肉店老板见到让·瓦尔让,对她说:"这是个怪人。"她回答:"这是个圣人。"

无论是让·瓦尔让,柯赛特,还是图散,都只从巴比伦街那扇门进出。除非通过花园的铁栅门看到他们,很难猜出他们住在普吕梅街。这个铁栅门始终关闭。让·瓦尔让让花园杂草丛生,以免引人注目。

在这一点上,他也许搞错了。

## 三、FOLIIS AC FRONDIBUS[1]

这座花园荒废了半个多世纪,变得不同寻常和非常迷人。四十年前的行人驻足街上观赏,想不到这嫩绿、葳蕤的草丛后面隐藏着秘密。当时不止一个好幻想的人,多次要透过上了锁的古老铁栅门大胆往里张望,想弄个明白;铁栅门的条柱已经扭曲,摇摇晃晃,两根铁柱生锈,长满苔藓,古怪地安上的门楣上面阿拉伯图案已辨认不清。

一个角落里有一张石凳,一两座青苔斑驳的塑像,还有几个葡萄架,年深月久,钉子脱落,腐烂在墙上;而且既没有小径,也没

---

[1] 拉丁文:"枝叶丛生"。

有草坪；到处是狗牙根。园艺离去，大自然返回。莠草茂盛，在这块可怜的土地上大显神通。紫罗兰盛会，争妍斗艳。这个花园里，没有什么阻挠万物生长的神圣努力；这是在自家地里欣欣向荣。树木俯向荆棘，荆棘爬到树上，植物攀援而上，树枝压得下垂，在地上攀爬的植物会找到在空中开花的植物，在风中飘荡的植物俯向在苔藓中爬行的植物；树干、树枝、树叶、纤维、草丛、卷须、嫩枝、荆棘，混杂一起，交叉穿插，纠结缠绕；在这三百平方尺的园地里，在造物主满意的目光下，植物紧紧地、深情地拥抱在一起，实现和庆祝神秘而神圣的友爱，这是人类友爱的象征。这个花园不再是花园，这是巨大的荆棘丛，就是说，像森林一样难以穿越，像城市一样拥挤，像鸟巢一样抖动，像大教堂一样幽暗，像花束一样芬芳，像坟墓一样孤寂，像人群一样活跃。

到了开花季节，在铁栅门后面和四堵墙之间，这巨大的荆棘丛自由自在，在万物无声无息的萌动中春情勃发，在初升的阳光下颤动，如同一头野兽，呼吸到宇宙之爱的气息，感到四月汁液在脉管里升腾和沸腾，在风中摇曳不可思议的绿发，在潮湿的土地上，在剥蚀的塑像上，在楼前残破的石阶上，直到在空荡荡的街道的石子上，撒播星形的花朵、露珠、繁盛、美、生命、欢乐、芬芳。中午，千百只白蝴蝶藏身其间，看到这夏天的"活雪片"在树荫间团团飞舞，真是神奇的景致。在这快活的绿荫中，一片无邪的声音在向灵魂喁喁细语，鸟儿的啁啾遗忘了的，昆虫的嗡嗡声给以补充。傍晚，一股梦幻的气息从花园升起，笼罩着它；夜雾像尸布，美妙而宁静的愁绪覆盖着它；金银花和旋花属植物的迷人香气，宛如美味的剧毒,从四面八方冒出来;可以听到栖息在叶丛间的旋木雀和鹪鹩最后的鸣叫;令人感到鸟儿和树木神圣的亲密;白天,翅膀愉悦树叶,夜晚,树叶保护翅膀。

冬天,荆棘丛是黑色的,潮湿的,根根竖起,瑟瑟发抖,让人看到一点别墅。能看到的不是枝头的繁花和花瓣上的露珠,而是黄叶铺成的又冷又厚的地毯上,鼻涕虫拖出的长银带;但无论如何,不管什么景象,不管什么季节,春夏秋冬也罢,这个小小的园地散发出惆怅、静思、孤独、自由、不见人影,只有天主存在;生锈的铁栅门似乎在说:这花园是属于我的。

虽然周围都是巴黎的铺石马路,瓦雷纳街古典式华丽府邸仅隔一箭之遥,残老军人院的圆顶就在近边,众议院相距并不远,虽然勃艮第街和圣多米尼克街的华丽马车在附近气势轩昂地驶过,黄色、褐色、白色、红色的公共马车在邻近的十字路口穿插而过,普吕梅街仍然免不了冷落;旧业主故去,一场革命掠过,世家大族泯灭,人去楼空,遗忘绝续,四十年的摈弃和闲置,足以给这块宝地带来蕨草、毒鱼草、毒芹、蓍草、毛地黄、高高的草丛、阔叶凹凸纹浅绿的高大植物、蜥蜴、金龟子、警觉而溜得快的昆虫;这也足以使难以名状的蛮荒和伟岸从地底冒出,重现在这四堵墙间;足以使大自然能够在巴黎一个恶俗的小园里生机焕发,既粗犷又壮美,就像在新世界的原始森林里;大自然打乱了人类的平庸安排,又总是散布在它所有出现的地方,既在蚂蚁身上,又在鹰的身上。

其实,并没有渺小的东西;谁对大自然有深邃的了解,都知道这一点。虽然在界定因果上哲学得不到绝对圆满的回答,但是由于一切分解的力量都要归于统一，静观者仍要陷入无止境的沉思。一切向整体努力。

代数可用于云彩；星光有利于玫瑰；任何思想家都不敢说，山楂的香气对星体毫无用处。谁能计算出一个分子的行程呢？我们是否知道，世界的创造绝不取决于沙粒的坠落呢？谁知道无限大和无限小的彼此消长，始因在存在的深渊中的回响，以及创造世界时的席卷一切呢？蛆虫也有重要性；小也是大，大也是小；一切都在需要中形成平衡；对精神来说，这是可怕的幻景。在生物和物体之间，有奇特的关系；在这无穷无尽的整体中，从太阳到蚜虫，都不能互相藐视；彼此互相需要。光不能把地面的香气带到天穹，不知道这是干什么的；黑夜将星体的精华散发给沉睡的花朵。凡是飞鸟爪上都牵着无限的线。萌芽会因一颗流星的出现和乳燕的破壳而变得复杂，并导引出一条蚯蚓的出生和苏格拉底的问世。天文望远镜穷尽之处，显微镜开始起作用。哪一种视野最广呢？请选择吧。一个霉点是一丛鲜花；一片星云是一个星体的蚁穴。精神的东西和物质现象是同样复杂，甚至还要更奇特。元素和原则相混杂、交融、结合，互促增长，使物质世界和精神世界达到同样的光明境地。现象不断返回自身。在宇宙广大的交流中，宇宙生命来来去去的数量不得而知，将一切汇入气息看不见的神秘中，连一次睡眠的一场梦也不放弃，在这里播下一个微小动物，在那里粉碎一个星球，摇摇晃晃，逶迤而行，把光变成一股力量，把思想变成一种元素，既分散又不可分割，消解一切，除了这个几何点——自我；将一切引回到灵魂原子；将一切在天主那里充分展现；将一切活动，从最高级的到最低级的,纠合在令人昏眩、晦涩难懂的机械论中,将一只昆虫的飞翔与地球的运动联结起来,谁知道呢,哪怕是出于相似的法则将彗星在天宇的运行纳入纤毛虫在一滴水中的旋转。这是由精神构成的机械。这是巨大的齿轮,最初的动力是小蚊蝇,最末的齿轮是黄道。

## 四、换铁栅门

这个花园,从前建造起来是为了隐藏风流韵事,现在看来改变了,变成适于掩蔽无邪的秘密。摇篮、玩滚球戏的草坪、花棚、岩洞,都不复存在;凌乱而美妙的阴影像帷幔从各处垂下。帕福斯[1]变成了伊甸园。不知什么悔恨净化了这处幽居。这个卖花女,现在向灵魂献花。这个雅致的花园,从前声名狼藉,现在又回到贞洁和纯净。一个庭长由一个园丁协助,一个老人以为在继续拉姆瓦尼翁[2]的事业,另一个老人以为在继续勒诺特尔的事业,改造了园子,剪枝,打乱布局,修饰,以讨得女人欢心;大自然再次抓住它,使它充满憧憧暗影,布置成谈情说爱的地方。

在这个孤独的处所,有一颗心万事俱备,只待爱情露面;这里有一座神庙,由绿荫、草丛、苔藓、鸟鸣、令人无精打采的黑暗、摇曳的树枝组成,还有一颗心灵,由温柔、信念、纯真、希望、渴望和幻想构成。

---

[1] 帕福斯,位于塞浦路斯西岸,崇奉阿佛罗狄特。
[2] 拉姆瓦尼翁(1617~1677),巴黎法院首席庭长,保护作家。

柯赛特离开修道院时几乎还是个孩子；她十四岁多一点，处于"青春期"；上文说过，除了眼睛，她显得丑多于美；但她没有一点讨人嫌的线条，她兼有笨拙、瘦削、胆怯和大胆，最后长成了一个大姑娘。

她的教育结束了；就是说接受了宗教，尤其是虔诚；然后学了"历史"，即修道院里这样称呼的东西，还有地理、语法、分词、法国历代国王史、一点音乐、画一个鼻子，等等，其余的一无所知，既构成可爱，又有危险，一个少女的心灵不应该让它愚昧无知；否则以后会产生过于突然和过于强烈的幻景，就像在暗室里一样。她应该慢慢地、谨慎地获得启迪，先接受现实的反光，而不是直接的强光。半明半暗是有益的，严峻而柔和，能消除幼稚的恐惧，防止失足。只有母亲的本能，蕴涵处女的回忆和女人的经验这种出色的直觉，才能知道这半明半暗是怎样和如何形成的。什么也代替不了这种本能。为了培养一个少女的心灵，世上所有的修女都不如一个母亲。

柯赛特不曾有过母亲。她只有许多嬷嬷，许多许多。

至于让·瓦尔让，他内心有各种各样的温情和各种各样的关怀；但他只是一个老人，一窍不通。

在教育事业中，在为一个女人做好生活准备的庄严事业中，为了与所谓天真这种愚昧无知做斗争，需要多少学问啊！

让一个少女为爱情做准备，什么地方也比不过修道院。修道院把人的思想引向不可知的世界。心灵进行反省，无法倾诉，便向内里挖掘，不能向外发展，便向深处开掘。由此产生幻念、设想、猜度、构思故事、期望奇遇、奇异的构想、完全在精神的内心黑暗中竖起的建筑,这是秘密的幽居,一旦越过铁栅门,允许进入,情感便马上进驻。修道院是一种压制,要战胜人心,这种压制就要持续一生。

离开修道院时,柯赛特再也找不到比普吕梅街的别墅更温馨、更危险的地方了。这是自由的嚆矢,也是孤独的继续;一个关闭的花园,却有刺激人的、茂盛的、赏心悦目的、芳香扑鼻的景物;做着跟修道院同样的梦想,不过能瞥见年轻男子;有道铁栅门,但面向街道。

我们再说一遍,她来到这里时,还只是个孩子。让·瓦尔让把这座荒废的花园丢给了她。"在园子里你可以随心所欲地玩,"他对她说。这使柯赛特非常开心;她拨开所有的草丛,翻开所有的石头,寻找"虫子";她玩耍,直到能在那里遐想;她喜欢这个花园,因为在她脚下的草丛中能找到昆虫,她喜欢这园子,是因为能透过头顶的树枝遥望星星。

再说,她全身心爱她的父亲,就是说爱让·瓦尔让,她带着天真的亲情,把老人当作一个渴望的、可爱的伴侣。读者记得,马德兰先生看书很多,让·瓦尔让继续这样做;他终于能言善侃;他是个谦逊但真正的聪明人,通过自学自然而然成才,暗地里具有丰富的知识,辩才无碍。他还有点粗鲁,倒使他的仁慈增色;他是个粗犷的人,心地却善良。在卢森堡公园,父女促膝交谈时,他从阅读过的书籍和经历过的苦难中汲取谈资,长时间解释一切。柯赛特一面倾听,她的眼睛一面无目的地四处观望。

这个朴实的人能满足柯赛特的思想，正如这座荒废的花园能满足她的玩耍。她追逐蝴蝶追得够了，气喘吁吁地来到他身边，说道："啊！我跑够了！"他吻她的额角。

柯赛特热爱老人。她始终跟在他的身后。让·瓦尔让所到之处，就是她的安乐窝。由于让·瓦尔让既不住在楼里，也不住在花园，她在后院比在鲜花满地的园子里更开心，在只有草垫椅的小屋里比在挂满壁毯、摆上软垫椅的大客厅更舒心。让·瓦尔让有时被纠缠得乐滋滋的，微笑着对她说："回到你屋里去！让我独自待一会儿！"

她也时常柔声细气地嗔怪他，女儿对父亲的这种嗔怪多么讨人喜欢：

"父亲，我在您这儿冷得要命！干吗不铺上地毯，生个炉子呀？"

"亲爱的孩子，有那么多的人比我这个人好得多，头顶上却没有一片瓦呢。"

"那么干吗在我屋里生火，应有尽有呢？"

"因为你是一个女人和孩子。"

"啊！男人就应该受冻和受苦吗？"

"有些男人应该这样。"

"那么好吧，我要常常到这里来，逼得您也生火。"

她还对他说：

"父亲，为什么您吃这样蹩脚的面包？"

"不为什么，我的女儿。"

"那么，您吃什么面包，我也吃什么面包。"

于是，为了不让柯赛特吃黑面包，让·瓦尔让也吃白面包。

柯赛特只模模糊糊记得她的童年。她日夜为她不认识的母亲祈祷。泰纳迪埃夫妇好像两张狰狞的面孔留在她的梦里。她记得,她"有一天夜里"到一个树林去打水。她以为这是离巴黎很远的地方。她觉得,最初她生活在深渊里,是让·瓦尔让把她救出来的。她的童年给她的印象是生活在这样一个时代:她周围都是蜈蚣、蜘蛛和蛇。由于她不大明白自己怎么是让·瓦尔让的女儿,而他是她的父亲,每晚入睡前,她就思索,她设想她母亲的灵魂附到这个老人身上,好住在她身边。

他坐下时,她便将面颊靠在他的白发上,默默地淌下一滴眼泪,心里想:"这个人,也许是我的母亲!"

尽管有一点说起来很古怪,就是柯赛特是在修道院长大的姑娘,极其无知,再说,童贞时期绝难理解母性,她终于想象自己不大可能有母亲。这个母亲,她甚至不知道她的名字。每当她想到去问让·瓦尔让时,让·瓦尔让便沉默无言。要是她再提一遍问题,他便以微笑回答。有一次她坚持再三;微笑以一滴眼泪告终。

让·瓦尔让的沉默,把芳汀笼罩在黑夜里。

是出于谨慎?是出于尊重?是出于担心拿这个名字去冒险,搅乱的不是他的而是别人的记忆吗?

只要柯赛特年幼,让·瓦尔让乐意对她提起她的母亲;当她成为少女时,他不能这样做了。他觉得自己再不敢了。是为柯赛特着想吗?是为芳汀着想吗?让这个阴魂进入柯赛特的脑子里,把一个第三者的死人放到他们的命运中,这使他感到一种宗教般的恐惧。这个阴魂对他越是神圣,他觉得它越是可怕。他想到芳汀,感到沉默的难受。他在黑暗中朦胧地看到有样东西,很像一只指头按在嘴上。芳汀身上曾经有过的廉耻心,在她生前已经猛然地离她而去,她不是死后又回来附在她身上,愤怒地守护着这个死人的安宁,而且非常胆小,把她守在坟墓里吗?让·瓦尔让不知不觉地感受到这种压力吗?我们相信有鬼魂,我们不会拒绝这种神秘的解释。因此,即使是对柯赛特,也不可能说出这个名字:芳汀。

一天,柯赛特对他说:

"父亲,昨天夜里我在梦中见到了我的母亲。她有两只巨大的翅膀。我的母亲生前应当是圣女的品级了。"

"通过殉难达到的,"让·瓦尔让回答。

再说,让·瓦尔让是幸福的。

柯赛特同他一起出门时,倚在他的手臂上,得意扬扬,十分幸福,心满意足。让·瓦尔让看到只对他一人如此专一、如此满足的温情的种种表现,感到自己的头脑融入快乐之中。可怜的人充满极乐,颤抖起来;他冲动地断言,这会持续一生;他思忖,他的苦受得还不够多,竟能享受这样的天伦之乐,他在内心深处感谢天主,让他这个可怜的人,受到这个纯真孩子的热爱。

## 五、玫瑰发现自身是武器

一天,柯赛特偶然照镜子,心想:"啊!"她觉得自己几乎很漂亮。这使她陷入了奇怪的心烦意乱中。至今,她根本没想到自己的脸。她是照镜子,但没有自我端详。再说,别人时常告诉她,她其貌不扬；只有让·瓦尔让轻轻地说："不！不！"无论如何，柯赛特总是自以为长得丑，小时候这容易忍受，她怀着这种想法长大。突然，她的镜子像让·瓦尔让那样对她说："不！"夜里她睡不着。"要是我漂亮呢？"她想，"我长得漂亮那会多么滑稽！"她记起同伴中长得标致的，在修道院里就引人注目，她心想："怎么！我会像那个小姐！"

第二天，她照镜子，但不是偶然的，她怀疑了："我想到哪儿去了？"她说，"不，我是丑的。"其实很简单，她睡得不好，眼睛带黑圈，脸色苍白。昨天，她以为自己好看，也没有十分高兴，但如今认为不是，倒发愁了。她不再照镜子，在半个多月内，她梳妆时竭力背对着镜子。

晚上，吃过晚饭后，通常她在客厅里做绒绣，或者做修道院里学来的针线活，而让·瓦尔让在她身旁看书。一次，她的目光从活计上抬起来，她看见父亲不安地望着她，感到非常吃惊。

另外一次，她从街上经过，她觉得身后有个没看见的人说："漂亮女人！但穿着蹩脚。""啊！"她想，"这不是指我。我穿得很好，而且长得丑。"当时她戴着长毛绒帽子，穿着美利奴呢裙。

终于有一天，她在花园里，听到可怜的老女人图散说："先生，您注意到小姐变得漂亮了吗？"柯赛特没有听到她父亲的回答，图散的话对她来说不啻一种震动。她从花园逃走，上楼来到自己房间，跑到镜子前，她有三个月没有照镜子了，她发出一声叫喊。她刚刚看得眼花缭乱。

她是俏丽、娟秀的；她禁不住同意图散和她的镜子的看法。她身段有模有样，皮肤白皙，头发闪光，在她的蓝瞳仁里，闪烁着没见过的光彩。一霎时，她完全相信自己美丽了，这宛若大白天一样实在；再说别人注意到了，图散说出来了，路人说的显然是她，这已无可置疑。她下楼回到花园，以为自己是王后，听到鸟儿在歌唱，虽是冬天，看到天空金灿灿，阳光在树木间闪耀，花儿在灌木丛中开放，她失魂落魄，疯疯癫癫，沉浸在难以表达的快活中。

至于让·瓦尔让，则感到难以名状的深深的揪心。

确实，曾几何时，他恐惧地观赏着柯赛特温柔的脸与日俱增的光彩照人的美。对大家是欢笑的黎明，对他却是凄凄惨惨。

柯赛特在自己发觉之前，早就十分漂亮了。但是，从第一天起，冉冉升起、逐渐裹住整个少女的意料之外的光芒，却刺伤了让·瓦尔让暗淡的眼皮。他感到，这是幸福生活的改变，他的生活是如此幸福，他不敢稍作改变，生怕打乱了什么。这个人经历过各种艰难困苦，命运造成的伤口还鲜血淋漓，以前曾经是凶狠的，现在变得近乎圣人，在苦役监拖过锁链之后，如今拖着无名耻辱看不见、但沉重的锁链，法律没有放松这个人，他每时每刻都可能被重新抓住，把他从德行的幽暗中拉回到公开受辱的光天化日之下。这个人接受一切，原谅一切，宽恕一切，祝福一切，善待一切，对上天，对人们，对法律，对社会，对自然，对世界，只要求一样东西，就是让柯赛特爱他！

让柯赛特继续爱他！但愿天主不要妨碍这个孩子的心走向他，留在他身边！得到柯赛特的爱，他便感到治好了心病，得到休息，心境平静，心里充实，得到报偿，受到加冕。得到柯赛特的爱，他幸福！他不求更多。要是别人对他说："你还想更好吗？"他会回答：

"不要。"要是天主对他说:"你想上天吗?"他会回答:"我会有损失。"

凡有可能损伤这种局面,哪怕是表面,也会使他心惊胆战,以为有别的事开始了。他从来不太清楚一个女人的美意味着什么;但是,出于本能,他明白这是可怕的。

这种美越来越绽开了,得意洋洋,娓婳动人,在他身边,在他眼前,在孩子天真和可怕的额头上,从他的丑陋的深处,从他的年迈,从他的苦难,从他的抵触,从他的难受中显现出来,他惊慌失措地瞧着它。

他心想:"她多么美丽啊!而我呢,我会变得怎样?"

再说,他的温情与一个母亲的温情之间的区别就在这里。他忧虑不安地注视的,一个母亲会快乐地看着。

最初的征兆很快显现出来。

她自言自语:"我肯定很美!"从这样说的第二天起,柯赛特注意起自己的打扮。她记起行人的话:"漂亮女人,但衣着蹩脚,"这像神灵的气息,在她身旁掠过,但消失之前在她心里种下了后来要充满女人一生的两颗种子之一:爱俏。爱情是另一颗种子。

随着相信自己美,女人的全部心灵在她身上充分发展起来。她憎恶美利奴粗呢,觉得长毛绒丢脸。她的父亲从不拒绝她的要求。她立即知道帽子、裙子、短披风、高帮皮鞋、袖套、合适布料、中看颜色的全部学问,这种学问使巴黎女人变得那么迷人、深奥和危险。"勾魂女人"一词是为巴黎女人发明的。

不到一个月,小柯赛特在巴比伦街的隐居地,成为巴黎最漂亮的女人之一,这已经不错了,而且是"衣着极为时髦的女人",这就更加了不起。她很想遇到那个"路人",要看看他怎么说,而且"要教训一下他"!事实是,她各方面都很迷人,能清楚地分出热拉尔店的帽子和埃尔博店的帽子的区别。

让·瓦尔让惴惴不安地注视着这些变化。他感到自己只能爬行,最多笔直往前走,却看到柯赛特长出了翅膀。

另外,一个女人只消稍稍观察一下柯赛特的打扮,就会发现,她没有母亲。有些小规矩,有些特殊的习俗,柯赛特根本没有注意到。比如,一个母亲会对她说,一个少女不能穿锦缎。

柯赛特穿上黑锦缎裙子和披肩,戴上白皱呢帽子出门的第一天,她挽着让·瓦尔让的手臂,欢天喜地,光彩照人,脸色红润,得意洋洋,神采飞扬。"父亲,"她说,"我这样您觉得怎么样?"让·瓦尔让用类似嫉妒者苦涩的声音回答:"迷人!"他像平时一样散步。回到家里,他问柯赛特:

"你不再穿那条裙子,不戴那顶帽子了吗?你知道我的意思吧?"

事情发生在柯赛特的房间里,柯赛特正对着衣柜中的衣架,里面挂着她的寄宿生旧衣。

"这身衣服把人打扮成什么模样!"她说。"父亲,您要我怎么处理它?噢!真是的,不,我永远不再穿这样难看的衣服。这玩意儿戴到头上,我就像疯狗太太了。"

让·瓦尔让深深叹了一口气。

从这时起,他注意到,柯赛特以前总是要待在家里,说道:"父亲,我同您在这里更开心,"而现在她总是要求出去。确实,有一副标致面孔,穿一身雅致的衣服,不显示出来,不是白搭吗?

他还注意到，柯赛特对后院不再有同样的兴趣了。如今，她更愿意待在花园里，兴致勃勃地在铁栅门前散步。让·瓦尔让怕见人，不会踏进花园。他像狗一样待在后院里。

柯赛特自知漂亮，便失去了不知时的媚态；这种媚态是美妙的，因为天真衬托的美是不可言喻的，一个光彩焕发的天真少女，手里拿着天堂的钥匙行走，却还一无所知，没有比这更美妙的了。但她失去了天真的妩媚，却获得了沉思和严肃的魅力。她整个人渗透了青春、无邪和美貌的喜悦，散发出光彩奕奕的惆怅。

也就在这时，马里于斯隔了半年之后，在卢森堡公园重新看到她。

## 六、战斗开始

柯赛特像马里于斯一样，幽居独处，随时准备好热情爆发。命运以神秘的、不可抗拒的耐心，慢慢地将这两个人拉近，他们身上充满了激情的雷电而又无精打采，这两颗心灵怀着爱情，赛似两块乌云负载着雷电，在一瞥中，就像乌云在一闪中接触和交融。

爱情小说中已经滥用了秋波一词，最终使它失去了价值。现在不大敢说两人一见钟情了。可是，相爱就是这样，而且仅仅是这样。其余只是其余，是后来发生的。两颗心灵在交换这闪光时，互相给予的强烈震撼，再真实不过了。

在这种时刻，柯赛特不知不觉地具有使马里于斯神魂颠倒的秋波，马里于斯没有料到，他也具有使柯赛特色授魂与的目光。

他给她造成同样的苦恋和同样的欢乐。

她早就看到了他，像少女们眼望别处却在观察和审视一样，她在打量他。马里于斯还感到柯赛特丑时，柯赛特已经感到马里于斯俊美。但是，由于他根本不注意她，她对这个年轻人也无所谓。

可是，她禁不住寻思，他有一头秀发，一双美丽的眼睛，漂亮的牙齿，当她听到他和朋友们谈话时动听的声音，如果要挑毛病的话，他走路姿势不好看，但有自己的优雅之处，他并不显得愚蠢，他整个人高尚、温和、朴实、自豪，总之，他看来贫穷，不过他举止得体。

他们的目光相遇那一天，终于突然互相通过目光，喃喃道出隐蔽而难以形容的最初感觉，柯赛特先是并不明白。她若有所思地回到西街的楼里，让·瓦尔让通常来这里度过六个星期。第二天，醒来时，她想到这个陌生的年轻人，他长时间无动于衷，冷若冰霜，如今似乎注意她了，她一点不觉得这种注意令她愉快。她对这个高傲的美少年真有点气恼。她内心要较量一番。她感到一种还很幼稚的快乐，觉得她终于可以报复了。

她自知漂亮，尽管不太清楚，她还是感到，她有一种武器。女人玩弄自己的美貌，如同孩子玩弄他们的小刀。她们是在自戕。

读者记得马里于斯的犹豫、心悸、惧怕。他待在自己的长凳上，不敢走近。这让柯赛特恼恨。一天，她对让·瓦尔让说："父亲，我们到那边散一会儿步吧。"看到马里于斯决不走近她，她便走向他。在这种情况下，凡是女人都像穆罕默德。再说，奇怪的是，男青年身上真实爱情的第一个征兆，就是胆小，而在少女身上，则是大胆。

这令人奇怪,却简单不过。异性相吸时,具有对方的特点。

这一天,柯赛特的目光使马里于斯神摇意夺,马里于斯的目光使柯赛特浑身颤抖。马里于斯满怀信心地走了,而柯赛特忐忑不安。从这天起,他们相爱了。

柯赛特的第一个感觉是,一种混乱而深沉的愁绪。她觉得,她的心灵很快变得漆黑一片。她认不出自己了。少女心灵的洁白是由冷漠和快乐组成的,酷似白雪。它消融在它的太阳——爱情中。

柯赛特不知道什么是爱情。她从来没有听人按世俗意义说过这个词。在进入修道院的世俗音乐书籍中,"爱情"被"鼓声"或"丘八"代替。这成了谜语,锻炼大姑娘的想象力,例如:"啊!鼓声多么讨人喜欢啊!"或者:"怜悯不是丘八!"但柯赛特离开时太年轻了,不太关心"鼓声"。因此她不知道眼下自己感到的叫什么。难道不知道病名,就不得那种病吗?

她爱而不懂,也就爱得更热烈。她不知道这是好还是坏,是有益还是危险,是必需还是致命,是永恒还是暂时,是允许还是禁止;她在恋爱。如果有人这样对她说,她会很惊讶:"您没有睡觉吗?这是不行的!您没有吃东西吗?这可是伤身体的!您感到胸闷和剧烈心跳吗?这不对劲呀!有个穿黑衣的人出现在绿径尽头,您的脸就一阵红一阵白。这可是丢人现眼呀!"她会不明白,回答道:"有一件事我无能为力,又一点不懂,怎么是我的错呢?"

摆在她面前的爱情,正好最适合她的心态。这是一种相隔一方的爱,默默无言的观看,对一个陌生人的神化。这是青春对青春的幻象,是化为传奇依旧是梦的夜晚之梦,是最终实现、有血有肉、但还没有名字、没有过错、没有污点、没有要求、没有缺点的幽灵；一句话，是停留在理想中的遥远的情人，具有形态的幻念。柯赛特还半沉没在修道院越来越浓重的迷雾中，处于初恋，任何更明显更亲近的相会，都会让柯赛特惊慌失措。她有着孩子和修女的各种担惊受怕心理，混杂在一起。她受了五年修道院精神的熏陶，这种精神还慢慢从她整个人身上散发出来，使她周围的一切颤动。在这种情况下，她需要的不是一个情人，甚至不是一个恋人，而是一个幻象。她开始像对一件迷人的、闪闪发光的、不能获得的东西那样崇拜马里于斯。

极度天真接近极度娇媚，她坦率地对他微笑。

她每天急不可耐地等待散步的时刻来到，她可以找到马里于斯，感到难以形容的幸福，在对让·瓦尔让说这句话时，以为是真诚地表达自己的全部想法："卢森堡公园是多么迷人啊！"

马里于斯和柯赛特彼此还处在黑暗中。他们没有互相说过话，没有打过招呼，互不相识；他们只是相见；宛如天空中的星体，相隔千百万里，相望而存在。

这样，柯赛特逐渐变成一个女人，出落得漂亮、多情，意识到自己的美，却不知道自己的爱情。由于天真，她尤其显得娇媚。

## 七、你愁我更愁

各种心境有各自的本能。古老而永恒的大自然母亲，暗暗警告让·瓦尔让，眼前有个马里于斯。让·瓦尔让在思想的最深处颤抖。

让·瓦尔让一无所见,一无所知,却坚持不懈地细心注视他所处的黑暗,仿佛他感到一方面有什么东西在形成,另一方面又有东西在崩溃。马里于斯也受到大自然母亲的警告,这是善良天主的深奥法则,便竭尽所能回避那个"父亲"。不过,让·瓦尔让有时瞥见他。马里于斯的举止不再自然了。他谨慎得鬼鬼祟祟,大胆得笨手笨脚。他不再像以前那样走到近处;他坐在很远的地方出神;他拿了一本书,假装在看;他对谁假装呢?以前,他来的时候穿着旧衣服,现在他天天穿新衣服;不能肯定他没有烫发,他的眼睛非常古怪,他戴着手套。总之,让·瓦尔让真正讨厌这个年轻人。

柯赛特不露出蛛丝马迹。她不太清楚自己的内心情感,但感到有点事儿,必须掩盖起来。

在柯赛特突然喜欢打扮和这个陌生人竟然总是穿新衣服之间,有一种并行不悖,令让·瓦尔让讨厌。也许这是偶然,不错,但毫无疑问是一种有威胁的偶然。

他从来不对柯赛特开口提到这个陌生人。但一天,他忍不住了,朦胧地感到绝望,突然要探测一下自己的不幸,他对她说:"瞧那个年轻人,一副蠢相!"

若是一年前,柯赛特还是个情窦未开的小姑娘,就会回答:"不,他是可爱的。"若是十年之后,她怀着对马里于斯的爱情,又会这样说:"一副蠢相,不堪入目!您说得对!"在眼下身心所处的状态下,她仅仅泰然自若地回答:

"这个年轻人哪!"

仿佛她生平头一次看见他似的。

"我多蠢呀!"让·瓦尔让想。"她还没有注意到他呢。我倒向她指出来。"

噢,老人的单纯!孩子的深不可测!

这又是一条法则:年纪轻轻就尝到痛苦和思念的滋味,初恋要同最初的障碍做激烈斗争,少女决不会上当,而小伙子则落入所有的圈套。让·瓦尔让开始向马里于斯暗暗开战,而马里于斯出于爱情和年轻,蠢到极点,竟毫无觉察。让·瓦尔让给他设下许多陷阱;他改变时间,改变长凳,忘掉手帕,独自到卢森堡公园;马里于斯低着脑袋,一一受骗上当;对让·瓦尔让设在路上的每个问号,他都天真地做出肯定的回答。但柯赛特躲在表面的无忧无虑中,捉摸不透地安之若素,以致让·瓦尔让得出这个结论:"这个傻瓜热恋着柯赛特,但柯赛特不知道有他这个人。"

他心里依然因痛苦而战栗。柯赛特恋爱的时刻迟早会到来。一切都是从无动于衷开始的。

只有一次,柯赛特犯了一个错误,使他害怕。他们已经滞留了三小时,他从长凳站起来要走,她说:"已经要走啦!"

让·瓦尔让没有中止到卢森堡公园散步,不想做出任何奇异的举动,尤其担心让柯赛特醒悟;但是,这对情人正处于意惹情牵的时刻,柯赛特向热恋中的马里于斯投去微笑,他只意识到爱情,在这世上只看到意中人光彩焕发的脸,而让·瓦尔让用冒火的、狠巴巴的目光盯住马里于斯。他早以为自己不会再产生恶念了,但当马里于斯在眼前时,有时候他以为自己又变得野蛮和凶狠了,感到以前蕴蓄了满腔愤怒的心灵之底重又张开,起来反对这个年轻人。他几乎觉得陌生的火山爆发又在他身上形成了。

什么！这个家伙在那里！他来干什么？他来转圈，窥测，观察，试探！他来说："哼，干吗不行？"他到让·瓦尔让的生活周围转悠！到他的幸福周围转悠，夺取和带走他的幸福！

让·瓦尔让又说："是的，不错！他来寻找什么？寻找奇遇！他想干什么？逢场作戏！逢场作戏！而我呢！什么！起初我是最卑劣的人，然后是最不幸的人，跪着生活了六十年，别人能忍受的我都忍受过了，我没有年轻过就老了，我没有家庭、没有亲戚、没有朋友、没有女人、没有孩子就生活过来了，我把鲜血洒在各种石头上、各种荆棘上、各种界石上、各处的墙边，尽管别人对我粗暴，我还是温柔，尽管别人凶恶，我还是善良，我无论如何已改邪归正，我忏悔了做过的坏事，我原谅了别人对我做的坏事，正当我得到报偿时，正当熬到头时，正当我达到目的时，正当我得到所需要的东西时，本来这很好，这很不错，我付出了代价，我终于得到了，这一切却要离开，这一切却要烟消云散，我要失去柯赛特，我要失去我的生命、我的快乐、我的心灵，因为一个傻大个高兴到卢森堡公园来溜达！"

于是他的眸子充满了阴沉的、不同寻常的光。这不是一个人在看另一个人，也不是一个敌人在看另一个敌人。这是一条看家狗在瞪着一个小偷。

其余情况读者都知道了。马里于斯继续失去理智。一天，他跟踪柯赛特到西街。另一天，他同看门人说话。看门人则对让·瓦尔让说："先生，有个好奇的年轻人在打听您，他是什么人？"第二天，让·瓦尔让向马里于斯狠狠瞥了一眼，马里于斯终于发觉了。一个星期以后，让·瓦尔让搬了家。他发誓再也不来卢森堡公园，也不到西街。他回到普吕梅街。

柯赛特没有抱怨，她什么也没有说，她不提问题，她根本不想知道原因；她已到了怕被别人看穿和露出破绽的年龄。让·瓦尔让一点没有这种烦恼的经验，只有这种烦恼是迷人的，只有这种烦恼他不知道；因此，他一点不明白柯赛特保持沉默的深切意义。不过他注意到，她变得怏怏不乐，他也变得死气沉沉。较量双方都没有经验。

一次，他试探了一下。他问柯赛特：

"你想到卢森堡公园吗？"

一道光芒照亮了柯赛特的脸。

"想的，"她说。

他们一起去。三个月过去了。马里于斯不再去那里。马里于斯不在。

第二天，让·瓦尔让又问柯赛特：

"你想到卢森堡公园去吗？"

她惆怅而温柔地回答：

"不想去。"

让·瓦尔让被这惆怅触怒了，又对这温柔感到难受。

在她年纪轻轻却已经不可捉摸的头脑里，发生了什么事？里面正在酝酿成熟什么呢？柯赛特的心灵里有什么变化？有时，让·瓦尔让不睡觉，坐在破床边，双手捧住脑袋，整夜在寻思："柯赛特的脑子里有什么事？"他设想柯赛特可能想的事。

噢！在这样的时刻，他把痛苦的目光转向修道院这圣洁的峰顶，这天使聚居地，这不可接近的美德的冰山！他怀着无可奈何的陶醉，观望修道院的花园，满园不知名的鲜花和与世隔绝的处女，各种各样的芬芳和灵魂笔直升向天空！他多么热爱这个永远封闭的伊甸园啊，他却自愿地离开，失去理智地走下来！他多么后悔牺牲自我，神经错乱，把柯赛特带到尘世，这个做出牺牲的可怜英雄，被他自己的献身精神所制约，感到了沮丧！他心想："我干的什么事呀？"

这些想法一点没向柯赛特透露。没有发脾气，也没有态度粗暴。总是一副平静、和蔼的面孔。让·瓦尔让比以往更加温和，更加慈爱。如果有什么事能令人捉摸出少了几分快乐，这就是多了几分宽厚。

至于柯赛特，则是无精打采。她看不到马里于斯难受得很，就像当初看到他高兴得出奇，却不知道怎么回事一样。当让·瓦尔让不再像往常一样带她去散步时，一种女人的本能在她内心深处含含糊糊向她说，不该显得看重卢森堡公园，如果她觉得无所谓，她的父亲倒会带她去。可是，日复一日，几周，几个月相继过去了。让·瓦尔让默默地接受了柯赛特的默认。她后悔了，但悔之晚矣。她回到卢森堡公园那一天，马里于斯不在那里。马里于斯消失不见了；完了，怎么办？她能再找到他吗？她感到一阵揪心，什么也无法排遣，而且与日俱增；她不再知道是冬还是夏，是日出还是下雨，鸟儿是不是在鸣啭，是在大丽花还是在雏菊的开花季节，卢森堡公园是不是比杜依勒里宫更迷人，洗衣妇送回来的衣物浆上过了头还是不够,图散"采购"得是好是坏,她意气消沉,若有所思,执着于一个想法,目光游移不定或是呆滞,仿佛黑夜里在凝视鬼魂消失的黑洞洞而深邃的地方。

但她也没有给让·瓦尔让看出来,只显露出脸色苍白。她对他继续摆出一副甜甜的脸。

这苍白的脸就足以叫让·瓦尔让操心。有时他问她:

"你怎么啦?"

她回答:

"我没有什么。"

半晌,由于她也发现他忧虑重重,又说:

"您呢,父亲,您心里有事吗?"

"我吗?没有,"他说。

这两个人相依为命,爱得这样深沉,长时间为彼此活着,如今一个在另一个身旁痛苦,一个为另一个回肠九转,却互不道出,互不埋怨,还笑口吟吟。

## 八、铁　链

两人中最不幸的是让·瓦尔让。年轻人即令苦恼,身上总还是有亮点。

有时,让·瓦尔让愁苦之极,竟变得幼稚。痛苦的本质能使人再显出孩子气的一面。他不可抑制地感到,柯赛特要离他而去。他本想抗争,把她留住,用外表闪光的东西激发她的热情。这些想法,我们说过是幼稚的,同时是老年人的,正因幼稚,倒让他对花边给少女的想象的影响有相当准确的概念。有一次,他看到一个将军、巴黎的驻军司令库塔尔伯爵身穿戎装,骑马经过。他羡慕这个服饰金光闪闪的人;他想:能穿上这身服装是多么幸福啊,无可怀疑的是,如果柯赛特看到他这样,会使她心醉神迷,当他让柯赛特挽住手臂,从杜依勒里宫的铁栅门前经过时,卫兵会向他举枪致敬,柯赛特就会满足,丢掉看年轻人的想法。

一次意想不到的震撼,又给这些苦恼雪上加霜。

自从他们住到普吕梅街,过着孤单单的生活,他们养成一个习惯。他们有时要轻松一下,去看日出,这种闲趣适合进入人生和离开人生的人。

一大清早散步,对喜欢孤独的人来说,相当于晚上散步,还多了一层大自然的欢快。街上空空荡荡,鸟儿在歌唱。柯赛特也像鸟儿一样,一大早就醒来了。清晨外出在前一天就准备好了。他提出来,她接受了。就像策划阴谋一样,在日出之前出门,对柯赛特来说,有那么多的小小乐趣。这种天真的怪想法,令年轻人喜欢。

读者知道,让·瓦尔让的爱好是到人迹罕至的地方,冷落的隐蔽角落,被人遗忘之处。当时在巴黎城郊有些贫瘠的土地,几乎插入市区,夏天,那里生长着瘦弱的麦子,秋天,在收割以后,却不像收割过,而是光秃秃的。让·瓦尔让偏爱光顾这些地方。柯赛特并不感到厌烦。对他来说,这是孤独,对她而言,则是自由。她又变成了小姑娘,可以奔跑和玩耍,她脱掉帽子,放在让·瓦尔让的膝盖上,去采集花束。她望着停在花上的蝴蝶,但不去捕捉;宽厚和怜悯与爱情同时产生,少女身上有一个悸动而脆弱的理想,怜爱蝴蝶的翅膀。她用丽春花编成花环,戴在头上,阳光斜穿和透入,红得像火烧,在这鲜嫩的粉红的脸上形成一顶炭冠。

即使他们的生活变得阴沉沉,他们还是保留了清晨散步的习惯。

十月的一天早晨,他们受到一八三一年秋天宁谧的吸引,走出家门,天蒙蒙亮就来到梅纳城门旁边。这不是黎明,刚刚拂晓;这是令人心旷神怡和有粗犷感的时刻。在泛白的深邃的天穹中,有几颗星星,大地一片黑蒙蒙,天空皆白,草丛瑟瑟抖动,到处是晨曦神秘的微颤。一只云雀好像飞往星际,在高空歌唱,仿佛这是无限小的生命在抚慰无限大的颂歌。在东方,慈谷医院在射出钢刀般闪光的明亮天际,映出黑黝黝的剪影;耀目的金星升起在这圆顶后面,就像一个灵魂从黑乎乎的建筑中逃逸出来。

一切安详、宁静;街道上没有行人;在低处的侧道上,稀稀落落的几个工人,隐约可见,是去上班。

让·瓦尔让坐在平行侧道一片工地口堆放的屋架上。他的面孔朝向大路,背对着日光;他忘记了即将升起的旭日;他陷入深深的沉思中,全神贯注,甚至目光都像被四堵墙框住一样。有的思索可以称为垂直型的。深入到地下,回到地面上来,就需要时间。让·瓦尔让就陷入到这样的沉思中。他想到柯赛特,想到如果她和他之间不插入任何东西,就可能保持幸福,想到她充满他的生活的光芒,这光芒是他心灵的呼吸。在沉思中他几乎是幸福的。柯赛特站在他身旁,凝望乌云变成红色。

突然,柯赛特叫道:"父亲,那边好像有人来了。"让·瓦尔让抬起头来。

柯赛特说得对。

众所周知,这条马路通向梅纳老城门,延续到塞弗尔街,右角被内环路切断。在马路和内环路相交处,在岔路口传来这种时刻很难分辨的声音,出现了阻塞混乱。看不清什么形状,从内环路过来,开进马路。

这东西越来越大,好像有秩序地移动,但竖起一根根东西,而且颤动着;这好像是一辆车,但看不出负载什么。有几匹马、车轮、喊叫声;鞭子噼啪响。轮廓逐渐清晰起来,尽管还淹没在黑暗中。这确实是一辆车,刚从内环路转到马路,朝让·瓦尔让附近的城门驶来;第二辆车一模一样,紧紧跟随,然后是第三辆,然后是第四辆;七辆车相继出现,马头触到车尾。有些身影在车上晃动,只见晨曦中火星闪烁,好像是出鞘的军刀,传来银铛声,像是铁链相碰,车在前进,声音越来越响,这东西令人生畏,仿佛从梦幻的岩洞冒出来。

走近时,这东西显形了,在树丛后带着鬼魂的灰白色显现出来;这一群白蒙蒙的;逐渐升起的阳光把一片灰白的光投在既像人又像鬼的这团东西上,身影的头变成了尸体的脸,情况是这样的:

七辆车一字儿排开走在大路上。前六辆结构古怪。它们很像运酒桶的平板马车;这是一种长梯搁在两只轮子上,梯子的前端是辕木。每辆平板马车,说得准确点,每条梯子套着首尾相接的四匹马。这些梯子上拖着奇怪的一长串人。天色不亮,看不清这些人,只能捉摸出来。每辆车二十四个人,每边十二个,背靠背,面对行人,腿悬空荡着，这些人就是这样赶路；他们的背后有东西碰响，这是一根链条，脖子上有样东西闪光，这是枷锁。每个人都有枷锁，但铁链是共有的；这样，这二十四个人要从车上下来行走，就不得不一致行动，几乎就像一条蜈蚣，以铁链为脊椎，在地上爬行。每辆车的前后，站着两个持枪的人，脚踩着铁链的一端。枷锁是方形的。第七辆车是有车栏的大货车，但没有车篷，四只轮子，六匹马，装了一大堆乒乓响的大铁锅、生铁锅、铁炉子和铁链。还混杂着几个被捆绑着躺在那里的人，他们看来有病。这辆货车虽然有围栏，但残缺不全，好像是老旧的囚车。

这几辆车占据了路的中央。两边走着两排卫队，外表令人厌恶，头戴高筒三角帽，好像督政府时期的士兵，斑斑点点，千疮百孔，污秽不堪，身穿残废军人的军服和装殓工的长裤，半灰半蓝，几乎像破布，戴着红肩章，挎着黄背带，配备短剑、枪和棍子；像随军仆役。这些打手兼有乞丐的卑劣和刽子手的专横。看起来像队长的人手里握着一根马鞭。所有这些细节，因为天不亮都模糊不清，随着阳光升起，越来越清晰。队伍的一头一尾，是骑马的宪兵，手握马刀，神情严肃。

这支队伍拖得很长，第一辆车到达城门时，最后一辆刚刚从内环路拐过来。

人群不知从什么地方冒出来，一眨眼间聚集起来，这在巴黎是习以为常的。人群挤在马路两旁观看。附近的小巷里，传来人们互相叫喊的声音和菜农跑来看热闹的木鞋声。

平板车上的囚犯默默地任其颠簸。他们从早晨颠到现在，脸色苍白。他们都穿着粗布长裤,光脚穿着木鞋。其他衣服破烂不堪。奇奇怪怪,丑陋恶俗,很不协调;没有什么比鹑衣百结更凄惨的了。毡帽洞穿了,鸭舌帽沾上柏油,恶劣的呢便帽,短工作服旁边是肘子洞穿的黑外衣;好几个人戴着女帽;其他人戴着柳条篮子;可以看到毛茸茸的胸脯,透过撕破的衣服,可以分辨出文身的图案:爱神庙、燃烧的心、丘比特。也可以看到不正常的疮疤和红斑。有两三个人将草绳系在车的横木上,垂在下面,像马镫一样,钩住他们的脚。其中一个手里拿着黑石似的东西,送到嘴里去咀嚼;这是他吃的一块面包。眼睛干涩无光,或者射出凶光。押解队低声抱怨;囚犯默不作声;不时听到棍子敲在肩胛或头上;有几个囚犯在打呵欠;破衣烂衫不堪入目;脚垂下,肩膀摇晃,脑袋相撞,铁链叮当响,眼睛闪射出怒火,拳头攥紧,或者像死人的手有气无力地张开。在车队后面,一群孩子哈哈大笑。

这列马车队伍无论如何,惨不忍睹。显然,明天,再过一小时,可能要下一场骤雨,紧接着再下一场,又下一场,这些破衣烂衫就会淋湿,一旦淋湿,就干不了,一旦受凉,他们就暖和不过来,他们的粗布裤会贴在他们的骨头上,雨水灌满他们的木鞋,鞭打阻止不了他们的牙齿打颤,铁链仍然锁住他们的脖子,他们的脚继续垂下来;看到这些生灵这样被锁住,在秋天的寒冷乌云下,像树木和石头一样无能为力,任凭风吹雨打,气候变化无常,都会不寒而栗。

棍子甚至不饶过在第七辆车上被绳子缚住,不能动弹,像装满苦难的口袋一样被扔在那里的病人。

突然,太阳出来了;东方射出万道光芒,仿佛太阳烧着了这些粗犷的头。舌头松开了；嬉笑怒骂和歌声爆发出来。一片平射的光将车队一切为二，照亮了头和躯干，留下脚和轮子在黑暗中。思想出现在他们的脸上；这一时刻是可怖的；一群魔鬼原形毕露，凶恶的灵魂赤条条无遮拦。即使在阳光下，这群人仍然是阴惨惨的。有几个人很快活，嘴上叼着鹅毛管，将虫子吹向人群，特别选择女人；黎明将黑影集中在这些凄惨的脸上；他们无不因为苦难而变得畸形；这情景丑恶不堪，仿佛把阳光变成了闪电。领头那辆车唱起歌来，扯开嗓子，以粗野欢快的声调唱起德佐吉埃的《贞女》，这是当时一首有名的集成曲；树木凄厉地颤抖；在平行侧道上，市民的一张张脸痴呆地倾听着这些魔鬼唱的下流曲子。

所有的苦难像一片混沌，显现在这个队伍中；那里有各种野兽的冷酷面相，有老人、青年、光脑袋、花白胡子、无耻的恶相、一触即怒的隐忍、狰狞的咧嘴、疯狂的态度、戴鸭舌帽的猪样的嘴脸、太阳穴挂着螺旋形鬈发的少女头、尤其可怕的娃娃脸、半死不活的骷髅脸。第一辆车上有一个黑人，他也许是奴隶，模样赛过锁链。降到可怕底层的耻辱，掠过这些额头；下降到这种地步，都在最深层发生最后的变化；变成痴呆的愚昧，等于化为绝望的聪明。这些人就像渣滓中的精华出现在人们的眼前，无选择可言。很明显，这个卑劣的队伍不管由谁带队，都无法区分他们。这些囚犯戴上锁链，杂乱地串在一起，也许没有按字母顺序排列，随意装上车的。可是，丑恶的东西凑在一起，最后总要产生一种合力；不幸的人加起来，有一个总和；从每条铁链产生一个共同的灵魂，每辆车有一个面孔。在唱歌的板车旁边，是嚎叫的板车，第三辆在乞讨；可以看到有一辆在咬牙切齿；另一辆在威胁行人，又有一辆在咒骂天主；最后一辆像坟墓一样沉默。但丁会以为看到行进中的七层地狱。

这是从判刑走向行刑，悲惨的是，他们没有坐《启示录》所说的电光大战车，但更可悲的是，坐在游街示众的囚车上。

有个看守棍端带钩，不时做出要搅动这堆人类渣滓的样子。人群中有个老女人向一个五岁的小男孩指着他们，对他说："坏东西，这对你是个教训！"

由于歌声和骂声越来越响，那个看起来像押送队长的人，挥舞他的鞭子，听到这个信号，一阵乱棍，不问青红皂白，像冰雹一样噼里啪啦落在七车囚犯身上；许多人吼叫起来，唾沫四溅；这使得奔跑的顽童更加兴高采烈，他们像一群苍蝇叮在伤口上。

让·瓦尔让的目光变得可怕。这不再是眼珠；这是在某些不幸的人身上代替目光的深沉玻璃体，仿佛没有意识到现实，闪现着恐怖和灾难的反光。他看到的不是一幅景象，而是感到一种幻象。他想站起来逃走，溜掉；他却挪不动脚步。有时，您看到的东西会抓住您，按住不动。他动弹不得，呆住了，傻了眼，通过难以表达的朦胧不安，寻思这种非人间的虐待意味着什么，这追逐他的群魔从哪里冒出来。突然，他将手按到额上，这是记忆骤然恢复的人习惯性的动作；他记得，这确实是必经之路，为了躲避在枫丹白露大路上很可能遇到王驾，习惯绕这段弯路。三十五年前，他就曾经过这道城门。

柯赛特是另一种惊恐，但程度不减。她并不明白；她憋住了气；她看到的东西，让她难以相信；她终于叫道：

"父亲！车上究竟是什么？"

让·瓦尔让回答：

"苦役犯。"

"他们到哪里去？"

"去服苦役。"

这当儿，一百只手挥舞的棍棒打得越发起劲，还夹杂着刀面的拍打，仿佛鞭子和棍棒大发雷霆；苦役犯弯腰屈服，酷刑产生了卑劣的服从，所有囚犯带着被锁住的狼的目光沉默了。柯赛特浑身发抖；她又问：

"父亲，这些还是人吗？"

"有时是，"可怜的人说。

这确实是一批押解的犯人，天亮之前从比塞特尔监狱出发，走芒斯大道，避免经过枫丹白露，当时国王在那里。这一绕弯，可怕的行程要多走三四天；但是，为了不让圣上看到酷刑，还是延长的好。

让·瓦尔让难受地回到家里。遇到这种事是打击，留下的回忆很像震撼。

让·瓦尔让同柯赛特回到巴比伦街时，没有注意到她对刚才看到的景象提出的其他问题；或许他过于难受，不能领会她的话，无法回答。不过，晚上，当柯赛特离开他去睡觉时，他听到她小声说话，仿佛自言自语："我觉得要是在路上遇到这样一个人，噢，我的天，只要贴近看到他，我会死掉！"

幸亏在这悲惨的日子的第二天，正巧是某个官方庆典，巴黎有庆祝活动，在练兵场检阅，在塞纳河上比武，在香榭丽舍演戏，在星形广场放烟火，处处张灯结彩。让·瓦尔让压下自己的习惯，带柯赛特去看庆祝活动，让她摆脱昨天的事，在全巴黎欢笑喧闹中，抹去在她眼前掠过的可憎的事。用来点缀节日的检阅，军装自然要川流不息地掠过；让·瓦尔让穿上国民自卫军的服装，内心隐约地感到要东躲西藏。再说，这次外出的目的似乎达到了。柯赛特取悦父亲成了一条准则，另外，她对一切景观都感到新鲜，带着青年人容易欢喜的心情接受消遣，面对所谓公共节日的快乐，没有不屑一顾，以致让·瓦尔让相信他成功了，她对丑恶的景象不再留下痕迹。

几天以后，一天早上，由于天和日丽，他们俩站在花园的台阶上，让·瓦尔让又一次破例违反了自己的规定，柯赛特则打破忧郁时待在自己房里的习惯。柯赛特穿着晨衣，站在那里，清晨这种随便的姿态美妙地笼罩着少女，看起来就像云彩罩住太阳；脑袋沐浴在阳光中，睡得好而脸色红润，动情的老人温柔地望着她，她剥下一朵雏菊的花瓣。柯赛特不知道这迷人的祷词："我爱你，有点爱，热烈爱你，等等。"谁会教给她呢？她本能地，天真地摆弄这朵花，没想到剥一朵雏菊的花瓣，就是剥一颗心。如果有第四位美惠女神，名叫忧愁，她会笑嘻嘻地像这个女神。让·瓦尔让着迷地凝视这只小手在剥花瓣，在这个孩子的光辉中忘却了一切。一只红喉雀在旁边的灌木中啼鸣。白云欢快地掠过天空，仿佛刚刚获得自由。柯赛特继续专心致志地剥花瓣；她好似在想心事；不过这大概是很迷人的；陡地她带着天鹅的优雅，慢悠悠地回过头来，对让·瓦尔让说："父亲，苦役场，这究竟是什么？"

# 第四章
# 人助也会是天助

## 一、外伤内愈

他们的生活就这样逐渐变得黯淡无光。

他们只剩下一种消遣,从前曾是一种幸福,就是给饥饿的人送面包,给寒冷的人送衣服。在访贫问苦时,柯赛特往往陪伴着让·瓦尔让,从中找回一点他们以前的感情倾注;有时,白天过得愉快,帮助了许多困苦人家,使许多孩子获得温饱,恢复精力,晚上,柯赛特就快活一点。就在这个时期,他们拜访了荣德雷特的陋室。

拜访的第二天,让·瓦尔让早上出现在楼里,像往常一样平静,但左臂有一片伤口,红肿得厉害,十分严重,好像是烧伤,他随便解释了一下。这个伤口使他发烧了一个多月,没有出门。他不愿看任何医生。当柯赛特催得紧时,他说:"把狗医叫来吧。"

柯赛特早晚为他包扎,神态神圣,因对他有用而感到莫大的幸福,让·瓦尔让感到他以往的快乐又全都返回了,他的担心和不安化为乌有,他望着柯赛特说:"噢!伤得好啊!噢!痛得好啊!"

柯赛特看到她的父亲病倒了,离开了那座楼,又对小屋和后院产生兴趣。她差不多天天陪伴着让·瓦尔让,给他念他想听的书。一般是游记。让·瓦尔让再生了;他的幸福重又激发出异彩;卢森堡公园、总在徘徊的陌生青年、柯赛特的痴情冷淡下来,他的心灵中所有这些乌云消散了。他无意中想:"我虚构出这一切。我是老糊涂了。"

他异常幸福,连在荣德雷特的陋室可怕地遇到泰纳迪埃夫妇,而且是这样意外,也可以说从他身上滑过去了。他成功地逃走了,他的踪迹失去,其他的事管它呢!他想起来只为这些歹徒叫屈。他想,眼下他们在监狱里,今后无法为非作歹了,可是,那可悲的一家陷入了困苦中!

至于梅纳城门丑恶的景象,柯赛特不再提起了。

在修道院里,圣梅克蒂尔德嬷嬷教过柯赛特音乐。柯赛特有一副黄莺般的嗓子,富有感情,有时傍晚在受伤老人的简陋屋子里,她唱起忧郁的曲子,叫让·瓦尔让开颜。

春天来临,一年中的这个季节,花园五彩缤纷,让·瓦尔让对柯赛特说:"你从不去花园,我想让你去散散步。""随您便,父亲,"柯赛特说。

为了听父亲的话,她恢复在花园里散步,往往独自一人,因为我们已经指出过,让·瓦尔让或许担心让人透过花园看见他,几乎从不到花园来。

让·瓦尔让受伤,倒给了他消愁解闷的机会。

柯赛特看到她父亲好多了，痊愈了，看起来很幸福，自己心里也高兴，她倒没有注意到，这种心境是慢慢地自然而然来的。然后是三月，白天变长了，冬天离去，冬天总是把我们的忧愁席卷而去；然后四月来临，这夏天的黎明像所有的拂晓一样清凉，像所有的童年一样快乐，有时像婴儿一样要哭哭啼啼。这个月的大自然将明媚的春光从天空、云朵、树木、草地和鲜花传到人心。

柯赛特还太年轻，与她相似的四月欢乐不会传不到她心里。黑暗在她没有意识到的情况下，不知不觉地从她的头脑中离去。春天，在忧郁的心灵中大放光明，正像中午地窖里也亮堂堂一样。柯赛特甚至已经不太忧愁了。再说，情况已是这样，但她没有意识到。上午，十点钟左右，吃完早饭，当她终于把父亲拖到花园里待一刻钟，她扶着他受伤的手臂，带他到石阶前太阳下散步，她没有发觉自己时刻在笑，她是幸福的。

让·瓦尔让在沉醉中看到她脸色重新变得红润和鲜艳。

"噢！伤得好啊！"他低声重复说。

他感谢泰纳迪埃夫妇。

他的伤口一旦痊愈，他便恢复独自在黄昏时散步。

以为他独自在巴黎无人居住的地区散步，而不会遇到意外，那就想错了。

## 二、普鲁塔克大妈解释一个现象并不犯难

一天傍晚，小加弗罗什没有吃一点东西；他记起昨晚他也没有

吃晚饭；这事变得令人讨厌。他下决心要吃顿晚饭。他越过老年妇救院，在荒凉的地方徘徊；这里会有意外收获，没有人，能找到东西。他一直来到一个居民点，觉得是奥斯特利兹村。

以前有一次蹓跶，他注意到有一个旧花园，有一个老人和一个老太婆经常出入，而且花园里有一棵过得去的苹果树。这棵苹果树旁边，有一个关得不严的果箱，可以从中得到一个苹果。一个苹果，这是一顿晚餐；一个苹果，这是生命。令亚当失去天堂的东西，却能救加弗罗什。花园傍着一条没铺石子的小巷，两旁灌木丛生，伸展到房子；当中隔着一道篱笆。

加弗罗什没有朝花园走去；他找到小巷，认出苹果树，看到果箱，察看篱笆；一道篱笆，一跨就过去。天色暗了下来，小巷里一只猫也没有，正是时候。加弗罗什刚要翻越过去，蓦地停住。有人在花园里说话。加弗罗什从篱笆的一道缝隙往里张望。

离他两步远，那边的篱笆脚下，正好在他考虑越过的豁口上，有一块躺倒的石头用作长凳，长凳上坐着花园里那个老人，老太婆站在他面前，咕哝着什么。加弗罗什不用谨小慎微，倾听起来。

"马伯夫先生！"老太婆说。

"马伯夫！"加弗罗什想，"这个名字真滑稽。[1]"

被叫到的老人一动不动。老太婆再叫一遍：

"马伯夫先生！"

---

[1] "马伯夫"与"我的牛"的语音相近。

老人的目光不离开地面，决定回答：

"什么，普鲁塔克大妈？"

"普鲁塔克大妈！"加弗罗什想，"另一个滑稽的名字。"

普鲁塔克大妈又说起来，老人不得不接受谈话。

"房东不高兴。"

"为什么？"

"欠他三季的房租。"

"再过三个月，就会欠他四季的房租。"

"他说要把您赶到街上睡觉。"

"我会走的。"

"水果店老板娘要我们付账。她不再赊给粗木柴捆了。今年冬天您拿什么取暖呢？我们会一点木柴也没有。"

"有太阳。"

"肉店老板拒绝赊欠，他不肯再给肉。"

"这样倒好。我吃肉消化不良。这不好消化。"

"晚饭吃什么呢？"

"吃面包。"

"面包店老板要求结账，说是没有钱，就不给面包。"

"很好。"

"您吃什么呢？"

"我们有苹果。"

"可是，先生，总不能像这样没有钱过日子呀。"

"我没有钱。"

老太婆走了,老人独自留下。他思索起来。加弗罗什也在思索。天几乎黑了。

加弗罗什思索的第一个结果是,他不越过篱笆,而是蹲了下来。荆棘篱笆的下面枝条有点稀疏。

"嗨,"加弗罗什心想,"一个放床的凹室!"他蹲在里面。他几乎背靠马伯夫老爹的长凳。他听到八旬老人在叹气。

于是,他竭力睡觉,代替吃晚饭。

猫睡觉,只闭一只眼。加弗罗什一面打盹,一面窥测。

黄昏的天空染白大地,小巷在两排幽暗的灌木丛中形成一条白线。

突然,在这条白带上出现了两个身影。一个在前,另一个在后,隔开一段距离。

"这是两个人,"加弗罗什喃喃地说。

第一个身影好像是个弯腰曲背、沉思默想的年老有产者,穿着极其简单,由于年纪大了,走路缓慢,在黄昏的星光下蹓跶。

第二个身影身板笔直,结实,瘦长。它按第一个身影调整自己的脚步;但是,在有意放慢的步履中,可以感到灵活和敏捷。这个身影说不出的野蛮和令人不安,身段符合当时所谓的优雅;帽子式样好看,黑礼服剪裁登样,可能是上好料子,腰身收紧。脑袋昂起,结实优美,帽子下隐约可见一张苍白的年轻人的脸呈现在暮色里。这张脸嘴上叼着一朵玫瑰。加弗罗什熟悉第二个身影;这是蒙帕纳斯。

至于另一个,他说不出什么,只知道是个老头。

加弗罗什立刻观察起来。

两个路人中的一个，显然要对另一个图谋不轨。加弗罗什位置有利，能看到后面的事。这个凹进去的地方恰好成了藏身处。

蒙帕纳斯在这样的时刻，这样的地方盯梢，是很有威胁性的。加弗罗什这个流浪儿感到五脏牵动，对老人产生同情。

怎么办？插手吗？一个弱者援救另一个弱者！蒙帕纳斯会笑掉大牙，加弗罗什并不讳言，对于这个十八岁的凶悍强盗来说，先是老人，然后孩子，两口就能吃掉。

正当加弗罗什在考虑时，袭击开始了，凶猛而可恶。恰如老虎攻击野驴，蜘蛛攻击苍蝇。蒙帕纳斯出其不意，扔掉玫瑰，扑向老人，揪住他的衣领，抓紧抱牢，加弗罗什好不容易忍住喊叫。过了一会儿，有一个被压在另一个的身下，难受，气促，挣扎，被一只大理石般的膝盖顶住胸口。不过，这还不完全是加弗罗什预料之中的事。在地上的人是蒙帕纳斯；在上面的人是老头。

这一切发生在离加弗罗什几步远的地方。

老头受到袭击，给以还击，还击非常有力，一眨眼间，攻击的人和被攻击的人换了角色。

"这是一个了不起的残废老人！"加弗罗什心想。

他禁不住拍起手来。可是掌声微弱，传不到两个搏斗的人那里，他们全神贯注，听而不闻，搏斗得气喘。

一片寂静。蒙帕纳斯停止挣扎。加弗罗什旁白了一句："他死了吗？"

老头没说一句话，也没有发出一下喊声。他直起腰来，加弗罗

什听到他对蒙帕纳斯说:

"你起来吧。"

蒙帕纳斯爬了起来,但老头抓住他。蒙帕纳斯又羞愧又恼恨,如同一头狼被一只绵羊咬住。

加弗罗什瞪大眼睛,竖起耳朵,竭力眼耳并用。他极其开心。

他认真而不安地目睹了这个场面,得到了回报。他能抓住空中传来的对话;由于黑暗,对话具有难以言表的悲剧色彩。老头提问,蒙帕纳斯回答。

"你多大年龄?"

"十九岁。"

"你有力气,身体强壮。干吗不干活?"

"我觉得干活厌烦。"

"你是干什么的?"

"我爱闲逛。"

"说话严肃点。能为你做点什么事吗?你想做些什么?"

"做强盗。"

静默片刻。老头好像陷入深深的沉思。他一动不动,一点不放松蒙帕纳斯。

年轻的强盗强壮而灵活,不时像落入陷阱的野兽蹦跳几下。他一个晃动,来个勾腿,拼命地扭动四肢,竭力挣脱。老头好像没有发觉似的,用一只手抓住他的两条胳臂,力量有绝对优势,能镇住而一点无所谓。

老人沉思了一会儿,然后,盯住蒙帕纳斯,他稍稍地提高声音,在黑暗中讲了一番庄严的话，加弗罗什没有漏掉一个音节：

"我的孩子，你由于懒惰，却去干最辛苦的营生。啊！你自称爱闲逛！还是准备干活吧。你见过一种可怕的机器吗？叫做轧机。对它要小心，这是狡猾和凶恶的东西；如果它咬住您的衣襟，您就会整个儿卷进去。这机器就是游手好闲。现在还是时候，赶快止步吧，逃走吧！要不然便完蛋了；不久你就会卷进齿轮里。一旦被咬住，便毫无指望。懒鬼，会够你累的！不再有休息。无情的苦役这只铁手抓住了你。去谋生吧，找一份事去做，完成一种职责，你却不愿意！像大家一样，却叫你厌烦！那么，你会是另一个样子。工作是法则；谁厌烦地推开，谁就要吃苦头。你不想做工人，你会是奴隶。工作这一头松开您，另一头又抓住您；你不想做工作的朋友，便会做它的黑奴。啊！你不愿像别人那样老老实实地受累，就会像罪人一样流汗。别人在唱歌，你却在喘息。你会在底层远远望着别人工作；你会觉得他们在休息。劳动者、收获者、水手、铁匠出现在光辉中，你会觉得是天堂的受惠者。铁砧上多么光芒四射啊！掌犁，捆麦子，这是快乐。船在风中自由航行，多么快乐啊！你呢，懒鬼，你就挖吧，拖吧，滚动吧，往前走吧！拉你的笼头，你就成了地狱里拉重活的牲口！啊！什么也不干，这是你的目的。那么，没有一个星期，没有一天，没有一小时不是累得半死不活。你搬东西时会恐慌不安。熬过的每分钟都会使你的筋骨咯咯作响。对别人是轻如鸿毛的东西，对你是重如磐石。最普通的东西都像悬崖峭壁。你周围的生活会变得恶魔般可怕。来来去去，呼吸，都像干可怕的重活。你的肺像在承受百斤重负。走这边还是走那边，成了要解决的问题。

随便什么人想出去，只要推开门就行了，他来到了外面。你呢，如果你想出去，你要打穿墙壁。要上街，大家怎样做呢？下楼就是；你呢，你要撕破床单，一段一段地拧成绳子，然后你跨过窗子，抓住绳子，吊在深渊上面，而且是黑夜，风狂雨暴，飓风袭来，如果绳子太短，你只有一个办法下来，就是摔下去。随它怎么摔，摔到深渊，摔到多深，摔在什么上面？摔到底下，摔到不可知的东西上。或者你从壁炉烟囱里爬上去，冒着被烧死的危险；或者从排粪管爬出去，冒着被淹死的危险。我不用告诉你，必须掩盖挖出的洞，必须一天二十次取下石头，又放上去，必须将灰泥藏在草垫里。面前有一把锁；市民在口袋里放着锁匠制造的钥匙。你呢，如果你想进去，你就不得不造出一件可怕的杰作；你要弄到一个大铜钱，切成两个薄片，用什么工具呢？你自己创造出来。这是你的事。然后，你要挖空两个薄片，小心别损坏表面，在边上刻出螺纹，能紧紧地合起来，像底和盖一样。上下两片拧起来，谁也看不出来。你受到监视，对看守来说，这是一个大铜钱；对你来说，这是一个盒子。你在这个盒子里放上什么呢？一小块钢片。一段表的发条，造成锯齿形，这是一把锯子。这把锯像大头针那么长，藏在铜钱里，你可以用来切断锁舌、门插销、锁柄、窗上的铁条、腿上的锁链。这个杰作做成，这个奇物完成，这些艺术、灵巧、巧妙、耐心的奇迹制做出来后，如果别人知道是你干的，你会得到什么回报呢？关黑牢。这就是前景。懒惰、享受，这是多么可怕的悬崖峭壁啊！无所事事，后果不堪设想，你知道吗？依靠社会物质，游手好闲地生活！做个无用的人，就是有害的人！直接通向苦难之底。想做寄生虫的人要倒霉的！他要变成一条虫。啊！你不喜欢工作！啊！你只有一个想法：喝得好，吃得好，睡得好。你却会喝水，吃黑面包，睡在木板上，手脚还要被锁住，夜里你会感到锁链冰冷彻骨！你砸碎锁链逃走。很好。你在灌木中爬行，像林中的野兽一样吃草。你会重新被抓住。于是你在地牢里关上几年，锁在墙上，摸索着找水罐喝水，咬一口连狗都不想吃的劣质黑面包，吃虫子先咬过的蚕豆。你变成地窖里的鼠妇。啊！可怜可怜自己吧，不学好的孩子，你年纪轻轻，断奶还不到二十年，你一定还有母亲！我恳求你，听我的话。你想穿黑色细呢衣服，薄底浅口漆皮鞋，烫头发，给鬈发涂上香喷喷的发油，讨女人喜欢，显得漂亮。你却会剃光头，戴红囚帽，穿木鞋。你想戴戒指，你却会在脖子上戴枷锁。如果你在看一个女人，就得挨一棍子。你在二十岁进去，出来时是五十岁！你进去时年轻、红润、鲜艳、目光闪亮，牙齿雪白，一头少年的秀发，出来时人垮了，弯腰曲背，满脸皱纹，牙齿脱落，面目可憎，白发苍苍！啊！我可怜的孩子，你走的是歧路，好吃懒做给你出坏主意；最难做的工作就是抢劫。请相信我，不要做懒鬼这种费力不讨好的事。做一个坏蛋，这并不舒坦。不如做正直的人来得自在。现在你走吧，想想我对你说的话。对了，你要我给你什么？我的钱袋。拿去吧。"

老头放开蒙帕纳斯，把钱包递到他手里，蒙帕纳斯掂了一下；然后，像偷来似的，机械地小心翼翼，轻轻放进礼服的后兜里。

老头说完这番话，做过这件事，转过身，又静静地重新散步。

"老傻瓜！"蒙帕纳斯喃喃地说。

这个老头是谁？读者无疑已经猜到了。

蒙帕纳斯呆痴痴地,望着他消失在暮色中。他的凝望对他来说会倒霉。

老头走远时,加弗罗什走近了。

加弗罗什向旁边看了一眼,确认马伯夫老爹可能睡着了,始终坐在长凳上。然后流浪儿从灌木丛走出来,在黑暗中爬到一动不动的蒙帕纳斯后面。他一直这样来到蒙帕纳斯身边,没有被后者看到和听到,悄悄地把手伸进黑色细呢礼服的后兜,抓住钱包,收回了手,又爬起来,像水蛇一样逃到黑暗中。蒙帕纳斯没有任何理由保持警惕,他平生第一次思索,什么也没有觉察。加弗罗什回到马伯夫坐着的地方,把钱包从篱笆上扔过去,撒腿逃走了。

钱包落在马伯夫老爹的脚下。响声把他惊醒过来。他俯下身,捡起钱包,莫名其妙,打开来看。钱包有两格;其中一格有些零钱,另一格有六个拿破仑金币。

马伯夫先生十分惊讶,把钱包送到女管家那里。

"这是从天而降的,"普鲁塔克大妈说。

# 第五章
# 结局不像开端

## 一、静园与兵营相结合

柯赛特的苦恋在四五个月前撕心裂肺，十分强烈，如今不知不觉地平复了。大自然、春天、青春、对父亲的爱、鸟儿和鲜花带来的喜悦，一天天，一滴滴，把近乎遗忘的心理逐渐渗入这颗如此纯洁和年轻的心。情火完全熄灭了吗？或者只剩下几层灰烬吗？事实是，她几乎不再感到痛点和灼伤点。

一天，她突然想起马里于斯：

"啊！"她说，"我不再想他了。"

就在这个星期，她经过花园的铁栅门前，注意到一个非常俊美的枪骑兵军官，蜂腰身材，悦目的军装，少女的面颊，臂下挎着军刀，髭须涂蜡，戴漆布军帽。此外，头发金黄，蓝眼睛突出，圆圆的、自负的、放肆的、漂亮的脸；完全同马里于斯相反。嘴上叼一根雪茄。——柯赛特心想，这个军官大概是驻扎在巴比伦街那个团队的。

第二天,她又看到他经过。她注意到是同一时刻。

从这时起,难道是偶然?她几乎天天看到他经过。

军官的伙伴们发觉,在这个"管理不善"的花园里,在洛可可式的难看铁栅门后,有一个相当漂亮的女孩,在俊俏的中尉经过时,几乎总是在那里,读者不是不知道这个中尉,他叫泰奥杜尔·吉尔诺曼。

"瞧!"他们对他说,"有一个小姑娘向你送秋波呢,看到吧。"

枪骑兵回答:"我有时间注意每个看我的姑娘吗?"

正是在这个时候,马里于斯心情沉重,半死不活,说道:"我在死前再见她一面就够了!"如果他的愿望实现了,此刻他会看到柯赛特在注视一个枪骑兵,他会说不出话来,痛苦而死。

谁的错?谁也没错。

马里于斯属于这样的气质:陷入苦恼,驻足不前;柯赛特属于这样的气质:陷入苦恼,却能摆脱。

再说,柯赛特正经历这危险的时刻,这是女人陷入沉思、自暴自弃的不幸阶段,一个孤独少女的心就像葡萄藤的卷须,只要遇上大理石的柱头或者小酒馆的木柱,都要攀住。凡是孤女,这是一掠而过的、决定性的、严重的时刻,不管她是穷是富,因为富有并不能防止错误的选择;错误的结合往往发生在上层;真正错误的结合属于心灵方面;不止一个默默无闻的青年,出身微贱,没有名望,没有财产,却是大理石柱头,能支撑伟大感情和伟大思想组成的庙宇;而一个上流社会的男子,心满意足,挥金如土,靴子锃亮,语言无懈可击，如果不看他外表，而看他内心，即给女人保留什么，那他不过是愚蠢的、碌碌无为的人，内心充满卑污的、醉醺醺的情感；这是小酒馆的木柱。

柯赛特的心灵里有些什么呢？平静的或者沉睡的感情；飘浮状态的爱情；一种清澈的、闪亮的、在一定深度变得混浊的、再往下是灰暗的东西。漂亮军官的形象反映在表面。内心深处有回忆吗？最深处呢？也许有吧。柯赛特不知道。

突然出了一件怪事。

## 二、柯赛特的恐惧

四月上半月，让·瓦尔让出了一趟门。要知道，他每隔很长一段时间，就要这样做。他走掉一两天，最多三天。他到哪里去？没有人知道，连柯赛特也不知道。只有一次，他出发时，她坐出租马车一直陪他到一个小死胡同的角落，拐角上写着："普朗什死胡同"。他在那里下车，出租马车把柯赛特送回巴比伦街。一般是在家里缺钱用时，让·瓦尔让才短期出门。

让·瓦尔让出门了。他说过："我过三天回来。"

晚上，柯赛特独自一人呆在客厅里。为了解闷，她打开管风琴，一面弹奏，一面唱起《厄里安特》[1]中的合唱曲《猎人迷失在森林》，这也许是整部歌剧中最美的曲子。她唱完后，陷入沉思。

---

1 《厄里安特》，韦伯作曲，卡斯蒂尔-布拉兹作词的歌剧（1831）。

突然,她好像听到花园里有人走路的声音。

这不可能是她的父亲,他不在家;这不可能是图散,她睡觉了。现在是晚上十点钟。

她走到客厅关闭的护窗板旁,将耳朵贴在上面。她觉得这是一个男人的脚步声,在轻轻走路。

她迅速上了二楼,回到自己房里,打开护窗板上的气窗,往花园里张望。明月当空,就像白天一样看得清楚。

没有人。

她打开窗户。花园里绝对安静,街上像往常一样空无一人。

柯赛特想,她搞错了。她原以为听到响声。这是韦伯阴沉而奇异的合唱曲产生的幻觉,它给人的脑海打开惶恐的深渊,给视觉的印象就像令人昏眩的森林一样颤动,只听到暮色中隐约可见的猎人不安的脚步踩着枯枝的咔嚓声。

她不再想这件事了。

再说,柯赛特本性并不胆小。她的血管里流着赤脚走路的波希米亚女人和女冒险家的血液。读者记得,她是云雀而不是鸽子。她本质上是野性的,勇敢的。

第二天,在夜幕降临时分,还不太晚,她在花园里散步。脑子里一团乱麻,她觉得不时听到一种像昨天的响声,仿佛有人在离她不太远的树下黑暗中走路,但她心想,两根树枝晃动时的摩擦,酷似人走在草地上,便不加留意。再说,她什么也没有看见。

她走出"灌木丛";她要穿过一小片绿草地,才能回到台阶。月亮刚刚升起在她背后,当柯赛特走出树丛时,月光把她的身影照在前面的草坪上。

柯赛特骇然地站住了。

在她的身影旁边，月光在草坪上清晰地照出另一个身影，异常吓人和可怕，这个影子戴着一顶圆帽。

仿佛是个男人的影子，站在树丛边沿，在柯赛特身后几步路的地方。

她有一会儿说不出话来，既不叫喊，也不叫人来，一动不动，不回过头来。

最后，她集中全部勇气，坚决回过身来。

没有人。

她看看地上。影子消失了。

她回到灌木丛，大胆地在各个角落里搜索，一直走到铁栅门，一无所获。

她真正感到浑身冰凉。这还是一种幻觉吗？什么！连续两天？一个幻觉也就算了，但会有两个幻觉吗？令人不安的是，影子肯定不是一个幽灵。幽灵不戴圆帽。

第二天，让·瓦尔让回来了。柯赛特给他讲了她以为听到和看到的情况。她期待能清除疑虑，她的父亲耸耸肩，对她说："你是一个疯丫头。"

让·瓦尔让变得忧心忡忡。

"不能说没事，"他对她说。

他借口离开了她，走到花园里。她看到他非常仔细地察看铁栅门。

夜里,她醒了过来;这回她拿稳了,她清晰地听到她窗下的台阶附近的走路声。她奔向气窗,打了开来。花园里确实有一个人手里拿着一根粗木棍。正当她要叫起来时,月光照亮了这个人的侧影。这是她的父亲。

她又睡下,心里想:"他确实非常不安。"

让·瓦尔让这一夜和随后两夜都在花园里度过。柯赛特从气窗看到他。

第三夜,月光减弱了,开始升起得晚些,可能是在凌晨一点钟,她听到一阵大笑声,她的父亲的声音在叫她:

"柯赛特!"

她跳下床来,穿上便袍,打开窗户。

她的父亲在下面的草坪上。

"我叫醒你是让你放心,"他说。"看吧。这就是你看见的戴圆顶帽的人影。"

他指给她看草坪上月光投下的一个黑影,确实很像一个戴圆帽的人的鬼魂。这是矗立在邻家屋顶上铁皮烟囱投下的影子。

柯赛特也笑起来,一切不祥的猜测站不住脚了,第二天,她同父亲吃早饭时,拿烟囱影子光顾阴森的园子来说笑。

让·瓦尔让又变得完全安心了;至于柯赛特,她不太注意烟囱是否在她看到或以为看到的影子那个方向,月亮是否在天空的同一个地方。她决不寻思,烟囱怎么这样古怪,生怕被人当场抓住,一有人看到它的影子,就会缩回去,因为当柯赛特回过身来时,影子便消失了,而且柯赛特觉得十拿九稳。柯赛特完全放下心来。她觉得论证充分，有人傍晚或夜里在花园走动，这件事是她的臆想。

但几天以后，又发生了一件事。

## 三、图散妄加评论

花园临街铁栅门旁，有一条石凳，前面有一道绿篱挡住好奇者的视线，但必要时，行人的手臂越过铁栅门和绿篱，能够摸到石凳。

四月的一个晚上，让·瓦尔让出去了，柯赛特在日落后，坐在这条石凳上。树丛间凉风习习；柯赛特在沉思；一丝无名的忧愁逐渐袭上身来，这种傍晚不可抑制的忧愁，也许来自此刻半开半掩的坟墓之秘，谁知道呢？

芳汀或许在这坟墓里。

柯赛特站了起来，缓步在园子里兜了一圈，走在沾满露水的草地上，在忧愁的、梦游般的状态中自言自语："这种时候在花园里真要穿木鞋才行。不然会得感冒。"

她回到石凳旁。

正当她坐下时，她注意到自己离开的那个地方有一块相当大的石头，显然刚才是没有的。

柯赛特注视这块石头，寻思意味着什么。突然，她想到这块石头决不会自己来到石凳上，有人把它放上去，有条手臂伸过铁栅门，这个想法出现后，使她害怕。这回，是真正的害怕。毫无疑问；石头在那里；她没有碰石头，逃走了，不敢往后看，躲到楼里，马上关上护窗板、门闩，又关上石阶前的落地窗。她问图散：

"我的父亲回来了吗？"

"还没有，小姐。"

（上文已经指出过图散的口吃。请允许我们不再强调。我们讨厌将人的一种缺陷录成乐谱。）

让·瓦尔让爱沉思默想和夜间散步，要到夜里很晚才回来。

"图散，"柯赛特又说，"晚上您至少要小心关好花园那边的护窗板，插好门闩，将小铁条插进锁门的小环，好吗？"

"噢！放心吧，小姐。"

图散不会粗心大意，柯赛特知道得很清楚，但她禁不住又说：

"因为这一带很荒凉！"

"这一点不错，"图散说，"连叫一声都来不及，就被谋杀了！再加上，先生不睡在楼里。但一点不用害怕，小姐，我关紧窗子，像关紧城堡一样。只有女人！我想，这叫人提心吊胆！您想象过吗？看到夜里有男人闯进房间，对您说：'别作声！'他们要切断您的脖子。死倒不怕，死就死吧，人人都清楚总有一死，但感到这些人要碰您，太可憎了。再说，他们的刀子想必割不快！天哪！"

"别说了，"柯赛特说，"门窗全关好。"

柯赛特让图散的即兴台词吓坏了，也许又想起上星期见鬼的事，甚至不敢对图散说："您去看看放在石凳上的石头吧！"生怕再打开通花园那扇门，"那些男人"要进来。她让图散处处仔细关好门窗，察看整幢楼，从地窖到阁楼。她关在自己房里，插上门闩，张望床下，然后躺下，睡得不好。整夜她看见大石头像座大山，布满岩洞。

旭日初升——旭日的本质是使我们嘲笑夜里的所有恐怖，而且笑与恐怖总是成正比例——柯赛特醒过来了,把自己的恐惧看成做了个噩梦,心想:"我想到哪儿去啦?就像上星期夜里,我在花园以为听到脚步声一样!就像烟囱的投影一样!如今我变得胆小了吗?"阳光从护窗板的缝隙中透进来,把锦缎帘子染成红色,使她完全放心,脑海里一切烟消云散,包括石头。

"石凳上没有石头,就像花园里没有戴圆帽的人;石头和其他东西,都是我梦见的。"

她穿上衣服,下楼来到花园,跑到石凳前,出了一身冷汗。石头在那里。

但这只是一会儿工夫。夜里使人害怕的,白天使人好奇。

"啊!"她说,"让我们来看看。"

她拿起这块相当大的石头。石头下面压着一样东西,好像是一封信。

这是一只白信封。柯赛特一把抓住。既没有写地址,也没有上火漆。但信封尽管开口,里面却不是空的。可以看到里面有几张纸。

柯赛特搜索一遍。这不再是恐惧,不再是好奇心,她开始不安。

柯赛特从信封抽出里面的东西,这是一小本信笺,每一页都编了号,写上几行字,字体挺秀丽,柯赛特这样想,而且纤细。

柯赛特寻找名字,但是没有;寻找签名,也没有。信是写给谁的呢?也许写给她的,因为有一只手把这包东西放在她的石凳上。是谁写的呢?一阵不可抑制的迷惑攫住了她,她竭力把目光从手里颤抖的信纸上移开,注视天空、街道、浴满阳光的洋槐、在邻家屋顶上飞翔的鸽子,然后她的目光一下子落在字迹上,她心想,必须知道里面写的是什么。

她读到的是：

## 四、石头下的一颗心

将宇宙缩小到一个人，将一个人扩展到天主，这就是爱情。

爱情，这是天使对星辰的礼赞。

心灵因爱情而愁苦，那是多么愁苦啊！

那个充满世界的人不在眼前，是多么空虚啊！噢！意中人变成天主，那是实实在在的事。倘若万物之父显然不是为心灵而创造万物，为爱情而创造心灵，可以理解天主也会为此嫉妒。

只要瞥见那边紫飘带白皱呢帽下嫣然一笑，心灵就进入幻想之宫。

天主在万物之后，但万物隐藏着天主。事物是黑色的，人是不透明的。爱一个人，就是使之透明。

有的思索是祈祷。有时，不管身体是什么姿态，心灵却在下跪。

分开的情侣，通过千百种虚幻而真实的事物，排遣分离。别人阻止他们相见，他们不能通信；他们找到许多神秘的交流方法。他们互相传递鸟语花香、孩子的笑声、阳光、风的叹息、星光、天地万物。为什么不行呢？天主的一切创造都是为爱情效劳。爱情足够强大，让大自然传递它的信息。

噢，春天，你是一封我写给你的信。

未来属于心灵，而不是精神。爱，这是唯一能占据和充满永恒的东西。必须永不枯竭，才适于无限。

爱情具有心灵本身的特质。两者同一本质。爱情像心灵一样，是神圣的火花，同样不可腐蚀、不可分割、不可穷尽。这是我们身上的着火点，是不朽和无限的，什么也不能限制，什么也不能熄灭。能感到它燃烧到骨髓，看到它的光芒直达天顶。

爱情哟！崇拜！互相理解的头脑多么欢悦，互相交流的心灵多么欢悦，互相交融的目光多么欢悦！幸福，您会来到我身上，是不是！成双成对在僻静处所漫步！受到祝福、喜气洋洋的日子！我有时梦见，时间不时脱离天使的生活，来到人间经历人的命运。

天主给相爱的人增添幸福，只有让他们爱无穷期。在爱过一生之后，是永恒的爱，实际上这是一种增添；但爱情今生给予心灵难以描绘的幸福,若要增加强度,那是不可能的,连天主也办不到。天主,是全部的天;爱情,是全部的人。

您仰望一颗星,有两个动机,因为它是明亮的,又因为它是难以捉摸的。你身边有一种更柔和的光辉和更大的神秘,就是女人。

不管是谁,我们都有可供呼吸的东西。如果我们缺少这些东西,缺少空气,我们就会窒息。于是死亡。缺少爱情而死是可怕的。这是心灵的窒息!

一旦爱情将两个人融合、掺和在一个天仙般神圣的统一体中,他们便找到了生活的奥秘;他们只不过是同一命运的两端;他们只不过是同一精神的两只翅膀。爱吧,飞翔吧!

一个从您面前走过的女人光彩照人,这一天您就完了,您坠入爱河。您只有一件事可做,对她一往情深,使她不得不思念您。

爱情肇始,只能由天主告终。

真正的爱情为丢失一只手套或找回一条手绢而伤心,而欣喜,爱情需要对忠诚和期待永不变心。爱情由无限大和无限小构成。

如果您是石头，就做磁石吧；如果您是植物，就做含羞草吧；如果您是人，就恋爱吧。

爱情永不满足。有了幸福，就想要乐园；有了乐园，就想要天堂。

您呀，不管您爱谁，一切都在爱情中。要善于找到爱情。爱情同天空一样，能瞻望，而且超过天空，有快乐。

"她还来卢森堡公园吗？""不，先生。""她在这个教堂听弥撒，是吗？""她不再来了。""她始终住在这幢楼里吗？""她搬家了。""她住在哪里？""她没有说。"
不知道心上人的地址，多么令人愁惨啊！

爱情有幼稚的表现，其他情感有卑劣的表现。使人卑劣的情感是可耻的！使人稚气的情感是光荣的！

有一件怪事，您知道吗？我在黑暗中。有一个走掉的人带走了天空。

噢！并排躺在同一个坟墓中，手拉着手，在黑暗中，不时互相轻轻抚摸一下手指，这对我的永生足够了。

您心里痛苦，因为您在恋爱，要爱得更深些。因爱情而死，就是为爱而生。

爱吧。闪射出星光的变容，掺杂在这种苦恋中。垂死中有着迷醉。

鸟儿多么欢乐啊！它们因为有巢，所以才歌唱。

爱情是畅快地呼吸天堂的空气。

深邃的心灵，明智的头脑，接受天主所创造的生活吧。这是长期的考验，对未知命运难以理解的准备。这个命运，真正的命运，对人来说，是开始走进坟墓的第一步。于是他眼前出现某种东西，他开始辨别出已确定的事。已确定的事，想想这个词。活人看到无限；确定的事只有死人才能看到。在这之前，恋爱和痛苦，期待和瞻望吧。唉！不幸属于只爱躯体、形状和外表的人！死亡会把这一切夺走。尽力去爱心灵，您就会重新找到它们。

我在街上遇到一个十分贫穷、在恋爱的年轻人。他的帽子破旧了，他的衣服穿旧了；手肘处磨出了洞；水渗进他的鞋子，而星星渗进他的心灵。

被人爱是件大事！恋爱，这事还要大得多！由于激情，心灵变得英勇无畏。它的成分纯而又纯；只依赖高尚和伟大的感情。邪念不会萌芽，正如冰山上不长荨麻。高尚而平静的心灵，摆脱了平庸的感情和激动，俯瞰人间的乌云和阴影、疯狂、谎言、仇恨、虚荣、不幸，安居于蓝天，只感到来自命运深处的强烈震动，仿佛高山感到地震一样。

如果没有人在恋爱，太阳会熄灭。

## 五、柯赛特看完信以后

柯赛特看着信，渐渐陷入沉思。她看完信笺最后一行，抬起目光，那个漂亮的军官很守时，正好得意洋洋地从铁栅门前面经过。柯赛特感到他令人厌恶。

她再看信笺。字体秀气，她想；同一笔迹，但墨水不同，时而非常黑，时而泛白，好像墨水里掺了水，因此，不是一天写成的。这是倾诉感情，不断叹息，没有规律，十分凌乱，不加选择，没有目的，信笔写来。柯赛特从没有看过类似的东西。这份手稿，意思明确，并不太晦涩，给她的印象是一座半开的圣殿。每一行神秘的字在她眼里闪射光芒，使她的心灵充满奇异的光。她受到的教育总是对她讲灵魂，从来不讲爱情，几乎就像只讲烧焦的木柴，决不讲火焰。十五页的手稿突然温柔地展现给她全部爱情、痛苦、命运、生活、永恒、开始、结束。仿佛一只手张开，兀地向她掷出一把光。

她在字里行间感到激动，炽烈，丰富，正直的天性，神圣的意愿，巨大的痛苦和巨大的希望，揪紧了的心，快乐的迷醉。这份手稿算什么？一封信。没有地址、没有名字、没有日期、没有签名、恳切而光明磊落的信，由真话组成的谜，是由天使传递、写给处子看的求爱信，是定在远离人间的约会，是幽灵给鬼魂的情书。这是一个看不见的、平静而难过的男子，好像准备躲避到死亡中，把命运的奥秘、开启生活的钥匙和爱情写给一个离去的女子。写信的人脚踩在坟墓里，手却在天上。这一行行字，一一落在纸上，可以称之为点滴的心灵。

这封书简会来自何人？会是谁的手笔？

柯赛特一刻也没有犹豫。是一个男人。

是他！

她的脑海里豁然开朗。一切重新出现。她感到心花怒放，又忧思重重。是他！他给她写信！他在那里！他的手臂伸过这道铁栅门！正当她把他置诸脑后时，他又找到了她！但她忘记他了吗？没有！从来没有！有一会儿，她确认这一点以后发狂了。她始终爱着他，崇拜他。火被盖住了，孕育了一段时间，但她清楚地看到它，它不断往前发展，如今重新爆发出来，把她整个儿烧着了。这本信笺就像从另一个心灵落到她的心灵里的一个火星，她感到大火重新燃起。她深信手稿的每一个字。"噢，是的！"她说，"我认得出这一切！这正是我在他的眼睛里已经看到的一切。"

当她第三次看完信时，泰奥杜尔中尉回到铁栅门前，马刺在石子地上敲响。柯赛特只得抬起眼睛。她觉得他乏味、愚蠢、痴呆、没本事、自负、讨人嫌、放肆、丑得可以。军官以为在向他微笑。她羞耻地、愤怒地回过身去。她真想朝他头上扔样东西。

她溜走了,回到楼里,关在自己房中,再看手稿,把它背出来,再沉思凝想。她看完以后,吻着信,藏在胸衣里。

这下完了,柯赛特又坠入深深的、纯洁的爱情中。伊甸园的深渊刚刚又开启。

整个白天,柯赛特都昏昏然。她难以考虑,她脑子里的思绪如一团乱麻,她无法预测,她在颤栗中期待着,什么呢?朦朦胧胧的东西。她不敢有所指望,也不想拒绝什么。她的脸上一阵阵苍白,她的身上一阵阵颤栗。她不时觉得自己进入幻境;她心想:"是真的吗?"于是她摸一摸裙子里边心爱的信,挤紧在心窝上,感到角边贴在肌肤上。要是让·瓦尔让此刻看到她,面对眉宇间洋溢的、未曾有过的喜笑颜开,他会不寒而栗。"噢,是的,"她想。"正是他!是他写给我的!"

她思忖,是天使干预,是天意,把他还给她。

噢,爱情的千变万化!噢,梦想!这天意,这天使的干预,不过是那个面包团,由一个强盗扔给另一个强盗,越过福斯监狱的屋顶,从查理曼大院扔到狮子沟。

## 六、老人总是走得及时

黄昏来临,让·瓦尔让出门了;柯赛特穿衣打扮。她把头发梳成最适合她的式样,她穿上一件连衣裙,领口多剪了一刀,这样一开低,露出了颈窝,照姑娘们的说法,"有点不正经"。这并非不正经,但比其他方式更漂亮。她这样打扮,却不知为什么。

她想出去吗?不是。

她等待来访吗?不是。

黄昏时,她下楼来到花园。图散在面临后院的厨房里忙乎。

她开始在树下走动,不时用手撩开树枝,因为有的树枝很低。

她这样来到石凳旁。

那块石头还在那里。

她坐了下来,把柔软的素手搁在石头上,仿佛想抚摸它,感谢它。

突然,她有一种难以确定的印象,即使不看,也能感受到,有人站在自己身后。

她回过头,站了起来。

这是他。

他没戴帽。他显得苍白和消瘦。几乎分辨不出他穿的是黑衣服。暮色使他俊美的脑门变得灰白,眼睛覆盖着黑影。在无比柔和的雾气笼罩下,他有点像夜间出没的亡灵。他的脸被落日余晖和灵魂离世的念头照亮。

看来,这还不是幽灵,但已经不再是人。

他的帽子扔在几步外的灌木丛中。

柯赛特快要瘫倒,却没有叫出来。她慢慢地后退,因为她感到被吸引。他一动不动。她没有看他,却感到他的目光,感到不可言状的忧愁笼罩着他。

柯赛特后退时遇到一棵树，靠在上面。没有这棵树，她就会摔倒了。

这时她听到他的声音，她还从来未曾真正听过他的声音，这声音勉强超过树叶的沙沙声，喃喃地说：

"请您原谅我，我在这里。我心里非常难受，我不能这样活下去，我就来了。您看过我放在这石凳上的东西了吧？您认出我了吧？不要怕我。您还记得您看了我一眼那一天吗？已经很久了。这是在卢森堡公园，靠近角斗士塑像。还有您从我面前走过那一天呢？这是六月十六日和七月二日。快一年了。我有很长时间看不到您。我问过出租椅子的女人，她对我说，她再也看不到您。您曾住在西街一幢新楼四层的前楼，您看，我知道吧？我呀，我跟踪您。我要干什么呢？后来您消失不见了。有一次我在奥台翁的柱廊下看报，似乎看到您走过。我奔过去。但不是。这个女人的帽子像您的。夜里，我来到这里。别害怕，没有人看见我。我来就近看您的窗户。我轻轻走路，不让您听见，因为您也许会害怕。那天晚上，我站在您背后，您回过身来，我逃走了。有一次，我听到您唱歌。我很幸福。我透过护窗板听您唱歌，这使您不快吗？这不会使您不快。不会，是吗？您看，您是我的天使，让我来待一会儿吧。我相信我快死了。您知道就好了！我呀，我崇拜您！请原谅我，我对您说话，我不知道我对您说什么，我也许让您生气；我让您生气吗？"

"噢，妈呀！"她说。

她身子一软，仿佛要死过去。

他抓住她，她倒了下去，他把她抱在怀里，紧紧搂着，没有意识到自己在做什么。他扶住她,自己却摇摇晃晃。他觉得脑袋里仿佛充满了烟;闪电从他眉宇间掠过;他的想法消散了;他觉得完成了一项宗教仪式,犯下渎圣罪。不过,他感到这个迷人姑娘的身体靠在自己胸口,不是没有一点欲望。他被爱情弄得昏昏然。

她捏住他的一只手,按到自己的心窝上。他感到信纸在那里。他嗫嚅着说:

"您爱我啰?"

她回答的声音非常低,只是一股气息,几乎听不清:

"别说了!你知道的!"

她把涨红的脸藏在俊美而陶醉的年轻人的怀里。

他跌坐在石凳上,她坐在他身边。他们不再说话。繁星开始闪烁。他们的嘴唇是怎样相碰的呢?鸟儿怎样歌唱,冰雪怎样消融,玫瑰怎样开放,五月怎样春色满园,黎明怎样在黝黑的树丛后,在打颤的峰顶上泛白的呢?

一个吻,这就是一切。

两个人瑟瑟发抖,他们在黑暗中用闪闪发亮的眼睛对视。

他们既不感到黑夜凉爽,石头冰凉,地面潮湿,也不感到草地湿漉漉,他们相对而视,他们的心充满了思绪。他们手执手,却不知道。

她不问他,甚至没有想过,他怎么进来的,怎样进入花园的。她觉得他在这里非常普通!

马里于斯的膝盖不时碰到柯赛特的膝盖,两人都颤抖一下。

柯赛特隔一会儿咕哝一句。她的心灵在嘴唇上颤抖,仿佛一滴露水在一朵花上颤抖。

他们慢慢交谈起来。互诉衷肠代替了心满意足的沉默。他们的头顶上，黑夜是宁静的，星光灿烂。这两个人，像精神一样纯洁，互相诉说一切，他们的梦，他们的迷醉，他们的出神，他们的幻念，他们的虚弱，仿佛他们从老远相爱，互相祝愿，还有他们见不到面以后的绝望。他们亲密无间，到了无以复加的理想程度，互相倾诉最隐蔽、最神秘的思想。他们怀着天真地相信幻想的态度，互相诉说爱情、青春和剩下的童稚使他们的头脑所产生的一切。这两颗心互相和盘托出，过了一小时，年轻人拥有了少女的心灵，而少女拥有了年轻人的心灵。他们彼此渗透，彼此迷恋，彼此醉心。

他们说完，说尽以后，她把头搁在他的肩上，问他：

"您叫什么名字？"

"我叫马里于斯，"他说。"您呢？"

"我叫柯赛特。"

# 第六章
# 小加弗罗什

## 一、风的恶作剧

一八二三年以来,蒙费梅那间小饭店逐渐衰落,虽未跌进破产的深渊,但陷入小债务的污水坑里;泰纳迪埃夫妇又有了两个孩子,两个都是男的。一共是五个;两女三男。孩子很多。

泰纳迪埃的女人在后两个孩子很小的时候,就甩掉了他们,运气特好。

"甩掉"这个字眼很合适。这个女人身上天性不全。这种现象的例子可不止一个。泰纳迪埃的女人像拉莫特-乌当库元帅夫人一样,做母亲只限于爱自己的女儿。她的母爱到此截止。她对人类的仇恨从自己的男孩身上开始。在对她的儿子那方面,她的狠毒垂直而下,她的心在这里形成阴森森的绝壁。读者已经看到,她憎恨长子;她厌恶另外两个男孩。为什么?不为什么。最可怕的理由和最无可争辩的回答是:不为什么。

"我不需要一大窝孩子，"这个母亲说。

我们来解释一下，泰纳迪埃夫妇如何摆脱最后两个孩子，甚至从中渔利。

上文提到过的玛侬姑娘，成功地让吉尔诺曼老头支付她的两个孩子的抚养费。她住在塞莱斯坦沿河街，小麝香老街的拐角；这条街已竭尽全力把它的坏名声[1]变成香气。大家记得，三十五年前，巴黎的塞纳河沿岸各区，白喉肆虐。医学利用这次机会，广泛试验明矾喷雾剂的疗效，今日，已由外涂碘酒更有效地代替了。在这场流行病中，玛侬在一天中失去了两个男孩，一个在早上，另一个在傍晚，他们都还很小。这是一个打击。这两个孩子对他们的母亲很珍贵；他们代表每月八十法郎。这八十法郎按时领取，由吉尔诺曼先生的年息代理人，住在西西里王街的退休执达员巴尔日先生付给。孩子死了，入息也就埋葬了。玛侬姑娘寻找办法。在她所属的邪恶黑社会中，无所不知，却守口如瓶，互相帮助。玛侬姑娘需要两个孩子。泰纳迪埃的女人有两个孩子。同样性别，同样年龄。这一边好安排，那一边好安置。两个小泰纳迪埃变成了小玛侬。玛侬姑娘离开了塞莱斯坦沿河街，住到克洛什佩斯街。在巴黎，把城市与个人相连的身份，随着街道变换，也就中断了。

户籍管理部门没有得到任何申报，也就没有过问，冒名顶替便最简单不过地完成了。只不过，泰纳迪埃要求，出借孩子，每月十

---

[1] 小麝香街原名暗娼街。

法郎，玛侬姑娘答应了而且付了钱。不消说，吉尔诺曼先生继续按约定执行。他每隔半年看一次孩子。他没有发觉调包。"先生，"玛侬姑娘对他说，"他们多么像您呀！"

泰纳迪埃也摇身一变，抓住这个机会变成荣德雷特。他的两个女儿和加弗罗什几乎来不及发觉他们有两个弟弟。人穷到一定程度，会有一种冷漠，把人看作恶鬼。最亲近的人，对您只不过是朦胧的影子，在生活的模糊背景中难以分辨，很容易混同于看不见的事物。

泰纳迪埃的女人本来就想永远抛弃两个小儿子，把他们交给玛侬姑娘那天晚上，她产生了，或者佯装有顾虑。她对丈夫说："这样可是抛弃孩子呀！"泰纳迪埃盛气凌人，十分冷漠，用这句话打消顾虑："让-雅克·卢梭做得更妙！"母亲从顾虑转到不安："警察要来找我们麻烦呢？我们所做的事，泰纳迪埃先生，你说，允许吗？"泰纳迪埃回答："样样允许。就像看到蓝天一样自然。再说，对身无分文的孩子，谁有兴趣关心呢。"

玛侬姑娘是犯罪集团中的风雅女人。她爱打扮。她和一个加入法籍的英国高明女贼合住，陈设矫揉造作而又寒酸。这个成了巴黎人的英国女子，同富人来往，受到青睐，同图书馆的勋章和马尔斯小姐的钻石失窃案有密切牵连，后来在犯罪档案中十分有名。大家管她叫"密斯大姐"。

两个孩子落到玛侬手中，用不着抱怨。他们有八十法郎垫底，就像一切可供盘剥的东西，受到了照顾；穿得一点不坏，吃得一点不差，几乎受到"小先生"一样的对待，同假母亲比同真母亲过好得多。玛侬姑娘要做贵妇,在他们面前不说切口。

他们这样过了几年。泰纳迪埃预见正确。一天,玛侬姑娘交给他每月支付的十法郎,他对她说:"'父亲'要给他们教育了。"

这两个可怜的孩子,至今受到相当好的保护,即使这是厄运给的,如今突然被投进生活,不得不开始生活。

像在荣德雷特的陋室那样大批逮捕歹徒,随后必然牵连到搜查和拘留,这对生活在公共社会之下的丑恶的黑社会,不啻真正的灾难;这类事件在这个黑暗世界带来了各种各样的崩溃。泰纳迪埃一家的灾难,殃及玛侬姑娘。

在玛侬姑娘把有关普吕梅街的字条交给爱波尼娜不久,一天,克洛什佩斯街突然来了一批警察;玛侬姑娘被捕了,还有密斯大姐和全楼可疑的人,他们被一网打尽。这时,两个小男孩在后院里玩耍,没有看到这场围捕。当他们想进去时,发现大门关闭,楼里空荡荡的。对面的一个补鞋匠招呼他们,交给他们一张"他们的母亲"留给他们的字条。字条上有一个地址:"西西里王街8号年金代理人巴尔日先生。"补鞋匠对他们说:"你们不再住在这里了。到那里去吧。就在附近。左边第一条街。拿这张字条去问路。"

两个孩子走了,大的领着小的,手上拿着给他们领路的字条。他很冷,麻木的小手捏不住这张字条。在克洛什佩斯街的拐角,一阵风把字条吹跑了,由于黑夜降临,孩子找不回字条。

他们开始流落街头。

## 二、小加弗罗什得益于拿破仑大帝

巴黎的春天往往刮起凛冽的寒风,人们感到的不是寒冷,而是冻僵了;这北风使最明媚的白天令人愁惨,产生的效果恰如寒风从窗缝或关得不严的门,吹进暖和的房间。仿佛冬天阴沉沉的门还半掩着,风要灌进来。一八三二年的春天,爆发了本世纪欧洲的第一场流行病,北风空前冰冷彻骨。这道门比半掩的冬天那道门更加寒冷。这是坟墓的门。在北风中感到霍乱的气息。

从气象学角度看,这种冷风有种特点,就是丝毫不排除强电压。这个季节常常爆发风暴,伴随着电闪雷鸣。

一天傍晚,北风呼啸,正月仿佛又回来了,有钱人又穿上大衣,小加弗罗什穿着破衣,始终愉快地瑟瑟发抖,仿佛出神地站在奥尔姆-圣热尔维附近一家理发店前。他围着不知从哪里弄来的一条羊毛女披巾,当作围巾。小加弗罗什看起来在深深赞赏一个蜡做的新娘,新娘敞胸露肩,头戴橘花,在橱窗后旋转,两盏油灯照亮着,向行人展示微笑;但实际上他在观察店里,看看是不是能够从橱窗里"顺手捎带"一块肥皂,然后以一个苏卖给郊区的"理发师"。他经常靠这样的肥皂吃上饭。他对这种活儿很拿手,他称之为"给理发师刮胡子"。

他一面欣赏新娘,一面瞟着肥皂,嘴里喃喃地说:"星期二。——不是星期二。——是星期二吗?——也许是星期二。——是的,是星期二。"

谁也不明白,这样自言自语与什么有关。

这样自言自语也许与三天前最后那顿饭有关,因为这天是星期五。

理发师在他生了一炉旺火的店里,给一个顾客刮脸,不时朝旁边看一眼这个敌人,这个双手插在兜里,但脑子显然在打鬼主意,冻得发抖,没脸没皮的流浪儿。

正当加弗罗什在看新娘、橱窗和温德索香皂时,两个孩子,高低不一,穿得相当干净,比他还小,看起来一个七岁,另一个五岁,胆怯地转动门把手,走进店里,不知问什么,也许是要施舍,嘤嘤地细语,更像呻吟,而不像祈求。他们两个同时说话,话声听不清,因为呜咽打断了小的那个的声音,寒冷使大的那个牙齿咯咯作响。理发师回过身来,满面怒容,没有停止刮脸,用左手去推大的,用膝盖去顶小的,把他们两个推到街上,关上门说:

"没事倒把人家屋子弄得冷了!"

两个孩子哭泣着往前走。一片雨云飘过来;开始下雨。

小加弗罗什追了上去,走近他们:

"你们怎么啦,小家伙?"

"我们不知睡在哪里,"大的那个回答。

"就为这个?"加弗罗什说。"什么大不了的事。就为这个哭鼻子?真是傻瓜!"

他摆出一副略带嘲笑的高傲态度,口吻说一不二,又带同情,呵护备至:

"娃娃们,跟我来。"

"好,先生,"大的说。

两个孩子跟着他,好像跟着一个大主教。他们不再哭了。

加弗罗什让他们走上巴士底广场方向的圣安东尼街。

加弗罗什临走时,往后愤怒地瞥了一眼理发店。

"这条牙鳕[1],狼心狗肺,"他咕噜说。"是个英国佬。"

一个妓女看到他们三个鱼贯而行,加弗罗什领头,发出一阵笑声。这笑声对他们这一群是大不敬。

"你好,公共马车小姐,"加弗罗什对她说。

过了一会儿,他想起理发师,加上一句:

"我搞错了动物;这不是一条牙鳕,这是一条蛇。剃头的,我去找一个锁匠,给你的尾巴安上一个铃。"

这个理发师使他变得好斗。他骂骂咧咧,跨过水沟,一个长胡子的看门女人,有资格在布罗肯峰会见浮士德,[2]她手里拿着扫帚。

"太太,"他对她说,"您骑马出门吗?"

刚说完,他把水溅到一个行人的漆皮靴上。

"小混蛋!"愤怒的行人叫道。

加弗罗什将鼻子抬高到披巾上面。

"先生要告状?"

"告你!"行人说。

"法院关门,"加弗罗什说,"我不接案子了。"

他继续往前走,他看到一个十三四岁的女乞丐,在一扇大门下

---

[1] 理发师的别号。
[2] 布罗肯峰是德国哈尔茨山最高峰,相传每年4月30日至5月1日的夜晚,巫婆在那里聚会。歌德在《浮士德》中描写过。

冻坏了，她的裙子太短，露出膝盖。小姑娘开始长成大姑娘，这条裙子不合适了。年龄增长就这样捉弄人。正当裸露变得不雅观时，裙子变得太短。

"可怜的姑娘！"加弗罗什说。"连裤衩也穿不上呢。喂，拿去吧。"

他解下围住脖子的上好羊毛披巾，扔到女乞丐瘦骨嶙峋的发紫的肩膀上，围巾重新变成披巾。

小姑娘用惊异的目光望着他，默默地收下披巾。困苦到了一定程度，穷人麻木了，受苦不再呻吟，受惠也不再道谢。

结果是：

"得得得！"加弗罗什说，声音抖得胜过圣马丁[1]，后者至少还保留了半件大衣。

这得得得的声音，引得骤雨发脾气了，下得更大。坏天气惩罚善行义举。

"啊！"加弗罗什说，"这是什么意思？又下雨！天哪，要是再下雨，我要反悔了。"

他又往前走。

"无所谓，"他又说，瞥了一眼女乞丐，她蜷缩在披巾下，"看这一位，有一件像样的大衣呢。"

他望着雨云叫道：

"捉弄人！"

---

[1] 圣马丁（约315～397），图尔主教，相传他将半件大衣分给穷人。

两个孩子紧随在他身后。

他们经过安了密密的铁丝网,表明是面包店的门前,因为面包像金子一样要放在铁网后面,加弗罗什回过身来说道:

"啊,娃娃们,吃过饭吗?"

"先生,"大的回答,"我们从早上到现在没有吃过东西。"

"你们没有父母亲吗?"加弗罗什庄重地问。

"不要乱说,先生,我们有爸爸妈妈,但我们不知道他们现在在哪儿。"

"有时,这比知道反而好,"加弗罗什说,他很有见地。

"我们走了两个小时,"大的又说,"我们在墙基石角落找呀找,可是我们找不到。"

"我知道,"加弗罗什说。"是狗把什么都吃了。"

停了半响,他又说:

"啊!我们把生身的人丢掉了。我们不再知道怎么被生出来的。不应该这样,孩子们。把大人弄丢了,实在太蠢。啊!总得嚼点儿东西。"

他不再向他们提问题。无家可归,这再简单不过!大的几乎又完全回到童年的无忧无虑,这样感叹:

"也真怪。妈妈说过,圣枝主日那天,要带我们去拿祝福过的黄杨树枝。"

"神经病,"加弗罗什回答。

"妈妈是个贵妇人,"大的又说,"和密斯大姐合住。"

"得了,"加弗罗什回答。

但他站住了,他在自己的破衫的所有角落已经摸索了好一阵。

他终于抬起头来,神情本来只想表示满意,实际上得意洋洋。

"放心吧,娃娃们。够咱们三个人吃的了。"

他从兜里掏出一个苏。

他不等两个小的有时间惊呆,把他们往前推进面包店,把铜钱放在柜台上,叫道:

"伙计!五生丁面包。"

面包店师傅就是老板本人,拿起一只面包和一把刀。

"切成三块,伙计!"加弗罗什又说。

他还庄重地补上一句:

"我们是三个人。"

看到面包店师傅打量过三个吃晚饭的人,拿起一只黑面包,加弗罗什将一根指头深深插进鼻孔,猛吸一口气,仿佛拇指尖有一撮弗烈德里克大帝的鼻烟,他冲面包店师傅的脸愤怒地嚷了一句:

"凯克塞克萨?"

读者中有谁以为在加弗罗什对面包师傅说的这句话中,听出是俄语或波兰语,或约维斯人和博托库多人[1]在荒野里隔江相呼的野蛮叫声,可是要知道,这是他们(我们的读者)天天说的一句话,等于说:"这是什么玩意儿?"面包师傅却听明白了,回答道:

"啊!这是面包呀,非常好的二等面包。"

"您想说粗拉尔通[2]吧,"加弗罗什平静、冷淡而轻蔑地说。"要

---

[1] 约维斯人和博托库多人,美洲印第安人的部族。
[2] 黑面包。——原注

白面包,伙计!要白拉尔通!我请客。"

面包店师傅禁不住微笑了,一面切白面包,一面怜悯地打量他们,这又冒犯了加弗罗什。

"啊,小伙计!"他说,"您干吗这样丈量我们呀?"

其实,他们三个叠起来,还不到两米高。

等面包切好了,面包店师傅收了钱,加弗罗什对两个孩子说:

"磨刀吧。"

两个小男孩哑口无言地瞧着他。

加弗罗什笑了起来:

"啊!不错,这样小还不知道!"

他又说:

"吃吧。"

与此同时,他递给他们每个人一块面包。

他想,大的看来更有资格同他谈话,值得特殊鼓励,应当摆脱犹豫,满足他的胃口,便给了他最大的一块,说道:

"将这个塞进枪管里。"

有一块最小,他留给了自己。

可怜的孩子们,包括加弗罗什都饿了。他们大口咬面包,他们既然付了钱,再待下去就碍事了,面包店师傅没好气地瞧着他们。

"咱们回到街上去,"加弗罗什说。

他们朝巴士底广场的方向走去。

当他们经过亮晃晃的橱窗前,小的不时停下来,拿起用细绳挂在他脖子上的表看时间。

"真是个傻瓜,"加弗罗什说。

然后,他若有所思地咕噜说:

"不管怎样,如果我有小孩,我会照管得更好。"

他们吃完面包,来到阴森森的芭蕾舞街的拐角,尽头可以看到福斯监狱那道低矮的不怀好意的边门。

"啊,是你吗,加弗罗什?"有个人说。

"啊,是你吗,蒙帕纳斯?"加弗罗什说。

这个人刚刚走近流浪儿,他就是化过装的蒙帕纳斯,戴了一副蓝色夹鼻眼镜,但加弗罗什认得出来。

"好家伙!"加弗罗什继续说,"你有一件麻籽糊剂色的大衣,又像医生戴了副蓝眼镜。老实说,真够帅的!"

"嘘,"蒙帕纳斯说,"别这么大声!"

他赶紧把加弗罗什从店铺的亮光拉开。

两个小孩手拉手,机械地跟在后面。

他们来到一扇大门黑黝黝的拱顶下,避开目光和雨。

"你知道我到哪里去吗?"蒙帕纳斯问。

"到'不愿登台'修道院。[1]"加弗罗什说。

"油腔滑调!"

蒙帕纳斯又说:

"我去见巴贝。"

"啊!"加弗罗什说,"她叫巴贝。"

---

1 断头台。——原注

蒙帕纳斯降低声音。

"不是她,是他。"

"哦,巴贝!"

"是的,巴贝。"

"我原以为他给关起来了。"

"他打开了扣子,"蒙帕纳斯回答。

他三言两语告诉流浪儿,当天上午,巴贝被押往附属监狱,在"预审走廊",本该向右,他却向左,逃走了。

加弗罗什赞赏这确是身手不凡。

"真是个拔牙老手!"他说。

蒙帕纳斯补充了巴贝逃走的几个细节,以这句话结束:

"噢!事情还没完呢。"

加弗罗什一面听,一面抓住蒙帕纳斯手里拿着的一根拐杖;他下意识地抽出上半截,露出了匕首的刀刃。

"啊!"他赶紧把匕首插回去,说道,"你还带着便衣警察。"

蒙帕纳斯眨眨眼睛。

"见鬼!"加弗罗什说,"你要跟警察交手吗?"

"说不准,"蒙帕纳斯漠然地回答。"身揣着别针总是好的。"

加弗罗什追问:

"今天夜里你要干什么?"

蒙帕纳斯又操起低音,咬字不清地说:

"干点事。"

他突然改变话题:

"对了!"

"什么?"

"那天的一件事。你想想看。我遇到一个有钱人。他教训了我一顿,把他的钱包送给我。我放进袋里。过了一会儿,我摸摸我的口袋。什么也没有了。"

"只剩下教训,"加弗罗什说。

"你呢,"蒙帕纳斯又说,"现在你到哪儿去?"

加弗罗什指指两个被保护者,说道:

"我带这两个孩子去睡觉。"

"睡在哪儿?"

"我家里。"

"你有地方住?"

"是的,我有地方住。"

"你住在哪儿?"

"大象肚子里,"加弗罗什说。

蒙帕纳斯尽管本性不易惊奇,仍然忍不住发出惊叹:

"在大象肚子里!"

"是的,在大象肚子里!"加弗罗什又说。"克克萨?"

又是一句没有人写,人人都说的话。克克萨的意思是:这有什么?

流浪儿深刻的观察又让蒙帕纳斯恢复平静和理智。他对加弗罗什的住处好像获得更好的理解。

"说正经的!"他说,"不错,大象……那里舒服吗?"

"很舒服,"加弗罗什说。"那里,真不赖。不像桥下有穿堂风。"

"你怎么进去?"

"就这样进去。"

"有洞吗?"蒙帕纳斯问。

"当然!但不要说出去。是在前腿中间。警察没看到。"

"你爬上去吗?是的,我明白了。"

"一转手的工夫,呼啦啦,干完了,见不到人了。"

停了半晌,加弗罗什补上一句:

"我要给这两个小家伙弄一把梯子。"

蒙帕纳斯笑起来。

"你从哪儿弄来的娃娃?"

加弗罗什轻描淡写地回答:

"是一个理发师给我的礼物。"

蒙帕纳斯变得思绪凝重起来。

"你轻而易举就认出了我,"他喃喃地说。

他从口袋里取出两样小东西,是包上棉花的两根鹅毛管,他在每个鼻孔塞了一根。鼻子完全变样了。

"你模样变了,"加弗罗什说,"你不那么丑,你应当保持这副德行。"

蒙帕纳斯是个俊小伙子,而加弗罗什爱捉弄人。

"别开玩笑,"蒙帕纳斯问道,"你觉得我怎么样?"

他换了一副嗓音。一转眼间,蒙帕纳斯变得认不出了。

"噢!给我们扮演丑角吧!"加弗罗什叫道。

两个小孩一直没有听这场谈话,他们只顾挖鼻孔,一听到演丑角,便凑过来看蒙帕纳斯,开始流露出快乐和赞赏的神色。

可惜蒙帕纳斯忧心忡忡。

他把手放在加弗罗什的肩上,一字一顿地对他说:

"听好我对你说的话,小伙子,如果我在广场上,带着我的狗、匕首和狄格,如果你们肯给我十苏,我不会拒绝耍把戏,但我们不是过狂欢节。"

这番古怪的话,在流浪儿身上产生了奇特的效果。他猛然回过身来,用闪闪发亮的小眼睛仔细地扫视周围,在几步路的地方,看到一个警察背对着他们。加弗罗什不禁说出:"哎呀!"他马上压了下去,摇着蒙帕纳斯的手说:

"那么,晚安。我带着娃娃们到大象那里去。假如哪天夜里你需要我,你来找我好了。我住在中二楼。没有看门人。你可以求见加弗罗什先生。"

"好的,"蒙帕纳斯说。

他们分手了,蒙帕纳斯朝格雷夫广场走去,而加弗罗什走向巴士底广场。五岁那个小孩由哥哥牵着,而加弗罗什牵着大的;小的好几次回过头来,想看看走远的"丑角"。

蒙帕纳斯看见警察,告知加弗罗什时所用的黑话,没有什么符咒,只是用不同的形式重复五六次"狄格"这个半谐音。"狄格"这个音节不是孤立发出来的,而是巧妙地混杂在一个句子中,意思是说:"小心,不能随便说话。"另外,在蒙帕纳斯的句子里,有一种文学美,加弗罗什忽略了,就是"我的狗、匕首和狄格",在神庙街的切口中意思是说："我的狗、刀和女人"，在莫里哀写作和卡洛[1]绘画的伟大世纪里，这是小丑和假发上扎红缎带的丑角常讲的话。

二十年前，在巴士底广场东南角，靠近狱堡古沟挖出的运河码头，还能看到一个古怪的建筑，如今已从巴黎人的记忆中消失，但是值得留下一点痕迹，因为这是："科学院院士、埃及远征军总司令"的构想。

虽说这是一个模型，我们却说是一个建筑。但是，这个模型本身，是个惊人的草图，是拿破仑一个想法的巨大遗体，连续两三场风暴把它带走，每一次都掷得离我们更远，变成历史的遗迹，具有难以形容的确定性，与它临时的面貌恰成对照。这是一只四十尺高的大象，木架结构，填上灰泥，背上驮着一座塔，这座塔很像一幢房子，从前由泥瓦匠漆成绿色，如今由天空、风雨和岁月涂成黑色。在广场空旷无人的一角，庞然大物宽阔的额头、鼻子、象牙、塔、宽臀、像柱子的四条腿，夜晚，在星空的衬托下，形成惊人的可怕的影子。人们不知道这意味着什么。这是一种人民力量的象征。这是阴森、神秘而巨大的。是难以言状的强有力、可见的幽灵，矗立在巴士底广场看不见的幽灵旁边。

很少有外地人参观这座建筑，没有行人凝望它。它变成一堆废墟；每一季，灰泥从腹部脱落，造成不堪入目的伤口。用文雅的行话来说，"市政官员"自一八一四年以来，把它忘却了。它待在角落里，暗淡、满目疮痍、摇摇欲坠、四周的木栅朽烂了，时刻被醉醺

---

[1] 卡洛（1592～1635），法国画家、雕刻家，作品的线条简洁有力。

醺的车夫玷污；肚子龟裂，尾巴伸出一根木条，腿间长出高高的杂草；三十年来，由于大城市的地面在不知不觉中缓慢而持续地升高，广场地势也在上升，它处在凹地里，它底下的地面似乎在下沉。它是恶俗的，受到蔑视和厌恶，却巍然壮观，在市民眼里丑陋，在思想家眼里忧伤。有点像一堆就要扫除的垃圾，又有点像要被斩首的一位君王。

上文说过，夜晚，景象在变化。夜晚是一切幽暗事物的真正归宿地。一旦暮色降临，老象就变形了；它在黑暗令人生畏的宁静中，有一副平静而可怕的面孔。它属于过去，也就属于黑夜；这种黑暗适合它的巨大。

这座建筑粗糙、矮胖、笨重、粗粝、严峻、几乎畸形，但肯定壮观，具有一种雄伟和野蛮，它如今已不复存在，让一个烟囱高耸的巨大炉子静静地俯临天下，代替阴森森的九层塔堡垒，几乎就像资产阶级取代封建制。用一个炉子来象征一个时代，炉上的锅子包含着力量，这是十分自然的。这个时代即将过去，而且已经过去；人们开始明白，如果一个锅炉可能有力量，那么只能在头脑中有伟力；换句话说，引导和带动世界前进的，不是火车头，而是思想。把火车头挂在思想的列车上，这很好；但是，不要把马看作骑手。

无论如何，还是回到巴士底广场。用灰泥垒起大象的建筑师，终于造出了庞然大物；造出火炉烟囱的工匠成功地用青铜造出了小巧的东西。

这火炉烟囱，有个响亮的名字，叫做七月圆柱，这是一场流产革命的失败的纪念碑，一八三二年还非常遗憾地覆盖着一个巨大的脚手架，还围着用木板圈起来一大片场地，把大象完全孤立起来。

流浪儿正是把两个"娃娃"带往被路灯微微照亮的广场角落。

让我们在这里打住，并提醒一下，我们叙述的完全是现实，二十年前，轻罪法庭根据禁止流浪和破坏公共建筑的法令，抓住并判处了一个住在巴士底广场那只大象肚子里的孩子。

指出这一事实之后，我们再继续叙述下去。

加弗罗什来到大象旁，明白无限大对无限小所能产生的印象，说道：

"男小子！别害怕。"

随后，他从一处木栅的缺口，爬进大象的场地里，并帮助两个孩子跨过缺口。两个孩子有点害怕，一言不发地跟着加弗罗什，信赖这个衣衫褴褛的小保护人；他给了他们面包，又给了他们住处。

沿着木栅，平放着一把梯子，白天给附近工地的工人使用。加弗罗什以惊人的力量将它提起来，靠在大象的一条前腿上。接近梯子到达的顶点，可以分辨出大象的肚子上有一个黑洞。

加弗罗什向他的客人指指梯子和洞，对他们说：

"爬上去，钻到里面。"

两个孩子害怕地相对而视。

"你们害怕了，娃娃们！"加弗罗什叫道。

他加上一句：

"你们看我的。"

他抱住大象粗糙的腿，不屑用梯子，一转眼间爬到了裂口处。他像一条蛇钻进裂缝一样钻了进去，过了一会儿，两个孩子朦胧地看到他苍白的头出现在黑洞口,像一团发白的东西。

"喂,"他叫道,"爬上来呀,娃娃们!你们会看到多么舒服呀!你爬上来!"他对大的说,"我伸手给你。"

两个小孩用肩膀互相推搡;流浪儿使他们害怕,又令他们放心,再说雨下得很大。大的壮起胆子。弟弟看到哥哥往上爬,独自待在这头巨兽的两腿之间,真想哭起来,但他不敢。

大的开始爬梯子,摇摇晃晃;加弗罗什一路给他鼓劲,像武术教师教学生,或者骒夫对骒子那样吆喝:

"别害怕!"

"就这样!"

"继续往上爬!"

"脚踩在那里。"

"手攥住这儿。"

"大胆些!"

等他够得着了,他突然有力地抓住那孩子的手臂,拉向自己。

"好样的!"他说。

孩子越过了裂缝。

"现在,"加弗罗什说,"等一下我。先生,请您坐下。"

他像爬进来那样从裂缝出去,顺着象腿滑下去,像猕猴一样敏捷,双脚踩在草地上,拦腰抱住五岁的孩子,把他放到梯子的正中间,跟在孩子后面往上爬,一面对大的喊道:

"我推他一把,你拉他一把。"

一会儿工夫,小的往上爬,被往上推,被拖着,拉着,摇晃着,塞进了洞里，还来不及弄清怎么回事，加弗罗什跟着他进去，一脚把梯子蹬倒在草地上，拍起巴掌来，叫道：

"我们进来啦！拉法耶特将军万岁！"

欢呼完了，他又说：

"孩子们，你们到我家啦。"

加弗罗什确实在自己家里。

噢，无用的东西却意外有了用！庞然大物做好事！巨兽的善良！这个巨大的纪念性建筑包含了皇帝的一个想法，却变成了一个流浪儿的住所。孩子得到巨兽的接纳和庇护。穿着节日盛装的有钱人，从巴士底广场的大象前面经过，瞪着眼睛，以轻蔑的态度随意说出一句："用来干什么的？"用来给一个没有父母、没有面包、衣服和住处的小孩避寒、避霜、避冰雹、避雨、避寒风，免得睡在泥泞里得病睡在雪地里冻死。用来接待被社会推拒的无辜者。用来减少社会的错误。这是一个洞穴，向处处吃闭门羹的人开放。这头可怜的老象，受到虫蛀，东残西破，到处发霉，摇摇晃晃，被人抛弃和遗忘，不可挽救，好像巨大的乞丐在十字街头徒劳地祈求和善的目光。可是它却怜悯另一个乞丐，脚下无鞋，头上无天花板，呵着手指，衣衫褴褛，以别人扔掉的东西充饥的穷小子。这就是巴士底广场的大象的用途。拿破仑的想法受到人们的藐视，却为天主所重新采用。原来只想建成显赫的东西，如今却变成庄严的东西。

为了实现皇帝的构想，必须拥有斑岩、青铜、铁、黄金、大理石；为了实现天主的意图，只要用老办法，有木板、小梁和灰泥就够了。皇帝有过一个天才的梦想；这头异乎寻常的大象，披上盔甲，不可思议，耸起鼻子，驮着塔楼，在它的周围喷射出欢快的、令人神清意爽的水柱，皇帝想以此象征人民；天主把它变为更伟大的东西，让一个孩子安顿在里面。

加弗罗什爬进去的那个洞，是一个从外面几乎看不见的缺口，上文说过，它隐蔽在象肚子下，非常狭窄，几乎只有猫和孩子才能爬进去。

"我们先告诉门房，我们不在家。"

他像熟悉自己房间的人，信心十足地钻进黑暗中，拿了一块木板，堵住洞口。

加弗罗什又钻进黑暗中。两个孩子听见火柴插进磷瓶发出的噗哧一声。化学火柴那时还没有；福马德打火机代表那个时代的进步。

突然出现亮光，使他们眯起眼睛；加弗罗什刚点燃浸过松脂的一截火绳，叫作"地窖老鼠"，烟多亮光少，使大象里面东西朦胧可见。

加弗罗什的两个客人环顾四周，他们的感受有点像装在海德堡大酒桶里，或者说得更确切点，有点像《圣经》中被吞进鲸鱼肚的约拿。一整副巨大的骨架出现在他们面前，包裹着他们。上面，一长条褐色大梁，每隔开一段距离就伸下弓形粗肋条，构成了脊柱和肋骨，石膏成钟乳状，像内脏挂在那里，巨大的蜘蛛网从一端挂到另一端，成为沾满灰尘的横膈膜。只见角落里，处处是一团团黑乎乎的东西，好像是活的，迅速而仓皇地窜来窜去。

从大象背部掉到肚子上的碎屑，填平了凹下去的地方，以致就像走在地板上。

小的那个孩子龟缩着，靠在哥哥身上，小声说：

"真黑。"

这句话使加弗罗什叫起来。两个孩子神情发愣,有必要使他们振作一下。

"你们胡说些什么?"他叫道。"要开玩笑吗?看不上眼吗?非得住上杜伊勒里宫吗?你们是傻瓜吗?说说看。我先告诉你们,我不是傻瓜队里的。啊,你们是大人物的孩子吗?"

在惶恐中,粗鲁一点有好处。这能稳住人心。两个孩子挨近加弗罗什。

加弗罗什受到信赖,像父亲似的软下来,"从严厉转为温和",对小的说:

"小傻瓜,"他在骂人话中糅进抚爱的声调,"外面一片漆黑。外面下雨,这里不下雨;外面冷,这里没有一点风;外面人成堆,这里没有人;外面甚至没有月亮,这里我有蜡烛,他妈的!"

两个孩子开始不那么惊惶地观察这住房;但加弗罗什不让他们有工夫观看。

"快点,"他说。

他把他们推向我们有幸能称之为房间的深处。

他的床在那里。

加弗罗什的床是完整的。就是说有褥子、毯子、带床帘的凹室。

褥子是一张草席,毯子是一条相当宽的粗呢缠腰布,十分暖和,几乎是新的。凹室的情况是这样:

三根长杆稳稳地插在地上的石灰渣里,就是说大象的肚子里,两根在前,一根在后,顶端有一根绳子把它们拴住,形成三角支架。

这一支架撑住一张黄铜丝网，这张网罩在上面，但巧妙地用铁丝扎牢、固定，把三角架完全罩起来。网的四周用一圈大石头在底下压住，什么也进不去。这张网只不过是一块动物园里罩住飞禽的铜丝网。加弗罗什的床在这张网下，像在笼里一样。整体就像爱斯基摩人的帐篷。

正是这张网充当床帏。

加弗罗什移动一下压住前面的石头，两片重叠的网掀开了。

"娃娃们，爬进去！"加弗罗什说。

他小心地让客人们进了笼子，然后跟着他们爬进去，把石头移过来，严严实实地封上开口。

他们三个躺在席子上。

尽管他们很小，但是他们谁都不能站在凹室里。加弗罗什手里始终拿着那根火绳。

"现在，"他说，"睡吧！我要灭掉蜡烛了。"

"先生，"大的那个指着网问，"这是什么东西？"

"这个，"加弗罗什庄重地说，"是对付老鼠的。睡吧！"

但他以为有必要加上几句话，教育一下这两个娃娃，便继续说：

"这是动物园里的东西。用来关猛兽的。装满一库房。只要翻过一道墙，从窗口爬进去，再从下面钻过一道门。要多少有多少。"

他一面说话，一面用一角毯子把喃喃地说话的那个小的包住：

"噢！这不错！很暖和！"

加弗罗什用满意的目光看着毯子。

"这也是动物园里的东西，"他说。"我从猴子那里弄来的。"

他指着身下的草席,席子很厚,做工很细,又对大的说:

"这个,原来是给长颈鹿的。"

歇了半晌,他又说:

"野兽这些东西都有。我弄到手了。没有惹它们发火。我对它们说:'这是给大象的。'"

他又停了一下,接着说:

"翻过墙头,政府去它的。就是这样。"

两个孩子又敬畏又惊愕,注视着这个无所畏惧和足智多谋的人,他像他们一样流浪,像他们一样孤立无援,像他们一样精瘦,既可怜又无所不能,在他们看来他像超人,面容呈现老丑角的各种怪脸,又羼杂了最天真最迷人的微笑。

"先生,"大的胆怯地说,"您不怕警察啰?"

加弗罗什仅仅回答:

"娃娃!不说警察,而说黑猫。"

小的睁大了眼睛,但一言不发。由于他睡在席子边上,大的睡在中间,加弗罗什像母亲所做的那样,给他掖好毯子,用一些破布垫高他头下的席子,给孩子做一个枕头。然后他转向大的。

"嗯?这儿真舒服!"

"啊,是的!"大的回答,带着得救天使的表情望着加弗罗什。

两个可怜的浑身湿漉漉的小孩开始暖和起来。

"啊,"加弗罗什继续说,"刚才你们干吗哭呢?"

他指着小的,对大的说:

"这样的小娃娃,我不去说他;但像你这样大的孩子,哭鼻子太蠢了；像头小牛。"

"咦，"孩子说，"我们没有住的地方可去。"

"娃娃，"加弗罗什又说，"不说住的地方，而说窝儿。"

"再说，我们害怕夜里就两个人。"

"不说夜里，而说黑咕隆咚。"

"谢谢，先生，"孩子说。

"听着，"加弗罗什又说，"不要再为了一点小事哼哼唧唧。我会照顾你们。你会看到那是多么开心。夏天，我们同我的一个伙伴萝卜要到冰库去，我们在码头洗澡，在奥斯特利兹大桥前面光屁股奔跑，逗洗衣服的女人发火。她们叫喊，冒火，要知道她们真够滑稽的！我们要去看骨头人。他活着。在香榭丽舍。这个教民，瘦得皮包骨头。我还要带你们去看戏。我带你们去看弗雷德里克-勒梅特尔。我有票子，我认识演员，甚至我有一次在一出戏里演过。我们都是小娃娃，我们在一块布下面奔跑，造成波浪起伏。我让你们加入我的剧院。我们要去看野人。这些野人不是真的。他们穿着粉红的紧身衣，皱里巴几，手肘可以看到缝补的白线。然后，我们到歌剧院去。我们吵吵嚷嚷地进去。歌剧院的鼓掌队组织得非常好。我不会同大街上鼓掌的人混在一起。在歌剧院，你想，有的人肯付二十苏，但这是些笨蛋。大家管他们叫傻帽。我们还要去看刽子手。他住在玛雷街。桑松先生。他在门口有一个信箱。啊！开心得不得了！"

这当儿，一滴蜡落到加弗罗什的手指上，使他回到生活现实中。

"天哪！"他说，"火绳烧完了。注意！我每月的照亮钱不能多一苏。躺下就应该睡觉。我们没有时间念保尔·德·科克[1]先生的小说。灯光会从大门的门缝透出去,黑猫一看就能发现。"

"再说,"大的胆怯地指出,只有他敢对加弗罗什讲话,同他搭腔,"火星会落到草席上,要小心别烧着房子。"

"不说烧房子,"加弗罗什说,"而说大火捣碎。"

风雨交加。在滚雷声中,传来大雨拍打巨兽背部的声音。

"雨呀,下吧!"加弗罗什说。"听到水沿着房子的大腿哗哗地流,叫我开心。冬天是个傻瓜,白白失去自己的货,白费劲,不能淋湿我们,这个老送水夫,搞得他低声埋怨!"

加弗罗什以十九世纪哲学家的身份,接受雷雨的所有后果;他对打雷影射过以后,紧接着一大片闪电,耀人眼目,从大象的肚子裂缝射进来。几乎同时,雷声隆隆,震天价响。两个孩子叫了一声,猛地坐了起来,网罩几乎被掀开;但加弗罗什将他那张毫无惧色的脸转向他们,借着雷声哈哈大笑。

"镇定,孩子们。不要弄翻房子。这雷打得漂亮,好极了!不是电光只闪一闪。好极了,天主!他妈的!跟杂剧院差不离了。"

说完,他整理好网罩,轻轻地把两个孩子推到枕头上,按住他们的膝盖,让他们躺直,大声说:

"既然天主点亮了蜡烛,我可以吹灭我的蜡烛了。孩子们,该睡觉了,我的年轻人啊。不睡觉可不应该。这要花钱哪,或者像在上流社会所说的,从嘴里冒臭气。裹紧毯子!我要熄灯了!好了吗?"

---

[1] 科克(1790~1871),法国通俗小说家,擅长描写小资产者、大学生和女工。

"好了，"大的喃喃地说，"我很好。我脑袋好像睡在鸭绒上。"

"不说脑袋，"加弗罗什叫道，"而说枯榔头。"

两个孩子挤紧了。加弗罗什把他们在草席上安顿好，将毯子一直盖到他们的耳朵边，然后第三次用做圣事的语言重复命令：

"睡吧！"

他吹灭了火绳。

灯光一灭，一阵古怪的颤抖开始震动着三个孩子躺在里面的网罩。这是一连串轻微的摩擦发出金属的声音，好似爪子和牙齿在抓咬铜丝。还伴随着各种各样轻轻的尖叫声。

五岁的孩子听到头顶上这片喧闹声，吓得浑身冰凉，用手肘推他的哥哥，但哥哥就像加弗罗什命令的那样，已经入睡。于是小的不再害怕，壮起胆子叫加弗罗什，不过声音很低，屏住呼吸：

"先生！"

"嗯？"加弗罗什说，他刚刚合上眼睛。

"这是什么声音？"

"是老鼠，"加弗罗什回答。

他把头又枕到席子上。

大象的骨架里确实繁殖了数以千计的老鼠，就是上文所说的活黑点，只要蜡烛点燃，它们对烛光保持尊重，一旦这个作为它们城池的空洞回到黑暗中，它们闻到了优秀童话家贝洛所说的"新鲜肉味"，便成群麇集在加弗罗什的帐篷上，一直爬到顶，咬铜丝网，仿佛要咬穿这新型的保护罩。

小的没有睡着。

"先生！"他又说。

"嗯！"加弗罗什说。

"老鼠是什么东西？"

"就是小耗子。"

这个解释使孩子安心了一些。他平生见过白老鼠，并不害怕。但他又提高声音：

"先生！"

"嗯？"加弗罗什说。

"为什么您没有猫？"

"我有一只，"加弗罗什回答，"我抱来一只，可是给老鼠吃掉了。"

第二个解释摧毁了第一个的成果，小的又开始颤抖起来。他和加弗罗什开始第四次对话。

"先生！"

"嗯？"

"是谁给吃掉了？"

"是猫。"

"是谁吃掉了猫？"

"老鼠。"

"小耗子？"

"是的，老鼠。"

孩子惊异于这些小耗子吃掉了猫，继续问：

"先生，这些小耗子会吃掉我们吗？"

"当然!"加弗罗什说。

孩子恐惧到极点。但加弗罗什加上一句:

"别害怕!它们进不来。再说我在这儿!喂,抓住我的手。别说了,睡吧!"

与此同时,加弗罗什越过大孩子的身子,捏住小孩子的手。孩子把这只手紧靠着自己,感到放心了。勇气和力量也能这样神秘地传递。他们周围重又沉寂下来,他们说话的声音吓跑了老鼠;过了几分钟,它们回来闹翻天也是枉然,三个孩子已经沉入梦乡,什么也听不到了。

黑夜在流逝。幽暗仍笼罩着广阔的巴士底广场,寒风夹杂着雨,一阵阵吹来,巡逻队在察看家家的门户、小径、空地、黝黑的角落,寻找黑夜的流浪者,静静地从大象前经过;这鬼怪矗立着,一动不动,在黑暗中睁开眼睛,神态像在做梦,好像对自己的善行很是满意,庇护三个睡着的可怜小孩,不受气候和人的侵害。

为了理解即将发生的事,必须回忆起,那个时期,巴士底广场的卫队驻扎在广场的另一头,大象附近发生的事,岗哨既看不到,也听不见。

临天亮前一刻,有一个人跑出圣安东尼街,穿过广场,绕过七月圆柱的宽阔空地,溜到木栅内大象肚子下。如果有亮光照出这个人,从他浑身湿透的样子,可以捉摸出,他在雨中度过黑夜。来到大象下面,他发出古怪的叫声,这不是人类语言,只有鹦鹉才能模仿。他重复两次这叫声,拼写下来很难明白意思:

"吉里吉吉乌!"

叫第二声时,一个清亮、愉快、年轻的声音从大象腹内回应:
"来啦。"

几乎同时,封住洞口的木板移开了,一个孩子出现,他沿着象腿滑下来,轻巧地落在那个人的旁边。这是加弗罗什。那人是蒙帕纳斯。

至于这叫声,"吉里吉吉鸟",无疑是孩子早先所说的:"你要求见加弗罗什先生。"

听到这叫声,他惊醒过来,爬出他的"凹室",撩开一点网罩,随即仔细封好,再打开洞口滑下来。

大人和孩子在黑暗中默默地认出对方;蒙帕纳斯仅仅说:
"我们需要你。来助我们一臂之力。"

流浪儿不要求其他说明。
"我准备好了,"他说。

他们两人朝着圣安东尼街走去,蒙帕纳斯从那边来的,一长串菜农的大车这时正到菜市场去,他们匆匆地穿行其间。

菜农蜷缩在车上的生菜和蔬菜中间,半睡半醒,由于大雨滂沱,他们的罩衣一直盖到眼睛,甚至看不到这两个古怪的行人。

## 三、越狱的一波三折

这一天夜里,在福斯监狱发生了如下的事。

尽管泰纳迪埃在监狱里,巴贝、布吕荣、格勒梅和泰纳迪埃商量好越狱。同一天,巴贝办完了分内的事,通过蒙帕纳斯对加弗罗什的叙述，读者已经知道了。

蒙帕纳斯应该从外面协助他们。

布吕荣在惩罚室里待了一个月，他先是有时间编了一条绳子，其次孕育了一个计划。从前，监狱惩罚囚犯，关在严厉的地方，四堵石墙，天花板也是石砌的，地上铺着石板，一张行军床，天窗装上铁栅，门包上铁皮，叫做"地牢"；但是，人们认为地牢太残酷；如今改成铁门，装上铁栅的天窗，行军床，石板地，石砌的天花板，四堵石墙，叫做"惩罚室"。中午有点阳光。惩罚室不是地牢以后，不利之处是，本来应该干活的人，却让他们去动脑筋。

于是布吕荣动脑筋了，他从惩罚室出来时带上一根绳子。由于查理曼大院认为他非常危险，就把他关到新楼。他在新楼发现的第一样东西就是格勒梅，第二样东西是一枚钉子；格勒梅就是犯罪，一颗钉子就是自由。

对于布吕荣，该勾画出一个完整的印象了，他外表体质脆弱，蓄意装出懒洋洋的样子，这个小伙子文质彬彬、十分机智，却是个眼神温柔、笑容残忍的强盗。他的目光来自他的意志，他的微笑来自他的天性。他最先钻研的技能是上房顶；他大大发展了掀掉铅皮的技巧，用所谓"牛肚"的方法去掉屋顶和檐槽。

终于出现了越狱的良机，屋面工当时正翻修监狱一部分青石瓦片，并且填缝。圣贝尔纳大院和查理曼大院、圣路易大院不再完全隔绝了。上面有脚手架和梯子；换句话说，有通往自由的桥梁和梯级。

新楼是世间裂缝最多、最衰颓不堪的建筑，正是监狱的薄弱点。

墙被硝销蚀，不得不在牢房的拱顶安上一层木板，因为有石块脱落，掉到躺在床上的囚犯身上。尽管新楼这样破破烂烂，仍然错误地把那些最不安分的囚犯关在新楼，用监狱的话来说，关押"大案犯人"。

新楼有上下四层牢房，还有一个叫做"新鲜空气"的阁楼。一根宽大的壁炉烟囱，可能是属于福斯公爵的旧厨房，从底层起，穿越上面四层，把牢房一切为二，像一根扁平的柱子，洞穿屋顶。

格勒梅和布吕荣关在同一牢房里。出于谨慎起见，把他们关在底层。碰巧他们的床头都靠着烟囱。

泰纳迪埃正好关在他们头上叫做"新鲜空气"的阁楼里。

行人走过消防队营房，在文化-圣卡特琳街站住，面对浴室的大门，会看到一个种满鲜花、摆满桶栽灌木的院子，尽里有一座白色的小圆亭，点缀着绿色窗板，呈两翼张开，实现了让-雅克的田园梦想。不到十年前，在圆亭上方矗立一堵巨大、丑陋、光秃秃的黑墙，亭子傍着这堵墙。这是福斯监狱的巡逻道围墙。

圆亭后面这堵墙，好像贝尔甘身后的弥尔顿。[1]

这堵墙不管有多高，还是被远处可见的更黑的屋顶超过。这是新楼的屋顶。可以见到装上铁栅的四扇阁楼天窗；这是"新鲜空气"的窗户。一根烟囱破顶而出；这是穿越牢房的烟囱。

"新鲜空气"，新楼的这间阁楼，是一个屋顶下的大厅，安了三道铁栅，道道门包铁皮，密密麻麻、不规则地布满铁钉。从北门进

---

[1] 贝尔甘（1747～1791），法国作家，先写田园诗，后写喜剧；弥尔顿（1608～1674），英国17世纪最重要的诗人，著有《失乐园》《复乐园》《力士参孙》。

去，左边是四扇天窗，右边面对天窗是四只方方的大铁笼，由狭窄的过道分别隔开，墙砌到齐胸高的地方，其余是铁条，直通屋顶。

泰纳迪埃从二月三日的夜里起，被关在其中一只铁笼里。始终未能查清，他是怎样串通一气，弄到一瓶药酒，这种酒据说是由德吕发明的，掺上麻醉药，因"迷魂"团伙使用而出名。

许多监狱都有吃里扒外、半官半匪的工作人员，帮助越狱，将假情报出卖给警方，报虚账揩油。

因此，在这天夜里，正当小加弗罗什收留两个流浪的孩子时，布吕荣和格勒梅获悉巴贝在当天早上越狱了，同蒙帕纳斯在街上等候他们，他们悄悄地起来，用布吕荣找到的钉子挖穿他们床头紧靠的炉壁。灰泥落在布吕荣的床上，不让人听到。风狂雨骤，雷电交加，震动着门上的铰链，监狱里一片可怕的喧嚣，对他们有利。惊醒的囚犯假装又睡着了，让格勒梅和布吕荣行动。布吕荣灵活，格勒梅有力气。看守睡在铁栅窗开向牢房的单间里，他听不到一点响声，墙就挖开了，他们从烟囱爬上去，翻开烟囱口的铁丝网，两个可怕的强盗来到屋顶上。风雨愈加厉害，屋顶滑溜。

"越狱的好夜晚啊！"布吕荣说。

一道六尺宽、八十尺深的鸿沟，把他们和巡逻那道墙隔开。在沟底，他们看到一个岗哨的枪在黑暗中闪光。他们将布吕荣在牢里编的绳子一端拴在他们刚掰弯的烟囱口的铁条上，将另一端扔过巡逻那道墙头，一纵便越过鸿沟，攀住墙的顶边，跨过墙去，沿着绳子，一个接一个滑到连接浴室的小屋顶上，再把绳子拉回来，跳到浴室的院子里，穿过院子，推开看门人的小窗，门绳挂在旁边，他们抽动门绳,打开大门,来到街上。

他们在黑暗中从床上爬起来,手里拿着钉子,脑子里装着计划,至此还不到三刻钟。

过了一会儿,他们与附近徘徊的巴贝和蒙帕纳斯会合。

他们抽回绳子时,把它拉断了,有一截绑在屋顶的烟囱上。他们手上的皮差不多全蹭掉了,此外没有别的损伤。

这一夜,泰纳迪埃不知怎么会得到通知,没有睡觉。

将近凌晨一点钟,漆黑一片,他在狂风暴雨中,看到有两个黑影从笼子对面的天窗前掠过。一个在天窗前略停片刻。这是布吕荣。泰纳迪埃认出了他,明白过来。对他来说,这已足够了。

泰纳迪埃被指控为黑夜持械敲诈勒索的强盗而受到囚禁,严密看管起来。岗哨每两小时一换,荷枪实弹,在铁笼前面走动。"新鲜空气"有一盏壁灯照明。囚犯脚上有一副五十斤重的脚镣。当时还是这样做:每天下午四点钟,一个看守领着两条狗,走进他的铁笼,在他的床边放上一只两斤重的黑面包、一罐水、一满碗漂着几粒蚕豆的清汤,察看一下他的铁镣,拍拍笼子的铁条。这个带狗的人夜里还来两次。

泰纳迪埃获得允许,保留一根铁扦,他用来将面包插在一条墙缝里,他说:"毕竟要防止给老鼠吃掉。"由于对泰纳迪埃采取严密监视,给他留下这根扦子就不觉得有什么不妥。但后来有人记得,一个看守说道:"不如只给他留下一根木扦。"

凌晨两点钟,换走了一个老兵,代替他的是一个新兵。不久,带狗的人来察看,走时什么也没有注意到,只觉得这个"丘八"太嫩了,"土里土气"。两小时后,四点钟,来换岗的人发现他躺倒在泰纳迪埃的铁笼旁,烂醉如泥。而泰纳迪埃已经不在。他的铁镣断了,丢在地上。笼子的天花板有一个洞,上面的屋顶还有一个洞。一条床板被抽掉了,无疑被带走了,因为找不到。在单间里还找到一只瓶子,装着半瓶麻醉药酒,士兵被这酒醉倒了。士兵的刺刀不见了。

发现这个情况时,泰纳迪埃不知去向。事实是他虽不在新楼,但处境仍然危险。他还没有完全越狱。

泰纳迪埃来到新楼的屋顶时,发现布吕荣那截绳子挂在烟囱顶罩的铁条上,但是这截断绳太短,他不能像布吕荣和格勒梅那样,越过巡逻道逃走。

从芭蕾舞街转到西西里王街,在右边几乎马上可以遇到一片肮脏的洼地。在上世纪,那里有一幢房子,现在只剩下一堵后墙,是真正的危墙,有四层楼高,竖在邻近的建筑中间。这堵残壁现在还可以从两扇方形大窗认出来;中间那扇窗最靠近右山墙,有一条虫蛀的方木横梁挡住。透过这两扇窗户,从前可以分辨出一堵阴森森的高墙,这是福斯监狱巡逻道的一段围墙。

拆毁的楼房临街留出的空地,一半由一道木栅栏围住;木栅栏由五块墙基石顶住,木板朽烂了。里面隐藏着一间小屋,靠在依然伫立的废墟上。木栅有一道门,几年前,只用一根插销关上。

泰纳迪埃在凌晨三点钟以后,来到这个废墟的顶部。

他怎样来到那里的?谁也不能解释,也弄不明白。闪电大概既妨碍他,又帮助他。他用过屋面工的梯子和脚手架,从屋顶到屋顶,从围墙到围墙,从一个房间到另一个房间,先是查理曼大院的建筑,然后是圣路易大院的建筑,巡逻道围墙,从那里再到西西里王街的破屋吗?但在这段路程中,有一些中断的地方,他看来过不去。他把床板当作从"新鲜空气"的屋顶到巡逻道围墙的一道桥吗?他在监狱四周的巡逻道围墙顶部爬行,直到破屋吗?可是巡逻道围墙形成雉堞状,高低不平,上上下下,在消防队营房那里低下去,在浴室处又升高,被建筑切断,只在帕维街与拉莫瓦尼翁府一样高,处处垂直而下,形成直角;再说,岗哨大概会看到越狱者的幽暗身影;因此,泰纳迪埃所走的路线几乎不可解释。这两种逃跑方式都不可能。泰纳迪埃极其渴望自由,不由得生出智慧,将深沟化为浅沟,将铁栅栏化为柳条栅栏,将双腿残疾化为运动健将,将足痛风症患者化为飞鸟,将迟钝化为敏捷,将敏捷化为聪明,将聪明化为天才。泰纳迪埃急中生智,想出了第三种方法吗?谁也不知道。

越狱的奇迹,总是不能弄清楚。再说一遍,逃跑的人,会急中生智;在逃跑的神秘闪光中,有着星光和闪电;努力奔向解脱,和展翅飞往崇高,同样令人不可思议;人们这样谈论一个越狱的匪徒:"他怎样攀爬这个屋顶的呢?"就像人们这样谈论高乃依:"他怎么找到'让他死吧'这句话呢?"

不管怎样,泰纳迪埃汗流浃背,被大雨淋湿,衣服撕成碎片,双手擦伤,手肘流血,膝盖划破,来到了孩子们以想象的语言称作废墟围墙"刀刃"的地方,躺在那里,精疲力竭。他和街道还隔着四层楼高的一道陡壁。

他手中的绳子太短了。

他等在那里，脸色苍白，精疲力竭，失去了一切希望，黑夜还掩蔽着他，他心里想，白天快要来临了，想到再过一会儿要听到附近圣保罗教堂的钟敲响四点钟，不禁悚然而惧。这时要换岗，会发现岗哨躺在洞穿的屋顶下，他发呆地望着可怕的底部灯光处湿漉漉、幽暗的石子路，这路面他既渴望，又感到恐惧，这是死亡，也是自由。

他寻思，那三个越狱的同谋犯不知是不是成功了，他们听到他的声响没有，是不是来援助他？他谛听着。除了巡逻队，他来到这里以后没有人经过这条街。蒙特勒伊、沙罗纳、万桑、贝尔西的菜农，到菜市场去，几乎都走圣安东尼街。

四点钟敲响了。泰纳迪埃瑟瑟发抖。过了一会儿，发现了越狱之后，监狱里响起一片惊慌混乱的喧闹声。开门关门的响声，铁栅门的铰链吱嘎作响，守卫乱作一团，狱卒嘶哑的呼叫声，枪托在院子的石子路面上的撞击声，都传到他那里。灯光在牢房的铁栅窗上下移动，一支火把在新楼的阁楼上奔跑，旁边营房的消防队员也调来了。他们的头盔在雨中被火把照亮，沿着屋顶来来去去。这时，泰纳迪埃在巴士底广场那边看到阴惨惨的天边泛白了。

他待在十寸宽的墙头上，趴在大雨下，左右两边是深渊，动弹不了，头昏目眩就可能摔下去，又担心肯定会被抓住，他的脑子宛若钟摆，在两个念头之间摆来摆去："如果我掉下去就摔死，如果我待下去就被抓住。"

街道还一片幽暗，他在惶恐中突然看到一个人沿着墙急步走来，他从帕维街那边过来，来到那个洼地停下，泰纳迪埃就悬在上边。

第二个人同样小心翼翼地走过来，同他会合，然后是第三个，然后是第四个。这些人会齐后，其中一个抬起栅栏门闩，四个人一起走进有木板屋的场地里。他们正好待在泰纳迪埃的下面。这些人显然选择这块洼地来谈话，不被行人和不远处福斯监狱的门卫看见。还要说明一下，门卫正待在岗亭里避雨。泰纳迪埃分辨不清他们的脸，就像一个感到完蛋的可怜虫，在绝望中仔细竖起耳朵，倾听他们的谈话。

泰纳迪埃看到眼前掠过一线希望，这些人讲的是切口。

第一个低声，但很清晰地说：

"咱们颠儿吧。咱们在这儿个化什么装？"[1]

第二个回答：

"雨下得连鬼火都浇灭了。再说黑猫就要过来。那边有个拿挠钩的丘八，咱们会在这儿卡给人打包。"[2]

"这儿个"和"这儿卡"这两个词都指的是"这儿"，前者属于城门一带的切口，后者属于神庙街的切口，对泰纳迪埃来说，是两道闪光。他从"这儿个"认出是布吕荣，布吕荣是城门一带的强盗，他从"这儿卡"认出是巴贝，巴贝干过种种行当，在神庙街当过旧货商。

伟大世纪[3]的老切口，只在神庙街还流行，只有巴贝讲得最纯正。不说出"这儿卡"，泰纳迪埃还根本认不出他，因为他完全改变

---

[1] 咱们走吧。咱们在这儿干什么？——原注
[2] 那边有个士兵在站岗，我们会在这儿被抓住。——原注
[3] 指17世纪。

了声音。

但第三个人插进来：

"还不用着急，咱们再等一等。谁说他不需要我们呢？"

这句话是普通法语，泰纳迪埃认出是蒙帕纳斯，后者自视清高，听得懂种种切口，却从来不说。

至于第四个人，他沉默不语，但他的宽肩表明他是谁。泰纳迪埃没有迟疑。这是格勒梅。

布吕荣几乎斩钉截铁地反驳，但总是低声：

"你对我们喳喳什么？地毯商可能没有抽筋。他不懂窍门，什么！拉紧鼻涕虫，割掉他的衫儿，改装一条单儿，给重玩意儿做脚手架材料，焊接口子，改装白单，割硬货，在外边荡单儿，藏起来，伪装起来，必须学乖一点！老头干不来，他不知道怎么耍！"[1]

巴贝始终用普拉耶和卡尔图什使用的机智的古典切口，而布吕荣使用的切口大胆、新颖、色彩鲜明、有点下流，两者相比，就像拉辛的语言和安德烈·谢尼埃的语言的差别。

"你的地毯商在楼梯里炒栗子。必须精怪。这是个小门生。他会给一个黑猫耍了，甚至给一个线儿耍了，人家串通一气。竖起尖头，蒙帕纳斯，你听见学校的沙沙声吗？你见到了所有这些黑影晃动吗？他摔倒了，得了！要拉二十条缰绳才行。我不打寒战，我不是爱打寒战的人，这像白鸽一样，只有晒太阳了，要不然要受人摆弄。

---

[1] 你对我们说什么呀？旅店老板不会逃走。他不知道这行当，什么！撕掉他的衬衣，割下他的床单，做一根绳子，在门上开洞，造假币，做假钥匙，切断铁镣，把绳子吊到外面，躲起来，乔装打扮，必须狡猾！老头做不来，他不知道怎么干！——原注

别埋怨,同我们一块儿走吧,咱们去润润喉咙吧。"[1]

"不能让朋友有困难不管,"蒙帕纳斯咕哝着说。

"我对你喳一句,他病了!"布吕荣说。"时辰敲响,地毯商不值一根钉!咱们无能为力。颠儿吧。我想,黑猫随时把我攥在手里。"[2]

蒙帕纳斯只不过稍稍坚持了一下;事实是,这四个人有强盗从不互相抛弃的义气,整夜在福斯监狱周围溜达,不管多么危险,总希望看到墙头上出现泰纳迪埃。可是黑夜漆黑一片,大雨使条条街道不见人影,寒冷袭上身来,他们的衣服湿透了,他们的鞋磨穿了,监狱里刚爆发出令人不安的吵声,时间过去了几小时,会遇到巡逻队,希望渺茫,恐惧回到心头,这一切迫使他们撤退。蒙帕纳斯也许有点想做泰纳迪埃的女婿,他也让步了。再过一会儿,他们就要走掉。泰纳迪埃趴在墙头上气喘吁吁,仿佛"美杜莎号"的遇难者趴在木筏上,看到轮船出现在天际。

他不敢叫他们,让人听到叫声会使一切完蛋,他有一个想法,最后一个想法,一丝闪光;他从兜里掏出布吕荣那截绳子,是他从新楼壁炉上解下来的,把它扔到栅栏内。

这段绳子落在他们的脚边。

"一个寡妇,[3]"巴贝说。

---

[1] 你的旅店老板会当场被抓住。要狡猾才行。他是个新手。他会上警察的当,甚至会上密探的当,密探会冒充同伙。听着,蒙帕纳斯,你听到监狱里的叫声吗?你看到了所有这些烛光。他被逮住了,得了!他要坐二十年牢才算了结。我不怕,我不是胆小鬼,大家清楚,但,眼下没有什么事可干了,要不然人家会让我们跳舞。别生气,跟我们来吗,咱们一起去喝一瓶陈酒。——原注
[2] 我对你说,他被逮住了。眼下,旅店老板一钱不值。咱们无能为力。走吧。我想警察随时会把我抓在手里。——原注
[3] 一根绳子(神庙街切口)。——原注

"我的单儿![1]"布吕荣说。

"旅店老板在那里,"蒙帕纳斯说。

他们抬起头来。泰纳迪埃将头往前伸出一点。

"快点!"蒙帕纳斯说,"你有另一段绳吗,布吕荣?"

"有。"

"把两段绳连接起来,咱们把绳扔给他,他固定在墙头上,就能够下来了。"

泰纳迪埃大胆地提高声音。

"我冻麻木了。"

"会给你暖和过来。"

"我动弹不了。"

"你滑下来,我们接住你。"

"我双手都冻僵了。"

"你只要把绳子绑在墙头上。"

"我做不到。"

"咱们当中要有一个人爬上去,"蒙帕纳斯说。

"四层楼高!"布吕荣说。

有一根灰泥砌的旧管道,以前用作炉子烟囱,在木板屋里燃旺;这根管道沿墙而上,一直升到泰纳迪埃的身旁。这根管道当时龟裂得厉害,全是裂缝,灰泥早已脱落,但还可以看到痕迹。管道非常狭窄。

---

1 我的绳子(城门一带切口)。——原注

"可以从那边上去，"蒙帕纳斯说。

"从管道爬上去？"巴贝大声说，"一架管风琴！[1]没门！得有个萝卜头。[2]"

"得有个娃儿，[3]"布吕荣也说。

"哪里找到一个小鬼？"格勒梅说。

"等一等，"蒙帕纳斯说。"我有办法。"

他轻轻把木栅门打开一点，认准没有行人穿过街道，他小心走了出去，在身后关好门，朝巴士底广场方向跑去。

七八分钟过去了，对泰纳迪埃来说，有八千年；巴贝、布吕荣和格勒梅一声不吭；栅门终于又打开了，蒙帕纳斯气喘吁吁地出现，带来了加弗罗什。雨下个不停，街上空寂无人。

小加弗罗什走进栅栏，平静地望着这些强盗的面孔。雨水从头发间淌下来。格勒梅对他说：

"娃娃，你是男子汉吗？"

加弗罗什耸耸肩，回答道：

"像咱这样的娃儿是架管风琴，像你们这号管风琴倒是娃儿。"

"小卒子真会玩痰盂！[4]"巴贝大声说。

"巴城的娃儿不是肥沃的朗斯吉奈改装的，[5]"布吕荣加上一句。

"你们要干什么？"加弗罗什问。

---

1 一个大人。——原注
2 一个孩子（神庙街切口）。——原注
3 一个孩子（城门一带切口）。——原注
4 这孩子真是喋喋不休。——原注
5 巴黎的孩子不是湿草编的。——原注

蒙帕纳斯回答：

"从这根管道爬上去。"

"用这寡妇，[1]"巴贝说。

"将单儿[2]拴住，"布吕荣接着说。

"拴在升高的坐骑上，[3]"巴贝也说。

"拴在挡风木上，[4]"布吕荣添上说。

"然后呢？"加弗罗什问。

"就这些！"格勒梅说。

流浪儿看了看绳子、管道、墙壁和窗户，嘴唇发出难以解释的、不屑一顾的声音，意思是说：

"就这个！"

"你要救出上面那个人，"蒙帕纳斯说。

"你愿意吗？"布吕荣问。

"傻瓜！"孩子回答，仿佛他从来没听到过这样的问题；他脱下鞋子。

格勒梅用一条手臂抓住加弗罗什，把他放到木板屋的屋顶上，在孩子的重量下，虫蛀的木板压弯了；格勒梅把布吕荣趁蒙帕纳斯离开时结好的绳子交给他。流浪儿朝管道走去，由于管道通到屋顶的裂缝很宽，他很容易钻进去。正当他要往上爬时，泰纳迪埃看到得救在望，能够活命，便在墙边俯下身来；黎明的第一道曙光染白

---

1 这绳子。——原注
2 拴住绳子。——原注
3 拴在墙头上。——原注
4 拴在窗户横木上。——原注

他汗水涔涔的额头,苍白的脸颊,细长而凶横的鼻子,全竖起的灰白的胡子,加弗罗什认出了他。

"瞧!"他说,"是我父亲!……噢!管他是谁呢。"

他用牙齿咬住绳子,毅然爬上去。

他到达破屋的顶部,骑在旧墙头上,在窗户的横木上牢牢地拴住绳子。

一会儿以后,泰纳迪埃站在街上。

他一触到石子地面,一感到脱离危险,便不再感到疲劳、麻木和颤抖;他摆脱的凶险烟消云散了,他奇特而凶残的全部智慧苏醒过来,自由自在地站在那里,准备往前走。这个人所说的第一句话是:

"现在,我们要去吃谁呢?"

用不着解释这句明显恶毒的话含义何在,它同时意味着杀人和谋财害命。"吃"的真正意义是"吞噬"。

"咱们聚拢些,"布吕荣说。"三言两语说完,然后咱们马上分开。在普吕梅街好像有一桩好买卖,这条街空空荡荡,有一座孤零零的房子,一道腐朽的旧铁栅门面对花园,只有女人。"

"那么,干吗不干?"泰纳迪埃问道。

"你的仙女,[1] 爱波尼娜,已经察看过了,"巴贝回答。

"她给玛侬带回一块饼干,"格勒梅补充说。"那儿没有什么可改装的。"[2]

---

[1] 你的女儿。——原注
[2] 没有什么可搞的。——原注

"仙女不是傻帽,"泰纳迪埃说。"但还应该去看看。"

"是的,是的,"布吕荣说,"该去看看。"

这些人中没有一个像看到加弗罗什,在这场对话中,他坐在一块栅栏的墙基石上;他等了一会儿,或许他父亲会转向他,然后他穿上鞋子,说道:

"完啦?你们不再需要我啦,大人们?你们事情解决了。我走了。我该去叫醒我的娃娃们。"

于是他走了。

五个汉子一个接一个走出栅栏。

当加弗罗什在芭蕾舞街的拐角消失时,巴贝把泰纳迪埃拉到一边,问道:

"你见过这个娃儿吗?"

"哪个娃儿?"

"爬上墙头给你送绳子那个娃儿呀。"

"不太认识。"

"我不知道对不对,我觉得是你的儿子。"

"啊!"泰纳迪埃说,"你认为是吗?"

于是他走了。

# 第七章
# 切　口

## 一、本　源

"Pigritia"[1] 是一个可怕的词。

它产生了一个阶层,"la pègre"读作"盗窃"和一个地狱,"la pègrenne"读作"饥饿"。

因此,懒惰是母亲。

她有一个儿子,即盗窃,以及一个女儿,即饥饿。

此刻我们在谈什么?谈切口。

切口是什么?这既是民族又是方言;是对人民和语言实施的盗窃。

三十五年前,这个沉郁而悲怆的故事的叙述者,在怀着与本书同一目的写出的作品[2]中,描绘过一个讲切口的强盗,引起极大的惊

---

1　拉丁文:好吃懒做。
2　《一个死囚的末日》。——原注

讶和议论纷纷。"什么！怎么！切口！切口不堪入目！这是囚犯、苦役监、监狱、社会上最卑鄙无耻的人讲的话！"等等。

我们始终不明白这种不同见解。

后来，两位杰出的小说家巴尔扎克和欧仁·苏[1]，一个是人心的深刻观察家，另一个是人民无畏的朋友，他们也像《一个死囚的末日》的作者在一八二八年所做的那样，让强盗以他们惯用的语言说话，同样的异议又甚嚣尘上。有人一再说："这些作家运用这些令人厌恶的土话，要干什么？切口丑不堪言！切口叫人毛骨悚然！"

谁否认呢？毋庸置疑。

要检查一个伤口，探测一个深渊或一个社会，下去得太深，一直到底部，从什么时候起算是一个错误呢？我们始终认为，有时这是勇敢的举动，至少这是很普通和有用的行动，同尽职尽责一样值得称道。不探索一切，不研究一切，半途而止，为什么？半途而止受探测器制约，不适合于探测者。

因此，到社会秩序的底层去探索，实地在哪里结束，泥淖从哪里开始，到浊流中去搜索，追寻、捕捉这淌着泥水的污言秽语，每个字都像淤泥和黑暗中的怪物丑恶不堪的环节、流着脓水的语汇，一一筛选出来，鲜活地扔到大街上，这既不是一件吸引人，也不是一件容易的事。这样借着思想的光芒，赤裸地观看切口可怕的攒动，没有什么更令人悲戚的了。这确实像垃圾场里拉出来的、专在夜里活动的怪物。仿佛看到了一丛可怕地活动起来、张牙舞爪的荆

---

[1] 欧仁·苏（1802～1857），通俗小说家，著有《巴黎的秘密》《流浪的犹太人》等。

棘在抖动、活跃、晃动、要求黑暗降临，在威胁和观看。这一个词像利爪，那一个词像一只血淋淋的瞎眼；这个句子像一只蟹钳一样舞动。这一切生存下来，靠的是在混乱中形成的事物卑劣的生命力。

现在要问，从什么时候起，将丑恶排除在研究之外呢？从什么时候起，疾病把医生赶跑呢？能想象一个博物学家拒绝研究蝮蛇、蝙蝠、蝎子、蜈蚣、蜘蛛，把它们扔回黑暗中，说道："噢！多么丑恶啊！"扭头不理切口的思想家，如同扭头不理脓疮或肿瘤的外科医生。这像一个语文学家对研究一个语言现象犹豫不决，一个哲学家对探索一个人类现象迟疑不定。因为，必须告诉对此一无所知的人，切口既是一个文学现象，又是一个社会产物。确切地说，切口是什么？切口是苦难的语言。

说到这里，有人会打断我们；将这一事实推而论之，有时，这是一种减缓事实的方式；有人会对我们说，各行各业，几乎可以加上社会等级的各个阶层和智力的各种形式，都有自身的切口。商人说："蒙佩利埃可以使用，马赛质地优良。"证券经纪人说："延期交割，溢价，本月底。"赌徒说："都不要，再发黑桃。"诺曼底各岛的执达吏说："在扣押财产放弃人的不动产期间，接受地产者不可索要农产品。"歌舞剧作家说："观众逗熊[1]。"演员说："我演砸锅了。"哲学家说："现象三重性。"猎人说："瞧，过来了，瞧，逃掉了。"骨相学家说："性和善，性好斗，性诡秘。"步兵说："我的单

---

1 观众给剧本喝倒彩。——原注

簧管。[1]"骑兵说:"我的印度小鸡。[2]"剑术教师说:"第三式,第四式,后退。"排字工人说:"咱们说巴修。"所有这些人,排字工人、剑术教师、骑兵、步兵、骨相学家、猎人、哲学家、演员、歌舞剧作家、执达吏、赌徒、证券经纪人、商人,都说切口。画家说:"我的艺徒。"公证人说:"我的小送信员。"理发师说:"我的伙计。"鞋商说:"我的'gniaf'[3]。"他们都说切口。严格说来,从绝对的意义看,说左和右的各种各样方式,如水手的"左舷"和"右舷",布景工的"院子一侧"和"花园一侧",教堂执事的"圣徒一侧"和"福音一侧",也是切口。有装腔作势女人的切口,正如有女才子的切口。朗布耶府靠近"奇迹宫廷"[4]。有公爵夫人的切口,复辟王政时期一位非常高贵和非常美丽的贵妇所写的情书中,有一句话可作佐证:"您会在这些嚼舌中,找到一大筐理由,说明我可以放松手脚。"外交数字是切口;教廷掌玺大臣说二十六指罗马,说"grkztntgzyal"指使臣,说"abfxust grnogrkzutu XI"指德·莫代纳公爵,说的是切口。中世纪的医生用"opoponach","perfroschinum","reptitalmus","dracatholicum angelorum","postmegorum"指胡萝卜、小红萝卜和白萝卜,说的是切口。糖厂老板说:"细条糖、脑袋糖、透明糖、塞子糖、清糖、蜜糖、椭圆糖、普通糖、焦味糖、块糖,"这个正直的厂主说的是切口。二十年前有个批评流派说:"莎士比亚的一半是文

---

[1] 我的枪。
[2] 我的马。
[3] 我的鞋匠。
[4] 朗布耶府是17世纪上半叶著名的沙龙,"奇迹宫廷"是巴黎乞丐的聚集地,雨果在《巴黎圣母院》中描写过。

字游戏和双关语,"这是切口。如果德·蒙莫朗西先生对诗歌和雕塑不在行的话,诗人和艺术家就意味深长地称他为"资产者",说的是切口。古典主义时代的学士院院士称花朵为"弗洛尔",称果实为"波莫娜",称海洋为"尼普顿",称爱情为"爱火",称美为"魅力",称马为"坐骑"。称白色或三色帽为"柏洛娜[1]的玫瑰",称三角帽为"战神的三角",说的是切口。代数、医学、植物学也有切口。船员所用的语言,让·巴尔、杜盖斯纳、苏弗朗和杜佩雷所说的非常完美和别致的出色语言,混合着帆索的呼呼声、传声筒的喊叫声、靠岸钩的撞击声、船身的摇摆、风声、风暴声、大炮声,是整整一套英雄的响亮切口,与盗贼粗野的切口相比,如同狮子与豺狼相比。

毫无疑问。但是,不管怎么说,这种理解切口的方式,是一种延伸,不是人人都能接受的。至于我们,我们对这个词保留明确、限定和确指的旧涵义,将切口限制在本身的意义内。真正的切口,出色的切口,如果这两个词能配搭的话,自古以来的切口是一个王国,我们再说一遍,这不是别的,无非是苦难的语言,丑陋、惶惑、狡黠、阴险、歹毒、残忍、晦涩、卑劣、深奥、有诱惑力。各种堕落和不幸到了极端,这种极度苦难就要反抗,决心反对所有的幸福现象和占统治地位的法权;在这场可怕的斗争中,苦难时而诡诈,时而激烈,既不正常,又很凶残,以邪恶去刺戳社会秩序,又以犯罪去棒打它。出于这种斗争的需要,苦难创造出一种语言,就

---

[1] 在罗马神话中,弗洛尔是花神,波莫娜是果树女神,尼普顿是海神,柏洛娜是女战神。

是切口。

人类说过的任何一种语言，就是说组成文明和使之复杂化的一种因素，不管好坏，哪怕残缺不全，濒于泯灭，只要使其浮现在遗忘和深渊之上，支持下去，就能扩展社会观察的资料，为文明本身效力。普劳图斯有意无意地做出过这种效力，他让两个迦太基士兵讲腓尼基语；莫里哀做出过这种效力，他让许多人物讲东方语言和各种方言土语。说到这里，有人又提出异议：腓尼基语，好极了！东方语言，好极了！甚至方言土语，都过得去！这些语言都属于各民族或各省；但切口呢？何必保留切口？何必让切口"浮现出来"？

对此，我们只回答一句话。倘若一个民族或一个省份所讲的语言值得注意，那么，有一件事更值得注意和研究，那就是苦难所讲的语言。

比如，这种语言在法国讲了四百多年，不仅一个苦难阶层，而且是苦难本身，人类所有的苦难阶层都讲这种语言。

此外，我们要强调，研究社会的畸形和残疾，揭示出来，加以疗救，这种工作根本不允许挑挑拣拣。风俗史家和思想史家与记述事件的历史家任务同等重要。前者要写出文明的表面，王位之争，君王的产生，国王的婚姻，战役，议会，名流，阳光下的革命，整个外部；另一种历史家要描写内部，背景，工作、受苦和等待的人民，受折磨的妇女，奄奄一息的儿童，人与人的勾心斗角，隐蔽的凶残，偏见，司空见惯的不公道，对法律的暗中反击，心灵的秘密演变，民众难以觉察的颤动，饿殍遍野，乞丐遍地，缺吃少穿者，无依无靠的人，孤儿，不幸者和卑贱者，各种各样在黑暗中游荡的孤魂野鬼。这样的历史学家要满怀仁慈和严肃,像一个兄弟和一个法官,一直下到难以进入的地堡,那里杂乱地匍匐着流血的人和行凶的人,哭泣的人和诅咒的人,挨饿的人和狼吞虎咽的人,逆来顺受的人和胡作非为的人。这些心灵和灵魂的历史家,不如记述外部事件的历史家责任更为重大吗?你以为但丁不如马基雅维利有更多的事要说吗?文明的底层,就因为更幽深更阴暗,就不如表面重要吗?不了解洞穴,就能了解高山吗?

顺便说说,根据前面的几句话,能在这两类历史家中做出截然的区分,但这种区分在我们的头脑中并不存在。倘若在一定程度上不能同时成为民族深层和掩蔽的生活的历史家,那么他也不会是民族公开的、可见的、辉煌的、公众生活的优秀历史家;倘若每当在需要的时候不能成为外部的历史家,那么也不会是优秀的叙述内部的历史家。风俗史和思想史渗透到事件史中,反之亦然。这两类不同的事实互相呼应,始终联结,经常互为因果。上天在一个民族的表面画出的所有线条,在深层有幽暗而清晰的平行线,深层所有的痉挛,在表面引起波动。由于真正的历史渗透到一切之中,真正的历史家也介入一切之中。

人不是只有一个中心的圆圈;这是有两个中心的椭圆。事实是一个中心,思想是另一个中心。

切口只是一个衣帽间,语言要干坏事,在这里化装,它穿戴假面具的词语和破衣烂衫的暗喻。

这样,她变得面目狰狞。

几乎认不出它来。这确实是法语、人类的伟大语言吗?瞧,它正准备粉墨登场，同罪行排练台词，能在罪恶的剧目中扮演各种角色。它不再健步如飞，它一瘸一拐，挂着奇迹宫廷的拐杖，这拐杖能随时变成大棒，它叫作乞丐帮；所有的魑魅魍魉都是它的服装员，为它化装；它有时爬行，有时挺立起来，具有蛇的两种姿态。从此以后它能扮演各种角色，伪造者把它打扮成斜白眼，下毒犯把它染上铜绿，纵火犯给它涂上烟炱，杀人犯把它抹上胭脂。

诚实的人那边，站在社会门口倾听，能听到外边人们的对话。可以分辨出一问一答，抓住可怕的低语声，却不明白什么意思，这近似人语，但更接近吼叫，而不是话语。这是切口。字句变形，带上说不清的怪兽声，似乎听到了七头蛇说话。

这是黑暗中不可理解的鬼语。声音刺耳，窃窃私语，给暮色增添谜一样的隐晦。在苦难中一片漆黑，在罪恶中更是天昏地暗；这两种黑暗相混杂，便构成切口。氛围昏黑，行动昏黑，声音昏黑。可怖的癞蛤蟆语言，来来去去，蹦跳，爬行，唾沫四溅，在这由淫雨、黑夜、饥饿、邪恶、谎言、不义、赤裸、窒息和冬天构成的浩渺灰雾——穷人的正午中张牙舞爪。

要同情受惩罚的人。唉！我们本身是什么样的人呢？我对你们说话，我是谁？你们听我说话，你们是谁？你们从哪里来？是否肯定，我们在生前什么也没有做过呢？大地同牢狱也不是毫无相似之处。谁知道人是不是天庭的累犯呢？

仔细观察一下人生吧。人生这种状况，令人感到处处受惩罚。

您是所谓幸福的人吗？那么，您每天都愁眉苦脸。天天有大烦恼和小烦恼。昨天，您为自己看重的人的身体担惊受怕，今天，您为自己的健康担心；明天要为金钱担忧，后天会遭人非议，大后天一个朋友会遭到不幸；往后的日子，要么有东西打碎了，要么有什么丢失了，要么良心和脊椎怪您寻欢作乐；再就是公务进展不利。还不说心里的痛苦。诸如此类。一片乌云消散了，另一片乌云又形成。一百天当中，难得有一天欢天喜地、阳光灿烂。您属于极少数获得幸福的人之中！至于其他人，漫漫长夜压抑着他们。

爱思索的人很少用幸福者和不幸者的说法。尘世显然是另一个世界的前厅，里面没有幸福的人。

人类真正的区分是这样的：光明的人和黑暗的人。

减少黑暗的人，增加光明的人，这就是目的。因此我们呼吁：要教育！要科学！要识字，这是点燃火种；拼读一个音节，就迸发出一颗火星。

再者，所谓光明，并不一定指快乐。有人在光明中受苦受难；强光会灼伤人。火焰是翅膀的仇敌。燃烧还不断飞翔，这是天才做出的奇迹。

您体验过，您爱过，您还会痛苦。白日在泪水中诞生。即使是对黑暗的人，光明的人也要一掬同情之泪。

## 二、根　子

切口，这是黑暗的人的语言。

思想在最幽暗的深处受到激动，社会哲学面对被玷污的、又有反抗性的、谜一样的土语，要进行极为沉痛的思考。这里明显可见惩罚。每个音节都像打上烙印。通俗语言的词语，仿佛在刽子手的红烙铁下皱缩了。有的词好像还在冒烟。这样的句子给您的印象，就像一个盗贼被突然脱掉衣服，露出有百合花烙印的肩膀。思想几乎拒绝用这种累犯词语来表达。隐喻有时非常卑鄙无耻，让人感到上过枷锁。

再说，尽管如此，而且正因如此，这种古怪的土语，有权在所谓文学这个不偏不倚的犯罪记录大档案室中，占有单间；生锈的铜币和金勋章一样占有位置。切口，不管你同意与否，自有句法和诗意。这是一种语言。从某些词的变形，可以认出经过芒德兰[1]的咀嚼，从某些换喻的奕奕光彩，可以感到维庸讲过这种语言。

这句十分精彩的名诗：

昔日白雪如今安在？[2]

是用切口写的诗句。"Antan——ante annum"，是图纳的切口，意为"去年"，引申意为"昔日"。三十五年前，在一八二七年押解大批犯人启程时，在比塞特尔的一间地牢里，还可以看到被判处苦役的图纳王用钉子刻在墙上的格言："Les dabs d'antan trimaient siempre pour la pierre du Coësre"。意思是说："昔日的国王总要去接受加冕。"在这个国王的思想中，加冕就是服苦役。

"décarade"这个词，表示载重车奔腾启程，来自维庸，倒也名

---

1 芒德兰（1724～1755），法国有名的匪首。
2 维庸的诗句，摘自《昔日贵妇谣曲》，为每节诗的最后一句，白雪是贵妇的隐喻。

符其实。这个词意为四蹄溅出火星,用一个出色的象声词,概括了拉封丹这个名句:

六匹骏马拉着旅行车。

从纯文学的角度看,很少有比切口的研究更加有趣和内容丰富了。这是语言中的一整套语言,是一种病态的赘疣,一种产生赘生物的不良嫁接,是一种寄生植物,扎根在高卢老树干中,有害的枝叶爬满语言的整整一侧。这可以称为切口给人第一眼的面貌,即通俗的面貌。但是,对于以研究语言为己任的人来说,就像地质学家研究地球那样,切口如同一片真正的冲积层。往下挖掘,深浅不同,在切口中能够发现古老的民间法语,下面是普罗旺斯语、西班牙语、意大利语、东方语,即地中海港口的语言,还有英语、德语、罗曼语的三个分支:法兰西罗曼语、意大利罗曼语、罗马罗曼语,还有拉丁语,最后是巴斯克语和克尔特语。这是深邃而奇特的结构。一切受苦受难的人共同营造的地下建筑。每一个受诅咒的种族放上自己的一层,每一种痛苦都留下自己的石块,每一颗心都加上自己的石子。无数邪恶、卑劣或愤怒的心灵度过了人生,永远湮灭,但在这里几乎全部留下来,在一个怪词的形式下还隐约可见。

要谈谈西班牙语吗?古老的哥特语切口比比皆是。例如,"boffette"即风箱,来自"bofeton";"vantane",后来是"vanterne",即窗户,来自"vantana";"gat"即猫,来自"gato";"acite"即油,来自"aceyte"。要谈谈意大利语吗?例如,"spade"即剑,来自"spada";

"carvel"即船，来自"caravella"。要谈谈英语吗？例如，"bichot"即主教，来自"bishop"；"raille"即间谍，来自"rascal"，"rascalion"，意为混蛋；"pilche"即匣子，来自"pilcher"，意为剑鞘。要谈谈德语吗？例如，"caleur"即伙计，来自"kellner"；"hers"即主人，来自"herzog"（公爵）。要谈谈拉丁语吗？例如，"frangir"即打碎，来自"frangere"；"affurer"即偷盗，来自"fur"；"cadène"即锁链，来自"catena"。有一个词以某种威力和神秘的权威，出现在大陆所有的语言中，这就是"magnus"一词：爱尔兰变成"mac"，表示族长，"Mac-Farlane"，"Mac-Callummore"，即大法尔拉纳，大卡吕莫尔[1]；切口后来变成"meck"，再后来变成"meg"，即天主。要谈谈巴斯克语吗？例如，"gahisto"即魔鬼，来自"gaïztoa"，意为邪恶的；"sorgabon"即晚安，来自"gabon"，意为晚上好。要谈谈克尔特语吗？例如，"blavin"即手帕，来自"blavet"，意为喷泉；"ménesse"即女人（贬意），来自"meinec"，意为翠围珠绕；"barant"即小溪，来自"baranton"，意为泉水；"goffeur"即锁匠，来自"goff"，意为铁匠；"guédouze"即死亡，来自"guenudu"，意为黑白。最后，要谈谈历史吗？切口称埃居为"maltaises"，是对马耳他苦役船上流通的钱币的回忆。

除了上述的语言学来源，切口还有其他更自然的来源，可以称之为来自人的思想本身。

首先，是直接造词。语言的奥秘就在这里。通过词汇来描绘，

---

[1] 但需要指出，克尔特语中的"mac"意为"儿子"。——原注

这些词汇不知怎么，也不知为什么，具有形象。这是一切人类语言的原始基础，可以称为花岗岩。切口中这类词俯拾即是，是直接产生的，不知来自哪里，也不知由谁创造，没有词源，没有类同，没有派生词，孤零零的，粗俗，有时丑恶，表意有力得古怪，十分生动。刽子手是"le taule"；森林是"le sabri"；恐惧和逃走是"taf"；仆人是"le larbin"；将军、主教和大臣是"pharos"；魔鬼是"le rabouin"。这些词既掩饰又表意，没有什么更古怪的了。有的词，比如"le labouin"，既滑稽又可怕，给您的印象就像巨怪做鬼脸。

其次，是隐喻。一种语言要全部道出又掩饰一切，其特点就是意象丰富。隐喻是一个谜，策划阴谋的匪徒，谋划越狱的囚犯隐藏在那里。任何方言都不如切口更具有隐喻性。"拧下椰子"，意为"拧断脖子"；"扭来扭去"意为"吃"；"被捆起来"意为"受判决"；"老鼠"意为"偷面包的贼"；"il lansquine"意为"下雨"，非常鲜明的古老意象，多少带有时间印记，将雨的长斜线比作雇佣军斜扛的密密的长矛，一个词就包括了"下刀子"这通俗的换词法。有时，切口从第一阶段发展到第二阶段，词语从野蛮的原始状态转到隐喻意义。魔鬼不再是"le labouin"，变成了"面包师傅"，即往烤炉里送东西的人。这更诙谐，但缺少伟岸；宛如高乃依之后的拉辛，埃斯库罗斯之后的欧里庇得斯。有些切口长句，具有两个时代的特点，同时有野蛮性和隐喻性，酷似魔术幻灯。"Les sorgueurs vont sollicer des gails à la lune"（窃贼黑夜去盗马）。这就像一群鬼在脑际掠过。不知道看到的是什么。

第三，是权宜之计。切口靠语言生存，随意运用，信手拈来，需要时往往只限于简单而粗暴地加以歪曲。有时，运用这样歪曲的常用词，再杂以纯粹的切口，构成生动鲜明的短语，能感到上述两种因素的混合，直接的创造和隐喻。"Le cab jaspine, je marronne que la roulotte de Pantin trime dans le sabri"，意即狗在吠叫，我怀疑巴黎的驿车驶进树林。"Le dab est sinve, la dabuge est merloussière, la fée est bative"，意即老板愚蠢，老板娘狡猾，女儿漂亮。为了让听者迷惑，切口往往不加区分地给所有的词加上难听的词尾："aille"，"orgue"，"iergue" 或者 "uche"。例如："Vousiergue trouvaille bonorgue ce gigotmuche？"意即您感到这只羊腿好吃吗？这句话是卡尔图什对监狱边门看守说的，想知道越狱给的钱够不够。词尾加"mar"是最近的事。

　　切口是曲解的土语，很快就变质。再说，由于它总是竭力回避，一旦感到让人理解，便会改变。同植物相反，阳光要扼杀它接触到的东西。因此，切口会不断解体和重组；这种变化隐晦、迅速，永不止息。它在十年中超过语言在十世纪所走的路。因此，"larton"[1] 变成 "lartif"；"gail"[2] 变成 "gaye"；"fertanche"[3] 变成 "fertille"；"momignard"[4] 变成 "momacque"；"siques"[5] 变成 "frusques"；"chique"[6] 变成 "égrugeoire"；"colabre"[7] 变成 "colas"。"魔鬼"起先是"gahisto"，

---

[1] 面包。——原注
[2] 马。——原注
[3] 麦秸。——原注
[4] 小孩
[5] 破衣烂衫。——原注
[6] 教堂。——原注
[7] 脖子。——原注

然后是"rabouin"，后来是"面包师傅"；"教士"先是"ratichon"，然后是"野猪"；"匕"首先是"二十二"，然后是"野生苹果幼树"，后来是"lingre"；"警察"先是"railles"，然后是"战马"，然后是"棕发女人"，然后是"鞋带商"，然后是"coqueurs"，然后是"cognes"；"刽子手"先是"taule"，然后是"Charlot"，然后是"atigeur"，然后是"becquillard"。十七世纪，"搏斗"说成"互敬鼻烟"；十九世纪，改成"互敬口嚼烟"。在这两种极端之间，有过二十种不同说法。在拉塞奈尔看来，卡尔图什讲的是希伯来语。这种语言的所有词汇，就像讲这些词汇的人一样，不断逃逸。

可是，由于不断变化，古老的切口不时再出现，变旧为新。它有保存自身的据点。神庙街保存了十七世纪的切口；比塞特尔还是监狱时，保存了图纳的切口。可以听到往昔的图纳人话语中"anche"的词尾。"Boyanches-tu"（你喝酒吗）？"il croyanche"（他相信）。但是，不断变化仍然是法则。

如果哲学家能够确定一段时间，观察这种不断泯灭的语言，他就会陷入忧伤而有益的思考。没有什么研究更富有成果和更有教益。没有一个隐喻，没有一句切口的词源，不包含一种教训。在这些人当中，"打"意思是"假装"；他在"打"病；狡黠是他们的力量。

对他们而言，人的概念同黑暗的概念分不开。黑夜说成"sorgue"，人说成"orgue"。人是黑夜的派生词。

他们已习惯把社会看成扼杀他们的一种氛围，他们谈论自己的自由，就像人们谈论自己的健康。一个人被捕是个"病人"；一个人被判刑是个"死人"。

囚犯关在埋葬他的四堵石壁中，最可怕的就是某种冰冷的贞洁；他称地牢为"castus"[1]。在这阴森的地方，外界生活总是以最喜气洋洋的面貌出现。囚犯戴着脚镣；您也许以为他在想，别人用脚走路吧？不。他在想，别人用脚跳舞；因此，一旦他锯掉了脚镣，他的第一个想法是，现在他可以跳舞了，他把锯子称为"小酒店舞场"。一个"名字"是一个"中心"；深深地化合在一起。强盗有两个头，一个思索他的行动，引导他一生，另一个在肩膀上，为行刑那天准备的；他把给自己犯罪出主意的头称为"索尔本学院"，把为他赎罪的头称为"圆木头"。一个人身上只穿着破衣烂衫，心里只有邪念，在物质和精神两方面都堕落到"无赖"一词所标志的双重含义，他就到了犯罪的边缘，他就像一把锋利的刀；他有双刃，即他的困苦和他的凶恶；因此，切口不说"无赖"，而说"réguisé"。什么是苦役监？是炼狱的火坑，是地狱。苦役犯叫做"柴捆"。最后，这些歹徒给监狱起什么名字呢？"学校"。一整套惩罚可以从这个词派生出来。

匪徒也有他的炮灰，即可以窃取的物质，你，我，什么人都行；"le pantre"（"pan"，指所有人）。

你想知道苦役监的大部分歌曲，在特殊词汇中称为"lir onfa"的副歌是怎么产生的吗？请听我道来：

在巴黎的沙特莱监狱，有一个长方形的地窖。这个地窖在塞纳河水面之下八尺深。没有窗户，也没有通气窗，唯一的开口是门；

---

[1] 此为拉丁语。

人可以进去，而空气进不去。这个地窖是石头拱顶，地下是十寸深的烂泥。地窖铺上了石板；但由于水的渗透，石板腐烂和龟裂了。离地面八尺高的地方，有一条长长的大梁，横穿过这地下室；从大梁上相隔一段距离，垂下三尺长的锁链，锁链末端是枷锁。这个地窖里关着判处做苦役的囚犯，直至押解到土伦。狱卒把犯人推到大梁下，每个囚犯的锁链在黑暗中摆荡，等待着他们。锁链是垂下的手臂，枷锁是张开的手，它们抓住这些可怜虫的脖子。把囚犯戴上枷锁，就让他们待在那里。锁链太短，他们无法躺下。他们在这个地窖里，在这黑暗中，在大梁下一动不动，几乎吊着，不得不使出极大的努力，才能够到面包或水罐，头上是拱顶，烂泥淹没半条腿，粪便顺着双腿流下去，累得浑身散了架似的，弯腰屈膝，双手抓住锁链来休息，只能站着睡觉，时刻被枷锁卡得醒过来；有的囚犯醒不过来了。吃东西时，他们用脚踵将扔在烂泥里的面包，顺着胫骨，推到手上。他们这样要待多长时间呢？一个月，两个月，有时半年；有一个待了一年。这是苦役犯的候见室。把他们关在那里，是因为偷猎了国王的一只野兔。在这个坟墓与地狱中，他们干什么呢？在坟墓里能做的事，就是奄奄待毙，在地狱里能做的事，就是唱歌。因为凡是看不到希望的地方，只剩下歌曲。在马耳他海域，一条苦役船驶过来，在听到桨声之前，会听到歌声。曾在沙特莱的地牢里待过的可怜偷猎者苏尔万桑说："是韵律使我支持下来。"诗歌没有用。韵律有什么用？几乎所有的切口歌曲都是在这个地窖里产生的。蒙戈默里帆桨战船忧伤的叠歌："蒂马路米塞纳，蒂木拉米宗"，就来自巴黎沙特莱大监狱的这个地牢。这些歌曲大半是凄切的；有几首欢快；有一首温柔：

> 这里呀是舞台，
> 小射手[1]展风采。

您徒劳无功，消灭不了永存人心的爱情。

在这个行为见不得人的世界里，大家保守秘密。秘密是大家的东西。秘密，对这些不幸的人来说，是用作团结基础的一致。泄露秘密，不啻从这个凶残的共同体的每个成员身上夺走一点东西。用切口有力的语言来说，告发说成"吃掉那一块"。仿佛告发者将大家共有的一点东西据为己有，用每人身上的一块肉养肥了自己。

什么是挨耳光？普通的隐喻回答："看到了三十六支烛光。"切口插进来回答："烛光，侮辱。"这样，日常用语将耳光当作侮辱的同义词。因此，切口借助隐喻这条无法估量的轨道，自下而上渗透，从洞窟上升到科学院；普拉耶说："我点着我的侮辱（蜡烛），"这使伏尔泰写道："朗勒维埃尔·拉博梅尔该挨一百个侮辱（耳光）。"

发掘切口，每一步都有发现。研究和深挖这种古怪的土语，会导致正常社会和犯罪社会的神秘交汇点。

切口，这是变成苦役犯的语言。

人的思维要素竟被压制到这么低，竟被命运的黑暗暴力拖走、捆住，竟让神秘莫测的绳索捆在这个深渊里，实在令人惊奇。

---

[1] 小射手指丘比特。——原注

噢，悲惨的人思想多么可怜！

唉！没有人来救助这黑暗中人的灵魂吗？它的命运就是在黑暗中永远等待神灵、解放者、骑着飞马和半鹰半马怪兽的巨人、鼓翼从天而降身披朝霞的斗士、光彩夺目的未来骑士吗？它总是白白地向理想的光芒呼救吗？它被判决在深渊的黑暗中，惶恐地倾听恶魔到来，看到恶魔的头口吐白沫，张牙舞爪，躯体肿胀，露出环节，在污水中蜿蜒起伏，越游越近吗？它必须待在那里，没有一点光，没有希望，隐约觉察到怪物可怕地接近，瑟瑟发抖，披头散发，扭动双臂，永远锁在黑夜的岩石上，赛过在黑暗中白皙、赤裸、凄惨的安德罗墨达[1]！

## 三、哭和笑的切口

可见，全部切口，不管是四百年前的切口，还是今天的切口，都渗透了晦涩的象征精神，使每个词有时具有忧伤意味，有时咄咄逼人。可以感到当年"奇迹宫廷"的乞丐玩纸牌时忧郁而凶恶的神情，那些纸牌游戏是他们特有的，有几副保存至今。比如，梅花八画了一棵大树，有八片巨大的梅花叶，这是森林的奇异化身。树根旁可以看到一堆点燃的火，三只野兔在铁扦上烤着一个猎人。后面另一堆火上，有一只冒热气的锅，从里面露出一只狗头。在纸牌上画着烧烤走私者，锅里烹煮伪币制造者，没有什么比这种报复更骇

---

[1] 安德罗墨达，希腊神话中的公主，其母得罪海洋女神，为免遭灾难，只得把她锁在山岩上。后被佩耳修斯所救，相爱结婚。

人听闻的了。在切口的王国里，思想所采取的各种形式，不论歌曲、嘲笑或威胁，都具有这种无可奈何和意气消沉的特点。所有歌曲都谦卑而悲切，催人泪下；有几首曲调被人搜集下来。匪徒叫做"可怜的匪徒"，他总是东躲西藏的兔子，仓惶逃命的老鼠，惊飞的雀儿。他刚要祈求，便又仅仅叹息一声；其中一声呻吟传至我们："Je n'entrave que le dail comment meck, le daron des orgues, peut atiger ses momes et ses momignards et les locher criblant sans être atigé lui-même"。[1] 可怜的人每当有工夫思索，在法律面前自惭形秽，在社会面前显得微不足道；他趴在地上哀求，乞怜；让人感到他知道做错了。

大约在上世纪中叶，出现了变化。监狱的歌曲，盗贼的老调，可以说具有一种放肆、快活的格调。哀怨的"马吕雷"被"拉里弗拉"代替。十八世纪，几乎在所有的帆桨战船、苦役场和监狱的歌曲中，又找到恶狠狠的、神秘的快乐。可以听到尖厉、跳荡的叠歌，仿佛闪耀着磷光，由吹木笛的鬼火扔在森林里：

> 米拉巴比，苏拉巴博，
> 　米利通　里蓬　里贝特，
> 苏拉巴比，米拉巴博，
> 　米利通　里蓬　里博。

在地窖或树林里一面掐死人，一面唱这首歌。

---

[1] 我不明白，人类的父亲——天主会折磨他的孩子和孙子，让他们叫喊，自己却不难受。——原注

严重的征兆。十八世纪，这些悲惨阶层自古以来的忧郁消失了，他们开始发出笑声，嘲笑天主与国王。例如对路易十五，他们把法国国王称为"庞丹侯爵"[1]。他们几乎是快活的。从这些悲惨的人身上发出一种微光，好似他们的良心上不再有重负了。这些可悲的黑暗匪帮，不仅在行动上有拼死一搏的胆量，而且在精神上有无所顾忌的大胆。这种征兆表明他们丧失了犯罪感，也表明他们感到在思想家和幻想家中获得说不清、不自觉的支持。这种征兆表明偷盗和抢劫开始渗透到某些学说和诡辩术，减少了一点丑恶，却给诡辩术和这些学说带来许多丑恶。最后，这种征兆表明，这种情绪如果得不到排遣，不久就会惊人地爆发出来。

这个话题打住一下。我们在这里指责谁？是十八世纪吗？是这个世纪的哲学吗？自然不是。十八世纪的著作是健康的，优秀的。以狄德罗为首的百科全书派，以杜尔果为首的重农学派，以伏尔泰为首的哲学家，以卢梭为首的空想主义者，这是四支神圣的大军。人类大踏步走向光明归功于他们。这是人类的四支先锋队，迈向进步的四个主要问题，狄德罗迈向美，杜尔果迈向实用，伏尔泰迈向真，卢梭迈向正义。但是，在哲学家旁边和下面，还有诡辩家，这是混杂在香花中的毒草，是原始森林中的毒芹。正当刽子手在法院的主楼梯上焚烧上个世纪宣扬解放的伟大作品时，今日已被遗忘的作家得到国王的特许，发表具有瓦解作用的怪书，那些悲惨的人贪婪地阅读。奇怪的是，有几部得到一位王爷赞助，收藏在《秘密文库》里。这些事实深藏不露，不为人知，表面上看不出来。有时，

---

[1] 庞丹是巴黎的公墓。

一件事实的危险就在于鲜为人知。因为是暗地里发生的，所以密不透风。在这些作家中，当时在群众中挖掘最有害的通道的，也许是雷蒂夫·德·拉布勒托纳[1]。

这项工作适用于全欧洲，在德国造成的破坏超过其他地方。在德国，席勒的名剧《强盗》所概括的时期里，偷盗和抢劫作为反抗财产和劳动而出现，吸收了某些最简单的、似是而非的、表面正确实质荒谬的思想，用这些思想包装起来，可以说隐蔽其中，采用一个抽象名称，进入理论范畴，以这种方式在朴实的劳苦大众中流传，连配制这种混合剂的不慎的化学家也没有觉察，连接受的群众也茫然无知。每当出现这类事实，后果都是严重的。痛苦产生愤怒，正当富有阶层像睁眼瞎子，或者安然入睡，总之闭目塞听时，穷苦阶层的仇恨，碰到在角落里沉思的苦闷或失去理智的人，燃起了火把，开始审察社会。仇恨的审察，这是可怕的事！

倘若时运不济，就要发生从前所谓雅克团的惊人动乱，相较而言，纯粹的政治动荡不过是儿戏，那已不再是受压迫者反对压迫者的斗争，而是困苦反对舒适的暴动。于是一切分崩离析。

雅克团是人民的地震。

约莫十八世纪末，这种危险也许在欧洲迫在眉睫；却被法国大革命这一声势浩大的义举阻止了。

法国大革命无非是用剑武装起来的理想，巍然耸立，猛然一击，既关上恶之门，又打开了善之门。

---

1 雷蒂夫·德·拉布勒托纳（1734～1808），法国作家，受卢梭影响，作品卷帙浩繁，其中有《堕落的农民》《尼古拉先生》等，对下层社会有广泛的反映。

它指出了问题，宣布了真理，驱除了瘴气，净化了世纪，给人民加冕。

可以说，它第二次创造了人，给了它第二个灵魂，即民权。

十九世纪继承和利用了它的成果，今天，上述指出的灾难，说实话，不可能发生了。指责它的人是瞎子！惧怕它的人是傻子！革命是预防雅克团的疫苗。

由于革命，社会状况改变了。我们的血液里不再有封建君主制的病毒。我们的肌体里也不再有中世纪的成分。可怕的蚁群突然闯进来，脚下听到沉闷的黑暗中的奔突，文明的表面难以形容地隆起鼹鼠的地道，大地裂开，岩洞之顶开了口，从地底突然冒出鬼怪的头颅，这样的时代一去不复返了。

革命感是一种精神感觉。民权感得到发扬，便发展责任感。所有人的法则是自由，根据罗伯斯庇尔出色的定义，它在他人自由开始的地方结束。从一七八九年以来，全体人民在个体崇高化中扩大；有了自己的权利，穷人就有了光彩；快饿死的人内心感到对法国的坦荡；公民的尊严是内心的盔甲；自由的人是审慎的；有选举权的人在统治。由此产生不可腐蚀性；由此贪得无厌注定失败；由此面对诱惑，目光勇敢地低垂。革命的净化效果突出，七月十四日，八月十日，这样的解放日一过，就再也没有贱民了。受到启迪、成长起来的群众发出的第一声叫喊是：处死盗贼！进步是个有教养的人；理想和绝对不做小人。一八四八年，运载杜依勒里宫的财宝那些货车，是由谁押送的？由圣安东尼郊区的拾荒者。破衣烂衫给财宝站岗。美德使这些衣衫褴褛的人大放光彩。在这些货车上，有的箱子没有关严，甚至有的半开半闭，在光辉夺目的珠宝匣中，有缀满钻石的法国古老王冠，顶端那颗代表王权和摄政权的红宝石价值三千万。赤脚汉守卫这顶王冠。

因此，再没有雅克团了。我对那些机灵鬼感到遗憾。往昔的恐惧起了最后一次作用，今后不可能对政治起影响了。红发鬼的大弹簧断裂了。现在已众所周知。吓人的玩意儿再也吓不了人。鸟儿同稻草人混熟了，上面的鸟粪生了虫子，市民当作笑谈。

## 四、两种责任：警戒和希望

既然如此，一切社会危险都消除了吗？当然没有。没有雅克团了。社会在这方面可以放心，血液不再上冲社会的脑袋；但是，社会要关注呼吸的方式。不用再担心中风，可是还有肺病。社会肺病叫做贫困。

慢性侵害和突发同样致命。

我们不厌其烦地重复，首先要想到一贫如洗的劳苦大众，减轻他们的痛苦，让他们呼吸新鲜空气，给他们照明，爱护他们，出色地扩大他们的视野，给他们提供各种形式的教育，为他们树立劳动的范例，而绝不是游手好闲的范例，减少个人的重负，同时扩展目标一致的概念，限制贫穷，而不是限制富有，创造公众和民众的广阔活动场地，像布里亚柔斯[1]一样有一百只手，从四面八方伸向受苦

---

1 布里亚柔斯，希腊神话中的百手怪物，是天神和地神之子，本名埃盖翁。

的人和弱者，动用集体力量，履行这一重大责任，即给所有的手臂开设工场，给有各种天赋的人开办学校，给所有的才智建立实验室，提高工资，减少辛劳，保持收支平衡，就是说享受与付出的努力、满足与需要成比例，总之，让社会机构发出更多的光，提供更多的福利，为受苦和无知的人造福，但愿富有同情心的人不要忘记，这是博爱的首要任务，但愿自私的心灵知道，这是政治上的第一需要。

应该说，这一切只不过是开端。真正的问题是，劳动倘若不是一种权利，就不可能是一种法则。

这里决不是展开议论的地方，我们对此不加强调。

如果大自然叫做天意，社会应该叫做预见。

智慧和精神的扩展，还有物质的改善都是不可或缺的。知识是人生旅途的食粮；思想是第一需要；真理如同小麦一样是养料。理性如果缺乏科学和智慧的营养，就会消瘦。精神和肠胃一样，不吃东西可怜得很。比起缺乏面包、奄奄一息的躯体，更为悲惨的是，缺乏智慧、奄奄一息的心灵。

一切进步趋向于解决这方面的问题。有朝一日，人们会感到惊讶。既然人类在上升，底层的人自然要摆脱困苦区域。只要整体水平提高，贫困也就消灭了。

这种解决办法受到赞美，若要怀疑就错了。

在我们所处的时代，往昔确实还很强大。它获得振兴。一具僵尸恢复青春令人震惊。它正在向前走来。它仿佛是战胜者；这具僵尸是个征服者。它率领迷信军团，挥舞专制主义的利剑，高举愚昧的旗帜来到；曾几何时，它取得十场战役的胜利。它在向前，它咄咄逼人，它在笑，它到了我们的门口。至于我们，不要绝望。汉尼拔扎营的地方，我们拱手相让。

我们有信仰，我们会害怕什么呢？

江河不会倒流，同样，思想不会倒退。

但愿不寄希望于未来的人好好思索。对进步说不，他们谴责的绝不是未来，而是他们自己。他们得的是恶疾；他们给自己接种了"往昔"这种疫苗。只有一种方法拒绝明天，就是死去。

然而，不要任何死亡，躯体的死亡尽量推迟，灵魂永远不要死亡，这才是我们所希望的。

是的，将要说出谜底，斯芬克司要开口了，问题将要解决。是的，十八世纪初具雏形的人民，要由十九世纪完成塑造。怀疑这一点的人是白痴！普天下的幸福在将来，在不久的将来出现，天经地义是必然的现象。

整体的巨大推动力支配着人类的行动，在特定的时间内，引导这些行动到合乎逻辑的状态，就是说平衡，就是说公正。一种天地组合的力量来自人类，主宰着人类；这种力量能制造奇迹；美妙的结局和异乎寻常的曲折，都能轻而易举地写就。这种力量借助来自人类的科学和上天安排的事件，并不担心提出问题的矛盾，而在庸人看来，这些矛盾是无法解决的。它善于比较各种思想，从中找出解决办法，又善于比较各种现象，从中得到教益；人们可以从这种进步的神秘力量期待获得一切，有朝一日，这种力量在坟墓深处让东西方汇合，并让伊斯兰教国家君主和拿破仑在大金字塔里对话。

在这之前，在精神向前迈进的洪流中，不要停顿，不要犹豫，不要歇息。社会哲学基本上是争取和平的科学。它追求的目的和应有的结果,在于通过研究对立面,消除愤怒。它观察,它探索,它分析;然后它重新组合。它通过缩减的办法着手进行,消除一切仇恨。

狂风在人们的头上肆虐,一个社会就会崩溃,这种情况屡见不鲜;历史充满了遭到灭顶之灾的民族和帝国;风俗、法律、宗教,有朝一日,这捉摸不定的暴风掠过,会席卷这一切。印度、迦勒底、波斯、亚述、埃及的文明,一个接一个消失了。为什么?我们一无所知。这些灾难出自什么原因?我们不得而知。这些社会能保存下来吗?是它们自身的过错吗?它们禁锢在致命的恶习中,终至末路穷途?在一个民族和一个种族的可怕灭亡中,自戕的成分占多少?这些问题没有答案。黑暗笼罩着这些注定灭绝的文明。既然它们被吞没了,也就化作了水;我们没有什么可多说的;回顾以往这片海洋的深处,我们不禁悚然而惧,在这滔天巨浪后面,经历一个个世纪,巴比伦、尼尼微、塔尔苏斯、底比斯、罗马,这些巨轮,在黑暗千变万化之口吹出的狂风下沉没了。但是,那边是黑暗,这边是光明。我们不知道古代文明所患的疾病,我们却知道我们的文明的残疾。我们有权利让它处处照到阳光;我们观赏它的美,我们也剥露它的丑。它哪里有病痛,我们就检查;病痛一旦查明,便研究病因,最后发现医治的药。我们的文明是二十世纪的成果,既是妖怪,又是奇迹;它值得疗救。它会得到疗救。减轻它的病痛,这已经很不错了;给它以启迪,就更上一层楼。现代社会哲学的所有研究,都应集中到这个目标上。今日,思想家有一项重大职责,就是给文明听诊。

我们再说一遍,这种听诊鼓舞人心;正是通过强调鼓舞作用,我们想结束一个悲惨故事这几页严肃的插话。社会是会消亡的,而人类却永生不灭。火山像有脓肿并流脓,于是爆发,这里那里留下伤口,硫气喷射形成疥癣,但地球不会完蛋。民众的疾病不会杀死人。

然而,谁对社会做诊断,都会不时摇头。最强壮、最温柔、最有逻辑头脑的人,也有气馁的时候。

未来会出现吗?当人们看到可怖的阴影重重时,几乎要提出这个问题。自私和悲惨的人面对面,没有好脸色。在自私的人身上,偏见,未受过好教育,在陶醉中胃口越来越大,给荣华富贵的喊声弄得昏昏然,有的人怕受苦发展到厌恶受苦人,难以抑制的满足欲望,自我膨胀以致封闭心灵;在悲惨的人身上,看到别人享乐又垂涎,又嫉妒,又仇视,人内心的兽性剧烈震动,以求餍足,心里充满迷雾,愁苦,渴望,不幸,邪恶而简单的无知。

有必要继续遥望天空吗?能分清的亮点是正熄灭的星体吗?理想这样消失在天穹,微小,孤零零,难以分辨,闪闪发光,但周围可怕地堆积黑洞洞的巨大威胁,望去令人胆寒;但不比乌云口中的一颗星星更加危险。

# 第八章
# 狂喜与忧伤

## 一、阳光灿烂

读者已经明白,爱波尼娜受玛侬的派遣,透过普吕梅街的铁栅门,认出住在那里的姑娘,她先是将强盗调开普吕梅街,然后把马里于斯带到那里。而马里于斯经过好几天在铁栅门前入迷地张望,就像铁受到磁石吸引一样,这个恋人被心上人楼房的石头所吸引,最后进入了柯赛特的花园,如同罗密欧进入朱丽叶的花园一样。他这样做甚至比罗密欧更容易;罗密欧不得不爬墙,马里于斯只要挪动一根朽烂的铁条,铁条好似老人的牙齿,在生锈的槽口摇晃。马里于斯十分瘦削,很容易通过。

由于街上根本没有人,再说马里于斯是在晚上趸进花园,他不用担心被人看见。

这两颗心灵通过一吻订了婚,从这幸福而神圣的时刻开始,马里于斯每晚必来。如果柯赛特在生平这一阶段,爱上一个轻浮放荡的男子，她就完了；因为宽厚的天性容易委身，而柯赛特属于这种天性。女人的宽厚，表现之一是容易让步。处于绝对高度的爱情，廉耻心会说不清地盲目得叫绝，变得复杂化。可是，高尚的心灵，要冒多大的危险啊！往往你奉献一颗心，别人却占有你的肉体。你的心给你留下来，你看着它在黑暗中瑟瑟发抖。爱情绝没有折中结果；要么完蛋，要么得救。人的全部命运就是非此即彼。这种祸与福的两难推论，任何命运都不像爱情这样无情地提出来。爱情非死即生。既是摇篮，又是棺材。同一种感情，在人心中可以说是，也可以说否。在天主创造的一切事物中，人心能释放最多的光明，唉，也能释放最多的黑暗。

天主愿意柯赛特遇到的爱情是幸福的爱情。

一八三二年五月，每天夜里，在这个荒废的花园中，在这日益芬芳和浓密的灌木丛下，两个无比贞洁、无比天真的年轻人，至高无上的幸福充溢心间，不像凡人，赛过神仙，纯洁、朴实、迷醉，光彩焕发，黑暗中彼此肝胆相照。柯赛特觉得马里于斯有一顶王冠，而马里于斯觉得柯赛特罩着光轮。他们互相抚摸，相对而视，执手相向，紧紧偎依；但他们从不逾规。并非他们对此尊重，他们是并不知晓。马里于斯感到柯赛特的纯洁这道障碍，而柯赛特感到马里于斯的朴直这个支持。第一吻也是最后一吻。马里于斯此后只限于用嘴唇去接触柯赛特的手或者围巾和发卷。对他来说，柯赛特是一股香气，而不是一个女人。他闻着她。她什么也不拒绝，而他什么也不要求。柯赛特是幸福的，马里于斯则是心满意足。他们生活在心醉神迷的状态中。这是两个理想的纯洁男女不可言喻的初次拥抱。

两只天鹅在少女峰上相会。

爱情在这一时刻,情意绵绵,力量强大,肉欲绝对沉寂,马里于斯,纯洁高尚的马里于斯,宁肯去找一个妓女,也不愿把柯赛特的裙子撩到脚踝骨。有一次,月光皎洁,柯赛特俯下身去捡地上的一样东西,她的短上衣张开了,露出胸口,马里于斯转开目光。

这两个人之间发生了什么事?什么也没有发生。他们相爱。

晚上,他们在一起时,这个花园好像一个生机盎然的圣地。他们周围百花盛开,给他们送来芬芳;他们也敞开心扉,散发到花卉中。在这两个天真无邪的人周围,多情而旺盛的草木,汁液饱满,醉意酣醺,瑟瑟抖动,他们情话绵绵,树木为之颤动。

这些话像什么?只是气息。如此而已。这些气息已足够扰乱和激动周围的自然。这些谈话像缕缕轻烟,被树叶下的清风带走和吹散,如果是在书上读到这些谈话,很难理解它们巨大的魅力。从这两个情人的喁喁细语中,去掉出自心灵,像竖琴一样伴奏的旋律,余下的只不过是影子;您会说:什么!不过如此!是的,天真的话,重复的话,动辄笑起来,废话,蠢话,却是世间最崇高、最深刻的话!唯有这种话值得一说,值得一听!

这些蠢话,这些乏味的话,谁从来没有听过,从来没有说过,那是一个蠢货和恶人。

柯赛特对马里于斯说:

"你知道吗?……"

(在整个谈话中,透过无上的贞洁,彼此说不出所以然,自然就用起亲密的第二人称。)

"你知道吗？我叫厄弗拉齐。"

"厄弗拉齐？不，你叫柯赛特。"

"噢！柯赛特是个相当讨厌的名字，我小时候别人随便给我起的。但我的真名是厄弗拉齐。你不喜欢厄弗拉齐这个名字吗？"

"喜欢……可是柯赛特并不令人讨厌。"

"你觉得比厄弗拉齐好吗？"

"可是……是的。"

"那么我也更喜欢柯赛特。真的，柯赛特，挺美的。叫我柯赛特吧。"

她添上微笑，使这场对话赛似天国林苑的牧歌。

另一次，她定睛看他，叫道：

"先生，您真俊，您真漂亮，您有才智，您一点不笨，您远远比我有学问，可是我敢向您挑战说：我爱你！"

马里于斯在天穹中以为听到一颗星星在唱情歌。

他咳嗽一声，她拍他一下，对他说：

"别咳嗽，先生。没有我的同意，我不许人家在我家里咳嗽。咳嗽令人难受，叫我不安。我希望你身体好，因为，首先，我呀，如果你身体不好，我会非常不幸。你叫我怎么办呢？"

这不折不扣是圣洁的。

一次，马里于斯对柯赛特说：

"你想想，有段时间我以为你叫于絮尔。"

这使他们笑了一晚上。

另一次谈话中，他突然叫道：

"噢!有一天,在卢森堡公园,我真想砸烂一个残废老兵!"

但他戛然而止,没有说下去。那就要对柯赛特说起她的吊袜带,这是他难以启齿的。这要接触一个陌生的领域:肉体,这个痴情而天真的恋人,对此怀着一种神圣的恐惧而后退。

马里于斯想象同柯赛特一起生活就是这样,没有其他事情;天天晚上到普吕梅街,移开庭长的铁栅门乐于助人的旧铁条,并排坐在长凳上,透过树丛遥看初夜时分闪烁的繁星,让自己长裤膝部的褶痕与柯赛特宽大的裙子并列,抚摸她的拇指指甲,用第二人称称呼她,轮流闻一朵花,永无穷期。这时,云彩从他们头顶上掠过。每当和风吹拂,更多带走的是人的梦想,而不是天空的云彩。

这圣洁的、近乎躲躲闪闪的爱情,并非绝对缺乏献殷勤。"奉承"意中人,是爱抚的第一种方式,尝试半分胆量。奉承,就像隔着面纱一吻。欲望半遮半掩,把温柔的尖刺插进去。心灵在欲望面前退却,是为了爱得更深切。马里于斯的甜言蜜语,充满了幻想,可以说是天蓝色的。鸟儿同天使比翼齐飞时,大概会听到这种话语。但他插入了生活、人情、马里于斯种种求实的精神。这是在岩洞里讲的话,是在卧室中情话的前奏曲;这是抒情的吐露,歌与诗的杂糅,斑鸠咕咕叫的可爱夸张,崇拜的缕缕情意化成花束,散发出美妙的幽香,两颗心难以描绘的呢喃声。

"噢!"马里于斯喃喃地说,"你多么美啊!我不敢看你。我是在瞻仰你。你是一位美惠女神。我不知道我怎么回事。你的鞋尖露出裙边,就使我心慌意乱。而你的思想一开口子,又放射出多么迷人的光芒!你讲话惊人地头头是道。我不时觉得你是一个梦。说话吧,我听着,我赞赏你。噢,柯赛特!真是奇妙迷人啊,我当真疯狂了。您是值得崇拜的,小姐。我用显微镜研究你的脚,用望远镜研究你的心灵。"

柯赛特回答:

"从今天早晨起,每过一刻,我就多爱你一分。"

这样交谈,一问一答,总是在爱情上达到一致,如同挂在钉子上的接骨木小雕像。

柯赛特整个人充满了天真、纯朴、透明、洁白、质朴、闪光。可以说柯赛特是明亮的。看到她的人,会产生四月黎明时的感受。她的眼睛里有露水。柯赛特是曙光浓缩成女人的形体。

马里于斯崇拜她,赞赏她,这是十分自然的。事实是,这个刚从修道院磨炼出来的小寄宿生,说起话来美妙而有洞察力,不时说出各种各样真实而微妙的话来。她的谈话充满天真幼稚的絮语。她什么事都不会弄错,看得准确。女人以心灵的温柔本能这种正确无误感受和说话。谁也不如一个女人能说出既温柔又深刻的话。温柔和深刻,这就是整个女人;这就是整个天空。

在这极乐中,他们时刻眼里噙着泪水。一只踩死的金龟子,一片从鸟巢落下的羽毛,一根折断的山楂枝,都会使他们产生怜惜,沉醉,微微地充满了惆怅,仿佛只求一掬同情之泪。爱情至高无上的征象,就是有时几乎抵制不住要触景伤情。

所有这些矛盾现象,是爱情的一闪念;除此以外,他们随意欢笑,无拘无束,那么亲密无间,有时近乎两个男孩子。但是,沉醉在贞洁中的心灵并不觉察,天性却总是忘却不了的。天性在那里,怀着粗鲁而又崇高的目的;不管心灵多么天真,在这种贞洁无邪的会面中,还是感到可爱而神秘的差异,能区别一对情侣和两个朋友。

他们如醉如痴地相爱。

永恒和不变的东西仍然存在。相亲相爱,互相微笑,相对而笑,互相噘嘴,手指交揉,互相昵称,这并不妨碍永恒。一对恋人藏身黄昏、夜晚,隐而不见,同鸟儿、玫瑰相伴,黑暗中互相吸引,心思放在眼神里,喃喃细语,互吐心曲,这时,无比均衡的天体充满了无限的太空。

## 二、沉醉在无比幸福中

他们给幸福弄得慌里慌张,糊糊涂涂地过日子。他们没有注意霍乱,正好在这个月里,霍乱在巴黎造成大量的人死亡。他们尽量互吐衷肠,但是并没有超越自己的身世。马里于斯告诉柯赛特,他是个孤儿,名叫马里于斯·蓬梅西,他是律师,靠给书店写东西为生,他的父亲是个上校,这是个英雄,他自己同外祖父闹翻了,外祖父很有钱。他还告诉她,他是个男爵;但这对柯赛特产生不了任何印象。马里于斯男爵?她不明白。她不知道这个词意味着什么。马里于斯就是马里于斯。至于她,她告诉他,她在小皮克普斯修道院长大,她同他一样,母亲已经去世,她的父亲叫割风先生,他很善良,大量周济穷人,而他本人很穷,自己省吃俭用,却让她样样不缺。

奇怪的是,自从见到柯赛特,马里于斯就生活在交响乐的氛围中，过去，甚至刚过去的事，对他也变得模糊而遥远，柯赛特告诉他的事已充分满足了他。他甚至没想到告诉她破屋那晚发生的事，泰纳迪埃一家，她父亲烧伤自己，他古怪的表现和奇特地逃走。马里于斯暂时忘却了这一切；他甚至早上做的事，晚上就忘记了，不知道在哪儿吃的饭，谁跟他说过话；他耳朵里一片歌声，使他对其他想法听而不闻，他只有在同柯赛特一起时才存在。由于他待在天国，他干脆忘了人间。他们俩萎靡不振地扛着非物质的欲念无形的重负。所谓恋人这些梦游者，就是这样生活的。

唉！谁没有感受过所有这些情景呢？为什么到了一定时候，要离开蓝天呢，随后生活为什么还要继续下去呢？

爱情几乎代替了思想。爱情要把其他忘得一干二净。你去向爱情要求逻辑吧。人心中没有绝对的逻辑连贯，正如天体力学中没有完美的几何图形。对柯赛特和马里于斯来说，除了他俩什么也不存在。他们周围的宇宙落入一个黑洞中。他们生活在黄金时刻。在此之前，在此之后，什么也没有。马里于斯勉强想起，柯赛特有一个父亲，在他的头脑里，赞赏消失了。这对恋人谈什么呢？读者知道，谈花朵，谈燕子，谈落日，谈月亮升起，谈形形色色重要的事。他们什么都谈，也什么都不谈。情人的一切，什么也不是。但父亲、现实、这破屋、这些强盗、这次奇遇，何必谈呢？他肯定这场噩梦存在过吗？他们是一对，他们相爱，只有这个。其他一切都不存在。很可能地狱在我们身后消失，与来到天堂相连。谁见过魔鬼呢？有魔鬼吗？发过抖吗？吃过苦吗？什么也不知道了。一朵玫瑰色的云彩飘浮在上空。

这两个人就这样生活在高空,同自然界中不真实的东西混在一起;既不在天之底,也不在天顶,在人与天使之间,在污泥之上,在太空之下,在云彩中;只有骨和肉,从头到脚只有灵魂和沉醉;已经过于崇高,不在地上行走,人情味太浓,不能在蓝天中消失,像原子一样悬浮,等待沉落下来;表面上超脱了命运;不知有昨天、今天、明天这样的常规;惊奇、昏眩、飘荡;有时轻盈得逃遁到无限;几乎准备作永恒的飞翔。

他们在这种摇晃中虽睡犹醒。噢,理想压迫着现实,睡梦中一片灿烂!

有时,不管柯赛特多么美,马里于斯在她面前还是闭上眼睛。眼睛闭上,这是观看心灵的最好方式。

马里于斯和柯赛特没有寻问,这会将他们导向哪里;他们以为已经到了目的地。想让爱情引导到一个地方,这是人们的奇怪奢望。

### 三、阴影初现

让·瓦尔让毫无觉察。

柯赛特比马里于斯少一点耽于幻想,喜形于色,这足以使让·瓦尔让喜眉笑眼的。柯赛特虽然有心事,柔情缱绻,马里于斯的形象充满了她的心灵,这一切丝毫没有排除她圣洁、美丽、开朗的额角无可比拟的纯净。她正值处女怀春,天使手捧百合的芳龄。因此让·瓦尔让心境平静。况且,一对恋人配合默契,便总是一帆风顺,稍微采取所有情侣惯用的小心翼翼,就能完全蒙蔽会扰乱他们爱情的第三者。所以，柯赛特对让·瓦尔让决不提出异议。他想散步吗？好的，我的小爸爸。他想待在家里？很好。他想在柯赛特身边度过晚上？她很快活。由于他总是在晚上十点钟回房，马里于斯在街上听到柯赛特打开台阶那扇落地窗，这时他才进入花园。不消说，白天从来见不到马里于斯。让·瓦尔让甚至不再想马里于斯存在着。只有一次，在早上，他对柯赛特说："咦！你背上有那么多白灰！"昨晚，马里于斯一时冲动，将柯赛特挤到墙上。

老图散早早就寝，活儿一了结，便只想睡觉，像让·瓦尔让一样，一无所知。

马里于斯从来没有进过屋。他和柯赛特在一起时，躲在石阶旁边一个凹进去的地方，不让街上的人看见和听见，他们坐在那里，一面望着树枝，一面每分钟二十次捏住手，算是交谈，常常以此满足。一个人陷入遐想，并深深沉浸在别人的遐想中，这时，即使响雷在三十步处落下，他们也觉察不到。

真是纯洁得通明透亮啊。洁白无瑕的时刻；几乎都是一样的。这种爱情是百合花瓣和鸽子羽毛的综合。

他们和街道之间隔开整个花园。每当马里于斯进来和离开，他要小心将铁条扳好，不让人看出扳开过。

他习惯将近午夜离去，返回库费拉克的住处。库费拉克对巴奥雷尔说：

"你信吗？马里于斯如今要在凌晨一点钟回来！"

巴奥雷尔回答：

"有什么办法？即使一个修道院修士也总有好戏看。"

库费拉克不时交抱手臂，摆出一副严肃的神态，对马里于斯说：
"年轻人，您可够忙的！"

库费拉克是个讲求实际的人，不从好的方面理解极乐世界在马里于斯身上的反照；他不习惯这种从未见过的激情；他很不耐烦，他不时督促马里于斯回到现实中。

一天早上，他这样警告马里于斯：

"亲爱的，眼下你给我的印象是待在月亮上，这是梦想的王国，幻想的国度，肥皂泡首都。喂，学乖一点，她叫什么名字？"

可是，什么也不能让马里于斯"开口"。即令拔掉他的指甲，也不能让他说出柯赛特这个难以描绘的名字神圣的三个音节中的一个。真正的爱情犹如黎明一样闪光，又像坟墓一样沉默。不过，库费拉克看出，马里于斯身上有变化，他是光彩奕奕地沉默。

在这明媚的五月，马里于斯和柯赛特经历了无比的幸福：

发生口角，互相用您相称，只是为了随后用昵称；

长时间巨细无遗地谈论与他们毫不相干的人，再次表明在所谓爱情这出令人陶醉的歌剧中，脚本是无足轻重的；

马里于斯要听柯赛特谈妇女服饰；

柯赛特要听马里于斯谈政治；

膝盖顶着膝盖，倾听巴比伦街上马车的辚辚声；

注视天穹中同一颗星体，或者草丛中发亮的同一条虫；

一起钳口结舌；比谈话更加迷人；

等等，等等。

然而，各种麻烦事逼近了。

一天晚上,马里于斯从残老军人院大街去赴会;他像通常一样低头走路;他转过普吕梅街拐角时,听到有人低声在旁边说话:

"晚安,马里于斯先生。"

他抬起头来,认出是爱波尼娜。

这使他生出一个奇怪的印象。自从她把他带到普吕梅街,他一次也没想过这个姑娘,没有再见到她,她已经完全离开了他的脑际。他对她感激不已,他眼下的幸福全亏了她,可是遇到她却使他难堪。

以为美满纯洁的爱情能把人带到完美的境界,那就想错了;我们已经看到,它把人带到遗忘的境界。在这种状态中,人忘了变得邪恶,但也忘了变得善良。感激,责任,固有的、讨厌的回忆烟消云散。换了别的时候,马里于斯对爱波尼娜会大不一样。柯赛特占去了他的全部心思,他甚至没有明确意识到,这个爱波尼娜叫做爱波尼娜·泰纳迪埃,她的姓写在他父亲的遗嘱上,几个月以前,他会对这个姓鞠躬尽瘁。我们如实地描绘马里于斯。在他的爱情的光辉下,连他的父亲都有点在他的心灵中消失了。

他有点尴尬地回答:

"啊!是您吗,爱波尼娜?"

"干吗用您称呼我?我得罪了您吗?"

"没有,"他回答。

当然,他对她没什么可挑剔的。恰恰相反。不过,他感到他无法换一种方式去做,既然他用"你"称呼柯赛特,就只能用"您"称呼爱波尼娜。

由于他沉默,她大声说:

"您倒是说呀……"

她随即打住了。这个姑娘以前那样无忧无虑和大胆,如今她仿佛没话可说。她想微笑,但做不到。她又说:

"怎么啦?……"

随后她又不吱声了,双目下垂。

"晚安,马里于斯先生,"她突然说,然后走了。

## 四、Cab 在英语中的词义是双轮马车,在法语切口中的意思是狗

第二天是六月三日,一八三二年六月三日,必须指出这个日子,是因为当时在巴黎的天际,严重事件像乌云压城一样,马里于斯在夜幕降临时,沿着昨天同一条路,心里怀着同样的狂喜,这时他在大街的树木中间看到爱波尼娜,她向他走来。连续两天,这太过分了。他猛然转过身去,离开了大街,改变路线,从殿下街转到普吕梅街。

这样,爱波尼娜跟着他一直到普吕梅街,这种事她从来还没有做过。至今她只满足于他经过大街时看着他,并不想同他相遇。只有昨天,她试图和他说话。

爱波尼娜跟随着他,不让他觉察。她看到他挪开铁条,溜进花园。

"啊!"她说,"他进屋了。"

她走近铁栅门,一根根触摸铁条,轻而易举就认出了马里于斯

挪开的那一根。

她小声嘟哝着,声调阴沉:

"别这样,莉塞特!"

她坐在铁栅门的基座上,就在铁条旁边,仿佛守卫着。铁栅门正是在这儿靠近邻家的墙壁。有一个幽暗角落,爱波尼娜完全隐没在里面。

她这样呆在那里一个多小时,一动不动,屏息静气,陷入沉思中。

约莫晚上十点钟左右,普吕梅街两三个行人中,有一个迟归的老市民,在这荒凉的、声名狼藉的地方匆匆行走,傍着铁栅门,来到铁栅门与墙壁形成的角落,听到一个低沉而气势汹汹的声音说:

"他每天晚上来,我不再奇怪。"

行人环顾四周,看不到人,他不敢瞧这黑洞洞的角落,大惊失色。他加快了脚步。

这个行人匆匆走掉是对的,因为不久,有六个人,彼此相隔一段距离,沿墙壁行走,简直像暗灰色的巡逻队,他们踏入了普吕梅街。

第一个来到花园铁栅门处的人站住了,等候其他人;一会儿,六个人汇齐。

这些人开始低声说话。

"就在这儿啦,"其中一个说。

"花园里有 cab[1] 吗?"另一个问。

---

1 狗。——原注

"我不知道。不管怎样,我举起[1]一个面团,给它磨牙[2]吧。"

"你有敲碎玻璃用的油灰吗[3]?"

"有。"

"铁栅很旧了,"第五个人说,他用的是腹音。

"好极了,"刚才第二个说话的人开口道,"这种栅门给铁家伙[4]一使劲,不会乱筛[5],收割[6]不难。"

第六个人还没有开口,就像爱波尼娜一个小时之前那样,开始观察铁栅门,相继捏住每根铁条,小心地摇晃一下。这样,他终于来到马里于斯松动过那一根旁边。正当他抓住这根铁条时,从黑暗中霍地伸出一只手。落在他的手臂上,他感到让人当胸猛推一把,一个嘶哑的声音压低了说:"有狗。"

与此同时,他看到一个苍白的姑娘站在他面前。

那人遭到意外的一击,吃了一惊。他丑态毕露,怒发冲冠;什么也莫过于猛兽受惊时那样狰狞可怕;惊恐的神态十分骇人。他退后一步,嗫嚅说:

"这个怪妞是什么家伙?"

"您的女儿。"

确实是爱波尼娜在对泰纳迪埃说话。

爱波尼娜出现时,其余五个人,就是克拉克苏、格勒梅、巴贝、

---

1 带来。从西班牙语演变而来。——原注
2 吃。——原注
3 用油灰粘住玻璃,然后敲碎,能留住碎块,不发出响声。——原注
4 锯子。——原注
5 叫。——原注
6 截断。——原注

蒙帕纳斯和布吕荣，悄无声息，不慌不忙，一言不发，以这些夜间出没的人特有的阴险慢吞吞靠拢来。

分辨不清他们手里拿着什么凶器。格勒梅拿着匪盗叫做"包头巾"的一把弯嘴钳。

"啊，你在这儿干吗？你来掺和什么？你疯了？"泰纳迪埃叫道，不过是低声的叫。"你干吗来碍我们的事？"

爱波尼娜笑起来，扑上去搂住他的脖子。

"我在这儿，小爸爸，因为我在这儿。不许现在坐在石头上吗？您才不该在这儿。既然这是块饼干，您到这儿来干什么？我对玛侬说过了。这儿没什么可干的。抱抱我呀，亲爱的小爸爸！我好久没看到您了！您在外头吗？"

泰纳迪埃想摆脱爱波尼娜的手臂，咕噜着说：

"很好。你抱吻过我了。是的，我在外头。我不在里面。现在你走吧。"

但爱波尼娜不松开，更加亲热起来。

"小爸爸，您怎么出来的？您能脱身一定花了不少心思。您给我说说看！我的母亲呢？我的母亲在哪里？把妈妈的情况告诉我。"

泰纳迪埃回答：

"她很好，我不知道，放开我，我跟你说走开。"

"我恰恰不想走开，"爱波尼娜说，像宠坏的孩子那样撒娇，"我已经有四个月没有见到您，拥抱您没有多久，您就要打发我走。"

她又搂住父亲的脖子。

"啊！真蠢！"巴贝说。

"快点！"格勒梅说，"警察可能经过。"

像用腹语说话的人念了这两行诗：

元旦那天还没到，

亲吻爹妈用不着。

爱波尼娜转向那五个歹徒。

"哦，是布吕荣先生。你好，巴贝先生。你好，克拉克苏先生。您不认识我了吗，格勒梅先生？你好吗，蒙帕纳斯？"

"认得，都认得你！"泰纳迪埃说，"不过，你好，晚安，说完就走吧！让我们太平点。"

"这是狐狸活动的时间，不是母鸡活动的时间，"蒙帕纳斯说。

"你明明看到，我们要在这儿个松动一下[1]，"巴贝添上说。

爱波尼娜抓住蒙帕纳斯的手。

"小心！"他说，"你会割着手，我拿着一把开边[2]。"

"小蒙帕纳斯，"爱波尼娜柔声细气地回答，"要相信人。我是我父亲的女儿。巴贝先生，格勒梅先生，本来是委托我了解这桩买卖的。"

值得注意的是，爱波尼娜不讲切口。自从她认识了马里于斯，她觉得这种可怕的语言说不出口了。

她骨棱棱的瘦弱小手，捏紧格勒梅粗大的手指，继续说：

---

[1] 在这儿动手。——原注

[2] 刀。——原注

"您明明知道我不蠢。平时大家相信我。我曾经给你们办过事。那么，我了解过了，要知道，你们会白白去冒险。我向你们发誓，在这幢楼里没有什么事可干。"

"这儿只有女人，"格勒梅说。

"不。都搬走了。"

"蜡烛可始终没搬！"巴贝说。

他给爱波尼娜指点，在树梢之上，有一片灯光在阁楼晃动。这是图散在晚上晾衣物。

爱波尼娜做出最后的努力。

"那么，"她说，"这是很穷的人，一间破屋，一个铜钱也没有。"

"见鬼去吧！"泰纳迪埃叫道。"等我们把这幢楼翻个底朝天，地窖在上面，阁楼在下面，我们再告诉你，里面有什么，有没有银板、铜板和钉子[1]。"

他推开她，要闯进去。

"我的好朋友蒙帕纳斯，"爱波尼娜说，"您是好孩子，请您不要进去！"

"小心，你要割着手了，"蒙帕纳斯回了一句。

泰纳迪埃以他特有的果断语调说：

"走开，女儿，让男人干他们的买卖。"

爱波尼娜松开蒙帕纳斯的手，说道：

"你们想进这幢房子吗？"

---

1 法郎、苏和里亚尔。——原注

"有点!"用腹音说话的人嘲弄地说。

于是她靠在铁栅门上,面对六个武装到牙齿,黑夜给了他们一副鬼脸的匪盗,用低沉而坚决的声音说:

"我呢,我不愿意。"

他们呆住了。用腹音说话的人也停止嘲弄。她又说:

"朋友们!听好了。不能这样干。现在我说清楚。首先,如果你们踏进这个花园,如果你们碰到这铁栅门,我就喊叫,我就撞门,我叫醒大家,我让人抓住你们六个人,我把警察叫来。"

"她会这样干的,"泰纳迪埃低声对布吕荣和用腹音说话的人说。

她摇头摆脑地又说:

"先抓住我的父亲!"

泰纳迪埃走过来。

"别靠这么近,老头!"她说。

他后退了,一面嘟囔着说:"她怎么回事?"又添上一句:

"母狗!"

她可怕地笑起来。

"随你们的便,你们进不去。我不是狗的女儿,因为我是狼的女儿。你们是六个人,又能把我怎样呢?你们是男人,而我是女人。你们吓不倒我,得了吧。我对你们说,你们进不了这幢楼,因为我不高兴。如果你们走近,我就汪汪叫,我对你们说过了,狗,就是我。我不在乎你们。走你们的路吧,你们叫我讨厌!到你们愿意去的地方,但不要来这儿,我不许你们来!你们动刀子,我就抡鞋底,我不在乎,上来吧!"

她朝匪徒们跨上一步，穷凶极恶，又笑了起来。

"当真！我不怕。今年夏天，我要挨饿，冬天，我要受冻。这些蠢男人，开什么玩笑，以为会吓唬住一个姑娘！怕？怕什么！啊，是的，好极了！因为你们有相好的泼妇，你们一嚷嚷，她们就要躲到床底下，不就是这样嘛！我呢，我什么也不怕！"

她盯着泰纳迪埃，说道：

"连您也不怕！"

然后，她继续用鬼怪般血红的眼睛扫视这些匪徒：

"我被父亲用刀捅死，明天在普吕梅街的石子路上，有人给我收尸，或者一年以后，在圣克卢的鱼网里或天鹅岛的烂瓶塞和淹死狗中发现我，我管它呢！"

她不得不停止下来，一阵干咳堵住了她，她狭小衰弱的胸膛好像上不来气。

她又说：

"我只要一喊叫，就会来人，噼里啪啦；你们是六个人；我呢，我是所有的人。"

泰纳迪埃朝她走了一步。

"别靠近！"她叫道。

他站住了，和蔼地对她说：

"别这样。我不靠近，但别这样大声说话。我的女儿，你想阻止我们动手？我们可得谋生呀。你对你父亲没有情义啦？"

"您叫我讨厌，"爱波尼娜说。

"我们可得活下去，可得吃饭呀……"

"饿死得了。"

说完,她坐在铁栅门的座基上,唱了起来:

> 我的手臂胖乎乎,
> 我的大腿线条美,
> 可惜光阴已虚度。[1]

她的手肘支在膝盖上,下巴托在手心里,冷漠地荡着脚。她洞穿的裙子露出瘦削的锁骨。邻近的路灯照亮了她的侧面和姿态。如此坚决和惊人的态度实在少见。

六名强盗被一个姑娘搞得哑口无言,因计划受挫而沮丧,他们走到路灯的投影里,又羞又恼,耸耸肩膀,合计起来。

她平静而凶恶地望着他们。

"她有什么事,"巴贝说。"事出有因。难道她爱上了里面的狗啦?错过了机会真可惜。两个女人,一个住在后院的老头;窗帘不错,老头大概是个吉纳尔[2]。我想是桩好买卖。"

"那么,你们几个进去吧,"蒙帕纳斯大声说。"你们去做买卖。我留下同姑娘在一起,如果她发脾气……"

他将藏在袖管里那把打开的刀,在路灯下晃动得闪光。

泰纳迪埃一声不吭,仿佛准备听从大家的决定。

布吕荣有点权威,读者知道,他"提供这桩买卖",但还没有说

---

[1] 引自贝朗瑞的歌谣《我的祖母》。
[2] 犹太人。——原注

话。他似乎若有所思。他被看作天不怕地不怕的人，有一天，只是为了充好汉，他洗劫了一个警察分所。再说，他会写诗和作曲，拥有很大威望。

巴贝问他：

"你什么也不说，布吕荣？"

布吕荣再沉吟一会，然后，他摇头晃脑，终于决定开口：

"是这样的：今天上午我看到两只麻雀打架；今晚，我撞上一个女人要吵架。这是坏兆头。咱们走吧。"

他们走了。

蒙帕纳斯一边走，一边喃喃地说：

"如果大家同意，我无所谓，我会动手的。"

巴贝回答他：

"我可不。我不打女人。"

在街角，他们站住了，低声交换谜一样的谈话：

"今晚咱们睡在哪儿？"

"庞丹[1]下面。"

"你身上有铁栅门的钥匙吗，泰纳迪埃？"

"当然有。"

爱波尼娜目光不离开他们，看着他们从原路回去了。她站起来，沿着围墙和房子，匍匐着尾随他们，一直跟到大街。他们在那里分手了。她看到这六个人淹没在黑暗中，仿佛融化在里面。

---

1 巴黎。——原注

## 五、夜间事物

匪徒们走后,普吕梅街恢复了夜间平静的景象。

这条街上刚发生的事,在森林里并不稀奇。大树、灌木、荆棘、交错重叠的树枝、高高的草丛,以阴森森的方式存在;麇集的野兽在那里能看到隐形事物的突然显现;位于人之下的东西,能透过雾气,分辨出在人之上的东西;我们在世上所不了解的事物,同黑夜混在一起。皮毛竖起的野兽,感到超自然事物接近,会惊惶不安。黑暗的力量彼此相识,它们之间有着神秘的平衡。牙齿和爪子惧怕抓不住的东西。嗜血的兽性,寻觅猎物的饕餮贪欲,源于而且只为果腹、以利爪和利齿武装起来的本能,这一切不安地窥视和嗅闻,冷漠的鬼影披着尸布徘徊,穿着颤动的隐约的衣裙伫立在那里,仿佛生活在冥界,异常恐怖。这些不过是物质的野蛮的东西,隐隐地担心接触凝聚在未知物中的无边黑暗。一个黑乎乎的东西挡住去路,就会突然止住猛兽。出自坟墓的,能吓出来自岩洞的,使之张皇失措;凶恶的害怕阴险的;狼遇见吸血女鬼,便会后退。

## 六、马里于斯恢复现实感,将住址给了柯赛特

正当这人面母狗守住铁栅门,六个匪徒面对一个姑娘后撤时,马里于斯待在柯赛特身边。

星空比平日格外灿烂,格外迷人,树木格外迎风颤动,青草芬

芳格外沁人心脾，鸟儿睡在叶丛间啁啾声格外柔和，天宇的宁静和谐与爱情的心声格外协调，马里于斯格外痴情，格外幸福，格外陶醉。可是他感到柯赛特愁眉不展。柯赛特哭过。她的眼睛红红的。

在这场美梦中，这是第一块乌云。

"你怎么啦？"

她回答：

"没什么。"

然后她坐在石阶旁的长凳上，他抖抖索索地坐在她身旁时，她继续说：

"我的父亲今天早上告诉我，叫我准备好，他有些事，我们也许就要走了。"

马里于斯从头到脚一阵颤栗。

生命就要结束时，死就是走；生活就要开始时，走就是死。

六个星期以来，马里于斯逐渐地，慢慢地，一步步地，日益拥有了柯赛特。这是理想中的拥有，但也是深深的拥有。我们已经解释过，初恋时，在占有肉体之前，先占有心灵；随后，在占有心灵之前先占有肉体，有时，不能完全占有心灵；福布拉斯[1]和普吕多姆一类的人补充说：因为没有灵魂；幸亏这种嘲弄是一种亵渎。因此，马里于斯占有柯赛特，就像精灵那样占有；但他全身心包裹着她，以难以置信的信心小心翼翼地抓住她。他拥有她的微笑、她的气息、她的香气、她蓝眼睛的深邃光芒、他触她的手时感到的肌肤的温馨、

---

[1] 福布拉斯，卢维·德·库弗雷的小说《福布拉斯骑士的爱情》中的主人公。

她脖子上可爱的斑记、她所有的想法。他俩约定，睡觉必须梦见对方，而且遵守诺言。因此，他拥有柯赛特的每场梦。他不停地望着，有时用自己的呼吸拂动她颈背的短发，他心里想，这些短发没有一根不属于他马里于斯。他观赏和热爱她身上的东西，饰带花结啦、手套啦、袖口啦、高帮皮鞋啦，看作神圣的东西，而他是这些东西的主人。他想，他是她插在头发上的漂亮玳瑁梳子的主子，他像情欲显露时低沉而模糊地呢喃一样，甚至寻思，她的裙子的每根带子，她的袜子的每个网眼，她的内衣的每一个皱褶，无不属于他。在柯赛特身边，他感到在自己的财产、自己的东西、自己的君主和奴隶旁边。他们似乎将灵魂交融在一起，如果他们再想收回，他们不可能分辨出来。"这是我的灵魂。""不，这是我的。""我向你保证，你搞错了。这确实是我的。""你认为是你的，却是我的。"马里于斯有属于柯赛特的东西，而柯赛特有属于马里于斯的东西。马里于斯感到柯赛特生活在他身上。拥有柯赛特，占有柯赛特，这对他来说，跟呼吸没有分别。正是在这种信念，这种迷醉，这种纯洁、未曾见过和绝对的占有，这种最高权力中，这句话："我们要走了"突然落下，现实的声音猛然向他喊叫：柯赛特不是属于你的！

马里于斯如梦初醒。上文说过，六个星期以来，马里于斯脱离了生活；"走"这个词猛地使他回到生活中。

他无话可说。柯赛特只是感到他的手很冷。轮到她对他说：

"你怎么啦？"

他回答的声音很低，柯赛特几乎听不到：

"我不明白你说的话。"

她又说：

"今天早上，我的父亲对我说，收拾好我的日常衣物，准备妥当，他会把他的衣服交给我，放在一只箱子里，他不得不出门一次，我们马上要出发，我需要一只大箱子，他需要一只小箱子，一个星期之内准备好一切，我们也许到英国去。"

"这太可怕了！"马里于斯大声说。

此刻，在马里于斯的脑海里，任何滥用权力，任何暴力，最惊人的暴君的任何倒行逆施，布齐里斯[1]、提拜尔或亨利八世的任何行动，在残忍方面肯定都比不上这件事：割风先生把女儿带到英国去，因为他要办事。

他有气无力地问：

"你什么时候动身？"

"他没有说时间。"

"你什么时候回来？"

"他没有说时间。"

马里于斯站起来，冷冷地说：

"柯赛特，您去吗？"

柯赛特把充满忧愁的美丽眼睛转向他，有点茫然地回答：

"去哪儿？"

"去英国？您去吗？"

"为什么你用您称呼我？"

---

1 布齐里斯，古希腊神话中的埃及国王，预言者指出，为了平息宙斯的愤怒，必须以外来人做祭献，他却以预言者做祭献。

"我问您,您去吗?"

"你叫我怎么办?"她合起双手说。

"这么说,您去啰?"

"如果我父亲要去呢?"

"这么说,您去啰?"

柯赛特抓住马里于斯的手,捏紧了,不做回答。

"很好,"马里于斯说,"那么我到别的地方。"

柯赛特不太明白,但却感到这句话的含义。她脸色煞白,在黑暗中显得白磣磣的。她期期艾艾地说:

"你想说什么?"

马里于斯看了看她,然后慢慢地仰望天空,回答:

"没什么。"

当他垂下目光时,他看到柯赛特向他微笑。意中人的微笑,是黑夜中的一道光。

"我们多么蠢啊!马里于斯,我有一个主意。"

"什么主意?"

"我们动身,你也动身!我会告诉你地方!你到我那里去找我!"

马里于斯现在完全清醒了。他又回到现实中。他对柯赛特大声说:

"跟你们一起走!你疯了吗?需要钱哪,而我没有钱!到英国去?我不太清楚,眼下我欠库费拉克十多个路易,他是我的一个朋友,你不认识!不过我有一顶旧帽,值不到三法郎,我有一件外衣,前面缺纽扣,我的衬衣全撕破了,手肘穿了窟窿,我的靴子进水；六个星期以来，我不朝这方面想，也没有告诉你。柯赛特！我是一个穷光蛋。你只在夜里看到我，你把你的爱情给了我；如果你在白天看到我，你会给我一个苏！到英国去！唉！我没有钱办护照！"

他扑到旁边的一棵树上，双手抱住头，脑门靠在树皮上，既感觉不到树蹭破头皮，也感觉不到太阳穴扑扑乱跳，一动不动，像绝望的塑像，随时要摔倒。

他这样待了很久。人会永远待在这种深渊中。末了，他回过身来。他听到身后有压抑的、轻微的、伤心的响声。

是柯赛特在呜咽。

两个多小时以来，她在沉思凝想的马里于斯身边哭泣。

他走到她身旁，跪了下来，又慢慢俯下身子，抓住她露出裙边的脚尖吻起来。

她默默地让他这样做。有时，女子就像阴沉顺从的女神，接受爱情的忠诚。

"不要哭，"他说。

她喃喃地说：

"我可能要走，你又不能来！"

他又说：

"你爱我吗？"

她啜泣着回答，这句天堂用语只有通过眼泪才更美妙：

"我爱你！"

他以一种无法形容的爱抚声调继续说：

"别哭了。说呀,你肯为我不哭吗?"

"你呢,你爱我吗?"她说。

他捏住她的手:

"柯赛特,我从来没对别人起过誓,因为我害怕起誓。我感到我的父亲在身边,我对你起最神圣的誓,如果你走了,我就会死去。"

他说这番话的声调非常庄严、平静而忧伤,柯赛特不禁颤栗起来。她感到一种真正阴森的东西掠过时带来的寒意。她一阵怔忡,停止了哭泣。

"现在,听着,"他说。"明天别等我了。"

"为什么?"

"后天再等我。"

"噢!为什么?"

"你会明白的。"

"有一天看不到你!我可办不到。"

"牺牲一天,也许是为了一辈子。"

马里于斯喃喃自语:

"这个人从来不改变习惯,他只在晚上接待来客。"

"你说的是什么人?"柯赛特问。

"我吗?我什么也没有说。"

"你究竟指望什么呢?"

"你等到后天吧。"

"你想这样?"

"是的，柯赛特。"

她把他的头捧在手里，踮起脚尖，达到他的高度，竭力在他的眼睛里看出他的指望。

马里于斯又说：

"我想到一件事，你应该知道我的地址，可能出现意外情况，我住在我的朋友库费拉克那里，玻璃厂街16号。"

他在口袋里搜索，掏出一把折叠小刀，用刀刃刻写在灰泥墙上：玻璃厂街16号。

柯赛特重新盯住他的眼睛。

"把你的想法告诉我。马里于斯，你有一个想法。把它告诉我。噢！把它告诉我，我晚上才好过！"

"我的想法是这样的：因为天主不会希望我们分开。后天等着我吧。"

"这段时间我干什么呢？"柯赛特说。"你呢，你在外头，来来去去。男人多么幸福啊！我呢，我要独自留下来。噢！我会愁死的！明天晚上你会干什么，说呀？"

"我要尝试办一件事。"

"那么，我要向天主祈祷，从现在起我一直记挂着你，让你成功。既然你不想讲，我就不再问你。你是我的主人。明天晚上我用唱歌来度过，就是那首你喜欢的《厄里央特》，有一晚你在我的护窗板后面倾听来着。不过，后天，你早点来。我在晚上九点整等你，我先告诉你了。我的天！一天天这么长，真是愁死人了！你明白，九点钟一敲，我就来到花园里。"

"我也是。"

他们没有说出来,但怀着同样的想法,受到使情人不断交流的电流推动,沉醉在创巨痛深的欲念里,拥抱在一起,没有发觉他们的目光抬起时,嘴唇已经接触在一起,泪水盈眶,心旌摇摇,他们仰望着繁星。

马里于斯出来时,街上空无一人。这时,爱波尼娜正在尾随匪徒,一直来到大街上。

马里于斯头靠在树上沉思时,一个想法掠过他的脑际;唉!连他自己也认为这个想法太疯狂,办不到。他毅然决然下定了决心。

## 七、老人的心和年轻人的心对峙

当时,吉尔诺曼老爹整整九十一岁。他一直同吉尔诺曼小姐住在骷髅地修女街六号,他自己的老房子里。读者记得,他是这样一个老翁:岁月重负压不倒,连忧伤也压不弯,身板挺直,等待死亡来临。

但近来他的女儿说:我父亲变矮了。他不再打女仆的耳光;巴斯克没有及时来开门,他用手杖敲楼梯平台,也没有那股劲头了。七月革命激怒他,只有六个月。他几乎平静地看到《政府公报》上这种字句组合:法兰西贵族院议员恩布洛-孔泰先生。事实上,老人体衰力弱了。他不屈服,他不投降,他的体质和精神禀赋都不会这样;但他内心感到衰竭了。四年来,他坚定地等待马里于斯,不折不扣地深信,这个浑小子总有一天会来敲门;如今,他黯然神伤时,心里竟然寻思,马里于斯还迟迟不来……他忍受不了的不是死亡,而是想到他再也看不到马里于斯了。再也看不到马里于斯,至今这种想法甚至还没有来到他的脑际;现在这个想法出现了,使他心里冰凉。忘恩负义的孩子这样一走了之,看不到孩子,对老外公来说,越发增加他的爱,自然而真挚的感情往往如此。正是在十二月的夜里,气温只有十度,人们往往想的是阳光。吉尔诺曼先生作为长辈,不能,或者自认为尤其不能向外孙迈出一步;"我宁愿死掉,"他说。他认为自己一点没错,但他想念马里于斯,就像一个行将就木的老人,怀着深深的情意和无言的绝望。

他开始牙齿脱落,这越发加重了他的忧郁。

吉尔诺曼先生不肯承认,他爱一个情妇,从来也不像爱马里于斯那样深,这样他会气愤和羞愧。

他让人在卧室的床前,放了一幅他另一个女儿,已过世的蓬梅西太太的旧肖像,他一醒过来就能看到,这是她十八岁时制作的肖像。他不停地看这幅肖像。有一天,他看着肖像说:

"我觉得他很像她。"

"像我的妹妹?"吉尔诺曼小姐说。"可不是嘛。"

老人又说:

"也像他。"

有一次,他坐下,双膝并在一起,眼睛几乎闭上,一副颓丧的姿势,他的女儿大胆问他:

"父亲,您始终如一地恨他吗?……"

她止住了,不敢走得太远。

"恨谁?"

"恨这个可怜的马里于斯?"

他抬起苍老的头,将枯瘦、皱巴巴的拳头放在桌上,用勃然大怒和颤抖的声音叫道:

"您说是可怜的马里于斯!这位先生是个怪人,无赖,爱虚荣、忘恩负义、没心没肺的小子,没有灵魂、傲慢无礼的恶棍!"

他转过身去,不让女儿看到他眼里有一滴眼泪。

三天后,他沉默了四小时,终于开了口,突然对女儿说:

"我早就荣幸地请求过吉尔诺曼小姐不再提起他。"

吉尔诺曼姨妈放弃了一切努力,做出这深刻的判断:"自从我妹妹干出蠢事,我父亲就不太爱她了。显然,他憎恨马里于斯。"

"自从干出蠢事",意味着:自从她嫁给了上校。

另外,读者已经猜测到了,吉尔诺曼小姐想把她的宠儿、枪骑兵军官代替马里于斯的企图失败了。替身泰奥杜尔一点没有成功。吉尔诺曼先生不接受张冠李戴。心中的空缺决不能滥竽充数。至于泰奥杜尔,虽然嗅到能继承遗产,但也忍受不了讨人喜欢的苦差事。老人令枪骑兵厌烦,枪骑兵触怒老人。泰奥杜尔中尉无疑很快活,但喋喋不休;浅薄而平庸;性情随和,但结交狐朋狗友;他有一些情妇,这倒是真的,大谈特谈,这也是真的;但他出言不逊。他的所有优点都伴随缺点。吉尔诺曼先生听他讲巴比伦街军营周围的艳遇,都听得烦了。再说,吉尔诺曼中尉有时穿上军装,戴上三色绶带来到。这就干脆使他变得无法容忍了。吉尔诺曼老爹终于对女儿说:"泰奥杜尔我忍受够了。如果你愿意，你来接待吧。在和平时期，我对军人缺乏兴趣。我不知道是否不喜欢勇猛的军人，超过不喜欢耀武扬威的军人。战场上兵刃相碰，毕竟不像刀鞘拖在街道上的声音那样可悲。况且，挺起胸膛像个勇士，腰身又扎得像个小娘们儿，铠甲里面穿一件女人紧身衣，这是双倍的可笑。一个真正的男子汉，不要硬充好汉，也不要忸怩作态。既不要吹牛，也不要臭美。你自己留着泰奥杜尔吧。"

他的女儿徒劳地说："这毕竟是你的曾侄孙呀。"吉尔诺曼先生是不折不扣的外祖父，却根本不做曾叔祖。

其实，他有头脑，会做对比，泰奥杜尔使他更惋惜马里于斯。

一天晚上，这是六月四日，吉尔诺曼先生的壁炉仍然烧得很旺，他打发女儿到隔壁房间做针线活。他独自待在糊了牧羊图壁纸的房间里，双脚搁在壁炉柴架上，科罗曼德尔的九折大屏风围住他半圈，他的手肘支在桌上，桌上点着两支有绿灯罩的蜡烛，他深埋在绒绣圈椅里，手里拿着一本书，但不阅读。他按照自己的方式，穿着"奇装异服"，酷似加拉[1]的旧肖像。这样会使街上的人跟随在他后面，他的女儿在他出门时，总是让他罩上一件主教式的宽袍，盖住他的衣服。在家里时，除了起床和睡觉，他从来不穿便袍。"这使人老态龙钟，"他说。

吉尔诺曼老爹想起马里于斯时满怀深情，又感到苦涩，而且往往苦涩占上风。他激怒的温情总是最后沸腾起来，转为愤怒。他到

---

1 加拉（1749～1833），处决路易十六时任司法部长。督政府时期衣着奇特。

了这一步：要竭力打定主意，接受揪心的痛苦。他向自己解释，现在没有什么理由盼望马里于斯回来，如果他不得不回来，他就已经这样做了，必须放弃这种希望。他力图习惯已经定局的想法，他到死也不会看到"这位先生"了。但他的整个天性却起来反对；他以往的慈爱不能同意。"什么！"他说，这已成为他痛苦时反复说的话，"他不会回来了！"他的秃顶垂到胸前，悲哀而愤怒的目光模糊地盯着炉灰。

他陷入遐思中，他的老仆巴斯克这时进来问：

"先生能接见马里于斯先生吗？"

老人挺起身来，脸色苍白，像受到电击而挺起的尸体，全身的血涌向心脏。他嗫嚅说：

"马里于斯先生姓什么？"

"我不知道，"巴斯克被主人的神态弄得不知所措，胆怯地回答，"我没有见到他。是尼科莱特刚才对我说的：有一个年轻人，您就说是马里于斯先生。"

吉尔诺曼老爹低声咕噜说：

"让他进来。"

他保持原来的姿势，头晃动着，眼睛盯住房门。门打开了。一个年轻人走了进来。这是马里于斯。

马里于斯站在门口，仿佛等待别人叫他进来。

他的衣服几乎不堪入目，好在灯罩形成的黑暗中看不清。只能分清他平静、庄重、很古怪地忧郁的脸。

吉尔诺曼老爹又惊又喜，呆住了一会儿，仿佛面对显灵，只看到一团光。他差点要瘫倒。他透过晃眼的光芒看到马里于斯。确实是他。的确是马里于斯!

终于来了!隔了四年!可以说,他一眼就把马里于斯完全抓住了。他觉得孩子漂亮、高贵、优雅,长大了,成人了,仪态得体,模样可爱。他真想张开手臂,招呼他,奔过去,他的五脏六腑融化在喜悦中,亲热的话涨满胸膛,漫溢而出;总之,所有的温情显现了,来到唇边,与他的本性恰成对比,口中却冒出严厉。他粗暴地说:

"您到这里来干什么?"

马里于斯困窘地回答:

"先生……"

吉尔诺曼先生希望马里于斯扑到他的怀里。他对马里于斯和自己都不满意。他感到自己粗暴,而马里于斯冷漠。老人感到自己内心充满温情和忧伤,外表却又这样生硬,便不安得难受和气恼。苦恼的心情又冒了出来。他用粗暴的声调打断了马里于斯的话:

"那么,您为什么到这里来?"

这个"那么"意味着:"如果您不来拥抱我。"马里于斯望着他的外祖父,老人脸色苍白,像大理石一样。

"先生……"

老人又用严厉的声音说:

"您来请我原谅吗?您承认自己错了吗?"

他以为把马里于斯引上正道,"这孩子"就会屈服。马里于斯不寒而栗;这是要他否定自己的父亲;他垂下眼睛回答:

"不,先生。"

"那么,"老人痛苦万分,又火冒三丈,冲动地叫道,"您来找我干什么?"

马里于斯双手合在一起,跨了一步,用微弱、颤抖的声音说:

"先生,可怜一下我吧。"

这句话触动了吉尔诺曼先生;早一点说会感动他,但说得太迟了。老外公站了起来,双手拄着拐杖,嘴唇泛白,额角晃动,但他的高身材居高临下对着躬身的马里于斯。

"可怜您,先生!青年人在请求一个九十一岁的老人可怜!您走进人生,而我却要离开;您去看戏,跳舞,喝咖啡,玩桌球,您有才智,您讨女人喜欢,您是漂亮的小伙子;我呢,盛夏我往炉灰里吐痰;您拥有世上唯一的财富,我呢,我有晚年的全部贫穷,体衰力弱,孤独冷清!您有三十二颗牙齿,肠胃好,眼睛明亮,有力气,有胃口,身体健康,快乐开朗,浓密的黑发;我呢,我连白头发也没有了,我牙齿掉了,腿不中用了,变得健忘,我总是混淆三条街名:沙洛街、肖姆街和圣克洛德街,我到了这一步;您面前前途似锦,我呢,我开始什么也看不见,在黑夜里闯得够深了;您谈情说爱,毫无疑问,我呢,我在世上得不到任何人的爱,您却请求人可怜!当然,莫里哀忘了这个。律师先生们,如果你们在法庭上开这种玩笑,我由衷地祝贺你们。您真逗。"

九旬老人又声色俱厉地问:

"啊,您找我有什么事?"

"先生,"马里于斯说,"我知道您看到我不自在,但我来只是求您一件事,然后我马上走路。"

"您是一个傻瓜!"老人说。"谁说要您走啦?"

这可以翻译成他内心这句温情的话:"请求我原谅呀!扑上来搂住我脖子呀!"吉尔诺曼先生感到,马里于斯随即要离开他,他不领情的接待使马里于斯气馁,他的生硬把人赶跑,他寻思这一切,他的痛苦增加了,由于他的痛苦马上转成愤怒,他的生硬也变得更厉害。他本想让马里于斯明白,而马里于斯不明白;这使老人怒不可遏。他又说:

"怎么!我,您的外公,我想念您,而您离开我的家,不知去向,您让您的姨妈伤心,可以猜想,您去过单身汉生活,这样更方便,当个花花公子,什么时候回家都可以,去找乐子,不告诉我您的信息,负债累累也不告诉我要偿还,您砸碎人家的玻璃,做个捣蛋鬼,过了四年,您来到我家里,对我就说这个!"

用这种粗暴的方式使外孙讲温情,结果只让马里于斯沉默无言。吉尔诺曼先生交抱手臂,这种姿势在他身上显得特别蛮横,他严厉地斥责马里于斯:

"我们了断吧。您来求我一件事,说吧?那么是什么?什么事?说吧。"

"先生,"马里于斯说,他的眼神就像感到要掉入悬崖中,"我来请您允许我结婚。"

吉尔诺曼打铃,巴斯克打开一点门。

"叫我女儿过来。"

过了一会儿,门打开了,吉尔诺曼小姐没有进来,但出现在门口；马里于斯站着闷声不响，双臂下垂，面孔像犯了罪似的；吉尔诺曼先生在房间里来回踱步。他转向他的女儿，对她说：

"没什么。是马里于斯先生。向他问声好吧。先生想结婚。就这样。您走吧。"

老人短促、嘶哑的声音，表明古怪地冲动到极点。姨妈惊惶地望着马里于斯，好像很不容易才认出他来，没做一个手势，没说一句话，她父亲吹一口气，她就比一根麦秸在暴风前消失得更快。

吉尔诺曼先生回来靠在壁炉上。

"您结婚！只有二十一岁！您安排好了！您只要请求允许！走走形式。请坐，先生。那么，自从我没面子见到您以来，你们有过一场革命。雅各宾党徒占了上风。您大概很高兴。自从您成了男爵以来，您不是共和党人了吗？您很会协调。共和国给男爵封号加上调料。七月革命您得到勋章了吗？您参加夺取卢浮宫吧，先生？这儿附近，圣安东尼街，面对迪埃尔修女街，有一颗炮弹嵌入一幢房子四楼的墙上，题铭是：一八三〇年七月二十八日。您去看看吧。效果好得很。啊！您的朋友们，他们做的事真够漂亮！对了，他们不是在德·贝里公爵纪念碑的原址建造了喷泉吗？这样说，您想结婚吗？同谁结婚？问一下是谁，不算冒昧吧？"

他停住了，马里于斯还来不及回答，他粗暴地加上一句：

"啊，您有职业吗？发财啦？您的律师职业能挣多少钱？"

"一点不挣，"马里于斯回答得坚决、干脆，近乎粗鲁。

"一点不挣？您只靠我给您的一千二百法郎生活啰？"

马里于斯没有回答。吉尔诺曼先生继续说:

"那么,我明白了,是因为姑娘有钱?"

"像我一样。"

"什么!没有嫁妆?"

"没有。"

"有希望继承财产?"

"我想没有。"

"赤条条!她的父亲是干什么的?"

"不知道。"

"她叫什么名字?"

"割风小姐。"

"割什么?"

"割风。"

"哎呀呀!"老人说。

"先生,"马里于斯大声说。

吉尔诺曼先生打断他,口吻像在自言自语:

"是这样,二十一岁,没有职业,每年一千二百法郎,蓬梅西男爵夫人每天到水果店买两苏的香芹。"

"先生,"马里于斯又说,看到最后一线希望破灭,控制不住理智,"我求求您,我恳求您,看在上天的份上,我合掌求您,先生,我跪在您的脚下,允许我娶她吧。"

老人发出刺耳而凄厉的哈哈大笑,一面咳嗽一面说话。

"哈!哈!哈!您在心里想:当然!我去找那个老顽固,那个老傻瓜！真可惜我还不到二十五岁！我会掷给他一份恭敬的催告书！我可用不着他！我无所谓，我会对他说：老白痴，你看到我太高兴了，我想结婚，我想娶随便哪个小姐，随便哪个先生的女儿，我没有鞋，她没有衬衫，行呀，我想将我的事业、我的未来、我的青春、我的生命扔到水里，我脖子上挂个女人，一头扎进苦海里，这是我的想法，你必须同意！老化石会同意的。得，我的小伙子，随你的便，把石头拴到你的脖子上，娶你那个吹风，那个切风……决不行，先生，决不行！"

"外公！"

"决不行！"

听到说"决不行"的声调，马里于斯失去了一切希望。他慢慢穿过房间，低垂着头，踉踉跄跄，不像要离开，更像奄奄一息。吉尔诺曼先生注视着他，正当房门打开，马里于斯要出去时，他像骄横惯了的老人那样急匆匆跨了几步，抓住马里于斯的衣领，使劲把他拉回到房间，推倒在圈椅上，对他说：

"把事情说给我听！"

正是马里于斯迸出这声"外公"，才产生这个突变。

马里于斯惶乱地望着他。吉尔诺曼先生变幻不定的脸，表现出难以置信的、不可言喻的和蔼。老祖宗让位于外公。

"哦，得，说吧，把你的风流逸事说给我听，讲详细点，全告诉我！见鬼！年轻人真够蠢的！"

"外公！"马里于斯又说。

老人整张脸焕发出难以形容的光彩。

"好，这就对啦！叫我外公，你回头看吧！"

在这种粗鲁中，如今却有着那么善良、和蔼、坦率、慈爱，马里于斯从泄气突然转到有希望，感到晕头转向和陶醉。他坐在桌旁，烛光显出他的衣衫破烂，吉尔诺曼老爹吃惊地打量着。

"好吧，外公，"马里于斯说。

"啊，"吉尔诺曼先生打断说，"你确实一文不名！你穿得像个小偷。"

他在抽屉里搜索，拿起一个钱包，放在桌上：

"拿着，这是一百路易，去买一顶帽子吧。"

"外公，"马里于斯继续说，"我的好外公，您哪儿知道，我多么爱她啊。您想象不出，我第一次看到她时，是在卢森堡公园，她常去那里；开始，我没有怎么注意，然后我不知道事情怎么发生的，我坠入情网。噢！把我弄得多么痛苦啊！现在我终于天天见到她，在她家里，她的父亲不知道。您想，他们要走了，我们每天晚上在花园里见面，她的父亲想把她带到英国去，于是我想：我去见外公，把事情告诉他。我先会发疯，死掉，得病，我会投水。我非得娶她，因为我会发疯。这就是全部事实，我认为没有忘记什么。她住在普吕梅街，花园有扇铁栅门。是在残老军人院那边。"

吉尔诺曼老爹春风满面地坐在马里于斯旁边。他一面倾听马里于斯讲话，一面玩味他的声调，同时吸了一大撮鼻烟。听到普吕梅街这个词组，他停止吸鼻烟，让其余的烟末撒在膝上。

"普吕梅街！你说普吕梅街？——是啊！那边不是有一个军营吗？对，正是。你的表侄泰奥杜尔对我谈起过。枪骑兵，军官。一个小姑娘，我的好朋友，一个小姑娘！当然是的，普吕梅街。从前叫布洛梅街。我想起来了。我听人讲起过普吕梅街铁栅门的小姑娘。在一个花园里。一个帕美拉。你鉴赏力不错。据说她干干净净的。私下里说说，我相信这个枪骑兵傻瓜追求过她呢。我不知道事情到哪一步。最终一无所获。况且不该相信他的话。他吹牛。马里于斯！像你这样一个年轻人恋爱了，我觉得不错。你到年龄了。我宁愿你恋爱，而不是雅各宾党。我宁愿你爱上一条短裙，见鬼，哪怕二十条短裙，也不要爱上德·罗伯斯庇尔先生。至于我，我对自己实事求是，说到无裤党，我从来只爱女人。[1] 漂亮姑娘就是漂亮姑娘，见鬼！对此没有异议。至于那个小姑娘，她瞒过爸爸接待你。这是正常的。我也有过类似的经历。不止一次。你知道怎么办吗？不要操之过急；不要闹出事来；不要订婚，去见戴绶带的区长先生。干脆要做机灵的小伙子。要保持清醒。世人啊，要一滑而过，不要结婚。你会感到外公说到底是个老好人，在旧桌子的抽屉里有几筒路易；对他说：外公，就是了。外公说：这很简单嘛。青春要来到，老年要度过。我曾经年轻过，你会年老。得，我的小伙子，把这一点传给你的孙子吧。这是两百皮斯托尔[2]。去乐吧，小子！再好没有！事情应该这样过去。决不要结婚，这不碍事。你明白我的话吗？"

马里于斯呆若木鸡，说不出一句话来，只是摇头。

老人哈哈大笑，眯缝起老眼，在他膝盖上拍了一下，用神秘的、喜盈盈的神态注视他，温柔不过地耸耸肩，对他说：

---

[1] 无裤党一般译作长裤汉，指不穿短裤的穷人，女人穿裙子，不穿裤子，故有此引申。
[2] 皮斯托尔，古币名，约合10利弗尔。

"傻瓜！让她做你的情妇吧。"

马里于斯脸色苍白。他丝毫不懂外公刚才所说的话。布洛梅街、帕美拉、军营、枪骑兵，啰啰唆唆一大篇话，像幻影一样从马里于斯眼前掠过。这一切同柯赛特根本联系不起来，她是一朵百合花啊。老人在胡言乱语。但胡言乱语归到一句话，马里于斯是明白了，而这对柯赛特是要命的侮辱。"让她做你的情妇吧"这句话，像一把剑插进这个敦品修德的年轻人的心里。

他站了起来，从地上捡起帽子，以自信而坚定的步子向门口走去。在门口他回过身来，向外公深深鞠了一躬，抬起头说：

"五年前，您侮辱了我的父亲；今天，您又侮辱我的妻子。我不求您什么事，先生。再见。"

吉尔诺曼老爹惊呆了，张开了嘴，伸出手臂，想站起来，话还没有说出口，门已经关上了，马里于斯消失了。

老人半晌一动不动，仿佛给雷劈了，既不能说话，又不能呼吸，好似一只拳头塞在他的咽喉里。他终于从扶手椅跳起来，尽九十一岁老人所能做到那样奔向门口，打开门喊道：

"救命呀！救命呀！"

他的女儿出现了，然后是仆人们。他用凄惨的嘶哑声又说：

"快去追他！把他抓回来！我招了他什么啦！他疯了！他走了！啊！我的天！啊！我的天！这回他不会回来了！"

他走到临街的窗口，用颤抖的老手打开窗，大半个身子探出去，巴斯克和尼科莱特从后面攥住他，他喊道：

"马里于斯！马里于斯！马里于斯！马里于斯！"

但马里于斯已经不可能听到了,这时他转过了圣路易街的拐角。

九旬老人惶惶然地两三次将双手举到太阳穴,踉踉跄跄地后退,瘫倒在扶手椅里,没有脉搏,没有声音,没有眼泪,摇晃着头,呆呆地翕动嘴唇,眼睛里和心里只有阴郁的深沉的东西,就像黑夜。

# 第九章
# 他们到哪里去？

## 一、让·瓦尔让

同一天，将近下午四点钟，让·瓦尔让独自坐在练兵场清静无人的一个斜坡背面。要么出于谨慎，要么出于想凝思，要么干脆由于逐渐渗入每个人生活中不知不觉的习惯改变，现在他很少同柯赛特一起出门。他穿着工人的外衣和一条灰布长裤，遮檐很长的鸭舌帽挡住了他的面孔。如今他在柯赛特身边十分平静和幸福；有时使他惊慌不安的东西消失了；但是，一两个星期以来，另一种性质的忧虑来到他身上。一天，他在大街上散步时，瞥见了泰纳迪埃；由于他乔装打扮，泰纳迪埃没有认出他来；此后，让·瓦尔让又看到过泰纳迪埃几次，他确信泰纳迪埃在这个街区里游荡。这足以使他下了一个大决心。泰纳迪埃在那里，各种危险同时存在。

另外，巴黎并不平静；政治动乱给隐瞒身世的人带来麻烦，警察变得惴惴不安,疑心重重,在追捕佩潘或莫雷[1]一类人时,很可能发现像让·瓦尔让这样的人。

他从各方面考虑,不免忧心忡忡。

最后,一件不可解释的事使他震惊不已,他记忆犹新,令他分外警惕。同一天早上,全家只有他起床,在柯赛特打开护窗板之前,他在花园里散步,突然发现墙上刻着这行字,也许是用钉子刻的:

"玻璃厂街十六号。"

这是新刻上去的,刻印在发黑的老墙皮上呈白色,墙脚一簇荨麻叶上洒上新落的细白灰。这可能是在夜里写的。怎么回事,一个地址吗?给别人留的暗号吗?对他的一个警告?无论如何,花园显然有人闯进来过,不知是什么人。他记起已经惊动过这房子的奇怪事件。他的头脑在盘算策划。他避免向柯赛特提起钉子刻在墙上的印记,生怕惊吓她。

让·瓦尔让通盘考虑和揣量过,决定离开巴黎,甚至离开法国,到英国去。他已经通知过柯赛特。他本想在一个星期之前动身。他坐在练兵场的斜坡上,脑际翻腾着各种想法,泰纳迪埃、警察、刻在墙上的奇怪记号、这次旅行,还有弄护照的困难。

他正在考虑时,在太阳投下的阴影中,看到一个人刚站在他身后斜坡的顶上。他正要回转身去,这时一张一折为四的纸落在他膝头上,仿佛有一只手在他头上扔下来的。他拿起纸,打了开来,看到铅笔写的粗体字:

---

[1] 佩潘是圣安东尼郊区店主,莫雷是马具商,他们参加了费耶斯齐在1835年策划的暗杀路易–菲利普的行动,后被处决。雨果把他们的活动提前了。

"快搬家。"

让·瓦尔让赶紧站起来,斜坡上已经没有人;他环顾四周,看到一个比孩子稍大,比大人稍小的身影,穿了一件灰色罩衫和一条土色灯芯绒裤,跨过栏杆,溜进练兵场的壕沟。

让·瓦尔让马上回家,心事重重。

## 二、马里于斯

马里于斯沮丧地离开了吉尔诺曼先生的家。他怀着渺茫的希望进去,带着无比的绝望出来。

再说,观察过人心初恋的人都会了解他,那个枪骑兵,军官,傻瓜,表侄泰奥杜尔,在他的脑际没有留下任何阴影。一丝一毫也没有。诗剧作家从外祖父当面对外孙的透露,可以追求表面效果,编造出一些复杂的情节。但戏剧性获得的,真实性却会丧失了。马里于斯这个年龄,根本不相信人会作恶;随着年龄增长,才会相信一切。怀疑就像皱纹,青春年少时没有。使奥赛罗心潮翻滚的,却从老实人[1]身上滑过。怀疑柯赛特!马里于斯犯下一大堆罪行还更容易些。

他在街上蹓跶,这是心里苦闷的人的办法。他能记得的事,他什么也不想。凌晨两点钟,他回到库费拉克的住处,和衣倒在床铺上。日上三竿时,他还沉睡未醒,脑子里萦绕着思绪。当他醒来时,

---

[1] 伏尔泰同名小说的主人公,性格憨厚,不谙世事。

他看到库费拉克、昂若拉、弗伊和孔布费尔站在房间里,戴好帽子,准备出门,十分忙碌。

库费拉克对他说:

"你参加拉马克将军[1]的葬礼吗?"

他觉得库费拉克在讲汉语。

他们走后不久,他也出了门。他在兜里揣着两支手枪,那是二月三日的事件时,沙威交给他的,一直留在他手里。手枪还上着子弹。很难说他带上手枪脑子里有什么阴暗的想法。

整个白天,他漫无目的地溜达;不时下起雨来,他一点没发觉;他在面包店买了一个苏的细长小面包当晚餐,放在兜里,却置诸脑后。他好像在塞纳河洗了个澡,却意识不到。有时人的脑子里像有个火炉似的。马里于斯就处在这样的时刻。他什么也不期待,什么也不担心;从昨天以来,他跨出了这一步。他急不可耐地等待晚上到来,他只有一个明确的想法,就是九点钟能见到柯赛特。这最后的幸福如今是他的全部未来;然后,一片黑暗。他走在偏僻的街道上,间或似乎听到巴黎城里有奇怪的响声。他从遐想中摆脱出来,说道:"是打起来了吗?"

夜幕降临,九点整,正如他答应柯赛特那样,他来到普吕梅街。当他走近铁栅门时,他忘却了一切。他没见到柯赛特已有四十八小时,他即将看到她,其他想法一扫而光,他只感到从未有过的喜不

---

[1] 拉马克将军(1770~1832),法国政治家,参加过大革命和第一帝国的征战,在奥斯特利兹战役闻名,复辟时期是共和派的首领之一。他的葬礼酿成七月王朝第一次共和派的起义。

自禁。这种时刻如同几个世纪,总有至高无上和美妙的东西,掠过时充满了整个心灵。

马里于斯挪开铁条,冲进花园里。柯赛特不在她等待他的地方。他穿过灌木丛,来到台阶旁边的凹角。"她没有等我,"他说。柯赛特不在那里。他抬起头来,看到楼上的护窗板都关闭了。他在花园里转了一圈,花园空寂无人。于是他回到楼前,因爱情而发狂了,迷迷糊糊,惊惶不定,因痛苦和不安而气恼,犹如一个主人在不祥的时刻回家,他敲打护窗板。他敲呀敲呀,不怕看到窗户打开,她的父亲阴沉的脸出现,问他:"您要干什么?"比起他见到的情景,这算不了什么。他一面敲,一面提高声音,叫唤柯赛特。"柯赛特!"他喊道。"柯赛特!"他气急败坏地重复。没有人回答。完了。花园里没有人;楼里没有人。

马里于斯绝望的目光盯住这阴森的房子,它像一座坟墓那样黑,那样沉寂,那样空荡荡。他望望石凳,他坐在柯赛特身边度过多少醉人的时刻。于是他坐在石阶上,心里充满了柔情和决心,他在思想深处祝福自己的爱情,思忖着,既然柯赛特走了,他只有一死。

突然,他听到一个声音仿佛来自街上,穿过树木喊道:

"马里于斯先生!"

他站起来。

"嗯?"他说。

"马里于斯先生,您在那里吗?"

"是的。"

"马里于斯先生,"那声音又说,"您的朋友们在麻厂街街垒等着您呢。"

这个声音他并不完全陌生。它像爱波尼娜嘶哑、难听的声音。马里于斯奔向铁栅门,挪开活动的铁条,探出头去,看到一个人,他觉得像年轻人,奔跑着隐入暮色中。

## 三、马伯夫先生

让·瓦尔让的钱包,对马伯夫先生毫无作用。马伯夫先生淡泊度日,既令人尊敬,又近乎幼稚,他从不接受从天而降的礼物;他决不相信一颗星星会制造金路易。他猜不出从天而降的东西来自加弗罗什。他把钱包交给了街区的警察分局长,当作失物让人认领。钱包确实是丢失的。毫无疑问,没有人认领,它无助于马伯夫先生。

马伯夫先生继续在滑坡。

靛蓝的实验,在植物园和奥斯特利兹街的园子里,都没有取得成功。去年,他欠女管家的佣金;现在读者看到,他欠好几季的房租。十三个月过去,当铺把他的《植物志》的铜版卖掉了。有个锅匠拿来做平底锅。他的铜版消失了,他就无法补齐《植物志》不成套的版本,于是把余下的书和插图当作"废纸"低价让给了一个旧书商。他毕生的著作荡然无存。他开始靠卖残册的钱来生活。当他看到微薄的收入枯竭了,便放弃了园子,让它荒芜。他早就放弃不时吃两个鸡蛋和一块牛肉。他晚餐吃面包和土豆。他已卖掉最后几件家具,然后是有双份的床上用品、衣服和毯子,再然后是植物标本和版画;但他还有珍本,有几册极其罕见,其中有一五六〇年版的《圣经故事四行诗》，皮埃尔·德·贝斯的《圣经名词索引》，让·德·拉艾伊的《玛格丽特的雏菊》，并有赠给纳瓦尔王后的题词，德·维利埃-奥曼的《论大使的任务和尊严》，一六四四年的《犹太诗选》，一六五七年版的提布卢斯的作品，附有出色的题词"威尼斯，马努夏出版"，最后是一本第欧根尼·拉埃尔蒂奥斯[1]的作品，一六四四年在里昂印行，搜集了十三世纪梵蒂冈四一一号手稿的著名异文和威尼斯三九三号和三九四号两个手稿的异文，由亨利·埃蒂安纳扎扎实实地校勘过，书中还有用多利安方言写的所有段落，是在那不勒斯图书馆十二世纪有名的手抄本上找到的。马伯夫先生房间里从不生火，与白日同时就寝，为了不点蜡烛。看来他不再有邻居，他出门时，别人便躲避他，他发觉了。一个孩子的困苦使一个母亲关心，一个小伙子的困苦使一少女关心，一个老人的困苦没有人关心。这是一切困苦中最悲凉的。但马伯夫先生没有完全失去孩子般的平静。他的目光落在书上时，就活跃起来，他看到孤本的第欧根尼·拉埃尔蒂奥斯的作品时，便露出微笑。他的玻璃门书柜是除了必不可少的物品之外，唯一保留下来的家具。

一天，普鲁塔克大妈对他说：

"我没钱买东西做晚饭了。"

她所说的晚饭，是指一只面包和四五只土豆。

---

[1]《圣经故事四行诗》译自意大利文，作者是莱翁·德·弗朗西亚；《圣经名词索引》1610年至1611年在巴黎刊行；纳瓦尔王后即玛格丽特·德·纳瓦尔（1492～1549），作家，人文主义者的保护人，著有《七日谈》；《论大使的任务和尊严》1603年至1604年在巴黎刊行；提布卢斯（约公元前50～前19或前18），拉丁语诗人，著有《哀歌》；马努夏是15世纪和16世纪威尼斯的出版家族；第欧根尼是公元3世纪的希腊作家。

"赊账呢?"马伯夫先生说。

"您知道人家拒绝了。"

马伯夫先生打开书柜,长久地一本本看他所有的书,就像一个父亲不得不交出一个孩子去砍头,在挑选之前先看一遍,然后猛然抽出一本,夹在腋下,出了家门。两小时后他回来时腋下什么也没有了,把三十苏放在桌上,说道:

"您拿去准备晚饭吧。"

从这时起,普鲁塔克大妈看到老人憨厚的脸上罩上一块阴沉的面纱,再也没有撩起来。

第二天,第三天,每天都要重演一遍。马伯夫先生带着一本书出去,带一枚银币回来。由于旧书商看到他不得不卖书,他早先付二十法郎的书,如今只能收回二十苏。有时是在同一个书店。整个书柜的书,一本本拿走了。他不时说:"我毕竟八十岁了,"仿佛言外之意是,他的书卖光之前,他就寿终正寝了。他的忧愁与日俱增。但他快乐过一次。他带着一本罗贝尔·艾蒂安纳出版的书,在马拉盖沿河大街卖了三十五苏,回来时带了一本阿尔德出版的书,用四十苏在沙岩街买的。"我欠五苏,"他光彩奕奕地对普鲁塔克大妈说。这一天,他没有吃晚饭。

他属于园艺学会。大家知道他一贫如洗。会长看到他来了,应承他要对农商大臣提起他,而且照办了。"怎么搞的!"大臣大声说,"我信得过!一个老学者!一个植物学家!一个与人无犯的老头!要为他做点事!"第二天,马伯夫先生收到一封邀请信,到大臣家吃晚饭。他快乐得哆嗦,把信拿给普鲁塔克大妈看。"我们得救了!"他说。到那一天,他到大臣家去。他发觉,他身上那条成了破布的领带,过于肥大的旧外衣、用鸡蛋清擦亮的皮鞋使听差吃惊。没有人跟他说话,连大臣也不理他。将近晚上十点钟,由于他始终等待一句话,他听到大臣夫人,一个他不敢接近、敞肩露胸的漂亮贵妇在问:"这个老先生是谁?"半夜他冒着大雨步行回家。他曾卖掉一本埃尔泽维尔[1]的版本,付他去赴会的马车费。

每天晚上他睡觉之前,习惯看几页第欧根尼·拉埃尔蒂奥斯的作品。他相当熟识希腊文,能欣赏他拥有的这本书的特点。现在他没有别的快乐。几个星期过去了。普鲁塔克大妈突然病倒了。比没有钱去面包店买面包更麻烦的是,没有钱到药店去配药。一天晚上,医生开了一剂很贵的药。再说病情加重了,需要一个看护。马伯夫先生打开他的书柜,里面什么也没有。最后一本书也拿走了。他只剩下第欧根尼·拉埃尔蒂奥斯的作品。

他把孤本夹在腋下出了门,这是一八三二年六月四日;他到圣雅克门罗约尔的继承人那里,带回来一百法郎。他把一摞五法郎的钱币放在老女仆的床头柜上,一言不发地回到自己房里。

第二天天一亮,他坐在园子翻倒的墙基石上,越过篱笆,可以看到他整个早上一动不动,额角低垂,目光朦胧地望着凋谢的花坛。雨时断时续,老人好像全然不觉。下午,巴黎城里传来异乎寻常的喧声。这好似枪声和人群鼎沸的喊声。

马伯夫老爹抬起头来。他看到一个园丁走过,问道:

---

[1] 埃尔泽维尔,16、17世纪荷兰出版家族,其版本以字体秀美著称。

"怎么回事？"

园丁扛了一把铲，用最平静不过的声调回答：

"是暴动。"

"怎么！暴动？"

"是的。打起来了。"

"为什么打起来？"

"啊！天晓得！"园丁说。

"在哪一边？"马伯夫先生问。

"在军火库那边。"

马伯夫老爹回到屋里，戴上帽子，下意识地寻找一本书，夹在腋下，但根本找不到，他说："啊！不错！"他昏昏然地走了。